pínguletta

DAS VERMÄCHTNIS DER MEDA VON TRIER

Oberlothringen zu Beginn des 12. Jahrhunderts: Das Reich Kaiser Heinrichs V. wird noch immer von Kämpfen erschüttert, und Gero muss sich am Mittelrhein gegen neue Feinde behaupten. Zudem stellt seine Familie ihn vor große Herausforderungen. Seine älteste Tochter Ida verweigert sich allen Bewerbern im Vertrauen auf die Weissagung der Heilerin Meda von Trier, dass es für sie nur einen Gefährten gibt. Unversehens gerät Ida in ein ungleiches Kräftemessen, geschürt durch Hass und Rachsucht. Gelingt es ihr trotz Gefahr und einem tragischen Vertrauensbruch, ihre Bestimmung zu finden und Medas Heilkundebuch zu bewahren?

Eine neue Generation auf Burg Rheinsporn zwischen Vergeltung und Liebe an einer Zeitenwende.

Die mit Spannung erwartete Fortsetzung der Meda von Trier Saga!

wurde 1969 in Niedermendig/Eifel geboren und verbrachte ihre Kindheit in Thür, dem Ort »Thure« im Roman. Parallel zum Studium der Germanistik und Kunst in Köln und Wuppertal beginnt sie, Kurzgeschichten, Gedichte und Romanfragmente zu verfassen. 2017 veröffentlichte sie ihren Debüt-Roman »Weißgold-Flügel«; 2018 folgten weitere Werke. »Das Vermächtnis der Meda von Trier« ist ihr zweiter historischer Roman. Er setzt die »Meda«-Saga fort, die mit »Das Mündel der Meda von Trier« ihr erfolgreiches Debüt beim pinguletta Verlag feierte. Christine Rhömer lebt heute mit ihrem Mann und ihren Kindern in der Nähe von Köln.

DIE MEDA VON TRIER SAGA

CHRISTINE RHÖMER

DAS VERMÄCHTNIS DER MEDA VON TRIER

ROMAN

DAS VERMÄCHTNIS DER MEDA VON TRIER

ROMAN

CHRISTINE RHÖMER

ISBN 978-3-948063-48-1

1. Auflage 2024

Cover Artwork & Layout: © Helmut Speer | pinguletta Verlag
Grafik Magic antiken (Cover, Buch): © robin.ph/Shutterstock
Grafik Odins Raven © Bourbon-88/Shutterstock
Landkarten: © Matthias Kronz (mkk.art.atelier)

Produktion: Helmut Speer | pinguletta Verlag
Lektorat: Texthüterin Dr. Donata Schäfer

Druck: www.druckterminal.de
KDD Kompetenzzentrum Digital-Druck GmbH
D-90439 Nürnberg * Printed in Germany 2024

www.pinguletta-verlag.de

Das Scheiden von uns beiden wird sein
Wie das Scheiden von zwei Kindern aus einem Haus;
Es wird das Scheiden der Seele
Aus meinem Körper.
(aus: Schlummerlied Grainnes über Diarmuid auf der Flucht)[1]

[1] Irische Harfe – Gedichte vom achten Jahrhundert bis zur Gegenwart aus dem Gälischen und Anglo-Irischen übertragen von Hans Trausil. Langewiesche-Brandt, 1957.

Der Nordosten Oberlothringens zu Beginn des 12. Jahrhunderts

Verzeichnis der wichtigsten Haupt- und Nebenfiguren

Gero von Rheinsporn
Sigrun von Rheinsporn [seine Frau]
Ida von Rheinsporn [seine älteste Tochter]
Sigmund von Rheinsporn [sein erster Sohn]
Mechthild von Rheinsporn [seine zweite Tochter]
Gregor von Rheinsporn [sein zweiter Sohn]
Albrecht [erster Ritter Geros]

(Bertolt von Rheinsporn) [verstorbener Onkel Geros, früherer Burgherr von Rheinsporn]
Dietrich [unehelicher Sohn Bertolts, Knecht auf Rheinsporn]
Helene [uneheliche Tochter Bertolts, Kammerfrau Sigruns]
Ruth [Magd auf Rheinsporn, Dietrichs Gespielin]
(Friedwart von Höhtgen) [sein verstorbener erster Ritter]
Hakon [sein Armbrustschütze]

Ulrich von Leiburg [Kommandant der Leibgarde des Kaisers]
Valentin von Leiburg [sein Sohn]
Leonhard von Brauneck [sein Zögling]

Theoderich von Greifenfels [Schwiegervater Geros]
Walburga von Greifenfels [seine Frau]
Adebar von Greifenfels [sein Erstgeborener, Sigruns Bruder]
Willibald von Greifenfels [ein weiterer Sohn]

Heinrich V.* [deutsch-römischer König ab 1106, deutsch-römischer Kaiser von 1111 bis 1125]
Friedrich I. von Schwarzenburg* [Erzbischof von Colonia von 1100 bis 1131]

Rudolfus von Elze [Burgherr von Burg Elze – heute Eltz]

Johann von Beyelstein [Geros Onkel mütterlicherseits, Herr von Burg Beyelstein – heute Beilstein]

Jost [Sprecher des Dorfes Thure – heute Thür]
Godelind [seine Mutter, Dorfälteste und Kräuterkundige]
Luitgard [Josts Schwägerin]
Ruben [Luitgards zweiter Sohn]
Wolff [Bauer aus Thure]
Lanztlot [Winzer aus Cuttenheim]
Farold [Godelinds Vetter aus Cuttenheim]

Bernward von Quedenburg [junger Adliger, der um Idas Hand anhält]

(Siegfried von Ballenstedt*) [früherer Herr von Burg Laach und Geros verstorbener Freund]
(Gertrud von Northeim*) [seine Frau]
(Siegfried*, Wilhelm* und Adele*) [seine Kinder]

(Sven II Estridsen*) [dänischer König von 1047 bis 1076]
(Olaf Hunger*) [sein illegitimer Sohn, dänischer König von 1086 bis 1095]
(Erik Ejegod*) [weiterer Sohn Sven Estrides, dänischer Konig von 1095 bis 1103]

(Meda von Trier) [verstorbene Heilkundige, die ihre Kenntnisse in einem Buch niederschrieb und an Sigrun von Rheinsporn weitergab]

Die historischen Personen sind mit einem * versehen. Figuren, die nicht selbst handelnd auftreten, sind in Klammer gesetzt.

Kapitel Eins

Rheinsporn, im Jahr des Herrn 1114

Zärtlich und fordernd zugleich griff der Wind in Idas Haar, als sie im gestreckten Galopp über die Ebene unterhalb von Burg Rheinsporn am Fluss entlangritt. Der Weg führte sie durch saftige Wiesen und war atemberaubend. Auf den angrenzenden Feldern stand goldgelber Weizen, gesprenkelt vom Blau der Kornblumen. Sommerblüher verströmten einen betörenden Duft, und die Luft war erfüllt vom Summen unzähliger Insekten. In der Ferne schimmerten die Erhebungen des Siebengebirges. Sie liebte den Rhein, der sich im Sonnenlicht glitzernd durchs Tal schlängelte, und die Ausritte gaben ihr das Gefühl, frei von all den Zwängen zu sein, die das Leben auf der Burg mit sich brachte. Auf dem Pferderücken fühlte sie, wie Lebensfreude durch ihren Körper pulsierte, und es war ihr egal, dass sich ihre Haut braun färbte, wenn sie sich lange unter freiem Himmel aufhielt. Das galt nun als unschicklich. Nur Landleute bekamen im Sommer eine dunklere Hautfarbe – Adlige konnten es sich leisten, ihre Zeit im Schatten zu verbringen. Als sie noch im vergangenen Jahr in der sengenden Sonne auf dem offenen Feld arbeiten musste, hatte es niemanden gestört, dass ihre Haut Farbe annahm.

Ida zweifelte daran, dass es gut für sie war, nicht mehr in Thure zu wohnen. Natürlich brachte das Dasein auf der Burg Annehmlichkeiten mit sich, die sie in ihrer ärmlichen Kate im Dorf nicht genossen hatten. Doch schienen ihnen nicht alle Burgbewohner zugetan zu sein. Sie vermisste die Dörfler, mit denen sie groß geworden war und ohne die sie sich ein Leben kaum hatte vorstellen können. Insbesondere ihren Spielkameraden, Luitgards Sohn Ruben. Aber ihre Eltern waren glücklich, dass der Kaiser den rechtmäßigen Anspruch ihres Vaters auf Rheinsporn anerkannt hatte und dass sie nun die Burgherren waren. Die ganze Grafschaft war vermutlich froh, dass es den tyrannischen Grafen Bertolt nicht mehr gab. Mit Ausnahme seiner früheren Anhänger.

Inzwischen war sie ein Burgfräulein und genoss die damit verbundenen Privilegien. Dazu gehörte, sich ein Pferd aus dem Stall nehmen zu können. Als sich eine Aue vor ihr auftat, zügelte Ida den Wallach, rutschte aus dem Sattel und zog das verschwitzte Tier ans Wasser. Es war Zeit, ihm eine Atempause zu gönnen und Gelegenheit zum Trinken zu geben. Auch ihr würde eine Abkühlung guttun. Ihr Vater hatte sie eindringlich davor gewarnt, im Rhein zu baden, weil er heimtückisch sei und schon viele Menschen in die Tiefe gezogen habe. Dennoch verspürte sie Sehnsucht nach der kühlen Frische. Aufmerksam betrachtete sie die Strudel im Fluss. Es konnte wohl kaum schaden, wenn sie nur mit den Füßen hineinstieg. Sie schaute sich um, ob jemand in der Nähe war. Dann zog sie ihre hirschledernen Stiefel aus und wog sie in den Händen. Bequemes Schuhwerk gehörte zu den Annehmlichkeiten, die mit ihrem neuen Stand verbunden waren. Mittlerweile musste sie nicht mehr barfuß in Holzpantinen herumlaufen, in denen die Füße im Winter ständig zu erfrieren drohten. Zudem durfte sie jetzt leuchtend bunte Kleidungsstücke tragen, eingefärbt mit Substanzen aus Wurzeln, Beeren, Blättern und Rinden. Nicht länger nur das triste Grau oder Braun, das den Bauern vorgeschrieben war.

Summend stellte Ida die Stiefel beiseite, rollte den Saum der Beinlinge unter ihrer Tunika hoch und stieg behutsam mit den Füßen ins Wasser. Nach dem anstrengenden Ritt war das herrlich erfrischend. Sie spürte, wie sich ihre Beine von den Fußsohlen aufwärts abkühlten. Konzentriert malte sie die Schutzzeichen, die sie von der Heilerin Meda kannte, in die Luft und Richtung Boden. Erst danach setzte sie vorsichtig einen Fuß in den Strudel in Ufernähe und genoss das prickelnde Gefühl. Doch weiter wagte sie sich nicht hinein – die Warnung des Vaters klang in ihren Ohren nach. Also blieb sie stehen und lauschte dem metallisch-hellen Gesang der Kohlmeisen-Männchen, die sich in der Hainbuche am Flussufer einen Wettstreit lieferten. Im Vogelgezwitscher kehrten ihre Gedanken zu ihrer Familie zurück.

Sie hatte nicht gewusst, dass ihre Eltern adlig geboren und auf Rittergütern aufgewachsen waren. Dass ihre Mutter dazu erzogen worden war, den Haushalt einer Burg zu führen, und ihr Vater für ein Leben als Vasall des Königs bestimmt war. Hatte nicht geahnt, dass die Eltern ihrer Mutter noch lebten. Der einzige Verwandte, den sie all die Jahre über gekannt hatte, war ihr Patenonkel Adebar. Von diesem wusste sie zwar, dass er auf einer Burg wohnte, hatte sich aber als Kind nie darüber gewundert.

Einige Dinge bereiteten ihr Sorgen. Ihr Vater konnte jederzeit zu den Waffen gerufen werden, und mit ihrer neuen Rolle als Tochter des Pfalzgrafen von Rheinsporn waren Pflichten verbunden, die ihr nicht behagten. Unter anderem, dass sie wahrscheinlich einen fremden Mann würde heiraten müssen. Jemanden, der ihrem jetzigen Stand entsprach. Ein Spielmann hatte in der großen Halle berichtet, Kaiser Heinrich der Fünfte habe zu Beginn des Jahres eine zwölfjährige englische Prinzessin geheiratet. Ida schluckte. Ähnliches konnte auch ihr bald widerfahren. Sie war im gleichen Alter wie die Braut des Kaisers. Was sie über die Pflichten des Beilagers gehört hatte, flößte ihr Angst ein. Und besonders für kindhafte, zarte Frauen barg das anschließende Entbinden eine große Gefahr. In Thure, Menedich und Cuttenheim hatte sie Gebärende qualvoll sterben gesehen und wollte am liebsten kein Kind empfangen.

»Aber Vater hat versprochen, mich nicht gegen meinen Willen zu verheiraten«, beruhigte sie sich flüsternd.

Plötzlich fühlte sie sich beobachtet. Das Vogelgezwitscher war versiegt und eine unheimliche Stille breitete sich aus. Sie schnellte herum und erschrak, als sie Dietrich, einen der Rheinsporner Knechte, neben ihrem Wallach stehen sah. Sein schwarzes Haupthaar hing in Zotteln herab und ein buschiger Bart dominierte seine untere Gesichtshälfte. Zu den groben Beinlingen trug er ein gegürtetes Hemd und quer über dem Oberkörper einen Lederriemen, an dem ein Münzbeutel baumelte. Hinter ihm erkannte sie Ritter ihres Vaters und ein Pferdegespann mit Fuhrwagen. Die Burg war nurmehr ein Punkt am Horizont. Ihr wurde bewusst, wie weit sie sich von zu Hause entfernt hatte. Nun stand sie hier allein mit dem Knecht, der mindestens zehn Jahre älter war als sie, und anderen, feindselig dreinblickenden Männern. Wenn sie ihr etwas antun wollten, hätte sie dem nichts entgegenzusetzen, und niemand würde davon das Geringste mitbekommen. Konnte sie in dieser Situation noch auf Medas Schutzzeichen vertrauen? Eine kühle Windböe erfasste sie und ihre Hände begannen zu zittern.

»Ihr spielt mit Eurem Leben, Grafentochter.« Dietrich warf ihr einen verschlagenen Blick zu. »Hat Euer Vater Euch nicht gesagt, dass man nicht im Rhein baden sollte?«

»Ich bade nicht, ich kühle lediglich meine Füße, wie du siehst«, rief sie mit bebender Stimme zurück. »Was tust du hier?«

Er lachte auf, und es klang feindselig. »Was ich hier tue? Das fragt ausgerechnet Ihr, die Ihr Euch alleine herumtreibt, wie es sich für eine junge, adlige Frau gewiss nicht gehört?«

Die Sonne funkelte schräg hinter ihm und war im Begriff, im Horizont einzutauchen. Höchste Zeit, zurückzureiten. Betont gemächlich stieg Ida aus dem Fluss, damit die Männer nicht merkten, dass sie das Wasser aus Furcht vor ihnen verließ. Dietrich stand mit verschränkten Armen und musterte sie mit argwöhnischem Blick. Seine Begleiter hätten ihren düsteren Mienen nach zu urteilen sicherlich lieber ihrem früheren Herrn weitergedient. Obwohl Ida das Herz bis zum Hals schlug, trocknete sie sich die Füße langsam an ihrem Unterkleid ab und bemühte sich, das Zittern ihrer Hände zu verbergen. Dann zog sie die Lederstiefel demonstrativ sorgsam wieder an.

»Nun sag schon, was machst du hier?«, wiederholte sie ihre Frage, um das Gespräch in Gang zu halten und Dietrich abzulenken.

Er wies zum Karren. »Wir haben in Cuttenheim den Zehnten für Rheinsporn eingetrieben, so wie Euer Vater uns angewiesen hat.«

Ida hielt in der Bewegung inne. »Ihr wart in Cuttenheim?«

»Ja, habe ich doch gerade gesagt. Seid Ihr schwerhörig?«

Ida ignorierte seine Feindseligkeit und die Ungehörigkeit seines Benehmens. Als Knecht durfte er sich ihr gegenüber eigentlich nicht derart unverschämt verhalten. »Wer hat euch den Zehnten ausgehändigt?«, fragte sie.

Er verzog die Mundwinkel. »Warum interessiert Euch das?«

»Weil ich im Nachbardorf aufgewachsen bin und jeden einzelnen Bewohner dort kenne«, blaffte sie zurück.

Dietrich zuckte mit den Schultern und spuckte aus. »Na und, was spielt das für eine Rolle? Jetzt seid Ihr die feine Burgherrentochter. Was kümmert Euch da das Bauerngesindel aus den Dörfern, die Eurem Vater lehnspflichtig sind?«

Ida spürte, wie sich Zornesröte auf ihren Wangen ausbreitete. »Wage es nie wieder, die Menschen dort als Gesindel zu bezeichnen!«

Mit einem halb belustigten, halb interessierten Ausdruck auf dem Gesicht kam Dietrich ein paar Schritte auf sie zu. Seine muskulöse Gestalt wirkte bedrohlich. »Ihr mögt diese Bauern?«

Sie wich zurück. »Natürlich mag ich sie. Ich bin zwölf Jahre lang mitten unter ihnen aufgewachsen und habe gesehen, wie hilfsbereit sie sich gegenseitig in der Not unterstützen. Oder sich mit anderen freuen, wenn es etwas zu feiern gibt. Auf Rheinsporn bin ich umgeben von Menschen, die mir wenig Gutes wollen.« Ida zerrte an den Stiefeln, bis sie endlich fest an ihren Füßen saßen. »Du vermutlich einbegriffen.« Entschlossen schwang sie sich auf den Rücken ihres Wallachs und stob davon.

»He, jetzt wartet doch!«, rief Dietrich ihr hinterher. »Wir können zusammen nach Hause reiten. Dann können wir aufpassen, dass Euch nichts passiert.« Sein Tonfall klang ernst, aber Ida glaubte, in seiner Stimme einen boshaften Sarkasmus zu hören, und ein Schauder lief ihr über den Rücken. Hastig drückte sie ihrem Wallach die Unterschenkel in die

Flanken. Hoffentlich blieben die Ritter bei dem Knecht, der mit dem Pferdekarren deutlich langsamer war.

Nach einer Weile drehte sie sich um und erkannte, dass der Trupp ihr dichter auf den Fersen war als ihr lieb sein konnte, und Dietrich fuhr mit dem Wagen schneller als er sollte. Damit riskierte er einen Achsenbruch und den Verlust der Ladung. Sie blickte wieder nach vorne, schnalzte mit der Zunge und trieb mit wild klopfendem Herzen ihren Wallach erneut an. Als sie sich später ein weiteres Mal umschaute, waren Dietrich und seine Begleiter nicht mehr zu sehen. Erleichtert gönnte sie dem Pferd eine leichtere Gangart und dachte darüber nach, ob es ihren Verfolgern möglich war, ihr den Weg abzuschneiden. Doch da sie am Rhein entlang auf direktem Weg auf die Burg zuhielt, war das unwahrscheinlich.

Als sie verschwitzt, aber unversehrt durch das Burgtor ritt, konnte sie ihre Erleichterung kaum verbergen. Bei ihrem nächsten Ausritt würde sie vorsichtiger sein, schwor sie sich. War es ratsam, ihrer Mutter von der Begegnung mit Dietrich, seinen Unverschämtheiten und feindselig dreinblickenden Begleitern an der Aue zu erzählen? Dann müsste sie allerdings zugeben, dass sie sich alleine weit von zu Hause entfernt hatte.

›Ich halte besser den Mund‹, entschied sie.

Zu ihrer Überraschung wimmelte es im Burghof von Rittern in Waffenröcken in den Greifenfels-Farben, bewehrt mit Helmen und Schilden. Ein Dutzend Pferde wieherte und tänzelte nervös auf der Stelle, während die Stallknechte zwischen ihnen hin- und hereilten, um sie zu versorgen. Am Brunnen in der Mitte des Hofes angelehnt ragte das Banner mit dem aufgestickten, roten Adler empor.

Rasch stürmte Ida in die Halle. Dort stand ihr Vater Gero von Rheinsporn in ein Gespräch mit ihrem Großvater Theoderich und ihrem Patenonkel Adebar versunken. Die Mienen ihrer Verwandten, die ebenfalls Waffenröcke trugen und ihre Helme in den Händen hielten, die Aufregung im

Saal und die Blässe ihrer Mutter ließen Ida Schlimmes befürchten. Augenblicklich legte sich ein Mühlrad auf ihre Brust, und sie vergaß für einen Moment den Vorfall in der Rheinaue.

Rasch richteten die Diener eine Mahlzeit für die Gäste her. Mit unguten Vorahnungen zog sich Gero von Rheinsporn mit Schwager und Schwiegervater in einen Nebenraum zurück, um ungestört sprechen zu können. Hier hatte er als Kind auf dem Steinboden mit Strohpferden gespielt. Noch immer wurde der Raum von dem nachgedunkelten Balken dominiert, der die Deckensparren hielt und dabei selbst von einer hölzernen Verstrebung gestützt wurde, die an einen kräftigen Mann erinnerte, der beide Arme in die Höhe streckte. Die mit geweißtem Lehm verputzten Wände zierten verblichene Malereien.

Theoderich von Greifenfels ging zum Tisch in der Mitte der Kammer, wobei er ein Bein hinter sich herzog. Schwerfällig setzte er sich und nahm mit scinen breiten Schultern dabei mehr Raum ein als sein Sohn. Auf seinem Gesicht lag Missmut, und er hielt die dichten, grauen Augenbrauen fortwährend zusammengezogen, während er Gero über die Umstände ihres Besuchs aufklärte: »Eigentlich hatte der Kaiser seine Truppen für den Feldzug gegen die Friesen gesammelt. Doch nun stellt sich ihm Friedrich von Schwarzenburg, der Erzbischof von Colonia, entgegen.«

»Warum tut er das?«, fragte Gero aufgewühlt.

»Ich habe gehört, dass sie um dic Vogtei eines neugegründeten Klosters streiten«, erwiderte Theoderich und strich sich durch die ergraute Löwenmähne. »Das Verhältnis zwischen Heinrich dem Fünften und der römischen Kirche ist seit den Vorfällen um die Kaiserkrönung ohnehin angespannt.«

»Das ist kein Wunder«, warf Geros Schwager Adebar ein und sah Gero ernst aus seinen von dichten, schwarzen Wimpern umrahmten Augen an. Der sorgfältig gestutzte Bart betonte seine weichen Gesichtszüge. »Immerhin hat er, getrieben von dem gleichen Machthunger wie sein Vorgänger, den Heiligen Vater und seine Kardinäle gefangengenommen. Noch hält sich Papst Paschalis an das Exkommunikationsverbot gegen den Kaiser, obwohl es ihm unter Druck abgepresst wurde.«

»Ihr denkt, das könnte sich jederzeit ändern«, schloss Gero.

Vielsagend hob Theoderich die Schultern. »Wer weiß. Friedrich von Schwarzenburg hat sich öffentlich über den katastrophalen Zustand der Kirche im Reich beschwert. Die Bürger von Colonia wollen verhindern, dass eine allgemeine Steuer eingeführt wird. Sie haben zudem mehrfach erfolglos das unbarmherzige Handeln eines Ministerialen Heinrichs beanstandet. Unterdessen hat der Erzbischof die Aufständischen hinter sich vereint.« Mit grimmiger Miene starrte sein Schwiegervater auf die gedeckte Tafel, ohne etwas von den Speisen anzurühren, die die Diener kurz zuvor vor ihnen abgestellt hatten.

»Schon die gewaltsame Verfahrensweise des Kaisers gegenüber dem Papst vor ein paar Jahren hat für schlechte Stimmung gesorgt«, fügte Adebar hinzu. »Viele halten ihn seitdem für bösartig und hinterlistig. Über den Tod Siegfried von Ballenstedts, der in einem Hinterhalt verwundet worden war, soll er sich diebisch gefreut haben. Kein Wunder, dass unter diesem Signum derweil auch das Vorgehen gegen seinen eigenen Vater gewertet wird. Ich glaube, deshalb ist neben anderen Friedrich von Schwarzenburg von ihm abgefallen. Gut, dass du nur ein Bündnis gegen den Trierer Erzbischof mit dem von Colonia eingegangen bist und nicht noch eins gegen Heinrich«, schloss er an seinen Vater gerichtet. »Sonst müssten wir uns zwischen unserem Bündnispartner und unserem Lehnsherrn entscheiden.«

Theoderich brummte zustimmend. »Was wir glauben, spielt keine Rolle. Gleichwohl dreht sich mir der Magen um bei dem Gedanken, dass wir für diesen verräterischen Kaiser kämpfen müssen, der seinen eigenen Vater und den Papst so schändlich behandelt hat.«

›Und noch dazu in deinem Alter‹, dachte Gero, verkniff sich die Bemerkung jedoch und setzte stattdessen einen Becher unverdünnten Wein an seine Lippen. Auch er rührte das Essen nicht an. Bei dem Gedanken, so kurz nach seinem Ritterschlag ins Feld ziehen zu müssen, war ihm mulmig zumute. Er hatte kaum Gelegenheit gehabt, seine Kampfübungen wieder aufzunehmen. Gedankenverloren sah er zu dem Schemel mit den Stickereien seiner Mutter und dem Wandteppich mit der Saujagd, der einmal in ihrer Kammer gehangen hatte. Sein Onkel hatte beides in die große Halle geholt. Aber Gero wollte nicht ständig an Bertolt und dessen unwürdiges Treiben auf dieser Burg erinnert werden. Die Erinnerung an das Gelage, in das die Schwertleite von Bertolts Knappen ausartete, war unangenehm genug. Er dachte an die harmlosen Kinderspiele mit Strohpferden in diesem Raum. Damals hätte er sich nicht träumen lassen, dass er hier zu seinem ersten Waffengang gerufen würde. Musste er nun wie ein unerfahrener Bauer über das Schlachtfeld stolpern?

Im Frauenturm saß Ida auf einem Hocker in der Kemenate ihrer Mutter. Diese hatte den Raum zusammen mit den Kammerfrauen den Winter über wohnlich gestaltet und mit einem Wandteppich verziert. Ihr Vater hatte die Wände vertäfeln lassen, was das Zimmer deutlich wärmer machte als die restlichen Kammern im Wohnturm. Der Kamin gähnte, jetzt im Sommer verwaist und kalt, wie ein weit geöffnetes Löwenmaul in die Leere. Lehnsessel mit gepolsterten Sitzen und Schnitzereien an Beinen und Lehnen vermittelten dennoch Behaglichkeit.

»Müssen Vater und die anderen Männer in die Schlacht ziehen?«, fragte Ida und bemühte sich, die Schmerzen auf ihrer Kopfhaut zu ignorieren.

Ihre Mutter fuhr mit kräftigen Bürstenstrichen durch Idas braune Locken, die sich nach dem Ausritt heute Nachmittag widerspenstig verheddert hatten. »Ja«, sagte sie nur knapp. »In Colonia.«

»Worum geht es bei dieser Auseinandersetzung?«

»Das weiß ich nicht. Ich werde es wohl erst am Abend erfahren. Ein Glück, dass Colonia nur wenige Meilen von hier entfernt ist, euer Vater also schnell wieder bei uns auf der Burg sein kann.«

»Ja, es könnte alles viel ärger sein«, warf Idas jüngere Schwester Mechthild ein und drehte sich eine goldbraune Haarsträhne über zwei Finger. Im Gegensatz zu Ida, die kräftiger gewachsen war, hatte Mechthild die zierliche Figur ihrer Mutter geerbt und sich in kurzer Zeit an die Annehmlichkeiten auf der Burg gewöhnt. »Unsere Kammerfrau Helene sagt, der Kaiser hätte ihm auch befehlen können, dass er mit ihm gegen die Sachsen oder in Rom kämpfen soll. Und das sei ganz weit weg.«

»Du musst nicht alles für bare Münze nehmen, was in der Dienerschaft geredet wird. Aber Helene hat recht. Dennoch ist es beunruhigend, dass in der näheren Umgebung Gefechte stattfinden. Man weiß nie, wie sie enden, oder ob nicht die Burg und das eigene Leben bedroht sein werden«, wandte ihre Mutter ein und schüttelte Idas Haar auf, sodass es ihr in weichen Wellen bis zu den Schulterblättern hinabfiel. »Es ist schlimm genug, dass bereits die Erzbistümer Colonia und Trier um die Herrschaft in Andernach streiten und dabei der Königshof zerstört wurde.«

Alle drei schwiegen eine Weile, dann sagte ihre Mutter zu Mechthild: »Liebes, geh bitte in deine Kammer. Ich habe Vertrauliches mit Ida zu besprechen.«

Ihre Schwester verzog die Lippen zu einem Schmollmund, was ihren hübschen Gesichtszügen etwas Weiches verlieh, begab sich aber widerspruchslos nach nebenan. Als sie die Tür hinter sich geschlossen hatte, drehte Sigrun Ida zu sich herum. Der Schleier der verheirateten Frauen, den ihre Mutter mittlerweile trug, betonte ihr schmales, schönes Gesicht, in das sich in den letzten Jahren unaufhörlich Linien und erste Falten eingeschlichen hatten. »Und nun sag mir, meine Große, wo du heute gesteckt hast. Helene hat dich lange vergeblich gesucht.«

Verlegen senkte Ida den Blick. »Ich bin mit Vaters Wallach ausgeritten.«

Ihre Mutter zog die geschwungenen Augenbrauen zusammen. »Ganz allein?«

Ida senkte den Blick noch etwas tiefer, bevor sie mit einem Ruck den Kopf hob und ihrer Mutter fest in die durchscheinend hellgrauen Augen sah. »Ja.«

»Du weißt, dass du das nicht darfst. Warum hast du es trotzdem gemacht?«

»Weil ich es kann und frei sein möchte. In Thure musste ich auch nicht den ganzen Tag in unserer Hütte hocken und sticken. Da konnte ich herumlaufen und mit anderen Kindern spielen.«

»Ja, genau, in Gesellschaft, nicht mutterseelenallein! Wer hätte dir geholfen, wenn der Wallach gestrauchelt wäre und du gestürzt? Niemand wusste, wo du bist und wo wir dich hätten suchen müssen. Möchtest du tagelang verletzt auf irgendeinem Feld liegen, ohne dass dir jemand hilft?«

»Mutter«, beschwichtigend griff Ida nach ihren Unterarmen, »das ist nicht passiert. Ich bin eine gute Reiterin, das wisst Ihr. Vater wird mir sogar seinen Fuchshengst anvertrauen, sobald ich groß genug für ihn bin. Ich tue nichts Unbedachtes.« Es mutete sie immer noch merkwürdig an, in Gesellschaft nun plötzlich »Ihr« zu ihrer Mutter sagen zu müssen, die sie ihr ganzes Leben lang geduzt hatte. Waren sie unter sich, durfte Ida weiterhin das »du« benutzen. Allerdings kam sie damit durcheinander, genauso wie ihre Geschwister.

»Alleine so weit fortzureiten ist unbedacht!«, widersprach ihre Mutter heftig. »Du hast ja keine Ahnung, was dir alles passieren könnte. Es ist viel zu unsicher für eine junge Frau, ohne Begleitung durch die Gegend zu reiten. Dir könnten überall Gesetzlose auflauern. Oder verdorbenes Gesindel, das nichts lieber täte, als ein unschuldiges Mädchen zu schänden. Hast du vergessen, was mit Luitgard geschehen ist?«

Ida atmetet tief aus. »Nein, das habe ich nicht. Aber glaubt mir, das wird mir nicht zustoßen. Ein solches Schicksal ist für mich nicht vorbestimmt.«

»Wie kommst du denn darauf?«, fragte Sigrun mit verblüfftem Gesichtsausdruck. »Wieso glaubst du zu wissen, welches Schicksal für dich vorbestimmt ist?«

»Ich weiß es einfach, Mutter. Vertraut mir«, erwiderte Ida mit fester Stimme, obwohl ihr bei dem Gedanken an das Aufeinandertreffen mit Dietrich und den düsteren Rittern in der Aue mulmig wurde.

Als Dietrich beim Nachtmahl in der von Menschen, Gerüchen und Geräuschen überfüllten Halle erschien, senkte Ida den Kopf und tat, als hätte sie ihn nicht gesehen. Demonstrativ plauderte sie mit ihrer Schwester, die vergeblich versuchte, ihr zu entlocken, worüber sie mit ihrer Mutter gesprochen hatte. Dennoch entging es Ida nicht, dass der Knecht ihr von Zeit zu Zeit Blicke zuwarf, als wollte er sagen: ›Ich kenne dein Geheimnis.‹ Ab und an endeten sie mit einem durchtriebenen Grinsen. Sie schwor sich, ihm künftig konsequent aus dem Weg zu gehen.

Äußerlich schien alles zu sein wie immer. Die Tafel war reich gedeckt, an den Wänden und im Kandelaber, der über der Mitte des Tisches von der Decke herabhing, verbreiteten unzählige Kerzen ein heimeliges Licht. Die dunkelrot gefärbten Vorhänge an den Fenstern schimmerten und die Wandmalereien wirkten im flackernden Kerzenlicht lebendig. Dennoch war die Stimmung im Saal trotz des hin und wieder aufbrandenden Gemurmels und Lachens getrübt von dem drohenden Unheil, das über ihnen allen schwebte – dem bevorstehenden Waffengang.

Ida nahm die versammelte bunt gekleidete Schar in Augenschein und fragte sich, wen von den Männern sie heute wohl zum letzten Mal sah. Ihr Vater hatte elf Edelleute in den Dienst genommen. Die meisten von ihnen waren Nachgeborene und ehemalige Gefolgsleute seines verstorbenen Freundes Siegfried von Ballenstedt. Andere hatten gemeinsam mit ihm die Knappenzeit auf Laach verbracht, so auch Albrecht, den er zu seinem ersten Ritter gemacht hatte.

Vom Kopf der Tafel schaute ihr Großvater Theoderich mit gerunzelter Stirn zu ihr herüber, als missbilligte er ihr Benehmen. Sie kannte ihn erst seit der Schwertleite ihres Vaters im Frühjahr. Ungeachtet der Versicherung ihrer Mutter, er sei in seinem Inneren ein liebenswürdiger Mensch, tat sich Ida mit dem äußeren Wesen Theoderichs schwer, das sie als ruppig und aufbrausend empfand. Zudem hatte die Heilerin Meda von Trier ihr den Grafen von Greifenfels als wenig umgänglich beschrieben. Wahrscheinlich mussten ihr Großvater und sie sich erst ein bisschen besser kennenlernen, damit sie die Seite sehen konnte, die ihre Mutter an ihm schätzte. Doch wie sollte das gehen? Sie sahen sich ja kaum. Vielleicht war es ohnehin egal, wie der alte Mann war, solange er keinen Einfluss auf ihr Leben nahm.

Über die Anwesenheit ihres Patenonkels Adebar dagegen freute sie sich. Er war das einzige Familienmitglied, das sie schon länger kannte, denn er hatte sie hin und wieder in Thure besucht und manchmal Geschenke für sie dabei gehabt. Den Bruder ihrer Mutter hatte Ida ins Herz geschlossen. Er war ein freundlicher Mensch, oft für ein Spiel zu gewinnen, und hatte stets ein offenes Ohr für seine Nichten und Neffen. Mit einem Augenzwinkern nickte er ihr zu, während er dem Tischgespräch der Männer folgte.

Als ihr Vater die Tafel aufhob, betrachtete Ida voller Bewunderung seine hochgewachsene, kräftige Statur und hoffte, dass er stark genug war, um in den kommenden Kämpfen zu bestehen. Sie wusste nicht viel darüber, wie es bei solchen Schlachten zuging, und das wenige nur vom Hörensagen. In der dörflichen Gemeinschaft hatte kaum jemand damit Erfahrung gemacht. Doch was sie wusste, reichte, um

Angst um ihren Vater, Onkel und Großvater zu haben. Gedankenverloren schickte sie ihre jüngere Schwester in Begleitung der Kammerfrau Helene voraus in ihre gemeinsame Kemenate. Dann schlich sie sich in den Pferdestall, um ihrem Wallach Äpfel zu bringen. Als Dank dafür, dass er sie heute zuverlässig nach Hause gebracht hatte. Der bevorstehende Feldzug beunruhigte sie, und im Stall konnte sie sich ein wenig ablenken.

Das Pferd schnaubte leise, als sie in seine Box trat, ihm über die Nüstern streichelte und Apfelstücke vors Maul hielt. Es roch nach Hafer und Heu, und es war wohltuend still. Sie kam gerne her, weil sie hier ungestört ihren Gedanken nachhängen konnte. Die Begegnung mit Dietrich in der Rheinaue beschäftigte sie noch immer. Die Befürchtung, in Gefahr gewesen zu sein, hinterließ ein ungutes Gefühl, und ihr Herz klopfte bei der Vorstellung, was die Männer ihr hätten antun können. Sie war heilfroh, dass nichts dergleichen geschehen war und dass sich ihr Glaube an ein andersartiges für sie bestimmtes Schicksal bestätigt hatte.

Unvermittelt hörte sie ein hektisches Rascheln am hinteren Ende des Stalls und zuckte zusammen. Mit angehaltenem Atem trat sie an den Rand der Box und starrte in die Dunkelheit, aus der sich zwei Gestalten erhoben, Stroh aus den Kleidern klopften und sich lachend Richtung Burghof wandten. Erleichtert atmete Ida wieder aus. Offenbar hatten sich ein Knecht und eine Magd im Heu vergnügt, wobei ihr der Knecht bekannt vorkam. Dann sah sie, dass es Dietrich war, der prustend aus dem Stall stob. Nun schien er also auch noch dem zweifelhaften Ruf des früheren Burgherrn Bertolt nachzueifern und die Mägde am Hof zu schwängern. Ida seufzte und schwor sich, dass sie ihn eigenhändig dafür büßen lassen würde, sollte er jemals Hand an sie oder ihre Schwester legen.

Eine Weile blieb sie noch bei ihrem Wallach. Auf keinen Fall wollte sie Dietrich und der Magd auf dem Hof begegnen. Sie dachte an das, was die beiden vermutlich im Stroh getan hatten. Seufzend wandte sie sich mit einem letzten Klopfen auf den Hals des Pferdes ab. Der Burghof musste inzwischen wieder menschenleer sein, und sie würde unbeobachtet in den Frauenturm gelangen können. Sie huschte in die Dunkelheit und erschrak, als sich ein Schatten von der Stallwand löste.

»Sieh an, die hochwohlgeborene Grafentochter schleicht im Dunkeln auf der Burg herum«, höhnte Dietrich mit tiefer Stimme. Wie in Schockstarre verfallen blieb sie stehen und heftete ihren Blick auf ihn.

»Und beobachtet uns heimlich«, fügte er hinzu.

Schamröte trieb ihr ins Gesicht. »Nein, habe ich nicht.«

»Hat es Euch Freude bereitet?«

Sie ahnte sein breites Grinsen mehr als dass sie es sah. »Wer könnte schon Freude beim Anblick deines behaarten Hinterteils empfinden?«, erwiderte sie schroff.

Er lachte schallend. »Ruth tut es, und nicht nur sie.«

Zunehmend gewann Ida ihre Fassung zurück. Auf der Burg fühlte sie sich sicher. »Nun ja, sie muss es dann ja nicht sehen.«

Sein Lachen ging in ein Glucksen über. »Ich muss sagen, Ihr gefallt mir. Man merkt, dass Ihr in einem Stall aufgewachsen seid und nicht in einem feinen Frauenturm.«

»Genau wie du. Und trotzdem habe ich bessere Manieren.« Schemenhaft konnte sie erkennen, dass er noch immer breit grinste.

»Was sucht Ihr nach dem Nachtmahl bei den Pferden? Solltet Ihr nicht wohlbehütet in Eurer Kemenate hocken?«

»Das Gleiche könnte ich dich fragen. Hast du keine Aufgaben mehr für den Grafen zu erfüllen, dass du Zeit findest, bedauernswerte Mägde ins Unglück zu stürzen?«

»Na, bedauernswert wirkte Ruth nun wirklich nicht. Eher das Gegenteil würde ich sagen.«

Ida wandte sich ab. »Diese Unterhaltung führt zu nichts.«

»Und wenn ich Eurem Vater sage, dass ich Euch hier angetroffen habe?«, rief er ihr nach.

»In diesem Fall sage ich ihm, was du im Stroh getrieben hast«, erwiderte sie über die Schulter und eilte ins Haus.

Mit verbissenem Gesicht half Helene Ida kurze Zeit später beim Ablegen ihrer Kleidung. Obwohl sie eines von Bertolts unehelichen Kindern war, schien sie keinen Groll gegen die Familie Geros zu hegen. Männliche Bastarde des vorigen Burgherrn gab es dem Anschein nach nicht auf der Burg. Ein paar seiner Töchter verdingten sich als Mägde und Helene als Kammerfrau. Ida sah in ihr eine gute Seele, sowohl ihr selbst als auch ihrer Mutter zugetan. Auf ihrem offenen Gesicht mit den hervortretenden Augen lag meist ein Ausdruck zufriedener Freundlichkeit. Doch heute war ihre Miene ernst. Nach einer Weile fiel Ida ihr beharrliches Schweigen auf.

»Was bedrückt dich?«, fragte sie.

Helene hielt in der Bewegung inne. »Ich musste die Gräfin anschwindeln«, sagte sie mit vorwurfsvollem Unterton.

Hastig sah Ida zu Mechthilds Bettstatt hinüber. Die Kleine schien bereits fest zu schlafen. »Warum das?«

»Weil sie unmittelbar nach dem Nachtmahl gefragt hat, ob Ihr Euch in Eurer Kammer aufhaltet.«

Ida fuhr herum. »Oh. Und was hast du geantwortet?«

»Dass Ihr Euch bereits zum Schlaf niedergelegt hättet«, erwiderte die Dienerin mit einem strafenden Blick.

»Warum hast du das getan?«

Helene zog ihr die farbenfroh bestickte Tunika über den Kopf. »Weil ich nicht wollte, dass Ihr Ärger bekommt.«

Ida fasste nach ihrem Arm. »Danke, das ist sehr lieb von dir. Du hast etwas gut bei mir.«

»Ich werde Euch daran erinnern, wenn Ihr mich wieder in eine so missliche Lage bringt.« Helene machte sich an Idas Unterkleid zu schaffen. »Verratet Ihr mir, wo Ihr Euch aufgehalten habt?«

Ida hob die Arme, damit die Kammerfrau ihr das Wäschestück über den Kopf streifen konnte. »Ich habe meinem Wallach Äpfel in den Stall gebracht.«

Helene legte die Kleidungsstücke über die Rückenlehne eines Holzstuhls mit aufwendigen Schnitzereien und seufzte. »Musste das um diese Stunde sein?«

Ida schlang die Arme um ihren nackten Oberkörper. »Ja.«

Die Kammerfrau, nur wenige Jahre älter als sie selbst, streifte ihr das Nachthemd über und flocht Idas Haar zu festen Zöpfen.

»Ich habe dort Dietrich angetroffen, der sich mit Ruth, der Küchenmagd, im Stroh vergnügt hat«, fuhr Ida fort.

Mit einem missbilligenden Ausdruck schüttelte Helene den Kopf. »Seht Ihr? Aus diesem Grund sollt Ihr Euch um diese Zeit nicht mehr außerhalb des Frauenturms aufhalten. Wenn Eure Mutter oder gar der Graf davon erfährt, wird das Ärger geben.«

Ida ignorierte ihre Bedenken. Die Eltern würden ihr nicht lange böse sein. »Denkst du, er liebt sie?«, fragte sie stattdessen.

Die Kammerfrau brummte. »Das glaube ich kaum. Mein Bruder bleibt nie länger als ein paar Wochen bei einer Gespielin.«

Überrascht sah Ida Helene an, deren blondes Haar nicht im Entferntesten an Dietrichs dunkle Mähne erinnerte. »Dietrich ist dein Bruder? Ist auch er ein uneheliches Kind Bertolts?«

»Ja. Genau genommen ist er mein Halbbruder, denn wir haben nicht die gleiche Mutter.«

Schlagartig verstand Ida, warum er sich ihr gegenüber feindselig und unverschämt verhielt. Idas Großonkel Bertolt war dreißig Sommer lang Burgherr von Rheinsporn gewesen und hatte ihrem Vater, dem rechtmäßigen Erben, nach dem Leben getrachtet. Ihr Vater hatte ihn getötet. In Notwehr zwar, doch was zählte das für Bertolts Sohn, der danach ohne seinen Vater zurechtkommen musste? Vielleicht hatte er sich trotz seines misslichen Standes Chancen ausgerechnet, Rheinsporn einmal selbst übernehmen zu können. So sehr sie Helene mochte, so sehr misstraute Ida deren Halbbruder

Dietrich. Er schien ihr hinterhältig und berechnend zu sein, und nun wurden diese Züge nachvollziehbar.

Sie besann sich auf das Gespräch mit ihrer Dienerin, in der sie eine Vertraute sah, mit der sie offen über alles reden konnte. Mechthild war für vieles noch zu klein und petzte außerdem hin und wieder. »Liebt Ruth denn Dietrich?«, fragte sie.

»Vermutlich ebenso wenig«, antwortete Helene.

»Warum tun sie dann diese Dinge miteinander? Ich möchte nur jemandem, den ich liebe, derart nah sein.«

Helene seufzte. »Es ist nicht immer alles so einfach im Leben. Manchmal kommt einem die Wollust in die Quere. Und Ihr werdet die Ehe mit einem Mann eingehen müssen, den der Graf für Euch aussucht, egal ob Ihr ihn liebt oder nicht.«

»Mein Vater hat mir versprochen, dass er mich erst verheiratet, wenn ich einwillige«, fuhr Ida auf. »Ich will eigentlich überhaupt nicht heiraten, sondern eher wie die Heilerin Meda andere Pläne verfolgen oder auf den Mann warten, den sie mir geweissagt hat.«

Helene schlug die Kaninchenfelldecke auf Idas Bett zurück. »War das die Kräuterkundige, die dieses Arzneibuch verfasst hat, das Ihr und Eure Mutter immer wieder zu Rate zieht, wenn jemand an einer Krankheit leidet?«

Ida ließ sich auf der Bettkante nieder. »Ja, genau. Sie war die Wehmutter meiner Eltern und eine Heilerin.«

»Sie muss eine weise Frau gewesen sein«, sagte Helene, und Ida hörte echte Anerkennung in ihrer Stimme.

»Das war sie, und sie besaß das zweite Gesicht. Ich bedauere, dass sie nicht mehr Zeit hatte, ihr Wissen an mich weiterzugeben. Das Buch ist der einzige Schatz, der uns von ihr geblieben ist.«

»Also solltet Ihr ihn hüten wie Euren Augapfel«, sagte Helene ernst.

»Das tun wir.« Ida kroch unter die Decke. »Ich werde nicht vorschnell irgendjemanden heiraten. Es gibt bereits einen Mann, der für mich vorbestimmt ist.«

Helene beugte sich zu ihr vor. »Wer sollte das sein?«

Erneut griff Ida nach ihrem Arm. »Versprichst du mir, es für dich zu behalten, wenn ich es dir erzähle?«

Einen Moment lang zögerte die Kammerfrau, dann siegte offenbar die Neugierde. »Ich verspreche es.«

Verschwörerisch zog Ida sie zu sich herunter und flüsterte in ihr Ohr.

Helene lauschte mit angehaltenem Atem. »So wollt Ihr also die Ehe mit ihm eingehen?«

»Wieso sollte ich ihn heiraten? Es genügt doch, wenn ich mit ihm zusammen bin.«

Die junge Kammerfrau öffnete die Augen weit und wisperte: »Das sind gefährliche Ideen, die Ihr äußert.«

Ida zuckte mit den Schultern. »Schon möglich. Aber ich werde mich an keinen Mann binden, der mich beherrschen und unterdrücken will. Oder in mir nicht mehr als einen Zeitvertreib sieht, wie Dietrich das anscheinend mit Ruth tut.«

»Was hat Dietrich damit zu tun?« Helene richtete sich auf, sodass Ida zu ihr aufschauen musste.

»Na, weil ich ihn im Stall beobachtet habe. So etwas will ich nicht. Ich möchte eine tiefe Liebe erleben, so wie die, die meine Eltern zueinander empfinden.«

»Das verstehe ich gut, Herrin, und ich wünsche es Euch von Herzen. Leider passiert das sehr selten.«

Ida legte sich auf den Rücken und zog sich die Decke bis unters Kinn. »Dann verzichte ich halt ganz darauf.«

Am liebsten hätte sich Ida tags darauf die Ohren zugehalten, als die Kriegsvorbereitungen begannen. Die Burg hallte wider von den harschen Zurufen der Ritter, dem Scheppern der Kampfausrüstungen und den scheuernden Geräuschen, wenn Knappen mit einer Mischung aus Urin und Sand den Rost von den Waffen schrubbten. Ganz Rheinsporn war in Aufruhr geraten, als hätte der Kaiser mit seinem Zepter in einen steinernen Ameisenbau gestochen. Was Ida beobachtete, war ihr nicht geheuer.

Die Mienen der Männer erschienen ihr mal missmutig, mal sorgenvoll und manchmal erwartungsfroh. Letzteres konnte sie sich nicht erklären. Bereitete es Männern Freude, ihre Kräfte mit anderen im Kampf auf Leben und Tod zu messen? Ida dachte an Ruben und seine Wettkämpfe mit den Jungen aus dem Dorf. Sie hatten nur verbotenerweise mit selbstgebauten Armbrüsten auf Zielscheiben aus Stroh geschossen und hin und wieder auf Wildtiere. Aber nie auf Menschen, und ihr eigenes Leben hatten sie dabei ebenso wenig riskiert.

Gerne wäre sie nun ein weiteres Mal ausgeritten, um Klarheit in ihre Gedanken zu bringen und um die Furcht loszuwerden, die sie empfand. Doch so kurz nach ihrem letzten Abenteuer wagte sie das nicht. So nahm sie sich Mechthilds an, um das Mädchen vom Treiben in der Burg abzulenken. Das ungute Gefühl, das sie bei dem Kriegszug der Ritter beschlich, wurde sie indessen nicht wieder los.

Am nächsten Morgen stand Ida gemeinsam mit ihrer Mutter, Mechthild und ihrem jüngsten Bruder Gregor auf der Eingangstreppe, um die Männer zu verabschieden. Der ganze Burghof starrte von blank gescheuerten Waffen, kraftstrotzenden Rittern in klirrenden Kettenhemden und Pferden in bunten Schabracken. Farbige Wimpel und Banner an langen, hin- und herwogenden Stangen wehten im Wind. Man hätte glauben können, eine Schar von Spielleuten sei wie die biblische Heuschreckenplage in einen Jahrmarkt eingedrungen. Aber Ida wusste, dass stattdessen ein ungewisser Abschied nahte, und konnte dem Anblick nichts Erfreuliches abgewinnen.

Mit der Hilfe eines Knappen erklomm ihr Großvater Theoderich sein Streitross, indem er das versehrte Bein ungelenk über den Pferderücken schob.

›Ein alter Mann, der nicht mehr selbst sein Pferd besteigen kann, sollte nicht in eine Schlacht geschickt werden, in der es nur ums Töten geht‹, dachte sie. Er hatte nicht mehr die rechte Verfassung für eine gewalttätige Auseinandersetzung. Doch was galt schon die Meinung einer Zwölfjährigen?

Als ihr Vater sich von ihr verabschiedete, raunte sie ihm ins Ohr: »Bitte komm ganz schnell wieder zurück. Ich fühle mich ohne dich nicht wohl auf der Burg.«

Er nahm sie in den Arm, und sie spürte die Kälte seines Kettenhemdes auf ihrer Haut. »Du bist hier in Sicherheit, Liebes.«

»Ich traue Dietrich nicht«, flüsterte sie.

Ihr Vater strich ihr über den Kopf. »Das sind Vorurteile, Kind. Mir fehlt jetzt die Zeit, dir zu erklären warum, aber sei nett und höflich zu ihm.«

Ida presste die Lippen zusammen. Da sich Dietrich ihr gegenüber weder nett noch höflich verhielt, handelte es sich bei ihrem Misstrauen nicht um ein Vorurteil. Es war vielmehr das Ergebnis von Erfahrungen. Widerstrebend nickte sie. Es würde ihr schwerfallen, die Anweisung zu befolgen.

Dann musste sie hilflos mitansehen, wie ihr geliebter Vater im blau-weißen Rheinsporner Wappenrock mit Löwenkopf-Applikation durch das Burgtor ritt, um für Kaiser Heinrich den Fünften in den Kampf zu ziehen. Sein eigener Vater hatte in einer Schlacht für den Vater des Kaisers sein Leben lassen müssen, als Gero erst zwei Sommer zählte. Und ihr Großvater Theoderich hatte nur mit viel Glück überlebt, als er im Zweikampf beinahe sein Bein verlor. Bedrückt folgte Ida ihrer Mutter und ihren Geschwistern auf die Wehrmauer und schaute dem Tross so lange hinterher, bis nur noch eine Staubwolke in der Ferne zu erkennen war.

Kapitel Zwei

Wie vor vielen Sommern ritt Gero von Rheinsporn zusammen mit Schwager und Schwiegervater Richtung Colonia. Doch anders als damals befanden sie sich hier im Heer Kaiser Heinrichs des Fünften und verfolgten keine friedlichen Absichten. In den vergangenen Jahren hatte er sich oft vorgestellt, wie es sein würde, an der Seite seiner engsten Vertrauten Waffengänge zu bestreiten. Aber nun, da der Zeitpunkt nahte, war ihm mulmig zumute. Außerdem fand er es befremdlich, gegen die Bewohner der Stadt ins Feld zu ziehen, die er einst mit Theoderich und Adebar aufgesucht hatte. Lebhaft erinnerte er sich an die vollen Gassen, die reich gefüllten Marktstände, an denen Waren aus aller Herren Länder feilgeboten worden waren. Jetzt sollte er Menschen töten, die ihm damals begegnet waren und freundlich den Weg gewiesen hatten. Er atmete tief durch.

»Als Heinrich Anfang Januar in Mainz die Hochzeit mit Mathilde so prachtvoll gefeiert hat, dachte ich, das stärkt seine Autorität im Reich und sichert seinen Thron«, sagte Adebar, aufrecht auf seinem Wallach und einer Schabracke mit den Greifenfels-Farben sitzend. »Angeblich hat der König von England fünfzehntausend Pfund Silber als Mitgift bezahlt.«

Erstaunt stellte Gero fest, wie sicher sein Schwager im Sattel saß und dabei selbstbewusst und kampferprobt wirkte. Von seiner früheren Ängstlichkeit und Unsicherheit war nichts mehr zu spüren. »Was verspricht sich der Angelsachse von dieser Verbindung?«, fragte er.

»Er ist Normanne. Sein Vater hat die Angelsachsen unterworfen.« Adebar hielt die Zügel seines Pferdes locker in der Hand. »Vermutlich erhofft er sich einen enormen Prestigegewinn. Aus dem ganzen Reich kamen die Fürsten nach Mainz. Zunächst sah es so aus, als würde es Heinrich endlich gelingen, Einigkeit mit den Adligen zu erzielen. Doch dann hat er während der Hochzeitsfeierlichkeiten einen der Grafen gefangennehmen und einkerkern lassen.« Adebar verzog die

Mundwinkel. »Das hätte er besser bleiben lassen, denn damit hat er viele Fürsten gegen sich aufgebracht. Ein paar von ihnen haben ohne Erlaubnis das Fest verlassen, andere die Gelegenheit zur Verschwörung genutzt. Feststimmung kam da nicht mehr auf.«

Gero runzelte die Stirn. »So schnell kam dieser Gesinnungswandel? Das kann ich kaum glauben.«

»Du hast recht. Sie waren seit seinem Vorgehen in Rom schon nicht gut auf ihn zu sprechen.«

Vor Deutz angekommen schweifte Geros Blick über das Heer von Alemannen, Bayern und Sachsen, das der Kaiser für seinen Friesenfeldzug zusammengezogen hatte. Mit einer Flotte hatte er sich auf dem Rhein Colonia von Süden her genähert und plante eigentlich, nach Norden weiterzuziehen. Vor Ort hatte er von dem Aufstand des Erzbischofs und seiner Verbündeten erfahren. Deshalb war der Flottenverband in Dollendorf angelandet und hatte ein Heerlager errichtet.

Nun wollte Heinrich seine Truppen in den Kampf schicken, um Colonia vernichtend zu schlagen. Das Feld glich einer Wiese voller wildwachsender Pflanzen: Lanzen stachen wie riesige eiserne Grashalme in den Himmel, die bunten Banner, Wimpel und Schabracken erinnerten an ein Blütenmeer. Doch entströmte diesem Anblick kein betörender Duft, sondern der Geruch von Eisen, Pferdeexkrementen und dem nahenden Tod.

Theoderich wies auf einen Reiter in schwarzem Waffenrock, der Heinrich dem Fünften nicht von der Seite wich und unverwandt in Richtung der befestigten Stadt Deutz starrte. »Das ist Ulrich von Leiburg. Sein Gesicht solltest du dir merken.«

»Wieso?«

»Weil er seit vielen Jahren der Kommandant der kaiserlichen Leibgarde ist.«

Gero schirmte die Augen mit der Hand vom Sonnenlicht ab und betrachtete den Mann. Hoch aufgerichtet saß er auf seinem Pferd, und der Kettenpanzer über seiner breiten Brust glitzerte silbern in der Abendsonne. Der graue Bart verriet gleichwohl sein fortgeschrittenes Alter. Er trug einen merkwürdig geformten Helm mit aufgepflanzten Verzierungen, die Gero an Drachenflügel erinnerten.

»Was trägt er für einen seltsamen Kopfschutz?«, fragte er seinen Schwiegervater.

»Er benutzt noch immer voller Stolz den Helm des dänischen Adligen, den er in jüngeren Jahren erschlagen hat. Dabei sieht er damit aus wie ein Rindvieh.« Theoderich spuckte aus.

Als der Kaiser befahl, ein Lager für die Nacht aufzuschlagen, kam Ulrich bedächtig auf die Greifenfelser zugeritten. Er hob kurz die Hand zum Gruß, bevor er sich an Theoderich wandte.

»Graf von Greifenfels«, sagte er, »lange nicht mehr gesehen.«

Theoderich neigte mit düsterer Miene den Kopf. »Lange nicht mehr auf der gleichen Seite gekämpft.«

Gero musterte das vernarbte Gesicht und die großporige Haut seines Gegenübers.

Ulrich nickte knapp, dann deutete er ein Grinsen an. »Ja, das ist wahr. Wie ist es Euch ergangen seit der Schlacht vor Canossa? Ihr hättet beinah Euer Bein verloren, richtig?«

»Das stimmt. Und wenn ich mich dem Chirurgus nicht widersetzt hätte, wäre es wohl auch so gekommen. Doch wie du siehst, konnte es gerettet werden.«

»Das freut mich zu hören. Ihr seid also uneingeschränkt kampftüchtig für unseren Kaiser.«

»Selbstverständlich bin ich das. Ich stehe ihm als meinem Lehnsherrn für kriegerische Auseinandersetzungen zur Verfügung, falls sie unumgänglich sind. Aber wäre diese Schlacht hier nicht vermeidbar gewesen?«

»Was fragt Ihr mich? Politik interessiert mich nicht. Ich bin da, wenn man mich zu den Waffen ruft. Heinrich möchte mich noch immer an seiner Seite haben, obwohl das Alter an mir nagt. Also werde ich mein Bestes geben und ihn mit meinem Leben schützen.«

Theoderichs Gesichtsausdruck blieb unvermindert düster. »So wie wir alle.«

Ulrich sah zu den anderen Männern in seinem Gefolge. »Wen habt Ihr mitgebracht?«

Der Greifenfelser wies zu seiner Linken. »Meinen Sohn Adebar kennt Ihr bereits.« Dann wies er zu seiner Rechten. »Und das ist mein Schwiegersohn Gero von Rheinsporn.«

Ulrichs Miene gefror. »Von Rheinsporn sagst du? So ist er der Mörder Bertolts?«

Theoderich richtete sich im Sattel auf. »Nicht so vorschnell, Kommandant. Er hat sich nur genommen, was ihm als Sohn Egberts und rechtmäßiger Erbe seiner Burg zusteht. Und jeder freie Mann in diesem Land hat das Recht, sich zu verteidigen, wenn er angegriffen und sein Leben bedroht wird. Der Kaiser hat seinen Anspruch anerkannt, somit ist dieser rechtskräftig.«

»Ja, ich weiß«, erwiderte Ulrich langsam und wandte sich ab. Seine letzten Worte »Aber im Gegensatz zu ihm war Bertolt Heinrich lange Jahre ein treuer Diener«, erahnte Gero nur noch.

Unwillkürlich straffte er die Schultern. Es war nicht zu erwarten gewesen, unter den Adligen nur Freunde zu finden. Doch dies war die erste Begegnung mit einem Mann, der offensichtlich auf Bertolts Seite gestanden hatte. Er fragte sich, wie sich die Nachricht vom Ableben seines Onkels im Land verbreitet hatte. Friedwart von Höhtgen war schon kurz nach Bertolts Tod einem Lynchmord zum Opfer gefallen und seine anderen Getreuen waren geflohen. Vermutlich war dies der Weg, den die Kunde genommen hatte. Nun denn, dann wusste jetzt auch dieser Ulrich von Leiburg, mit wem er es zu tun hatte und dass mit ihm nicht zu spaßen war. Das konnte kein Schaden sein, selbst wenn man auf der gleichen Seite kämpfte.

Am Abend rief Kaiser Heinrich der Fünfte seine engsten Vertrauten und erfahrenen Mitstreiter zu sich, um mit ihnen das

Vorgehen bei der Schlacht zu beraten. Die Rheinsporner entfachten währenddessen ein prasselndes Lagerfeuer. Seufzend ließ sich Gero an der Feuerstelle nieder, aus der goldgelbe Funken in den Nachthimmel stoben. Die Zweige knackten, und wenn die Flammen an feuchten Ästen leckten, mischte sich ein Zischen in das qualmende Feuer. Er streckte seine Füße aus, zog sie aber bald wieder zurück, weil sie ihm zu heiß wurden, während der Rücken fror. Als Theoderich humpelnd von der Besprechung zurückkehrte, las Gero bereits an der mürrischen Miene seines Schwiegervaters ab, dass ihm nicht gefiel, was vereinbart worden war.

»Der von Leiburg hat dem Kaiser geraten, zuerst Deutz einzunehmen und zu zerstören«, brummte Theoderich und ließ sich neben ihnen am Feuer nieder. »Heinrich plant nun, eines seiner Truppenkontingente dorthin abzuordnen, damit es Colonia an dieser Stelle von der Versorgung über den Wasserweg abschneiden kann«, fügte er hinzu. »Ich glaube ehrlich gesagt nicht, dass dieser Plan aufgehen wird. Sobald die Gefolgsleute des Erzbischofs merken, was wir vorhaben, werden sie über den Rhein kommen und Deutz verteidigen. Sie verfügen über sehr viele gute Bogenschützen, und besonders die jungen Männer sollen aufgestachelt sein. Auf dem freien Feld vor Deutz haben wir kaum eine Möglichkeit, uns vor ihnen zu verbergen. Damit werden wir leicht zu treffende Ziele sein. Wir müssen uns unauffällig im Hintergrund halten, wenn es soweit kommen sollte.«

»Legt der Kaiser nicht fest, in welcher Schlachtordnung wir antreten werden?«, fragte Gero.

»Doch, aber ich habe ihm glaubhaft versichern können, dass wir in den hinteren Reihen unentbehrlich sind.«

Adebar hob eine Augenbraue. »Und dem hat er zugestimmt?«

»In seinem Heer gibt es genug Heißsporne, die darauf brennen, sich dem Feind entgegenzuwerfen. Ich glaube, da hofft so manch einer auf Ehre, Ruhm und eine reiche Entlohnung mit Lehen. Sollte euch ebenfalls danach dürsten, lasst euch in die ersten Reihen stellen. Ich für meinen Teil bin dankbar, wenn ich diesen Waffengang lebend überstehe.«

Bedrücktes Schweigen breitete sich aus. Dann sagte Gero: »Wir bleiben selbstverständlich bei dir«, und Adebar nickte zustimmend.

Theoderich legte seine Hände auf Geros und Adebars Schulter. »Ist diesem Kaiser ein langes Leben beschieden, könnt ihr damit rechnen, dass es für euch so manche Schlacht zu schlagen geben wird – und noch reichlich Kriegsbeute zu holen. Dieser Mann hat ein Talent dazu, sich mit jedem zu überwerfen. Auch dieser Waffengang ist ein riskantes Unterfangen. Unterliegt Heinrich dem Erzbischof, wird das weitreichende Folgen für seinen Zugriff auf das Rheinland und uns alle haben.«

Gedankenverloren wog Gero das Schwert Siegfried von Ballenstedts in der Hand und führte damit ein paar Streiche in der Luft aus. Das Blatt war gut zu führen, da der ovale Knauf die Last im Gleichgewicht hielt. Er hatte seinem Freund versprochen, die Waffe irgendwann an dessen Sohn weiterzugeben. Noch war sein Erstgeborener zu jung für eine Schwertleite und eigenes Kriegswerkzeug. So lange würde das Geschenk Siegfrieds Gero weiter treue Dienste erweisen, hoffte er. Es war ein Andenken an seinen ehemaligen Herrn und engen Freund, an seine Zeit als Knappe Heinrich von Laachs und Siegfrieds, an die er sich gerne erinnerte. Zugleich bedeutete das scharfe, zweischneidige Schwert mit der Rille in der Schneide die größte Ehre, die ein Ritter in Händen halten konnte und die seine beiden früheren Herrn für ihn verkörperten.

In kühnen Träumen sah er in ihm Excalibur, die Waffe König Artus'. Dessen Schwert stellte er sich ähnlich vor – mit einem von Leder umwickelten Holzgriff und einer Inschrift in der Klinge. Auch Gero würde Siegfrieds Erbstück in den Dienst des Guten stellen. Und wenn alles wieder an seinem rechten Platz war, wollte er dem Sohn seines

Freundes zu seiner Schwertleite feierlich das Schwert seines Vaters übergeben. Bis dahin würde er es behalten, verwahren und benutzen.

In der Nacht schnarchte Theoderich im Nachbarzelt zum Gotterbarmen. Gero tat kaum ein Auge zu. Ihm war flau. Er hatte bisher erst zwei Menschen in Notwehr getötet. Wie würde es sein, in den nächsten Tagen hunderten, wenn nicht tausenden Feinden gegenüberzustehen, die kein Erbarmen zeigen würden? Kämpfe mit fremden Männern auszufechten, in denen es ums nackte Überleben ging? Er durfte nicht versagen, durfte Sigrun nicht allein zurücklassen. Was würde sonst aus ihr und den Kindern, wenn ihm etwas zustieß? Würde Heinrich sein geliebtes Eheweib in der Folge einem Unbekannten geben? Dann würde sie letzten Endes das Los ereilen, das er ihr in jungen Jahren erspart hatte.

Die Vorstellung, dass ein anderer Mann sie anfasste, war ihm auch nach all der Zeit unerträglich. Er brauchte sie, genauso wie sie ihn. Gero dachte an den schmachvollen Tod seines Freundes Siegfried, und ihm grauste bei der Vorstellung, dass ihm ein ähnliches Schicksal widerfahren könnte. Seine Gedanken schweiften ab. Vielleicht wäre er besser als Bauer in Thure geblieben. Aber nein, das war Unsinn. Er gehörte hierher, dessen war er sich bewusst. Dazu war er geboren worden, und nicht, um den Acker zu bestellen oder im Steinbruch Mühlsteine zu schlagen. Mit seiner Geburt war eine Verpflichtung einhergegangen.

Mit pochendem Herzen sah er zur Zeltdecke hinauf, die sich im Wind hob und senkte und dabei knackende Geräusche machte. So unbequem hatte er lange nicht mehr liegen müssen – auf einem Teppich auf dem von Sommerhitze ausgetrockneten Boden. Doch die Nächte auf den dünnen Strohmatten in ihrer Kate in Thure hatten ihn abgehärtet. Er würde selbst in dieser unbequemen Position in den Schlaf finden, wenn Theoderich endlich Ruhe gab und die Spindel der Gedanken aufhörte, sich in seinem Kopf zu drehen.

Adebar neben ihm atmete gleichmäßig und ruhig. Gero konnte kaum glauben, dass sein ehemals ängstlicher Ziehbruder nun vor der Schlacht gefasster war als er selbst. Er sollte sich zusammenreißen. Sein Körper brauchte den Schlaf. Womöglich musste er schon morgen in den Kampf ziehen und bei Kräften sein. Endlich spürte er, wie ihm die Augenlider schwer wurden. Es dauerte noch eine ganze Weile, in der er bis ins Detail jedes Geräusch wahrnahm, das von draußen zu ihm hereindrang. Er glaubte, das Nagen einer Maus sowie den Ruf eines Uhus zu hören. Das Letzte, was er vernahm, war ein Ächzen und ein Plätschern, als sich wohl einer der Soldaten des Kaisers vor seinem Zelt erleichterte.

Als Sigrun nach der Morgenmahlzeit auf Rheinsporn in ihre Kammer trat, saßen Ida und Mechthild über Medas aufgeschlagenem Kräuterbuch gebeugt, einem Ledereinband mit Prägedruck. Seit sie auf der Burg lebten, hatte sie mehr Zeit gehabt, ihre Kinder im Lesen und Schreiben zu unterrichten. Es war erstaunlich, wie sehr sich Ida für die Heilkunde und Medas Aufzeichnungen interessierte.

Im Gegensatz zu ihrer Ältesten, die nichts anderes kennengelernt hatte als das Leben im Dorf, fiel es Sigrun nicht schwer, sich wieder in den Alltag auf einer Burg einzufinden und die damit verbundenen Annehmlichkeiten zu genießen. Sie war es gewohnt, Kammerfrauen zu haben und ihnen Befehle zu erteilen. Bei ihrer Mutter hatte sie gelernt, wie der Haushalt einer Burg geführt werden musste. So bereitete ihr auch das nun keine Schwierigkeiten, obwohl sie Rheinsporn vorher nicht gekannt hatte. Ihr war bewusst, dass es Bewohner gab, die ihr und ihrer Familie mit Argwohn begegneten, doch niemand zeigte das offen. Und wenn es jemand täte, würde sie nicht zögern, denjenigen der Burg zu verweisen.

Ihr linker Arm fühlte sich seit der Verletzung durch einen Pfeil zuweilen taub an und ließ sich kaum bewegen, was sie bei mancher ihrer Verrichtungen behinderte. Das war aber verglichen mit dem, was ihr hätte widerfahren können, nicht der Rede wert. Mit der Zeit hatte sie gelernt, diese Einschränkung durch eine größere Geschicklichkeit der rechten Hand auszugleichen. Dennoch war sie froh, Ida an ihrer Seite zu haben, die ihr beim Anlegen eines Wickels oder anderen Arbeiten half. Das Mädchen richtete seine klaren grauen Augen auf Sigrun, als ruhte sie tief in sich selbst.

›Vielleicht wäre es klüger, Ida in ein Kloster zu geben‹, dachte Sigrun, ›damit sie sich dort vollkommen ungestört von weltlichen Ablenkungen oder den Erwartungen eines Mannes dem widmen kann, was offenkundig ihre Lebensaufgabe ist.‹

Sie beschloss, diese Überlegungen bei nächster Gelegenheit anzusprechen, und lächelte ihre Tochter an. Ein Lächeln, in dem der ganze Stolz und all die Liebe lagen, die sie für ihre Erstgeborene empfand.

»Wie schön«, sagte sie. »Ihr widmet euch dem Studium von Medas Schriften.«

Ida lächelte zurück. »Ja, Mutter. Ich lese die Anweisungen für die Zubereitung eines fiebersenkenden Suds und versuche, mir davon so viel wie möglich einzuprägen. Mechthild leistet mir Gesellschaft dabei. Außerdem bewundern wir Eure Zeichnungen. Ihr besitzt ein großes Talent.«

»Es freut mich, dass ihr das so seht. Vielleicht möchtest du ebenfalls Skizzen anfertigen und Ergänzungen vornehmen. Dein Vater wird dir sicher gern Pergamentbögen besorgen, die wir dem Buch hinzufügen können.«

Ida schob sich eine braune Haarsträhne hinter das Ohr. »Eines Tages werde ich das tun, hat Meda gesagt. Doch noch ist es zu früh dafür.«

Mechthild sprang vom Stuhl und lief in Sigruns Arme. »Ich möchte auch Blumen malen!«

Sigrun erwiderte Mechthilds Umarmung und fragte verwundert an Ida gewandt: »Meda hat dir gesagt, dass du Ergänzungen an dem Buch vornehmen wirst?«

Das Mädchen nickte ernst. »Ja. Wundert Euch das?«

Ein Lächeln stahl sich in Sigruns Mundwinkel. »Nein, wie könnte mich das wundern? Schließlich hat sie mich selbst ebenfalls unterwiesen.«

»Auch davon hat sie erzählt, und wie schwierig es gewesen sei, Euch den Weg zu weisen.«

Sigrun schürzte die Lippen. »Wahrscheinlich ähnlich schwer, wie dir das Sticken beizubringen.«

Ida winkte ab. »Es gibt eine Vielzahl an Frauen, die das wunderbar beherrschen. Da braucht es meine bescheidenen Künste nicht. Es wird vielmehr jemand benötigt, der in der Lage ist, Medas Wissen zu bewahren und weiterzugeben.«

Sigrun atmete tief durch, mutete es sie doch an, als säße Meda selbst vor ihr.

»Und was deine Sorge um unsere Männer betrifft«, fuhr Ida fort, »ich bin mir sicher, dass alle noch leben. Ich glaube, ich würde es spüren, insbesondere wenn Vater etwas zugestoßen wäre.«

Sigrun horchte auf. In ihrer Jugend hatte sie nachts Albträume gehabt, in denen Gero mit dem Tod rang. Sie hatten sich im Nachhinein als wahr erwiesen. Hatte Ida diese Gabe geerbt, spürte sie das intuitiv, oder sagte sie das nur so daher?

»Was macht dich so sicher?«, fragte sie und streichelte über Mechthilds Haar.

»Ich glaube es nicht einfach so. Ich bin überzeugt davon.«

»Nun, hoffen wir, dass deine Ahnung dich nicht trügt.« Sigrun seufzte. »Aber tatsächlich habe ich auch kein solches Gesicht gehabt, und ich bete jeden Abend dafür, dass es so bleibt.«

Abrupt drehte sich Mechthild mit feucht schimmernden Augen zu ihr um. »Was wird aus uns, wenn Vater sein Leben in der Schlacht lässt?«

Dies war wirklich kein Gespräch, dem eine Achtjährige beiwohnen sollte. Sigrun sah, dass es ihrer Kleinen Angst machte.

»Ich weiß nicht, ob wir auf Rheinsporn bleiben könnten, Liebes«, antwortete sie beschwichtigend. »Doch wenn wir gehen müssen, können wir darauf vertrauen, dass mein Vater uns nach Greifenfels holen wird. Was nicht das Schlechteste wäre,« beeilte sie sich hinzuzufügen. »Greifenfels ist eine schöne Burg inmitten einer grünen Hügellandschaft. Einen Fluss gibt es dort ebenfalls, die Prüm, wenngleich er deutlich kleiner ist als der Rhein.«

»Und wenn Adebar und Großvater ebenfalls sterben?«, insistierte Mechthild.

Sigrun ließ die Schultern sinken. »Dann wird sicher dein Onkel Willibald Herr über Greifenfels und nimmt uns bei sich auf. Zerbrich dir darüber nicht den Kopf. Wir haben genug Verwandte, die uns helfen können und das auch tun werden. Und nun vertrauen wir auf die Ahnung deiner Schwester, dass alle Männer leben und wohlauf sind.«

Ida griff nach ihrem Arm. »Stehen in Medas Heilkundebuch Zaubersprüche, mit denen man geliebte Menschen schützen kann?«

Sigrun schmunzelte. »Natürlich, und ich habe sie schon angewendet.«

»So betest du gar nicht zum Christengott, wenn du abends für die Heimkehr unserer Männer bittest?«

»Doch, das tue ich. Ich vertraue auf beide Kräfte.«

Gleich am nächsten Morgen ordnete Kaiser Heinrich der Fünfte seinem Heer an, gegen Deutz zu ziehen. Kaum hatten sich die Truppen in Bewegung gesetzt, preschten Späher im gestreckten Galopp zu ihnen zurück.

»Die Männer aus Colonia setzen mit Booten über den Rhein, darunter zahllose Bogenschützen!«, rief einer von ihnen den Heerführern zu.

Gero wechselte einen Blick mit seinem Schwiegervater. »So, wie du es vermutet hast.«

»Es steht dir noch immer frei, dich vorne mit einzureihen und auf Ruhm und Ehre zu hoffen«, murmelte Theoderich. »Ich für meinen Teil werde mich hinten aufhalten.«

»Wir bleiben bei dir«, erwiderte Gero, »und sichern deine Flanken.«

Der Greifenfelser deutete ein Nicken an. Dann trieb er sein Pferd an, und sie nahmen ihre Position im Heer ein. Beklommen beobachtete Gero, wie sich eine Reihe von Schützen in der aufgehenden Sonne vor der Befestigung von Deutz entschlossen in Schlachtordnung vor ihnen aufstellte. Es war blanker Wahnsinn, über das offene Feld auf sie zuzureiten – die Pfeile würden auf sie niederhageln. Gero schwitzte in seinem Kettenhemd, und das Streitross tänzelte unruhig unter ihm. Auf beiden Seiten begannen die Krieger, mit ihren Waffen gegen die Schilde zu schlagen, um sich selbst Mut zu machen und den Gegner einzuschüchtern. Das Warten darauf, wer die erste Kampfhandlung vollzog, gehörte zur Zermürbungstaktik.

Da verkündete einer der Männer des Kaisers, Heinrich habe sich erneut mit seinen Gefolgsleuten beraten und beschlossen, das Gefecht bis zum Abend hinauszuzögern. Anscheinend erhoffte sich Heinrich, dass der Feind sich zurückzog. Wenn man ihn glauben machte, die Streitmacht des Saliers sei von der Hitze erschöpft, wäre er leichter zu überwinden.

Unerwartet stürmten die Reiter des Erzbischofs auf das offene Feld. Die beiden Heere prallten zusammen, als schlügen zwei Gerölllawinen aufeinander. Der Kampflärm, die Todesschreie und Wehlaute der Verwundeten schnitten Gero ins Herz. Mit aller Macht musste er den Impuls unterdrücken, sein Pferd zu wenden und die Flucht zu ergreifen. Er war nicht feige und hatte auch keine Angst davor, einem der Gegner nicht gewachsen zu sein. Doch dieses Gemetzel war unmenschlich, die Geräusche von zerbrechenden Knochen und berstendem Metall unerträglich.

Als auf dem Schlachtfeld vor ihnen die zuckenden Leiber der Sterbenden überhandnahmen, gab Theoderich den Befehl, dass die letzte Reihe vorrücken solle. Flehentlich sah Gero zum Kaiser hinüber. Erkannte er nicht, wie aussichtslos die Lage war? Wollte er sein ganzes Heer aufreiben lassen? Dann wäre seine Niederlage vernichtend und seine Präsenz am Rhein für lange Zeit beendet.

Aber der hoch gewachsene Salier in seiner prachtvollen Rüstung sah starr geradeaus. Das Wappen auf der Schabracke seines Pferdes mahnte Gero daran, für wen er kämpfen und womöglich sein Leben lassen würde. Die feindlichen Schützen hoben ihre Bögen und warteten darauf, dass die Kaisertreuen nah genug herankamen. Ein Schauder durchfuhr Gero. Die Situation erinnerte ihn an den Vorfall auf dem Feld bei Thure, als er seinem Onkel entgegentreten musste. Für einen Moment schnürte es ihm die Kehle zu.

Zu seiner Überraschung schwenkten die Bogenschützen unvermittelt herum und richteten ihre Geschosse in Richtung der gepanzerten Reiter Heinrichs aus. Gero kniff die Augen zusammen, denn er glaubte, nicht richtig zu sehen. Tatsächlich! Die Ritter hatten ihre Panzerungen aus Horn abgenommen, die kein Pfeil durchdringen konnte. Vermutlich wegen der Hitze, die auch ihn zunehmend plagte. Erschrocken fasste er die Zügel kürzer und starrte zu den Reitern, auf die ein Pfeilregen niederprasselte. Mit Entsetzen erkannte er, dass einer nach dem anderen von seinem Reittier fiel und sich nicht mehr rührte. Adebar, Theoderich und all ihre Männer verlangsamten ebenfalls ihr Tempo.

Da endlich kündete das Horn des Kaisers an, dass sie sich zurückziehen sollten. Gero zögerte einen Augenblick. Als er sah, dass sich die Krieger des Erzbischofs daran machten, ihnen nachzusetzen, wendete er sein Schlachtross und stob davon. Rechts und links von ihm fielen weitere Ritter und Männer des Fußvolks im Pfeilhagel und durch die Waffen der Truppen Friedrichs. Bärenstarke Kämpfer krümmten sich vor Schmerzen am Boden und versuchten vergeblich, Pfeile aus ihren Leibern zu zerren. Ein feindlicher Berittener preschte mit erhobenem Schwert an seinen Schwiegervater heran. Entschlossen zügelte Gero seinen Hengst, um Theoderich zur Hilfe zu eilen. Doch Adebar kam ihm zuvor und stieß den Reiter mit einem Schlag gegen die Brust vom Pferderücken.

Sofort trieben alle drei ihre Schlachtrösser wieder an und sie entkamen dem Inferno mit knapper Not. Auf dem Weg zum Lager kreisten Geros Gedanken um den verlorenen Waffengang. In seinem Kopf hallten die Todesschreie wider. Das erlebte Gemetzel übertraf das Grauen, das er vom Hörensagen kannte. Er musste anerkennen, dass Erzbischof Friedrich von Schwarzenburg die Aufständischen im Reich sehr erfolgreich hinter sich vereinte. Das Heer des Kaisers war ihnen nicht gewachsen.

Er sah zu seinem Schwiegervater hinüber, der missmutig ins Leere starrte. Sie alle einte das erniedrigende Gefühl, vor dem Feind geflohen zu sein. Zurück im Lager stellte Gero erleichtert fest, dass sie weder einen Rheinsporner noch einen Greifenfelser verloren hatten. Wie anders hätte das ausgesehen, wären sie in den vorderen Reihen mitgeritten! Er war Theoderich zutiefst dankbar für dessen Vorausschau. Auch wenn dieser nicht mehr alleine auf sein Pferd kam, brachte er doch etwas mit, was für das Überleben in einer Schlacht weitaus wichtiger war als Kampffertigkeit und Wagemut: Erfahrung und Besonnenheit.

»Ulrich von Leiburg war einmal ein begnadeter, vor Kraft strotzender Kämpfer, der beste unter den Gefolgsleuten des Kaisers«, murmelte der Greifenfelser vor sich hin, als spräche er mit sich selbst. »Jetzt ist er alt. Die Tage, in denen er die Leibgarde des Kaisers von Schlacht zu Schlacht und von Sieg zu Sieg geführt hat, sind vorüber. Er ist nicht mehr der unbezwingbare Anführer, sondern ein grau und streitsüchtig gewordener Rüpel.« Er richtete seinen Blick auf Gero. »Valentin wiederum, der einzige ihm verbliebene Sohn, ist ein besonnener Mann«, fuhr Theoderich fort. »Du solltest dich an ihn halten und nicht an den Alten.«

Gero nickte und hoffte, dass er nie gezwungen sein würde, sich ausgerechnet einem der Leiburger zuzuwenden, waren sie doch Freunde Bertolts gewesen.

Als Theoderich an diesem Abend von der Besprechung mit dem Kaiser zurückkam, war seine Miene noch eine Spur griesgrämiger als am Tag zuvor.

»Ich dachte immer, Heinrich verfügt über einen wachen Verstand«, stieß er hervor. »Aber nun nimmt anscheinend sein Stolz überhand. Er sinnt auf Rache. Wir werden schon morgen aufbrechen und sollen Jülich und Bonn brandschatzen.«

Gero spürte, wie ihm die Farbe aus dem Gesicht wich. »Warum ausgerechnet Jülich und Bonn?«

»Weil beide Orte zu den Aufständischen gehören«, erklärte sein Schwiegervater.

Auch Adebar sah erschrocken aus. »Können wir uns diesem Befehl widersetzen?«, fragte er.

»Nein, natürlich nicht. Zumal das Heer des Kaisers derart geschrumpft ist. Wir können uns lediglich unauffällig zurückhalten, so gut es geht.« Theoderich seufzte. »Ich fürchte, nicht nur Ulrich von Leiburg ist langsam zu alt für solche Unternehmungen, ich bin es ebenso.«

Noch in der Nacht zogen sich die Rheinsporner und die Greifenfelser zusammen mit den Truppen des Kaisers hinter die Wagenburg zurück. Dort fiel Gero vor Erschöpfung in einen tiefen Schlaf. Doch in seinen Träumen wanden sich geschundene Leiber, und Schmerzenslaute hallten in seinem Kopf wider.

Seit Wochen warteten die Daheimgebliebenen auf Rheinsporn bereits vergeblich auf Nachricht. Ida ertappte sich dabei, wie sie immer wieder sehnsüchtig aus der Fensteröffnung ihrer Kammer hinaus in die Ferne schaute und sich vorstellte, was ihr Vater und seine Männer dort erduldeten. Das Leben auf der Burg war nun, da sie fort waren, noch eintöniger geworden. Der Tag bestand aus langweiligen Stickarbeiten und belanglosen Gesprächen mit den Kammerfrauen. Einzig das Studium von Medas Schriften bereitete ihr Freude. Sie versuchte, sich Colonia vorzustellen oder Andernach, denn diese Namen fielen häufig, doch sie hatte keine Ahnung, wie eine Stadt aussah. Ihr Vater hatte ihr einmal beschrieben, wie er Colonia bei einem Besuch zusammen mit Adebar und ihrem Großvater erlebt hatte. Von diesen Schilderungen blieben ihr noch lebendige Bilder im Kopf. Aber entsprachen diese Vorstellungen der Wirklichkeit? Vielleicht waren die Orte viel größer, bunter und wuseliger, als sie ahnte.

Sehnsüchtig schweifte ihr Blick nach Süden, wo sie Thure, Menedich und Cuttenheim vermutete. Diese Siedlungen kannte sie zwar, doch war sie lange nicht mehr dort gewesen, und sie befürchtete, ihre Erinnerungen könnten verblassen. ›Wenn Vater zurückkommt, werde ich ihn bitten, mich bei seinem nächsten Besuch in Thure mitzunehmen‹, flüsterte sie. Bisher hatten sich ihre Eltern diesem Ansinnen mit der Begründung verschlossen, sie sei zu jung für eine weite Reise, die zudem allerlei Gefahren berge.

Jeden Abend hörte sie, wie ihre Mutter darum betete, dass alle wohlbehalten wiederkehrten, ganz besonders ihr Ehemann. Sie wünschte sich, ebenfalls einmal eine solche Liebe zu erleben, und die Heilerin Meda, Hebamme und Lehrerin ihrer Eltern, hatte ihr in einer Weissagung Grund zur Hoffnung gegeben. Ida hatte zwar keine Vorstellung, wann und wie das geschehen könnte, sie vertraute trotzdem auf die Worte der weisen Frau, weil schon ihre Mutter und Großmutter das getan hatten.

Kaum waren die Truppen Heinrichs des Fünften ein paar Wochen später von ihrem Verwüstungsfeldzug gegen Bonn und Jülich nach Deutz zurückgekehrt, um erneut Colonia anzugreifen, berief der Kaiser eine Lagebesprechung ein.

»Die Lothringer sollten diesmal in den vorderen Reihen kämpfen«, sagte Ulrich von Leiburg und bewahrte dabei einen neutralen Gesichtsausdruck. »Ihre Kräfte sind noch frisch.«

Mit seinem wettergegerbten Gesicht und dem unter den Arm geklemmten Drachenflügelhelm wirkte er auf Theoderich wie ein Troll. Er warf dem Leiburger einen erbosten Blick zu, weil er genau wusste, was der Kommandant der Leibgarde des Kaisers damit andeuten wollte. Gleichwohl fiele ihm keine passende Erwiderung ein, die ihn, seinen Sohn und den Schwiegersohn aus der ersten Reihe herausgehalten hätte.

Heinrich strich sich über das Kinn und zeichnete mit dem Stock Linien in den Boden. Gekleidet in Wams und Waffenrock sah er aus, als sei er bereit zum Kampf. Allerdings war seine Kleidung im Gegensatz zu der seiner Truppen unversehrt. »Dann machen wir es so: Theoderich übernimmt mit seinen Lothringern die vorderste Reihe, gefolgt von den Alemannen und Franken und den Bayern auf dieser Seite«, sagte er.

Theoderich verschränkte die Arme. »Wo werdet Ihr stehen?«

»Ich werde das Schlachtgeschehen aus der Entfernung beobachten. Es wäre zu riskant, wenn ich verletzt oder gar getötet würde, solange ich keinen Erben habe. Das Reich würde in Machtkämpfen zerfallen.«

Theoderich verzog keine Miene. An diesem Abend suchte er den Geistlichen auf, um die Beichte abzulegen, und betete sein Abendgebet mit besonderer Inbrunst.

Erzbischof Friedrich und seine Verbündeten erwarteten das kaiserliche Heer am nächsten Tag bereits und leisteten erheblichen Widerstand. Zunächst glaubte Theoderich, die Kaisertreuen behielten trotzdem die Oberhand. Immerhin konnten sie einige der gegnerischen Heerführer gefangen nehmen oder töten. Aber dann traf der Graf von Westfalen mit seinem Bruder sowie einem beträchtlichen Kontingent Bewaffneter ein, um die Truppen des Erzbischofs zu verstärken. An der Front mussten die Greifenfelser und Rheinsporner unter dem allzu großen Druck zurückweichen. In erbitterten Gefechten wurden die Leibschützer Theoderichs erschlagen und sowohl Gero als auch Adebar von ihm abgedrängt.

Theoderichs Pferd stolperte über Leichen und Tierkadaver und scheute. Er stürzte aus dem Sattel auf das versehrte Bein und der Schmerz durchzuckte ihn vom Knie aufwärts. Für einen Moment wurde ihm schwarz vor Augen. Mehrere Atemzüge lang war er kampfunfähig. Einer der Reiter des

Erzbischofs galoppierte auf ihn zu und versetzte ihm mit dem Schwertknauf einen Schlag auf den Hinterkopf. Im Fallen rollte sich Theoderich auf die Seite, um seinen Körper zu schützen. Der Angreifer rutschte aus seinem Sattel. Langsam trat er auf ihn zu, sein Schwert mit beiden Händen haltend.

»Erkennst du mich, Graf von Greifenfels?«, dröhnte es blechern aus seinem Helm hervor.

»Einen niederträchtigen Hundsfott erkenne ich auf zehn Meilen, und es interessiert mich einen feuchten Kehricht, wie er heißt«, spie Theoderich ihm entgegen, obwohl sich vor seinen Augen alles drehte.

Der Ritter schlug ihm die Waffe aus der Hand, stellte sich über ihn und richtete die eigene Schwertspitze auf Theoderichs Brust. Dann beugte er den Kopf vor und hob seinen Helm mit dem eisernen Nasenschutz an, sodass Theoderich seine Gesichtszüge sehen konnte.

Theoderich erkannte einen der ehemaligen Getreuen Bertolts. »So seid ihr also zum Erzbischof übergelaufen«, sagte er verächtlich, »wie Wetterhähne, die sich nach dem Wind drehen.«

Sein Gegner spuckte ihm ins Gesicht. »Was blieb uns denn anderes übrig, nachdem wir aus Rheinsporn fortgejagt wurden? Die Vertreibung aus unserer Stammburg haben wir auch dir zu verdanken. Hakon hat eine schöne Überraschung für dich vorbereitet.«

Mit Wucht rammte er Theoderich den Schwertknauf gegen die Schläfe. Sein Kopf schlug zur Seite, und er verlor das Bewusstsein.

Als er mit einem stechenden Kopfschmerz wieder zu sich kam, hing er halb aufrecht zwischen zwei Schergen Bertolts, die ihn fixierten. Kaum zwanzig Schritte entfernt visierte Hakon, ein kleiner, untersetzter Mann, ihn an. Drei weitere Söldner verfolgten amüsiert johlend in geringer Entfernung auf ihre Schilde und Waffen gestützt das Schauspiel. Verschwommen erkannte Theoderich, dass Hakon seine Armbrust mit einem gefiederten Pfeil angelegt hatte und nur darauf zu warten schien, dass Theoderich zu sich kam und ihm in die Augen sah. Der Greifenfelser sollte offenbar wissen, wer ihn hinrichtete.

»Hakon bedauert, dir in Canossa das Leben gerettet zu haben. Doch er ist bereit, seinen Fehler wieder gutzumachen«, krähte der Peiniger zu seiner Linken und hob einen Arm. Theoderich ächzte und spuckte Blut.

Da schoss Hakon den Pfeil ab. Das Letzte, was Theoderich spürte, war ein unmenschlicher Schmerz in der linken Brusthälfte, als würde sich ein Höllenhund darin festbeißen. Dann verschlang ihn das Nichts.

Das Blatt hatte sich dramatisch gewendet, erkannte Gero. Sie mussten sich zurückziehen. Ein weiteres Mal blieb ihm nur die Flucht, um sein Leben zu retten. Er hatte den Sichtkontakt zu Adebar und Theoderich schon lange verloren. Lediglich ein paar seiner Getreuen waren in seiner unmittelbaren Nähe geblieben. Blindlings trieb er seinen Hengst an, um den Verfolgern zu entkommen. Er erreichte den Schutz der Nachhut, deren Bogenschützen den Feind auf Distanz hielten.

»Wo sind mein Schwager und mein Schwiegervater?«, fragte er seine Begleiter atemlos.

Die Männer zuckten mit den Schultern. »Wir haben sie aus den Augen verloren.«

Nur Albrecht, sein erster Ritter, senkte den Blick. »Den Grafen von Greifenfels hat es erwischt. Wir waren zu weit entfernt, um eingreifen zu können. Er wurde von einem Armbrustschützen in die Brust getroffen. Ich kann mir kaum vorstellen, dass er das überlebt hat.«

In Geros Innerem drohte alles zu versteinern. Jäh wendete er seinen Hengst.

»Wenn wir umkehren, reiten wir geradewegs in den Tod, Herr«, warf Albrecht ein. »Die Kämpfer des Kaisers haben das Schlachtfeld verlassen oder liegen erschlagen auf dem Acker. Die Truppen des Erzbischofs wüten und plündern und werden sich wie die Aasgeier auf uns stürzen. Der Graf ist tot, da bin ich mir sicher, Herr. Wir können ihn nicht mehr retten, wohl aber unser eigenes Leben verlieren.«

Wütend führte Gero seinen Hengst hin und her. Der Impuls, zurück auf den Kampfplatz zu reiten, war mächtig. Schließlich siegte die Vernunft. Er stieß einen Schrei aus, in dem sich Kummer und Wut, Trauer und Verzweiflung Bahn brachen. Dann ließ er den Kopf sinken und sein Pferd zum Lager des Kaisers trotten.

Bei Anbruch der Dunkelheit wagten sich Gero und Adebar an das Schlachtfeld heran, über dem unzählige Raubvögel kreisten. Die feindlichen Ritter hatten das Feld geplündert und sich nun in ihr Lager zurückgezogen. Ein widerlich süßer Blutgeruch hing in der Luft, vermischt mit dem Gestank von Exkrementen und Schweiß. Es war schwierig, sich im Halbdunkel zu orientieren. Zu viele Erschlagene lagen herum. Was Gero sah, schnitt ihm ins Herz. Endlich fanden sie den Grafen von Greifenfels, in einer getrockneten Blutlache auf dem Boden liegend. Sein Tod hatte nichts Heldenhaftes. Gero erschauderte, als er sah, was seinen Schwiegervater getötet hatte. Beim Anblick des Pfeils mit der sonderbaren Befiederung richteten sich seine Nackenhaare auf. Das Trauma seiner Kindheit, ausgelöst durch einen Anschlag auf sein Leben, überwältigte ihn.

Er ließ sich von einem seiner Männer ein Schwert geben und durchschlug den Pfeilschaft dicht über Theoderichs Brust. Es sollte nicht ein jeder auf den ersten Blick sehen, welch grausiges Ende sein Schwiegervater gefunden hatte. Einen Moment lang erwog er, das gefiederte Pfeilende aufzubewahren, um Hakon oder den Erzbischof irgendwann einmal damit zu konfrontieren. Doch dann warf er es weg. Er wollte mit den Schergen Bertolts nie wieder etwas zu tun haben.

»Wenigstens hat man ihm nicht noch das Unterkleid ausgezogen und ihn halbnackt für die Aasfresser liegen gelassen«, murmelte er finster.

Adebar starrte seinen toten Vater an, schloss ihm die Augen und bekreuzigte sich, sagte aber kein Wort. Stumm half er Gero, den Leichnam zu bergen und über das Pferd zu legen, das sie mit sich führten. Sie banden ihn an Händen und Füßen fest, damit er nicht vom Pferderücken rutschen konnte. Aus den Augenwinkeln nahm Gero wahr, dass sein Schwager den Pfeilschaft mit der merkwürdigen Fiederung aufhob und einsteckte. Schweigend ritten sie zurück ins Lager, wo sie Theoderich auf eine Trage legten und mit einem wollenen Umhang bedeckten.

Noch immer hatte Adebar keinen Ton gesagt. Er stand vor dem Zelt, als wüsste er nicht, was nun zu tun sei. Behutsam trat Gero auf ihn zu und nahm ihn in den Arm. Adebar erwiderte die Umarmung kurz, löste sich und wandte sich ab. Doch Gero hatte gesehen, dass seine Augen feucht schimmerten. Augenblicklich rannen ihm ebenfalls die Tränen die Wangen hinab. Ein jeder ging in sein Zelt. Für Gero war es, als hätte er seinen eigentlichen Vater verloren. Den Tod Egberts hatte er kaum mitbekommen, weil er zu jung gewesen war. Das Sterben seines früheren Herrn Heinrich von Laach allerdings und dessen Stiefsohn Siegfried von Ballenstedt, der ihm zum Freund geworden war, hatte ihn gelehrt, was es bedeutete, einen geliebten Menschen und Fürsprecher zu verlieren. Und zweifelsohne war auch Theoderich ein solcher für ihn gewesen.

Inbrünstig murmelte er ein Gebet für den Verstorbenen mit der Bitte, dass der Herr seinen Schwiegervater zu sich nehmen möge. Dann spürte er, wie ihn die Müdigkeit übermannte. Sein letzter Gedanke galt Sigrun.

Kapitel Drei

Als das Horn der Burgwache von Rheinsporn nach endlos scheinenden Wochen verkündete, dass sich ein Reitertrupp näherte und der Burgkommandant vom Wehrgang aus herunterrief: »Es sind unsere Männer, Herrin, sie tragen unser Banner!«, da gab es für Ida kein Halten mehr. Seit Tagen spürte sie eine innere Unruhe, belastete sie das Gefühl, dass etwas passiert war. Ganz unschicklich raffte sie ihre Röcke und sprang die Stufen der Treppe zur Wehrmauer hinauf, um neben ihrer Mutter in die gewiesene Richtung blicken zu können. Sie sah einen Trupp, der in etwa so groß war wie der, der die Burg vor ein paar Monden verlassen hatte, und er trug nicht nur das Rheinsporn-Banner, sondern ebenso das von Greifenfels.

»Oh, wie schön!«, rief Ida erleichtert. »Dann kommt Onkel Adebar wieder mit zu uns, oder?«

»Ja«, bestätigte ihre Mutter. »Ich denke, wenn sie hierher kommen, werden dein Onkel und dein Großvater noch etwas Zeit mit uns verbringen wollen. Sonst wären sie sofort nach Greifenfels zurückgeritten.« Sie lächelte, doch der Ausdruck ihrer Augen verriet Ida, dass sie nicht unbeschwert war. Hatte sie etwa eine Vision gehabt, sie aber verschwiegen, um ihre Kinder nicht zu beunruhigen?

Idas Blick blieb an dem Karren haften, den ein Pferd an der Spitze des Trosses hinter sich herzog.

»Ich befürchte, sie haben einen Verletzten dabei, denn auf dem Fuhrwerk sehe ich weder Proviant noch Waffen«, sagte sie und dachte: ›Hoffentlich ist es kein Verstorbener, den sie bringen.‹

Dann erinnerte sie sich an die Bemerkung ihres Vaters, dass Tote entweder auf dem Schlachtfeld liegen gelassen, in Massengräbern beigesetzt oder verbrannt wurden.

Ihre Mutter stieg die Wehrmauer hinunter und hielt sich dabei mit zittrigen Fingern am Handlauf fest. Hastig eilte auch Ida die Treppe wieder hinab. Sie musste wissen, ob es ihrem Vater und Adebar gut ging. Also ignorierte sie die Ermahnungen ihrer Mutter, nicht alleine durch die Gegend zu reiten, und rannte in den Stall. Sie würde ja nicht lange allein sein, sondern den Männern entgegenreiten. Das war eine vollkommen andere Situation. Das würden ihre Eltern einsehen, allen voran ihre Mutter, mit der sie unlängst diese leidige Auseinandersetzung ausgefochten hatte.

»Ida!«, rief diese ihr nach. »Was tust du, Kind?«

»Ich reite Vater entgegen. Ich werde also nicht lange allein sein, und du weißt ja jetzt, wo ich bin.« Schon preschte sie durch das Burgtor und nahm den steilen Abstieg am Schieferfelsen, bevor ihre Mutter Einwände vorbringen konnte. Sie spürte kaum, dass Äste und Sträucher ihr durchs Gesicht fuhren und ihre Haut aufschnitten, so sehr freute sie sich darauf, ihren Vater wieder in die Arme zu schließen. Noch nie war sie so lange von ihm getrennt, noch nie hatte sie sich derartig Sorgen gemacht. Ähnlich bang war ihr zumute gewesen, als ihre Mutter im letzten Sommer nach der Pfeilverletzung mit dem Tod gerungen hatte.

›Er kommt zurück‹, hallte es immerfort in ihrem Kopf. ›Er kommt zurück von seiner ersten Schlacht für den Kaiser. Er hat überlebt. Hoffentlich ist er nicht verletzt!‹ Wie er und die anderen Männer wohl nun aussahen? Musste ihr Großvater versorgt werden? Dann wäre es gut, wenn Ida die Erstversorgung vornehmen und anschließend voranreiten könnte, um ihre Mutter über seinen Zustand zu informieren.

Sie konnten nicht mehr weit weg sein. Noch einmal trieb sie ihren Wallach an. Im Geiste sah sie ihren Großvater Theoderich, wie er ihr mit ernster Miene und spitzen Lippen zusah, die verrieten, was er davon hielt, dass eine junge Adlige wie ein Mann durch die Gegend ritt. Bestimmt würde er denken, ihr Vater habe sie nicht gut erzogen.

Gero ritt neben Adebar am Flussufer entlang Richtung Rheinsporn und fühlte sich, als laste das Gewicht eines Getreidesacks auf seinen Schultern. Ihm war bewusst, dass der Kaiser, obwohl er sie nach Hause reiten ließ, keine Ruhe geben und sie bald erneut zu den Bannern rufen würde.

Alarmiert hob er den Kopf, als er ein Pferd wiehern und das Schlagen von Hufen hörte. Im nächsten Moment sah er Ida im Galopp auf ihn zureiten und zog die Zügel an. War etwas passiert in der Zeit seiner Abwesenheit? Blitzartig schnürte es ihm die Kehle zu. Die Erinnerung daran, wie er Sigrun im vergangenen Jahr beinahe verloren hatte, war ihm noch sehr präsent.

Doch Ida strahlte ihn mit den leuchtenden Augen an, die sie von ihrer Mutter geerbt hatte. Auf ihrem Gesicht, gerötet vom scharfen Ritt, lag ein Lächeln. Sofort entspannte er sich. Sie war ihm entgegengeritten, weil sie sich über seine Rückkehr freute.

»Ida!«, rief er und sprang aus dem Sattel.

Seine Tochter rutschte ebenfalls vom Rücken des Wallachs und lief ihm entgegen. Jäh fielen sie sich in die Arme.

»Ich bin so froh, dass du lebst!«, flüsterte Ida atemlos in seinen Umhang. Er spürte, wie ihr Herz hämmerte, nahm sie noch fester in seine Arme und drückte ihr einen Kuss auf den Scheitel. Schließlich löste sie sich von ihm und sah zu dem Reitertrupp, der ihn begleitete. »Onkel Adebar! Wie schön, Euch wohlbehalten zu sehen.«

Adebar stieg ab und umarmte seine Patentochter. Doch in seinen Augen lag Kummer.

»Wo ist Großvater?«, fragte Ida.

Adebar senkte den Kopf, und Gero legte ihr den Arm um die Schulter. »Der Herr hat ihn zu sich gerufen.«

Betroffen sah sie erst ihn, dann ihren Onkel an. Großvater war tot? Damit hatte sie nicht gerechnet. Sic hatten sich noch gar nicht richtig kennenlernen dürfen. Idas Herz wurde schwer. Ihre Mutter würde diese Nachricht sehr treffen, da war sie sich sicher.

Überglücklich fiel Sigrun Gero in die Arme, merkte jedoch schnell, dass etwas nicht stimmte. Fragend sah sie ihn an. Er nahm sie an der Hand und führte sie zum Karren, auf dem Theoderich lag. Sie erkannte sofort, dass sein Leib entseelt war. Erschüttert starrte auf ihren Vater. Eine Ewigkeit verging, aber er rührte sich nicht. Medas Worte, Männer taugten nur zum Krieg oder zur Jagd und gingen dabei eitlen Machtansprüchen nach, kamen ihr in den Sinn. Es war nur eine Frage der Zeit, bis Sigrun auch Gero auf dem Schlachtfeld verlor. Die Heilerin hatte recht gehabt. Die Leidtragenden waren die Unschuldigen. Tränen liefen ihr über das Gesicht und die anderen wichen respektvoll zurück, um ihr diesen Moment der Trauer zu gewähren. Nur Gero blieb an ihrer Seite.

»Wie ist er gestorben?«, fragte sie ihn tonlos.

»Ich habe es nicht gesehen, weil das Schlachtgetümmel unübersichtlich war, und ich mich gegen mehrere Angreifer zur Wehr setzen musste«, begann Gero und blickte dabei starr zu Boden, als sei er gebannt in seiner Erinnerung. Hilflos und ihrerseits gefangen im eigenen Schmerz streichelte sie seine Hand. »Doch als wir ihn später fanden, steckte ein Pfeil in seiner Brust«, fuhr er schließlich fort.

»Ein Pfeil?«, fragte Sigrun ungläubig. »Kann denn ein gewöhnlicher Pfeil sowohl Kettenhemd als auch Wams durchschlagen und so tief in die Brust eindringen, dass ein so stattlicher Mann daran stirbt?«

Gero schluckte. »Das war nicht der Pfeil eines Bogens, sondern der einer Armbrust.«

Sigrun verstummte. Langsam sah Gero auf und nahm ihre Hand.

»Weißt du, wer es war?«, fragte sie mit brüchiger Stimme.

»Nein, ich habe es, wie gesagt, nicht gesehen.«

Sie kannte ihn. Er wich ihr aus. »Aber du hast jemanden in Verdacht, richtig?«, bohrte sie nach.

Gero presste die Lippen zusammen und nickte. »Ja.«

»Wen?«

»Einen von Bertolts Schergen. Ich vermute, es war späte Rache dafür, dass Theoderich beim Kaiser für mich vorgesprochen und darauf gedrängt hat, meinen Anspruch auf Rheinsporn anzuerkennen.«

Sigrun schloss die Augen. Ein ihr fremdes Gefühl, das Bedürfnis nach Vergeltung, überkam sie. Mit geballten Fäusten wischte sie sich die Tränen aus ihrem Gesicht.

»Ich fürchte, wir müssen die Totenwache wegen der großen Hitze auf einen Tag verkürzen und ihn auf dem kleinen Friedhof auf Rheinsporn beerdigen«, sagte Gero.

Obwohl sie nicht in der Lage war, über diesen Moment hinauszudenken, nickte Sigrun.

»Wenn er schon nicht auf Greifenfels seine letzte Ruhe finden kann, so doch wenigstens an dem Ort, an dem er seine Zeit als Page und Knappe verbracht hat«, ergänzte Gero. »Er wird in der Nähe meiner Mutter liegen, der er in jungen Jahren sehr zugetan gewesen war, wie du weißt.«

Sie fuhr sich über die Augen. »Wenigstens kann ich dann jederzeit am Grab für sein Seelenheil beten.«

»Wahrscheinlich wird es schon bald zum nächsten Waffengang kommen«, sagte Gero rau. »Der Kaiser hat uns mit dem Bescheid entlassen, dass er seine Truppen im Herbst erneut sammelt.«

Sigruns rechte Hand begann zu zittern, während ihre linke, seit der Schulterverletzung nahezu taub, ganz still in seiner lag.

Gero nahm auch ihre andere Hand. »Ich habe es mit einem Mann wie Bertolt aufgenommen und bin dieses Mal ebenfalls unversehrt geblieben. Also werde ich ebenso in weiteren Kämpfen bestehen. Das verspreche ich dir.«

»Hast du vergessen, wie unsere Väter gestorben sind?«

»Natürlich nicht. Wie könnte ich das jemals vergessen? Aber genau deshalb bin ich gewarnt, gut auf mich aufzupassen.«

»Verlass mich nicht«, wisperte Sigrun. »Bitte lass mich niemals für immer allein.«

Er nahm sie fest in den Arm. »Niemals, Liebste. Ich verspreche es dir.«

Umgehend sandte Sigrun einen Reiter mit einer großzügigen Spende nach Laach, um die Mönche dort zu bitten, für

Theoderich, der zu seinen Lebzeiten ein Vertrauter ihres Klostergründers gewesen war, eine Memoria zu halten.

Bei der Beisetzung ihres Vaters auf Rheinsporn am nächsten Tag strahlte die Sonne von einem blauen Himmel herab. Als wollte der Graf von Greifenfels ihnen entgegen seiner sonst üblichen polternden Art mitteilen, dass alles gut sei und dass sie frohen Mutes ihr Leben nun ohne ihn gestalten konnten. Doch ihr Bruder stand in starrer Haltung und mit wächsernem Gesicht am Grab, als arbeitete etwas in ihm. Gero schmerzte es ebenso, den nächsten für ihn so wichtigen Menschen unwiederbringlich verloren zu haben, das wusste Sigrun. Schweigend und mit gesenkten Häuptern traten sie nach der Zeremonie den Rückweg in die große Halle an.

In den folgenden Tagen, an denen die Totenwache für Theoderich gehalten worden wäre, war Sigrun sehr schweigsam. Sie trauerte nicht nur um ihren Verlust, sondern ebenso um die vielen Jahre, die ihnen verloren gegangen waren, weil sie sich in Thure vor ihm versteckt hatten. Sie bereute nicht, was Gero und sie getan hatten. Aber sie bedauerte, dadurch kostbare Zeit mit ihren Eltern verloren zu haben. Täglich suchte sie das Grab ihres Vaters auf, betete in der Kapelle für ihn und saß ansonsten stundenlang vor dem Fenster ihrer Kemenate. Der Blick auf das Flusstal und die Weite des Landes taten ihr gut. Sie begann, sich auf die vielen schönen Momente zu besinnen, die sie mit dem Vater in ihrer Kindheit und Jugend erlebt hatte. Ein wehmütiges Lächeln schlich sich auf ihr Gesicht, als sie sich an den Hund erinnerte, den Theoderich ihr als Welpen geschenkt hatte.

Am dritten Tag trat Gero leise hinter sie und legte ihr die Hände auf die Schultern. Sie fasste nach seinen Fingern und hielt sie fest.

»Wir müssen etwas besprechen«, sagte er sanft, und sie verstand, dass er sie gerne auf andere Gedanken bringen wollte.

Sie hob den Kopf und sah zu ihm auf. »Worum geht es, Liebster?«

»Es wird Zeit, einen geeigneten Mann für Ida zu finden. Sie wird bald dreizehn.«

Sigrun lächelte vage. »Ja, ich weiß.«

Gero trat um sie herum, sodass sie ihm ins Gesicht schauen konnte. »Ich habe darüber nachgedacht, wer dafür in Frage kommt. Leider kenne ich mich im Kreis der Adligen nicht gut aus. Wir sollten Adebar um Rat bitten, solange er sich noch auf Rheinsporn aufhält.«

»Ja, lass uns das gerne gleich beim Nachtmahl tun.« Sie zögerte. »In letzter Zeit ist Ida manchmal so widerspenstig, als flüsterte Meda ihr Worte ins Ohr.«

»Wer weiß, möglicherweise hat die Heilerin das getan, als sie in Thure war, ohne dass wir es gemerkt haben. Mir ist seitdem eine Veränderung in Idas Wesen aufgefallen. Ich finde, sie hat einiges von Medas Eigenarten und ihrer brüsken Art übernommen.«

Sigrun nickte. »Ja, Ida hat davon gesprochen, dass Meda sie unterwiesen hat. Aber ich weiß nicht, wie weit sie dabei gegangen ist.«

»Meda hat mir gesagt, Ida habe deine Gabe geerbt, doch sie habe keine Zeit mehr, sie zu unterrichten. Das müsstest du übernehmen. Womöglich hat sie dennoch die Gelegenheiten genutzt, in denen ich auf dem Feld gearbeitet habe und du in Umnachtung lagst. Zuzutrauen wäre es ihr.«

Sigrun fuhr sich über die Stirn. »Ja, allerdings. Ich werde mit Ida sprechen.«

An diesem Abend fand Adebar beim Abendmahl in der großen Halle seine Sprache wieder.

»Es ist noch nicht zu Ende«, murmelte er und starrte dabei auf die verblichenen Wandfresken. »Es ist nur eine Frage der Zeit, bis wir erneut in die Schlacht ziehen müssen. Nicht umsonst erwartet Heinrich unseren Aufenthalt in seiner Nähe. Damit will er sicherstellen, dass wir zügig zu seinem Heer stoßen. Das ist dir bewusst, oder?«

Gero erwiderte seinen Blick ernst. »Ja, das ist es.«

Mit missgelaunter Miene richtete Adebar sein Augenmerk auf den Zinnbecher: »Wenn der Kaiser endgültig militärisch unterliegt, wird das dem Erzbischof die Möglichkeit einräumen, zum mächtigsten Herrscher im Rheinland zu werden. Wir sollten uns weiterhin gut mit ihm stellen und an dem Bündnis mit ihm gegen den Trierer festhalten. Wer weiß, was auf uns zukommt.«

Gero dachte daran, wie oft er mit seinem Freund Siegfried von Ballenstedt über derartige politische Erwägungen gesprochen hatte. Es mutete ihn seltsam an, jetzt selbst davon betroffen zu sein und geschickt taktieren zu müssen, um seinen Kopf aus der Schlinge zu halten. Nun verstand er, wie wichtig eine kluge Verheiratung seiner Kinder für den Erhalt ihrer Familie war. Sein Versprechen, Ida nicht gegen ihren Willen zu vermählen, machte die Sache nicht einfacher.

Sein Blick wanderte zu ihr hinüber. Sie wirkte erleichtert über die Heimkehr der Rheinsporner. Außer ihrem Großvater, zu dem sie keine enge Bindung hatte aufbauen können, hatten sie nur einen Mann der Burgwache verloren, was angesichts des Gemetzels auf dem Schlachtfeld an ein Wunder grenzte. Gero mochte gar nicht daran denken, dass sein ältester Sohn Sigmund, seit dem Frühjahr im Pagendienst auf Greifenfels, in ein paar Jahren ebenfalls in solchen Schlachten würde kämpfen müssen. Er seufzte und wandte sich wieder Adebar zu, um mit ihm über Heiratskandidaten für Ida zu sprechen.

»Sag, Schwager, welcher Heiratswillige aus den Adelskreisen wäre angemessen für unsere Ida? Sie hat das Alter für eine Vermählung erreicht. Ich habe ihr zugesichert, keinen Mann heiraten zu müssen, den sie nicht will. Es sollte also einer sein, der noch Haare auf dem Kopf und alle Zähne im Mund hat und nicht zehn Schritte gegen den Wind stinkt.« Er grinste bei der Erinnerung an solche Gesellen, wie er sie beim Feldzug zu sehen bekommen hatte. Doch augenblicklich schauderte es ihn bei dem Gedanken, seine Tochter einem von ihnen ins Bett zu legen.

Adebar schürzte die Lippen. »Da gibt es den einen oder anderen. Am besten gefallen wird Ida sicher Bernwart von Quedenburg. Er ist ein attraktiver und gebildeter junger Ritter, der über ausreichend Ländereien verfügt. Eine Verbindung zwischen den beiden würde als standesgemäß gelten.«

»Wie fädelt man solche Verhandlungen ein?«, fragte Gero.

»Du könntest einen deiner Vertrauten als Unterhändler nach Quedenburg schicken und anfragen lassen, ob Interesse an einem Bündnis besteht. Oder du wartest den nächsten Feldzug ab. Da kannst du die potentiellen Kandidaten in Augenschein nehmen und im Lager Unterredungen mit ihnen führen.«

»Das erscheint mir am sinnvollsten«, bestätigte Gero und sah zu seiner Erstgeborenen hinüber, die er über alles liebte. Und, wie er sich schuldhaft eingestehen musste, etwas mehr als ihre Geschwister. Vielleicht lag es an ihrer Ähnlichkeit mit ihrer Mutter. Oder weil sie das erste Kind war, das er im Arm halten durfte, nachdem sie zuvor eines nach ihrer Flucht aus Greifenfels verloren hatten. Er fühlte die enge Verbindung zwischen ihnen beiden und hatte sich geschworen, gut auf sie achtzugeben und für ihr Wohlergehen zu sorgen. Das wollte er auch in dieser Angelegenheit tun.

»Hast du Sigrun erzählt, wie Vater gestorben ist?«, fragte Adebar in seine Überlegungen hinein.

»Ja, habe ich.«

»Wie hat sie reagiert?«

»Zu meiner Überraschung hat sie gesagt, wenn einer von uns beiden die Gelegenheit haben sollte, diese heimtückische Tat zu rächen, sei sie die Letzte, die uns davon abhalten werde.« Gero warf Adebar einen prüfenden Blick zu. »Was hast du mit dem Pfeilschaft vor, den du vom Schlachtfeld aufgehoben hast?«

Sein Schwager sah ihm fest in die Augen. »Das werde ich zu gegebener Zeit entscheiden.«

»Du weißt, von wem er stammt?«

»Hakon benutzt solche gefiederten Pfeile für seine Armbrust.«

Gero nickte langsam. »An den habe ich ebenfalls gedacht. Woher wusste er, wo Theoderich kämpft? Es kann doch kein Zufall gewesen sein, dass er ihn in diesem Schlachtgetümmel gefunden hat.«

»Das kann er nur von jemandem wissen, der bei der Besprechung der Schlachtanordnung dabei war.«

Adebar ballte die Fäuste.

»Du wirst das nicht alleine tun«, sagte Gero. »Versprichst du mir das?«

»Du weißt, dass ich dir dieses Versprechen nicht geben kann«, erwiderte sein Schwager.

»Was genau ist eigentlich zwischen Meda und dir in den Wochen vorgefallen, als ich krank in unserer Hütte in Thure lag?«, fragte Sigrun Ida, als sie ihre Tochter nach dem Nachtmahl in Medas Buch vertieft in der Kemenate vorfand.

»Nichts. Sie hat lediglich die Gelegenheit dazu genutzt, mich ihre Heilkunde zu lehren. Es ist schade, dass ihr so wenig Zeit blieb, ihr Wissen an mich weiterzugeben. Nun ist sie tot, und das Heilkundebuch ist alles, was von ihr geblieben ist. Aber sie hat mich auch in viele andere Geheimnisse eingeweiht. Sie sagte, diese Mysterien seien von alters her nur mündlich weitergereicht worden und deshalb habe sie sie nicht aufgeschrieben.«

Sigrun stockte. »Sie hat dich mit dem Wissen der Druiden der Vorzeit vertraut gemacht?«

»Ich denke schon. Zumindest waren es weder Bibelsprüche noch Gebete zu unserem Christengott, die sie mich gelehrt hat.«

»Das kann ich mir vorstellen.« Einen Moment lang wägte Sigrun ab, ob sie hören wollte, was Meda an Ida weitergegeben hatte. Schließlich siegte die Neugierde, und sie ließ sich auf ihren Lehnstuhl nieder, wobei die Schlüssel der Wirtschaftsräume an ihrem Gürtel gegen die hölzerne Stuhllehne klapperten. »Verrätst du mir diese Geheimnisse?«

Mit bedauernder Miene schüttelte Ida den Kopf. »Sie hat mir aufgetragen, es für mich zu behalten. Du seist nicht dafür bereit gewesen, hat sie gesagt, und dass dieses Wissen wohl eine Generation überspringen sollte.«

Sigrun schluckte. »Nun denn«, erwiderte sie gedehnt. »Wenn Meda das so bestimmt hat.«

»Ja, hat sie, wortwörtlich. Sie meinte es nicht böse. Am Ende ihres Lebens hat sie akzeptiert, dass du nicht bereit warst, ihren Weg mit zu gehen.«

Aufmerksam studierte Sigrun das Gesicht ihrer Ältesten. »Und du, bist du willens, ihren Weg zu gehen?«

»Ich höre deutlich den Ruf und spüre den Wunsch, ihm zu folgen. Warum sollte ich das also nicht tun? Ich würde gerne ein ebensolches Vermächtnis wie Meda hinterlassen.«

»Möchtest du denn lieber in ein Kloster gehen, anstatt zu heiraten und dich mit dem Führen des Haushalts einer Burg auseinanderzusetzen?«

»Als Braut des Herrn etwa und mir Rundbriefe eines Bischofs vorlesen lassen, in denen er mir versichert, dass Christus wie jeder irdische Gemahl die Unberührten vorziehe? Oder dass jede von uns einen Engel habe, der alles sieht, jeden Gedanken, jedes Tun. Der sich alles merke und Gott darüber berichte wie in einer fortwährenden Überwachung? Nein, gewiss nicht.«

Erstaunt sah Sigrun sie an. »Wie kommst du denn darauf?«

»Das hat Meda mir von ihrer Zeit im Kloster anvertraut. Und sie hat mir erzählt, dass die Frauenklöster dem Zweck dienen, blutjunge Mädchen vor einer unplanmäßigen Entjungferung zu bewahren. Wenn jedoch ein Gatte für sie gefunden sei, ließen sie freudig ihren Schleier fallen. Zurück blieben diejenigen, die von ihrer Verwandtschaft nicht unter die Haube gebracht werden konnten. Hat sie dir nicht davon erzählt?«

»Schon. Aber nicht die Dinge, von denen du sprichst.«

»Außerdem dulde man in einem Kloster nicht, dass Frauen sich den alten Ritualen widmeten, hat sie gesagt.«

Sigrun seufzte und legte Medas Heilkundebuch zurück in das Geheimfach im Boden ihrer Holztruhe. »Vermutlich nicht.«

Ein paar Tage später erschien Remigius auf Rheinsporn, der heilkundige Mönch aus dem Kloster am See, der sich hin und wieder mit Sigrun über ihre Heilkünste austauschte. Er trug die für den Konvent typische schwarze Kutte und ein Essmesser am Gürtel.

Der Pater verneigte sich vor Sigrun und sagte: »Gräfin, ich habe in diesem Sommer reichlich Salbei und Thymian in unseren Gärten geerntet. Mehr, als wir gebrauchen können. Wenn Ihr wünscht, lasse ich Euch etwas davon da.« Die Tonsur auf seinem Hinterkopf sah aus, als sei sie frisch geschoren.

Mit einem leisen Lächeln nahm Sigrun das Geschenk entgegen und ahnte, dass er die Kräuter zum Vorwand genommen hatte. Er wusste sehr wohl, dass sie genug Salbei und Thymian in ihren eigenen Gärten hatte.

»Kann ich Euch einen Becher verdünnten Wein, Brot und Käse anbieten? Ich glaube, es ist auch noch ein bisschen Wildbret da.«

Die klugen Augen des Mönchs leuchteten auf. »Sehr freundlich von Euch. Das Angebot nehme ich gerne an. Der Ritt hierher war beschwerlicher als sonst.«

»Warum?« Sigrun nickte einer Bediensteten zu und führte den Pater an die Tafel in der Halle. »Was ist passiert?«

Remigius blieb vor einem der gemauerten Rundbögen stehen. »Ich habe mir über gewisse Vorkommnisse während der Totenwache für Euren Herrn Vater den Kopf zerbrochen.«

Abrupt hielt Sigrun inne. »Wovon sprecht Ihr?«

»Wenn uns die Nachricht vom Tod eines Wohltäters erreicht, werden in der Abtei die Glocken geläutet und Nachtwache im Gebet gehalten, wie Ihr vielleicht wisst«, begann der Pater mit besorgtem Gesichtsausdruck. »Am darauffolgenden Tag feiern wir eine Messe zu Ehren der Verstorbenen. Im Kapitelsaal lassen wir ihm die Absolution zuteilwerden. Während der nächsten vier Wochen halten wir täglich einen Totengottesdienst ab.«

»Im Kapitelsaal? Ist denn der Bau der Basilika noch immer nicht vollendet?«, unterbrach Sigrun ihn.

Der Pater neigte den Kopf. »Nein, Herrin, an ihr soll erst weitergebaut werden, sobald das Kloster fertiggestellt ist. Danach werden Westwerk, Krypta und Langhaus der Kirche in Angriff genommen. Das kann noch Jahre dauern.« Er räusperte sich. »Wo war ich stehen geblieben? Ach ja, beim Totengottesdienst. Am Vorabend der Memorienfeier wurde also Eures Vaters im Gebet gedacht, und am Tag des Totengedächtnisses beteten alle Mönche die Bußpsalmen. Am dritten Tag erloschen ohne erkennbaren Grund die Kerzen, die wir auf dem Altar für den Grafen von Greifenfels entzündet hatten. Wie in teuflischer Anspielung auf Jesus Christus, der am dritten Tag von den Toten auferstanden ist, kam von irgendwoher ein Luftzug, und plötzlich lag der Tisch des Herrn im Dunkeln.«

Sigrun erschrak. »Was hat das zu bedeuten?«

»Nun, wie Ihr wisst, halten wir nichts von Aberglauben. Doch mir will seitdem der Gedanke nicht aus dem Kopf weichen, dass Euer Herr Vater viele Jahre lang eine heidnische Priesterin an seinem Hof geduldet hat. Er hat sie Kranke behandeln und sich sogar selbst von ihr heilen lassen. Vielleicht hat sie seine Totenruhe gestört und seine Lebenskerze ausgepustet, um uns damit zu zeigen, dass sie ihn für immer mit ins Reich der Dunkelheit gezogen hat.«

Sigrun spürte, wie sie blass wurde. Dann besann sie sich. »Meda war keine heidnische Priesterin, sondern eine Kräuter- und Heilkundige, die vielen Menschen sehr geholfen und mir sogar das Leben gerettet hat.«

Remigius presste die Lippen zusammen, ehe er sagte: »Habt Ihr nicht an der Pforte des Todes gestanden? Wer vermag es, eine Seele von dort zurückzuholen, außer dem Herrn? Es sei denn, es sind schwarzmagische Kräfte am Werk. Habt keine Angst, die Gebete zu unserem Christengott sind stark genug, um das Böse zu bannen. Er vertreibt alle dunklen Mächte, die die Seele der Menschen vereinnahmen möchten. Er wird auch dem Treiben dieser Gottlosen ein Ende setzen.«

Sigrun geriet ins Wanken. Sie zuckte zusammen, als sie Idas Stimme hörte. Das Mädchen musste von ihr unbemerkt in die Halle gekommen sein und die Worte des Mönchs gehört haben.

»Habt Ihr Meda jemals getroffen?«, fragte ihrer Tochter und ihre Augen schimmerten in dem Licht, das durch die halbrunden Fensteröffnungen hereinfiel.

»Dieser Prüfung hat der Herr mich zum Glück niemals ausgesetzt«, antwortete Remigius und legte schützend die Hand vor seine Brust.

Ida kniff die Lider zusammen. »Woher wisst Ihr dann, dass sie gottlos war?«

Der Pater hob den Blick und sah Ida mit einem Ausdruck des Bedauerns an. »Die Werke des Menschen verraten sein Wesen.«

»Und den Körper meiner Mutter von einer schweren Vergiftung zu heilen, verurteilt Ihr als gottlos?«

»In gewisser Weise ja. Denn solcherlei Wunderwerke vollbringt nur der Herr, und manchmal der Leibhaftige, wenn er die Menschen verführen will.«

»Und was macht Euch sicher, dass es nicht der Herr war, der meine Mutter geheilt hat? Schließlich haben wir alle im Dorf für ihre Genesung zu ihm gebetet. Denkt Ihr, der Herr hat unsere Gebete ignoriert und stattdessen Satan sein Werk an ihr verrichten lassen? Und wenn dem so wäre, warum beten wir zu ihm?«

Remigius schwieg eine Weile mit ernstem Gesichtsausdruck, ehe er antwortete: »Nein, natürlich nicht, Fräulein Ida.«

»Wart Ihr in der Hütte und habt Schwefel gerochen?«

»Nein, ich war nicht dort. Euer Herr Vater wollte mich in weisem Tun um Hilfe bitten, doch ich weilte nicht in Laach.«

»Ich bin mir gleichwohl sicher, dass Eure Brüder für meine Mutter gebetet haben, nachdem sie erfahren haben, wie schwer sie erkrankt war, oder?«

Remigius nickte langsam. »Gewiss haben sie das. Wir beten für das Heil aller Seelen.«

»Schließt das Meda ein?«

»Wie gesagt. Wir beten für alle Seelen, auch für die gottlosen, die nicht auf unseren Herrn vertrauen.«

»Warum wiederholt Ihr nun, dass sie gottlos war, obwohl Ihr sie nicht kanntet? Sie war die Einzige, die meiner Mutter noch helfen konnte. Ich habe ein paar Tage in ihrer Anwesenheit verbracht und weiß daher, dass sie das nicht war.«

Der Pater neigte den Kopf. »Dann mag meine Betrachtungsweise eine falsche sein. Aber es ist das, was ich von vielen Menschen aus den umliegenden Dörfern zu hören bekommen habe.«

Nun löste sich Sigrun aus ihrer Erstarrung. »Wie viele Menschen waren das denn? Es haben sie nur wenige zu Gesicht bekommen, als sie bei uns war.«

»Nun, sie war früher als Heilerin auf dieser Burg tätig.« Remigius wies mit der Hand umher. »Und es gibt noch Bewohner, die sich daran erinnern können.«

»Wie alt waren diese Burgbewohner denn damals? Meda ist in einem hohen Alter gestorben. Sie müssten zu der Zeit Kinder gewesen sein.«

»Das mag sein. Selbst die kindliche Seele spürt indes, wenn dunkle Kräfte am Werk sind.«

»Und Eure Gebete in der Basilika von Laach waren nicht stark genug, um eine tote Heidin fernzuhalten, die Böses wollte? Oder ist vielleicht doch einfach nur ein Luftzug durch ein Fenster eingedrungen?«, fragte Sigrun lakonisch. Sie fühlte zunehmend Verärgerung in sich aufsteigen.

»Selbstverständlich tun unsere Gebete das. Ich möchte Euch nur darüber in Kenntnis setzen, damit Ihr im Bilde seid, was geschehen ist. Womöglich wollte Euer Herr Vater eine Warnung schicken, dass Unheil droht.«

Das wäre in der Tat eine sehr heidnische Auslegung des Vorkommnisses, dachte Sigrun, verkniff sich diese Bemerkung aber.

Leider hatte Remigius diesen Gedanken in sie eingepflanzt. Die Sorge, die damit einherging, schlug dort Wurzeln und keimte. Sigrun konnte nicht mehr verdrängen, was sie gehört hatte, und erst recht nicht vergessen. Und so lebte sie fortan in der Unruhe, dass irgendjemand ihnen ein Zeichen geschickt haben könnte, um sie vor drohendem Unheil zu warnen.

Kapitel Vier

Zwei Monate vergingen, in denen Adebar den Aufenthalt auf Rheinsporn dazu nutzte, sich der Familie seiner Schwester zu widmen. Bald würde er Greifenfels übernehmen müssen, wie es seinem Geburtsrecht und dem letzten Willen seines Vaters entsprach. Da sie dem Kaiser im Kampf gedient hatten und Theoderich in der Schlacht für ihn das Leben gelassen hatte, gab es für den Monarchen keine Veranlassung, Adebar die Burg als Lehen zu entziehen. Und seine Mutter Walburga, nun Witwe, konnte weiter die Hauswirtschaft verwalten. Doch zunächst musste er im Rheinland bleiben, denn der Kaiser plante einen neuerlichen Feldzug gegen die Aufständischen.

Der Gedanke an den Mörder seines Vaters trieb ihn um. Von wem wusste er, wo Theoderich in dem Schlachtgetümmel zu finden war? Wer hatte Kenntnis von der Aufstellung der Greifenfelser in der ersten Reihe? ›Auf Ulrichs Betreiben hin musste Theoderich in der zweiten Schlacht bei Deutz in den vordersten Linien kämpfen‹, dachte Adebar mit tiefem Groll und fragte sich, ob der Zusammenstoß mit Hakon ein Zufall gewesen war. So, wie er den Leiburger kannte, glaubte er nicht daran. Er war entschlossen, das genauer in Erfahrung zu bringen, auch wenn er noch keine Ahnung hatte, wie er es anstellen sollte. Immer wieder ließ Adebar den abgebrochenen Pfeilschaft durch seine Finger gleiten und sann darüber nach, ob die kommende Schlacht eine gute Gelegenheit für einen Racheakt bot.

Bis dahin nutzte er die Zeit, seine beiden Nichten und den kleinsten Neffen richtig kennenzulernen und liebzugewinnen. Die Kinder genossen seine Anwesenheit und Zuwendung offensichtlich. Er bemühte sich, stets ein offenes Ohr für sie zu haben und ihnen das Lauteschlagen beizubringen. Abends erzählte er ihnen am Kaminfeuer Geschichten von ihrem Großvater, das Rolandslied und andere Heldensagen, von denen sie noch nie gehört hatten und die sie faszinierten. Er nahm sich fest vor, seinem älteren Neffen Sigmund, der als Page auf Greifenfels diente, die gleiche Aufmerksamkeit zuteilwerden zu lassen, sobald er zurück auf seiner Heimatburg war. Er war Adebar zu jung erschienen, um ihn zu den Unternehmungen mitzunehmen, zu denen er Greifenfels verlassen musste.

Mit Gregor, dem Jüngsten, übte er mit einem Holzschwert, wobei er sorgfältig darauf achtete, den kleinen Kerl nicht zu verletzen. Es war nicht zu übersehen, dass dieser den Mut und das Geschick seines Vaters geerbt hatte. Man brauchte sich um ihn keine Sorgen zu machen.

»Wenn du weiter gewissenhaft übst, wirst du ein siegreicher Ritter werden«, sagte er ihm.

Der Junge strahlte über das ganze Gesicht und reckte sein Kinderschwert in die Höhe. »Ich werde an Turnieren teilnehmen und alle besiegen!«

Adebar sah ihn ernst an. »Das solltest du besser nicht tun. Manche Wettkämpfe unterscheiden sich kaum von einer Schlacht. Deshalb gibt es dabei immer wieder Verletzte und Tote.«

Gregor riss die Augen auf. »Tote?«

»Ja. Die Teilnehmer kämpfen mit scharfen Waffen und es kommt oft zu schweren Unfällen. Der eine oder andere Ritter nutzt den Kampf zu einer Abrechnung, weil viele Streit miteinander haben.«

Als er dem Jungen sein Entsetzen im Gesicht ablesen konnte, beschwichtigte Adebar eilends: »Das muss dich nicht kümmern. Nimm einfach nicht an diesen Turnieren teil, wenn du nicht musst.« Dass Gregor als Nachgeborener möglicherweise irgendwann einmal dazu gezwungen sein konnte, weil er kein Anrecht auf ein Erbe hatte, verschwieg er ihm lieber.

Der Rat eines Mönches an seinen jüngeren Bruder Willibald, der sich in der gleichen Situation befand, kam ihm in den Sinn: »Geselle dich nicht zu den fahrenden Frauen, mische dich nicht unter die Zecher in den Wirtshäusern, meide das Würfelspiel und andere Münzspiele, die Zahl der Blutsauger ist unermesslich.« Er schmunzelte unwillkürlich.

Da kam Gero über den Burghof auf sie zu und Adebar konnte in dessen Miene erkennen, wie sehr es ihn freute, dass sein Schwager sich seines Jüngsten annahm.

»Du hattest mir angeboten, Greifenfels für mich zu führen, wenn es soweit sein sollte«, begrüßte Adebar ihn, um Gregor von dem Gedanken an mögliche tödliche Verletzungen bei Ritterturnieren abzulenken. »Erinnerst du dich an deine Worte?«

Gero grinste und zauste seinem Sohn durchs Haar. »Ja, ich erinnere mich. Es ist aber schwierig, zwei Burgen, die so weit auseinanderliegen, gleichzeitig zu führen. Außerdem habe ich den Eindruck, dass du in diese Rolle mittlerweile ganz gut hineingewachsen bist.«

Adebar zuckte mit den Schultern. »Was bleibt mir anderes übrig?«

Er hatte Geros Verhalten als Burgherr studiert, so wie er es zuvor bei Theoderich getan hatte, und sich nach und nach darauf eingestellt, nun der Herr von Greifenfels zu sein. In dem Bewusstsein, dass seine letzte Zuflucht, sein Vater, nicht mehr unter ihnen weilte, hatte er begonnen, sich sein Leben einzurichten. Und doch spürte er: Der Schrecken war damit nicht zu Ende. Im Gegenteil befürchtete er, dass ihnen das Schlimmste noch bevorstand.

Die Burgwache meldete einen bewaffneten, sich nähernden Reitertrupp. Gemeinsam stiegen Gero und Adebar auf die Wehrmauer, um mit eigenen Augen zu sehen, wer da zu ihnen stieß. Adebar erkannte als Erster das Wappen des von Leiburg.

»Wenn sich Ulrich mit seinen Männern persönlich zu uns begibt, will er uns bestimmt zu den Bannern rufen«, mutmaßte Gero.

»Warum schickt der Kaiser anstelle eines Boten dafür den Kommandanten seiner Leibgarde? Befürchtet er, dass wir der Aufforderung sonst nicht nachkommen?«

»Das werden wir vermutlich gleich erfahren«, brummte Gero und wandte sich ab.

Vom Brunnen aus sah Ida den Reitertrupp in schwarzen Waffenröcken, der auf den Burghof drängte, und es schauderte sie. Was alle befürchtet hatten, schien einzutreffen: Ihr Vater und ihr Onkel mussten ein weiteres Mal in die Schlacht ziehen. Ida, ihre Mutter und Geschwister würden abermals um sein Leben fürchten und um das der anderen Männer. In diesem Moment fragte sie sich erneut, ob sie einen guten Tausch gemacht hatten, als sie aus dem Dorf hierher gezogen waren. In Thure war ihr Vater lediglich aufs Feld oder in den Steinbruch gegangen. Da mussten sie sich nicht ständig um ihn sorgen. Der Alltag war nur halb so gefährlich gewesen wie auf der angeblich sicheren Burg.

Stirnrunzelnd betrachtete sie den ersten Ritter, der mit glänzender Rüstung durchs Burgtor geritten kam, mit einem Helm, auf dem stilisierte Drachenflügel aufgepflanzt waren. Sie atmete tief durch und wandte sich wieder ihrer Arbeit zu. In der großen Halle würde man sie jetzt ohnehin nicht haben wollen, obwohl sie darauf brannte zu erfahren, welche Kunde die Reiter brachten. Hinter der Fensteröffnung ihrer Kemenate im Frauenturm sah sie ihre Mutter unruhig auf und ab gehen. Bestimmt gingen ihr ähnliche Gedanken durch den Kopf. Die Sorgen, die sie sich machte, waren vermutlich ungleich größer als die Idas. Aber auch sie mochte sich nicht ausmalen, dass ihr Vater in der Schlacht starb. Es wäre furchtbar, ihn zu verlieren. Allein die Vorstellung trieb ihr Tränen in die Augen.

Zudem würde sein Tod ihr Leben verändern. Womöglich gingen sie dann anstatt nach Greifenfels zurück nach Thure, worüber sie sich freuen würde. Sie hatte sich wohlgefühlt in dem Dorf, und es hatte ihr nichts ausgemacht, auf einer Strohmatte in der armseligen Hütte zu schlafen. Sie war es ja nicht anders gewöhnt gewesen. Außerdem vermisste sie ihren Spielkameraden Ruben. Seit Geros Schwertleite hatte sie ihn nicht mehr gesehen oder etwas von ihm gehört.

Ida zwang sich, von den Gedanken an den möglichen Tod ihres Vaters und seine Folgen abzulassen. Entschlossen richtete sie ihre Aufmerksamkeit wieder auf die Krieger mit dem Leiburger Wappen, das gekreuzte Schwerter zeigte. Ihr Blick fiel auf einen Ritter, der ungefähr in Dietrichs Alter sein musste, jedoch kräftiger aussah als er. Aus himmelblauen Augen unter den geschwungenen Brauen betrachtete er den Burghof. Etwas an ihm zog sie in seinen Bann.

»Das ist Leonhard von Brauneck«, sagte einer der Knappen ihres Vaters, ein junger Mann mit rotblondem, wirrem Haar, der mit verschränkten Armen an der Burgmauer lehnte. »Der engste Vertraute von Ulrichs Sohn, und gleichzeitig einer der besten Krieger in seiner Gefolgschaft. Er hat dem alten Herrn in einer Schlacht einmal das Leben gerettet.«

Interessiert sah Ida zu dem fremden Mann hinüber, der keine Notiz von ihr zu nehmen schien. Er blieb auf seinem Schlachtross sitzen als sei er mit diesem verwachsen, lediglich mit einem dünnen Wams, einem Kettenhemd und Beinlingen bekleidet. Doch selbst diese Montur musste ihn in der Spätsommerhitze zum Schwitzen bringen. Wenn dem so war, so ließ er sich das nicht anmerken.

Der Knappe folgte ihrem Blick und fuhr fort, offenbar in dem Glauben, Ida sei von dem Anblick des Mannes verstört: »Ihr braucht keine Angst vor ihm zu haben, außer Ihr seid sein Gegner in einem Kampf. Er wirkt nur so gefährlich, weil er von einem dänischen Zauberer und seiner Frau großgezogen wurde.«

Überrascht sah Ida ihn an. »Wie das?«

Der Knappe ihres Vaters trat einen Schritt näher an sie heran und seine grün-blauen Augen leuchteten sensationslüstern. »Es heißt, er sei als Kind von Dänen entführt worden, die sein Dorf dem Erdboden gleichgemacht und seine Eltern umgebracht hätten. Der dänische Adlige, der ihn mitgenommen hat, habe geglaubt, er sei sein Neffe, weil er ein Amulett mit Runen um den Hals getragen hat und sein Haar strohblond war. Denn die Frau seines Bruders war ein paar Jahre zuvor mit ihrem Säugling vor den gewalttätigen Aufständen geflohen und nicht mehr zurückgekommen.

Er habe ihn von seinem Zauberer erziehen lassen. Und dessen Frau sei ebenfalls eine Zauberin gewesen. Angeblich behauptet Brauneck, sich an nichts davon erinnern zu können. Tatsache ist aber, dass Ulrich ihn bei einem Vergeltungsschlag gegen die Dänen gefunden und mit nach Oberlothringen gebracht hat. Strohblonde Kinder gibt es bei uns auch, soll der Graf gesagt haben. Seitdem lebt Leonhard auf Leiburg und ist dem Sohn Ulrichs ein enger Freund geworden. Wenn man mit ihm redet, hört es sich fremd an. Es klingt, als ob ein Nordmann unsere Sprache spricht.«

Nun erst recht beeindruckt sah Ida wieder zu Leonhard von Brauneck hinüber, der dem Gespräch zwischen Ulrich und Gero mit unbewegter Miene folgte. Sie hatte noch nie zuvor einen Dänen gesehen, und sein scharf geschnittenes Gesicht mit den hellblauen Augen faszinierte sie mindestens genauso wie die geheimnisvolle Geschichte seiner Herkunft.

»Der Kaiser erwartet uns in Kürze vor Andernach«, sagte der Graf von Leiburg laut und vernehmlich zu ihrem Vater. »Der Erzbischof von Colonia hat die kaiserlichen Besitzungen in Sinzig und Andernach zerstört, vermutlich ein Vergeltungsakt für unser Vorgehen gegen Jülich und Bonn. Heinrich ist wenig begeistert. Er kann sehr launisch sein, und dieses Mal ist es noch übler als sonst.«

Ihr Vater lud die Männer in die Halle ein, damit sie sich erfrischen konnten.

Aber Ulrich lehnte schroff ab: »Ich bin lediglich gekommen, um Euch zu den Bannern zu rufen. Eine weitere Verzögerung unserer Ankunft würde er nicht dulden. Auch Ihr solltet unverzüglich aufbrechen. Ich erwarte Euch in spätestens zwei Tagen vor Andernach.« Er trat näher an Adebar heran und senkte die Stimme, sodass Ida kaum verstehen konnte, was er sagte. Es klang nach: »Außerdem hat Heinrich verfügt, dass Ihr Aleidis von Hamm heiraten sollt, sobald das hier vorbei ist, um diese Allianz zu stärken.«

Ida sah, wie ihr Onkel blass wurde. Schweigend deutete er mit einem Nicken an, dass er verstanden hatte. Mit Hilfe eines Knappen schwang sich Ulrich zurück auf den Rücken seines Pferdes.

›Er ist zu alt für eine Schlacht‹, dachte Ida, ›genauso wie Großvater es gewesen war.‹

Noch einmal wanderte ihr Blick zu dem wesentlich jüngeren Leonhard von Brauneck, der sein Ross mit den kräftigen Oberschenkeln dirigierte und durch Gewichtsverlagerung mühelos wendete. Da traf sein Blick den ihren und er stockte. Einen Moment lang starrten sie sich unverwandt an, und Ida spürte, wie ihre Lippen ein Wort formten: »Lothar.«

Wie gebannt stand sie und konnte die Augen nicht von dem Fremden lösen, bis er seine schließlich abwandte. Gemeinsam mit den Leiburgern verließ er den Hof durch das Burgtor, ohne sich ihr noch einmal zuzuwenden.

Irritiert schüttelte Ida den Kopf und wandte sich ab. Warum hatte dieser Ritter sie derart in seinen Bann gezogen?

»Großnichtchen«, dröhnte es unvermittelt in ihren Ohren. »Was steht Ihr hier in der Gegend herum und haltet Maulaffen feil?«

Verärgert zog Ida die Augenbrauen zusammen. »Hör auf, mich so zu nennen, Dietrich. Und es geht dich einen Dreck an, warum ich hier stehe.«

Er trat näher an sie heran, gefolgt von drei grinsenden Knechten. »Habt Ihr Euch die stattlichen Kerle angeschaut, die nun fort sind, verschwunden wie eine Schimäre?« Mit verschwörerischer Miene fuhr Dietrich mit der Hand durch die Luft. »Keine Sorge, Euer Vater wird gewiss bald einen finden, der Euch heiraten muss.« Die drei Knechte grienten hämisch.

›Was erdreistest du dich?‹, hatte sie auf der Zunge liegen. Dann erinnerte sie sich an die Worte ihres Vaters, dass sie höflich und nett zu ihm sein solle. Womöglich mussten sie etliche Jahre auf dieser Burg miteinander auskommen. Also schluckte sie die Bemerkung hinunter.

»Lasst uns darauf gerne noch einige Sommer lang warten. Ich bin nicht erpicht auf einen Ehemann«, konterte sie stattdessen.

Offenbar hatte Dietrich eine bissige Antwort erwartet, denn er sah sie verwundert an und schien zu überlegen, was er erwidern sollte.

»Ihr seid ja noch jung, Großnichtchen«, sagte er schließlich. »Es wird allerdings nicht mehr lange dauern, bis auch Ihr einen Mann haben wollt.«

»Was macht dich so sicher, dass alle Frauen einen Mann haben wollen? Es gibt genug Frauen, die ein Leben im Konvent vorziehen.«

»Das stimmt.« Erneut sah er sie verblüfft an. »Aber ich habe nicht den Eindruck, dass Ihr Euch hinter Klostermauern wohlfühlen würdet, bei Eurem Freiheitsdrang. Und bei Eurer Vorliebe, Widerworte zu geben, kann ich mir kaum vorstellen, dass Ihr bereit wäret, Euch an ein Schweigegelübde oder an die Anweisungen einer Äbtissin zu halten.«

Nun lag die Verwunderung auf Idas Seite. Was er ohne Spott oder Hohn sagte, zeugte davon, dass er sie zutreffend einschätzte. Schweigend maßen sie einander mit Blicken.

Schließlich deutete Dietrich eine Verbeugung an. »Großnichtchen.« Er drehte sich um, ging fort und bedeutete mit einer Kopfbewegung den drei Knechten, ihm zu folgen.

Die beiden Begegnungen auf dem Burghof beschäftigten Ida noch den ganzen Abend. Als sie sich zur Nachtruhe begab, hörte sie, wie ihre Mutter nebenan für eine glückliche Rückkehr ihrer Lieben betete und Gott um Beistand bat. Vermutlich machte sie sich Sorgen wegen des Omens während der Totenmesse für Theoderich, von dem Pater Remigius erzählt hatte. Einen Moment lang erwog Ida, ebenfalls zu beten. Doch dann kam ihr ein anderer Gedanke. Sie trat an die Fensteröffnung und blickte in die Ferne, in die ihr Vater mit seinem Gefolge am nächsten Tag davonreiten würde. Feiner Sprühregen wehte ihr entgegen, als sie einige von Medas Schutzzeichen in die Luft zeichnete und sie dem Tross vorausschickte.

Im Jagdzimmer fuchtelte Adebar mit den Armen in der Luft herum. »Was soll ich denn mit einer Frau anfangen?«

»Nun ja, willst du nicht deine Blutlinie sichern?«, fragte Gero.

»Daran liegt mir nicht viel. Du weißt um meine Neigung. Das können meine Brüder erledigen.«

Adebars Wesen entsprach so gar nicht dem des machthungrigen Adels. Gero liebte ihn dafür. »Und wenn auch ihnen etwas zustößt?«, gab er zu bedenken.

»… wäre dein Sigmund der Erbe von Greifenfels.«

»Sigmund möchte ich einmal Rheinsporn überlassen.« Gero seufzte und legte seinem Schwager die Hand auf die Schulter. »Wie wir es drehen und wenden, es wäre besser, du fügst dich in das Schicksal eines Burgherrn.«

»Aleidis von Hamm lebt schon seit Jahren in einem Kloster. Bestimmt bliebe sie lieber eine Braut Christi, als mein Eheweib zu werden.«

»Also ist sie vielleicht froh, wenn du nicht mehr ihr Lager aufsuchst, sobald ihr zwei oder drei Erben in die Welt gesetzt habt. Der Schein wäre gewahrt, du könntest deinen Interessen nachgehen und sie den ihren. Ich glaube, solcherlei Verbindungen gibt es häufiger als wir denken.«

Adebar warf ihm einen zweifelnden Blick zu.

Mit einer gewissen Beruhigung nahm Gero bei seiner Ankunft vor Andernach wahr, dass der Kaiser erneut ein großes Kontingent unter seiner Fahne aufgeboten hatte. Er erkannte sowohl Fußvolk als auch Reiterei, bestehend aus Sachsen, Franken, Alemannen und Bayern sowie Rittern aus Burgund. Heinrich der Fünfte würde abermals nicht an der Schlacht teilnehmen, sondern den Ausgang des Kampfes in einiger Entfernung abwarten, hatte er erfahren. Es fühlte sich für Gero falsch an, ohne Theoderich ins Gefecht zu ziehen. Diesmal wurden sie lediglich über die Entscheidungen des Kaisers informiert und bekamen keine Einzelheiten der Besprechungen mehr mit. Es mutete ihn an, als wären sie kopflos unterwegs. Zudem plagten ihn die Erinnerungen an den Anblick des toten Schwiegervaters und an das, was er über das Sterben seines eigenen Vaters auf dem Schlachtfeld gehört hatte.

Kurz nach ihnen erschienen die Männer Erzbischof Friedrichs in Schlachtordnung, weit weniger an Zahl, trotzdem nicht minder tapfer, wie Gero schnell feststellte. In der ersten Angriffswelle warf sich eine kleine Truppe Aufständischer der überlegenen Masse des Kaisers entgegen, musste sich aber schon bald darauf wieder in ihr Lager zurückziehen. Was die Gegner damit bezweckten, verstand Gero nicht, doch er bewunderte den Mut der Männer. Unter ohrenbetäubendem Trompetenlärm stürzten sich daraufhin die Heere aufeinander wie ausgehungerte Wölfe, und Gero wurde in das Schlachtgetümmel mit hineingerissen. Unversehens war er in Gefechte verwickelt, Schwerter und Äxte krachten auf Schilde, Lanzen schlugen in Körper ein wie Blitze, und Pfeile zischten als Todesboten durch die Luft. Auf beiden Seiten gellten erneut die furchtbaren Schreie, sanken Ritter verwundet zu Boden. Das Blut rauschte in seinen Ohren, und schon bald nahm er nichts anderes mehr wahr als die Gegner in seiner unmittelbaren Nähe. Lange Zeit blieb der Kampf unentschieden.

Da begannen die jungen Männer Colonias überraschend, wie von Sinnen um sich zu schlagen. Als machte sich in ihnen der Mut der Verzweiflung breit. Siegen oder sterben. Erschrocken hielt Gero inne. Er hatte davon gehört, dass Wikinger früher berauschende Kräuter zu sich genommen hatten, die sie zu Berserkern machten, die keinen Schmerz mehr empfanden und in blindwütiger Raserei kämpften. Genauso kamen ihm die Männer des Erzbischofs nun vor. Wie wütende Raubkatzen drangen sie in furchtbaren Gemetzeln gegen den Truppenteil der Leiburger vor. Viele Edelleute fielen den Attacken zum Opfer. Noch ehe er den Leibschützern des Kaisers zu Hilfe eilen konnte, wurde er selbst erneut angegriffen, wich dem Schwerthieb des Geharnischten aus und rammte ihm im Gegenzug seine Waffe in den Rücken.

Aus den Augenwinkeln sah er, dass Leonhard von Brauneck an der Seite des alten Ulrich blieb und zusammen mit dessen

Sohn Valentin und zwei anderen Rittern einen lebenden Schutzschild um ihn bildete. Dabei schützten sie zugleich die linke Flanke des Kaisers, der sich umringt von treuen Rittern eilig noch weiter zurückzog. Dann brachen Krieger des Erzbischofs durch ihren Schutzwall. Die Pferde der Leiburger strauchelten, sodass etliche Reiter abspringen mussten und sofort in Einzelkämpfe verwickelt wurden. Gero rief nach seinen Rheinspornern, um mit ihnen den Leibschutz des Kaisers aufrechtzuerhalten, doch die Gegner ließen sie nicht entkommen. Ein Mann seiner Burgwache wurde von einem Pfeil getroffen und sank lautlos in die Knie. Gehetzt schaute Gero zu den Leiburgern und erkannte, dass es Leonhard und Valentin nicht gelang einzugreifen, als Ulrich von mehreren Seiten heftig attackiert wurde. Für einen Moment tat sich zwischen ihnen eine Bresche auf. Entschlossen schlug sich Gero mit dem Schwert einen Weg zu den Leiburgern frei. Wenn die Leibgarde des Kaisers fiel, war Heinrich ungeschützt. Das mussten sie um jeden Preis verhindern.

Im letzten Augenblick schwang sich Leonhard zurück auf sein Ross und verhinderte, dass der Feind den Morgenstern, den er schon über Ulrich hatte kreisen lassen, gegen den Kopf des Alten krachen ließ. Einen Schlag von dieser Wucht hätte sein Herr nicht überlebt. Die Waffe verhakte sich indessen in einem der Drachenflügel aus Metall und riss Ulrich den Helm vom Haupt. Die Flügel wie hilflos suchende Arme in die Luft gestreckt, landete der Kopfschutz im Schlamm. Ulrich starrte Leonhard bleich geworden an und murmelte ein »Danke.«

»Das ist mindestens das zweite Mal, dass er ihm das Leben gerettet hat«, brummelte Gero, während er den Leiburgern zur Hilfe eilte.

Erneut preschten Aufständische zwischen sie. Leonhard fälschte den Schlag eines Ritters ab, doch fuhr dessen Schwert Ulrich schräg über das Gesicht und hinterließ dort eine klaffende Wunde. Wo noch im Augenblick zuvor sein linkes Auge gewesen war, floss Blut. Der Gegner nutzte die

Kampfunfähigkeit des Alten und stieß ihm ein Messer seitlich in den Bauch. Ulrich brüllte wie ein Stier. Mit einem wütenden Schrei versetzte Valentin dem feindlichen Ritter einen tödlichen Schlag. Wenige Schwertstreiche später blies das Horn des Kaisers zum Rückzug.

Gero sprang von seinem Hengst ab. »Schnell, lasst ihn uns zum Wundarzt bringen!«, rief er Valentin zu, »Bevor es zu spät ist!«

Valentin nickte mit weit aufgerissenen Augen. Hastig packten sie Ulrich gemeinsam und hoben ihn zu Leonhard aufs Pferd, während die restliche Leibgarde des Kaisers die nachrückenden Gegner in Schach hielt. Sofort preschte Leonhard los, Gero und Valentin folgten ihm ins Lager.

Der Wundarzt schüttelte bedauernd den Kopf, während er den vor Schmerzen stöhnenden Ulrich untersuchte. »Da kann ich nicht mehr viel machen. Ich kann die Wunde im Gesicht zunähen, wenn Ihr das wünscht. Anschließend können wir nur beten, dass das die Blutung stoppt. Aber die Verletzung im Bauch kann ich hier nicht versorgen.«

Mit verzweifeltem Gesichtsausdruck wandte sich Valentin an Gero. »Mein Vater wird sterben, wenn er nicht behandelt wird. Euer Weib ist eine gerühmte Heilkundige und Rheinsporn nicht weit. Können wir ihn zu ihr bringen?«

Gero zögerte. Einen ehemaligen Freund Bertolts auf die Burg zu holen, widerstrebte ihm, zumal dieser ihm deutlich zu verstehen gegeben hatte, was er über Gero dachte. Dann kamen ihm die Worte Theoderichs in den Sinn: »Halte dich an seinen Sohn, er ist scharfsinnig und reagiert besonnen.«

Wahrscheinlich hatte sein Schwiegervater vorausschauend gedacht und es wäre klug, die Leiburger auf seine Seite zu ziehen. Verweigerte er Ulrich hingegen die Hilfe, hatte er höchstwahrscheinlich Valentin und auch alle anderen Leiburger gegen sich. Das Risiko war zu groß. Gelänge es Sigrun, dem Alten das Leben zu erhalten, stünde dieser in der Schuld der Rheinsporner. Wenn nicht, so hätten sie ihren guten Willen gezeigt. Also nickte er.

»Selbstverständlich werden wir alles für die Genesung Eures Vaters tun.«

Hastig hoben sie Ulrich auf eine grob gezimmerte Bahre. Der Herr der Leibstandarte stöhnte und wimmerte. Gero ertappte sich dabei, wie er sich fast wünschte, dass die Stichwunde in seinem Leib Ulrich viel Blut kostete und er auf dem Weg nach Rheinsporn den Tod fand. Ihm schwante nichts Gutes, wenn er dieses Raubein auf seine Burg holte.

Adebar ritt mit seinen Gefolgsmännern direkt vom Schlachtfeld aus zurück nach Greifenfels, um die Burg seines Vaters in Besitz zu nehmen. Er war sich sicher, dass diese Niederlage die Anwesenheit des Kaisers am Niederrhein beendet hatte. Die Situation verunsicherte ihn und er wusste nicht recht, was das für sie alle in den Grenzregionen bedeutete. Wahrscheinlich war es nun der Erzbischof von Colonia, der ihn als Burgherrn bestätigen musste, nicht Heinrich der Fünfte. Er fluchte innerlich und vermisste Theoderichs Erfahrenheit. Es war für ihn schon auf Rheinsporn nicht einfach gewesen, doch auf Greifenfels würde ihm sein Vater ungleich mehr fehlen. Wie seine Mutter die Nachricht wohl aufgenommen hatte? Und jetzt sollte er auch noch Aleidis von Hamm heiraten!

Mit wütender Entschlossenheit trieb er seinen Wallach an, sodass sich der Bannerträger beeilen musste, ihm zu folgen.

Als diesmal das Horn der Burgwache auf Rheinsporn die Rückkehr der Krieger ankündigte, blieb Ida, inzwischen dreizehn geworden, neben ihrer Mutter auf der Wehrmauer stehen und schaute dem Tross entgegen. Schon von Weitem erfasste sie, dass die Gefolgsleute abermals einen Karren mit sich führten, auf dem weder Gerätschaft noch Proviant lagen, sondern ein Mensch. Bange sah sie zu den Reitern. Wen mochte es getroffen haben? Hoffentlich war es ein Verletzter und kein Toter, den sie da heimbrachten.

Als sich der Reitertrupp der Burg näherte, erkannte sie erleichtert, dass ihr Vater aufrecht auf seinem Schlachtross saß.

Wer mochte der Verletzte oder gar Tote sein, den sie in der Karre mitführten?

Der Burgkommandant taxierte aufmerksam jeden einzelnen Reiter. »Ich sehe Adebar und seine Greifenfelser nicht unter ihnen. Stattdessen sind Leiburger dabei, Ulrichs auffälligen Helm kann ich allerdings nicht erkennen. Womöglich ist er derjenige, den sie auf dem Karren mitbringen. Wäre er tot, würde er nicht hierher gebracht, sondern auf seine eigene Burg.« Er wandte sich an ihre Mutter. »Ich vermute, sie bringen Ulrich mit, damit Ihr ihn versorgt und seine Wunden behandelt, Herrin.«

Sigrun nickte ernst und schlang ihren Umhang enger um sich, als wollte sie sich vor dem Wind schützen, der ungebremst über die Zinnen der Wehrmauer fegte. »Ich werde alles vorbereiten lassen.« Bevor sie die Treppe hinabstieg, winkte sie der Reitertruppe zu, wohl in der Hoffnung, dass Gero sie auf diese Entfernung ausmachen konnte.

Und tatsächlich glaubte Ida ihren Vater, wenn sie ihn denn richtig erkannte, zurückwinken zu sehen. Wenige Augenblicke später lösten sich zwei Reiter aus dem Tross und galoppierten in Richtung Rheinsporn. Bestimmt sollten sie die Burgbewohner über die baldige Ankunft der Ritter informieren und vielleicht auch über die Verletzungen, die zu behandeln waren. Rasch folgte Ida ihrer Mutter, denn sie wollte dabei sein, wenn diese die Wunden Ulrichs begutachtete und Medas Heilkundebuch zu Rate zog.

Vier seiner Gefolgsleute brachten Ulrich von Leiburg in die Kemenate, die Sigrun in ein Behandlungszimmer umgewandelt hatte. Der Kommandant der Leibgarde des Kaisers, gerühmt für seinen Stolz und seine Tapferkeit, lag reglos auf der Bahre. Er wirkte starr wie ein Toter, und Ida erschrak, als sie die Schwere seiner Verletzungen erkannte. Ein Schwerthieb musste ihm schräg ins Gesicht gefahren sein und die linke Hälfte nahezu gespalten haben. Wo einmal ein Auge gewesen war, sickerte Blut aus einer Wunde.

»Werden wir ihm sein Augenlicht erhalten können?«, flüsterte Ida ihrer Mutter zu.

Sigrun war blass geworden. Rasch fühlte sie den Puls des Besinnungslosen. »Die Bauchverletzung ist viel gefährlicher als die des Gesichts«, murmelte sie. »Was macht dich so zuversichtlich, dass wir ihn überhaupt am Leben halten können?«

»Ich weiß es nicht, aber ich spüre, dass seine Lebenskraft ungebrochen ist. Damit sie nicht schwindet, müssen wir als Erstes das Blut stoppen, scheint mir.«

Anerkennend nickte ihre Mutter ihr zu. »Sehr gut, Liebes. Und was nehmen wir, um die Blutung dieser tiefen Wunde zu stillen?«

Nachdenklich blätterte Ida in Medas Buch. »Wir könnten seine Stirn mit Urtíca-Saft bestreichen.«

»Ja, das ist eine gute Idee. Nimm den Sud aus der braunen Phiole im Regal. Wenn es aufhört zu bluten, müssen wir die Wunde schließen.«

Ihrer Kammerfrau Helene befahl Sigrun: »Geh und hole mir eine Sticknadel und einen dünnen Faden. Danach wäschst du sein Haar mit Essig und reibst es mit der Salbe aus Lorbeeröl und süßen Mandeln ein, bevor seine Läuse auf uns überspringen. Anschließend durchkämmst du es mit einem feinzinkigen Kamm.«

Erneut wandte sie sich Ida zu. »Um deine Frage zu beantworten: Nein, wir werden ihm sein Augenlicht auf dieser Seite nicht erhalten können. Der Augapfel ist zerstört, die Flüssigkeit ausgetreten. Da ist nichts mehr zu retten. Hat die Stichwunde im Bauch keine Organe verletzt, könnte er überleben. Sie darf sich nur nicht entzünden.«

Der arme Mann, dachte Ida. Eine Schönheit war er schon vorher nicht gewesen. Die Kerbe, die sich von der Augenbraue über seine linke Gesichtshälfte zog und vermutlich wulstig vernarben würde, machte diese Tatsache um keinen Deut besser. Sie hatte in ihrem Leben einige arg versehrte Menschen zu sehen bekommen. Doch einem von ihnen so unmittelbar nah und diejenige zu sein, die mit darüber entschied, was mit ihm geschah, war verwirrend. Andererseits gab es ihr das Gefühl von Wichtigkeit und Bestätigung. Zweifelsohne waren sie und ihre Mutter gerade dabei, diesem Mann das Leben zu retten. Vermutlich kümmerten sie sich besser um seine Verletzungen, als es jeder Wundarzt hätte tun können mit den eingeschränkten Möglichkeiten, die ihm auf dem Schlachtfeld zur Verfügung standen. Sicherheitshalber gaben sie ihm, bevor sie seine Wunde verschlossen, einen Mohnsaft, damit der Schmerz ihn nicht auffahren ließ und sie ihre Arbeit ungestört verrichten konnten.

Sobald Ulrichs Blessuren versorgt waren, begann Helene mit der Bekämpfung der Läuse auf seinem Kopf. »Die Salbe ist fast leer«, sagte sie.

»Stell bitte eine neue her«, forderte Sigrun Ida auf.

»Wie mache ich das?«

»Du musst drei Löffel Lorbeeröl, Öl von süßen Mandeln und altem Schweineschmalz, etwas Pulver aus getrocknetem scharfen Rittersporn, ein bisschen Saft von Rainfarn und ein wenig Schwefelsalz zu einer Salbe verarbeiten.«

Gewissenhaft nickte Ida und wiederholte die Anweisung immer wieder im Kopf, bis sie sich sicher war, dass sie sie nie mehr vergessen würde. Damit sie ihr auch zur Verfügung stand, wenn weder ihre Mutter noch Medas Heilkundebuch da waren.

Als Ida später zusammen mit ihrer Mutter und Helene die Halle betrat, um die Gäste zu begrüßen, saßen zwei der Ritter auf der Empore bei ihrem Vater. Ihr Blick blieb an dem Strohblonden hängen, den der Knappe ihres Vaters Leonhard von Brauneck genannt hatte. Es war, als verlangsamte sich die Zeit. Unversehens wusste sie, was Meda gemeint hatte, als sie zu ihr sagte, Ida werde sofort wissen, dass ein bestimmter Mann zu ihr gehöre. In ihrem Kopf stellten sich merkwürdige Bilder ein wie Erinnerungen an gemeinsame frühere Leben. Lothar, Uland und Armin hörte sie sich ihn nennen. Schlaglichtartig tauchten Begebenheiten vor ihrem inneren Auge auf, bei denen sie getrennt gewesen waren und nicht zusammen sein konnten.

»Was ist?«, wisperte ihre Mutter. »Warum bleibst du stehen?«

Ida starrte noch immer den jungen Ritter an, unfähig, etwas zu sagen oder sich zu rühren.

»Das wirkt ungebührlich«, flüsterte ihre Mutter und schob sie unauffällig weiter.

Ida zwang sich, den Blick von dem blonden Dänen mit dem scharf geschnittenen Gesicht zu lösen und auf seinen Gefährten zu richten, einen Mann mit Adlernase und glatten schwarzen Haaren.

»Ida«, sagte ihr Vater mit einem wohlwollenden Lächeln, »die Herren von Leiburg werden als Begleitung Ulrichs bei uns auf der Burg bleiben, solange er sich von seinen Verletzungen erholt.«

Die beiden Männer neigten ihre Köpfe. Ida senkte ebenfalls ihr Haupt und vermied anschließend den Blickkontakt mit dem von Brauneck. Aus den Augenwinkeln nahm sie wahr, dass er sie wachsam mit undurchdringlicher Miene ansah. Sie benetzte ihre Lippen.

Gero wandte sich an die Leiburger: »So seid denn Gäste auf unserer Burg mit Euren Rittern. Heute Abend will ich ein Mahl für Euch ausrichten lassen.«

Unsicher drehte sich Ida zu ihrer Mutter. Diese nickte ihr zu. Wie betäubt folgte Ida Helene zum Frauenturm.

»Ich kenne diesen Ritter aus früheren Leben«, flüsterte sie ihr zu, als sie die Treppe des Steinturms erklommen.

»Wen?«

»Leonhard von Brauneck ist der Mann, den Meda mir geweissagt hat. Es sei jemand, auf den ich bereits in vergangenen Leben getroffen sei, hat sie mir erklärt. Und dass ich ihn sofort daran erkennen werde und spüre, dass er zu mir gehört.« Sie tippte sich an die Schläfe. »In meinem Kopf habe ich Stimmen vernommen und Bilder gesehen, wie ich mit ihm zusammen war in früheren Zeiten.«

Überrascht blieb Helene stehen. »Seid Ihr Euch sicher?«

»Ja.«

Helene fasste sie am Arm. »Lasst Euch bitte nicht zu etwas Voreiligem hinreißen. Beim Nachtmahl werdet Ihr Gelegenheit haben, ihn in Augenschein zu nehmen und zu überprüfen, ob er wirklich derjenige ist, den die Heilerin gemeint hat. Dann könnt Ihr immer noch überlegen, was Ihr tun wollt.«

In ihrer Kammer wanderte Ida auf und ab. Es war nicht mehr daran zu denken, sich hinzusetzen und Medas Aufzeichnungen zu studieren. Als rührte jemand mit einem Holzlöffel in ihrem Kopf herum, kreisten ihre Gedanken um die himmelblauen Augen Leonhard von Braunecks und den durchdringenden Blick, mit dem er sie bedacht hatte.

Unmut lag in Ulrich von Leiburgs Gesicht, als er einige Tage später Idas Mutter mit dem ihm verbliebenen Auge fixierte. Dort, wo sein zweites einmal gewesen war, prangte ein rohes Wundmal, das sich diagonal durch seine obere Gesichtshälfte zog wie bei Odin, dem einäugigen Gott, von dem Meda ihr erzählt hatte. Zusammen mit dem nach der Läusebehandlung strähnigen Haar verlieh es ihm das Aussehen eines streunenden Hundes, der allzu oft mit Steinen beworfen und von fremden Höfen verjagt worden war, dachte Ida.

»Warum lasst Ihr mich nicht sterben? Was soll die sinnlose Pflege? Mit einem Auge bin ich für den Kampf untauglich. Jeder noch so schwache Gegner wird mich wie ein Wildbret zerlegen. Erspart mir einen derart jämmerlichen Tod!«, forderte er gebieterisch.

Ihre Mutter tupfte ihm den Schweiß von der Stirn. »Aber Graf Ulrich, das Dasein besteht doch nicht nur aus Kampf. Es gibt viele andere Dinge, für die es sich zu leben lohnt. Wollt Ihr nicht Eure Enkelkinder erleben?«

»Was denken denn meine Enkel, wenn sie mich so sehen?« Mit seiner schwieligen Hand wies er auf die eingefallene Augenhöhle und die wulstige Narbe, die sich darüber und darunter gebildet hatte. Auch am Nasenflügel hatte der Schwerthieb eine Kerbe hinterlassen. »Die fürchten sich nur vor mir. Oder sie verachten mich, weil ich nutzlos und kampfuntauglich bin.«

»So denkt wenigstens an Euren Sohn.«

»Mein Sohn? Ha, der ist alt genug, meine Burg und die Lehen übernehmen zu können. Wer weiß, vielleicht lauert er bereits darauf.«

»Nun, ganz ehrlich, Graf, den Eindruck habe ich nicht gewonnen. Euer Sohn ist sehr besorgt um Euer Wohl.«

»Und für den Kaiser bin ich unbrauchbar geworden«, fuhr Ulrich fort, als hätte er sie nicht gehört. »Das bin ich schon lange, und nun endgültig. Verfluchter Bastard, der diesen Schwertstreich geführt hat. In der Hölle soll er schmoren.«

»Flucht nicht in diesen Hallen«, verlangte ihre Mutter mit strenger Miene. »Ich möchte keine bösen Gedanken in meinem Heim haben.«

Überrascht richtete Ulrich das gesunde Auge wieder auf sie. Er schwieg eine Weile, dann brummte er: »Verzeiht, Herrin. Aber Ihr kennt meine Lage und könnt gewiss verstehen, was in mir vorgeht.«

»Ja, verstehen kann ich das, gutheißen nicht. Ihr seid zugegebenermaßen schwer verwundet worden und habt Euer Augenlicht auf einer Seite verloren. Doch auf wundersame Weise hat der Herr Euch das Leben neu geschenkt. Also werft es nicht weg und ergeht Euch nicht in Bitterkeit. Wer weiß, welche guten Taten Ihr noch vollbringen könnt, die Euch einen Platz im Himmelreich sichern.«

Erstaunt sah Ida zu ihrer Mutter und fragte sich, ob diese meinte, was sie sagte. Oder ob sie bewusst bei den christlichen Sinnbildern blieb, um den Grafen von Leiburg nicht zu verärgern. Schließlich wusste Ida, dass ihre Mutter, so fromm sie auch war, das Gedankengut Medas mit übernommen hatte. Ihr Blick wanderte erneut zu dem Kranken. Sie bezweifelte, dass dieser Mann noch gute Dinge zu bewerkstelligen vermochte, oder überhaupt bereit dazu war. Es mutete sie an, als läge ein dunkler Schatten über der kräftigen Gestalt des Grafen. Hoffentlich löste er sich von seinem Opfer, sobald der Leiburger genesen war und wieder am Leben teilnehmen konnte. Wenn nicht, da war sich Ida sicher, ging von dem Versehrten eher Unheil aus als Gutes. Bei dem Gedanken, dass dieses Unheil sie selbst in einen Abgrund ziehen könnte, durchfuhr sie ein Schauder.

Kapitel Fünf

Als Ida am nächsten Tag von einem Besuch in der Siedlung am Fuß des Schieferfelsens zurückkam, führten Leonhard von Brauneck und Valentin von Leiburg eine Kampfübung auf dem Platz vor der Burg durch. Ihr Vater hatte ihr von dem Zweikampf erzählt, den er an diesem Ort mit seinem Onkel Bertolt ausgefochten hatte. Im Reflex zügelte sie ihr Pferd, um den Männern beim Kräftemessen zuzuschauen. Fasziniert und abgestoßen zugleich nahm sie wahr, mit welch roher Gewalt die vor Kraft strotzenden Kämpfer mit den blanken Schwertern aufeinander eindroschen. Sie mochte sich nicht ausmalen, wie dieses Duell enden würde, rängen die beiden ernsthaft miteinander um Leben und Tod.

Wenn sich die Ritter bei einem freundschaftlichen Wettstreit schon so gnadenlos attackierten, wie erbittert und schonungslos musste es zwischen ihrem Vater und Bertolt zugegangen sein? Eine Gänsehaut bildete sich auf Idas Unterarmen.

Der Anblick der kämpfenden Männer, die einander ebenbürtig schienen, fesselte sie. Widerstrebend schnalzte sie mit der Zunge, lenkte den Wallach durch das Burgtor und brachte ihn in den Stall. An ihrem Handgelenk baumelte der Beutel mit dem, was eine adlige Dame bei sich tragen sollte: ein hohles Knochenröhrchen zur Aufbewahrung von Nadeln, eine kleine Schere, einige Münzen als Almosen für die Armen beim Kirchgang, ein Ohrlöffelchen und ein Kamm aus Horn. Der Inhalt erschien ihr ebenso unnütz wie albern, aber ihre Mutter hatte darauf bestanden, dass sie den Beutel bei sich trug.

Als sie den Stall verließ, hatten Valentin und Leonhard ihre Kampfübung beendet. Breitbeinig standen sie am Zuber im Burghof und wuschen sich. Beide hatten ihre Harnische und Unterhemden abgelegt, sodass sie nur in den Bruchen dastanden. Ida verschlug es den Atem, als sie Leonhards nahezu unbehaarten Oberkörper sah, auf dem sich jede einzelne Muskelpartie und einige Narben deutlich abzeichneten. Dann wanderte ihr Blick abwärts, wo der Schwung der Lende nach unten in die Bruche wies. Sie schluckte, wandte hastig ihre Augen ab und strebte dem Frauenturm zu. Der Beutel mit ihren Utensilien schlenkerte nutzlos an ihrem Handgelenk, während sie vergeblich versuchte, eine Antwort auf die Frage zu finden, was mit ihr geschah. Sie spürte Röte in ihrem Gesicht, Hitze in ihrem Körper und den albern baumelnden Beutel, der bei jedem ihrer eiligen Schritte gegen die Hüfte schlug. Entschlossen zog sie ihn ab und hielt ihn fest, um ihn so bald wie möglich in den Tiefen ihrer Aufbewahrungstruhe verschwinden zu lassen.

Der Abendwind war angenehm kühl nach der Hitze des Tages, die Luft mild. Leonhard von Brauneck durchmaß die Länge des Burghofs, um sich nach dem üppigen Abendmahl die Beine zu vertreten und seine Gedanken zu sortieren. Den ganzen Tag über war er unter Menschen gewesen und hatte kaum Zeit für sich gehabt. Doch diese benötigte er, um zur Ruhe zu kommen. Einzig die Abende im nahezu verwaisten Hof versprachen Abgeschiedenheit. Langsam stieg er die Treppe zum Wehrgang hinauf und ließ seinen Blick über das Mittelrheintal schweifen, über das sich Dämmerung senkte.

Im Abendlicht schimmerte der Fluss wie Geschmeide aus Silber. Der Anblick erinnerte ihn an seine Zeit im Dänenreich, die ihm nur vage im Gedächtnis geblieben war. Ulrich hatte ihm erzählt, dass die Dänen ihn nach einem Überfall, bei dem das Dorf seiner Eltern niedergebrannt worden war, mitgenommen und am Hof ihres Königs großgezogen hatten. Manchmal sah er eine blonde Frau, die sich liebevoll über ihn beugte oder mit ihm schimpfte, wenn er mutwillig Dinge zerstört hatte. Selbst beim Tadeln hatte sie etwas Gütiges. War in Legenden und Heldengeschichten von Elfen oder Zauberinnen die Rede, sah er stets diese Hüterin seiner frühen Kindheit vor sich, von der er nicht einmal mehr wusste, wie sie geheißen hatte. Ob sie die Dienerin der dänischen Königsgemahlin oder eine weise Frau war, die am Hof gelebt hatte, vermochte er nicht zu sagen. Für ihn war der Begriff »Mutter« eng mit ihr verbunden, »Vater« dagegen war in seiner Erinnerung ein großer, ebenfalls blonder Mann.

Diesen sah er stets mit einem weiten dunkelblauen Umhang, vor der Brust zusammengehalten von einer silbernen Fibel in Form eines keltischen Knotens. Manchmal hatte er einen langen, am oberen Ende merkwürdig geformten Stock aus Eichenholz benutzt, wie das alte Menschen taten, die nicht mehr sicheren Tritts zu gehen vermochten. Das war bei seinem »Vater« keineswegs der Fall gewesen. Er hatte damals in der Blüte seiner Jahre gestanden.

Dieser Mann hatte ihn gelehrt, was es in der Kindheit zu lernen gab. Er war streng, und bei ihm musste alles seine Ordnung haben. Bei seiner »Mutter« dagegen herrschte eher ein fröhliches Durcheinander, ein schöpferisches Werden und Vergehen. Beide Wesenszüge taten ihm wohl. Sein »Vater« war der Weise des Hofes gewesen, an dem Leonhard aufgewachsen war. Von ihm lernte er, Dinge zu durchdenken und seine Gedanken zu sortieren.

Dann war es zum Krieg gekommen. Ulrich von Leiburg erschlug den Leibschützer des Königs und trug fortan dessen Helm wie eine Trophäe auf dem Kopf. Leonhard wurde nach Oberlothringen an den Hof Ulrichs gebracht, wo dieser ihn in seinem Haushalt aufnahm. Sehr schnell begann seine Ausbildung zum Pagen und anschließend zum Knappen. Von Ulrich erlernte er das Kriegshandwerk und alles, was er wissen musste, um im Reich Kaiser Heinrichs bestehen zu können, sodass er sich dem Hause Leiburg verbunden fühlte. Valentin, der einzige noch lebende Nachkomme Ulrichs, wurde sein bester Freund.

Als eine schrille Stimme rief: »Lass mich, ich will das nicht!«, wurde Leonhard jäh aus seinen Gedanken gerissen.

»Hab dich nicht so, du stellst dich doch sonst auch nicht so an«, erwiderte ein Mann in barschem Ton.

»Lass mich gehen. Ich will das nicht«, wimmerte die Frauenstimme.

»Mach nicht so ein Gewese«, sagte der Mann in offensichtlicher Ungeduld. Es folgten Geräusche, die ein Handgemenge vermuten ließen.

Leonhard beugte sich über die Brüstung und schaute sich suchend um. Da sah er hinter dem Stall an die Burgmauer gelehnt einen Knecht, der eine Magd eng umschlungen hielt und versuchte, ihr die Kleider vom Leib zu zerren. Rasch lief Leonhard den Treppenabgang hinunter und auf die beiden zu.

»Hast du nicht gehört, was sie gesagt hat?«, fragte er und war sich dabei seines dänischen Akzents bewusst.

Der Knecht fuhr auf, ohne den Griff von der Frau zu lösen. »Was geht Euch das an?«

»Lass sie los«, beharrte Leonhard.

Der Mann, der etwa in Leonhards Alter sein musste, hielt die Magd unbeirrt fest. »Was kümmert es Euch, was eine Küchenmagd will? Das ist nicht Eure Angelegenheit.«

»Lass sie los!«

Mit höhnischer Miene stieß der Knecht die junge Frau grob von sich. Sie raffte ihren Kittel, schob sich das zerrissene Oberteil schützend vor die Brust und rannte weinend Richtung Küchengebäude.

»Zufrieden, dass Ihr mir den Spaß verdorben habt?«, fragte er.

»Spaß ist es nur, wenn das beide so sehen«, entgegnete Leonhard.

»Das sagt ausgerechnet ein Ritter.« Der Knecht spuckte aus. »Euersgleichen ist es doch gewohnt, sich zu nehmen, was Ihr wollt. Ihr seid nicht mein Herr und habt mir eigentlich gar nichts zu sagen.«

»Ist es dir lieber, wenn ich dem Grafen erzähle, was hier vorgefallen ist, damit er dir die Anweisung erteilt?«

Der andere löste sich von der Burgmauer und wandte sich ab. »Erzählt ihm, was Ihr wollt. Mir ist es gleich, was Gero von Wasauchimmer von mir denkt.« Er spuckte ein weiteres Mal aus und ging fort.

Leonhard verharrte noch einem Moment lang und schaute dem Knecht, den er sich soeben zum Feind gemacht hatte, hinterher. Sein Blick schweifte über den nun leeren Burghof und wanderte am Frauenturm hinauf. Da sah er Gero von Rheinsporns älteste Tochter in einer Fensteröffnung stehen. Für einen Augenblick trafen sich ihre Augen, dann deutete Leonhard eine Verbeugung an und strebte der großen Halle zu. Die junge Frau war für ihn unerreichbar, so sehr sie ihm auch gefiel. Er war ein Ritter ohne Land, und es gehörte sich nicht, ihr lange Blicke zuzuwerfen.

Sorgfältig legte Ida am nächsten Tag die Kräuter und Tinkturen zurecht, von denen sie wusste, dass ihre Mutter sie dem Grafen von Leiburg in den nächsten Stunden verabreichen würde. Anschließend zerrieb sie einige der Heilpflanzen im Mörser zu Pulver und freute sich, nahezu alle Behandlungsschritte vorhergesehen zu haben. Sie hätte die Heilmethoden richtig ausgewählt, die Sigrun anwandte. Sogar Pater Remigius hatte sich bei seinem Besuch beeindruckt davon gezeigt, wie gut sie die Fieberschübe und den Wundbrand des Grafen abwenden konnten. Die letzte Ölung, die er dem Leiburger ein paar Tage zuvor erteilt hatte, erwies sich als verfrüht. Stolz dachte Ida daran, dass sie Ulrichs ungebrochene Lebenskraft erspürt hatte. In stillen Momenten träumte sie davon, später einmal ein Krankenhaus zu gründen. Meda hatte ihr von den Vorschriften für die Führung eines Hospitals berichtet, wie ihre eigene Klosterordnung sie vorsah.

»Es sollen nur erfahrene Ärzte angestellt werden, denen die Eigenschaften des Urins bekannt sind. Außerdem sollen sie in der Lage sein, Krankheiten zu unterscheiden, und die richtigen Heilmittel kennen«, hatte Meda ihr erklärt, und Ida hatte an ihren Lippen gehangen, wie immer, wenn Meda ihr Dinge beibrachte oder von ihrer Zeit im Kloster erzählte.

»Alle Liegestätten sollen lang und breit genug sein, um die notwendige Bequemlichkeit zu bieten. Müssen Kranke zum Abort gehen, bekommen sie einen Pelz, Schuhe und

Wollmützen. In jedem Raum sind Helfer, um die Füße zu waschen und die Betten zu richten«, hatte Meda ergänzt und ihr dabei eine herrlich süße Kirsche in den Mund geschoben, die sie zuvor aus dem Garten des Pfarrers in Thure stibitzt hatte.

Dann hatte Meda den Zeigefinger gehoben und Ida hatte verstanden, dass sie sich das Folgende gut merken sollte: »An drei Tagen bekommen die Kranken Schweine- oder Hammelfleisch; wer dies nicht verträgt, erhält Hühnerfleisch.«

Ida hatte genüsslich die gestohlene Kirsche auf der Zunge zergehen lassen und sich vorgenommen, diese Regeln zu beherzigen, sollte sie jemals einem Hospital vorstehen.

Unvermittelt klopfte es an die Tür zum Vorzimmer der Krankenkammer. Ida sah auf, als sie leise geöffnet wurde. Sie erstarrte, als Leonhard von Brauneck eintrat und sich verbeugte.

»Fräulein Ida«, sagte er mit fremdländisch klingender Betonung.

»Herr Leonhard. Was kann ich für Euch tun?«, erwiderte sie gehemmt, denn sie sollte nicht allein mit ihm in einem Raum sein.

»Wie geht es meinem Herrn?«, fragte er. »Ich würde ihn gerne besuchen.«

Ida senkte die Lider, nur um gleich darauf den Blick wieder zu heben und ihm ins Gesicht zu schauen. »Er wird es überleben. Nur das Augenlicht konnten wir ihm auf der verletzten Seite nicht erhalten.«

Leonhard nickte ernst. »Es ist erstaunlich, dass Ihr ihn überhaupt am Leben halten könnt. Der Wundarzt hatte ihn schon aufgegeben. Kann ich zu ihm?«

Ida zögerte. »Er schläft gerade. Aber ja, warum nicht? Sein Sohn war auch bereits mehrmals da. Ich glaube, die Besuche haben ihn aufgemuntert, und er kann Zuspruch gebrauchen.«

Sie führte Leonhard in das Krankenzimmer, in dem scharfer Eitergeruch eine schwärende Wunde verriet. Ida verzog das Gesicht und entzündete rasch ein paar Kräuter in einer Steinschale, um den Gestank zu vertreiben.

»Welchen Handel hattet Ihr mit Dietrich im Burghof gestern Abend?«, flüsterte sie.

»Wer ist Dietrich?«

»Der Knecht, den Ihr zurechtgewiesen habt.«

»Das war nichts, womit Ihr Euch beschäftigen solltet. Ich vermute allerdings, Ihr habt ohnehin gesehen, worum es ging«, entgegnete er leise.

»Nun ja, ich weiß ja nicht, ob es das war, wonach es von oben aussah.«

»Doch, genau das war es.«

»Habt Ihr eingegriffen und die Magd vor dem bewahrt, was Dietrich ihr antun wollte?«

»Bei meiner Schwertleite habe ich geschworen, Frauen, Schwache und Wehrlose zu schützen. Und das habe ich gestern Abend gemacht.«

»Trotzdem. Das hätten nicht viele Ritter für eine Dienerin getan, die noch nicht einmal ihre Leibeigene ist.«

»Ich bin nicht viele. Ich bin und denke anders, weil ich zu Achtung und Respekt vor allen Lebewesen erzogen wurde.«

Überrascht sah Ida auf. »Etwa von Graf Ulrich?«

»Nein, in Dänemark. Allerdings nicht von den Adligen – die haben eine ähnliche Art zu denken wie die Lothringer – sondern von meinen dänischen Zieheltern.«

Ida zögerte, ob sie die Unterhaltung mit dem Ritter fortsetzen sollte. Nun, da er ihr so dicht gegenüberstand, gefiel er ihr noch besser als zuvor. Auch die Art, wie er mit ihr sprach und die ihm unbekannte Magd vor Dietrich beschützt hatte. Das hätten nicht viele Männer getan. Frauen galten nicht nur unter den Prälaten als sündig. Ihnen wohne ein brennendes Begehren inne, das sie in ihrer Schwäche nur mühsam beherrschen könnten, predigten die Priester von den Kanzeln herunter, und die Männer glaubten ihnen. Frauen lägen lustsuchend auf der Lauer und seien naturgemäß von der Glut einer unabweislichen Sinnlichkeit entflammt. Wer würde da einer Magd helfen, der ein Knecht nachstellt und sie womöglich bezichtigt, sie habe ihn mit ihrer eigenen Wollust in seinen Bann gezogen?

Leonhards Blick fiel auf Medas Heilkundebuch. »Gibt es an Eurem Hof einen Medikus?«

»Nein, meine Mutter behandelt die Kranken, so gut sie kann, und ich helfe ihr dabei.«

»Ihr seid des Lesens kundig?«

»Meine Mutter ist es, und sie hat mir schon so viel beigebracht, dass ich das meiste davon entziffern kann.«

»Frauen ist es verboten, lesen und schreiben zu lernen«, sagte er mit gespieltem Vorwurf in der Stimme.

»Weil sie heimlich Liebesbriefe bekommen könnten?«, erwiderte Ida spöttisch.

»Unter anderem.« Er kräuselte die Lippen zu einem Grinsen, beugte sich interessiert über das Buch und blätterte durch die Seiten. »Wie seid Ihr in den Besitz dieses Werkes gekommen? Ich dachte, so etwas hätten nur die Mönche in den Klöstern.«

»Die Verfasserin hat es meiner Mutter vermacht. Und diese wird es eines Tages mir überlassen.«

Aufmerksam sah Leonhard sie an, und Ida spürte, wie sich ihre Brust schnell hob und senkte.

»Seid Ihr und Eure Mutter Zauberinnen?« Seine Augen glitzerten, als hoffte er, dass es so sei.

»Nein, sind wir nicht.« Verlegen wandte sie sich ab und sah zu Ulrich.

Der Kranke regte sich kaum merklich, als hätte selbst das leise Sprechen ihn im Schlaf gestört. Das gesunde Augenlid flatterte und er stöhnte. Langsam öffnete er das ihm verbliebene Auge und sein Blick fiel auf seinen Besucher.

»Leonhard«, sagte er mit rauer Stimme.

»Ja, Herr. Ich komme, um nach Euch zu sehen. Wie geht es Euch?«

Ulrich hob die Hand und winkte ab. »Ich bin erledigt«, erwiderte er. »Alt und nutzlos geworden. Es wäre besser gewesen, ihr hättet mich sterben lassen.«

»Sagt das nicht. Fräulein Ida ist sich sicher, dass Ihr es überstehen werdet.«

»Überstehen vielleicht, aber zu welchem Preis? Sieh mich an!«

»Das gesunde Auge wird Euch einen neuen Blick auf die Welt ermöglichen. Das ist anderen mit ähnlichem Schicksal ebenfalls gelungen. Der Kaiser braucht Euch!«

Ulrich stieß einen entrüsteten Laut aus und wies auf sein Gesicht. »So braucht er mich bestimmt nicht mehr. Damit kann ich seine Gegner nur noch erschrecken, nicht vernichten.«

Ida senkte den Kopf und entfernte sich leise aus der Kammer, um Ulrich und seinen Ritter ungestört zu lassen. Sein Gerede vom Töten mochte sie ohnehin nicht hören. Bevor sie die Tür hinter sich schloss, warf sie einen letzten Blick auf die beiden Männer und stellte verlegen fest, dass sowohl Ulrich als auch Leonhard ihr hinterherschauten.

Als Leonhard gegangen war, nahm Ida die Pflege des Kranken wieder auf. Dabei folgte ihr Ulrichs gesundes Auge durch den Raum, wenn sie umherging, um Wickel oder Tinkturen zuzubereiten. Dieser Blick war bohrend, was daran liegen mochte, dass er nur noch dieses eine Auge hatte. Doch Ida wurde das Gefühl nicht los, dass es einen anderen Grund dafür gab, über den sie lieber nicht nachdenken wollte. Der Mann war ihr unheimlich.

»Warum tragt Ihr einen solchen Namen? Ida«, sagte er und betonte Letzteres höhnisch. »Das ist nicht standesgemäß.«

»Mein Taufname ist Iduberga, aber so nennt mich zum Glück niemand«, erwiderte Ida, ohne ihn anzusehen, und wandte sich von ihm ab.

Als ihre Mutter zurück ins Krankenzimmer kam, nahm Ida sie unauffällig beiseite. »Bitte entlasst mich aus der Pflege des Grafen.«

Mit einem erstaunten Ausdruck sah ihre Mutter sie an. »Warum? Ich dachte, es spornt dich an und du möchtest mitentscheiden, wie er am besten zu behandeln ist.«

»So war es auch. Doch ist er auf dem Weg der Besserung, sodass meine Hilfe nicht länger vonnöten ist. Diese Pflege können nun Mägde übernehmen.«

Ihre Mutter schaute sie mit einem prüfenden Blick an, als ahnte sie, worum es wirklich ging. Schließlich nickte sie. »Ich danke dir für deine Unterstützung. Du kannst dich jetzt wieder deinen anderen Aufgaben widmen.«

Erleichtert lächelte Ida ihre Mutter an, dankbar dafür, dass diese nicht darauf bestanden hatte, den wahren Grund für ihre Bitte zu offenbaren.

Auf dem Weg zu Ulrichs Krankenkammer wappnete Gero sich innerlich gegen das, was ihn erwartete. Sigrun hatte ihm berichtet, wie entstellt er aussah. Außerdem schien er alles andere als froh darüber zu sein, dass man ihn an das Leben band. Dankbarkeit war also wohl nicht zu erwarten. Aber vielleicht war Ulrich dennoch seiner Familie gegenüber milder gestimmt. Er beschloss, sich von dem Alten nicht provozieren zu lassen. Dafür war es gut, sich auf verschiedene Szenarien vorzubereiten, einschließlich der Möglichkeit, dass Ulrich ihm Vorhaltungen machte, weil sie ihn hergebracht und seine Verletzungen behandelt hatten. Vermutlich wäre er lieber einen ehrenhaften Heldentod gestorben als eingeschränkt und kampfuntauglich weiterleben zu müssen.

Andererseits: War Ulrich nicht langsam alt genug, um sich auf sein Altenteil zurückziehen und auf den Lorbeeren auszuruhen, die er im Laufe seines Lebens erworben hatte? Es fiel Gero schwer, sich auf die Gemütsverfassung des Grafen einzustellen. Er atmete tief durch, klopfte an die Tür und trat ein. Der Leiburger saß aufrecht im Bett, einen Leinenwickel über seiner linken Gesichtshälfte. Gero ahnte, dass dieser Wickel nicht dazu diente, die Wunde zu verbergen. Gewiss befanden sich darin Kräuter, die die Heilung beschleunigen und die Narbenbildung günstig beeinflussen sollten.

»Graf Ulrich, es freut mich, Euch genesen zu sehen! Ich wollte mich vergewissern, dass es Euch an nichts fehlt.«

Die unverletzten Stellen im Gesicht des Kranken verzogen sich zu einer griesgrämigen Miene. »Mir fehlt ein Auge.«

Gero lächelte ihm aufmunternd zu. »Das ist mir bekannt. Aber Euer Sohn ist zuversichtlich, dass Euer gesundes Auge das verlorene ersetzen wird.«

»Ach was! Lassen wir den Mist, ich kann es nicht mehr hören«, erwiderte Ulrich barsch. »Lasst uns lieber über etwas Sinnvolles sprechen. Sonnt sich Friedrich von Schwarzenburg in seinem Sieg? Hat er schon angefangen, die Besitzungen des Kaisers an Lehnsleute aus Colonia aufzuteilen?«

»Ja, damit hat er wohl bereits kurz nach der Schlacht von Andernach begonnen.«

Ulrich rutschte ein Stückchen höher. »Hat er auch die Leiburg angetastet?«

»Bisher nicht. Möglicherweise, weil sie an der Grenze zu kaisertreuem Gebiet liegt.«

Der Leiburger murrte. »Das wäre erst recht ein Anlass, sie einzunehmen. Es muss einen anderen Grund dafür geben.«

»Falls ja, so ist mir dieser nicht bekannt. Vielleicht solltet Ihr mit Valentin darüber sprechen. Allerdings hat der Erzbischof Adebars Lehen bestätigt. Er ist der neue Herr von Greifenfels.«

»Wie das?«

»Auch das entzieht sich meiner Kenntnis. Friedrich ist ein kalt berechnender Taktierer. Wer weiß, was er im Schilde führt«, erwiderte Gero. Dass sich der Erzbischof von Colonia zuvor seine und Adebars Zusicherung eingeholt hatte, dass diese an dem vor etlichen Jahren geschlossenen Bündnis gegen den Trierer Erzbischof festhielten, würde er dem Leiburger nicht auf die Nase binden.

Eine Zornesfalte bildete sich auf Ulrichs Stirn, und er zeigte mit dem Finger auf Gero. »Wir sollten unsere Verbindung stärken, um uns besser zur Wehr setzen zu können.«

»An was denkt Ihr?«

»An eine Heirat zwischen meinem Valentin und Eurer ältesten Tochter. Ich schulde Euch nun etwas und ein Bündnis würde unsere Beziehung verbessern.«

Gero runzelte die Stirn. »Euer Valentin zählt über zehn Sommer mehr als meine Ida.«

Ulrich zuckte mit den Schultern. »Ja und? Das ist bei den meisten Eheschließungen so.«

»Ich habe meiner Tochter versprochen, sie nicht gegen ihren Willen zu verheiraten. Ich müsste sie erst fragen.«

Ungläubig sah Ulrich ihn an. »Das habt Ihr ernsthaft getan? Und daran fühlt Ihr Euch gebunden?«

Gero nickte und verschränkte die Arme.

Ulrich hob die Augenbrauen. »Ihr seid Euch aber bewusst, dass die Vermählung von Töchtern einzig und allein Sache ihrer Väter ist, oder? In die Verhandlungen im Vorfeld werden nur die männlichen Mitglieder beider Familien einbezogen, und sie erfordern äußerste Umsicht. Da kann keine Rücksicht auf trotzige Ablehnung oder schwärmerische Neigungen von dummen, jungen Dingern genommen werden. Es geht um den Erhalt des Erbes und um den Fortbestand des Geschlechts.«

Gero hielt seinem Blick stand. »Das ist mir sehr wohl bekannt.«

»Nun, sei's drum, dann fragt sie halt.« Der Ton, in dem Ulrich das sagte, verriet Gero, dass er den Alten mit seiner Weigerung, Ida Valentin sofort und bedenkenlos zur Frau zu geben, erneut gegen sich aufbrachte. Das war sicher nicht das Klügste, was er in seinem bisherigen Leben getan hatte.

Kapitel Sechs

Ida erschrak, als die Leiburger Leonhard ins Krankenzimmer brachten. An seinem linken Unterarm klaffte eine Schnittwunde, das darunterliegende rohe Fleisch wirkte aufgeworfen und blutete. »Was ist passiert?«

Mit schuldbewusster Miene erklärte Valentin: »Bei unserem Kampftraining ist mein Schwerthieb von seinem Schild abgerutscht und hat ihn am Arm getroffen.«

Leonhard presste die Lippen zusammen. Sein verzerrtes Gesicht gab Ida eine Vorstellung davon, wie tief die Schwertschneide in sein Fleisch eingedrungen war und wie sehr ihn das schmerzte.

»Eure Ritter sagten, wir sollen ihn zur Gräfin bringen«, fügte Valentin hinzu.

»Sie ist nicht hier«, erwiderte Ida und rief eine der Kammerfrauen herbei. »Holt meine Mutter her, schnell!«

Die Dienerin eilte los, und Ida musterte die Begleiter Leonhards unschlüssig. Dann ordnete sie mit fester Stimme an: »Verlasst bitte das Krankenzimmer. Ich werde die erste Wundversorgung vornehmen, und ihr wisst: Es gehört sich nicht, dass ich mit so vielen Männern in einem Raum bin.«

Natürlich gehörte es sich auch nicht, dass sie allein mit einem einzelnen Mann war. Sie sah, wie Valentin zögerte. Doch leuchtete ihm wohl ein, dass aufgrund der Verwundung und großen Schmerzen seines Gefährten hier nichts Unschickliches geschehen würde.

»Wir werden vor der Tür warten«, entschied er und bedeutete seinen Begleitern, mit ihm zusammen hinauszugehen.

Rasch schloss Ida die Tür zu Ulrichs Kammer. Dann war sie allein mit Leonhard. Gerne hätte sie diese Gelegenheit genutzt, um sich ungestört mit ihm zu unterhalten. Allerdings war er dazu offensichtlich momentan weder in der Lage noch in der Stimmung. Also machte sie sich konzentriert an die Arbeit, gab ihm einen dämpfenden Mohnsaft, reinigte die Wunde und trug eine blutungsstillende Ringelblumensalbe auf. Als das Meconium Wirkung zeigte, er ruhiger atmete und nicht mehr bei jeder Berührung zusammenzuckte, begann sie, die Haut zusammenzunähen. Dabei bemühte sie sich, ihm nicht allzu lange ins Gesicht zu schauen. Doch sie bemerkte, dass er sie unverwandt ansah. Für einen kurzen Moment erwiderte sie seinen Blick.

»Tue ich Euch sehr weh?«, fragte sie, um die verlegene Stille zwischen ihnen zu durchbrechen.

»Es ist auszuhalten«, antwortete er gepresst und bemühte sich um ein Lächeln.

Ida prägte sich ein, welche Menge an Mohn bei ihm ausgereicht hatte. Wer wusste, wofür ihr dieses Wissen nützlich sein konnte? Vielleicht wurde Leonhard einmal wie Ulrich noch schwerer verwundet zu ihr gebracht. Dann wäre sie damit vertraut, wie viel sie ihm einflößen musste, um ihn in den Schlaf zu bringen.

»Ihr seid geschickt in der Behandlung von Wunden«, sagte er.

»Danke. Ich hatte eine gute Lehrerin.«

»Die Gräfin?«

Ida schmunzelte. »Ja, die auch. Zudem hatte ich das Glück, Anleitung durch die Frau zu erfahren, die bereits meine Mutter in diesen Dingen unterwiesen hat. Die kräuterkundige Heilerin, die das Buch verfasste, über das wir letztes Mal gesprochen haben.«

Leonhard lächelte angespannt. »Demnach hatte ich Glück, dass wir Euch hier sofort angetroffen haben. Wird Eure Mutter überhaupt noch etwas zu tun haben?«

»Vermutlich nicht. Aber sie wird sehen wollen, ob ich alles richtig gemacht habe. Vielleicht ist sie der Meinung, dass zusätzlich ein anderes Mittel verabreicht werden sollte.«

»Es ist ungewöhnlich für eine Burgherrin und ihre Tochter, solche Kenntnisse zu haben.«

»Das ist uns bewusst. Wahrscheinlich ist das durch die Umstände bedingt.«

Fragend sah er sie an, doch sie wurden durch das Rascheln von Sigruns Tunika unterbrochen, die mit besorgter

Miene in den Raum eilte, wobei die Schlüssel an ihrer Hüfte klapperten.

»Herr Leonhard«, sagte sie. »Lasst mich Eure Verletzung anschauen.« Mit fachmännischem Blick begutachtete sie die Naht, die Ida angefertigt hatte. »Womit hast du die Wunde behandelt?«

»Mit gestampftem Absínthium.«

Anerkennend nickte Sigrun. »Mehr hätte ich auch nicht getan. Ihr hattet Glück, dass meine Tochter zugegen war und Euch behandeln konnte. Solche vermeintlich harmlose Blessuren können sich entzünden und ausbreiten, sodass manchmal ganze Gliedmaßen abgetrennt werden müssen. Im schlimmsten Fall führen sie zum Tod.«

»Das hat Eure Tochter hoffentlich verhindern können«, erwiderte er ernst. »Dafür bin ich sehr dankbar.«

»Ob es ihr gelungen ist, wird sich erst morgen zeigen, aber es gibt berechtigten Grund zur Hoffnung. Wir legen noch einen Verband an, danach könnt Ihr Euch zurückziehen. Diese Ruhe solltet Ihr einhalten und Euch in den nächsten Tagen nicht anstrengen.«

Unaufgefordert reichte Ida ihr ein Bündel weißer Leinenstreifen, und Sigrun begann, ihm mit Idas Hilfe einen Wickel anzulegen. Sowohl Ida als auch Leonhard hielten ihre Blicke gesenkt. Als spürte sie die Spannung im Raum, sah Sigrun von dem einen zur anderen, sagte allerdings nichts.

»So, Herr Leonhard, das war's. Ihr könnt Euch nun ausruhen und für ein paar Tage mit Fug und Recht auf Euren Anspruch auf Erholung pochen.« Ihre Mutter lächelte den jungen Mann an, der ihr Lächeln höflich erwiderte, sich erst vor ihr verbeugte, dann vor Ida.

»Herrin, Fräulein Ida, ich danke Euch von Herzen für Eure Dienste.« Schwankend begab er sich in den Nebenraum, wo Valentin und seine Begleiter auf ihn warteten.

Da sich Leonhard zur Ruhe zurückgezogen hatte, bot Gero lediglich Valentin an, mit ihm auf die Jagd zu gehen. Es würde etwas Ablenkung und Zerstreuung in die Zeit des Wartens bringen. Mit offensichtlicher Erleichterung nahm dieser das Angebot an. Gemeinsam mit sechs ihrer Ritter und zwei Jagdhunden machten sie sich auf den Weg zu dem nächstgelegenen Waldstück, das zu Geros Ländereien gehörte. Dort, hatte man ihm berichtet, sorgte eine Gruppe von Wildschweinen für Kahlschlag.

»Mir ist zu Ohren gekommen«, begann Gero das Gespräch, »dass Leonhard nicht in Oberlothringen aufgewachsen sei, sondern bei den Dänen. Stimmt das?«

»Ja. Er ist als Kleinkind von ihnen entführt worden, als sie in Friesland das Dorf der von Braunecks überfallen haben. Mein Vater hat ihn nach seinem Vergeltungsakt ein paar Jahre danach wieder mit zurückgebracht und ihn bei uns auf der Burg aufgenommen. Später sah er keinen Grund mehr, ihn wegzuschicken.«

»Das scheint mir eine gute Entscheidung gewesen zu sein. Er wirkt Euch sehr ergeben, und Ihr seid recht vertraut miteinander, nicht wahr?«

Valentin nickte. »Ja, vor allem, da meine sämtlichen Geschwister früh gestorben sind. Auch mein Vater ist froh, ihn bei uns zu haben, weil er ein geschickter Schwertkämpfer ist. Mehrmals hat er ihm schon das Leben gerettet.«

»Stören Euch denn die Gerüchte nicht, dass er in Dänemark von einem Zauberer erzogen worden sei?«

Valentin lachte. »Nein, natürlich nicht. Das ist doch nur eine Mär. Darüber, dass er angeblich im Bann eines wilden Ebers steht, haben wir in der großen Halle oft gelacht.«

»Was bedeutet dieser Bann?«, fragte Gero.

»Sein Vormund hat ihm wohl weisgemacht, er solle sich vor einer Verletzung durch einen wilden Eber hüten, weil sie ihn das Leben kosten würde. Wir haben seitdem schon so manche Wildsau gemeinsam erlegt, und wie Ihr seht, erfreut sich Leonhard bester Gesundheit. Abgesehen von der Blessur, die ich ihm beim Schwertkampftraining versehentlich zugefügt habe.«

»Waren seine Zieheltern im heidnischen Glauben verwurzelt?«, hakte Gero nach.

Valentin zuckte mit den Achseln. »Das ist gut möglich. Er scheint es hingegen nicht oder nicht mehr zu sein.«

»Er trägt ein heidnisch anmutendes Amulett um den Hals«, wandte Gero ein.

Valentin nickte. »Das ist sein einziges Erinnerungsstück an seine Zieheltern, die ihm ans Herz gewachsen waren, sagt er. Aber er hat sich längst taufen lassen und erfüllt all seine Christenpflichten. Die Geschichte mit dem wilden Eber kenne ich auch nur, weil er sie erzählt hat, als er noch klein war. Er fürchtete sich vor diesem Orakelspruch, und unser Pfarrer hat ihm diese Angst genommen.«

»Wie ist ihm das gelungen?«

»Er hat ihm versichert, dass unser Herr seine schützende Hand über ihn hält, wenn er nach der Taufe nur regelmäßig zu ihm beten würde. Das hat ihn beruhigt. Er hat anstandslos an den Jagden teilgenommen, ohne sich zurückzuhalten oder einer Bedrohung aus dem Weg zu gehen. Angeblich gibt es ohnehin einen Ausweg aus der Lebensgefahr für ihn.« Valentin schmunzelte.

Gero stimmte nicht in sein Schmunzeln ein, da ihm Medas Weissagungen noch sehr lebendig in Erinnerung waren und die Macht, die sie über Dinge hatte, auf die ein normaler Mensch keinen Einfluss nehmen konnte. »Ein Ausweg heißt, dass ihn etwas zu retten vermag, wenn ein wilder Eber ihn verletzt hat?«, fragte er ernst.

»Ja, genau. Angeblich genügt es, wenn der Herr, dem er zuletzt gedient hat, ihm Wasser aus einer frischen Quelle mit hohlen Händen verabreicht. Ihr seht, was für ein Unsinn das alles ist.«

Gero lächelte ihn wohlwollend an. »Was Unsinn ist und was nicht, liegt oft im Auge des Betrachters. Die Dänen sind keine Dummköpfe, auch nicht die Ungetauften. Und offensichtlich glauben dort erwachsene Männer diese Dinge, genauso wie wir an die Gleichnisse aus der Bibel.«

Valentin warf ihm einen verwunderten Blick zu. »Diese Meinung teilen nicht viele Männer in unserem Land. Ihnen gelten die Heiden als stumpfsinnig, weil sie noch nicht zum rechten Glauben gefunden haben. Und es sollte doch das Ziel eines jeden Christen sein, die Ungläubigen zu bekehren und sie dem wahren Gott zuzuführen.«

Gero nickte bedächtig. »Gewiss«, sagte er und beendete damit das Thema.

Bei der anschließenden Jagd erwies sich Valentin als äußerst geschickt. Die Treiber und die Jagdhunde scheuchten die Wildschweine auf und trieben sie ihnen zu. Gemeinsam erlegten sie drei der Tiere. Gero stellte sich vor, wie Sigrun und der Koch sich darüber freuen würden, dass sie mehrere großzügige Festmahle hintereinander ausrichten und zudem noch Vorräte für den Winter anlegen konnten. Um sein Verhältnis zum Grafen von Leiburg zu verbessern, wollte er ihm persönlich ein ordentliches Stück vom Schweinefleisch in die Krankenkammer bringen.

Ida seufzte, als sie ein weiteres Mal die Stickerei, die ihre Mutter ihr aufgetragen hatte, auftrennen musste. Die Stiche waren unsauber geraten. Ihr fehlte die Konzentration für diese Arbeit. Zwischen ihre Gedanken an die Begegnung mit Leonhard mischten sich Bilder, Begebenheiten und Gespräche, die niemals stattgefunden hatten. Sie fühlten sich echt an, wie aus einem anderen Leben. Die Erinnerungen waren glasklar, aber der Mann war jeweils ein anderer gewesen. Ida war sich sicher, dass es sich jedes Mal um Leonhard gehandelt hatte, selbst wenn er mal Friedrich, mal Lothar, mal Ingbert hieß. Sehnlich wünschte sie sich Meda herbei, um mit ihr über diese Visionen sprechen und Klarheit in ihre Gefühlswelt bringen zu können. Doch anstelle der weisen Frau trat ihr Vater in die Kemenate ein.

»Hier bist du, Liebes! Deine Mutter hat schon vermutet, dass ich dich hier finde.«

»Nun ja, sie war es, dir mir aufgetragen hat, dieses langweilige Tischtuch zu besticken«, gab Ida trocken zurück.

Ihr Vater zog einen Stuhl zu ihr heran und ließ sich darauf nieder. Er wollte also etwas mit ihr besprechen. Ida wand sich unbehaglich.

»Es ist wichtig, dass du diese Dinge lernst«, erklärte er. »Sie gehören zu den Aufgaben, die Frauen von deinem Stand beherrschen sollten.«

Ida senkte den Blick. »Manchmal frage ich mich, ob es nicht besser gewesen wäre, wenn wir in Thure geblieben wären«, sagte sie leise.

Ihr Vater griff nach ihrer Hand. »Du vermisst unser Leben dort, ich weiß.«

»Nicht nur das. Ich vermisse zudem die Menschen, mit denen ich aufgewachsen bin. Ruben und die anderen. Im Dorf konnte ich mich auf jeden verlassen, hier habe ich nur wenige Vertraute.«

»Du hast uns. Der Rest wird mit der Zeit kommen.«

»Und dann muss ich gehen, weil ich verheiratet werde und auf einer fremden Burg leben soll.«

»Dort wirst du die Burgherrin sein und kannst dir deine Kammerdienerinnen aussuchen. Vielleicht gewinnst du ja jemanden aus Thure dafür, dich zu begleiten.«

»Das klappt sicher nur, wenn ich in der Nähe bleibe.«

Ihr Vater beugte sich zu ihr vor. »Dieser Wunsch könnte sich erfüllen. Ulrich von Leiburg hat mir deine Vermählung mit seinem Sohn vorgeschlagen.«

Idas Herz klopfte bei dem Gedanken, es könnte sich bei dieser Brautwerbung um Leonhard handeln. »Um welchen der Söhne geht es?«

»Er hat nur noch den einen, Valentin.«

Sie stockte. »Ich werde es mir überlegen«, erwiderte sie mühsam und legte ihre Stickarbeit endgültig beiseite.

Während des Abschiedsmahls für die Leiburger brachte Ida kaum einen Bissen herunter. In ihrem Kopf kreisten die Gedanken noch wirrer als am Nachmittag. Es gab vieles abzuwägen. Valentin zu heiraten bedeutete gleichzeitig, in

Leonhards Nähe sein zu können. Aber war sie bereit, dafür eine Entscheidung von solcher Tragweite zu treffen, ihre Freiheiten aufzugeben? Sie dachte an das, was Meda ihr über den Ehestand und die Männer gesagt hatte. Auch andere der Älteren sprachen hin und wieder vom Joch der Ehe.

»Mit der Heirat verschärft sich das Ungleichgewicht zwischen Männern und Frauen«, hatte Meda ihr erklärt und sie dabei eindringlich angeschaut. »Wenn du das vermeiden willst, solltest du dich am besten gar nicht erst vermählen.«

»Was meinst du damit?«, fragte Ida sie damals.

Meda seufzte und lehnte sich zurück. »In der Bibel steht angeblich, dass die Frau ihrem Ehemann demütig dienen muss, weil er gleichzeitig ihr Herr ist. Es reiche nicht, sie zu führen, sie müsse unterdrückt werden. Allein der Mann sei fähig zu handeln, die Tätigkeiten seiner Frau sollen von ihm festgelegt werden. Die Macht, die er über sein Eheweib hat, ist also noch größer als die eines Vaters über seine Tochter.«

Ida schnaubte. »Wie begründen die Kirchengelehrten das denn?«

»Mit Evas Sündenfall im Paradies. Ihrer Meinung nach neigen Frauen dazu, sich schamlos zu verhalten und Ehebruch zu begehen. Ihr Ziel sei es, den Lauf der Dinge zu beeinflussen und sich den göttlichen Absichten zu widersetzen. Mit Schminken und Salben täuschen sie die Männer, weil sie damit angeblich besser und jünger aussähen als in Wirklichkeit. Dabei habe Gott verboten, den menschlichen Körper zu verunstalten, den er mit eigenen Händen geformt hat. Sie seien ungehorsam, aggressiv und feindselig gegen den Mann, dem sie nach dem Willen ihres Vaters, Bruders oder ältesten Sohnes ausgeliefert wurden. Außerdem säten sie Hass und verursachten Kriege.«

Ida riss die Augen auf. »Das stimmt doch alles gar nicht! Glauben das auch die Männer, die keine Kirchengelehrten sind?«

»Ja, die meisten schon. Viele von ihnen haben Angst, dass ihre Frauen sie im Schlaf behexen und ihnen ihre Manneskraft nehmen. Sie fühlen sich von ihnen bedroht, wenn sie ungehorsam oder launisch sind, und fürchten sich davor, von ihr betrogen zu werden. Da ist es für sie natürlich gerecht, die Frau wie alle anderen Geschöpfe zu beherrschen, weil sie vermeintlich Gott näher sind, während die Frau ihrer Meinung nach wie vom Teufel gelenkt wollüstigen Gedanken und Werken nachgeht. Erst im Alter werden wir endlich von den behaupteten Dämonen befreit.«

»Und was soll dann unsere Aufgabe in der Welt sein?«, hatte Ida sie gefragt, und Meda hatte abermals geseufzt.

»Der Text der Genesis wird so ausgelegt, dass die Frau dem Mann nur zu dem Zweck beigestellt worden sei, dass er sie als sein Weib ›erkenne‹. Damit sie Mutter wird – also nichts anderes als ein Gefäß, um den Samen keimen zu lassen. Ein Wesen, das nur dazu da ist, befruchtet zu werden, und auf das die Welt leicht hätte verzichten können.«

»Das ist ja furchtbar! Das klingt, als hätten Frauen keine Rechte.«

Da hatte Meda spöttisch genickt. »Doch. In der Ehe darf sie Schutz und Beistand erwarten, genauso wie ein Vasall von seinem Herrn. Durch die Ehe wird sie überhaupt erst gesellschaftlich existent.«

Ida wusste, dass die Heilerin über adlige Ehen gesprochen hatte. Aber diese Dinge gab es natürlich ebenso in den niederen Ständen. Ähnliches hatte Ida in Thure beobachtet. Ihre Eltern bildeten eine löbliche Ausnahme von diesen von Macht und Unterdrückung geprägten Ehebündnissen. Sie beide waren für Ida ein Vorbild. Genauso wollte sie es einmal haben.

Ihr Blick wanderte zu Valentin von Leiburg hinüber. Dachte er ebenfalls all diese Dinge über Frauen? Wäre sie nach der Heirat seine Dienerin, ihm auf Gedeih und Verderb ausgeliefert, selbst wenn er sie schlug? Glücklicherweise brachten weder er noch Ulrich die Vermählung zur Sprache. Er wirkte uninteressiert, wenngleich nicht unfreundlich. Stattdessen trank er reichlich Met und scherzte fast die ganze

Zeit mit seinen Begleitern. Ida fragte sich, ob er überhaupt etwas von den Plänen seines Vaters wusste. Anscheinend gab es keine Eile für ihre Wahl, schloss sie erleichtert und entschied, zunächst keine zu treffen.

Da betrat Leonhard die Halle, den linken Unterarm ohne Leinenwickel und mit einem Gesichtsausdruck, der verriet, dass er keine Schmerzen mehr hatte. Sein blondes Haar schimmerte im Kerzenlicht und die blauen Augen leuchteten. Idas Herz machte einen Sprung.

»Wie schön, Euch wieder hier zu sehen. Geht es Euch gut?«, fragte ihr Vater laut.

Leonhard deutete eine Verbeugung an. »Ja, dank Eurer Frau Gemahlin und Fräulein Ida, deren Heilkünste Schlimmeres verhindert haben. Ich schulde ihnen Anerkennung dafür.«

Ihr Vater lächelte wohlwollend. »Niemand an diesem Hof erwartet eine Dienstleistung für genossene Heilkunde. Sollte sich einmal eine Gelegenheit ergeben, in der wir auf Hilfe angewiesen sind, wäre es gleichwohl schön, wir könnten auf die Eure zählen.«

Leonhard deutete abermals eine Verbeugung an. »Das könnt Ihr, Graf.«

Sein Blick wanderte zu Sigrun und kurz zu Ida hinüber, die sich krampfhaft bemühte, nicht zu erröten. Sie spürte, dass ihr das nicht gelang. Hastig senkte sie die Augenlider und ordnete Teller, Zinnbecher und Löffel vor ihr auf dem Tisch neu an. Erst ihre, dann die Mechthilds, bis ihre Mutter ihr die Hand auf den Unterarm legte. Endlich ließ ihr Vater das Mahl auftragen. In dem allgemeinen Trubel, der daraufhin einsetzte, schien niemand mehr auf Leonhard und sie zu achten. Erleichtert atmete sie aus. Während der Mahlzeit huschte ihr Blick immer wieder verstohlen zu dem Ritter hinüber, der auch den ihren suchte.

Während sie nach dem Abendmahl heimlich die Halle verließ und Richtung Stall lief, hoffte sie insgeheim, dass er ihr folgte. Als sie dort hörte, wie jemand in die Box neben der ihren trat, begann ihr Herz zu pochen. Sie hob den Kopf und entdeckte nebenan den vertrauten strohblonden Schopf.

Leonhard drehte sich zu ihr um und stellte sich überrascht. »Fräulein Ida! Verzeiht. Ich habe nicht damit gerechnet, Euch zu dieser Stunde hier anzutreffen.«

»Nein, natürlich nicht«, wisperte sie zurück. »Bitte sprecht nicht so laut, sonst wird der Stallmeister auf mich aufmerksam.«

Er beugte sich über die schulterhohe, hölzerne Trennwand zwischen den Boxen. »Ihr schleicht Euch also nachts heimlich in den Stall?«

»Nur hin und wieder, wenn ich das Bedürfnis habe, einen klaren Kopf zu bekommen.«

»Das Gefühl kenne ich gut.« Er nickte bedächtig. »Man hat auf den Burgen wenig Möglichkeiten, mal allein mit sich und seinen Gedanken zu sein, und manchmal brauche ich die Nähe der geruhsamen Pferde ebenfalls.«

Sie lächelte scheu. »Worüber möchtet Ihr nun nachdenken?«

»Mein Herr, Graf Ulrich, ist fast geheilt, und unsere Abreise steht bald bevor. Gerne möchte ich diese Gelegenheit hier nutzen, mich persönlich bei Euch für Eure Bemühungen um meinen Arm zu bedanken. Ihr habt mir viel Leid erspart.«

»Heilt die Wunde gut?«, fragte sie und sah zu seinem Unterarm.

Er schob den Ärmel seiner Tunika hoch und entblößte dabei ein ledernes Armband, in das auf eigentümliche Art bronzene Ringe eingeflochten waren. »Ja, sehr gut. Seht selbst«, sagte er.

Ida wusste nicht, woher sie den Mut nahm, mit dem Zeigefinger sachte über das rosafarbene Wundmal zu streichen. Sie spürte, wie er erstarrte und stumm ihre Miene studierte, während die Berührung auch bei ihr ein Prickeln erzeugte.

»Ja, in der Tat, sie heilt wunschgemäß«, bemerkte sie betont beiläufig. »Lasst Euch am besten morgen von meiner Mutter von der Ringelblumensalbe geben und streicht diese in den kommenden Wochen mehrmals täglich auf die Narbe. Sie wird sich so weit zurückbilden, dass man sie später nur erahnen kann.«

Er zog seinen Arm nicht zurück, als wartete er darauf, dass sie ihn noch einmal berührte. Aber sie wollte die Grenzen der Sittsamkeit nicht ohne triftigen Grund ein weiteres Mal überschreiten.

»Ich muss jetzt gehen«, sagte sie und senkte den Kopf. »Lebt wohl.«

»Danke, Ihr ebenso.«

Schnellen Schrittes verließ sie die Box. Als sie sich noch einmal umdrehte, sah sie, dass Leonhard ihr mit einem wehmütigen Ausdruck hinterherschaute. Beinah lief sie in Dietrich hinein, der mit verschränkten Armen an der Stalltür lehnte und sie offensichtlich mit ausdrucksloser Miene beobachtet und belauscht hatte. Ida warf ihm einen warnenden Blick zu und huschte an ihm vorbei.

Am nächsten Morgen reisten die Leiburger ab. Ida stand neben ihrer Mutter im Burghof, prächtig gekleidet und frisiert. Der Himmel über Rheinsporn zeigte sich in einem milchigen Blau, über das lose Wolkenschlieren verliefen wie Schneckenspuren. Die Sonne des Spätherbstes hatte wenig Kraft und Ida fröstelte in der kühlen Luft. Valentin verbeugte sich tief vor ihr, ließ aber noch immer nicht erkennen, dass er sie gerne zur Frau nehmen wollte.

»Habt herzlichen Dank für Eure Gastfreundschaft und Euer Bemühen um meinen Vater und Leonhard. Wir schulden Euch unsere Verbundenheit«, erklärte er lediglich an sie alle gewandt.

Leonhard verneigte sich ebenfalls vor ihr.

»Fräulein Ida«, sagte er förmlich. »Es war mir eine Ehre und Freude.« Danach trat er beiseite und warf ihr verstohlen einen langen, ernsten Blick zu.

Als sich Ulrich verabschiedete und bei Sigrun und Ida für die Krankenpflege bedankt hatte, raunte er ihrem Vater zu:

»Wir sprechen uns noch wegen des Bündnisses. Seht zu, dass Ihr bis dahin Eure Probleme hier gelöst habt.« Ida hatte gleichwohl jedes Wort verstanden.

Ihr Vater sah ihn mit versteinerter Miene an, als würde er am liebsten antworten: »Was maßt Ihr Euch an, Euch in meine Angelegenheiten einzumischen?« Doch dann entschied er sich wohl für einen gemäßigteren Ton. »Ich pflege die Dinge auf meine Art zu regeln, Graf von Leiburg.«

»Denkt an die Vorteile, die für Euch damit verbunden wären«, erwiderte Ulrich und ließ sich von einem Knappen auf sein Schlachtross helfen. Ohne sich umzudrehen, kehrte er Rheinsporn den Rücken. Als der Leiburger Tross samt Karren und Gerätschaften rumpelnd den Burghof verließ und auch Leonhard davonritt, ohne noch einmal ihre Augen zu suchen, wandte sich Ida traurig ab.

Kapitel Sieben

Thure, im Jahr des Herrn 1115

Gero spürte, wie seine Vorfreude wuchs, als er zusammen mit Ida, Dietrich und einigen seiner Männer Richtung Thure ritt. Ida hatte ihn eindringlich gebeten, mitkommen zu dürfen, vermisste sie doch ihre Spielkameraden und die Dorfbewohner sehr. Schließlich hatte er eingewilligt. Er war selbst schon eine ganze Weile nicht mehr hier gewesen und freute sich auf das Wiedersehen mit Jost, Wolff und den anderen Bauern, die ihm lieb und teuer geworden waren. Nur den Sualeborn, die Quelle, die er früher stets aufgesucht hatte, wenn er hier entlang kam, wollte er meiden. Sie lag zu nah an dem Ort seines Zusammenstoßes mit Bertolt, dessen unehelichen Sohn er mit sich führte. Er hatte seinen Vetter mitgenommen, damit er ein besseres Verhältnis zu ihm aufbauen konnte. Vielleicht taugte er ja zum Verwalter. Gleichwohl spürte Gero Dietrichs Ablehnung ihm gegenüber deutlich.

»Wo hält sich der werte Herr Kaiser eigentlich nun auf, da er aus dem Rheinland vertrieben wurde?«, fragte Dietrich ihn spöttisch.

»Er ist zu Beginn des Jahres nach Italien aufgebrochen«, erwiderte Gero, ohne auf seinen Spott einzugehen.

»So weit ist er geflohen?«, höhnte Dietrich in beißendem Ton. »Ich habe in der Halle aufgeschnappt, dass auch die Sachsen ihn im vergangenen Jahr vernichtend geschlagen haben.«

Gero nickte. »Ja, das stimmt. Er hat nur noch in Bayern, Schwaben und Italien das Sagen. Zu seinem Hoftag im November ist keiner der Fürsten gekommen. Das Weihnachtsfest hat Heinrich wohl von nur wenigen Getreuen umgeben in Speyer gefeiert. Aber er ist nicht nach Italien geflohen, sondern will dort sein Erbe in Ober- und Mittelitalien sichern.«

»Warum tut er das, während das Mittelrheintal in kriegerischen Auseinandersetzungen versinkt?«

»Das würde zumindest seine Herrschaft im Süden stabilisieren.«

»Wer hat ihm denn gleich ganz Ober- und Mittelitalien vererbt?«, hakte Dietrich sarkastisch nach.

»Die Markgräfin von Tuszien ist letzten Sommer gestorben, und er hat Anspruch auf ihre Güter«, antwortete Gero ruhig.

»Sind wir ihn hier also los?«

Gero schmunzelte. »Das glaube ich kaum. Ich vermute eher, dass er sich im Süden eine neue Machtbasis schafft, um sich gegenüber seinen mächtigen Gegnern im Norden durchsetzen zu können. Vielleicht darfst auch du bald für oder gegen ihn in die Schlacht ziehen, wenn dich danach gelüstet.«

»Ich kann mich gerade noch beherrschen«, versetzte Dietrich, fügte dann allerdings erkennbar interessiert hinzu: »Ist er mit seinem ganzen Heer dorthin gezogen?«

»Nein, soweit ich weiß nur mit einer kleinen Gefolgschaft. Er muss in Italien nicht mit Gegenwehr rechnen. Man erkennt ihn dort an und akzeptiert seine Gerichtsurteile. Außerdem scheint er sich gerne in Rom aufzuhalten.«

»Und wer passt in der Zeit auf seine Güter südlich von hier auf?«

»Die Staufer Friedrich der Zweite und Konrad.«

»Spekuliert Ihr ebenfalls auf einen solchen Posten?«

Verwundert sah Gero ihn an. »Nein, warum sollte ich?«

»Weil damit doch Einfluss und Geltung einhergehen, oder etwa nicht?«

»Wirke ich auf dich wie jemand, der es darauf abgesehen hat?«

Mit gleichgültiger Miene zuckte Dietrich die Schultern. »Ich weiß nicht. Immerhin hattet Ihr es ja auch auf Rheinsporn abgesehen.«

Gero zügelte sein Pferd. Unbeeindruckt ritt Dietrich weiter.

Erst als Gero rief: »Halt an!«, blieb er stehen.

Gero sah ihn lange an. »Hast du eine Ahnung, was für ein Mann dein Vater war und was er in seinen Lehen angerichtet hat?«

Dietrich verschränkte die Arme. »Nein, aber Ihr werdet es mir sicher gleich sagen und erklären, wieso Ihr seinen Leichnam von Rheinsporn habt fortschaffen lassen.«

»Lasst uns unter vier Augen sprechen«, wies Gero ihre Begleiter an, und diese zogen sich zusammen mit Ida in einige Entfernung zurück.

»Ich werde dir erzählen, warum es wichtig war, dass Rheinsporn einen neuen Herrn bekommen hat, und du wirst mir bis zum Ende zuhören«, kündigte Gero an. Schließlich klärte er Dietrich über die Machenschaften seines Vaters auf, und dieser folgte seinen Ausführungen mit versteinerter Miene. Als Gero davon sprach, wie er und Wolff Luitgard gefunden hatten, wie er von Bertolt und seinen Männern auf der Lichtung überfallen worden war und wie Sigrun danach mit dem Tod gerungen hatte, schien Dietrichs ablehnende Haltung zu wanken.

»Denkst du immer noch, dass ich es aus Einfluss- und Geltungssucht auf Rheinsporn ›abgesehen‹ hatte?«, schloss Gero.

Dietrich schürzte die Lippen und schwieg.

»Dann sollst du in Thure und Cuttenheim mit eigenen Augen sehen, wovon ich gesprochen habe.«

Als sie Thure erreichten, grasten Schafe, Ziegen und Gänse friedlich auf dem Gemeindebrachland am Dorfrand. Einer der Bauern schlug Eicheln für die Schweinemast vom Baum, eine Bäuerin saß spinnend vor ihrer Behausung. Gero wusste, dass sie bald ihre Schweine in seine Wälder treiben würden, damit sie dort Bucheckern fressen konnten. Das Dorf hatte sich seit ihrem Weggang kaum verändert. Geros Kate war von Jost mitübernommen worden, der sie an seinen Bruder und dessen Frau Luitgard weitergegeben hatte.

Gero dachte daran, wie er Ida und ihre Spielgefährten wehmütig dabei beobachtet hatte, als sie Schnecken in Booten aus Rinde und Stroh im Pferdewassertrog schwimmen ließen. Er seufzte und sah zu ihr hinüber. Erinnerte sie sich noch an diese Dinge?

Einige Bauern auf dem Feld hatten ihre Ankunft bereits erspäht und Jost gemeldet, der sich mit ausgebreiteten Armen auf dem Dorfplatz einfand, um sie zu begrüßen.

»Welche Freude, Euch wiederzusehen«, sagte er.

In den vertrauten Gesichtszügen Josts erkannte Gero Irritation. Sogleich klärte sich, woher diese rührte, als Jost fragte: »War mit der Zehntabgabe, die die Cuttenheimer Euren Männern ausgehändigt haben, alles in Ordnung?«

Gero beeilte sich, von seinem Pferderücken hinunterzusteigen, um nicht von oben auf seinen früheren Freund und Wohltäter herabzuschauen.

»Alles bestens, Jost«, sagte er und erwiderte die angebotene Umarmung. Ihm war bewusst, dass diese Begrüßung Standesschranken verletzte, aber er konnte seinem Vertrauten nicht anders begegnen. Auch wenn sie von unterschiedlichem Stand waren, machte die gemeinsame Geschichte sie doch zu Freunden. »Ich wollte nur mal nach dem Rechten schauen und euch wiedersehen. Wir vermissen euch, und manche von uns so sehr, dass sie mich überredet haben, mitkommen zu dürfen.« Er zwinkerte und wies mit dem Kopf zu Ida, die vom Pferderücken rutschte und Jost freudig in die Arme fiel.

»Du kannst dir gar nicht vorstellen, wie ihr mir gefehlt habt. Wo ist Ruben, wo sind die anderen?«

Jost schmunzelte. »Auf dem Acker.«

Ida schlug sich die Hand vor die Stirn. »Ja, wo sonst um diese Jahreszeit sollten sie sein? Wo genau kann ich sie finden?«

»Auf den Feldern Richtung Menedich, die zur Gerichtsstätte hochführen.« Jost betrachtete sie wohlwollend. »Wie groß du geworden bist!«

Ida lächelte glücklich und wandte sich an Gero. »Vater, darf ich mich entfernen?«

»Ja, allerdings nicht alleine.« Er stellte einen seiner Ritter ab, der sie begleiten sollte.

»Ich habe einen der unehelichen Söhne Bertolts mitgebracht, damit er sehen kann, wie es hier zugegangen ist während der Herrschaft meines Vorgängers«, sagte er zu Jost.

Sofort verschloss sich dessen Gesicht. Aus den Augenwinkeln nahm Gero wahr, dass Dietrich davon unangenehm berührt zu sein schien.

»Lasst euch durch uns nicht von eurer Arbeit abhalten. Aber wenn du möchtest, kannst du uns gerne begleiten«, sagte Gero.

»Das will ich gerne tun, Herr. Ich freue mich, Euch wieder bei uns zu haben.« Als sie ein paar Schritte gingen, flüsterte er Gero zu: »Welcher von ihnen ist der Bastard Bertolts?«

»Es ist der Erste gleich vorne, der an der Spitze reitet.«

Jost nickte grimmig, als hätte er sich das wegen der Ähnlichkeit mit Bertolt bereits gedacht. »Wen möchtet Ihr aufsuchen?«, fragte er dann laut.

»Am liebsten alle, die einen Moment erübrigen können. Wir werden nicht allzu viel Zeit in Thure verbringen, weil wir noch nach Cuttenheim wollen. Ist deine Mutter in ihrer Hütte?«

»Ich denke schon«, erwiderte Jost und führte Gero zu Godelinds Kate.

Ein Lächeln legte sich auf das faltige Gesicht der inzwischen fast zahnlosen Dorfältesten, als sie vor ihre Behausung trat und Gero erkannte. »Wie schön, dass Ihr uns besuchen kommt und dabei auch an mich denkt.«

Gero fasste sie an den Händen. »Ich wäre ein undankbarer Narr, täte ich das nicht – soviel, wie wir dir zu verdanken haben. Wie geht es dir? Wie ist es um deine Gesundheit bestellt?«

Die alte Frau wiegte bedauernd den Kopf. »Meine Kräfte lassen nach und mir fehlt eine fähige Nachfolgerin. Ich weiß nicht, wer diese Aufgabe übernehmen soll, wenn ich nicht mehr da bin.«

Tröstend tätschelte Gero ihre Schulter. »Ich hoffe, dass sich bald jemand findet und dass du den Menschen hier im Ort noch lange erhalten bleibst. Gott schütze dich, Godelind.«

»Gott schütze Euch, Herr«, erwiderte die Alte, führte seine Hand an ihre faltige Wange und schaute ehrfürchtig zu ihm auf.

Ihre Ehrerbietung schnitt Gero ins Herz. Sie kam ihm falsch vor. Es war genau anders herum: Er sollte der alten Frau Respekt erweisen. Behutsam nahm er ihre Hand und legte sie an sein Herz. »Danke für alles!« Ein Seitenblick auf Dietrich verriet, dass dieser an seiner Unterlippe nagte.

»Wenn du und dein Bruder es erlauben«, sagte er mit gedämpfter Stimme zu Jost, »würde ich gerne Luitgard aufsuchen, Dietrich ihre Narben zeigen und gemeinsam mit ihr an das Grab ihres totgeborenen Kindes gehen.«

»Natürlich, Herr, wie Ihr wünscht«, erwiderte Jost.

Gero konnte nicht erkennen, ob dem Dorfsprecher recht war, was er vorhatte. Auch dessen rückhaltlose Ergebenheit schmerzte ihn. Doch verhielt der Mann sich einfach nur, wie es der Sitte entsprach. Zwischen ihnen lag nun die Distanz der Ständeordnung. Daraus konnte man ihm keinen Vorwurf machen.

Als sie am Feldrand ankamen, beschleunigte Ida ihre Schritte. Sie rannte, bis sie die Bauern erreichte, die mit Sensen das Korn mähten.

»Ruben«, rief sie schon von Weitem und schwenkte die Arme.

Ruben hob den Kopf und sah zu ihr herüber. Dann ließ er seine Sense fallen, schwenkte ebenfalls die Arme und lief ihr entgegen. Er war noch größer und kräftiger geworden, als sie ihn in Erinnerung hatte.

»Ida! – Ähm … Fräulein Ida«, korrigierte er sich außer Atem, als er sie erreicht hatte, und blieb leicht vornübergebeugt vor ihr stehen. Seine grauen Augen strahlten sie an, doch sein markantes Gesicht drückte Verlegenheit aus. Offenbar wusste er nicht, wie er sich verhalten sollte.

»Du sollst mich nicht so nennen«, wies sie ihn scherzhaft zurecht. »Ich bin Ida und werde immer eure Ida bleiben, auch wenn ich jetzt mit vielen grässlichen Menschen auf der Burg leben muss. Ich wäre lieber bei euch geblieben«, flüsterte sie, damit der Ritter ihres Vaters nicht hörte, was sie sagte. Sie hakte sich bei Ruben unter, und sie gingen ein paar Schritte. »Wie ist es dir ergangen, seit ich fortmusste?«

»Mehr schlecht als recht«, antwortete er, und seine Augen leuchteten, als wollten sie ihn Lügen strafen. Aber er schien von ihrem unerwarteten Anblick so angetan zu sein, dass die trostlosen vergangenen Monate ihm wie wenige Wimpernschläge vorkamen. »Hier im Dorf ist keine wie du. Meine Großmutter vermisst dich und deine Mutter ebenfalls sehr. Sie hat keine Nachfolgerin und ihre Kräfte schwinden spürbar. Ich fürchte, sie wird nicht mehr lange unter uns weilen. Sie hat ja schon ein biblisches Alter erreicht.«

»Ach, Ruben, ich hoffe, Godelind bleibt uns noch eine Weile erhalten. Auf Rheinsporn ist ebenfalls niemand wie ihr. Ich muss mich gegen Feindseligkeit zur Wehr setzen. Es gibt Leute, die nicht verwunden haben, dass mein Vater ihnen als Burgherr vor die Nase gesetzt wurde. Ich weiß nicht, auf wen sie gehofft hatten, denn die meisten von ihnen haben unter Bertolt genauso gelitten wie die Menschen in seinen Lehen.«

»Wenn du jemals in Bedrängnis sein solltest, kannst du auf mich zählen. Das weißt du, Ida, oder?«

Sie blieb stehen. »Ja, Ruben, und ich weiß das sehr zu schätzen.«

Inzwischen hatten auch die anderen Thurer sie erkannt, ihre Ackergeräte niedergelegt und waren auf sie zugekommen, um sie zu umringen und zu begrüßen. Scheu umarmten die Bauern sie, nachdem sie ihnen versichert hatte, dass das zwar nicht standesgemäß, für sie aber völlig in Ordnung sei. »Du kannst immer auf meine Hilfe vertrauen«, raunte Ruben ihr erneut zu, als hätte er Sorge, sie könne das vergessen.

Luitgard sank in einen tiefen Knicks, als Jost sie zu sich rief und sie Gero sah.

»Wie schön, Euch zu sehen, Herr«, hauchte sie.

»Erheb' dich, Luitgard. Ich habe eine Bitte an dich.« Er nahm sie ein paar Schritte beiseite und erklärte ihr sein Anliegen. Beschämt senkte sie den Kopf. Doch dann nickte sie.

Also führte Gero sie zu Dietrichs Pferd und forderte ihn auf: »Schau dir an, welches Unrecht dein Vater und seine Männer an ihr begangen haben.«

Sie schob ihr langes Haar an den Stellen zur Seite, an denen ihr Büschel ausgerissen worden waren, die nicht nachwuchsen. Anschließend bat Gero sie, ein paar der Narben zu entblößen, die Bertolt ihr zugefügt hatte. Dieser Bitte kam Luitgard ebenfalls mit gesenktem Blick nach, der Gero verriet, wie sehr sie sich schämte. Dabei waren ihre Peiniger die Schuldigen, nicht sie. Dietrich sah mit versteinerter Miene vom Pferderücken auf sie herab, aber Gero konnte spüren, wie sein Widerstand weiter dahinschmolz.

»Um ein Letztes möchte ich dich noch bitten«, sagte Gero. »Zeigst du uns das Grab deines totgeborenen Kindes?«

Luitgard schluchzte auf, den Kopf gesenkt. Mit hängenden Schultern setzte sie sich in Richtung des Dorffriedhofs in Bewegung. Die Rheinsporner folgten ihr schweigend. Am äußersten Rand des Gottesackers blieb sie vor einem abgetrennten und vermutlich nicht gesegneten Säuglingsgrab stehen.

»Wie ist es gestorben?«, fragte Gero.

»In meinem Leib, als die Ritter mich geschändet haben«, erwiderte sie unter Tränen. »Ich habe es tot zur Welt gebracht und kann seitdem nicht mehr empfangen. Das grämte meinen Ehemann so sehr, dass er sich ein anderes Weib genommen hat, um mit ihr weitere Kinder zu zeugen.«

Bestürzt sah Gero sie an. Mit dem Finger hob er sanft ihr Gesicht hoch, um Dietrich zu zeigen, dass es tränenüberströmt war. »Das tut mir leid. Davon habe ich nichts gewusst. Wenn es dir jemals an etwas mangelt, lass es mich wissen.«

Luitgard schloss die Lider und nickte, wobei ihr Tränen über die Wangen liefen. Einen Moment lang hatte Gero sie als junge Magd vor Augen. Wie sie ihn mit verheißungsvollen Blicken angeschaut hatte, während er als Knappe Heinrich von Laachs die Vorratsspeicher im Dorf kontrolliert hatte. Er fühlte tiefes Mitleid für diese Frau, der das Schicksal unverdient so übel mitgespielt hatte.

»Wünscht Ihr sonst noch etwas von mir, Herr?«, fragte sie mit belegter Stimme.

»Nein, es ist gut. Ich danke dir.«

Gero warf Dietrich einen Blick zu und ertappte sich dabei, wie dieser ihm vorwurfsvoll geriet. Als trüge Bertolts Sohn die Verantwortung dafür, was sein Vater angerichtet hatte. Ihm wurde bewusst, dass er seinem Vetter damit unrecht tat. Rasch wandte er sich wieder ab. »Lasst uns nach Cuttenheim reiten. Ich will dir zeigen, was in den Gemarkungen geschehen ist, die Bertolt einst unterstellt waren.«

Dietrich erwiderte seinen Blick mit weit geöffneten Augen als wollte er sagen: ›Was? Noch mehr?‹

Gero beantwortete die unausgesprochene Frage mit einem Nicken. »Es ist einiges mehr passiert als das, was du bisher zu sehen bekommen hast.«

Schweigend ritten sie ins Nachbardorf, wo Gero Lanztlot aufsuchte, der sich ebenfalls vor ihm verneigte. Der ursprünglich schöne Anlass seines Besuchs geriet ihm mehr und mehr zur tragischen Angelegenheit.

»Herr Gero«, sagte Lanztlot. »Was verschafft mir die Ehre? Braucht Ihr Wein? Vom vergangenen Jahr ist noch einiges da. Wollt Ihr damit vorliebnehmen, gebe ich Euch gerne ein Fass davon mit.«

Gero schmunzelte innerlich. Der Weinhändler war und blieb ein findiger Geschäftsmann. »Ja, tut das. Gebt mir gleich zwei Bottiche von Eurem besten Wein, wenn Ihr ihn entbehren könnt.«

Lanztlot wies seine Knechte an, die Fässer aus dem Weinkeller heraufzuholen.

»Möchtet Ihr solange hereinkommen und einen Becher zur Erfrischung trinken?«, bot er Gero an.

»Ja, gerne.« Gero band sein Pferd an der Reuse vor dem Steinhaus des Winzers fest und trat zusammen mit Lanztlot ein. Noch einmal schnitt es ihm ins Herz, als er sah, wie ungelenk und vornübergebeugt sich der früher so gewandte Mann bewegte, der zudem abgemagert schien. Sein Eheweib sank in einen tiefen Knicks vor Gero und sorgte dafür, dass Brot, gepökeltes Schweinefleisch und Wein auf den Tisch gestellt wurden.

»Seid Ihr wegen des Rebensaftes gekommen, oder führt Euch ein anderes Anliegen zu mir?«

Gero lächelte. »Ihr seid ein guter Menschenkenner und könnt mehr in den Mienen der Leute lesen als manch Gelehrter in einem Stapel Pergamentrollen.« Kurz schilderte er ihm das Gespräch, das er auf dem Weg hierher mit Dietrich geführt hatte. Lanztlot wich die Farbe aus dem Gesicht.

»Ihr müsst das nicht tun«, fügte Gero beschwichtigend hinzu. »Ich glaube jedoch, es wäre wichtig, dass Bertolts Sohn sieht, was hier geschehen ist.«

Der Winzer schluckte. Dann nickte er und erhob sich. »Lasst es mich schnell hinter mich bringen.«

Gemeinsam traten sie vor die Hütte.

»Welcher ist es?«, fragte er.

Gero wies auf Dietrich, dessen Gesichtsausdruck verriet, wie unwohl er sich zunehmend fühlte.

Lanztlot stellte sich vor ihn hin und sah ihm direkt ins Gesicht. »Vor vier Jahren wollte mein Sohn seine Liebste heiraten. Aber Bertolt von Rheinsporn hat ohne Begründung seine Erlaubnis verweigert. Als sie die Hochzeit heimlich vollzogen haben, sind seine Männer ins Dorf gekommen, haben meinen Sohn an diesem Baum«, er wies auf die Eiche am Dorfplatz, »erhängt und den Vater der Braut und mich ausgepeitscht.« Grimmig riss er sich das Leinenhemd vom Leib und entblößte seinen vernarbten Rücken. Der Anblick erinnerte Gero an einen knorrigen alten Baum mit zahlreichen Verästelungen und Wucherungen. Obwohl er damals die frischen Wunden der beiden Männer gesehen hatte, erschrak er und bedauerte, den Weinhändler um diesen Gefallen gebeten zu haben. Doch ein Blick auf Dietrichs Mienenspiel verriet ihm, dass es so hatte sein müssen. Sein Gesicht drückte kaum verhohlene Bestürzung und Scham aus.

Da kamen die Knechte Lanztlots zurück. Ein jeder von ihnen trug ein Fässchen auf den Schultern. »Wohin sollen wir den Wein verladen?«, fragte der Ältere der beiden.

Gero wies auf das Fuhrwerk, das sie an einem Scherbaum mitgeführt hatten. »Ladet ihn auf diesem Karren ab und lasst euch von meinem Ritter die Bezahlung geben.« Er drückte dem Winzer zwei weitere Münzen in die Hand und beschloss, auch Luitgard bei nächster Gelegenheit etwas als Dank für ihre Dienstwilligkeit zu überlassen.

Genauso ruckartig wie Lanztlot sich das Hemd ausgezogen hatte, streifte er es wieder über. »Es war mir eine Ehre, Euch zu Gast gehabt zu haben und mit Euch Geschäfte zu machen.« Er verbeugte sich und wandte sich ab.

Rasch sagte Gero: »Die Ehre liegt ganz auf meiner Seite. Ihr dürft jetzt gehen«, damit die Form gewahrt blieb und der Winzer nicht in den Verdacht geriet, ihn brüskiert zu haben. Er schwang sich in den Sattel seines Pferdes und überlegte, ob es in Cuttenheim noch jemanden gab, den er aufsuchen sollte.

Da trat Godelinds Vetter Farold an ihn heran. »Herr Gero, ich habe im Wald eine Hütte errichtet, weil ich dort einen Unterstand brauche, wenn ich arbeite. Es ist Euer Forst und ich bitte Euch, mir diese Schutzhütte zu genehmigen.«

»Führ uns hin, dann schaue ich mir an, was du gebaut hast.«

Er folgte Farold zusammen mit Dietrich und den anderen Männern durch den Wald, bis sie am Rande einer Lichtung an der Hütte ankamen.

»Hast du sie ganz allein erbaut?«, fragte Gero ungläubig, stieg ab und begutachtete das stabile Bauwerk.

»Nein, Herr, mein Großneffe Ruben hat mir geholfen und einige Bauern aus dem Dorf.«

»Ich genehmige sie dir. Sie stört mich nicht.«

»Habt Dank, Herr Gero!«

»Wir müssen zurück nach Thure reiten. Ida ist nun schon lange alleine dort unterwegs. Ihr habt eine Zierde für meinen

Wald errichtet, Farold.« Er winkte dem Bauern zum Abschied zu.

»Er hat die Hütte ohne Eure Erlaubnis gebaut«, sagte Dietrich, als sie außer Hörweite waren. »Warum lasst Ihr ihm das durchgehen?«

»Sie stört mich nicht, und er ist ein guter Mann. Wieso sollte ich sie niederreißen lassen?«

Schweigend ritten sie zurück ins Nachbardorf.

Als sich Gero mit Dietrich und den anderen Männern näherte, besannen sich die Bauern in Thure ihrer Arbeit und gingen zu ihren Ackergeräten. Ida verabschiedete sich von Ruben und sah, wie Dietrich sie mit einem misstrauischen Blick dabei beobachtete. Dann ritt sie gemeinsam mit ihrem Vater und seinen Männern nach Rheinsporn zurück. Sie hätte gerne im Dorf übernachtet. Aber ihr Vater hatte ihr erklärt, er wolle den Thurern eine Unterbringung und Verpflegung so vieler Menschen nicht zumuten. Unterwegs fiel ihr auf, dass Dietrich ungewöhnlich schweigsam war.

KAPITEL ACHT

GREIFENFELS, IM JAHR DES HERRN 1116

Zwei Jahre lang hatte sich Adebar erfolgreich vor der Vermählung mit Aleidis von Hamm gedrückt, nun duldete ihr Vater keinen Aufschub mehr. Im Frühjahr holte Graf von Hamm sie aus dem Kloster und brachte sie nach Greifenfels, damit sie ihren zukünftigen Gemahl kennenlernte. Seine erste Begegnung mit ihr fand unter den wachsamen Augen seiner Mutter und ihres Vaters statt. Er sah der jungen Frau an, dass sie sich vor diesem Moment fürchtete. Vor dem, was danach kommen würde, wohl ebenso. Er nahm sich vor, dafür zu sorgen, dass sie dazu keinen Grund hatte. Aleidis war anders als die Novizinnen, die freudig den Schleier abgaben, um einen Mann heiraten zu können. Sie war gegen ihren Willen aus dem Kloster gezerrt und ihm zugeführt worden, genauso wie er gegen seinen Willen in diese Ehe gedrängt wurde.

Endlich ergab sich ein paar Tage später die Gelegenheit für ihn, unter vier Augen mit ihr zu sprechen. Sie knickste tief vor ihm und errötete.

»Nach der Hochzeitsnacht, die ich Euch nicht ersparen kann, werde ich niemals gegen Euren Willen zu Euch kommen und Euch bedrängen«, sagte er, um ihre Angst zu mildern. »Ich hoffe jedoch sehr, dass wir gemeinsam Erben zeugen werden.«

Aleidis nickte scheu und sah ihm ergeben in die Augen, wobei sie zu ihm aufschauen musste, denn er überragte sie fast um eine Hauptеslänge. »Ich werde tun, was Ihr von mir verlangt, Herr«, sagte sie, »wie es der Sitte entspricht.«

»So will ich das nicht. Ich möchte nicht, dass Ihr mir gehorcht wie eine Dienerin. Ihr seid eine Braut Christi, und als solche will ich Euch lieben und ehren.«

Aleidis anfangs verwunderter Blick verwandelte sich zunehmend in offene Zuneigung. Schließlich strahlte sie Adebar an. »Ihr könnt Euch gar nicht vorstellen, wie viel Freude Ihr mir damit bereitet.«

Adebar grinste verlegen. »Doch, kann ich. Aber es soll ein Geheimnis zwischen uns bleiben.«

Begeistert nickte das Mädchen. »Ja, ich werde über unsere Vereinbarung schweigen wie ein Grab«, sagte sie, spitzte ihr Mündchen und machte eine Handbewegung davor, als verschlösse sie es mit einem Schlüssel.

»Das Ritual vor jedermann kann ich Euch allerdings nicht ersparen, denn wir müssen heiraten, wie es der Sitte entspricht.«

Aleidis senkte den Kopf.

»Sagt bitte nicht wieder, dass Ihr tun werdet, was ich Euch befehle«, kam Adebar ihr zuvor. »Das ist nichts, was ich von Euch verlange, sondern etwas, dem wir beide uns beugen müssen, um den Gepflogenheiten zu entsprechen und Euren Rechtsanspruch als mein Eheweib zu besiegeln.«

»So sei es.«

»Was wisst Ihr über diese Dinge?«

Aleidis errötete. »Nicht viel.« Hilflos hob sie die Schultern. »Um ehrlich zu sein: nichts.«

»Nun denn. Viel weiß ich auch nicht. Wir werden uns an den Vollzug der Ehe herantasten müssen.«

Aufgeregt saß Ida zwischen ihren Geschwistern im Wagen, als sie gemeinsam mit ihren Eltern und den sie begleitenden Rittern sowie Dietrich und Helene Richtung Westeifel fuhren. Zum ersten Mal würde sie die Heimatburg ihrer Eltern sehen, auf der beide ihre Kindheit verbracht hatten. Dort würde sie ihre Großmutter, ihre Onkel und ihren Bruder Sigmund wiedersehen, den sie nicht mehr getroffen hatte, seitdem er auf Greifenfels seinen Knappendienst verrichtete.

Je weiter westlich sie kamen, desto höher wölbten sich die Hügel am Horizont. An manchen Stellen führten die Wege steil bergauf und bergab. Wolkenbänder hingen tief über dem Landstrich, als hätten sie sich in Reih und Glied aufgestellt – unten dunkel, darüber hell und oben fast weiß. Ab und an öffnete sich der Blick bis weit in die Landschaft hinein, und in der Ferne tummelten sich Schäfchenwolken. Die dichte Bewaldung war an manchen Stellen aufgebrochen, durchsetzt von grünen und braunen Flecken, mal zeigten sich Felder, mal Wiesen. Hin und wieder ragte ein Kirchturm zwischen den Bäumen hervor, sah man vereinzelte Gehöfte.

Helene unterhielt sie mit kurzweiligen Geschichten, in denen sich Menschen gegen Zwerge, Riesen, Geister oder Drachen zur Wehr setzten. Von Zeit zu Zeit erhaschte Ida einen Blick auf Dietrich, der neben dem Tross herritt und sich dabei auffallend oft in der Nähe ihres Wagens aufhielt. Aber ihre Gedanken kreisten nicht um ihn. Vielmehr beschäftigte sie die Frage, wie die Burg aussehen mochte, auf der ihre Mutter geboren worden war. Und wie erging es ihrem Onkel mit der aufgezwungenen Eheschließung?

»Was denkt Ihr, Mutter, freut sich Adebar auf die Hochzeit?«

»Das ist schwer zu sagen. Er kennt die Braut so gut wie gar nicht, und sie wäre wohl lieber im Kloster geblieben. Beide erfüllen eine Pflicht – Adebar als Vasall und Aleidis als Tochter eines Vasallen. Trotzdem kann diese Ehe glücklich sein. Es kommt darauf an, was sie daraus machen.«

»Was ist der Kaiser für ein Mann?«, fragte Mechthild. »Wie sieht er aus?«

»Ich habe ihn noch nie zu Gesicht bekommen.« Ihre Mutter neigte den Kopf in ihre Richtung. »Euer Vater sagt, dass er prächtige Gewänder trägt, die mit Edelsteinen geschmückt sind.«

Hektisch drehte Mechthild eine Locke zwischen ihren Fingern. »Kommt er zur Hochzeit?«

»Ich glaube nicht. Er hat wichtige Angelegenheiten zu regeln. Das Regieren ist für ihn schwierig geworden, seitdem er die Schlachten verloren hat, bei denen auch Euer Vater kämpfen musste.«

»Wie wird die Vermählung vonstattengehen?«, fragte Ida. In der Ferne sah sie Greifenfels auftauchen. Von der Nachmittagssonne angeleuchtet thronte die Burg auf dem Felsplateau.

Ihre Mutter hob die Schultern. »Um ehrlich zu sein: Ich habe selbst noch nie einer adligen Hochzeit beigewohnt. Ich kann euch deshalb nicht viel darüber erzählen. Aber ihr werdet es ja miterleben.«

»Wird meine eigene genauso verlaufen?«

»Bestimmt, denn deine Verheiratung wird den Regeln folgen müssen, die für ein solches Ereignis vorgesehen sind.«

»Welche Gäste werden erwartet?«, fragte Mechthild und drehte ihre goldbraune Locke etwas ruhiger.

»Es werden einige Grafen aus der Nachbarschaft zugegen sein und eine Delegation aus Leiburg.«

Ida erschauderte. Eine Delegation bedeutete, dass Ulrich nicht selbst anwesend sein würde. Dann schickte er vielleicht Valentin und Leonhard. Ihr wurde mulmig bei dem Gedanken, Letzteren wiederzusehen. Mit einem wohligen Gefühl erinnerte sie sich an ihren Abschied im Stall und an die Blicke, mit denen er sie bedacht hatte.

Am nächsten Tag präsentierte Adebar auf Greifenfels Ida und ihrer Großmutter die Kleidung, die er sich aus byzantinischer Seide für die Hochzeit hatte anfertigen lassen.

»Man wird munkeln, du sähest aus wie ein Pfau«, kommentierte Walburga trocken. Trotz Medas Veilchensalbe war ihr Gesicht durchzogen von einem Spinnennetz an Fältchen. Ihre Haut glich dem Pergament, auf das Meda ihre Heilsprüche niedergeschrieben hatte, und die Zeit hatte Walburgas Lebensgeschichte eingraviert, die von der Ehe mit einem jähzornigen Mann geprägt war.

»Was hast du gegen Pfauen?«, erwiderte Adebar mit offensichtlich gespielter Verwunderung.

Idas Großmutter seufzte.

»Es ist mir egal, was die Leute sagen«, ergänzte Adebar ungerührt. »Die Verhandlungen waren unerfreulich genug. Da lasse ich es mir nicht nehmen, mich für diesen besonderen Anlass ein wenig herauszuputzen.«

Irritiert sah Ida ihn an. »Welche Verhandlungen meinst du?«

»Nun, es ist üblich, dass im Vorfeld harte Verhandlungen stattfinden, bei denen man mit Misstrauen und Verschlagenheit rechnen muss. Es geht um gegenseitige Absicherungen, Vermögensübertragungen und einen Ausgleich der zu erwartenden Vorteile. Nicht anders war es in diesem Fall.« Behutsam strich Adebar über seine kostbar bestickte Tunika. »Meinem Schwiegervater war vor allem daran gelegen, seine Tochter für den Fall abzusichern, dass ich sie irgendwann einmal verstoße. Als ob ich so etwas in Erwägung zöge!«

Ida hielt den Atem an. »Ehefrauen können fortgeschickt werden?«

»In erster Linie haben sie zu gehorchen und ihre ehelichen Pflichten zu erfüllen, hat dein Großvater immer gesagt«, antwortete Walburga und strich ihr dabei über die Wange.

»Etwas, das dir sehr schwerfallen dürfte«, warf Adebar schmunzelnd in Idas Richtung ein.

Seine Mutter hob eine Augenbraue und fuhr fort: »Der Mann aber hat das Recht, die Verbindung nach eigenem Ermessen wieder aufzulösen und die Frau zurückzuschicken.«

»… um sich eine andere zu suchen und dabei möglicherweise eine gewinnbringendere Allianz einzugehen«, ergänzte Adebar sarkastisch.

Ida starrte ihn an.

Ihre Großmutter warf ihm einen strafenden Blick zu. »Die Frau muss ihrem Mann in allem gehorchen und ist für das Gesinde und die Vorratshaltung verantwortlich.«

»… selbst wenn sie erst dreizehn Sommer zählt«, fügte Adebar spitzzüngig hinzu.

»Das ist ja noch viel schlimmer, als Meda es geschildert hat. In Thure waren Hochzeiten rauschende, ausgelassene Feste. Was ihr schildert, klingt eher nach einem Viehhandel.«

Adebar sah sie von der Seite an. »In gewisser Weise ist es das auch. Es mag ja sein, dass die Festlichkeiten für die Gäste berauschend waren, aber zuvor sind harte Verhandlungen geführt worden, da kannst du dir sicher sein. Überlege also gut, was du tust.«

Am Tag der Eheschließung brachte Graf von Hamm seine prächtig gekleidete Tochter wieder nach Greifenfels. Valentin von Leiburg und sein Gefährte reisten erst unmittelbar zu den Feierlichkeiten mit einem kleinen Gefolge an, sodass sich für Ida vor der Hochzeit keine Gelegenheit ergab, wenigstens ein paar Worte mit Leonhard zu wechseln. In der Halle tauschten Adebar und Aleidis vor aller Augen und Ohren mündliche Versprechungen aus, Graf von Hamm übergab seine Tochter symbolisch als Braut und Adebar nahm sie als Bräutigam in Besitz. Pfänder, Ringe, Aufgeld und Münzen wurden hin- und hergereicht wie bei einem Tauschgeschäft. Aufmerksam verfolgte Ida das Hochzeitsritual, und ein Schauer durchfuhr sie bei der Vorstellung, dass ihr das genauso widerfahren würde. Da bemerkte sie Leonhard in ihrer Nähe. Er verbeugte sich in ihre Richtung und lächelte sie verschmitzt an.

»Fräulein Ida, wie schön, Euch wiederzusehen«, flüsterte er mit seinem fremdländisch klingenden Tonfall.

Sie erwiderte den Gruß höflich. »Die Freude ist ganz meinerseits. Wie geht es Eurem Arm?«

»Dank Eurer Hilfe ist er mir noch von Nutzen. Doch muss ich zugeben, dass er mich manchmal zwickt und sich nicht mehr so geschmeidig führen lässt wie vor der Verletzung. Zum Glück hat es den linken Arm getroffen und nicht den rechten.«

»Vielleicht kann sich meine Mutter die Narbe ansehen.«

»Dafür wäre ich ihr sehr dankbar.«

Mehr Worte konnten sie nicht wechseln. Andere Hochzeitsgäste drängten sie auseinander, als Brot und Wein zwischen Adebar und Aleidis aufgeteilt wurden. Anschließend führte ihr Onkel seine Braut zu ihrer neuen Wohnstatt, denn sie musste ab jetzt auf Greifenfels bleiben. Walburga schickte die unverheirateten Frauen fort, übersah aber Ida, die heimlich der Hochzeitsgesellschaft ins Brautgemach gefolgt war und sich hinter dem breiten Rücken eines entfernten Verwandten versteckt hatte. Unvermittelt fand sie sich in Leonhards Nähe wieder, der ihr verstohlen einen Blick zuwarf.

»Ihr wisst, dass Ihr hier nicht mehr anwesend sein dürft, oder?«, wisperte er ihr zu.

Ida reckte das Kinn. »Seid Ihr etwa verheiratet?«

»Nein.«

»Warum solltet Ihr dann hier sein dürfen und ich nicht?«

Leonhard grinste. »Weil Anstand, Sitte und die Gepflogenheiten das so vorschreiben.«

Ida stieß leise einen spöttischen Laut aus. ›Anstand, Sitte und Gepflogenheiten!‹ dachte sie. Doch sicherheitshalber hielt sie sich noch weiter im Hintergrund, damit niemand auf sie aufmerksam wurde und sie wegschickte. Sie wollte wissen, was sie erwartete, sollte sie selbst einmal in eine Ehe einwilligen, oder wenn ihr Vater die Geduld verlor und sie irgendeinem, den er für angemessen erachtete, zur Frau gab. Sie hätte schwören können, dass Leonhard sich absichtlich vor sie schob, als wollte er sie vor argwöhnischen Blicken schützen.

Erschrocken und peinlich berührt verfolgte Ida, wie Aleidis, der dabei die Schamröte ins Gesicht schoss, vor aller Augen entkleidet und ins Bett gelegt wurde. Der Priester umschritt Gebete murmelnd das Brautbett, segnete es mit Weihwasser und symbolischen Gesten, die das Böse vertreiben und den Eheleuten ihre Keuschheit bewahren sollten.

Zum Schluss rief Graf von Hamm in Vertretung für den verstorbenen Theoderich, dessen Aufgabe das eigentlich gewesen wäre, Gott an: »Herr, der Du Abraham und seinen Samen gesegnet hast, ich erflehe Deinen Segen für die Eheleute, auf dass sie in Deiner göttlichen Liebe leben, in Eintracht beieinanderbleiben und ihr Samen sich durch dic Länge der Tage in alle Ewigkeit vermehre.«

Dann zogen Dienerinnen die Vorhänge des Baldachins zu, um das Brautpaar, das nun die Ehe im Beischlaf vollziehen musste, vor den Blicken der Anwesenden zu verbergen. Abgestoßen wandte sich Ida ab und schlüpfte aus der Kemenate. Unvermittelt stand sie vor ihrer Großmutter.

»Hast du das alles mitangesehen?«, fragte Walburga mit zusammengezogenen Augenbrauen.

Ida senkte den Kopf und nickte schuldbewusst.

»Das war nicht für deine Augen bestimmt«, sagte Walburga. »Geh jetzt in deine Kammer.«

»Aber …«, hob Ida zu protestieren an. Die Hochzeitsfeier wollte sie nicht verpassen, zumal sie davon ausging, dass Leonhard an ihr teilnahm.

Doch ihre Großmutter ließ sich nicht beirren und begleitete sie persönlich in den Frauenturm. »Du musst lernen zu gehorchen«, sagte sie. »Sonst wirst du Schwierigkeiten bekommen im Leben und von deinem Ehemann verstoßen werden.«

Mit Tränen in den Augen und gesenktem Kopf folgte Ida ihrer Großmutter. »Sagt Ihr mir wenigstens, wie es weitergeht mit Onkel Adebar und seiner Braut?«

»Morgen früh wird dein Onkel seiner Angetrauten ein Geschenk überreichen, um seiner Dankbarkeit und Hoffnung Ausdruck zu verleihen«, erwiderte ihre Großmutter und Ida hörte an ihrer Stimme, dass sie nicht wirklich böse auf Ida war.

»Welche Hoffnung?«, fragte sie.

»Dass sie möglichst schon in dieser ersten Nacht einen männlichen Erben empfangen hat.«

Meda hatte recht mit allem, was sie mir erzählt hat, dachte Ida. Hoffentlich blieb ihr dieses Ritual erspart. Nun die vermutlich ausgelassene Hochzeitsfeier und die Gelegenheit zu verpassen, auf Leonhard zu treffen, ärgerte sie aber.

Am nächsten Morgen traf Gero Adebar an, als dieser gerade das Brautgemach verließ.

»Und, wie war deine Hochzeitsnacht?«, fragte er schmunzelnd und schlug ihm freundschaftlich auf die Schulter.

Adebar lächelte nachsichtig. »Ich habe es mir schlimmer vorgestellt. Es war gut, dass du mir gesagt hast, was ich tun muss. Allerdings bin ich nicht traurig, wenn sich schon bald eine Schwangerschaft bei Aleidis einstellt und ich sie unbehelligt lassen kann. Sie ist froh, wenn ich sie nicht aufsuche, weil sie sich als Braut Christi sieht, und sie hat sich alle Mühe gegeben, keine Freude daran zu empfinden, als ich ihr beiwohnte.«

Gero stutzte. »Dabei wirkte sie, als sei sie dir sehr zugetan.«

»Das ist sie auch. Ich glaube, ich hätte mir kein besseres Eheweib wünschen können.«

Gero legte ihm den Arm um die Schultern. »Das freut mich sehr für dich. So hat der Kaiser mal unwissentlich etwas Gutes bewirkt.«

Nach dem Ankleiden trat Ida an die Fensteröffnung ihrer Kammer im Frauenturm und nahm das Grün der Landschaft in sich auf. Die Vögel zwitscherten unablässig in den Bäumen und die Prüm, die Greifenfels in einem Bogen umfloss, rauschte sanft. In dem Moment bemerkte sie zu ihrer großen Enttäuschung, dass sich die Leiburger Gesandtschaft zum Aufbruch rüstete. Leonhard stieg auf sein Pferd und schickte sich an, den Burghof zu verlassen. Ulrich hatte sie offenbar lediglich abgestellt, um der Höflichkeit Genüge zu tun, befand aber wohl, dass sie wichtigere Dinge zu erledigen hatten. Kurz bevor Leonhard das Burgtor erreichte, schweifte sein Blick suchend zum Frauenturm, dann hob er seine Hand. Traurig erwiderte sie den Gruß und glaubte, etwas fallen zu sehen.

Hastig eilte sie in den Burghof, wo sie das Lederarmband, das er am Handgelenk getragen hatte, zwischen den Pflastersteinen fand. Bedächtig hob sie es auf, steckte es, ohne lange zu überlegen, in ihre Tunika und huschte zurück in ihre Kammer. Dort drehte sie das Lederband in ihrer Hand und betrachtete es eingehend. An einigen Stellen war es dunkler und weicher, als sei Leonhards Schweiß hineingeflossen. Sie roch an dem Band und glaubte, seinen Körpergeruch wahrzunehmen. Rasch umschloss sie das Leder mit den Fingern und hielt es fest. Es war ein Geschenk des Himmels, dass er es verloren und sie und niemand anderes es gefunden hatte. Oder hatte er es gar mit Absicht fallen lassen?

Kapitel Neun

Rheinsporn, im Jahr des Herrn 1117

In Sigruns Kemenate hockte Ida mit Mechthild über Medas Heilkundebuch gebeugt, während Helene über einer Stickarbeit saß. Draußen regnete es unablässig, und der Märzwind wehte immer wieder Kälte und Regentropfen durch die Fensteröffnung zu ihnen herein. Seit ihrem Besuch auf Greifenfels im letzten Jahr trug sie Leonhards Lederarmband an ihrem Körper, als sei es ein stilles Versprechen von ihm an sie.

»Ich bin mir sicher, dass ich eine Anweisung für die Pflege des Haupthaars gesehen habe.« Ida blätterte durch die Pergamentseiten und legte dabei konzentriert die Stirn in Falten. In den beiden vergangenen Jahren hatte sie begonnen, Seite für Seite des kostbaren Buchs zu kopieren, um bald ein eigenes Exemplar zu besitzen.

Dann hellte sich ihre Miene auf. »Da ist sie ja: Zu etwas Weinhefe füge man reichlich Honig hinzu, damit die Hefe weich wird, und befeuchte mit der Mixtur das Haar über Nacht. Im Anschluss soll man eine Mischung aus Kreuzkümmelsamen, Hobelspänen, Safran und Öl einen Tag lang einwirken lassen und sie danach auswaschen. Frauen, die sich volleres und lockigeres Haupthaar wünschen, empfehle ich, Zwergholunderwurzeln oder Narzissenzwiebeln in Wein und Öl zu kochen und die Haare mit dem Sud anzufeuchten.«

Helenes Augen leuchteten. »Das würde ich gerne mal ausprobieren.«

»Und schau mal hier – diese Zeichnungen hat meine Mutter als junges Mädchen angefertigt.«

Interessiert beugte sich die Kammerfrau über das Buch. »Die sind außergewöhnlich schön.«

Ida nickte. »Sie besitzt ein großes Talent dafür. Ich wünschte, ich könnte das auch. Andererseits interessiere ich mich ohnehin mehr für die Heilverfahren und die Zaubersprüche.«

Helenes Augen wurden rund. »Das Buch enthält Zaubersprüche?«

In diesem Moment klopfte es an der Tür. Eine von Sigruns Dienerinnen trat ein. Sie war zierlich und ihr goldenes Haar sah Ida immer voller Bewunderung. Rein äußerlich entsprach sie vermutlich eher einer Grafentochter als Ida.

Sie knickste vor Ida und sagte: »Euer Vater wünscht Euch in der Halle zu sprechen.«

»Was gibt es denn?«

»Darüber hat er mich nicht in Kenntnis gesetzt, aber es ist ein Reitertrupp aus der Grafschaft Quedenburg eingetroffen.«

Ida seufzte und rollte die Augen. »So ist es der nächste Brautwerber, der um meine Hand anhält, weil er mich beherrschen und einen Teil der Ländereien Rheinsporns zum Besitz haben will?«

Die Dienerin sah zu Boden. »Darüber bin ich nicht im Bilde.«

Ida erhob sich. »Also gut, dann begebe ich mich in die Halle. Begleitest du mich, Helene?«

Die Kammerfrau strich ihren Kittel glatt und folgte ihr mit einem Lächeln, als freute sie sich auf das Schauspiel, das sich stets bot, wenn ein Brautwerber um Idas Hand anhielt.

»Ruth ist schwanger«, vertraute sie Ida auf dem Weg in die Halle an.

Abrupt drehte diese sich zu ihr um. »Von wem? Etwa von Dietrich?«

Helene zuckte die Schultern. »Ich wüsste nicht, von wem es sonst sein sollte. Und sie behauptet es auch.«

»Lass mich raten – er bestreitet es.«

»Zumindest scheint er nicht die Absicht zu haben, sich um das Kind zu kümmern.«

»Wie kann er das tun«, fragte Ida empört, »obwohl er am eigenen Leib erfahren hat, wie das ist? Warum ist er nicht klüger als Bertolt? Hast du mit ihm gesprochen?«

»Ich habe es versucht. Er weist mich schroff ab, wenn ich das Thema anschneide. Vielleicht könntet Ihr das tun, er hält große Stücke auf Euch.«

Ungläubig blieb Ida stehen. »Wie kommst du denn darauf?«

»Ich weiß es eben. Er spricht in hohen Tönen von Euch, sagt, Ihr wäret nicht so hochnäsig wie andere Adlige und Ihr wüsstet, wie die niederen Stände sich fühlen. Dass Ihr im Grunde eine von uns seid.«

Ida brauchte einen Moment, um zu verarbeiten, was Helene gesagt hatte. »Und du denkst, ich könnte auf sein Verhalten Einfluss nehmen?«

»Ich weiß es nicht, aber einen Versuch wäre es wert.«

»Wenn es Ruth und dem Kind etwas nützt, will ich das gerne probieren.« Ida straffte die Schultern und öffnete die Tür zur großen Halle, wo ein attraktiver junger Ritter neben ihrem Vater an der langen Tafel saß und ihr erwartungsvoll entgegenschaute.

»Ida«, begrüßte ihr Vater sie mit einem Lächeln. »Ich möchte dir Bernwart von Quedenburg vorstellen.«

»Der Ruf Eurer Schönheit eilt Euch voraus«, sagte der Ritter rasch, erhob sich und sah sie mit einem Leuchten in den Augen an. »Sie ist in meiner Anwesenheit schon mehrfach gerühmt worden. Und wie ich sehe, wurde dabei nicht übertrieben.«

›Klingt wie auswendig gelernt‹, dachte Ida. Seine Begeisterung schien hingegen ehrlich zu sein, denn sein Gesicht strahlte Freundlichkeit und Wohlwollen aus. Es würde ihr diesmal schwerer fallen als sonst, einen Antrag abzulehnen. Aber sie hatte längst für sich entschieden, entweder Leonhard von Brauneck zu ehelichen oder keinen. Sonst wollte sie lieber unverheiratet bleiben wie Meda und deren Heilkundekenntnis studieren sowie ergänzen. Ein Leben in Armut würde sie nicht vor Probleme stellen, hatte sie dies doch zwölf Jahre in Thure erlebt. Einzig für Leonhard, den die Heilerin ihr geweissagt hatte, würde sie davon Abstand nehmen. Wenn jemand in der Lage gewesen wäre, ihre Entscheidung ins Wanken zu bringen, dann dieser Graf von Quedenburg. Er war nach der neuesten Mode gekleidet und sorgfältig frisiert, ohne affektiert zu wirken. Auch schien er sich an die höfischen Sitten zu halten.

»Setz dich zu uns, Liebes«, sagte ihr Vater und wies auf den freien Stuhl neben ihrer Mutter.

Ida knickste kurz und nahm Platz. Diese Rituale des gegenseitigen Beschnupperns langweilten sie, doch war es der Höflichkeit geschuldet, widerspruchslos daran teilzunehmen. Wie sie die jeweiligen Bewerber allerdings kennenlernen sollte, wenn ihre Eltern dazwischen saßen, blieb ihr rätselhaft. Aber da sie ohnehin kein Interesse an den Männern hatte, war es ihr ganz recht, weit von ihnen entfernt zu sein.

Dieser Bernwart von Quedenburg hatte etwas jungenhaft Charmantes an sich, das ihr gefiel. Er scherzte mit Gero und den Rittern, die ihn begleiteten, und zog dabei die dichten schwarzen Augenbrauen in die Höhe. Dann lag eine entwaffnende Offenherzigkeit in seinem Gesicht und Ida schmunzelte, obwohl sie gar nicht recht verstanden hatte, worum es bei den Schnurren ging, die er zum Besten gab.

»Ich habe gehört, Ihr seid eine ausgezeichnete Reiterin«, wandte er sich unvermittelt an sie.

Ida lächelte. »Ja, ich denke, ich kann ganz gut mit meinem Wallach umgehen. Liebt Ihr ebenfalls Pferde?«

Mit einem bedauernden Gesichtsausdruck neigte Bernwart den Kopf. »Um ehrlich zu sein: Für mich sind sie in erster Linie Nutztiere und ich fürchte, mit meinen eigenen Reitkünsten ist es nicht weit her.«

Ida spürte, wie ihre Sympathie für diesen Mann wuchs. Seine Aufrichtigkeit und Offenheit beeindruckten sie. Doch was würde aus ihren Plänen, in Medas Fußstapfen zu treten? Was aus ihren heilkundlichen Studien, wenn sie ›Ja‹ sagte und diesem Ritter auf seine Burg folgte? Sie war noch nicht so weit, von ihren Eltern fortzugehen, ihr altes Leben hinter sich zu lassen und sich einem Mann unterzuordnen, so sehr ihr dieser auch gefiel. Abermals dachte sie an das, was von Ehefrauen erwartet wurde: Dass sie die Besitzrechte an ihrem Körper abgeben und ihrem Gemahl in allem gehorchen. Er dürfte sie sogar schlagen, wenn sie sich seiner Meinung nach nicht richtig verhalten hatte. Unwillkürlich fasste sie nach Leonhards Lederarmband, das sie in ihrer Tunika versteckt trug.

»Ihr stellt Euer Licht weit unter den Scheffel«, warf da Bernwarts Begleiter ein. »Ihr seid geschickt im Umgang mit unseren Reittieren und sie folgen Euch aufs Wort.«

»Ich glaube, für viele Ritter sind Pferde nützliches Vieh, das sie in die Schlacht tragen soll, und dort dann den Tod findet, oder was denkt Ihr?«, entfuhr es Ida. Die Anwesenden sahen sie fragend an, und ihr Vater runzelte die Stirn. »Ich bin mir aber sicher, Ihr und Eure Männer seid löbliche Ausnahmen, genauso wie mein geschätzter Herr Vater«, beeilte sie sich zu versichern.

Bernwart neigte noch einmal den Kopf, doch sie erkannte an seinem Blick, dass er sich brüskiert fühlte. Das Gespräch am Tisch stockte.

»Nun denn«, sagte ihr Vater, »dann lasst uns die Becher auf alle treuen Nutztiere und auf alle treuen Männer erheben, die für ihre Lehnsherrn in Schlachten ziehen müssen.«

Gehorsam hoben alle ihre Becher und tranken. Bernwart von Quedenburg lehnte sich zurück und richtete kein einziges Mal mehr das Wort an Ida. Es tat ihr wirklich leid, diesen sympathischen jungen Mann gekränkt zu haben, zumal er ganz offensichtlich an ihr und weniger an Rheinsporn interessiert gewesen war. Denn er unternahm nun keinerlei Versuche mehr, eine Verbindung zwischen ihnen in die Wege zu leiten.

Stattdessen wandte sich ihr Vater an einen von Bernwarts Begleitern, einen Ritter mittleren Alters mit pockennarbigem Gesicht und zertrümmerter Nase. »Ihr seid bei der Belagerung Jerusalems dabei gewesen, habe ich gehört.«

Bei dem Anblick des Mannes dachte Ida zerstreut an die Anweisung Medas, wie man einer Narbenbildung nach einer Pockenerkrankung vorbeugen konnte. »Zwei Löffel Salz in einem Becher Minzwasser auflösen, zusammen aufkochen und die Flüssigkeit filtern. Damit das Gesicht waschen«, murmelte sie.

Der von ihrem Vater Angesprochene nickte mit finsterer Miene. »Ja, die Heilige Stadt war ihren rechtmäßigen Kindern verweigert worden. Deshalb haben wir sie belagert. Aber der Sommer dort ist wegen seiner Hitze und Sonnenglut unerträglich. Es fehlt nicht nur an Flüssen, sondern ebenso an frischen Quellen. Wir haben sehr gelitten.«

»Wie habt Ihr Gluthitze und Trockenheit überwunden?«

»Wir haben immer wieder jemand losgeschickt, um Wasser zu holen. Manche von ihnen kamen unverletzt zurück, andere gerieten in einen Hinterhalt und blieben mit abgeschlagenem Haupt im Sand liegen.«

Ida spürte, wie ihr der Appetit verging, und sie legte ihr Essmesser beiseite.

»Das Wasser in den Ziegenschläuchen war häufig schmutzig und voller Blutegel. Dennoch mussten wir zwei Kupfermünzen für einen Wasserschluck bezahlen, selbst wenn er alt und faulig war und aus verunreinigten Pfützen oder alten Brunnenschächten geschöpft wurde«, fuhr der Ritter ungerührt fort.

Übelkeit stieg in Ida hoch. Auch das Gesicht ihrer Mutter nahm eine eigentümliche Färbung an. Warum mutete Vater ihnen dieses Tischgespräch zu?

Als hätte er ihre unausgesprochene Frage erahnt, sagte Gero: »Verzeiht, wenn ich mich danach erkundige. Ich wollte mich damals gerne selbst am Zug nach Jerusalem beteiligen, und Ihr seid der erste Kreuzritter, der mir aus eigener Erfahrung davon berichten kann.«

Der Ritter legte den Kopf schräg und zog die Nase hoch. »Schätzt Euch glücklich, dass Ihr nicht dabei wart. Die meisten Teilnehmer haben ihren letzten Atemzug getan, bevor sie das Heilige Land überhaupt erreichten. Und bei der Belagerung sind noch einmal viele Kämpfer dem Herrn zu früh begegnet, weil sie von unerträglichem Durst geplagt wurden. Sie tranken das faulige Wasser und schluckten beim Trinken Würmer und Wassertiere hinunter, bis ihnen die Gurgel und der Bauch anschwollen, und sie schließlich jämmerlich daran krepierten.«

Sigrun beugte sich zu Gero hinüber, und Ida hörte, wie sie ihn leise darum bat, den Raum verlassen und Ida mitnehmen zu dürfen. Betroffen sah er erst sie, dann Ida an und nickte.

»Verzeiht mein Interesse an diesen Geschichten, aber dieses Schicksal hätte auch mich ereilen können.«

Als Ida mit ihrer Mutter die Halle verließ, knarzten ihre Schritte auf den Holzbohlen laut in der betretenen Stille. Auf dem Weg in ihre Kemenate raunte Sigrun Ida zu: »Du musst an diesen Gesprächen nicht mehr teilnehmen, wenn du das nicht möchtest.«

Dankbar lächelte Ida ihre Mutter an. Derartige Situationen würden ihr künftig also erspart bleiben. Bernwart von Quedenburg reiste noch am selben Abend wieder ab.

Gleich am nächsten Tag suchte Ida Dietrich im Stall auf, wo er die Boxen ausmistete und den Pferden frisches Heu brachte. Er sah kaum von der Arbeit auf, sagte trotzdem nicht unfreundlich: »Großnichtchen! Ihr schon wieder.«

»Ja, ich schon wieder«, erwiderte Ida, sich an die Anweisung ihres Vaters erinnernd, nett und höflich zu Dietrich zu sein.

»Möchtet Ihr Euch ein Pferd nehmen und alleine am Rhein entlangreiten, damit Ihr Euch ins Unglück stürzen könnt?«

Ida trat an den Fuchshengst heran und strich ihm über den Hals. »Das wäre sehr verlockend. Doch es könnte plötzlich jemand auftauchen, mit dem ich nicht gerechnet habe und der nichts Gutes im Schilde führt.«

Dietrich grinste spöttisch. »Das klingt fast so, als wäret Ihr erwachsen geworden.«

Sie richtete sich auf. »Natürlich bin ich das. Was hattest du denn gedacht?«

»Wollt Ihr eine ernst gemeinte Antwort oder eine, die von mir erwartet wird?«

»Selbstverständlich eine ernst gemeinte.«

»Nun, um ehrlich zu sein, hatte ich gehofft, dass Ihr zwar mündig werdet, aber dabei widerspenstig bleibt. Damit, dass Ihr Euch so bald anpasst, hatte ich nicht gerechnet.«

Ida runzelte die Stirn. Das Gespräch lief nicht in die von ihr beabsichtigte Richtung, und sie hatte keine Lust darauf, mit Dietrich zu diskutieren, ob und inwiefern sie angepasst war.

»Der Eigensinn wird uns Frauen in diesem Land ausgetrieben. Was hat es Ruth gebracht, sich über Sitte und Anstand hinwegzusetzen? Jetzt trägt sie dein Kind, und du lässt sie genauso im Stich, wie dein Vater es mit deiner Mutter getan hat. Möchtest du auch meine ehrliche Meinung hören?«

Er schmunzelte und strich dem Pferd mit Stroh den Schweiß aus dem Fell. »Nur zu. Ich bin gespannt auf Eure Offenheit.«

»Ich hätte dir mehr zugetraut, als dem schändlichen Verhalten deines Vaters nachzueifern. Du weißt, wie es ist, unehelich geboren zu sein, vom eigenen Vater nicht anerkannt zu werden und keine Bedeutung zu haben in der Welt.« Sie staunte selbst über ihre Worte. Er hatte recht: Sie war erwachsen geworden.

Sein Gesichtsausdruck gefror, und er rieb dem Pferd das Stroh fester durchs Fell. »Was wisst Ihr schon von diesen Dingen?«

»Wissen in der Tat wenig. Doch ich kann mich gut in Menschen einfühlen.«

Er hielt inne. »Und so habt Ihr Euch in mich eingefühlt?«

Sie erwiderte seinen Blick fest. »Ja, unter anderem in dich.«

Er schwieg, als überdächte er, was sie gesagt hatte.

»Ruth braucht deine Unterstützung«, sagte sie. »Warum heiratest du sie nicht?«

»Wieso sollte ich das tun? Eine Ehe mit ihr bringt mir keinerlei Vorteile.«

»Dann hättest du dich nicht mit ihr einlassen sollen. Du bist der Vater des Kindes, das sie unter ihrem Herzen trägt. Das weißt du sehr wohl. Du wirst es jeden Tag vor Augen haben, so wie dein Vater dich jeden Tag vor Augen hatte und doch ignorierte. Willst du deinem Spross den gleichen Schmerz antun?«

Seine linke Wange begann zu zucken. Ida spürte, dass sie nicht weiter in ihn dringen sollte. Stattdessen ging sie um das Pferd herum und fasste ihn am Arm. »Ich bin mir sicher, dass du ein besserer Mensch bist als Bertolt.«

Da er nicht antwortete, sondern nur starr vor sich hinsah, drückte sie seinen Arm noch einmal und verließ den Stall.

Leiburg, im Jahr des Herrn 1118

Die Narbe an Leonhard von Braunecks linkem Arm juckte, wie immer, wenn sich ein Wetterwechsel ankündigte. Gedankenverloren strich er mit dem Daumen darüber, während er seinen Herrn, Ulrich von Leiburg, beobachtete. Dieser hing mehr auf dem Lehnsessel, als dass er saß, und starrte mit leerem Blick ins Feuer, so wie er es schon seit Monaten tat. Sein Gesicht war gezeichnet von der langen, wulstigen Narbe schräg über der linken Gesichtshälfte, die er heute nicht wie sonst üblich unter einer Augenklappe verbarg, und in seiner Miene stand Verbitterung. Die ergraute Zottelmähne hing verfilzt von seinem Kopf herab. Was war aus dem Helden geworden, der den Kaiser als Kommandant der Leibgarde in all seinen Feldzügen begleitet und beschützt hatte? Ulrich hatte mehr Männer ins Jenseits befördert als alle anderen Ritter der Grafschaft. Doch statt auf dem Kampfplatz verbrachte der Graf seine Tage seit seiner schweren Verwundung bei Andernach lustlos und untätig auf seiner Burg vor dem wärmenden Feuer. Die Gräuel, die er in seinen zahlreichen Schlachten miterleben musste, hatten ihn innerlich verhärtet. Seine Kinder waren eins nach dem anderen von ihm gegangen. Valentin war der Einzige, der ihm geblieben war.

Aus dem Burghof drangen Rufe und das Schlagen von Pferdehufen auf dem Pflaster zu Leonhard herüber. Er drehte sich zum Fenster und sah, dass ein Bote des Kaisers sein schweißnasses Pferd dem Stallmeister übergab und sofort in die Halle geeilt kam. Angespannt verfolgte er, wie der Mann schlammbespritzt und mit struppigem Haar vor dem Leiburger niederkniete.

»Was gibt es?«, fragte Ulrich mürrisch.

»Seine Heiligkeit Papst Paschalis ist verstorben, Herr, und als Nachfolger hat Gelasius der Zweite den Heiligen Stuhl bestiegen.«

Leonhard sah, wie es in seinem Herrn zu arbeiten begann.

»Und der neue Bischof von Rom ist nicht an den Eid gebunden, den sein Vorgänger Heinrich einst geleistet hat«, stellte der Graf fest.

Der Bote nickte und senkte den Kopf. »Der Kaiser fürchtet, dass der neue Papst ihn erneut exkommuniziert. Daher wird er nach Rom ziehen und einen Gegenpapst einsetzen. Er lässt fragen, ob Ihr ihn begleiten wollt. Die Entscheidung liege aber ganz bei Euch.«

Minutenlang starrte Ulrich wieder ins Feuer. Dann sagte er, ohne den Kurier anzusehen: »Ich werde darüber nachdenken. Ihr könnt gehen.«

Der Mann erhob sich schwankend.

»Lasst Euch in der Küche etwas zum Essen und Trinken geben«, fügte Valentin hinzu. Der Bote nickte, offensichtlich erleichtert, und verließ den Raum.

Ein Seitenblick auf seinen besten Freund und engsten Vertrauten verriet Leonhard, dass dieser den Grafen ebenfalls nachdenklich musterte.

»Denkst du das Gleiche wie ich?«, flüsterte er ihm zu.

»Das kommt ganz drauf an«, gab dieser zurück. »Wenn du der Meinung bist, mein Vater sollte etwas tun, das ihn aus seiner Teilnahmslosigkeit zieht, denken wir das Gleiche.«

Valentin schien nicht darauf zu lauern, dass sein Vater sich auf sein Altenteil zurückzog. Das hätte ihm auch nicht ähnlich gesehen – Leonhard schätzte ihn für seine Loyalität. »Aber was könnte ihn aufmuntern? Er hat sämtliche Kampfgefährten in den Schlachten verloren, und vor einem Jahr ist dazu noch deine Mutter gestorben. Was könnte ihm neuen

Lebensmut geben?«, fragte er leise, starrte seinerseits in die tanzenden Flammen und sann darüber nach, wie der Alte auf andere Gedanken zu bringen war. Schließlich zog Valentin eine Bank näher ans Feuer heran und ließ sich neben seinem Vater nieder.

»Ich denke, wir sollten den Kaiser begleiten. Alles ist besser, als untätig auf der Burg herumzusitzen. Heinrich wird deinen und unseren Einsatz zu schätzen wissen.«

»Von welchem Nutzen könnte ich bei dieser Unternehmung sein?«, fragte Ulrich und drehte ihm sein vernarbtes Gesicht zu. »Bei den ersten kriegerischen Auseinandersetzungen bin ich sofort erledigt.«

»Den Schutz des Kaisers werden Leonhard und ich übernehmen. Du kannst dich auf das Gebiet zurückziehen, auf dem du dich sicher fühlst. Heinrich hat im Moment derart wenig Unterstützung unter den Fürsten, dass er dankbar sein wird für jeden Mann, der ihm zur Seite steht.«

Bedächtig knetete Ulrich seine Unterlippe. Dann nickte er, wandte sein Gesicht wieder ab und starrte abermals ins Feuer, dessen Widerschein auf seiner Haut zuckte, als erhöbe sich die Narbe wie eine zischende Schlange, die sich vor Schmerzen wand. Nach einer Weile begannen seine Kiefer zu mahlen und Leonhard wusste, dass er überdachte, was Valentin ihm geraten hatte.

Da der Graf jedoch beharrlich schwieg, beschloss Leonhard, seinen Freund zu unterstützen. Er trat ebenfalls an das Kaminfeuer heran und sagte wie beiläufig: »Danach wird Heinrich uns kaum eine Bitte abschlagen können.«

Er ließ bewusst offen, an welche Bitte er dabei dachte. Das war auch nicht nötig. Erleichtert sah er, wie in Ulrich die Lebensgeister erwachten und seine Augen gefährlich aufblitzten.

Sechs Monate später stand Leonhard mit Valentin in ihrem Feldlager in Italien vor dem Zelt. Die alte Verwundung, die Ida und ihre Mutter behandelt hatten, schmerzte ihn, denn er hatte den linken Arm in den vergangenen Kämpfen sehr beansprucht. Er strich mit dem Daumen darüber, wie es seine Angewohnheit geworden war, um den Schmerz zu lindern. Ulrich hielt mit schnellen, festen Schritten auf sie zu.

»Packt alles zusammen. Wir reiten zurück nach Speyer«, sagte er.

Erstaunt sah Leonhard auf. »Warum das?«

»Heinrich hat erfahren, dass die Fürsten in Würzburg den Frieden im Reich wiederherstellen wollen und planen, ihn bei weiterer Abwesenheit abzusetzen. Das muss er auf jeden Fall verhindern.«

Das leuchtete Leonhard ein, zumal Papst Gelasius den Kaiser wie befürchtet gebannt hatte. Er kippte den Rest seines Mets ins vertrocknete Gras und wies die Knappen an, ihre Zelte abzuschlagen, Proviant und Waffen auf Trosswagen zu laden und die Pferde zu satteln. Innerlich frohlockte er, denn es zog ihn zurück in die Heimat. Hin und wieder erlaubte er sich einen Gedanken an Ida von Rheinsporn. Er vermisste das Lederarmband, das seine Ziehmutter kurz vor dem Überfall der Ritter des deutsch-römischen Königs für ihn geflochten hatte, seit seinem Aufenthalt auf Greifenfels schmerzlich. Ihm blieb die vage Hoffnung, dass sie es gefunden und an sich genommen hatte. Und dass es sie an ihn band. Er hatte nun ebenfalls etwas gut beim Kaiser und spielte mit dem Gedanken, Heinrich zu bitten, ihm Land als Lehen zu überlassen. Damit könnte er um Idas Hand anhalten, falls sie nicht inzwischen einem Bewerber nachgegeben hatte und längst verheiratet war. Aber derlei Gerüchte hatten sich in der Truppe nicht verbreitet. Im Gegenteil amüsierte man sich über die standhafte Jungfrau, die anscheinend lieber ins Kloster gehen wollte als einem Mann zu gehorchen. Letzteres hielt Leonhard für sehr wahrscheinlich. Doch er glaubte nicht an ihre Bereitschaft, in ein Kloster zu gehen, und hoffte darauf, dass sie auf einen Mann wartete, der nicht versuchen würde, sie zu beherrschen. Es durfte ihm nur niemand zuvorkommen. Erwartungsfroh ritt Leonhard inmitten der Leiburger Ritter mitsamt ihren Trosswagen los.

Kapitel Zehn

Rheinsporn, im Jahr des Herrn 1119

Nach einem harten Winter hatte der Frühling mit Macht Einzug in das Land gehalten und die Wiesen und Felder zartgrün gefärbt. Voller Vorfreude ritt Ida neben ihrem Vater und zwei Begleitern ihrem Onkel entgegen. Adebar hatte durch einen Boten verkünden lassen, er sei auf dem Weg nach Mainz und werde zuvor Rheinsporn besuchen. In Hochstimmung nahm Ida wahr, dass die Bäume und Hecken austrieben, und sog den Duft der Sommerblüher ein. Trächtige Pferde und Kühe grasten auf den Weiden, und neben den Hütten der Schäfer lagerten Haufen von Schafwolle. Alles war, wie es sein sollte im Frühsommer, stellte sie zufrieden fest.

Am Vinxtbach trafen sie auf ihren Onkel und seine Eskorte. Nachdem sie einander herzlich begrüßt hatten, ritten sie gemeinsam zurück nach Rheinsporn.

»Der Papst ist gestorben«, erzählte Adebar ihrem Vater.

Gero stutzte. »Ist er nicht erst vor wenigen Monaten in sein Amt eingesetzt worden?«

Adebar nickte. »Der Kaiser ist im Frühjahr letzten Jahres nach Rom gezogen, um mit der Einsetzung eines Gegenpapstes die Kirche zu spalten und zu schwächen. Er hat Erzbischof Mauritius von Braga als Gregor VIII. zum Gegenpapst erheben lassen.«

Gero sah ihn fragend an. »Braga?«

»Das Erzbistum ist erst vor Kurzem auf der iberischen Halbinsel gegründet worden.«

»Und kann sich der Gegenpapst durchsetzen?«

»Nicht wirklich. Stattdessen ist es zu einer Bannung Heinrichs durch Legaten Gelasius' gekommen, was aber bislang nur begrenzte Wirkung gezeigt hat. Nun ist ihm ein entfernter Verwandter des Kaisers auf den Heiligen Stuhl in Rom gefolgt.«

»Das wird das Verhältnis zwischen Heinrich und dem Vatikan entspannen, das zum Gegenpapst wohl eher nicht.« Nachdenklich sah ihr Vater zu den Koppeln hinüber, auf denen junge Hengste unruhig umherliefen.

»Immerhin«, sagte ihr Onkel, »hat er die Einberufung eines Hoftags unweit der Mainmündung bei Mainz erreicht, zu dem mein Schwiegervater und ich erwartet werden. Im besten Falle werden die beiden verfeindeten Parteien nach vielen Jahren endlich wieder miteinander sprechen.«

»Wird auch Erzbischof Friedrich von Colonia vor Ort sein?«

»Ja, als Vertreter der Gegenpartei, und Heinrich ebenfalls. Es gibt also berechtigte Hoffnung, dass der Reichsfrieden beschlossen wird.«

Da Ida dem Gespräch der beiden nicht recht folgen konnte, schweiften ihre Gedanken ab. Am Fuße des Schieferfelsens sah sie Dietrich und weitere Knechte mit einem Bauern verhandeln, neben dem sich quiekende Ferkel in Schlammpfützen suhlten. Im letzten Jahr hatte Ruth das Kind, das sie von ihm erwartet hatte, durch eine Fehlgeburt verloren, worüber jedoch weder sie noch er ein Wort verlauten ließen. Zumindest keins, das zu Ida in den Frauenturm vorgedrungen wäre. Dennoch hatte sie das Gefühl, dass Dietrich dem gegenüber nicht ganz so gleichgültig war, wie es nach außen wirkte. Ihr Verhältnis war gleichwohl zu distanziert, um in ihn zu dringen, was diese Angelegenheit betraf. Als er zu ihnen herübersah und grüßte, nickte sie freundlich und wandte sich wieder ab.

Ein Dreivierteljahr nach ihrem Aufbruch aus Italien suchte Ulrich auf einem Feld bei Mainz endlich das dunkelrote Zelt des Regenten auf, um Leonhards Bitte um ein Lehen vorzutragen. Seit ihrer Rückkehr ins Reich war es dem Kaiser gelungen, seiner Absetzung durch die Fürsten zuvorzukommen. Doch er verfügte nur noch in Bayern und Schwaben über sicheres Gebiet und hatte diesen Hoftag einberufen, um ein Einvernehmen mit seinen Gegnern zu erzielen. Das erschien Leonhard als günstiger Zeitpunkt für sein Ersuchen. Unruhig ging er vor ihrem Zelt auf und ab. Die Unterredung dauerte viel zu lange. Was gab es da abzuwägen? Leonhard diente Heinrich seit mehr als zehn Jahren treu. Warum sollte dieser ihm kein Land zusprechen wollen?

Nach einer Weile, die ihn endlos anmutete, kam Ulrich schließlich mit einem triumphierenden Gesichtsausdruck aus Heinrichs Zelt heraus.

Leonhard frohlockte. »Hat er meinem Anliegen entsprochen?«

Ulrich stockte, als müsste er sich besinnen, um welches Anliegen es ging. Dann schüttelte er bedauernd den Kopf. »Der Kaiser hat im Moment keine Ländereien zu vergeben. Du weißt, wie seine Lage im Reich ist. Er wird dir ein Lehen geben, sobald er im Rheinland wieder das Sagen hat.«

Leonhard gab sich keine Mühe, seine Enttäuschung zu verbergen, und fragte sich, welchen Grund Ulrichs triumphierender Gesichtsausdruck gehabt hatte.

Da erklärte dieser: »Aber ich habe ihm ein anderes Zugeständnis abgerungen, das für uns alle von Vorteil sein wird. Komm mit.« Er hob die Hand und winkte Leonhard zu sich heran, als sei dieser ein Jagdhund, den er abgerichtet hatte.

Leonhard folgte ihm in sein Zelt, noch betäubt von diesem niederschmetternden Bescheid. Ulrich verschränkte die Arme, postierte sich breitbeinig vor ihn und Valentin und sah sie mit einer Miene an, als habe er ihnen eine großartige Neuigkeit zu berichten. Missmutig erwiderte Leonhard seinen Blick. Welche Zusage mochte sein Herr dem Kaiser abgerungen haben? Ein Zugewinn an Land konnte es ja offensichtlich nicht sein.

»Heinrich«, begann Ulrich, »hat mir zugesichert, dass er dem Emporkömmling Gero von Rheinsporn befehlen wird, uns die Hand seiner ältesten Tochter zu geben.«

Leonhard spürte augenblicklich, wie die Farbe aus seinem Gesicht wich.

»Vor ein paar Jahren haben sie uns abgewiesen«, fuhr Ulrich fort. »Das wird nun nicht mehr passieren, denn der Kaiser wird die Vermählung anordnen. Geros Tochter wird eine respektable Morgengabe als Braut erhalten. Mit dieser Hochzeit werden also eine stattliche Mitgift und fruchtbare

Ländereien verbunden sein. Damit können die Feindseligkeiten zwischen unseren Häusern beigelegt werden.« Er stieß einen Rülpser aus, der säuerlich roch.

Angeekelt verzog Leonhard das Gesicht. Offensichtlich war es keine gute Idee gewesen, Ulrich auf andere Gedanken zu bringen. Die Vorstellung, dass Ida an einen anderen Mann, und sei es Valentin, verheiratet wurde, konnte er nur schwer ertragen. Er sah zu seinem Freund hinüber, doch dieser hob nur erstaunt die Augenbrauen.

»Bisher hat Ida von Rheinsporn jeden einzelnen Bewerber abgelehnt, wie man sich in ganz Oberlothringen erzählt«, hob Leonhard an und hoffte, dass sich die Grafentochter diesem Ansinnen ebenso verschloss, wie sie es bislang immer getan hatte. »Ihr Vater besteht angeblich darauf, sie nicht gegen ihren Willen zu verheiraten«, fügte er hinzu.

»Unseren Antrag kann der Emporkömmling kaum ausschlagen, wenn er sich nicht schon kurz nach seiner Amtseinführung mit dem Kaiser überwerfen will.«

Bei dem Gedanken, dass Ida womöglich schon bald einem anderen Mann ins Brautbett gelegt wurde, fühlte sich Leonhard ganz flau im Magen. Sich selbst als möglichen Bräutigam einzubringen, wagte er nicht, denn bislang war er kein Erbe Ulrichs. Resigniert ließ er den Kopf hängen. Vermutlich ahnte Gero von Rheinsporn nicht einmal, wie sehr sich der Leiburger durch seine Zurückhaltung, Ida Valentin zur Frau zu geben, in seiner Ehre gekränkt fühlte.

Anfang September meldete ein Mann der Burgwache Gero, Sigrun und dem aus Mainz zurückgekehrten Adebar in der Halle, dass sich eine weitere Eskorte Rheinsporn näherte.

»Wer?«, fragte Gero überrascht.

»Ein Bannerträger mit den Leiburger Farben und sechs Reiter, Herr.«

»Vielleicht will Ulrich dich auffordern, Heinrich auf Burg Böckelheim aufzusuchen«, sagte Adebar. »Du wurdest beim Hoftag bei Mainz vermisst.«

»Dafür würde er einen Boten schicken«, entgegnete Gero. »Ich vermute vielmehr, dass er die Brautwerbung für Valentin erneuern will. Dann stünde es ihm gut zu Gesicht, in Begleitung seiner Ritter zu sein.«

»Sollen wir uns festlich herrichten?«, fragte Sigrun.

»Ja, bitte, tut das. Aber Ida soll in ihrer Kammer bleiben, bis ich sie rufen lasse«, befahl er, und an den Ritter der Burgwache gerichtet: »Vier Männer der Burgbesatzung werden den Leiburgern entgegenreiten, um in Erfahrung zu bringen, was ihr Anliegen ist.«

Am frühen Abend traf Ulrich als Erster im Burghof ein, gefolgt von Valentin, Leonhard und den vier Rittern ihrer Eskorte. Gero, Adebar und Sigrun empfingen sie mit einem Willkommenspokal vor dem Eingang. Nach dem förmlichen Begrüßungsritual verzichtete Gero diesmal auf die Entwaffnung der Leiburger, die ihre Schwerter abgeben wollten als Zeichen dafür, dass sie den Burgfrieden wahren würden. Gero führte die Gäste in Begleitung Adebars in die Wohnhalle. Dort sprachen sie über die Lage im Reich, den Hoftag und die Tatsache, dass sich Heinrichs Gegenpapst nicht durchsetzen konnte.

›Das zeugt von seiner militärischen und politischen Schwäche‹, dachte Gero im Stillen.

»Inzwischen gibt es einen neuen Papst, und alles ist wieder offen«, fuhr Ulrich fort. »Deshalb besteht der Kaiser auf einer Verbindung zwischen unseren beiden Häusern.«

»Wie kommt er auf eine solche Idee?«, fragte Gero überrumpelt. Mit einer Erneuerung der Brautwerbung hatte er gerechnet, nicht jedoch mit Heinrichs Forderung nach dieser Allianz. Ihm war bewusst, dass er sich diesem Ansinnen kaum widersetzen konnte.

»Nun, das müsst Ihr ihn selbst fragen. Die Vorteile eines Bündnisses liegen auf der Hand. Unsere Lehen könnten zusammengeführt werden, was uns beiden eine größere Machtposition im Rheinland verschaffen würde, was wiederum im Sinne Heinrichs ist.«

»Und wie denkt Euer Sohn darüber?« Gero sah zu Valentin.

»Wie soll er schon darüber denken? Es ist eine Entscheidung des Kaisers und dieser haben wir uns zu beugen«, erwiderte Ulrich, ohne seinem Blick zu folgen.

Im Frauenturm verbreitete sich rasch die Nachricht, dass Ulrich mit seinem Gefolge nach Rheinsporn gekommen war. Was ihn herführte, wusste bislang niemand, aber es musste etwas Wichtiges sein, sonst wäre er nicht persönlich erschienen. Unruhig ging Ida in ihrer Kammer auf und ab. Wenn der Leiburger herkam, konnte es um einen erneuten Waffengang des Kaisers gehen, zu dem auch ihr Vater einberufen würde. Andererseits hatte ihre Mutter für Ida und Mechthild festliche Kleidung angeordnet. Erwartete sie, dass Ulrich kam, um die Brautwerbung für Valentin zu erneuern? Dann musste Ida unausweichlich eine Entscheidung treffen.

Mit einem Mal stand ihr Leonhards Gesicht mit dem strohblonden Haar bildhaft vor Augen, obwohl sie ihn seit drei Jahren nicht mehr zu sehen bekommen hatte. Und damit stellte sich ihre Erinnerung an das ein, was sie mit dem Ritter verband. Ihr Herz klopfte vor Aufregung bei der Aussicht, ihm beim Nachtmahl in der großen Halle zu begegnen.

Leise klopfte jemand an ihre Tür, was Ida verriet, dass es nicht ihr Vater war. Stattdessen kam ihre Mutter auf sie zu und fasste mit beiden Händen ihr Gesicht.

»Ich nehme an, du weißt bereits, warum Ulrich mit seinem Gefolge gekommen ist?«

Idas Knie drohten nachzugeben. »Noch nicht offiziell. Ich vermute, es geht um das Ehebündnis mit seinem Sohn.«

Sigrun nickte ernst. »Ja, genau das ist sein Ansinnen. Ich bitte dich inständig, deine Entscheidung mit Bedacht zu fällen. Ulrich ist ein Mann von Rang und Namen. Gleiches gilt für seinen Sohn. Du weißt, dein Vater wird dich nicht in eine Ehe zwingen, die du nicht willst. Das hat er dir versprochen, als wir noch in Thure gelebt haben und er frei darüber bestimmen konnte. Doch bedenke in diesem Fall, dass die

Situation nun eine andere ist und es ihn in Bedrängnis bringen könnte, wenn du Valentin ablehnst.«

Ida schluckte. »Ja, ich weiß. Das habe ich mir schon gedacht. Was rätst du mir?«

Sigrun atmete tief durch. »Es ist schwer, in einer solchen Angelegenheit einen Rat zu erteilen. Am liebsten würde ich dir sagen: Hör auf dein Herz. Aber du weißt, welche Position Ulrich im Reichsheer innehat. Seinen Sohn abzulehnen käme einem Affront gegen den Kaiser gleich. Womöglich ist die Vermählung gar ein Wunsch Heinrichs.«

Ida erschrak. Sie verstand nicht viel von Reichspolitik, hatte allerdings aufgeschnappt, dass die Stellung des Regenten im Rheinland seit seinen vergangenen Niederlagen denkbar schlecht war. Vielleicht versuchte er, mit Allianzen zwischen den ihm noch treuen Fürstenhäusern seine Vormachtstellung nördlich der Mosel wieder aufzubauen.

Aufmerksam studierte ihre Mutter Idas Miene und stellte nüchtern fest: »Dein Herz schlägt nicht für Valentin von Leiburg.«

Ida senkte den Blick. »Nein, das tut es nicht. Das hat nichts mit ihm zu tun. Ich glaube, dass er ein ehrbarer Mann ist, der mich achten und nicht als sein Eigentum betrachten würde, wie es seinem Recht entspräche.«

Sie merkte, dass ihre Mutter hellhörig geworden war.

»Gibt es jemand anderen, für den dein Herz schlägt?«

Idas Blick huschte rasch zu ihrer Mutter und wieder zurück zu Boden. »Ja, da ist einer, mit dem ich mir eine Verbindung vorstellen könnte. Er befindet sich in Ulrichs Gefolge, allerdings ist er von niederem Rang. Vielleicht könnte dem Ansinnen damit trotzdem Genüge getan werden.«

Sigrun runzelte die Stirn. »Um wen handelt es sich?«

»Um Leonhard von Brauneck. Doch er weiß nichts davon.«

»Habt ihr euch heimlich getroffen?«

»Nein, niemals heimlich oder beabsichtigt. Ich glaube, dieser Mann ist für mich bestimmt.«

Ihre Mutter öffnete die Augen weit. »Nun, fragst du mich nach meinem Rat, so empfehle ich dir dringend, ihn dir aus dem Kopf zu schlagen. Auch und erst recht, wenn du in die Ehe mit Valentin einwilligst.«

Ida presste die Lippen zusammen und nickte. »Ja, das habe ich schon vermutet.«

»Du kannst nicht alle Bewerber ablehnen. Sonst bleibt dir irgendwann nur noch der Gang ins Kloster. Ich denke, es könnte dich wesentlich härter treffen als mit Valentin von Leiburg. Dein Vater sagt, Großvater habe ihn als umsichtig und vorausschauend bezeichnet, was aus seinem Mund mehr als nur eine große Anerkennung war.«

›Wenn ich Valentin heirate‹, dachte Ida, ›könnte ich wenigstens oft in Leonhards Nähe sein, wann immer er sich auf Leiburg aufhält.‹

»Lass mich einen Moment in Ruhe darüber nachdenken«, bat sie laut.

Sigrun nahm sie in ihre Arme. »Ich wünschte, ich könnte dir all das ersparen. Ich kann mich noch gut daran erinnern, wie es mir ergangen ist, als Großvater mich verheiraten wollte. Es ist leider so in diesem Land, dass wir Frauen nicht selbst und frei entscheiden dürfen, wen wir zum Gemahl nehmen. Überlege weise, mein Liebes. Es hätte gravierende Konsequenzen für uns alle, wenn du diese Verbindung ablehnst.« Sie strich Ida über Haar und Wange, lächelte ihr aufmunternd zu und verließ die Kemenate.

Nachdenklich trat Ida an die Fensteröffnung und schaute über die grüne Ebene und die Weite des Himmels. Kleine Haufenwolken zogen rasch darüber hinweg, als strebten sie einer Versammlung zu, um sich irgendwo in der Ferne zu vermählen und in einem fröhlichen Schauer herabzuregnen. Plötzlich hörte sie fremde Stimmen vom Burghof und ein wohlklingendes, tiefes Lachen. Vorsichtig trat sie näher ans Fenster heran und spähte hinunter. Valentin und Leonhard spazierten über den Hof und nahmen die Pferde im Stall ihres Vaters in Augenschein.

Selbst auf diese Entfernung konnte sie sehen, wie groß und stattlich beide Männer waren. Sie betrachtete das blonde, strubbelige Haar Leonhards und die Art, wie er sich bewegte. Sehnsucht nach ihm überkam sie, eine Sehnsucht, die tief aus ihrer Seele strömte. Wenn sie überhaupt irgendjemanden wollte, dann den Mann, der unten über den Burghof flanierte und nichts von ihrer Verbindung zu ahnen schien. Unwillkürlich legte sie ihre Hand auf sein Lederarmband, das in einer Seitentasche ihrer Tunika steckte. Mit einem Mal konnte sie sich nicht vorstellen, niemals mehr in seiner Nähe zu sein. Und wenn die Vermählung mit Valentin der einzige Weg war, um bei ihm sein zu können, so würde sie dies tun. Ein innerer Frieden erfasste sie. Abrupt drehte sie sich um, klopfte an der Tür zur Kemenate ihrer Mutter, trat ein und teilte ihr ihren Entschluss mit.

»Es ist beschlossen«, sagte Gero, als er zusammen mit Adebar zurück in das Jagdzimmer kam, in dem Ulrich, Valentin und Leonhard kurz zuvor wieder eingetroffen waren.

Ulrich schlug in seine Hand ein. »Das ist eine kluge Entscheidung. Den Kaiser wird es freuen, denn es verbessert seine Stellung im Rheinland. Und für meinen Sohn ist diese Verbindung ebenfalls von Vorteil, wenn er meine Besitzungen einst erben wird.«

Die Art der Formulierung ließ Gero aufhorchen, und in dem zufriedenen Gesichtsausdruck des Leiburgers glaubte er, Schadenfreude zu erkennen. »Was meint Ihr damit? Ist er nicht derjenige, der Ida heiraten wird?«

»Nein, nicht mehr. Dieses Angebot habt Ihr leider verstreichen lassen. Ich werde jetzt diesen Part übernehmen und Eure Tochter zum Wohl des Landes ehelichen.« Es klang, als bedeutete das ein Opfer für ihn.

»*Ihr* wollt sie heiraten?«, entfuhr es Leonhard, und Gero sah ihm an, wie überrascht auch er war.

Ulrich nickte mit großer Geste. »Valentin hat sie vor ein paar Jahren abgewiesen.«

Gero hielt die Luft an. »Ihr denkt allen Ernstes, dass ich meine sechzehnjährige Tochter mit Euch verheirate?«, fragte er mit mühsam bezähmtem Zorn.

Ulrich zog die Augenbrauen in die Höhe. »Ich verstehe nicht, was Ihr damit sagen wollt. Doch genau das ist der Wunsch des Kaisers.«

In aufflammender Wut ballte Gero die Fäuste. »Ihr wisst, dass ich meiner Tochter versprochen habe, sie nicht gegen ihren Willen zu vermählen.«

»Das ist mir bewusst, gleichwohl nicht mein Problem, sondern das Eure. Und ich hatte Euch vor vier Sommern schon angeraten, diese Angelegenheit aus der Welt zu schaffen.«

»Ida hat bisher jeden Bewerber abgelehnt, der hier vorstellig geworden ist, und da waren durchaus jüngere und – verzeiht meine Offenheit – reizvollere Partien dabei. Was machte Euch glauben, dass sie ausgerechnet Eurem Ansinnen entspräche?«

»Was mich das glauben macht?« Ulrich lachte höhnisch auf. »Ich habe auf Eure Vernunft gesetzt, wenn schon Eure Tochter nicht über ebensolche verfügt. Aber wie sollte man das von ihr erwarten – sie ist ein Frauenzimmer. Ihre Verheiratung ist eine ernste Sache – und eine Männerangelegenheit! Frauen sind schwach und aufgrund ihrer Natur wie läufige Hündinnen. Deshalb müssen sie dem Mann in der Ehe gehorchen.«

Gero spürte, wie sich seine Miene zunehmend verfinsterte. »Und der Mann wird seit seiner frühen Jugend ausschließlich trainiert, um in brutalen Kämpfen bestehen zu können, und nicht darauf, mit einer zartbesaiteten Frau umzugehen. Ihr seht in ihr nur ein Gut, über das Ihr die Verfügungsgewalt übertragen bekommt«, ergänzte er sarkastisch. »Ihr wollt das Nutzungsrecht über ihren Körper, damit Ihr Euch dessen bedienen, ihn ausbeuten und Früchte tragen lassen könnt.«

»Und die Kirche verbietet dem Mann zudem, dabei Lust zu empfinden oder seiner Frau Lust zu bereiten«, fügte Adebar trocken hinzu.

Ulrich zuckte mit den Schultern, doch sein Gesichtsausdruck zeugte von steigendem Unmut. »Schon Paulus sagte: Die Ehe ist ein Mittel gegen die Sinneslust.«

»Und wenn sie Euch keinen Sohn gebiert, dürft Ihr sie nach Belieben verstoßen, richtig? Ist Ida Euch irgendwann nicht mehr nützlich, wird sie in ein Kloster abgeschoben.«

»… wo sie mit dem Herrn vermählt würde. Was ist daran verwerflich?«

»Als Ihr verkündet habt, der Kaiser wünsche eine Verbindung zwischen unseren Häusern, war keine Rede davon, dass es dabei um Euch selbst geht«, fuhr Gero auf.

»Ihr habt nicht danach gefragt«, entgegnete Ulrich, und Gero sah die Verschlagenheit in der Miene des Grafen. »Ihr habt mir Euer Wort gegeben, die Brautwerbung für Eure Tochter anzunehmen, und mit einem Handschlag besiegelt. Was spielt es für eine Rolle, wer von uns beiden sie heiratet? Es geht letztlich nur um die Verbindung unserer Häuser, um die Stellung des Kaisers im Rheinland zu stabilisieren.«

»Was es für eine Rolle spielt?«, fuhr Gero ein weiteres Mal auf. »Sie hat ihr Jawort in dem Glauben gegeben, es handele sich um Valentin. Und jetzt soll ich ihr sagen, dass es um Euch geht und dass Ihr von meiner Ida ängstliche Ehrerbietung verlangt? Denn mehr wird sie in einer Ehe mit Euch wohl nicht erwarten dürfen, oder?«

»Mäßigt Euch, Mann!« Ulrichs Stimme wurde kalt. »Es ist der Wunsch des Kaisers.«

»Wieso ist es für Heinrich von Belang, ob Ihr diese Ehe eingeht oder Euer Sohn?«, herrschte Gero ihn an. »Die Verbindung ist ebenso gesichert, wenn Valentin sie heiratet.«

Übertrieben hob Ulrich die Schultern. »Das müsst Ihr den Kaiser fragen. Über seine Motive hat er mich nicht in Kenntnis gesetzt. Ich habe ihm lediglich mitgeteilt, dass ich bereit bin, diese Bürde für den Frieden im Reich zu tragen. Immerhin ist Iduberga schon sechzehn, des Lesens und Schreibens kundig, wie man hört, und nicht besonders gut erzogen. Angeblich reitet sie wie ein Mann und verlässt ohne Erlaubnis oder

Begleitung die Burg. Es wird ein hartes Stück Arbeit werden, Eure Tochter Gehorsam zu lehren und darauf zu achten, dass sie nur die Dinge tut, die ihr zuträglich sind.«

Gero verschlug es die Sprache. Er starrte Ulrich an, unfähig eine passende Erwiderung zu finden. Adebar nahm ihn beiseite.

»Lass dich nicht zu einer übereilten Reaktion hinreißen«, raunte er ihm zu. »Wenn wir es hier wirklich mit einer Entscheidung des Kaisers zu tun haben, müssen wir gut überlegen, wie wir damit umgehen. Den Antrag in Schmähung abzulehnen, könnte dein Ende als Graf von Rheinsporn bedeuten. Tu mir das bitte nicht an. Ich brauche dich als Verbündeten an meiner Seite.«

Gero wandte ihm sein Gesicht zu, doch er schaute durch ihn hindurch, gefangen in dem Gefühl, in eine Falle getappt zu sein, ohne zu wissen, wie es dazu gekommen war. Was hatte er getan, um ein solches Unheil heraufzubeschwören? Er musste den Impuls, aufzuspringen und Ulrich mitsamt seinem Gefolge der Burg zu verweisen, mit Macht unterdrücken. Ihm war bewusst, in welche Lage der Leiburger ihn gebracht hatte. Er fühlte sich ohnmächtig, arglistig getäuscht und hintergangen. Gepaart mit der Sorge um Ida und dem sicheren Gespür, dass es sich letztlich auch um eine späte Rache für Bertolts Tod handelte.

Einen Moment lang wünschte er sich Theoderich herbei, der Ulrich mit Sicherheit beschimpft und zum Teufel gejagt hätte. Andererseits hatte sein Ziehvater damals auf Sigruns Vermählung mit Dankwart von Heimbach gepocht. Unter anderen Vorzeichen zwar, aber dennoch unbeugsam in seiner Entscheidung. Vermutlich würde er ihm den gleichen Rat wie Adebar zuflüstern und Ulrich von Leiburg mitsamt dem Kaiser erst danach zum Teufel wünschen. Gero atmete tief durch. Er musste einen kühlen Kopf bewahren und sich mit seinen Männern besprechen, bevor er Sigrun und Ida ins Vertrauen zog.

»Graf von Leiburg«, presste er zwischen den Zähnen hervor und stürmte aus dem Raum.

Erschrocken wandte sich Leonhard an Ulrich. »Verzeiht, Herr, Fräulein Ida zählt erst sechzehn Sommer.«

»Ja, und?«, erwiderte Ulrich.

Leonhard schluckte. Das konnte der alte Mann nicht ernsthaft dieser jungen Frau antun. Da wäre es ihm zehnmal lieber gewesen, wenn Valentin der Bräutigam hätte sein sollen.

Vorsichtig wagte er einen erneuten Vorstoß: »Das Bündnis zwischen Rheinsporn und Leiburg kann doch ebenso erzielt werden, wenn Valentin die Verbindung eingeht.«

»Auf diesen Vorschlag hat sich Gero beim letzten Mal nicht eingelassen, und ich werde mir keine weitere Schmach zufügen lassen«, versetzte Ulrich.

Mit ungewohnter Deutlichkeit spürte Leonhard, dass diese Entscheidung Ulrichs ihr aller Leben verändern und über ganze Adelshäuser großes Unglück bringen würde.

Kapitel Elf

Fahrig wanderte Gero vor der Halle auf und ab. Wie sollte er Ida beibringen, dass sie diesen alten, entstellten Mann heiraten solle? Und das so zeitig vor dem Abendmahl, dass sie genug Zeit haben würde, sich zu sammeln und die Tragweite ihrer Entscheidung zu überdenken?

Da trat Valentin an ihn heran. »Es tut mir leid, wie sich die Verhandlungen entwickelt haben. Ich hätte Eure Tochter gerne geehelicht. Auch mich hat die Ankündigung meines Vaters verwundert. Ich weiß nicht, was den Sinneswandel bei ihm ausgelöst hat. Aber Ihr bringt Euch in Teufelsküche, wenn Ihr Euch dem Wunsch des Kaisers widersetzt, das ist Euch bewusst, oder?«

Prüfend sah Gero ihn an. Konnte er Valentin vertrauen oder hatte sein Vater ihn geschickt, um ihn zu beschwichtigen? Er wirkte aufrichtig, und Gero entsann sich Theoderichs Worte, dass Ulrich alt und streitsüchtig geworden sei, sein Sohn jedoch besonnen und klug. Und dass er sich an den Jüngeren halten solle.

»Wozu ratet Ihr mir?«, fragte er.

»Wägt Euren eigenen Nutzen sorgsam ab. Nüchtern betrachtet habt Ihr ohnehin kaum eine Wahl, es sei denn, Ihr wechselt auf die Seite des Erzbischofs von Colonia, der sich immer noch in seinem Sieg sonnt. Mit allen Risiken, die damit verbunden sind.«

Mit großem Widerwillen dachte Gero an Friedrich von Schwarzenburg, der Sigrun in ihrer Jugend ebenfalls ohne mit der Wimper zu zucken mit einem deutlich älteren Mann verheiratet hätte, um seine machtpolitischen Schachzüge durchzusetzen. Wer wusste, was Ida blühte, wenn Gero zum Erzbischof wechselte? Womöglich kämen sie vom Regen in die Traufe und hätten sich zudem den Kaiser zum Feind gemacht, der vermutlich nichts Besseres zu tun haben würde, als ihm seine Lehen und damit Rheinsporn zu entziehen. Der Erzbischof wusste gewiss schneller, als es Gero lieb war, von seiner ungünstigen Verhandlungsposition und würde ihm schlechte Vertragsbedingungen anbieten und letztlich auch aufzwingen können. Doch allein und schutzlos vermochte er Rheinsporn nicht auf Dauer zu halten. Verzweifelt rieb er sich die Stirn. Er versuchte, den Gedanken zu verdrängen, dass er Ida eine solche Nachricht überbringen und sie dazu überreden musste, das zu tun, was ihr mit Sicherheit zutiefst widerstrebte. Sigrun hatte ihm von ihrer Bitte erzählt, sie von der Pflege Ulrichs freizustellen. Die Vorstellung, sie diesem alten Scheusal ins Bett legen zu müssen, war unerträglich.

In der großen Halle sah Gero zu seinem Entsetzen, dass dort bereits das Mahl vorbereitet war und mehr als die Hälfte der Gäste Platz genommen hatte. Dabei brauchte er noch Zeit zum Nachdenken! Was er sah, wirkte auf ihn nicht wie ein harmloses Nachtmahl, sondern eher wie die Versammlung zu einem Tribunal, auf dem ein Meuchelmord ausgeführt werden sollte. Das ahnungslose Opfer war Ida und der Mörder, der ihr einen Dolch ins Herz stoßen würde, er selbst. Es kam ihm vor, als säßen die Anwesenden bereits zu Gericht, um zu beurteilen, ob das, was er bisher getan hatte, richtig oder falsch gewesen war. Ob er sich den Grafentitel erschlichen oder zurecht bekommen hatte.

Das Bild begann vor seinen Augen zu tanzen. Die Stühle schienen zu wackeln, das Gelächter mutete ihn plötzlich grell und höhnisch an, als lachten ihn die Gäste dafür aus, dass er geglaubt hatte, Bertolts Platz einnehmen zu können. Wie Rachegöttinnen, die sich über diejenigen hermachten, die sich anmaßend benahmen. War er im Grunde seines Herzens nicht immer noch ein Bauer und Bergmann? Der im Steinbruch von Menedich besser aufgehoben war und eher Basaltsteine schlagen sollte, als hier den Burgherrn zu spielen und es mit der großen Politik im Reich aufnehmen zu wollen?

Mit Schrecken sah er Sigrun und Ida durch die gegenüberliegende Tür die Halle betreten und am Kopfende der Tafel Platz nehmen. Seine Tochter war in ihre festlichsten Gewänder gekleidet und geschmückt mit silbernen Fibeln und goldenen Armreifen, die schon seine Mutter getragen hatte. Ihnen folgten Ulrichs Männer und schließlich Ulrich selbst. Fahrig rieb sich Gero die Stirn. Er musste sich nun an die Tafel setzen und die Nachricht vor der versammelten Burggemeinschaft verkünden, sonst würde es zum Bruch mit Leiburg und infolgedessen auch mit dem Kaiser kommen. Er atmete tief durch, straffte die Schultern und ging strammen Schrittes zu seinem Platz. Die Zeit des Nachdenkens war abgelaufen und seine Überlegung ergebnislos geblieben. Schweigen senkte sich über die Gäste, als sie ihn mit seiner angespannten Miene wahrnahmen. Aus den Augenwinkeln bemerkte er Sigruns irritierten Gesichtsausdruck und nahm sich vor, ihr gleich als Erste anzuvertrauen, welch unerfreuliche Wendung die Verhandlungen genommen hatten.

Er stellte sich an seinen Lehnstuhl und nahm den Zinnbecher, den Bedienstete ihm mit Gewürzwein gefüllt hatten. »Wir heißen unsere Gäste aus Leiburg auf Rheinsporn willkommen. Sie genießen unsere Gastfreundschaft und noch weit mehr als das.«

Er hob seinen Becher, und alle Anwesenden taten es ihm gleich. Nachdem sie getrunken hatten, setzte er sich und wies die Diener an, das Essen aufzutragen. Mägde brachten Platten voll Fleisch und Fisch sowie Krüge mit Wein und Bier. Die Stimmung in der Halle löste sich, und der Spielmann, den man auf die Schnelle aus dem Dorf herbestellt hatte, begann, auf seiner Flöte eine Weise zu spielen.

Sigrun schnitt sich ein Stück vom Wildbret ab und beugte sich dabei unauffällig zu Gero herüber. »Was ist los?«, flüsterte sie. »Ida hat doch in die Eheschließung eingewilligt. Ist es trotzdem zu Unstimmigkeiten gekommen?«

Ebenso verstohlen neigte Gero sein Gesicht in ihre Richtung und raunte zurück: »Es ist nicht Valentin, für den Ulrich geworben hat, sondern er selbst.«

Langsam ließ Sigrun ihr Besteck mitsamt dem Wildbret auf den Teller sinken. Entgeistert starrte sie ihn an. »Sie soll den alten Mann heiraten?«

»Angeblich ist das der Wunsch des Kaisers. Sag es ihr bitte, bevor ich es öffentlich machen muss«, presste er zwischen angespannten Kiefern hervor.

Sigrun ließ sich in ihren Stuhl zurücksinken, noch immer mit erstarrter Miene, dann wandte sie sich Ida zu. Die Blässe, die sich im nächsten Moment auf deren Gesicht zeigte, übertraf die ihrer Mutter. Ihr Blick suchte den seinen und er wich ihm nicht aus. Er musste aushalten, was nun in stummer Zwiesprache unwiderruflich zerbrechen würde. Graf von Rheinsporn war er nun, nicht mehr der Bauer Gero aus Thure, der frei darüber entscheiden konnte, wen seine Tochter heiratete. Er konnte förmlich sehen, wie etwas in Ida zerbarst, wie die rückhaltlose Zuneigung und das Vertrauen in ihn verloren gingen, und vermochte es nicht zu verhindern. Zugleich spürte er, dass in ihm ebenfalls ein Wesenskern in Stücke sprang, dass er nicht mehr der Mann war, für den er sich gehalten hatte. Vielleicht war er der auch nie gewesen und sein Selbstbild eine Schimäre.

Dann veränderte sich Idas Mienenspiel, wurde flehend und ihr Mund formte ein lautloses: »Bitte tu mir das nicht an.«

Noch einmal schnitt es ihm in die Brust, als er stumm antwortete: »Ich kann nicht anders.«

Als sie langsam ihren Blick abwandte und in ihren Stuhl sank, starr vor sich hinschauend, da wusste er, dass sie gebrochen war. Am Ende des Mahls erhob er sich mit einem Herzen schwer wie ein Mühlstein. Ein weiteres Mal verstummten die Gespräche in der Halle, und die Anwesenden ließen ihre Löffel sinken.

»Bevor ich gleich die Tafel aufhebe, habe ich noch etwas zu verkünden.« Gero spürte, wie alle Augen auf ihn gerichtet waren und erwarteten, dass er Idas Vermählung mit Valentin ankündigen würde. Er räusperte sich und wählte seine Worte sorgsam. »Der Graf von Leiburg ist gekommen, um ein Bündnis zwischen unseren Häusern einzugehen. Es ist der Wunsch des Kaisers, dass meine Tochter Ida Graf Ulrich ehelicht. Diesem Willen unseres Herrn haben wir uns zu beugen.«

Ein Raunen ging durch die Halle, die sonst üblichen Hochrufe auf das Brautpaar blieben aus. In Dutzenden Gesichtern spiegelte sich Geros eigenes Entsetzen. Ausgerechnet

Dietrich, der am hinteren Ende der Tafel bei den Knechten saß, schien am meisten überrascht zu sein. Er starrte erst zu Gero, dann zu Ida. Zu seiner Verwunderung glaubte Gero, Empörung und vor allem Mitgefühl in seiner Miene zu erkennen.

Nachdem ihr Vater die Worte ausgesprochen und die Tafel aufgehoben hatte, fühlte sich Ida, als säße sie unter einer Glocke, die Geräusche, Gerüche und andere Wahrnehmungen vor ihr abschirmte. Sie sah niemanden, hörte und empfand nichts. In ihr war alles still, alles taub, alles tot. Die Aufregung, die sie zuvor empfunden hatte, war schlagartig verschwunden. Bevor ihr Vater diese verhängnisvolle Ankündigung bekannt gegeben hatte, war ihr Blick immer wieder zu Leonhard gewandert. Mehr als einmal hatte sie gesehen, dass seine Augen die ihren suchten und sie ernst ansahen, ohne sich abzuwenden. Aber nun hatte die Aussicht, nach der Hochzeit in seiner Nähe zu sein, nichts Reizvolles mehr. Sie würde sich diesem bösartigen Menschen unterwerfen müssen, der nichts Gutes im Schilde führte, das spürte sie mit aller Deutlichkeit. Er war auf Geros Familie nicht gut zu sprechen. Selbst die Tatsache, dass sie ihn geheilt und vor dem Tod bewahrt hatten, legte er ihnen zur Last. Lieber wäre er gestorben, statt entstellt weiterleben zu müssen, hatte er mehr als einmal betont.

Sie fühlte sich wie betäubt, als sie nach dem Mahl ihre Kammer betrat. All ihre Zukunftsträume waren zertrampelt worden, der Boden unter ihren Füßen weggezogen. Nichts hatte Bestand, auf niemanden konnte sie sich verlassen. Auch nicht auf den Fels in der Brandung, der ihr Vater immer gewesen war. Er hatte sein Versprechen gebrochen, dem äußeren Druck nachgegeben und sie damit geopfert. Nichts zählte mehr, alles war bedeutungslos. Sie dachte an das, was Meda ihr von sich erzählt hatte: Dass sie mit einem alten, tyrannischen Mann verheiratet werden sollte und es vorgezogen hatte, ins Kloster zu gehen. Doch dazu konnte sich Ida nicht durchringen – ihr Freiheitsdrang war zu groß. Das hatte Dietrich richtig erkannt.

Wütend riss sie Leonhards Lederarmband aus ihrer Tunika und stopfte es in einen Beutel. Wie hatte sie so dumm sein können zu glauben, er hätte ihr damit ein Versprechen gegeben? Langsam begann sie, über Möglichkeiten nachzusinnen, die ihr noch blieben, um diesem Schicksal zu entgehen. Sie hatte keinen Zweifel daran, dass Ulrich von Leiburg ein grausamer Mensch war, genauso wenig, dass er sie hartherzig behandeln und für irgendetwas büßen lassen würde, das nur er selbst nachvollziehen konnte. Ihre Mutter hatte ihr freundlich, wenngleich unmissverständlich klar gemacht, welche Folgen es für die Familie hätte, wenn Ida die Heirat ablehnte. Der Gang ins Kloster erschien ihr wie ein frühes Grab, blieb nur die Flucht von Rheinsporn nach Thure, dem Ort, wo ihre Wurzeln lagen.

Ruben hatte versprochen, ihr zu helfen, sollte sie jemals in Not sein, und das war sie nun. Sie würde dort nicht für immer bleiben können, aber doch eine gewisse Zeit lang. Plötzlich schien alles so klar: Sie musste Rheinsporn heimlich bei Nacht und Nebel verlassen. Dann konnte niemand ihre Familie dafür verantwortlich machen, dass sie nicht mehr da war und die Hochzeit nicht stattfand. Ihr Vater brauchte nur noch vorzugeben, sie zu suchen und zurückbringen zu wollen. Mehr würde der Kaiser sicher nicht von ihm erwarten. Was sollte er auch sonst tun?

Mit einem Ruck wurde die Tür aufgestoßen, und ihre Mutter eilte in die Kemenate. »Es tut mir so leid, was passiert ist, Liebes. Ich weiß gar nicht, was ich sagen soll, und habe ein schlechtes Gewissen, weil ich dir zugeredet habe, dein Einverständnis zu geben. Aber ich war davon ausgegangen, es ginge um Valentin und nicht um Ulrich.«

»Schon gut, Mutter. Mir ist bewusst, dass du mich nicht willentlich in die Irre geführt hast.« Gedehnt fügte sie leise hinzu: »Genauso wenig wie vermutlich Vater.«

Sigrun nickte heftig. »Das kann ich dir versichern. Er ist am Boden zerstört und ringt mit Valentin und Leonhard um eine Lösung, bevor sie morgen abreisen. Wir werden sie erst wiedersehen, wenn wir nach Leiburg reiten und dich Ulrich zur Brautlegung übergeben müssen. Das möchte ich mir gar nicht vorstellen. Ich habe die Hoffnung noch nicht aufgegeben, dass es einen anderen Weg gibt. Das einzig Tröstliche an der Situation mag sein, dass er alt und eingeschränkt ist und wahrscheinlich nicht mehr lange lebt.«

»Das ist ein schwacher Trost. Mein Gefühl sagt mir, er besitzt eine starke, ungebrochene Lebenskraft und wird noch viele Sommer erleben. Jahre, in denen er mir meine Jugend vergällt.«

»Vater hat bereits eine andere Verbindung vorgeschlagen, auch die mit Leonhard von Brauneck. Doch davon will Ulrich nichts wissen. Er hat sich in den Kopf gesetzt, dich selbst zur Frau zu nehmen. Ich hätte dich nicht in seine Pflege einbinden sollen. Das hat ihm die Gelegenheit gegeben, dich zu studieren und sein Herz an dich zu verlieren.«

»Sein Herz?«, stieß Ida bitter hervor. »Ich weiß nicht, was er da verloren hat, sein Herz war es nicht. Ihn treibt dic Gier nach einer jungen, unberührten Frau und wahrscheinlich zudem Rachsucht – das Bedürfnis Vater Schaden zuzufügen.«

Sigrun nahm sie fest in ihre Arme. »Ach, Kind. Ich wünschte, wir könnten in der Zeit zurückkehren und all dies ungeschehen machen.«

»Hast du nicht gesagt, dass Meda in ihrem Buch ein Ritual schildert, mit dem sie den natürlichen Ablauf der Zeit außer Kraft gesetzt hat?«

»Nein, ich habe nichts dergleichen gesagt. Vielleicht hat sie dir davon erzählt. Ich weiß nichts von einem solchen Ritual, geschweige denn, wie man es durchführt. Dabei sind bestimmt sehr mächtige und wahrscheinlich dunkle Kräfte am Werk. Das sollte niemand tun, der unerfahren in diesen Dingen ist. Bist du bereit, ein solches Wagnis einzugehen?«

Gero, Adebar, Valentin und Leonhard standen mit verschränkten Armen um einen Tisch herum, auf dem eine Magd vier Becher mit Gewürzwein und Reste des Wildbrets vom Nachtmahl bereitstellte. Mit ernsten Mienen sahen sie einander an.

»Stimmt es, dass diese Verbindung ein Wunsch des Kaisers ist?«, fragte Gero rundheraus, als die Magd den Raum verlassen hatte.

Valentin nickte. »Ja, das stimmt. Meinen Vater abzuweisen käme einer Kränkung des Kaisers gleich. Ihr müsst abwägen, ob das in der schwachen Position, in der sich Heinrich derzeit befindet, verkraftbar ist. Oder ob Ihr diese Unwägbarkeit lieber nicht eingehen wollt.«

»Welche anderen Möglichkeiten haben wir noch?«, mischte sich Adebar ein.

»Ich habe meinem Vater bereits angeboten, dass ich die Ehe mit Ida eingehen würde, um das Bündnis zu sichern. Er hat das brüsk abgelehnt.«

»Wenn es Ulrich um eine Verbindung unseres Hauses mit dem von Rheinsporn geht, könnte auch ich Fräulein Ida heiraten«, sagte Leonhard und bewahrte dabei einen neutralen Gesichtsausdruck.

»Wie du weißt, hat Vater das ausgeschlagen«, versetzte Valentin. »Er will noch nicht einmal mehr, dass ich das tue, wie es ursprünglich vorgesehen war.«

»Was ist in ihn gefahren?«, fragte Adebar.

»Ich weiß es nicht. Vielleicht ist er während der Krankenzeit hier auf Rheinsporn für Eure Tochter entbrannt«, antwortete Valentin in Geros Richtung.

»Das mag sein«, erwiderte Gero schroff, »aber sie nicht für ihn. Und ich kann mir schwerlich vorstellen, dass das noch kommen könnte.«

Valentin hob die Schultern. »Vermutlich nicht. Das Einzige, was ich Euch zusichern kann, ist, dass ich mich persönlich für ihr Wohlergehen auf Leiburg einsetzen und mich um sie kümmern werde, wenn ich den Eindruck habe, es geht ihr nicht gut.«

Gero nickte grimmig. »Meine Tochter wird diesen Beistand brauchen, fürchte ich. Hoffentlich kann ich mich auf

Euch verlassen. Bitte lasst mich allein. Ich muss meine Gedanken sortieren.«

Valentin und Leonhard deuteten eine Verbeugung an und verließen zusammen mit Adebar den Raum. Gero blieb allein zurück. Ein weiteres Mal hatte er das Gefühl, die Dinge begännen zu schwanken. Oder war er selbst derjenige, der ins Wanken geraten war? Er konnte das nicht mehr unterscheiden. So sehr er auch sein Hirn zermarterte, es wollte ihm kein Ausweg aus der Situation einfallen, bei dem nicht Menschen zu Schaden kamen und möglicherweise mit ihrem Leben bezahlten. Doch wenn nötig, war er bereit, eine Fehde in Kauf zu nehmen. Er durfte Idas Leben nicht zerstören lassen.

Als Mechthild schon eingeschlafen war, saß Ida noch lange angezogen auf ihrer Bettkante. Sie konnte nicht fassen, was passiert war, wollte nicht glauben, dass ihr Vater einen derartigen Vertrauensbruch begangen hatte. In den vergangenen Jahren hatte er zu seinem Wort gestanden, sie müsse niemanden heiraten, den sie nicht wolle. Und jetzt das! Ohne sie nach ihrer Meinung zu fragen, da es um einen anderen Bewerber ging und dieser andere nun mal nicht Leonhard war, verkündete er ihre Eheschließung vor jedermann, sodass ihr kein Ausweg mehr blieb. Was hatte er sich dabei gedacht? Ja, er hatte gesagt, dass es der Wunsch des Kaisers war. Aber wieso widersetzte er sich dieser Forderung nicht?

Hätte er zuvor mit ihr gesprochen, ihr sein Dilemma erklärt, verstünde sie es vielleicht. Dann wäre sie zwar dennoch nicht bereit, den alten Unhold zu heiraten, doch käme zu diesem Problem nicht zusätzlich der Verrat, der alles zerstörte, was zwischen ihrem Vater und ihr an rückhaltlosem Vertrauen bestanden hatte. Der Vorfall traf sie zu tief, als dass Tränen fließen konnten. Sie musste einen klaren Kopf behalten und nüchtern überlegen, welche Handlungsmöglichkeiten ihr blieben. Dem Wunsch des Kaisers gemäß die Ehe mit Ulrich einzugehen, kam für Ida überhaupt nicht infrage. Niemals würde sie das freiwillig tun. Da müssten ihre Eltern sie schon in der Kemenate einsperren und vor den Altar zerren.

Den Schleier zu nehmen, stellte für sie ebenso wenig eine Aussicht dar. Das war Medas Weg gewesen. Die Heilerin hatte ihr ausführlich von ihrer Zeit im Kloster erzählt, und was sie berichtet hatte, wollte Ida so für sich nicht.

Die Möglichkeit, ein Gespräch mit ihrem Vater zu führen, verwarf sie ebenfalls. Seitdem er die Eheschließung in der Burghalle verkündet hatte, war sie beschlossene Sache. Was sollte er jetzt noch tun, wenn sie sagte, dass sie das nicht wolle? Er würde gegen eine Abmachung verstoßen, die vermutlich per Handschlag getroffen worden war. Die Konsequenzen, die das nach sich ziehen würde, vermochte sich Ida auszumalen. Ihr war, als schaute sie Ulrich von Leiburg in eine tief verletzte und mit der Zeit kalt und hartherzig gewordene Seele. Das würde ihren Vater teuer zu stehen kommen. Konnte er es sich leisten, diesen Preis zu bezahlen, nur um Ida vor dem zu bewahren, was rechtmäßig ihre Pflicht als Grafentochter war? Wohl kaum.

Blieb nur noch die Flucht, das Verlassen der Burg. Sie atmete tief durch. Auch diese Möglichkeit hatte weitreichende Konsequenzen, nicht nur für sie. Keine der Alternativen bot eine gute Aussicht. Gelänge es ihr, bei Nacht und Nebel davonzureiten, könnte niemand ihrem Vater einen Vorwurf machen. Er hatte das getan, was der Kaiser anscheinend von ihm erwartete. Vermutlich würden alle, die Rheinsporner und die Leiburger, nach ihr suchen und sich nach Kräften bemühen, sie in diese unsägliche Ehe hineinzuzwingen.

Brachte sie damit Unheil über ihre ganze Familie? Würden nicht nur ihre Eltern, sondern ebenso ihre Geschwister darunter zu leiden haben, wenn sie floh? Hoffentlich kam der alte Greis nicht auf die Idee, statt ihrer Mechthild in seinem Bett haben zu wollen! Es fiel ihr schwer, das abzusehen, denn sie hatte wenig Erfahrung mit adligen Fehden. Deshalb konnte sie nur für sich entscheiden und hoffen, dass niemand anderes dafür büßen musste.

Ritt Ida früh am Morgen los, womöglich vor dem ersten Hahnenschrei, schaffte sie es sicher bis zur Mittagszeit nach Thure. Dann hätte sie genug Zeit, Ruben oder einen anderen Dorfbewohner um Zuflucht zu bitten. Ihre Eltern mussten Verständnis haben für ihr Verhalten, hatten sie doch in ihrer eigenen Jugend fast das Gleiche getan. Sie waren geflohen, um Sigrun davor zu bewahren, einen alten, ungeliebten Mann heiraten zu müssen, und Ida floh nun, um sich vor derselben Unbill zu schützen.

Sie begann, ihre Sammlung an Heilkräutern in den Beutel mit Leonhards Lederarmband zu packen. Das Mondlicht in der Kammer reichte kaum aus, um die getrockneten Pflanzen geräuschlos zu finden. Hoffentlich schlief Mechthild fest genug. Vorsichtig blies sie die Glut des Kaminfeuers an und entzündete daran einen Holzspan, wie sie von ihrer Zeit in Thure gewöhnt war, und steckte damit eine Kerze an. Danach packte sie eine Decke, Werkzeuge und das Geschmeide ein, das sie heute Abend getragen hatte. Alles, was sie als Adlige zu erkennen gab, nahm sie ab und es machte ihr nichts aus.

Unvermittelt schlich Helene durch die Seitentür in die Kammer und stockte. »Was tut Ihr, Herrin?«

Ida schluckte. Nun war sie ertappt worden. Ihr Kopf war zu voll für eine glaubwürdige Notlüge. »Ich packe meine Sachen«, erklärte sie tonlos.

»Das könnt Ihr nicht machen! Es ist besiegelt.«

»Was immer passiert: Ich werde diesen alten, übel gesinnten Mann nicht heiraten.« Ida reckte ihr Kinn.

Helene war den Tränen nahe. »Ihr stürzt Euch ins Verderben. Ulrich wird niemals Frieden geben und nicht ruhen, bis er Euch gefunden hat. Glaubt mir, denn ich habe ihn schon früher hier auf Rheinsporn erlebt. Was habt Ihr dem entgegenzusetzen?«

»Mein nacktes Leben.«

»So nehmt bitte Vernunft an!«

»Ich war in meinem ganzen Leben noch nie so klar bei Verstand wie in diesem Moment.«

»Ihr wisst nicht, was es bedeutet, immer wieder fliehen zu müssen und nicht zu wissen, was morgen sein wird. Da draußen lauern Gefahren, von denen Ihr nichts ahnt.«

»So viele Menschen trotzen ihnen, also kann ich das auch.«

»Und was ist, wenn Ulrich Euch verfolgt?«

»Darüber werde ich mir Gedanken machen, wenn es soweit ist. Doch ich glaube nicht, dass er das tut. Ulrich ist alt, er hat seine Heldenjahre längst hinter sich gelassen. Außerdem habe ich gehört, der Kaiser plane einen Feldzug. Sicher wird der Alte ihn begleiten müssen, und wer weiß, ob er diese beschwerliche Reise überlebt. Oder gar die Kämpfe, die auf ihn zukommen werden.«

»Aber dann ist es klüger, ihn zu heiraten. Ihr wäret innerhalb kürzester Zeit seine Witwe und hättet weder Schmach noch Unbill auf Euch gezogen. Die Schuld, die Ihr mit einer Flucht auf Euch ladet, wird Euch dagegen lange verfolgen.«

Ida nahm sie in den Arm. »Du tugendhafte Seele! Ich weiß, du willst mir helfen. Doch nun lass es gut sein. Mein Entschluss ist gefasst.«

Aus Helenes Augen lösten sich Tränen. »Ihr macht Euch unglücklich, Herrin! So lasst mich Euch wenigstens begleiten.«

»Dir ist bewusst, dass das nicht geht. Es wird schwierig genug, auf der Flucht zu sein. Du hast kein Pferd, und wenn wir zu zweit auf meinem sitzen, sind wir zu langsam und das Tier ermüdet viel schneller.«

»Wie stellt Ihr Euch vor, mitsamt einem Reittier von hier zu entkommen? Es wimmelt von bewaffneten Rittern.«

»Du wirst dem Torwächter einen Trank anbieten, der ihn tief schlafen lässt. Er wird erst wieder aufwachen, wenn ich weit genug entfernt bin. So kann ich eine große Distanz zwischen die Leiburger und mich bringen, und ehe sie begreifen, was passiert ist, bin ich über alle Berge.«

Helene wurde blass. »Ulrich wird außer sich sein vor Wut, wenn er merkt, was Ihr getan habt. Was sollte ihn und

Euren Vater davon abhalten, Euch zurück nach Rheinsporn zu holen?«

»Das darf nicht geschehen.« Ida fasste ihre Hand. »Bitte versprich mir, dich des Heilkundebuchs anzunehmen, wenn meine Mutter einmal nicht mehr in der Lage sein wird, sich darum zu kümmern.«

»Wann sollte das der Fall sein?«

»Wenn sie ein plötzlicher Tod oder eine schwere Krankheit ereilt. Schwöre mir, dass du das Kräuterbuch an dich nehmen, es gut behüten und mir zurückgeben wirst, wenn wir uns wiedersehen.«

Helene zögerte. »Ich kann nicht etwas derartig Kostbares einfach an mich nehmen.«

»Doch, du kannst. Ich erlaube es dir. Noch gehört es meiner Mutter, aber sie wird es an mich vererben, und dann kann ich darüber verfügen. Ich bestimme hiermit, dass du in dem Fall die Hüterin dieses ganz besonderen Schatzes sein sollst.«

Helene schluckte und ihre Wangen färbten sich rot. »In Ordnung. Ich hoffe inständig, dass es dazu nicht kommen wird. Dass der Herr in seiner Weisheit andere Wege für uns findet.«

»Ja, das wünsche ich mir ebenfalls sehr. Indessen scheint der Herr sich nicht für mein Wohlergehen zu interessieren, oder er hat sich für mich eine große Prüfung ausgedacht.«

»Und Ihr seid nicht bereit, sie anzunehmen …«

Ida sah Helene an, dass es sie Mut kostete, das auszusprechen. Sie reckte ihr Kinn. »Von hier fortzugehen birgt nicht minder Risiken. Es ist auch nicht der Herr, der sich das für mich ausgedacht hat, sondern der Mann, der wahrscheinlich schon den Tod meines Großvaters mitverschuldet hat. Wer weiß, was er noch ausheckt, um meine Familie ins Unglück zu stürzen.«

»Warum, denkt Ihr, hat er es auf Eure Familie abgesehen?«

»Ich weiß es nicht. Mir ist nur bekannt, dass er auf der Seite deines Vaters gestanden hat. Vielleicht rührt sein Zorn daher. Geh jetzt bitte und bring dem Torwächter diesen Zinnbecher mit Mohnsaft und Wein. Und danach holst du mir aus der Küche ein Messer, Brot, gepökeltes Fleisch und Käse.«

Seufzend nahm Helene den Becher in die Hand und verließ die Kammer. Von ihrer Fensteröffnung aus beobachtete Ida, wie sich ihre Kammerfrau, tief in einen Umhang gehüllt und die Kapuze über den Kopf gezogen, zu dem Ritter der Burgwache schlich. Eine Stunde musste sie warten, dann konnte sie losreiten. Diese Zeit nutzte sie, um eine kürzere Tunika und die Beinlinge anzuziehen, damit sie besser reiten konnte. Es war gut, dass es entschieden war. Das Gespräch mit Helene hatte ihre letzten Zweifel beseitigt. Ihr Entschluss stand fest.

Kapitel Zwölf

Es beunruhigte Leonhard, wie sich die Lage verändert hatte. Geros Tochter war ihr Entsetzen anzusehen gewesen, und er konnte sich vorstellen, was in ihr vorging. Er fühlte sich mitverantwortlich für das, was geschehen war, und dafür, dass weder Valentin noch er es verhindert hatten. Hätten sie mehr unternehmen müssen, um der jungen Frau dieses Unglück zu ersparen? Aber all ihre Bemühungen waren ja gescheitert. Was hätten sie noch tun können, außer dem, was sie bereits versucht hatten? Ihm fiel nicht mehr ein als das, was Valentin Gero versprochen hatte. Unausgesprochen fühlte er sich ebenfalls an diese Zusicherung gebunden. Auch er würde sich darum kümmern, dass es Ida auf Leiburg möglichst gut erging, solange er dort war. Doch vor dem Brautbett würde er sie nicht bewahren können.

In der Nacht fand er in der vom Mondlicht angeleuchteten Kammer nicht in den Schlaf. Schließlich schälte er sich unter seiner Schaffelldecke heraus, streifte sich die Beinlinge und ein langes Hemd über. Als er die Kemenate verlassen wollte, spürte er plötzlich, dass er sich vollständig anziehen und bewaffnen sollte. Er konnte sich diese Eingebung nicht erklären, denn alles schien friedlich. Warum sollte jemand Geros Burg angreifen? Der Gedanke ließ ihn dennoch nicht los. Also zog er sich das Wams über, gürtete sich Schwert und Messer um. Zuletzt zog er sich feste Lederstiefel an.

Dann verließ er den Wohnturm und strebte die Wehrmauer an. Der Blick, der sich von hier oben über das Rheintal bot, war atemberaubend. Er war gespannt, wie er in der Nacht wirkte. Gleichzeitig hoffte er, dass die kühle Luft und die Nachtstimmung ihn beruhigten und auf andere Gedanken brachten, sodass er bei seiner Rückkehr schlafen konnte. Die Männer der Nachtwache schauten alarmiert zu ihm herüber, als sie ihn gerüstet den Wehrgang emporsteigen sahen.

Beschwichtigend hob er die Hände. »Ich bin Leonhard von Brauneck, engster Vertrauter von Valentin von Leiburg. Ich komme mit friedlichen Absichten und möchte mir nur die Beine vertreten, weil ich nicht schlafen kann.«

»Warum seid Ihr bewaffnet?«, fragte einer der Wachen und umfasste seine Lanze enger.

Gedankenverloren sah Leonhard auf sein Schwert. »Das weiß ich selbst nicht so genau. Meine Intuition hat mir gesagt, dass es wichtig wäre, das zu tun. Geht da draußen etwas Verdächtiges vor sich?«

»Nein, nichts.« Die Männer traten beiseite.

Um sie nicht weiter zu verunsichern, schlug Leonhard die entgegengesetzte Richtung ein und ging auf der Wehrmauer entlang in Richtung des Frauenturms. Gewohnheitsmäßig suchte sein Blick die Fensteröffnung, hinter der er Ida mehrmals gesehen hatte. Zu seiner Überraschung flackerte in ihrer Kemenate Kerzenlicht. Was tat sie mitten in der Nacht? Bestimmt konnte sie ebenfalls nicht schlafen, weil sie Angst vor dem hatte, was auf sie zukam. Der Kerzenschein aus der Kammer erlosch, und das Fenster fiel abrupt in Schwärze.

Leonhard seufzte und wandte seinen Blick über die Mauer hinweg auf die Rheinebene. Er spürte die Beklemmung in der Brust, weil Ida ihm leidtat, und er so gerne selbst um ihre Hand angehalten hätte. Sein Herr wollte die junge Frau jedoch für sich. Leonhard ahnte warum, und das machte die Sache keinen Deut besser. Aber sein Herr hatte ihn bei sich auf der Burg aufgenommen und in die Position gebracht, die er nun innehatte. Wer war er, Ulrich zu sagen, dass er kein geeigneter Ehemann für Ida sei?

Da vernahm er Geräusche im Burghof und drehte sich ein weiteres Mal um. Eine verschleierte Gestalt huschte vom Frauenturm in Richtung Stall. Augenblicklich stellten sich seine Nackenhaare auf, und er spürte einen ziehenden Schmerz in der Narbe an seinem Unterarm. War dies der Grund, warum er sich bewaffnen sollte – weil tatsächlich etwas geschah auf Rheinsporn in dieser Nacht? Er sah zu den Wachen hinüber, die beieinander auf dem Wehrgang standen und die Köpfe zusammensteckten. Entweder bekamen sie von dem Gewese im Burghof nichts mit oder waren eingeweiht.

Mit klopfendem Herzen schlich sich Ida vom Frauenturm zu den Stallungen. Dort war niemand zugegen. Beruhigend strich sie dem Fuchshengst über den Hals, dann legte sie ihm einen Sattel an und hoffte, ihr Vater würde ihr verzeihen, dass sie das Pferd mitnahm.

Rasch strebte Leonhard zum Treppenabgang und zog sein Schwert. Doch als die Gestalt erneut erschien und einen Fuchshengst am Zügel führte, ahnte er, wen er beobachtete, und war sich plötzlich nicht mehr sicher, ob er eingreifen sollte. Hastig sah er noch einmal zu den Burgwachen auf dem Wehrgang hinüber, aber diese waren in ein Gespräch vertieft und lachten laut. Leonhard hielt den Atem an. Würde Ida mutterseelenallein mitten in der Nacht die Burg verlassen? Und wenn, wo wollte sie hin? Er konnte sich kaum vorstellen, dass sie weit kam.

Während die Frauengestalt den Fuchshengst zum Burgtor führte und es leise öffnete, zögerte Leonhard noch immer. Der Torwächter reagierte nicht. War er abgezogen worden? Leonhard verstand nicht recht, was hier vor sich ging. Und wenn Ida die Flucht heute Nacht ergriff, konnte er ihr das nicht verdenken. Sollte er sie trotzdem daran hindern? Wie angewurzelt stand er reglos, unfähig, eine Entscheidung zu treffen.

Als Ida den Burghof verließ und die gedämpften Hufschläge auf dem Pflaster des Burgwegs zunehmend verklangen, ging ein Ruck durch Leonhard. Was gerade geschah, durfte er nicht zulassen, durfte die junge Frau nicht ihrem Schicksal überlassen und zusehen, wie sie in ihr Verderben ritt. Er eilte zum Stall, holte sein eigenes Pferd und preschte so rasch und trotzdem leise es ihm möglich war, Richtung Burgtor. Der Wachmann schlief. Er erwog kurz, ihn zu wecken. Aber es wäre besser, wenn er Ida allein hinterherjagte. Er würde für sich behalten, was er gesehen hatte, und ihre Ehre wahren. Gesetzt den Fall, es gelänge ihm, sie von der Burgwache unbemerkt zurückzubringen.

So schnell es ihm in der Dunkelheit möglich war, nahm er den steilen Abstieg hinunter ins Tal. Doch Ida hatte sich ebenfalls beeilt. Unten angekommen erahnte er nurmehr ihren Schatten in der Ferne. Leonhard schnalzte mit der Zunge, trieb sein Pferd an und nahm die Verfolgung auf. In ein paar Stunden würde am Horizont der Morgen grauen, und er durfte keine Zeit verlieren, wenn er Fräulein Ida vor dem ersten Hahnenschrei zurückbringen wollte.

Ida schluchzte auf, als sie merkte, dass sie verfolgt wurde. Sie war sich sicher gewesen, von niemanden gesehen worden zu sein, und nun preschte offensichtlich ein Reiter im scharfen Galopp hinter ihr her. Vielleicht hatte irgendjemand etwas gehört, trotz ihrer Vorsicht. Womöglich war es ihr Vater, den das Gewissen quälte und der dennoch darauf bestand, dass sie ihre familiäre Pflicht erfüllte. Dazu war sie nicht bereit. Sein Vertrauensbruch hatte sie tief erschüttert. Sie trieb ihr Pferd an und strebte von den Feldern weg zum Waldrand, damit man sie nicht so leicht erkennen konnte. Der Blick zurück verriet ihr, dass es dem Reiter gelang, den Abstand zu verkürzen. War das etwa Dietrich? Die Situation erinnerte sie unangenehm an seine Verfolgung vor ein paar Sommern, als er sie am Rhein behelligt hatte. Doch wo sollte er so gut reiten gelernt haben?

Da erkannte sie Leonhards fremdländisch klingende Stimme, die nach ihr rief. Ihr Herzschlag setzte einen Moment lang aus und sie zögerte. Aber dann trieb sie ihr Pferd noch stärker an. Er kam, um sie zurückzuholen, nicht, weil er mit ihr zusammen sein wollte. Ein weiteres Mal schluchzte sie auf. Verschwinden sollte er, am besten für immer.

So verzweifelt sich Ida auch bemühte, sie vermochte Leonhard nicht abzuschütteln. Es war nicht mehr abzuwenden, dass er sie einholen würde.

Als er mit ihr aufgeschlossen hatte, rief er: »Zügelt Euer Pferd, sofort!«

»Ihr habt mir gar nichts zu befehlen!«, erwiderte sie und ritt mit unverminderter Geschwindigkeit weiter.

»Herr im Himmel, jetzt tut, was ich sage, bevor ein Unglück geschieht!« Seine vom Mondlicht beschienene Miene wirkte derart entschlossen, dass Ida nicht zweifelte. Er würde ihr bis Thure folgen, wenn sie nicht nachgab. Sie musste versuchen, ihn auf andere Weise loszuwerden. Also zügelte sie ihren Fuchshengst.

Er umrundete sie mit seinem Pferd. »Wohin in Gottes Namen seid Ihr um diese Nachtstunde unterwegs?«

»Das geht Euch nichts an«, zischte sie und glaubte, in der Dunkelheit zu erkennen, dass seine Miene zornig und besorgt zugleich aussah.

»Wenn ich mitansehen muss, wie Ihr Euch ins Unglück stürzt, geht mich das sehr wohl etwas an«, erwiderte Leonhard heftig. »Denkt Ihr ernsthaft, Ihr könnt alleine überleben?«

»Was schert Euch das? Ihr habt mit kaltem Lächeln verfolgt, wie mein Vater meine Verheiratung mit diesem bösartigen Greis vor der versammelten Burggemeinschaft verkündet hat. Tut nicht so, als wäre Euch an meinem Schicksal gelegen!«

»Es tut mir leid, sollte mein Lächeln kalt gewirkt haben. Aber ich fand es unpassend, zu dieser Ankündigung eine verdrossene Miene aufzusetzen. Euer Schicksal ist mir keineswegs gleichgültig. Ich schätze Euch sehr.«

»Tut Ihr das? Und doch lasst Ihr es zu, dass dieses Scheusal Hand an mich legt?«

»Ich habe nicht tatenlos zugesehen, sondern versucht, zu vermitteln und einen anderen Weg zu finden. Ulrich hat alles abgelehnt.«

»Ach ja, und welchen Lösungsvorschlag hattet Ihr für mich?«, stieß Ida sarkastisch hervor.

Leonhard zögerte einen Moment. »Ich habe mich für ein Bündnis angeboten.«

Entrüstet sah Ida ihn an. »Für ein Bündnis? Sprecht Ihr davon, dass Ihr angeboten habt, um des Friedens willen eine

Ehe mit mir einzugehen? Habt Ihr um mich geschachert wie um eine Zuchtstute?« Sie wandte sich ab und trieb ihren Fuchshengst wieder an.

Er setzte ihr nach. »Wartet. So war das nicht gemeint. Euch kann man auch gar nichts recht machen, oder?«

Abrupt zügelte sie ihr Pferd. »Hört Ihr Euch eigentlich selbst sprechen?«

»Natürlich habe ich mich für eine Vermählung angeboten, weil ich Euch gerne zur Frau genommen hätte.«

Das Geständnis überraschte Ida derart, dass sie nichts zu erwidern wusste. Ungläubig starrte sie ihn an. Er erwiderte ihren Blick offen, und sie spürte, wie die Spannung zwischen ihnen eine andere Tönung annahm. Sie wog ab, ob er meinte, was er sagte. Bislang war er ihr nicht als ein Mensch erschienen, der Dinge aus Berechnung tat oder äußerte.

»Was habt Ihr nun vor? Warum seid Ihr mir nachgeritten?«, fragte sie schließlich.

»Ich wollte Euch nicht ins Verderben reiten lassen, ohne den Versuch unternommen zu haben, Euch zur Vernunft zu bringen. Reitet mit mir zurück nach Rheinsporn. Meine Lippen werden versiegelt sein. Niemand wird jemals erfahren, was diese Nacht geschehen ist, und Eure Ehre bleibt gewahrt.«

»Meine Ehre?«, stieß sie aus. »Dem Greis ins Bett gelegt zu werden, würde meine Ehre retten? Ich werde diesen ruchlosen Menschen nicht heiraten, nur weil ihr es so für mich entschieden habt.«

»Ich fürchte, Euch ist der Ernst Eurer Lage nicht bewusst. Ich bestehe darauf, dass Ihr mich zurück nach Rheinsporn begleitet.«

Ida seufzte und rutschte aus dem Sattel. »Lasst mich einen Moment ausruhen. Der Ritt bis hierher hat mich angestrengt.«

»Falls Ihr plant, mich zu überlisten: Ich werde direkt neben Euch stehen.«

Ida fingerte nach ihren Vorräten und nahm einen kräftigen Schluck aus ihrem Trinkbeutel. Und während Leonhards

Blick den Waldrand absuchte, ließ sie zerriebenes Bilsenkraut und Schlafmohn in die restliche Flüssigkeit rieseln. Wie gut, dass sie im Bilde war, welche Menge sie ihm verabreichen musste!

Sie hielt ihm das Wasser hin. »Wollt Ihr etwas trinken? Der Ritt muss auch Euch durstig gemacht haben.«

Zögerlich nahm er den Beutel an und trank. Er schien davon überzeugt zu sein, dass sie mit ihm zurückreiten würde, wenn sie ihm schon ihre Vorräte anbot, und nahm noch einen kräftigeren Schluck. Dann entschied er wohl, das Wasser ganz leerzutrinken, um ihre Möglichkeiten zur Flucht weiter einzuschränken. Ida erschrak. Damit hatte sie nicht gerechnet. Hoffentlich erlitt er keinen Schaden, weil er zu viel von dem Mohnsaft zu sich genommen hatte. Langsam ließ sie sich auf dem Boden nieder und behielt ihn aufmerksam im Blick.

»Was wollt Ihr jetzt tun?«, fragte er.

Ida verschränkte die Arme. »Warten.«

»Worauf?«

»Darauf, dass die Wirkung des Tranks einsetzt.«

Leonhard legte die Stirn in Falten. »Welche sollte das sein?«

»Meine Nerven zu beruhigen«, erwiderte Ida gelassen.

Er ließ sich ihr gegenüber nieder. »Wir sollten zurück auf Rheinsporn sein, bevor jemand Eure Abwesenheit bemerkt. Es tut mir leid, wie die Verhandlungen sich entwickelt haben. Ich hätte mir auch etwas anderes gewünscht. Aber die Dinge sind, wie sie sind, und wir vermögen sie nicht zu ändern.«

Ida zog die Brauen zusammen. »Ach nein? Wer denn, wenn nicht wir? Sind wir etwa Sklaven?«

»Wir sind unseren Familien zur Treue verpflichtet.«

Zu gerne hätte Ida seine unmittelbare Nähe und ungeteilte Aufmerksamkeit genossen. Endlich hatte sie ihn nur für sich, konnte ungestört mit ihm sprechen, ohne dass eine Kammerfrau dabei war, andere Burgbewohner oder gar Dietrich sie argwöhnisch im Blick behielten. Diese Unterbrechung ihrer Flucht war allerdings brenzlig für sie, und wenn es noch länger andauerte, bis die Wirkung des Mohns einsetzte, wäre es hell. Dann wäre es ein Leichtes, sie aufzuspüren. Inbrünstig hoffte sie, der Trank sei ausreichend für einen so großen, kräftigen Mann, andererseits nicht so stark, dass er Schaden nahm. Nach einer endlos erscheinenden Zeit merkte sie endlich, wie Leonhard die Lider schwer wurden. Er sackte zur Seite, zuckte wieder hoch. Eine Weile lang kämpfte er noch gegen die Wirkung des Mohns an. Schließlich erlag er ihr und sank der Länge nach auf den Boden.

»Leb wohl, Leonhard von Brauneck«, flüsterte Ida, küsste seine Stirn und streichelte sein Gesicht. »Du warst für mich bestimmt und kein anderer. Doch offenbar bist du zu blind, um das zu erkennen. Vermutlich werden sich unsere Wege nun für immer trennen.«

Sorgfältig verstaute sie ihre Vorräte in den Satteltaschen, stieg zurück auf den Fuchshengst und trieb ihn an, weiter Richtung Thure. Auch wenn es ihr schwerfiel, Leonhard alleine im Gras liegend zurückzulassen – sie musste die Zeit wettmachen, die sie durch sein unbedachtes Eingreifen verloren hatte.

Kapitel Dreizehn

Sorgenvoll strich sich Sigrun am nächsten Morgen in ihrer Kemenate die Tunika glatt, während ihre Kammerfrau die letzten Handgriffe anlegte, um ihre Haare zu richten. Sie hatte schlecht geschlafen und wirr davon geträumt, wie Ida mit Ulrich von Leiburg verheiratet wurde. Dabei hatte sich das Mädchen immer weiter von ihr entfernt, bis sie nur noch schemenhaft zu erkennen war. Auf Zurufe hatte sie gar nicht mehr reagiert.

Bei dem Gedanken an den gestrigen Abend grauste es Sigrun. Hoffentlich hatte Gero einen Weg gefunden, das Schlimmste zu verhindern. Sie hatten noch nicht miteinander gesprochen. Er war spät in der Nacht ins Bett gekommen und hatte es heute Morgen in der Dämmerung wieder verlassen.

Da flog die Tür auf und Mechthild stürmte ins Zimmer. Sigrun zwang sich zu einem Lächeln. »Guten Morgen, Liebes. Hast du gut geschlafen?«

»Ja, Mutter.« Suchend sah sich das jüngste ihrer Kinder in der Kemenate um.

»Was suchst du?«, fragte Sigrun, noch immer lächelnd.

»Ich dachte, Ida ist bei dir.«

»Warum sollte sie bei mir sein? Ist sie nicht mehr in eurer Kammer?«

Mechthild schüttelte so fest den Kopf, dass ihre Locken durch die Luft tanzten. »Nein, ihr Bett ist leer. Ist sie vielleicht nach unten gegangen, um einen Ausritt zu machen?«

Sigruns Lächeln erstarb. »Das kann ich mir kaum vorstellen.«

Sie bedeutete der Dienerin, von ihr abzulassen, und eilte in die Kammer der Mädchen. Dort fand sie Idas Bett genauso verwaist vor, wie Mechthild es angekündigt hatte. Obwohl es genug Gründe für ihre Abwesenheit geben konnte, ahnte Sigrun innerhalb eines Wimpernschlags, was sich in der Nacht zugetragen hatte, und schlug sich die Hand vor den Mund. Sie rang um Fassung.

»Ich muss Gero suchen«, murmelte sie. Dann drehte sie sich zu Mechthild und der Kammerfrau um, die ihr in die

Kemenate der Mädchen gefolgt waren. »Kein Wort zu niemanden, solange wir nicht geklärt haben, was hier los ist.«

Beklommen nickte Mechthild, sensationslüstern und eine Spur schadenfroh hingegen die Dienerin. Sigrun warf ihr einen scharfen Blick zu, eilte aus der Kammer und gab sich selbst daran, ihre Tochter an den Orten zu suchen, an denen sie sie am ehesten vermutete.

Ida war weder im Frauenturm noch in der Halle oder den Wirtschaftsräumen zu finden. Einer Eingebung folgend lief Sigrun zur Stallung, wo sie umgehend den Stallmeister aufsuchte.

»Sag, Wiprecht, sind all unsere Pferde in ihren Boxen?«

Schuldbewusst sah der Stallmeister sie an. »Von unseren Pferden sind alle bis auf eines da.«

»Welches fehlt?«

»Der Fuchshengst, den der Herr seiner ältesten Tochter geschenkt hat.«

Etwas an der Formulierung »Von unseren Pferden« ließ Sigrun aufhorchen. »Und was ist mit den Reittieren der Leiburger?«, fragte sie.

Wiprecht vermied den Blickkontakt. »Auch von diesen fehlt eins.«

»Welches?«

»Ich glaube, es ist das Pferd, das Leonhard von Brauneck reitet.«

»Sicher?«

Der Stallmeister nickte und zuckte gleichzeitig mit den Schultern.

»Ich danke dir«, murmelte Sigrun und bemühte sich, dabei unbeteiligt zu wirken. Konnte das wirklich sein? Wiederholte Ida auf fatale Weise Sigruns Schicksal? Sie erinnerte sich an das Gespräch, das sie mit Ida über Leonhard von Brauneck geführt hatte, und ein Schauer lief über ihren Rücken. Trug das Mädchen etwa ebenso ein Kind unter dem Herzen wie sie selbst, als sie mit Gero von Greifenfels geflohen war?

Ihre innere Stimme sagte ihr, dass das unmöglich war. Der junge Mann war nach jahrelanger Abwesenheit erst gestern auf Rheinsporn erschienen. Aber vielleicht hatten sie sich heimlich getroffen. Sigrun spürte, wie ihr die Farbe aus dem Gesicht wich. Einen Moment lang erwog sie, den Stallmeister zur Verschwiegenheit zu verpflichten. Doch über kurz oder lang würde ohnehin die ganze Burg erfahren, was geschehen war. Das ließ sich kaum noch verhindern.

Hastig suchte sie Gero, zog ihn in eine Kammer und schloss die Tür fest hinter sich.

»Ida ist verschwunden«, brach es aus ihr heraus.

»Was?« Seine Augen weiteten sich. »Was meinst du damit?«

»Ihr Bett war heute Morgen leer, und ich konnte sie auch nirgends auf der Burg finden.«

Ihr Gemahl wurde blass. »Vielleicht ist sie früh am Morgen unerlaubterweise ausgeritten.«

Sigrun hielt seinem Blick stand. »Das Pferd Leonhard von Braunecks fehlt ebenso.«

Nun entglitten ihm die Gesichtszüge vollends. »Nein! Du meinst – «

Sie fiel ihm ins Wort: »Erst einmal nichts anderes, als dass Ida weg ist und diese beiden Pferde. Hast du Leonhard heute schon zu Gesicht bekommen?«

Mit einer fahrigen Bewegung rieb sich Gero die Stirn und dachte nach. »Nein. Keinen der Leiburger. Und es fehlt nur das Reittier Leonhards, sagst du?«

Sigrun nickte.

»Dann sollten wir nach ihm rufen lassen und sehen, ob er sich auf der Burg aufhält. Vielleicht ist Ida mit jemand anderem unterwegs. Wird einer der Bediensteten vermisst?«

»Das weiß ich nicht. Ich hatte noch keine Zeit, das in Erfahrung zu bringen. Zuerst wollte ich dich über meine Entdeckung in Kenntnis setzen in der Hoffnung, du wüsstest Rat.«

Zerstreut nahm er sie in den Arm und küsste ihre Stirn. »Nein. Aber du hast recht. Wir müssen uns jetzt wohlüberlegen, was wir tun. Wenn Ida tatsächlich mit Leonhard von Brauneck geflohen ist, werden ernsthafte Schwierigkeiten auf uns zukommen. Wir sollten also zunächst herausfinden, ob sich der Ritter noch auf der Burg aufhält und ob einer der Burgbewohner fehlt. Ich übernehme das. Du kannst zu deinen Morgengeschäften zurückkehren. Danke, dass du mich so früh ins Bild gesetzt hast, bevor Ulrich es erfährt.«

Kaum hatte Sigrun den Raum verlassen, rief Gero einen seiner Knappen zu sich.

»Geh und hol mir Leonhard von Brauneck her«, befahl er ihm.

Der Junge deutete eine Verbeugung an und verschwand. Es dauerte eine geraume Zeit, bis er zurückkam und die Nachricht brachte, die Gero befürchtet hatte: »Er ist nirgendwo aufzufinden und sein Pferd ist auch weg.« Die Frage, was das alles zu bedeuten hatte, lag ihm offensichtlich auf der Zunge. Doch er hielt sie wohl zurück, weil sie ihm nicht zustand.

»Gut, dann möchte ich mit Ulrich und Valentin von Leiburg sprechen.«

Der Knappe verbeugte sich abermals und verschwand. Diesmal dauerte es nur wenige Minuten, bis die beiden Leiburger zu ihm in die Kammer traten.

»Was gibt es so Wichtiges um diese Stunde?«, herrschte Ulrich ihn an.

»Wo ist Euer Ritter Leonhard von Brauneck?«, zischte Gero zurück.

»Woher sollen wir das wissen? Warum erkundigt Ihr Euch danach und das in diesem ungebührlichen Ton?«

»Weil mein Knappe ihn nicht auffinden konnte und sein Pferd verschwunden ist.« Er legte eine Pause ein, um den beiden Männern Gelegenheit zu geben, diese Nachricht zu verarbeiten. Erst jetzt fügte er grimmig hinzu: »Genauso wie meine Tochter und ihr Fuchshengst. Ich muss daher annehmen, dass Euer Ritter Ida entführt hat.«

Es dauerte einen Moment, bis die Bedeutung dieser Neuigkeit zu den Leiburgern durchgedrungen war. Endlich breitete sich eine unnatürliche Röte auf Ulrichs Gesicht aus. »Das ist eine infame Unterstellung!«

»Beweist mir das Gegenteil. Ihr genießt hier das Gastrecht und bürgt für jeden Eurer Männer. Wenn die Ehre meiner Tochter befleckt wird, kommt Euch das teuer zu stehen.«

»Versteigt Euch nicht zu früh in falsche Anschuldigungen«, stieß Ulrich hervor. »Ich werde den Kerl herbeischaffen.« Auf dem Absatz drehte er sich um und verließ die Kammer.

Valentin bedachte Gero mit einem entschuldigenden Blick, dann eilte er seinem Vater hinterher. Unruhig ging Gero im Zimmer auf und ab. Er hätte nie gedacht, dass er schon wenige Jahre, nachdem er der Burgherr von Rheinsporn geworden war, in ein solches Dilemma geraten würde. Wie sollte er sich verhalten? Dreimal musste er bereits ungewollt in die Schlacht ziehen und nun auch noch das Drama um seine Tochter. Blieb er untätig, brachte er den Kaiser und seine Getreuen gegen sich auf. Ließ er Ida verfolgen oder tat er das womöglich sogar selbst, brach er nochmals sein Versprechen ihr gegenüber. Außerdem – wer könnte sie besser verstehen als Sigrun und er?

Gero ließ den Wächter, der am Abend zuvor das Tor bewacht hatte, zu sich ins Jagdzimmer bringen.

»Was ist diese Nacht am Tor vorgefallen?«, fragte er ihn mit erzwungener Ruhe.

»Nichts, Herr, bei meiner Treu. Ich schwöre, ich habe nichts mitbekommen.«

»Stand das Tor zu irgendeiner Zeit gestern Nacht offen?«

»Nein, Herr, davon habe ich keinerlei Kenntnis, und ich habe es selbst bewacht.«

Gero konnte nicht umhin, den Blick des Mannes als schuldbewusst zu deuten. Woher rührte dieses Schuldgefühl? Hatte er, ähnlich wie der Torwächter auf Greifenfels vor vielen Jahren Sigrun und ihn heimlich hinausgelassen hatte, das Gleiche für Ida und Leonhard getan? Und wenn es so war, konnte er ihn dafür bestrafen? Das kam ihm vor, als würde er seinem eigenen damaligen Helfer in den Rücken fallen.

»Bist du eingeschlafen?«, fragte er in scharfem Ton, um seiner Rolle als Burgherr gerecht zu werden.

»Nein, Herr«, erwiderte dieser. Sein Blick wurde noch eine Spur beschämter.

Was sollte Gero mit ihm anfangen? »Wenn du dich doch noch an etwas erinnerst oder jemand aus der Burgwache etwas gesehen hat, möchte ich unverzüglich darüber in Kenntnis gesetzt werden«, herrschte er ihn an. Er war angespannt und hatte deutlich das Gefühl, dass der Mann etwas vor ihm verbarg.

Ulrich stürmte in die Stallungen. Dort nahm er die Pferde in Augenschein, nur um festzustellen, dass stimmte, was der Rheinsporner gesagt hatte. Fluchend wandte er sich ab und rannte zurück ins Gästehaus, wo er ohne anzuklopfen suchend in jede Kammer eindrang. Sein grimmiger Zorn wandelte sich mehr und mehr in kalte Wut.

»Dieser dänische Bastard hat meine Braut entführt. Ich werde ihn durchs ganze Land jagen, und wenn es das Letzte ist, was ich tue!«, rief er.

»Was habt Ihr vor mit ihm?«, fragte Valentin, der ihm in gebührendem Abstand auf Schritt und Tritt gefolgt war.

»Wenn es stimmt, was der Rheinsporner sagt«, Ulrich spie auf den Steinboden, »wird kaum ein Ritter je einen grausameren Tod gestorben sein.«

»Ihr habt ihn bei Euch aufgenommen und er war Euer Mitstreiter all die Jahre, hat Euch mehrmals das Leben gerettet. Wollt Ihr das über Bord werfen, ohne ihn anzuhören?«

»Er hat sich nicht benommen wie ein Sohn oder Mitstreiter, also hat er keine Gnade oder Schonung zu erwarten.«

Dass sein Sohn bei dieser Ankündigung blass wurde, steigerte Ulrichs Zorn. Er fixierte Valentin mit seinem verbliebenen Auge und hätte am liebsten etwas Kostbares zertrümmert.

Allein die Tatsache, auf Rheinsporn lediglich Gast zu sein, hielt ihn davon ab. »Und jetzt halt die Klappe.«

»Hat Ida dir gesagt, wohin sie gehen wird?«, insistierte Sigrun in ihrer Kemenate, doch Helene schwieg beharrlich.

»Wusstest du etwas davon? Hat sie sich dir anvertraut?«

Stumm schüttelte Helene den Kopf. »Aber sie hat mich gebeten, gut auf das Heilkundebuch aufzupassen, wenn Ihr einmal nicht mehr dazu in der Lage sein solltet.«

Ungläubig starrte Sigrun sie an. »Hat sie das wirklich gesagt?«

Helene nickte. »Ich schwöre es bei allem, was mir heilig ist.«

»Und daraus hast du nicht geschlossen, dass sie weggehen will?«

»Ich dachte, sie meint, dass sie es nicht mit nach Leiburg nehmen wird, da es ja Euch gehört und dass es möglicherweise nicht rechtzeitig zu ihr gelangen könnte«, sie unterbrach sich scheu und ergänzte leise: »Wenn Euch etwas zustößt, was Gott verhüten möge.«

Sigrun sank langsam auf einen der gepolsterten Stühle. Sie vermochte kaum zu fassen, dass Ida ihre Geschichte wiederholte. Ihre Schicksale konnten sich doch nicht auf so unselige Weise gleichen.

Es klopfte an die Tür zu ihrer Kemenate. Gero trat ein und bedeutete Helene, ihn mit Sigrun allein zu lassen. Die junge Kammerfrau knickste und verließ den Raum, die Tür leise hinter sich schließend.

Gero raufte sich die Haare. »Leonhard ist ebenfalls unauffindbar. Was soll ich denn jetzt tun?«

Selten hatte sie ihn derart verzweifelt und ohnmächtig zugleich gesehen. Sie zwang sich zur Ruhe. »Deine Ritter müssen losreiten und sie suchen«, erwiderte sie. »Und zwar möglichst, bevor Ulrich sie findet. Die Leiburger versammeln sich bereits im Hof und rüsten zum Aufbruch. Ihre Mienen lassen nichts Gutes vermuten.«

Gero fasste sich an den Kopf. »Jetzt haben wir neben dem Kaiser zudem den Kommandanten seiner Leibschützer gegen uns aufgebracht und unsere Tochter ist verschollen!«

»Sie wird in Thure, Menedich oder Cuttenheim Unterschlupf gesucht haben.« Sigruns Unterlippe zitterte. »Kannst du nicht einen deiner Getreuen dort nachsehen lassen?«

»Das mache ich besser selbst. Hat Leonhard sie entführt, wird er sich nicht kampflos ergeben. Er ist ein ausgezeichneter Schwertkämpfer. Ich werde einen ganzen Trupp Reiter mitnehmen.«

»Und was, wenn Ulrich sie ebenfalls aufspürt? Er wird seinen Rachedurst auch an dir stillen wollen.«

»Das Wagnis muss ich eingehen. Wir können Ida nicht in den Händen ihres Entführers lassen.«

»Was macht dich so sicher, dass er sie entführt hat? Ich bin damals aus freien Stücken mit dir gegangen.«

Gero starrte sie an. »Du denkst, die beiden sind wie wir gemeinsam geflohen? Trägt sie etwa ein Kind unter ihrem Herzen? Bei unserem Gespräch gestern Abend hat er sich als Bräutigam angeboten.«

»Ich weiß es nicht, kann es mir aber kaum vorstellen. Sie haben sich jahrelang nicht gesehen. Ida hat mir jedoch anvertraut, dass sie glaubt, Leonhard sei für sie bestimmt.«

Fassungslos sank Gero in seinen Lehnstuhl. »Und ich habe ihr Ulrich aufgezwungen. Wieso hat sie nichts gesagt?«

»Das hat sie. Ich habe ihr erklärt, dass wir den Zorn des Kaisers auf uns ziehen, falls wir ihm nicht gehorchen. Sie wollte dir sicher die Zwietracht mit Heinrich ersparen und dachte, wenn sie flieht, kann er dich nicht für die vereitelte Hochzeit verantwortlich machen.«

Mit einer flattrigen Geste strich sich Gero durchs Haar. »Denkst du, sie hat uns freiwillig verlassen oder, dass Leonhard sie gezwungen hat?«

»Ich fürchte, wir werden das erst erfahren, wenn ihr sie gefunden habt. Es ist wichtig, dass ihr sofort losreitet und sie sucht.« Sie zögerte. »Und wenn sie die Ehe mit Ulrich nicht eingehen möchte, zwing sie bitte nicht dazu. Sie hat gute Gründe, das nicht zu tun.«

»Ja, ich weiß. Ich hätte ihr gleich gestern Abend sagen müssen, dass ich ihr das freistelle. Aber die Lage, in die wir uns damit bringen, ist äußerst heikel. Das ist dir bewusst, oder?«

»Ja, das ist mir bewusst, und ich bin bereit, das in Kauf zu nehmen. Wir haben uns damals ebenfalls einfach aus dem Staub gemacht. Wir sind die Letzten, die Ida ein solches Leid antun können. Und wir haben schon Schlimmeres durchgestanden. Wenn Ulrich und womöglich sogar der Kaiser uns anschließend übel gesinnt sind, werden wir das überstehen. Wir könnten sofort unser altes Leben in Thure wieder aufnehmen. Gemeinsam mit dir und Ida würde ich das verwirklichen.«

»Ja, ich weiß, Liebste«, erwiderte er und dachte, dass sie mit ihrem versehrten Arm nicht mehr gut zurechtkommen würde. Es galt, zugleich sie zu beschützen. Er zog sie an sich. »Auch dafür liebe ich dich.«

Dann hastete er in den Burghof, wo sich alle Leiburger bereits zum Aufbruch gerüstet hatten. Ulrich blickte finster unter seinem Drachenflügelhelm hervor, als zöge er in eine Schlacht. Wie um Einigkeit und Entschlossenheit zu demonstrieren, trugen alle ihre schwarzen Waffenröcke mit dem Leiburger Wappen, das gekreuzte Schwerter zeigte.

»Lasst uns planvoll vorgehen«, schlug Gero angespannt vor. »Wir bilden Reitertrupps von jeweils drei bis vier und schwärmen in alle Himmelsrichtungen aus. Das heißt, Ihr bildet zwei Trupps. Ich kann mit meinen Männern und denen von Adebar vier Einheiten stellen. Reitet Ihr nach Norden und Nordwesten, wir werden nach Westen und Südwesten reiten, und Adebar übernimmt den Süden und Südosten bis zum Rhein.«

Ulrich nickte grimmig. »Weit kann er nicht gekommen sein. Er kennt sich hier nicht aus. Im Gegensatz zu Eurer Tochter, die häufiger alleine durch die Gegend reitet, wenn ich gut unterrichtet bin.«

»Nein, sie kennt meines Wissens lediglich den Burgweg und die Strecke am Fluss entlang«, erwiderte Gero reserviert. »Wir reiten, bis die Sonne ihren höchsten Stand überschritten hat, in eine Richtung und werden dann nach links herum den Rückweg hierher antreten. Wenn wir das alle tun, haben wir das Gebiet westlich des Rheins einigermaßen planvoll durchkämmt.«

Herrisch reckte Ulrich das Kinn. »So machen wir's. Worauf wartet Ihr?«

Adebar deutete seinerseits Einverständnis an. Ulrich schwang sich als Erster auf sein Pferd und führte seinen Reitertrupp vom Burghof. Die rostigen Stellen auf seinem Helm schimmerten stumpf im Licht der Sonne, die sich zur Gänze vom Horizont erhoben hatte und ihre Reise Richtung Zenit antrat.

»Ich werde versuchen, mich in seiner Nähe aufzuhalten«, raunte Gero Adebar zu, »damit ich eingreifen kann, wenn er die beiden findet und auf Rache sinnt.«

Sein Schwager nickte ernst. »Pass auf dich auf, Bruder.«

»Ja, du auch.«

Kurz nach Ulrich verließen die anderen Reitertrupps den Burghof. Mit einem dumpfen Poltern verschloss der Wächter vorsorglich das Tor der nun nahezu unbemannten Burg. Unheilvolle Ruhe senkte sich über Rheinsporn.

Mit einem mulmigen Gefühl und gemessenem Abstand folgte Gero Ulrich und hielt sich entgegen der Absprache eher nördlich als so weit westlich, wie es nötig gewesen wäre, um das Gebiet konsequent zu durchkämmen. Doch genauso wie Sigrun vermutete er, dass die beiden Vermissten nach Thure geritten waren. Deshalb schickte er Albrecht, seinen ersten Ritter, dorthin, denn er verfügte über einen scharfen Verstand und war als ehemaliger Laacher zudem ortskundig.

»Schau dich unauffällig um und sprich mit den Leuten. Aber erwähne mit keiner Silbe, was passiert ist, damit das nicht für Unruhe im Dorf sorgt.«

Der erfahrene Kämpfer nickte zur Bestätigung, wobei seine Kiefermuskeln hervortraten. »Ihr könnt Euch auf mich verlassen, Herr. Sollten die beiden sich dort versteckt halten, werde ich es herausfinden, ohne dass jemand davon etwas merkt.«

Der großgewachsene, schlanke Ritter wendete sein Pferd, löste sich aus der Gruppe und galoppierte Richtung Laach.

Auf seinem Weg nach Thure hielt Albrecht Augen und Ohren offen, damit ihm im Licht der Morgensonne nichts Verdächtiges entging. Hatte der von Brauneck Fräulein Ida entführt, mussten sie ihn so schnell wie möglich aufspüren. Es wäre folgenschwer, wenn er einen Hinweis übersähe. Er glaubte hingegen nicht so recht an eine Entführung, denn er hatte gesehen, welche Blicke die beiden jungen Leute einander in der großen Halle zugeworfen hatten. Wahrscheinlich waren sie gemeinsam geflohen, um Idas Vermählung mit Ulrich zu verhindern. Doch auch dann war es wichtig, sie zu finden und zurückzubringen. Albrecht war fest entschlossen, sein Möglichstes zu tun.

Als die Sonne fast ihren Zenit erreicht hatte, kam er an eine Lichtung und spürte instinktiv, dass er hier fündig würde. Sofort verlangsamte er seinen Ritt und suchte den Rand der Waldschneise aufmerksam ab. Er entdeckte frische Pferdeäpfel sowie abgefressenes Gras und in der Nähe an zwei Stellen plattgedrückte Wiese. Es wirkte, als hätte ein erwachsener Mann der Länge nach dort gelegen und eine leichtere Person daneben gesessen. Albrecht runzelte die Stirn und stieg vom Pferd.

Nachdenklich suchte er die Stelle ab und fand schließlich einen Lederriemen im Gras. Ein Verbindungsstück zwischen Vorratstasche und Sattel, das sich gelöst haben musste. Es wies so gut wie keine Witterungsspuren auf, als würde es erst seit Kurzem hier liegen. Albrecht frohlockte und steckte den Riemen ein. Er war auf der richtigen Fährte. Dann schwang er sich wieder auf den Hengst und setzte seinen Weg fort.

Ulrichs Stimmung sank immer tiefer, je weiter sie sich von Rheinsporn entfernten, ohne eine Spur der Gesuchten zu entdecken. Geschult durch die Strategien unzähliger Schlachten kam ihm ein Verdacht: Hatte Gero ihn absichtlich nach Norden geschickt, weil er ahnte, dass Ida und Leonhard diesen Weg nicht genommen hatten? Zuzutrauen wäre das dem Emporkömmling, denn dumm war er nicht. Wenn dem so war, würde es dafür sprechen, dass der dänische Bastard Ulrichs Braut nicht entführt hatte, sondern sie einvernehmlich und gemeinsam geflohen waren. Das machte die Sache nicht besser. Den Zorn auf seinen Zögling schmälerte es keineswegs, gleichzeitig steigerte der Gedanke seinen Groll gegen Gero von Rheinsporn.

Er hasste es, wenn man ihn an der Nase herumführte, ihm nicht den Respekt zollte, der ihm zustand. Wie konnte es dieses Weibsstück wagen, ihn bloßzustellen? Er malte sich aus, wie er Iduberga züchtigen würde, sobald sie sein Eheweib war. Er würde ihr Manieren beibringen und zeigen, dass ein Weib zu gehorchen hatte. Doch dafür mussten sie die Flüchtige erst einfangen.

Da schloss Valentin zu ihm auf. »Was wirst du tun, wenn wir die beiden finden?«, fragte er und es klang nicht, als dürstete es ihn nach Vergeltung.

Ulrich rollte innerlich die Augen. Der Tölpel hatte nicht verstanden, was hier auf dem Spiel stand. Es war nicht nur Ulrichs, sondern auch die Ehre Valentins, die gerade befleckt wurde. Seinem Sohn würde später sein Weib ebenfalls auf der Nase herumtanzen, wenn sie nicht durchgriffen und für Ordnung sorgten.

»Was schlägst du vor?«, fragte er zynisch zurück, um Valentin die Gelegenheit zu geben, sich zu besinnen und nicht bloß das Verhalten seines Vaters zu kritisieren.

»Warum hast du darauf bestanden, dass sie dich heiraten muss – und nicht mich oder Leonhard?«

»Ich hatte dem Emporkömmling eine Eheschließung mit dir vorgeschlagen, auf die er nicht eingegangen ist. Denkst du, ich riskiere ein weiteres Mal deine Zurückweisung?«, bellte Ulrich zurück.

»Ich habe es nicht als Zurückweisung empfunden, dass der Graf um Bedenkzeit gebeten hat. Und wir sind weggeritten, bevor wir eine Entscheidung eingefordert haben. Außerdem hat Fräulein Ida in den vergangenen Jahren alle Bewerber abgewiesen. Da müssten sich eine Menge Edelleute brüskiert fühlen.«

»Das Haus Leiburg hat es nicht nötig, ein Bündnis einzufordern. Ein derartiges Angebot ist eine Ehre. Wer es nicht sofort annimmt, ist ein Narr und hat es nicht verdient.«

Valentin schwieg und nagte an seiner Unterlippe, als hoffte er, dass sie weder Fräulein Ida noch Leonhard fänden. Und dass stattdessen ihr Vater oder ihr Onkel zumindest Ida aufspürten und sie vor Ulrichs Zorn abschirmten, bis dieser wieder zur Vernunft gekommen war.

Argwöhnisch behielt Ulrich ihn im Auge und wurde das Gefühl nicht los, dass Valentin nur noch halbherzig Ausschau hielt. Dann schien er sich zu besinnen und suchte erneut mit voller Aufmerksamkeit.

›Er will die beiden vor mir finden und warnen‹, dachte Ulrich. ›Möge Gott verhüten, dass ihm das gelingt.‹

Kapitel Vierzehn

In der Abenddämmerung kehrte Gero mit seinen Männern nach Rheinsporn zurück, hin- und hergerissen zwischen Erleichterung und Besorgnis, weil weder sie noch die Leiburger Ida oder Leonhard gefunden hatten. Er sorgte sich um die Sicherheit seiner Tochter. Doch zeitgleich grauste es ihm vor dem, was passieren würde, wenn die beiden entdeckt würden.

Albrecht versicherte ihm, dass sie sich nicht in Thure aufhielten. »Die Bauern waren arglos. Allerdings könnte Fräulein Ida möglicherweise erst später dort eintreffen, wenn sie einen Umweg genommen hat. Auf einer Lichtung habe ich nämlich das gefunden.« Er präsentierte Gero einen nahezu unversehrten Lederriemen.

Die Reiter Adebars und Ulrichs trudelten ebenfalls nach und nach unverrichteter Dinge auf Rheinsporn ein. Ulrichs Blick gefror alles, was er ansah, zu Eis. Gero beschloss, ihm zuvorzukommen.

»Ich nehme an, auch Ihr seid nicht fündig geworden. Was schlagt Ihr vor, wie wir weiter verfahren sollen?« Er wandte sich an Valentin. »Ihr kennt Euren Freund am besten. Wo würde er eine junge Frau hinbringen, die er entführt hat?«

»Hört auf mit Euren Verdächtigungen!«, blaffte Ulrich ihn an. »Das ist noch lange nicht geklärt. Wer weiß, ob Eure Tochter ihn nicht verhext und mitgenommen hat.«

Gero stemmte die Fäuste in die Hüften. »Ihr denkt, meine Tochter ist eine Hexe?« Er spürte größte Lust, auf den Alten loszugehen.

»Ist sie es nicht?« Ulrich funkelte ihn böse an. »Ich hörte, sie ist des Lesens und Schreibens kundig und verwendet magische Formeln, um Kranke zu heilen.«

Geros Fingerkuppen bohrten sich schmerzhaft in die zur Faust geballte Hand. »Davon weiß ich nichts. Wieso wolltet Ihr sie heiraten, wenn Ihr derartigen Geschichten über sie Glauben schenkt?«

»Wer sagt denn, dass ich sie heiraten will?«, höhnte Ulrich. »Es ist der Wunsch des Kaisers, dem wir uns zu beugen haben.«

Verächtlich schnalzte Gero mit der Zunge, und ein Blick auf sämtliche Ritter um ihn herum verriet ihm, dass sie dieser Version Ulrichs ebenso wenig Glauben schenkten. Lediglich die engsten Mitstreiter des Leiburgers teilten die erboste Miene ihres Herrn.

Als er sich schon abwenden wollte, schaltete sich Valentin ein. »Lasst uns beim Abendmahl beratschlagen, was wir tun wollen, Graf.«

Gero hielt inne, drehte sich um und nickte ihm dankbar zu. »Das ist ein guter Vorschlag. Mein Schwiegervater hatte recht, als er Euch als vorausschauend und umsichtig bezeichnete.«

Ein weiteres Mal nickte er und ging dann Richtung Wohnturm, ohne Ulrich eines Blickes zu würdigen.

»Ich habe eine Idee, wohin Euer Ritter die Grafentochter entführt haben könnte«, raunte Dietrich dem Sohn Ulrich von Leiburgs zu, als dieser ihm die Zügel seines Pferdes übergab.

»Aha, und was macht dich das glauben?« Der Leiburger runzelte die Stirn.

»Mir ist bekannt, wo sie aufgewachsen ist. Wie Ihr vielleicht wisst, ist Gero erst seit ein paar Jahren der Burgherr auf Rheinsporn. Davor hat er als Bauer die Äcker rund um Thure bestellt und im Steinbruch bei Menedich Mühlsteine geschlagen.«

Der Ritter kniff die Augen zusammen. »Und wieso denkst du, dass Leonhard sie ausgerechnet dorthin entführt hat?«

»Falls diese Entführung einvernehmlich vonstattengegangen ist, wird sie ihm diesen Ort sicherlich als Unterschlupf vorgeschlagen haben. Ich war vor ein paar Jahren mit ihr da und habe gesehen, wie sehr sie an dem Dorf und seinen Bewohnern hängt und diese an ihr. Man wird ihr dort Zuflucht gewähren, gleichgültig, ob sie Unrecht getan hat oder nicht.«

»Wo liegt dieser Ort?«, fragte der Leiburger.

»Es ist schwierig, das zu erklären. Aber ich könnte es Euch zeigen.«

»Dafür müsste der Graf dich von deiner Arbeit freistellen.«

Dietrich zuckte mit den Schultern und löste den Sattelriemen des Pferdes. »Nun, er hat seine eigenen Männer auf die Suche geschickt. Warum sollte ich nicht dazugehören, wo ich die Gegend doch kenne wie der Fuchs sein Revier? Er wird meine Teilnahme kaum verweigern können, wenn ihm daran gelegen ist, dass seine Tochter rechtzeitig gefunden wird, bevor ihre Ehre angetastet ist.«

Der Sohn des Grafen nickte und wandte sich ab. Dann drehte er sich noch einmal zu ihm um. »Warum tust du das?«

»Ich bin der uneheliche Sohn Bertolt von Rheinsporns. Ida ist meine Großnichte, und ich habe sie in ihrer Zeit hier schätzen gelernt. Wenn ein Mann vorhat, ihre Ehre zu beschmutzen, so ist das auch meine Angelegenheit. Ich möchte sie beschützen, bevor ihr etwas passiert.«

Mit dieser Antwort gab sich der Leiburger zufrieden, obwohl er offensichtlich an der Aufrichtigkeit von Dietrichs Motiven zweifelte.

Beim Nachtmahl saßen die Rheinsporner und die Leiburger an getrennten Tischen. Gero konnte kaum glauben, dass erst ein Tag vergangen war, seit er Idas Vermählung mit Ulrich verkündet hatte. So vieles war in der Zwischenzeit geschehen. Die gereizte Stimmung in der Halle erinnerte ihn an seinen Besuch hier als junger Mann, als sein Onkel noch der Burgherr gewesen war. Während er gemeinsam mit Adebar überlegte, wohin Ida geritten sein könnte, suchten ihn Erinnerungen an Bertolt heim.

Ulrich richtete kein einziges Mal das Wort an ihn und die Atmosphäre war bedrohlich, zumal die Leiburger bewaffnet waren. Einmal kochte die Feindseligkeit so hoch, dass Ulrich und einer von Geros Männern die Waffen zückten und nur durch den beherzten Einsatz ihrer Begleiter zurückgehalten werden konnten. Gero trat der Schweiß auf die Stirn. Das Letzte, was er gebrauchen konnte, war ein Bruch des Burgfriedens.

Nach dem Mahl kam Valentin zu Gero an den Tisch. »Wir werden unsere Suche morgen fortsetzen, kennen uns in der Gegend rund um Rheinsporn aber nicht aus. Könnt Ihr uns einen Eurer ortskundigen Knechte mitgeben?«

Gero zog die Brauen zusammen. »Wieso einen der Knechte und keinen Ritter?«

»Einer von ihnen hat uns seine Dienste angeboten.«

»Welcher sollte das gewesen sein?«

»Er sagte, er sei ein unehelicher Sohn Bertolts.«

Gero zögerte einen Moment und versuchte zu ergründen, was Dietrich ihm möglicherweise verheimlichte.

»Er hat behauptet, das Wohl Eurer Tochter liege ihm am Herzen«, fügte Valentin leise hinzu.

Nun wurde Gero stutzig. Wusste Dietrich etwas, was ihnen verborgen geblieben war? Wahrscheinlich war es klug, ihn den Leiburgern mitzugeben und drei seiner eigenen Reiter unauffällig folgen zu lassen. »Wenn er seine Dienste freiwillig anbietet, hat er vielleicht eine Idee, wo sie zu finden ist. Nehmt ihn für vier Nächte mit. Danach soll er sich wieder auf Rheinsporn einfinden und seiner Arbeit nachgehen.«

»So soll es sein.« Auch Valentin zögerte nun. »Was wünscht Ihr, wie wir mit den beiden verfahren sollen, wenn wir sie entdecken?«

»Das hängt davon ab, wie sich die Lage darstellt. Hat Euer Ritter sie entführt, muss er vor Gericht gestellt werden. Doch egal, was Ida getan hat – bringt sie mir bitte unversehrt nach Rheinsporn zurück.«

Valentin nickte ernst, als verstünde er, was Gero damit sagen wollte. »Ich gebe Euch mein Wort, dass ich mein Bestes tun werde.«

Diese Zusicherung genügte Gero keineswegs. Aber ihm war bewusst, dass der Sohn Ulrichs nicht mehr versprechen konnte. Als Valentin gegangen war, wandte er sich an Adebar. »Kannst du drei von deinen Leuten morgen den Auftrag erteilen, den Leiburgern unauffällig zu folgen und im Auge zu behalten, was diese tun?«

»Selbstverständlich.«

Gero sah ihn offen an. »Es kann sein, dass sie eingreifen und gegen die Männer Ulrichs kämpfen müssen.«

»Das ist mir bewusst. Eigentlich wäre es besser, ihnen mit einem großen Reitertrupp zu folgen. Das würde indessen zu viel Aufsehen erregen. Außerdem sollten wir unsererseits weiter nach Ida suchen. Vielleicht ist die Situation ja ganz anders, als wir denken.«

»Darüber habe ich auch schon nachgedacht.«

»Du solltest unbedingt mit ihren engsten Vertrauten hier am Hof sprechen und in Erfahrung bringen, ob sie etwas wissen, was uns weiterhelfen könnte. Habt ihr zum Beispiel mit Mechthild gesprochen?«

Erstaunt zog Gero die Brauen hoch. »Denkst du, Ida hat sich ihrer kleinen Schwester anvertraut?«

»Warum nicht? Wir sollten jeden noch so winzigen Stein umwenden. Ich fürchte, dass sie sich in Gefahr befindet.«

Dunstiger Hauch lag über dem Land, als Dietrich zusammen mit Ulrich und seinen Leiburgern am nächsten Morgen das Dorf Thure erreichte. Sie waren bereits vor Sonnenaufgang aufgebrochen. Nun schimmerte der Horizont silbergrau wie in Erwartung großen Unheils. Er dachte an das Gespräch mit Ida zurück, bei dem sie ihm geraten hatte, sich um Ruths Kind zu kümmern. Das hatte er sich anschließend tatsächlich vorgenommen. Doch Ruth hatte eine Fehlgeburt erlitten, bevor er es ihr sagen konnte. Das beschäftigte sein Gewissen, und er bedauerte sein Zögern. Fortan hatte er nicht mehr bei ihr gelegen und sich auch sonst zurückgehalten.

Und jetzt befand sich Ida wahrscheinlich in der Gewalt dieses hochfahrenden Dänen, den Dietrich seit ihrem Aufeinandertreffen im Burghof vor Jahren nicht ausstehen konnte. Er musste den Leiburgern helfen, sie zu finden, um Schlimmeres zu verhindern. Dietrich seufzte und steuerte den Dorfplatz an. Dort saßen einige der Bauern beisammen und unterhielten sich.

Mit einem Ausdruck des Erstaunens erhoben sie sich, als sie die Bewaffneten sahen. Einige sanken auf die Knie, andere senkten ihre Köpfe.

»Was wünscht Ihr?«, fragte einer von ihnen respektvoll.

Für einen Moment genoss Dietrich das Gefühl, auf dem Pferd sitzend und in dieser Begleitung als Adliger wahrgenommen zu werden. Eigentlich stand ihm diese Ehrerbietung seiner Meinung nach ohnehin zu – immerhin war er der Sohn eines Grafen. Dann besann er sich. »Bringt uns euren Dorfsprecher her. Wir haben Grund zu der Vermutung, dass in diesem Dorf eine Entführte versteckt gehalten wird.«

Die Landmänner tauschten irritierte Blicke untereinander aus. »Wie sollte das sein?«, fragte einer.

»Bringt uns einfach euren Dorfsprecher her«, wiederholte Dietrich im Befehlston, »und zwar schnell.«

Einer der Jüngsten unter ihnen erhob sich und lief los.

»Um welche Entführte handelt es sich denn?«, fragte ein älterer Bauer mit hohen Wangenknochen.

»Ida von Rheinsporn ist verschleppt worden. Wir vermuten, dass sie ihren Entführer hierher gelenkt hat.«

»Warum sollte sie das tun? Würde sie nicht vielmehr versuchen, vor ihm zu fliehen?«

»Eine adlige Frau alleine in den Wäldern?«, erwiderte ein Ritter Ulrichs zynisch. »Benutz deinen Verstand, Kerl!«

Dietrich verkniff sich die Bemerkung, dass der Ritter wohl nicht wusste, dass Ida hier aufgewachsen und sehr selbstständig war, was diese Dinge betraf. Sie würde zurechtkommen und den Weg zurück nach Rheinsporn finden. Da war er sich genauso sicher wie die Bauern vor ihm offenbar auch. Endlich kam der Dorfsprecher mit blutbefleckter Schürze, als hätte er gerade ein Tier zerlegt.

›Na, wenn der mal nicht heimlich in den Wäldern seines Herrn wildern war‹, dachte Dietrich.

Die Gesichtszüge des Dorfältesten versteinerten, als er Dietrich sah und anscheinend wiedererkannte. Dennoch sank er ordnungsgemäß auf ein Knie. »Mir ist nicht bekannt, dass sich Fräulein Ida im Dorf aufhält und mit ihr ein Mann, der sie in seiner Gewalt hielte. Ich glaube, das wäre uns aufgefallen.« Plötzlich senkte er den Blick, aber seine Miene blieb unbewegt.

»Gibt es außerhalb des Dorfes Schlupflöcher, die sie nutzen könnten?«, fragte nun Valentin.

Jost hob die Schultern und neigte den Kopf zur Seite. »Da stehen nur ein paar Heuschober, mehr nicht.«

»Zeig sie uns«, befahl Ulrich.

Mit einem unsicheren Blick sah Jost zu Dietrich hinüber. »Ist das im Sinne des Grafen?«

»Natürlich ist das in seinem Sinne«, blaffte Dietrich ihn an. »Oder denkst du etwa nicht, dass er seine Tochter unversehrt zurückhaben möchte?«

Ergeben senkte Jost den Kopf, erhob sich und wies den Bauern mit den hohen Wangenknochen an, ihm ein Pferd zu holen. Dann suchte er jeden einzelnen Schober auf den Feldern gemeinsam mit Ulrich und seinen Rittern ab. Nirgends fanden sie Spuren davon, dass sich dort jemand aufgehalten hätte. Die meisten der Bretterverschläge waren ramponiert, windschief, und einige von ihnen taugten noch nicht einmal für ihren Zweck, das Stroh trocken zu halten. Dietrich ahnte, wie unwohl sich Jost in der Begleitung des bewaffneten Rittertrupps fühlte, doch bewahrte der Dorfsprecher eine würdevolle Haltung.

Der Wind strich über die Felder, als wollte er die Ähren des Korns liebkosen. Kaum hatte sich der Morgendunst verflüchtigt, tauchte das Licht der Sommersonne die Landschaft in Pastelltöne, und die ringsherum liegenden Kegel der ehemaligen Vulkane nahmen sich aus wie gewaltige Maulwurfshügel. Dietrich ertappte sich inmitten seiner Fantasie, wie die Familie Geros hier gelebt hatte und Ida auf diesen Feldern und Wiesen aufgewachsen war.

Mit seinem an Jost gerichteten Befehl: »Zeig uns alle Schober!« holte Ulrich ihn wieder in die Gegenwart zurück. Erst im letzten, den Jost zögerlich ansteuerte, fanden sie

Spuren davon, dass Stroh zu Lagern zusammengeschoben und anschließend verwischt worden war.

»Wem gehört dieser Schober?«, fragte Valentin, nachdem er ihn eingehend untersucht hatte.

»Meiner Familie, Herr.«

»Warum ist dieses Heu derartig zusammengeschoben?«

»Ich habe keine Ahnung.« Josts Augen straften ihn Lügen.

Ulrich stieg von seinem Pferd ab, holte aus und gab ihm eine schallende Ohrfeige. Jost taumelte zurück.

»Wenn du uns etwas verschweigst, knüpfe ich dich am nächsten Baum auf«, fauchte Ulrich ihn an.

Jost sammelte sich wieder und sah ihm fest in die Augen. »Ich weiß nicht, warum das Stroh in dieser Art und Weise angeordnet ist. Ich selbst war das nicht, und es hat mir niemand in der Familie davon berichtet. Das ist aber auch nicht üblich. Die Schober werden von uns allen benutzt, so wie wir sie brauchen.«

»Wessen Getreidefeld befindet sich in der Nähe?«

Jost wies in östliche Richtung. »Es ist das Feld Gero von Rheinsporns.«

Ulrichs Blick folgte seinem ausgestreckten Arm und wanderte wieder zu ihm zurück. »Wer bestellt es?«

»Mein Neffe Ruben.«

»Und wo hält sich dieser Ruben jetzt auf?«

»Ich weiß es nicht«, erwiderte Jost und sah ihm ein weiteres Mal fest in die Augen.

Ulrich packte ihn am Arm und schob ihn zurück zu seinem Kaltblüter. »Führt uns zu ihm, sofort!«

Gemeinsam ritt der Dorfsprecher mit Dietrich und den Leiburgern in die Siedlung und steuerte eine Hütte an. Als er an den Eingang treten wollte, um anzuklopfen, stieß ein Ritter Ulrichs ihn beiseite, hämmerte an die Tür und riss sie auf. Innen ertönte ein Schrei, dann zerrte der Leiburger eine Bäuerin heraus, die den Bewaffneten ängstlich entgegenblickte. Dietrich erkannte in ihr die Frau wieder, die Gero Luitgard genannt und ihm ihre Narben und kahlen Stellen gezeigt hatte. Als sie Dietrich wahrnahm, wich sie einen Schritt zurück und ihr Gesicht wurde grau wie die Hüttenwand hinter ihr. Zitternd und mit gesenktem Kopf blieb sie stehen. Der Dorfsprecher Jost machte keinen Hehl daraus, wie sehr ihn dieser Anblick dauerte.

»Wo ist Ruben, Schwägerin?«, fragte er in sanftem Ton. »Diese Herren wollen nichts von dir, sie wollen Ruben finden.«

Ihr Blick flackerte zu ihm herüber. »Was wollen sie von ihm? Was hat der Junge getan?«

»Nichts, Luitgard. Sie sind auf der Suche nach Ida und ihrem Entführer.«

Langsam hob die Frau den Kopf. »Ida wurde entführt? Das ist ja schrecklich. Hat Ruben etwas damit zu tun?«

»Vermutlich nicht. Aber das müssen wir jetzt mit ihm klären.«

»Er ist mit Lanztlot und einer Fuhre Wein nach Megina unterwegs«, erwiderte Luitgard, ihren Blick auf Jost geheftet.

»Seit wann?«

»Seit heute Mittag.«

Misstrauisch beäugte Ulrich sie und fragte an Dietrich gewandt: »Kannst du uns dorthin führen?«

»Bis Megina schon, dahinter bin ich nicht mehr ortskundig.«

»Erkennst du diesen Ruben, wenn du ihn siehst?«

Dietrich nickte. »Ja, da bin ich mir sicher.«

»Ihr da«, Ulrich wies mit der Reitpeitsche in Richtung Luitgards und einiger anderer Thurer, die sich in der Nähe versammelt hatten, »meldet es eurem Dorfsprecher umgehend, wenn dieser Ruben hier wieder auftaucht. Und du«, er zeigte auf Jost, »schickst uns sofort einen Boten nach Megina.«

Jost erwiderte seinen Blick fest und hätte vermutlich am liebsten eingewandt, dass der Graf ihm keine Befehle zu erteilen habe. Doch dafür war der Mann anscheinend zu klug. Er verbeugte sich, ohne Zustimmung zu bekunden.

Harsch wendete Ulrich sein Pferd und befahl Dietrich: »Reite voran und weise uns den Weg. Ich möchte noch vor Anbruch der Dunkelheit in Megina ankommen.«

»Das wird kein Problem sein, Herr. Die Siedlung liegt nicht weit von hier«, antwortete Dietrich und übernahm erneut die Spitze des Leiburger Reitertrupps.

Sie durchmaßen den Cuttenheimer Forst und erklommen eine Anhöhe. Von dort oben erstreckte sich vor ihnen Megina, aufgeteilt in zwei Siedlungskerne. Diese gruppierten sich am Nord- und Südufer der Nette jeweils um einen Kirchenbau in einem Talkessel, ja, schienen sich in diesen Kessel geradezu hineinzuschmiegen. Die Sonne senkte sich bereits über den Hügeln und tauchte die Landschaft und den ausgedehnten Töpfereibezirk mit seinen mehreren Dutzend Brennöfen und Abfallgruben in rötliches Licht. Sie suchten das einzige Gasthaus im Ort auf, das ihnen auch eine Herberge für die Nacht bieten konnte. Wenn sich dieser Ruben oder die Flüchtigen hier irgendwo aufhielten, würden sie sie spätestens morgen früh finden.

Kapitel Fünfzehn

Nachdem sie am Tag zuvor den nördlichen Siedlungskern Meginas rund um die St. Veitkapelle vergeblich nach den Gesuchten durchstreift hatten, nahm Dietrich mit Ulrich und seinen Männer am vierten Morgen nach Idas Flucht das Viertel der Töpfer am flacheren südlichen Nette-Ufer um den Zehnthof und die Clemenskirche genauer ins Visier. Neben den Töpferöfen befand sich Abfall aus Fehlbränden, Bruchstücken und verziegelten Lehmbrocken in grubenförmigen Vertiefungen, aus denen zuvor anscheinend der Ton gewonnen worden war. Einige Töpfer saßen vor ihren Hütten und formten Gefäße auf Scheiben, die sie mit Schwungrädern zum Rotieren brachten. Andere verzierten fertige, aber noch nicht gebrannte Waren mithilfe von Bronzegeräten und lagerten ihren Ton in Kisten aus Schieferplatten.

»Unsere Keramik wird in der ganzen Region und sogar bis nach Süd- und Mitteldeutschland verkauft. Selbst die Nordmänner wissen den Wert unserer Waren zu schätzen«, sagte ein Töpfer. Wohl in dem Glauben, die Leiburger interessierten sich für seine Tongefäße, fügte er hinzu: »Nach welchen Waren sucht Ihr?«

Hinter ihm ragte ein Brennofen auf, der auf einer säulenartigen Stütze ruhte, die nach oben leicht auskragte und weitgehend aus Lehm und Tonscherben errichtet zu sein schien.

»Wir sind auf der Suche nach dem Winzer Lanztlot aus Cuttenheim und dem Bauern Ruben aus Thure, die angeblich hier Wein ausliefern«, sagte Valentin, die Frage des Töpfers ignorierend.

Der Töpfer ließ von seinem Tongefäß ab und runzelte die Stirn. »Nördlich der Nette findet Ihr den steinernen Hof des Erzstiftes Trier nahe der St. Veitkapelle. Vielleicht hat man dort Wein bestellt.«

Plötzlich hielt Dietrich inne, als er an einem der Töpferstände Lanztlot entdeckte, dessen von knotigen Narben und Furchen gezeichneter Rücken sich in sein Gedächtnis gebrannt hatte.

»Da drüben ist der Weinhändler, mit dem dieser Ruben hier sein soll«, raunte er Valentin zu. Dieser nickte und gab es flüsternd an seinen Vater weiter.

Einer der Ritter Ulrichs trat daraufhin an den Stand heran: »Bist du der Winzer Lanztlot?«

Der Angesprochene deutete eine Verbeugung an. »Ja, Herr, der bin ich.«

»Weißt du, wo sich der Bauer Ruben aus Thure aufhält?«

Lanztlot sah ihn mit einem Ausdruck der Überraschung an. »Er ist nicht mehr hier, Herr. Sucht Ihr ihn?«

Der Ritter verschränkte die Arme. »Sonst würde ich wohl kaum nach ihm fragen.«

»Er sollte mir helfen, Wein zu verkaufen. Aber ich habe es mir anders überlegt, weil er sich tollpatschig angestellt hat. Ich habe ihn auf meinem Pferd zurück nach Cuttenheim geschickt mit dem Auftrag, mir zwei meiner fähigen Knechte hierher zu schicken.«

»Wann ist er losgeritten?«

»Kurz nach Sonnenaufgang. Ich wollte, dass meine Helfer rechtzeitig bei Tagesanbruch hier sind. Wie Ihr seht, hat das wohl nicht geklappt.« Er hob beide Hände und wies auf die verwaiste Fläche hinter seiner Auslage.

Ulrich trat an seinen Stand. »Lass uns von deinem Wein kosten.«

Gehorsam füllte Lanztlot einen Becher. Ulrich trank ihn in einem Zug leer, stellte ihn mit einem dumpfen Schlag wieder auf dem Tisch ab und wies seinen Ritter an: »Bezahl ihn.« Dabei würdigte er den Winzer keines Blickes.

Der Ritter schnippte ihm einen Pfennig zu und wandte sich dann ebenfalls grußlos ab.

»Führ uns zurück nach Thure«, befahl Ulrich Dietrich. »Irgendwas ist faul an dieser Geschichte. Ich glaube dem Kerl kein Wort.«

Dietrich missfiel der Befehlston des Leiburgers zunehmend. Dennoch nickte er. Als sie sich in Richtung des Wirtshauses aufmachen wollten, erhob sich am Weinstand Lanztlots ein Palaver. Dietrich drehte sich um und sah, dass die beiden Knechte eingetroffen waren. Lautstark beschwerten sie sich darüber, von Ruben aus dem Schlaf gerissen und hierher geschickt worden zu sein. Also schien zumindest dieser Teil der Geschichte zu stimmen.

Er wandte sich an Ulrich. »Ich weiß nicht, ob das wirklich eine Spur ist: Bei seinem letzten Besuch in Cuttenheim wurde Gero eine Hütte im Wald gezeigt, an der Ruben mitgebaut hat. Wer weiß, vielleicht verbirgt Ida sich da.«

»Findest du diese Hütte wieder?«, fragte Ulrich mit zorniger Miene.

»Ich bin mir nicht sicher, aber ich kann's versuchen.«

Es dauerte eine ganze Weile, bis Dietrich die Hütte im Cuttenheimer Wald auf einer Lichtung nahe Ethrich fand. Daneben stand ein leerer Karren mit Scherbaum. Ulrich bedeutete seinen Männern, leise zu sein und von ihren Pferden abzusteigen. Lautlos umstellten sie die Kate. Erst dann rief er: »Wer sich in diesem Verschlag verbirgt, soll herauskommen!«

Gebannt sah Dietrich zur Hütte hinüber. Nichts rührte sich.

Ulrich rief noch einmal, diesmal lauter, aber niemand trat vor die Tür. Da wies er zwei seiner Ritter an, die Tür zu öffnen. Sie war blockiert. Die Männer warfen sich dagegen, doch sie gab nicht nach.

»Sie ist von innen verriegelt, Herr«, sagte einer von ihnen.

»Schlagt sie mit der Streitaxt ein«, brüllte Ulrich. Dietrich bemerkte, wie an seinem Hals eine Ader hervortrat und pulsierte.

Erstmals erfasste ihn Aufregung, weil sie eine heiße Spur gefunden zu haben schienen. Sein Herz klopfte in Erwartung dessen, was nun geschehen würde. Die letzten Tage hatten ihn gelehrt, dass mit den Leiburgern, insbesondere mit deren Herrn, nicht zu spaßen war. Er zweifelte schon seit der Begegnung mit Luitgard, ob es eine gute Idee gewesen war, ihnen als Ortskundiger zu dienen. Je öfter die Männer mit ihren Äxten auf die Tür einschlugen, desto deutlicher wurde, dass sie auf der Innenseite mit einem robusten Querbalken versperrt worden war. In der Hütte rührte sich noch immer nichts.

Da gab Ulrich zu Dietrichs Entsetzen den Befehl, die Kate in Brand zu setzen. Sofort machten sich die zwei Ritter daran, mithilfe einer Holzspindel Funken zu erzeugen, mit denen sie ein wenig Reisig entzündeten. Dieses schoben sie nah an den Bretterverschlag heran. Das trockene Bauholz fing rasch Feuer, und bald brannte es lichterloh. Die Flammen loderten bis in den Himmel, krachend fielen die ersten Dachbalken herunter. Mit angehaltenem Atem verfolgte Dietrich das Schauspiel und erwartete, dass Ida oder Leonhard hustend einen Weg ins Freie suchen würden. Doch nichts dergleichen geschah.

Mehr und mehr Cuttenheimer versammelten sich auf der Lichtung. Lichtschein und Lärm lotsten die Landleute offenbar zielsicher durch den Wald. Entgeistert starrten sie auf die fremden Ritter, die die Hütte in Brand gesetzt hatten. Bald fing auch der Holzkarren daneben Feuer.

»Wem gehört dieser Verschlag?«, herrschte Ulrich sie an.

»Farold«, antwortete einer der Bauern.

»Und wer ist das?«, zischte Ulrich zurück.

Da trat der alte, zittrige Mann vor, der Gero damals die Hütte gezeigt hatte. Dietrich erinnerte sich sofort an ihn. Er musste ein Methusalem sein.

»Das bin ich, Herr. Warum habt Ihr mein Hab und Gut in Brand gesetzt?« Seine Stimme war nur ein Hauch.

»Weil du einem Entführer geholfen hast, sein Opfer hier gefangen zu halten«, blaffte Ulrich ihn an.

Verständnislos sah der Greis ihn an. »Ich habe nichts dergleichen getan. Ich habe diese Hütte meinem Großneffen Ruben zur Verfügung gestellt, der sie für sich nutzen wollte.«

›Schon wieder Ruben‹, dachte Dietrich und erinnerte sich deutlich daran, wie versessen Ida darauf gewesen war, ihn in

Thure zu treffen. War es anders, als er vermutet hatte? Womöglich war Ida von Rheinsporn geflohen, um mit Ruben hier in dieser Kate zusammen sein zu können. War er ihr heimlicher Liebhaber? Aber was war dann mit diesem anmaßenden Leonhard?

»Wenn dieser Ruben unter euch ist, soll er jetzt vortreten«, rief Ulrich in die Runde, doch niemand rührte sich. Alle sahen mit schreckensbleichen Gesichtern der brennenden Hütte dabei zu, wie sie zischend und knackend in sich zusammenfiel und verkohlte.

»Er soll sich gefälligst zu erkennen geben!«, wiederholte Ulrich. »Ich will wissen, was er hier getrieben hat.«

Nach und nach kehrten die Cuttenheimer dem Schauplatz den Rücken zu. Zurück blieben nur die Leiburger.

»Wenn ich diesen Kerl zu fassen bekomme, kann er was erleben«, knurrte Ulrich, dem es offensichtlich gleichgültig war, dass er das mühselige Werk eines alten Landmanns zerstört hatte. Fluchend stieg er wieder auf sein Pferd.

Da knackte es hinter ihnen im Unterholz. Ulrichs Kopf schnellte herum. »Schnell, seht nach, was das war«, herrschte er seine Männer an, und sie stürmten in den Wald. Kurz darauf waren Schmerzenslaute zu hören. Die Ritter zerrten einen jungen Bauern aus dem Dickicht auf die Lichtung. Auf seinem männlichen, aber noch nicht ausgereiften Gesicht spiegelte sich der Widerschein der letzten Flammen. In der trotzigen Miene erkannte Dietrich den Spielgefährten Idas wieder.

»Wer bist du, und warum hast du dich im Unterholz versteckt?«, fragte ein Ritter Ulrichs.

»Ich bin Ruben und habe diese Kate bewohnt. Ich war im Wald Holz sammeln, als ich das Feuer und den Menschenaufruhr hörte. Ich wollte sehen, was hier los ist.«

»Was hast du in dieser Hütte gemacht?«, herrschte Ulrich ihn an und stieg vom Pferd ab.

»Ich habe sie genutzt, um ein wenig Ruhe zu haben.«

Ulrich holte aus und schlug ihm mit dem Handrücken ins Gesicht. »Erzähl mir keine Lügengeschichten«, zischte er.

»Ich frage dich noch einmal: Wer hat sich in dieser Hütte aufgehalten?«

»Ich, Herr«, wiederholte Ruben und spuckte Blut aus.

»Und wer noch außer dir?«

»Niemand, Herr.«

Ulrich packte ihn am Kragen. »Durchsucht den Lügner!«, befahl er seinen Männern, die sich sogleich grob ans Werk machten. Es dauerte nicht lange, da hielt einer von ihnen triumphierend eine silberne Fibel in die Höhe. Dietrich erinnerte sich sofort, dass Ida sie bei ihrem letzten Nachtmahl auf Rheinsporn an ihrer Tunika getragen hatte. Ein Blick auf Ulrich verriet ihm, dass auch er das Schmuckstück wiedererkannte.

Obwohl Albrecht ihm zugesichert hatte, dass sich Ida nicht in Thure aufhielt, wollte Gero sich lieber selbst davon überzeugen. Schließlich kannte er sich dort besser aus als sein Ritter, und in den beiden vergangenen Tagen hatten er und seine Getreuen das Umland von Rheinsporn vergeblich nach ihr abgesucht. Als Adebar und er mit ihren Männern das Dorf erreichten, fanden sie die Bewohner in Aufruhr vor.

Jost eilte ihnen entgegen. »Wir können Ruben nicht finden und fürchten das Schlimmste, Herr!«

Diesmal blieb Gero im Sattel sitzen. »Was ist geschehen?«

»Der Sohn Bertolts ist mit Bewaffneten gekommen und hat nach Eurer Tochter Ida gesucht, die entführt worden sei, und nach dem Mann, der sie in seiner Gewalt haben soll. Anscheinend sind sie davon ausgegangen, dass er sie hierher gebracht hat. Doch keiner hier weiß etwas davon. Ich musste den Männern die Heuschober auf all unseren Feldern zeigen, wo sich aber niemand versteckt hielt. Dann hat der Sohn Bertolts einem der Ritter ins Ohr geflüstert und sie sind nach Megina geritten, um Ruben dort zu finden.«

»Warum suchen sie ihn?«

»Ich weiß es nicht genau, Herr. In dem Schober in der Nähe Eures Feldes, das von Ruben bewirtschaftet wird, glaubten sie, verdächtige Spuren gefunden zu haben. Ruben ist seitdem verschwunden.« Er trat an Geros Hengst heran und raunte ihm zu, dass er gesehen hatte, wie Ruben vor ein paar Tagen einen fremden Ritter nach Menedich geleiten wollte. »Dabei hat er indessen den Weg in Richtung der fränkischen Kirchenruine eingeschlagen.«

Gero fluchte leise. »Nach Megina sind die Leiburger geritten, sagst du?« Er wendete sein Pferd, nickte seinen Männern zu und stob mit ihnen davon.

Als ihnen Reiter entgegenkamen, erkannte er schon von weitem die Männer Adebars an ihren Farben. Da diese eigentlich den Leiburgern auf den Fersen bleiben sollten, schwante ihm Böses. Er hob die Hand und stoppte sich und seinen Trupp. Die Greifenfelser verlangsamten ebenfalls ihren Ritt.

»Ihr Herren«, sagten sie. »Wir sind auf dem Weg nach Rheinsporn, wo wir Euch Bericht erstatten wollten.«

»Was ist geschehen?«

»Soweit wir das sehen konnten, haben die Leiburger Fräulein Ida nicht aufgespürt«, beruhigte ihn der Erste.

»Sie sind von Megina, wo sie vergeblich nach ihr gesucht haben, zurück in den Cuttenheimer Wald geritten. Dort haben sie eine Hütte in Brand gesetzt«, ergänzte der Zweite.

»Vermutlich haben sie angenommen, Ida und Leonhard hielten sich darin versteckt. Doch wir haben niemanden gesehen, der aus der Kate geeilt wäre. Es waren keinerlei Schmerzensschreie aus dem Inneren zu hören, die darauf schließen gelassen hätten, dass Menschen verbrennen. Deshalb haben wir es für klüger gehalten, uns nicht zu erkennen zu geben und Euch das zu melden«, schloss der Dritte den Bericht ab.

»Farolds Hütte«, bemerkte Gero tonlos. »Wie haben sie die gefunden?« Da fiel ihm ein, dass er Dietrich dort mit hingenommen hatte, und stieß leise Verwünschungen gegen ihn aus. Dann fragte er laut: »Wohin reiten die Leiburger jetzt?«

»Das wissen wir nicht«, sagte der Greifenfelser. »Vermutlich irren sie weiterhin im Land umher, weil sie keine Vorstellung haben, wo sie nun suchen sollen.«

»Sei so gut, Bruder, bleib ihnen auf den Fersen«, bat Gero an Adebar gewandt. »Ich werde mir Farolds Hütte ansehen und nachschauen, ob ich Spuren von Ida entdecken kann.«

»In Ordnung.« Adebar wendete sein Pferd und führte seine Männer zurück in den Wald, während Gero den direkten Weg nach Cuttenheim nahm. Er wollte erst mit den Bewohnern sprechen und in Erfahrung bringen, ob sich dort ebenfalls etwas ereignet hatte.

Auch das Nachbardorf fand er in heller Aufregung vor.

»Was ist hier los, Herr?«, rief Farold ihm entgegen. »Fremde Ritter haben meine Hütte im Wald in Brand gesetzt.«

Gero zog die Brauen zusammen. »Hat sich Ida darin aufgehalten?«

»Nein, Herr. Das heißt, ich weiß es nicht mit Sicherheit. Ich habe die Kate meinem Großneffen Ruben zur Verfügung gestellt, weil er sie für sich nutzen wollte.«

Noch einmal fluchte Gero. »Weise mir den Weg zu deiner Hütte, rasch!«

Der Alte humpelte los und ließ sich ein Pferd geben. Dann führte er die Rheinsporner durch den Wald. Schon von weitem konnte Gero erkennen, dass ein rötlicher Lichtschimmer über der Lichtung hing. Vermutlich waren dies die Reste des Feuers, das Farolds Hütte vernichtet hatte. Bald roch es nach verbranntem Holz und Stroh.

›Hoffentlich haben die Flammen nicht auf den Wald übergegriffen!‹, dachte er bitter.

Endlich erreichten sie die Waldschneise, auf der die verkohlten Überreste der Kate wie ein Mahnmal schwarz in die Luft stachen. Rasch stieg Gero ab und nahm die Brandstelle in Augenschein. Zu seiner Erleichterung konnte er keine Leichen entdecken. Auf einmal hörte er ein dünnes Wehklagen und fuhr herum. Farold stand schluchzend am Rand der Lichtung, dann sank er in sich zusammen.

Gero lief zu ihm hin. »Was ist mit dir? Dauert dich der Verlust der Hütte so sehr?«

Da erkannte er entsetzt, welches Leid Farold in die Knie gezwungen hatte.

Kapitel Sechzehn

Drei Tage zuvor

Schon kurz nachdem sie von Leonhard fortgeritten war, stellten sich bei Ida Bilder ein, wie er wehrlos am Boden liegend von Wölfen zerfleischt oder von umherstreichendem Gesindel ausgeraubt wurde. Allein sein Schwert war ein Vermögen wert. Vermutlich wusste keiner, wo er war. Niemand fand ihn hier, und bei der Menge an Mohnsaft, die er zu sich genommen hatte, würde die Wirkung lange andauern.

Seufzend zügelte sie den Fuchshengst. Sie wollte kein Menschenleben auf dem Gewissen haben. Schon gar nicht das Leonhards, der ihr mit besten Absichten gefolgt war und damit seinen eigenen Ruf riskierte. Er hatte ihr sogar gestanden, dass er sie gerne geheiratet hätte. Sie konnte ihn nicht einfach zurücklassen. Leise fluchend wendete sie ihren Rotfuchs und ritt zurück zu der Stelle, an der er immer noch reglos lag. Was sollte sie nun mit ihm machen? Er war zu schwer, um ihn auf seinen Hengst zu heben und diesen am Zügel mit sich zu führen. Ihn unter den Schutz der Bäume zu ziehen, würde schwierig werden.

Sie überlegte und entschied, wohl oder übel bei ihm auszuharren, bis er wieder zu sich kam und eigenständig auf sein Pferd steigen konnte. Sie betete zu Gott und allen ihr bekannten Geistern, dass sie bis dahin unentdeckt blieben. Gut, dass sie sich schon so weit von der Burg entfernt hatten! Die Nachtluft war mild und die Lichtung vom Mondlicht beschienen. Dennoch ängstigte sich Ida. Noch nie hatte sie eine ganze Nacht unter freiem Himmel verbracht, sich selten so schutzlos gefühlt wie in diesen Stunden. Angespannt saß sie neben dem Schlafenden und behielt die Waldschneise im Blick. Jedes Geräusch und jeder Windhauch ließen sie auffahren.

Wiese und Wald waren erfüllt von unzähligen fremden Stimmen. Ihr war, als wollten die Tiere ihr die Anwesenheit von weiteren Menschen ankündigen. Waren die Leiburger Ritter auf der Jagd nach ihr? Hörte sie da Wegelagerer? Dann wäre es eine verhängnisvolle Fehlentscheidung gewesen, zu

Leonhard zurückzukehren. Wie sollte sie sich verhalten, wenn ihre Häscher auftauchten? Von Unruhe getrieben führte sie die beiden Pferde in der Dunkelheit an den Bach hinter ihr im Wald. In der Nähe der Reittiere fühlte sie sich sicher. Die Fluchttiere reagierten bestimmt bei Gefahr. Aber ihr war bewusst, dass dieses Gefühl trügerisch war.

Unstet und zitternd von der feuchten Kühle der Nacht brachte sie die Tiere zurück zu Leonhard, ließ sich wieder neben ihm nieder und richtete ihren Blick in den Himmel. Nach und nach hüllte sie sich in alles ein, was ihr Beutelsack an wärmenden Kleidungsstücken enthielt. Danach beobachtete sie, wie die glitzernden Punkte kaum merklich über das Firmament wanderten, als folgten sie einem unsichtbaren Wegenetz. Als sei das Himmelsgewölbe ebenso wie die Erde durchzogen von Straßen, Wegen und verschlungenen Pfaden. Die Sternbilder schienen ihr unendlich weit entfernt und doch vertraut. Ruben hatte ihr erklärt, wie man sich nachts an ihrem Stand orientieren konnte. Nun weckte der Anblick in ihr Erinnerungen an ihn und ihre unbeschwerte Kindheit in Thure. Sie atmete tief ein und hielt ihre Tränen zurück.

Vor ihrem inneren Auge wiederholte sich der Moment vom Vorabend, an dem ihr Vater in der Halle ihre Vermählung mit Ulrich verkündet hatte. Je größer der zeitliche Abstand dazu wurde, desto schwerer wog ihre Enttäuschung über sein Verhalten. Wie sollte sie jemals wieder auf ihn bauen können? All die Liebe und das grenzenlose Vertrauen, das sie ihm gegenüber gehabt hatte, kamen ihr kindisch und naiv vor. Das würde ihr nie mehr im Leben passieren, schwor sie sich.

Ruckartig wandte sie ihren Blick vom langsamen Tanz der Sterne am Himmel ab und richtete ihn auf Leonhard. Was sollte sie mit ihm anfangen? Mondlicht zauberte Lichtschimmer auf seine markanten Züge und ließ das schöne Gesicht erahnen. Ida unterdrückte den Impuls, seine Wange zu streicheln. Sein Körper wirkte sogar in der Umnachtung stattlich und stark. Wenn er sich dazu durchränge, sie zu begleiten, könnte er ihr eine große Hilfe sein. Aber sie befürchtete, dass er darauf bestand, sie zurück nach Rheinsporn zu bringen. Sie ließ den Kopf sinken. Ihre Glieder fühlten sich steif und klamm an. Die Nacht wurde zunehmend nass und kühl, die feuchte Kälte kroch unter ihre Kleidung. Auch ihre Sitzhaltung auf dem Boden war alles andere als bequem. Doch sie wagte es nicht, sich hinzulegen, aus Angst ebenfalls einzuschlafen.

Als der Morgen graute, mischten sich erste helle Färbungen in die Schwärze des Himmels, ließen das Funkeln der Sterne über Ida verblassen. Einer nach dem anderen erlosch. Endlich schlug Leonhard die Lider auf. Es dauerte einen Moment, bis er offenbar begriff, dass er nicht in seinem Bett lag. Mit einem verständnislosen Gesichtsausdruck sah er sich im Gras liegend um. Dann fiel sein Blick auf Ida, die angespannt neben ihm saß und ängstlich den Waldrand im Auge behielt.

»Was habt Ihr getan? Wo sind wir?«, fragte er benommen.

»Weit entfernt von Rheinsporn«, erwiderte sie.

Ungelenk setzte er sich auf. »Wie weit weg und wo genau?«

Gehetzt sah sie ihn an. Die Situation war brenzlig. Jeden Augenblick konnten Suchtrupps auftauchen. Sie musste schnell weg von hier, mit ihm oder ohne ihn. Hastig erhob sie sich und schwang sich auf ihr Pferd. Ihr Gewissen war beruhigt. Nun musste sie sich sputen, um dafür nicht einen hohen Preis zu bezahlen. »Wenn Ihr in nordöstlicher Richtung reitet, findet Ihr zurück zur Burg. Ich muss jetzt fort.«

»Wartet! Was soll das heißen?«

Sie wendete ihren Fuchshengst. »Ich habe Euch doch gesagt, dass ich den Greis nicht heiraten werde.«

Seine Augen wurden rund und sein Gesicht verlor die Farbe. »Haben wir beide hier die ganze Nacht verbracht?« Er sprang auf und spreizte die Arme von seinem schwankenden Körper ab. Mit dem zerzausten, von Grashalmen durchzogenen Haar sah er fast drollig aus. »Seid Ihr des Wahnsinns, Weib? In welche Lage habt Ihr mich gebracht?«, rief er.

Sie wendete ihr Pferd erneut und starrte ihn an. »Ich habe Euch nicht dazu überredet, mir zu folgen. *Ihr* habt *meine* Lage misslich gemacht. Ich könnte längst über alle Berge sein, wenn Ihr nicht gekommen wärt.«

»Warum habt Ihr mich mit hineingezogen und seid nicht einfach weggeritten?«

Ihr Blick verschwamm. »Ich habe es nicht über mich gebracht, Euch schlafend und wehrlos zurückzulassen.«

»Schlafend und wehrlos habt Ihr mich gemacht!«, rief er.

»Ihr wolltet mich zwingen, Euch zurück nach Rheinsporn zu begleiten, schon vergessen?«, zischte sie zurück.

»Und genau das werde ich unverzüglich tun.« Durch seinen Körper ging ein Ruck, als besänne er sich seiner Stärke.

Sie sah ihn ernst an. »Das würde ich mir an Eurer Stelle gut überlegen. Wir sind schon die ganze Nacht fort. Wer würde Euch glauben, dass Ihr mich nicht angerührt habt?«

»Euch angerührt?« Sein Mienenspiel bekam etwas Wildes. »Ich habe Euch kein einziges Haar gekrümmt.«

»Das weiß ich.« Sie beruhigte ihr tänzelndes Pferd. »Aber das wird Euch vermutlich niemand außer mir glauben.«

»Warum ruiniert Ihr freiwillig Euer Leben und meins mit dazu?«

»Mein Leben wäre ruiniert, wenn ich den Greis heiraten würde«, entgegnete sie aufgebracht. »Was ich gemacht habe, war das einzig Sinnvolle und Vernünftige. Es mag Euch schändlich erscheinen, doch ich habe es bei klarem Verstand getan.« Entschlossen trieb sie ihren Rotfuchs an und ritt los.

Aus den Augenwinkeln nahm sie wahr, dass er zu seinem Hengst taumelte, aufstieg und ihr folgte. Es dauerte nicht lange, da hatte er mit ihr aufgeschlossen.

»Bei klarem Verstand?«, rief er. »So etwas kommt dabei heraus, wenn Ihr bei klarem Verstand handelt? Ihr habt Euch bei Nacht und Nebel aus der Burg geschlichen, und ich wache im Nirgendwo auf. Nun habe ich womöglich bald die ganze Meute am Hals und muss mich des Vorwurfs erwehren, Euch entehrt zu haben! Alle werden denken, ich hätte Ulrichs Braut entführt.«

»Ich weiß nicht, was die anderen denken«, erwiderte sie, ohne ihren Ritt zu verlangsamen. »Es könnte durchaus sein, dass sie das tun. Daran ist leider nichts mehr zu ändern. Bringt Ihr mich zurück, wird der Greis Euch nicht zu Wort kommen lassen und Euch den Kopf abschlagen, bevor Ihr Euch verteidigen könnt. Anschließend wird man mich in ein Kloster sperren. Und selbst wenn er Euch glauben sollte, wird auf Euch ewig der Zweifel lasten, dass Ihr mich doch entführt und angerührt habt. Ihr könntet natürlich behaupten, Ihr hättet mich nicht gefunden. Aber es ist fraglich, ob man Euch das abnimmt, weil man sich wundern wird, warum Ihr die ganze Nacht fort wart. Es tut mir leid, dass die Situation sich so entwickelt hat. Wir müssen sie jetzt so nehmen, wie sie ist.«

»Die Situation hat sich nicht einfach so entwickelt. *Ihr* habt mich in diese Lage gebracht«, spie er mit bitterem Unterton aus, und seine Betonung klang noch fremdländischer als sonst.

»Nein, Ihr habt *mich* an meiner Flucht gehindert.« Ida wies mit dem Kopf umher. »Jeden Moment können Rheinsporner oder Leiburger uns einholen und mich zwingen, sie zurückzubegleiten und mich in Ulrichs Bett zu legen.« Sie atmete tief ein. »Begleitet mich weiter, wenn Ihr wollt. Ich weiß, wer uns Zuflucht gewähren wird, und ich habe Vorräte dabei.« Sie deutete auf den Beutel an ihrem Sattel. »Wasser habe ich allerdings nun keins mehr«, fügte sie vorwurfsvoll hinzu.

»Euch weiter begleiten?«, wiederholte er mit empörtem Gesichtsausdruck, während sein Hengst die Hufe im Galopp nach vorne warf. »Damit erwecke ich erst recht den Eindruck, Euch entführt oder angetastet zu haben. Ulrich wird keine Ruhe geben, bis er uns gefunden hat und mich eigenhändig erschlagen.«

Ihre Pferde jagten über die Felder und sie beide rangen um Atem. Mühsam kontrollierten sie den wilden Ritt, bis Ida ihren Fuchshengst schließlich in eine leichtere Gangart fallen ließ.

»Dann darf er uns eben nicht finden«, hob sie wieder an, obwohl ihre Augenlider zuckten. »Was wollt Ihr tun?« Sie tätschelte den Hals ihres Pferdes. »Ich fürchte, Ihr habt keine Wahl.«

Leonhard knurrte unwillig. Sein muskulöser Körper wirkte ungewohnt kraftlos. Als sie sah, dass er die Ausweglosigkeit seiner Situation erkannte, tat er ihr leid. Sie wartete einen langen Moment.

»Ich bedauere, dass Ihr jetzt so schlecht dasteht«, murmelte sie schließlich. »Aber ich musste das tun.«

»Musstet Ihr nicht«, presste er mit gesenktem Haupt zwischen den Zähnen hervor. »Andere Frauen fügen sich in ihr Schicksal und werden mit weitaus schlimmeren Männern als Ulrich verheiratet.«

Sie stieß ein sarkastisches Lachen aus. »Noch schlimmere Männer als Ulrich? Gibt es die?«

»Er ist kein schlechter Mensch«, brummelte er.

»Ach nein? Und warum fürchtet Ihr Euch dann vor seiner Rache?«

»Er hat einen Grund dafür, auf Rache zu sinnen.«

»Nein, hat er nicht. Denn *ich* habe *Euch* überlistet, nicht umgekehrt, und Ihr habt mir weder ein Haar gekrümmt noch mich angerührt. Warum also sollte er Euch etwas antun?«

Sie hörte, wie er langsam die Luft ausblies. »Jetzt ist mir klar, warum man Frauen nichts lehren sollte. Ihr münzt eure Klugheit gegen uns.«

Sie zügelte ihren Fuchshengst. »Ist das Euer Ernst? Ihr denkt wirklich, man sollte Frauen einfältig halten?«

Er hob den Kopf, verkniff erst die Lippen und zischte dann: »Nein, natürlich nicht. Aber bei Euch hätte man das besser getan.« Er blieb neben ihr stehen und die Pferde schnaubten. Die Blässe war aus seinem Gesicht gewichen. Es schimmerte rötlich, was einen eigentümlichen Kontrast zum Grün der Grashalme bildete, die sich in seinem Haar verheddert hatten.

So gut sie seinen Zorn auch verstand, seine feindselige Äußerung schnitt ihr ins Herz.

»Und was denkt Ihr, wo wir die nächsten Nächte verbringen sollen?«, fragte er und fasste die Zügel kürzer.

Sie bemühte sich, seine abweisende Haltung zu ignorieren. »Ich würde einen Freund aus meiner Kindheit bitten, uns Unterschlupf zu gewähren.«

Leonhard stieß einen spöttischen Laut aus. »Ich schätze, er wird begeistert sein, wenn wir vor seiner Burg stehen und diese schon bald von den Leiburgern samt Verbündeten umstellt ist.«

Ida biss sich auf die Unterlippe und trieb ihr Pferd wieder an. »Ich rede nicht von einer Burg, sondern von einer Hütte.«

Leonhard stutzte und folgte ihr. »Lebt er dort alleine oder mit einer ganzen Familie?«, rief er.

»Das weiß ich ehrlich gesagt nicht. Ich habe ihn seit unserem letzten Besuch in Thure nicht mehr gesehen.«

Er schloss erneut zu ihr auf. »Lebt er überhaupt noch?«

Verzagt hob sie die Schultern. »Das weiß ich ebenfalls nicht.«

Er lachte bitter. »Na, das klingt doch mal nach einem richtig guten Plan.«

»Wenn Ihr einen besseren habt, lasst es mich gerne wissen«, gab sie zurück, schnalzte mit der Zunge und trieb ihr Pferd mit den Unterschenkeln an.

Mit offensichtlichem Widerstreben stieß auch Leonhard seinem Hengst die Fersen in die Flanken und folgte ihr. Schweigend ritten sie im Schutz der Wälder in südlicher Richtung. Dabei mussten sie mehrmals schmale Schluchten überwinden, in denen sich kleine Bäche in das Gelände eingegraben und dabei Kerben in der Landschaft hinterlassen hatten. Es mutete Ida an, als trabten sie auf der aufgebrochenen, von Wiesen und Wäldern grün eingefärbten Oberhaut eines Brotes herum.

»Wie kommt es, dass Ihr Euch hier so gut auskennt?«, fragte Leonhard nach einer Weile mit reserviertem, aber nicht mehr feindseligem Unterton.

»Ich bin in der Nähe aufgewachsen, und mein Vater hat mich manchmal bei seinen Besuchen im Dorf mitgenommen.«

»Seid Ihr nicht auf der Burg groß geworden?«

»Nein.«

»Wieso?«

»Das ist eine lange und komplizierte Geschichte, die Ihr eigentlich kennen könntet. Habt Ihr nicht meinen Großonkel Bertolt gekannt?«

»Bertolt von Rheinsporn? Ja, natürlich, er war einer von Ulrichs Vertrauten. Was hat er damit zu tun?«

Während sie ihm die Ereignisse der Auseinandersetzung zwischen Bertolt und ihrem Vater erzählte, erklommen sie eine bewaldete Anhöhe und näherten sich langsam dem See. Der Wind erzeugte ein dumpfes Rauschen in dem dichten, tiefgrünen Laub. Ein Klang wie von tausend Rasseln, der in Idas Ohren nachhallte. Vereinzelt segelten Blätter durch die Luft, tanzten Schmetterlinge, zwitscherten Vögel. Ein Igel huschte über den Weg und rettete sich vor den Hufen in das Gestrüpp des Unterholzes.

Endlich erreichten sie den höchsten Punkt der Erhebung, und das Gewässer kam im Licht der Morgensonne glitzernd und tiefgründig zwischen den Baumstämmen hindurch zum Vorschein. Wie das Profil eines riesigen menschlichen Kopfes ohne Nase und Mund lag es in vielen Schattierungen von Blau schimmernd vor ihnen. Westlich des Ufers führte eine Ebene entlang, linker Hand dagegen stieg das Gelände vom See aus steil bergan und war unwegsamer. Daher hatte ihr Vater stets den westlichen Weg am See vorbei gewählt, und das wollte Ida nun gleichfalls tun.

Leonhard hielt inne. »Was für ein schönes Fleckchen Erde«, murmelte er. »Wo sind wir?«

»Wir sind in der Nähe des Klosters am See.« Sie wies nach rechts, wo in der Ferne die Baustelle der Klosteranlage zu erkennen war. Die Basilika ragte dagegen noch immer wie ein Torso in die Landschaft.

»Welcher See?«

»Wir nennen ihn Lacus oder Lache. Manche sagen einfach nur Laach.«

»Und hier seid Ihr aufgewachsen?«

»In der Nähe.« Ida wies nach Südosten auf das gegenüberliegende Ufer. »Dort drüben hat mein Vater seine Pagen- und Knappenzeit auf der Burg Heinrich von Laachs verbracht.«

Leonhard verengte die Lider und schaute angestrengt in die gewiesene Richtung. Das Steingebäude, mit bloßem Auge ohnehin kaum zu erkennen, verschmolz mit den dunklen Grünschattierungen der Laubbäume dahinter. »Sprecht Ihr von der Ruine da drüben?«

»Ja. Sie wurde geschleift, weil sich die Mönche des Klosters von ihr gestört fühlten.«

»Was für ein trauriges Ende«, sagte Leonhard. In dem Wind, der sachte durch die Bäume strich, klang es weich und gebrochen zugleich.

Ida sah ihn lange an. Sie mochte jede Unebenheit in seiner Aussprache, machten sie ihn doch zu etwas Besonderem. »Ja, mein Vater bedauert das sehr. Er war gern dort und verbindet sowohl mit der Burg als auch mit ihren beiden letzten Herren viele schöne Erinnerungen.«

Langsam führte Ida das Pferd über die westliche Ebene am sonnenbeschienenen Ufer entlang, vorbei am Kloster der heiligen Maria am See. Auf einer der Baustellen herrschte geschäftiges Treiben, untermalt von dumpfem Klopfen und metallischem Hämmern. Einen Moment lang erwog sie, Pater Remigius um Zuflucht zu bitten. Trotz ihrer Meinungsverschiedenheiten hielt sie ihn für einen hilfsbereiten Menschen. Aber sie bezweifelte, dass er sie wirklich verborgen halten könnte. Also steuerte sie die Anhöhe nach Menedich an.

Kaum hatten sie das Ende der Ebene erreicht und wollten den Hügel erklimmen, fasste Leonhard von seinem Pferderücken aus nach ihren Zügeln. »Haltet an.«

Schlagartig griff Angst mit scharfen Krallen nach ihr. »Warum?«

»Ich höre Hufschläge.« Er zog die Augenbrauen zusammen und drehte den Kopf um. »Es nähert sich mindestens ein Reiter im gestreckten Galopp. Wie wollt Ihr Euch verhalten, wenn es ein Rheinsporner oder Leiburger auf der Suche nach uns ist? Werdet Ihr Euch stellen? Ich bin bereit, Euch dabei zur Seite zu stehen.«

Panisch sah Ida ihn an. »Mich stellen? Und wenn das Ulrich ist, der mit gezücktem Schwert hier angeprescht kommt und Euch aus dem vollen Lauf heraus den Kopf abschlägt?«

»Eure Fantasie geht mit Euch durch. Ganz so schlimm wird es wohl nicht kommen«, wisperte er zurück. Doch sein Blick verriet, dass auch ihm mulmig zumute war.

»Das möchte ich nicht riskieren«, flüsterte Ida. »Ihr sollt nicht meinetwegen Euer Leben lassen müssen. Rasch, verbergen wir uns in der Ruine.« Sie wies mit dem Arm in die Richtung.

Mit wild pochendem Herzen dirigierte sie ihr Pferd Richtung Osten in den Wald hinein, bis sie den Weg erreichten, der zu den Überresten der Burg Heinrich von Laachs führte.

»Wir müssen weit genug entfernt sein, damit die Reiter nicht das leiseste Schnauben hören«, sagte Leonhard mit gedämpfter Stimme, wobei sein Akzent härter klang als sonst. »Sie würden dieser Fährte sofort nachgehen.«

Ida nickte beklommen. Das war nicht so einfach, denn der scharfe Ritt hatte die Tiere erschöpft. Sie rutschte vom Pferderücken, nahm den Fuchshengst am Zügel und zog ihn über die Reste der Wallbefestigung hinter die Mauern des ehemaligen Wohnturmes. Von der ursprünglichen Burg waren nur die Dachkonstruktion und oberen Teile der Wände abgetragen, aber nichts niedergerissen oder eingeebnet worden. So waren die Steinwände hoch genug, um sie vor Blicken zu schützen. Sie stellte sich neben eine Fensteröffnung in der einstigen großen Halle und spähte hinaus. Das Herz schlug ihr noch immer bis zum Hals. Es dauerte nicht lange, da sah sie einen einzelnen Reiter in Rheinsporn-Farben über die

Ebene entlangjagen. Warum nahm er nicht den direkten Weg nach Menedich und näherte sich stattdessen dieser Ruine? Ahnte er, dass sie sich hier versteckt hielten? Ihr brach der Schweiß aus.

»Er kommt hierher«, wisperte sie, während Leonhard versuchte, die Tiere zu beruhigen. Sie bemühte sich gar nicht erst, die Angst in ihrer Stimme zu unterdrücken. Zwar war sie froh, dass es nur ein Rheinsporner war, doch bildete er aller Wahrscheinlichkeit nach lediglich die Vorhut, und die Horde folgte ihm. Als der Reiter in den dichteren Wald hineinritt, verschwand er aus ihrem Sichtfeld. Ida traute sich kaum zu atmen und drückte sich an die Wand. Dann wurde der Hufschlag leiser und versiegte alsbald. War der Reiter abgestiegen?

Sie nickte Leonhard zu, der es seinerseits vorsichtig wagte, aus der Fensteröffnung hinauszuspähen. Da er nichts sagte, riskierte auch Ida einen Blick. In einiger Entfernung erhob sich eine Schar Vögel protestierend aus dem Wald Richtung Menedich in die Luft. Ida traute sich noch immer kaum zu atmen. Lange harrten sie schweigend aus, bis außer den Geräuschen des Windes und dem Gluckern des Sees nichts mehr zu hören war. Erleichtert sank Ida am bröckeligen Putz der Wand hinab, auf der verblichene Malereien zu erkennen waren. Nun erst wurde ihr bewusst, welche Angst sie ausgestanden hatte. Schweiß lief ihren Rücken hinab. Leonhard atmete hörbar aus und ließ sich mit einigem Abstand ebenfalls auf dem Boden nieder.

»Was sollen wir denn jetzt machen?«, fragte Ida. Es war ihr unangenehm, Schwäche zu zeigen. Aber sie war sich nicht mehr sicher, das alles ohne fremde Hilfe überstehen zu können, und dankbar, dass Leonhard bei ihr geblieben war.

›Ich bin nicht allein‹, dachte sie. ›Was auf mich zukommt, muss ich nicht schutzlos durchstehen.‹

Er runzelte die Stirn. »Ich vermute, er bleibt nicht über Nacht in Thure, sondern wird zurückreiten, um Eurem Vater zu berichten, dass er Euch dort nicht gefunden hat. Wir sollten warten, bis er wieder vorbeikommt. Ich habe keine weiteren Männer gesehen. Wahrscheinlich hat Euer Vater ihn dorthin geschickt, um in Erfahrung zu bringen, ob Ihr Euch da aufhaltet. Wenn er weg ist, sind wir sicherer.«

Ida nickte beklommen, froh darüber, dass er in der Lage war, die Situation nüchtern zu betrachten.

»Sobald etwas Zeit verstrichen ist, könnten wir bei Anbruch der Dämmerung nach Thure reiten. Schaffen wir es bis dahin?«

Hastig nickte sie, obwohl sie todmüde war. »Ja, es ist nicht mehr weit. Das müsste machbar sein. Selbst bei Nacht finde ich den Weg. War der Rheinsporner Ritter dort und hat nach mir gefragt, ist es besser, wenn mich niemand sieht. Ich werde im Schutz der Dunkelheit sofort Rubens Hütte aufsuchen und ihn um Hilfe bitten.«

»Dann lasst uns den Anbruch der Dämmerung abwarten.«

Allmählich wich die Anspannung von Ida, und sie lehnte sich an die von der Spätsommersonne gewärmte Mauer. Vereinzelt hatte sich grüner Wildwuchs einen Weg durch Risse in Wandputz und Boden der Ruine gebahnt, streckten Kräuterpflanzen ihre Köpfe an dünnen Hälsen dem Sonnenlicht entgegen. Der See schwappte rhythmisch gegen den Felssporn, auf dem die Überreste der Burg standen. Am liebsten hätte sie sich im Wasser abgekühlt, doch wagte sie es nicht, sich vor Leonhard zu entkleiden. Womöglich wurden sie entdeckt, wenn sie im See war. Die Vorstellung, ohne Kleidung vor sämtlichen Rittern ihres Vaters oder gar den Leiburgern aus dem Wasser steigen zu müssen, war schauerlich. Diese Schmach wollte sie sich ersparen. Plötzlich spürte sie, wie leer ihr Magen war.

»Habt Ihr auch Hunger?«, fragte sie und kroch zu den Vorratsbeuteln an ihrem Sattel.

»Ein wenig. Einen Kanten Brot würde ich nicht ablehnen. Um ehrlich zu sein, habe ich eher Durst als Hunger.«

»Meinen Wasservorrat habt Ihr vorsorglich letzte Nacht leergetrunken«, erinnerte Ida ihn mit einem schiefen Grinsen.

Leonhard hob eine Augenbraue, ohne etwas zu erwidern. Sie reichte ihm wortlos ein Stück Brot, gepökeltes Fleisch und Käse. Hungrig biss sie in ihre eigene Scheibe, und sie aßen schweigend. Ida dachte an das Gespräch mit Pater Remigius aus dem Kloster auf Rheinsporn und fragte sich, ob dieses Omen bei der Totenmesse für ihren Großvater den Vorfall mit Ulrich angekündigt hatte. Noch während sie darüber nachsann, spürte sie, wie Müdigkeit sie endgültig übermannte.

»Schlaft ruhig«, sagte Leonhard, und seine Stimme klang fremdartig und geheimnisvoll zugleich. »Ich werde wachen und Euch wecken, sobald ich einen Reiter höre oder sehe.«

Ida zögerte einen Moment, unsicher, was er tun würde, wenn sie schlief. Aber ihr blieb keine andere Wahl als ihm zu vertrauen. Dann lehnte sie sich an die Wand, schloss die Augen und sank augenblicklich in einen tiefen Schlaf.

Als Leonhard Ida an der Schulter wachrüttelte, fuhr sie erschrocken auf und war sofort hellwach. »Sind wir entdeckt worden?«

»Pssst«, flüsterte er. »Ich höre ein Pferd.«

Idas Herz pochte noch wilder. Sie richtete sich auf und lugte zusammen mit ihm über das Fenstersims. Die Sonne neigte sich Richtung Horizont, als wollte sie sich nun zur Ruhe begeben, und von Osten her zogen Regenwolken auf. Jetzt hörte auch Ida harte Hufschläge in rascher Abfolge und bald sahen sie den Reiter im blau-weißen Rheinsporner Wappenrock mit stilisiertem Löwenkopf am Kloster vorbeieilen. Das Geräusch wurde stetig leiser, bis es schließlich in der Stille verschwand. Als die Abendsonne im Westen den Horizont berührte, nickten sie einander zu und führten ihre Reittiere an den Zügeln durch den Wald zur Anhöhe, bis sie in der anbrechenden Dämmerung das nächste Dorf sehen konnten.

»Das ist Menedich«, flüsterte Ida.

Leonhard half ihr auf den Rotfuchs und stieg ebenfalls auf. Gemeinsam ritten sie nebeneinander los, als hätten sie ihr Leben lang nie etwas anderes getan als nebeneinander herzureiten. Sogar ihre Pferde fielen in einen Gleichschritt. Ida führte sie um Menedich herum und anschließend den Hügel zur Gerichtsstätte hinauf. Dunkelheit senkte sich über das Land und es begann zu nieseln. Doch selbst in größter Finsternis hätte Ida blind den Weg gefunden. Ein weiteres Mal lag nun ein Dorf zu ihren Füßen, und sie spürte trotz aller Angst beim Anblick der Rauchsäulen, die sich aus etlichen Eulenlöchern kringelten, ein wohliges Heimatgefühl aufkommen.

»Und das ist Thure«, murmelte sie feierlich. »Der Ort, in dem ich geboren wurde und aufgewachsen bin.« In Gedanken ergänzte sie: Hier bin ich zu Hause, hier wird niemand mir ein Leid zufügen.

Fragend sah Leonhard sie an. Sie legte ihren Umhang um, zog sich die Gugel tief über das Gesicht und trieb ihr Pferd an. Als sie das steinerne Gehöft Bernhard von Thures hinter sich gelassen hatten, stieg sie ab und führte den Fuchshengst wieder am Zügel. Von ihrem letzten Besuch wusste sie, dass Luitgard und Ruben die ehemalige Hütte ihres Vaters bewohnten, und hoffte, dass sich Ruben dort noch immer aufhielt. Zielsicher, den Kopf in der Kapuze des Umhangs verborgen, schlich sie an die Kate heran und klopfte leise an der Holztür.

Kapitel Siebzehn

Es fühlte sich merkwürdig an, wie eine Fremde an die Kate heranzutreten, die sie viele Jahre ihr Zuhause genannt hatte, und zu warten, bis man sie hineinließ. Sie war es gewohnt, ohne Umschweife in jede Behausung im Dorf eintreten zu können. Doch war sie schon so lange fort von hier, dass ihr das nun ungehörig vorkam. Überdeutlich nahm sie alles um sich herum wahr: den Geruch von Steckrübensuppe in der Luft, die Feuchtigkeit, die der Regen mit sich brachte, die irritierende und zugleich aufregende Nähe Leonhards, der mit seinem Hengst am Zügel dicht hinter ihr stand. In diesem Moment wurde ihr bewusst, dass sich dort jemand befand, der ihr buchstäblich den Rücken stärkte.

»Ich bin gleich soweit«, tönte Rubens Stimme aus dem Inneren der Hütte. »Du bist früh dran.«

Mehrere Atemzüge lang hörte sie Geräusche in der Kate und fragte sich, wen er wohl erwartete. Schließlich wurde geöffnet und seine Gestalt tauchte im Türrahmen auf, eine Bundhaube zum Schutz vor Staub und Läusen auf den Haaren. Er war noch größer geworden, überragte sie um mehr als eine Kopflänge, und sein Gesicht hatte männliche Züge angenommen. Über seinen grauen Augen wuchsen dichte schwarze Brauen und der Unterkiefer wirkte kräftig und markant. Dennoch war er unverkennbar ihr Freund aus Kindertagen. Er stockte und hielt in der Bewegung inne, als er sie erkannte.

»Ida – ich meine Fräulein Ida«, sagte er mit überraschtem Unterton.

»Nenn mich bitte nicht so«, erwiderte sie und zog sich die Gugel tiefer über die Stirn. »Darf ich reinkommen?«

Ruben zögerte einen Moment und sah zu Leonhard.

»Es ist besser, wenn er draußen steht und Wache hält«, sagte Ida.

»Wache vor wem? Etwa vor deinem Vater? Bist du durchgebrannt?«

»So ähnlich. Aber es ist nicht nur mein Vater, vor dem ich mich verstecken muss. Was ist jetzt – darf ich reinkommen?«

Ruben sah sie einen Augenblick lang an, als sei er unschlüssig, was er davon halten solle. Seine Gesichtszüge waren ihr so vertraut, dass sie zu wissen glaubte, was in ihm vorging. Dann tat er einen Schritt beiseite und ließ sie eintreten. Sobald er die Tür wieder hinter sich geschlossen hatte, nahm sie die Kapuze vom Kopf und ihre Augen schweiften über die mit Reisig ausgestopften Wände. Es hatte sich einiges geändert, seit sie von hier fortgegangen waren. Luitgard fehlte das Geschick Sigruns, eine Kate wohnlich zu gestalten. Der Raum wirkte trist und schwermütig, alles schien achtlos irgendwo abgelegt worden zu sein.

Ruben stand leicht nach vorn gebeugt auf dem festgestampften Lehmboden. Da er größer war als ihr Vater, hing die Decke zu niedrig für ihn.

»Wen hast du mitgebracht?«, fragte er und in seiner Stimme klang Enttäuschung mit.

»Er wollte mich erst aufhalten. Ich habe ihn mitgenommen, weil ich Hilfe brauche«, erwiderte Ida.

»Wer ist der Kerl?«

»Leonhard von Brauneck.«

Ruben schien eine Weile mit sich zu ringen. Schließlich hellte sich seine Miene auf und er lächelte sie an. »Also, erzähl schon, was ist los? Was hast du angestellt?«

Ida sah zu dem kleinen Holztisch, an dem zwei grobe Schemel standen. »Können wir uns setzen?«

»Ja, natürlich. Nimm Platz.«

»Ist deine Mutter nicht da?« Suchend sah sich Ida im Raum um, ehe sie sich auf einem der Holzschemel niederließ.

»Nein, sie ist mit meiner Schwester bei Godelind.«

»Und wen hast du erwartet, als du gerufen hast: ›Du bist früh dran‹?«

»Merten wollte mit mir zum Dorfplatz gehen, da findet heute ein Fest statt.«

»Dein älterer Bruder?«

Ruben nickte.

Ida entspannte sich und ließ die Schultern sinken, um sie gleich wieder zu heben. »Dann ist hier bald viel Trubel. Wir haben wenig Zeit. Hast du etwas zu trinken da? Ich habe furchtbaren Durst.«

Ruben reichte ihr einen Becher mit verdünntem Wein, ließ sich ihr gegenüber nieder und streckte den Rücken durch. Erwartungsvoll sah er sie an.

Ida trank gierig, setzte den Becher ab und betrachtete ihre Hände. »Ich bin tatsächlich von Rheinsporn geflohen, allerdings nicht vor meinem Vater.«

»Vor wem denn?«

»Vor einem alten, ungehobelten Kerl, der es sich in den Kopf gesetzt hat, mich in sein Ehebett zu zwingen.«

Rubens Miene erstarrte. »Oh.«

Sie schwiegen einen Moment.

»Wer ist dieser alte Kerl?«

»Du kennst ihn nicht. Er heißt Ulrich von Leiburg und hat seine Lehen zwei Tagesritte weit entfernt von hier.«

»Warum kommst du ausgerechnet hierher? In Thure wird man dich als Erstes suchen.«

»Mein Vater vielleicht, aber Ulrich von Leiburg weiß bestimmt nicht, wo ich aufgewachsen bin. Bis er es herausfindet, sind wir weitergezogen.«

»Wir?« Rubens Miene verfinsterte sich und er deutete zur Eingangstür. »Meinst du den strohblonden Kerl draußen, der aussieht wie ein Nordmann? Soll er dich beschützen?«

»Ich hoffe, er wird das tun, wenn es nötig sein sollte. Noch mehr hoffe ich allerdings, dass seine Hilfe gar nicht erst gebraucht wird.«

Ruben musterte sie mit gerunzelter Stirn und ließ seinen Holzbecher durch die Finger kreisen. »Ist er der Grund, warum du diesen alten Kerl nicht heiraten willst?«

Ida schluckte. Waren ihre Gefühle so offensichtlich? Sie straffte die Schultern. »Nicht wirklich. Ich will mich diesem Greis nicht unterwerfen und ihm gehorchen müssen. Er ist ein boshafter Mensch, den der Altersstarrsinn fest im Griff hat.«

»Kommst du damit nicht in Teufels Küche? Wäre es nicht besser, das in Ruhe mit deinem Vater zu besprechen?«

»Mein Vater hat die Vereinbarung mit einem Handschlag besiegelt und die Vermählung öffentlich bekannt gegeben. Was sollte es da noch zu reden geben?«

Zweifelnd sah Ruben sie an. »Ich denke, es wäre klüger, die Angelegenheit anders zu regeln. Natürlich werde ich dir trotzdem helfen. Ich glaube nicht, dass es gut ist, wenn du hier mitten im Dorf in unserer Hütte wohnst. Ein jeder wird dich sofort erkennen. Aber wir besitzen mittlerweile eine kleine, neue Scheune nahe der Kirchenruine. Gleich dort, wo dein Vater seinen Acker hatte.«

›Da, wo deine Mutter von Bertolt und seinen Männern geschändet wurde?‹, hatte Ida auf der Zunge liegen, verkniff sich die Bemerkung jedoch. »Und diesen Schober werdet ihr in der nächsten Zeit nicht aufsuchen?« Das konnte ihre Gelegenheit sein, in der Nacht unerkannt und gut versteckt zu bleiben, selbst wenn sich der Dorfplatz gleich füllte.

»Nein, das Heu ist eingefahren, und wir werden es erst in ein paar Wochen nach Thure bringen. Wenn überhaupt. Vielleicht bleibt es diesmal den Winter über dort.«

Ein warmes Gefühl durchflutete Ida. Sie fasste über den blank gescheuerten Tisch hinweg nach Rubens Hand. »Ich wusste, dass ich mich auf dich verlassen kann und dass du mir helfen würdest. Und nun müssen wir los, bevor dein Bruder kommt.«

Er nickte und fixierte wie gebannt ihre Hand. »Dieser Kerl da draußen ist ein Mann von höherem Stand, das sieht man sofort«, sagte er rau. »Er kann dich besser beschützen als ich. Bist du dir sicher, dass du ihn nicht liebst?«

»Nein«, erwiderte Ida und zog ihre Hand gegen den leichten Widerstand zu sich zurück. »Wirst du mir trotzdem helfen?«

Ruben hielt noch immer den Blick gesenkt. »Natürlich werde ich das«, antwortete er schließlich. »Du warst für mich schon von dem Zeitpunkt an verloren, an dem ihr nach Rheinsporn gegangen seid.«

Jählings fasste Ida erneut nach seinen Händen und drückte sie fest. »Ich bin niemals für dich verloren. Ich werde immer eine Vertraute für dich sein.«

Ruben nickte, lehnte sich zurück und entzog dabei seine Finger langsam ihrem Griff. »Selbstverständlich, eine Vertraute.« Dann besann er sich. »Es ist deine Angelegenheit, warum du unterwegs bist. Viel habe ich nicht. Aber wenn du mit einem Stück Ziegenkäse und einem Kanten Brot zufrieden bist, kannst du dich gerne im Schober verbergen. Du siehst aus, als ob du gleich im Sitzen einschläfst. Lass uns keine Zeit mehr verlieren. Ich höre schon die Musik. Es ist vielleicht gerade noch Zeit, euch sicher dorthin zu bringen.« Rasch erhob er sich, holte zwei Decken aus der Holztruhe und füllte einen Leinenbeutel mit Proviant. Schließlich riss er die Tür auf.

Mit verschränkten Armen stand Leonhard mit dem Rücken an die Außenwand der Hütte gelehnt, sein Blick schweifte aus dem Schatten wachsam umher. Als er Ruben sah, richtete er sich auf und nickte ihm zu. Ruben erwiderte sein Nicken knapp und schaute sich ebenfalls um. Die Wege zwischen den Behausungen waren noch wie ausgestorben, während aus einzelnen Katen bereits Gelächter und Vorfreude auf das Fest drangen. Es roch noch immer nach Steckrübensuppe, hatte aber aufgehört zu regnen. Über ihnen zeigte sich der Mond als dünne Sichel.

›Wie schön‹, dachte Ida wehmütig. ›Gleich können sie im Mondlicht tanzen. Wie gerne wäre ich dabei.‹

»Wir werden unseren Karren nehmen. Befestigt ihn an Eurem Pferd«, sagte Ruben zu Leonhard, warf die Decken und den Proviantbeutel auf die Ladefläche und schwang sich auf Idas Fuchshengst. »Du kannst dich hinten reinlegen, damit dich niemand sieht«, fügte er an sie gewandt hinzu.

Leonhard zog eine Augenbraue hoch. »Er duzt Euch?«

»Ja, natürlich. Wir sind zusammen aufgewachsen.«

Mit offensichtlichem Widerstreben befestigte Leonhard den Scherbaum am Geschirr seines Hengstes, eigentlich die

Aufgabe eines Niederen, und saß auf. Er war nicht in der Position, auf seinen Stand zu pochen und Gefälligkeiten von Ruben einzufordern. Ida legte sich hinten in den Karren und zog eine der Decken über sich, falls jemand vor seine Kate trat. Durch eine Ritze in der Seitenwand behielt sie im Auge, was geschah. Staub und Pferdegeruch stiegen ihr in die Nase. Mühsam unterdrückte sie ein Niesen.

Ruben schnalzte mit der Zunge und das Gespann setzte sich ruckelnd in Bewegung. Kaum hatten sie den Dorfrand erreicht, kam Jost ihnen mit einer Sense über der Schulter von den Feldern her entgegen.

»Ruben«, sagte er mit überraschtem Unterton. »Wo fährst du denn jetzt noch hin? Kommst du nicht zum Dorffest?«

Ida erschrak. Sie sah, wie Josts Blick zu Leonhard hinüberwanderte, und ihr Herz begann zu hämmern. Jost neigte seinen Kopf und nahm die Mütze in die Hand. »Herr.«

»Dieser Herr hat sich verirrt und sucht den Weg nach Menedich«, antwortete Ruben mit fester Stimme. »Ich habe ihm angeboten, ihn dorthin zu führen.«

Mit erstauntem Gesichtsausdruck und halb geöffnetem Mund sah Jost ihn an, als er schnalzte, mit den Zügeln ruckelte und an ihm vorbeiritt. Ida hielt den Atem an. Zwar war sie froh, dass Ruben sich auf die Schnelle eine Notlüge hatte einfallen lassen, aber Jost kannte hier jeden Stock und jeden Stein. Natürlich wusste er, dass der direkte Weg nach Menedich ein anderer war, und würde sich zu gegebener Zeit an diese Begegnung erinnern. Und dass das zweite Pferd nicht Ruben gehörte, war ihm ebenfalls klar. Doch fürs Erste waren sie wieder allein, und Ruben brachte sie mit sicherer Hand zum Heuschober seiner Familie auf dem Feld. Der Schober war noch relativ neu und wirkte stabil. Darin lagerten gebundene Garben und offenes Stroh.

»Das könnt ihr euch zu Schlaflagern zurechtschieben.« Ruben übergab ihnen das Essmesser, das er am Gürtel trug, und einen aus Horn geschnittenen Löffel. »Verhaltet euch möglichst ruhig. Ein oder zwei Nächte könnt ihr hier sicher bleiben. Am Sualeborn findet ihr frisches Wasser. Am Thurer Bach könnt ihr die Pferde tränken. Wenn jemand kommt und nach euch fragt, werde ich versuchen, euch rechtzeitig zu warnen.«

Gerührt warf Ida sich ihm in den Arm. »Ich danke dir.« Sie drückte ihren Kopf an seine breite Brust. »Du bist mein bester Freund und wirst es immer sein. Ich hoffe, ich kann dir irgendwann einmal vergelten, was du für mich getan hast.«

Ruben klopfte ihr auf den Rücken und schob sie dann sanft von sich weg. »Geht jetzt rein. Ich muss zurück, bevor mein Bruder oder Jost Verdacht schöpfen.«

»Soll ich dich mit dem Karren bis zum Dorf bringen?«, fragte Leonhard.

Ruben winkte ab. »Nein, schon gut. Ich kenne den Weg besser als Ihr und finde ihn auch im Dunkeln. Das Getier, das sich hier herumtreibt, wird einen Teufel tun, mich anzufallen. Legt Euch zur Ruhe. Ihr werdet Eure Kräfte vermutlich noch brauchen.« Er nahm die Mütze in die Hand, verbeugte sich kurz und wandte sich ab. Wenige Augenblicke später hatte die Dunkelheit ihn verschluckt.

Ida wischte sich eine Träne aus dem Augenwinkel. Schemenhaft erahnte sie, dass Leonhard sie beobachtete, die Stirn in Falten gelegt.

»Ihr liebt ihn«, stellte er trocken fest.

Ida erwiderte seinen Blick ruhig. »Ja, wie einen Bruder.«

Sie begann, die Decken und den Proviant aus dem Karren in den Schober zu tragen. Schweigend band er die Pferde am Schuppen an, so gut es ging, und versorgte sie mit Heu. Danach folgte er ihr in den dunklen Bretterverschlag. Wortlos ließen sie sich auf dem Stroh nieder.

»Ruhen wir Rücken an Rücken im Sitzen?«, fragte Ida, »Damit der Tod uns nicht überrascht?«

»Könnt Ihr denn so schlafen?«

»Nein«, gab sie zu.

»Also legt Euch hin. Ich werde wachen.«

»Die ganze Nacht?«

»Wenn möglich ja. Einer von uns sollte achthaben.«

»Aber Euer Körper benötigt auch Erholung.«

»Die Betäubung, die mich letzte Nacht außer Gefecht gesetzt hat, reicht für drei Wochen. Sollte mich die Müdigkeit trotzdem übermannen, werde ich mich nicht dagegen wehren.«

Sie ahnte noch, dass er matt lächelte, ehe sie erschöpft in einen traumlosen Schlaf fiel.

Mitten in der Nacht erwachte sie vom Rascheln des Strohs, als sich Leonhard der Länge nach neben sie auf den Rücken legte. Außerdem offenbarte ein hohes Fiepen, dass Feldmäuse sich entschlossen hatten, ihnen Gesellschaft zu leisten. Ida horchte auf Leonhards Atem, der ihr verriet, dass er nicht schlief. Da überkam sie Traurigkeit. Der Vertrauensbruch ihres Vaters, die überstürzte Flucht von Rheinsporn und ihrer Familie, die Ängste, die sie auf dem Weg hierher und ganz besonders in Laach ausgestanden hatte, übermannten sie. Der Abschied von Ruben, die Unsicherheit, wie es nun mit ihr weiterging – all das rüttelte an ihrem Selbst, und sie begann leise zu weinen.

Nach einer Weile spürte sie Leonhards Hand auf ihrem Rücken.

»Was ist mit Euch?«, fragte er sanft.

Sie rollte sich enger zusammen und gab ihm keine Antwort.

»Habt Ihr Angst vor dem, was auf uns zukommt?« Wie eine wärmende Decke legte sich seine Stimme über ihren Körper.

»Auch«, sagte sie.

»Was ist es noch?« Es war fast, als schmiegte sich eine schnurrende Katze an sie.

Sie schniefte nur leise zur Antwort.

»Geht es um meine Reaktion heute Morgen auf der Lichtung?«

Sie schniefte ein weiteres Mal. »Ja, auch.«

Er seufzte. »Es tut mir leid. Aber wie hättet Ihr an meiner Stelle reagiert?« Und schon war die Katze verschwunden.

»Nicht so wie Ihr!«, gab sie zurück. »Ist es derart schlimm, mit mir unterwegs zu sein?«

»Nein, natürlich nicht. Darum geht es überhaupt nicht. Es sind die Umstände. Ich würde es vorziehen, in einem weichen Bett auf Rheinsporn zu liegen, den Bauch voller Köstlichkeiten, die auf Ulrichs Hochzeit gereicht worden wären. Wenn ich nur daran denke, dass es am Spieß gebratenes Wildschwein oder Rehbraten gegeben hätte, läuft mir das Wasser im Mund zusammen.«

Nun war zudem die wärmende Decke weg. Sie drehte sich zu ihm und stützte sich auf den Unterarm. »Ihr würdet mich lieber mit dem Greis verheiratet sehen als hier neben Euch?«

»Das wollte ich damit nicht sagen«, er zögerte, »ich habe kein Anrecht auf Euch.«

»Doch, habt Ihr!«, widersprach sie heftig. »Ihr habt ein viel größeres Anrecht auf mich als irgendein anderer Mann geltend machen könnte.«

»Ach ja? Und woher sollte das rühren? Ihr seid Ulrich versprochen. Er ist Pfalzgraf und enger Vertrauter des Kaisers. Ich bin nur ein einfacher Ritter ohne Land. Mich bindet das Wort an Ulrich. Ich kann ihm nicht die Treue brechen und seine Braut wegnehmen.«

Sein Zweifel an ihrer Bestimmung schmerzte sie. ›Siehst du nicht, was uns über die Jahrhunderte hinweg verbindet?‹, hatte sie auf der Zunge liegen. Sie sah ihn mit einem brennenden Blick an, wohl wissend, dass er diesen in der Dunkelheit nicht wahrnehmen konnte. Aber vielleicht konnte er ihn spüren.

Er tastete nach ihrem Arm und strich beruhigend darüber. »Ihr seid tollkühn, Frau. Ihr kennt mich kaum und dennoch vertraut Ihr Euch mir an. Euer Schicksal wird in meinen Händen liegen. Ist Euch das bewusst?«

Sie erbebte. »Ja, ich vertraue Euch von ganzem Herzen, so wie ich es schon immer getan habe. Wir kennen uns nicht erst seit diesem Leben.«

»Ich weiß nicht, wovon Ihr sprecht«, sagte er und seine Stimme klang wieder weich. »Und ich hoffe, Ihr verrennt Euch nicht in eine wirre Idee. Doch ich bin bereit, Euch zu folgen auf diesem Weg. Das Band zwischen meinem Herrn und mir ist sicher ohnehin zerrissen. Ich habe seinen Zorn auf mich gezogen. Aber wo wollt Ihr hin?«

»Das wird sich alles finden«, erwiderte sie. ›Wenn auch nicht heute‹, ergänzte sie in Gedanken.

»Schlaft. Ihr müsst Eure Kräfte sammeln. Ulrich wird uns verfolgen, solange er kann. Und das wird sehr viele Männer das Leben kosten.«

»Die Kriege, die Ihr gegeneinander führt, kosten weitaus mehr Männer das Leben. Ist die Liebe zu einer Frau nicht viel mehr wert als Macht und Besitz?«

Leonhard lachte leise. »Ihr hattet einen guten Lehrmeister.«

»Meisterin. Es war eine Frau, die klügste, die ich je getroffen habe.«

Er drehte sich wieder auf den Rücken. »Na, das kann ja heiter werden.«

Kapitel Achtzehn

Als Ida am nächsten Morgen erwachte, saß Leonhard aufrecht und schaute aus der Öffnung des Schobers über die Felder. Langsam setzte sie sich auf und unterdrückte dabei ein Stöhnen, als ein stechender Schmerz ihren Rücken durchfuhr. Leonhard sah kurz zu ihr und richtete anschließend seinen Blick wieder nach draußen.

»Wir können nicht den ganzen Tag in diesem Heuschober sitzen und abwarten, was geschieht«, sagte er.

Ida zupfte sich das Stroh aus den Haaren und reckte sich vorsichtig. »Ja, aber wo können wir hin?«

»Ich habe nachgedacht. Es wäre klüger, wenn Ihr zurück nach Rheinsporn reitet und Euch Eurem Schicksal ergebt. Ich habe die Pferde schon gefüttert und getränkt, wir könnten sofort losreiten.«

Sie schnaubte. »Auf keinen Fall!«

Nun drehte er sich zu ihr um. »Man wird sich wundern, warum hier zwei Reittiere angebunden neben einem Karren stehen. Und was dann?«

»Ich habe mir darüber noch keine Gedanken gemacht. Schließlich war meine Flucht nicht von langer Hand geplant, wie Ihr Euch sicher denken könnt.«

Ruckartig sah Leonhard wieder nach draußen. »Scht! Da kommt einer!«

Schon tauchte die Silhouette eines Mannes auf, der sich zielstrebig dem Heuschober näherte. Hastig drückte sich Ida an die Holzwand. Das Herz schlug ihr bis zum Hals.

»Ihr müsst hier weg!«, rief jemand und sie erkannte Rubens Stimme.

Erleichtert und alarmiert zugleich beugte sie sich vor und sah ihm entgegen. »Warum?«

Am Heuschober angekommen, fuhr er außer Atem fort: »Ich habe eben erfahren, dass gestern ein Ritter deines Vaters in Thure war, und Jost denkt sich bestimmt seinen Teil.«

Ida sprang auf. »Hast du eine Idee, wo wir hinkönnen?«

Ruben stützte sich am Schober ab und rang um Luft. »Außerhalb von Cuttenheim hat mein Großonkel Farold eine stabile Hütte errichtet und mir erlaubt, sie zu nutzen, wenn ich sie brauche. Ich habe ihn schon darüber informiert, dass ich in der nächsten Zeit dort ungestört sein möchte. Er hat eingewilligt. Da könnt ihr länger bleiben als hier.«

»Aber auch ein Cuttenheimer würde mich erkennen«, gab Ida zu bedenken.

»Also sorge dafür, dass dich niemand sieht.«

Fragend sah Ida zu Leonhard, der mit den Schultern zuckte und schließlich nickte. »Etwas Besseres fällt mir nicht ein. Ich kenne mich hier nicht aus.«

»Ich bringe euch dorthin«, sagte Ruben.

Eilig rafften sie ihre Sachen zusammen, verteilten die Pferdeäpfel ihrer Reittiere auf den Feldern und verwischten die Hufspuren am Schober. Ida legte sich abermals unter eine Decke auf den Karren, damit niemand sie sah. Kundig führte Ruben Leonhard durch den Sumpf, in einem Bogen um Thure herum nach Cuttenheim, um das er ebenfalls einen Bogen machte. Als sie fast die Gemarkungsgrenze zu Ethrich crreicht hatten, steuerte er eine Hütte im Wald an, die gerade mal groß genug war, dass Leonhard mit gebeugtem Kopf darin stehen konnte. Die Wände waren mit den wenigen Jagdgeräten bestückt, die Bauern erlaubt waren. In der Nähe schlängelte sich das Wasser des Flemmborn durch das Unterholz.

»Sie ist wunderbar, Ruben. Ich danke dir noch einmal von ganzem Herzen.«

Dieses Mal beließ er es bei einem kurzen Abschied und verschwand im Dickicht.

Aufmerksam nahm Leonhard das Innere der Hütte in Augenschein und entdeckte lose Holzlatten an der rückwärtigen Wand. »Das ist gut. Wir sollten sie herausbrechen und nur behelfsmäßig wieder einsetzen, damit wir im Notfall schnell hinausgelangen können.« Er zog das Messer aus der Scheide an seinem Hüftgürtel. »Dann mache ich mich mal auf die Jagd nach einem Hasen, damit wir heute etwas zum Essen haben.«

»Und ich könnte Früchte sammeln.«

Während sie nach Beeren, Nüssen und Pilzen suchte, fragte sie sich, wie sie beide auf diese Art einen strengen Winter überleben konnten. Ein Schauder erfasste sie. Jetzt verstand sie, was Leonhard damit gemeint hatte, als er sagte, dass sie es alleine nicht schaffen werde. Nun zweifelte sie, ob sie es zu zweit schafften. Sie mussten genug Nahrung finden, um Vorräte für die Schneemonate anlegen und die Pferde versorgen zu können.

Als Leonhard nicht wieder zurückkam, obwohl der Abend bereits dämmerte, machte sie sich immer größere Sorgen. Hatte er die Gelegenheit genutzt, um sie in Stich zu lassen? Unruhig beobachtete sie ein Hirschkäferweibchen, das über die Außenwand der Hütte krabbelte und sich durch eine Ritze zwischen den Holzbohlen ins Innere zwängte. Verriet Leonhard sie an Ulrich? Je länger seine Abwesenheit andauerte und je tiefer sich die Sonne über das Land senkte, desto mehr wuchs diese Sorge sich zur Angst und schließlich zur Gewissheit aus. Besorgt sprang sie auf, lief in die Hütte und beförderte das Käferweibchen zurück nach draußen. Ihre Vorräte gingen schon bald zur Neige, das wurde ihr bewusst. Alleine würde sie hier kaum überleben. Mit Rubens Hilfe vielleicht. Aber wie sollte er mitten im Winter zu ihr durchdringen? Oder würde er bei ihr bleiben und Leonhards Stelle einnehmen?

Sie fuhr zusammen, als es im Unterholz knackte und ein schleifendes Geräusch näherkam. Dann tauchte zu Idas Erleichterung Leonhard auf. Breitbeinig und mit blankem, vor Schweiß glänzendem Oberkörper kam er auf sie zu und zog dabei einen dicken Ast hinter sich her. Seine sonst strahlend blauen Augen schienen von der Anstrengung dunkel und die Narben auf seiner Haut traten hervor.

Erleichtert atmete sie aus. »Wo wart Ihr so lange?« Erst jetzt sah sie, dass zwei tote Hasen über seiner Schulter hingen.

»Ich habe uns etwas zum Essen besorgt.« Er blieb stehen. »Habt Ihr gedacht, ich käme nicht zurück?«

»Ja, das habe ich. War das denn so abwegig?«

»Ich müsste ein Lump sein, Euch in dieser verlausten Hütte alleine zurückzulassen«, erwiderte er mit Nachdruck und legte den Ast ab. Er hielt inne, drehte sich zu ihr um und sagte: »Ich werde Euch nicht im Stich lassen. Solange und so gut ich es kann, werde ich Euch helfen und beschützen.«

Gerührt presste Ida die Lippen zusammen. »Ich danke Euch. Ich weiß das sehr zu schätzen, denn mir ist bewusst, was das für Euch bedeutet.«

Leonhard zog die beiden Tiere von seiner Schulter. »Gut, dann häutet die Hasen und richtet ein Feuer her.«

Sie lächelte scheu. »Das wird ein Festmahl. Seht, was ich gefunden habe.« Sie hielt ihm den Beutel hin, in dem sie reichlich Beeren gesammelt hatte. Sogar Walderdbeeren hatte sie entdeckt.

Er lächelte wohlwollend zurück. »O ja, das ist gut.«

»Was habt Ihr mit dem dicken Ast vor?«

»Den legen wir abends von innen quer vor die Tür, damit uns niemand im Schlaf überraschen kann. Aber wir sollten den Hinterausgang freilegen. Droht Gefahr, können wir zur Not durch die Öffnung in der Wand die Flucht ergreifen.«

In dieser Nacht fand Ida nicht zur Ruhe. Sie starrte in die Dunkelheit und lauschte auf Leonhards Atem, der ruhig und gleichmäßig ging als schliefe er. Behutsam drehte sie sich zu ihm um und schmiegte sich an ihn. Ganz sachte, um ihn nicht zu wecken. Wohlig sog sie seinen Geruch ein und schloss die Augen. Da legte er seinen freien Arm um ihre Schultern und hielt sie fest.

Unsanft wurde Ruben aus einem nervösen Schlaf gerissen, weil jemand an seinem Arm rüttelte. Benommen öffnete er die Augen und versuchte, sich zu orientieren. Durch die Fensteröffnung drang zwar kühle Nachtluft, aber nur wenig Licht zu ihm herein. Vom Fußboden her hörte er ein leises Scharren, als suchte ein Nagetier nach Essbarem. Hatten sie vergessen, die Mausefalle wieder aufzustellen? Dann endlich erfasste er, dass er nicht in seiner eigenen Hütte, sondern in einer Kammer des Wirtshauses von Megina lag. Lanztlot, für den er so etwas wie ein Ersatzsohn geworden war, hatte sich mit ihm hier einquartiert, um morgen in aller Frühe seinen Wein im Töpferviertel zu verkaufen. Eigentlich hatten sie schon am Tag zuvor hierherkommen wollen, aber dringende Geschäfte hatten den Winzer abgehalten.

Nun beugte sich der Cuttenheimer mit zerfurchter Stirn und besorgtem Blick über ihn. Schemenhaft erkannte Ruben, dass er nicht lange geschlafen haben konnte, denn der Ältere war vollständig angezogen, als sei er noch gar nicht im Bett gewesen.

»Der Sohn Bertolt von Rheinsporns ist zusammen mit bewaffneten Rittern im Schankraum unten aufgetaucht«, flüsterte Lanztlot. »Sie suchen nach dir. Zum Glück hat er mich nicht gesehen, und niemand hat ihnen hinterbracht, dass wir hier sind.«

Ruben erschrak und richtete sich auf. »Rheinsporner Männer?«

»Nein, angeblich Gefolgsleute eines Ulrich von Leiburg. Kennst du ihn?«

Schlagartig war Ruben hellwach. »Nur vom Hören, und es wurde wenig Gutes über ihn gesagt.«

»Das kann ich mir vorstellen. Die sahen nicht aus, als sei mit ihnen zu spaßen. Vor allem dieser Ulrich wirkt wie ein übler Raufbold. Warum sucht er dich?«

»Ich habe keine Ahnung«, behauptete Ruben und nagte an seiner Unterlippe. »Ich werde in der Früh von hier oben aus über die Außenstiege hinuntersteigen und deine Fässer zum Töpferviertel bringen. Kannst du mich an deinem Stand entbehren?«

»Willst du fort?«

»Ich möchte Bertolts Abkömmling nicht noch einmal begegnen. Er scheint mir sehr nach seinem Vater zu geraten.«

»Ja, das scheint mir auch so. Aber ist das ein Grund, gleich von hier zu verschwinden? Ich brauche dich morgen.«

»Du weißt, was sein Vater meiner Mutter angetan hat.«

Lanztlot seufzte. »Also gut. Dann nimm halt das Pferd, reite zurück nach Thure und schick es mir so schnell wie möglich mit zwei von meinen Knechten zurück.«

Ächzend legte Lanztlot in der Dunkelheit Beinlinge sowie Tunika ab und stieg im Hemd auf seine Bettstatt, die knarrend unter ihm nachgab. Von draußen war das schrille Schreien von Mardern zu hören, die offenbar in Revierkämpfen miteinander rangen. An Schlaf war für Ruben nun nicht mehr zu denken. Fieberhaft überlegte er, wie er sich verhalten sollte. Sein erster Impuls war, sofort aufzubrechen, um Ida zu warnen. Doch er bezweifelte, dass er ohne größeres Aufsehen durch das Tor im Palisadenzaun hinauskäme. Außerdem war die Nacht zu finster, um sich orientieren zu können. Ein Blick aus der Fensteröffnung verriet ihm, dass sich dicke Wolken vor den Mond geschoben hatten und die Welt in Finsternis hüllten. Es war zu gefährlich, durch die Dunkelheit zu reiten. Womöglich würde er die Hütte nicht finden. Er musste hier ausharren, bis der erste weiß schimmernde Streif am Horizont den Aufgang der Sonne verkündete.

Lanztlots Beschreibung der Leiburger bestätigte den Eindruck, den Ida ihm vermittelt hatte. Und auch ihre Vermutung, mit ihnen, insbesondere mit diesem Ulrich, sei nicht zu spaßen. Idas Begleiter würde als Einzelner nicht viel gegen ihre Übermacht ausrichten können. In Rubens Kopf brauten sich Fantasiegespinste zusammen, wie Ida in die Gewalt dieser Kerle geriet. Sie arteten in Visionen davon aus, was sie ihr alles antun würden. Das musste er verhindern. Aufgewühlt warf er sich auf seinem Lager hin und her. Die Nacht kam ihm schier endlos vor. Er horchte in die Dunkelheit, ob er etwas von den Leiburgern vernehmen konnte. Womöglich lag dieser Ulrich in einem der Zimmer neben dem ihren. Vielleicht, wenn er ganz angestrengt lauschte, konnte er hören, worüber sie sprachen und warum sie ausgerechnet nach ihm suchten. Doch außer einem gelegentlichen Seufzen oder Schnarchen ließ sich nichts ausmachen.

Endlich hörte er den ersten Hahnenschrei. Entschlossen schlug Ruben die Leinendecke auf und sprang aus dem Bett. Einen Herzschlag lang fröstelte er in der kalten Kammer, dann streifte er sich rasch seine Kleidungsstücke über und weckte Lanztlot.

»Ich bringe jetzt deine Weinfässer ins Töpferviertel. Kommst du gleich nach?«

»Ja, ja, ich komme gleich«, erwiderte der Winzer schläfrig. »Sag Josef Bescheid. Er soll ein Auge auf die Fässer haben, bis ich da bin. Wer weiß, welches Gesindel sich hier herumtreibt. Und vergiss um Himmels willen nicht, meine Knechte hierherzuschicken.«

»Mache ich, versprochen!«

Ruben schwang sich aus der Fensteröffnung und schlich über die Außenstiege davon. Eilig brachte er in der Morgendämmerung Lanztlots Wein zu Josef, dem Töpfer, der glücklicherweise schon auf den Beinen war und versprach, auf die Fässer aufzupassen. Von dort aus hastete Ruben aus der Siedlung hinaus. Kaum hatte er den Palisadenzaun verlassen, ritt er noch vor Sonnenaufgang auf Lanztlots Pferd Richtung Cuttenheim, um die Knechte des Winzers nach Megina zu bestellen. Anschließend hetzte er Richtung Thure, um weitere Vorräte für Ida zusammenzuklauben, als sei der Leibhaftige hinter ihm her. So leise wie möglich raffte er Proviant in einem Leinenbeutel zusammen, damit seine Mutter Luitgard, die tief und fest auf ihrem Strohlager schlief, nicht aufwachte. Mit schweißnassem Rücken lief er schnurstracks zu Farolds Hütte im Wald, die er im Morgentau liegend und von innen verriegelt vorfand. Die Natur schien noch nicht aus dem Schlaf erwacht zu sein, nicht einmal Vogelgezwitscher war zu hören. Lediglich einige Hummeln und andere Wildbienen summten taumelig zwischen den Gräsern und Wildblumen auf der Lichtung umher. Über dem Ort lag eine friedliche Ruhe, die einen ahnungsloseren Betrachter in trügerische Sicherheit gewiegt hätte. Doch Ruben wusste, in welcher Gefahr Ida und ihr Begleiter schwebten.

Energisch pochte er an die Tür und zerriss damit die Idylle. »Wacht auf! Ihr müsst fort!«

Drinnen polterte es und eine Männerstimme rief mit fremdländisch klingendem Akzent: »Wer ist da?«

»Ich bin's, Ruben. Öffnet die Tür!«

Bald hörte er ein schleifendes Geräusch und vermutete, dass Idas Begleiter einen schweren Balken beiseiteschob. Dann erschien der blonde Ritter mit verknautschtem Hemd und alarmiertem Gesichtsausdruck in der Tür. Mit dem gezückten Schwert in der Hand wirkte er so bedrohlich, dass Ruben einen Schritt zurückwich.

»Von mir habt Ihr nichts zu befürchten«, beschwichtigte er ihn und hob die Hände. »Aber es ist besser, wenn Ihr weiterzieht. Ulrich von Leiburg ist in Megina und sucht nach mir. Reitet fort. Ich will nicht wissen wohin, und ich werde Euch auch nicht hinterhersehen.«

Der Nordmann zog die Augenbrauen zusammen, drehte sich ins Innere der Hüte um und rief: »Schnell, Ida! Rüstet Euch zum Aufbruch!«

Ruben erhaschte einen Blick auf Ida, die in zerknitterter Tunika und Beinlingen hastig nach ihren Habseligkeiten griff. Im nächsten Augenblick war sie an der Tür. »Danke, dass du uns gewarnt hast!«

Mit ihrem zerzausten Haar und dem verschlafenen Gesicht sah sie so bezaubernd aus, dass er sie am liebsten in den Arm genommen und geküsst hätte. Er unterdrückte den Impuls, ihr anzubieten, selbst mit ihr zu fliehen. Stattdessen nickte er fahrig und drückte ihr den Proviantbeutel in die Hand. »Nimm das mit. Damit kommst du erst einmal eine Weile durch.«

Tränen traten in Idas durchscheinend graue Augen, als sie ihn umarmte. »Ich weiß nicht, ob und wann wir uns wiedersehen werden. Hab Dank für alles.« Mit zittrigen Fingern zog sie mehrere Schmuckstücke aus dem Beutel an ihrem Gürtel. Schließlich griff sie nach einer silbernen Fibel und gab sie ihm.

»Behalte sie«, widersprach Ruben. »Du kannst sie bestimmt noch gut gebrauchen.«

Ida schloss seine Hand um die Spange. »Bitte nimm sie. Ich möchte, dass du sie als Erinnerung an mich aufbewahrst.«

Ruben schluckte. »Leb wohl, Ida. Ich werde dafür beten, dass es dir gut ergeht.« Er nahm einen silbernen Haarreif aus ihrer offenen Handfläche und steckte ihn ihr ins Haar. »Du wirst für immer einen festen Platz in meinem Herzen haben.«

Dann schloss er seine Faust um die Fibel, wandte sich jäh ab und lief in den Wald.

›War das unsere letzte Begegnung?‹, dachte Ida, während sie Ruben nachblickte und sich eine Träne von der Wange strich. Es war mehr als nur ein Gefühl. Es war eine Ahnung, fast ein Wissen darum, dass es so war.

»Mögest auch du gut beschützt sein auf deinen Wegen«, murmelte sie bedrückt und zeichnete eine von Medas Runen in die Luft. Das Jaulen eines Hundes im Wald Richtung Megina ließ sie zusammenfahren.

Augenblicklich trat Leonhard neben sie und verschloss die Tür von innen. »Das könnte ein Jagdhund sein«, raunte er. »Vermutlich soll er unsere Fährte aufnehmen. Gut, dass wir einen Hinterausgang geschaffen haben. Schnell, helft mir mit dem Balken.«

Gemeinsam sperrten sie den dicken, zurechtgehauenen Ast wieder diagonal vor die Tür und rafften eilig ihre Habseligkeiten zusammen. Leonhard schob die losen Bretter an der rückwärtigen Wand beiseite und kroch durch die Öffnung ins Unterholz hinter der Kate, wo er ihre Pferde angebunden hatte. Als Ida ihm mit klopfendem Herzen folgte, hörte sie Ulrichs Stimme, die höhnisch nach ihnen rief. Offenbar war er sich sicher, endlich Vergeltung üben zu können. Das Blut rauschte in ihren Ohren, als sie panisch auf ihren Fuchshengst stieg und die Zügel in die Hand nahm. Sie musste sich zusammenreißen, um nicht loszupreschen und sich damit zu verraten. Leonhard nickte ihr mit ernstem Gesichtsausdruck zu und legte einen Finger an seine Lippen. So leise wie möglich entfernten sie sich von Farolds Hütte, von wo Geräusche zu ihnen herüberdrangen, als schlügen die Männer mit Äxten auf die Holzwände ein.

Als die Distanz zur Lichtung groß genug war, stoben Ida und Leonhard den Hügel im scharfen Galopp hinauf. Der Wald, der Ida noch am Tag zuvor wohlwollend und freundlich erschienen war, wirkte nun düster und bedrohlich. Als ob die Bäume zusammenrückten, um ihnen das Vorankommen zu erschweren. Das Laub, dunkelgrün und dicht, ließ kaum Sonnenlicht durch. Endlich erreichten sie atemlos den Kamm der Erhebung. Sie zügelte ihr Pferd und schaute einen Moment lang sehnsüchtig auf den Cuttenheimer Wald hinunter. Wie glücklich hätten sie hier sein können! Stattdessen mussten sie wieder flüchten und hatten keine Ahnung, wohin sie sich wenden sollten.

Aufsteigender Rauch verriet, dass etwas in Brand gesteckt worden war. Entsetzt erkannte Ida durch die Lücken im Strauchwerk die Feuersbrunst, in der nun Farolds Hütte aufgegangen war – und Dietrich mitten unter den Leiburgern. Als erst das Johlen der Männer und dann Ulrichs wütendes Schnauben zu ihr nach oben drangen, wandte sie rasch ihr Gesicht ab. Entschlossen trieb sie ihren Rotfuchs an und preschte davon.

»Das war knapp«, sagte Leonhard, als sie sich weit genug von Cuttenheim entfernt hatten und ihre Pferde vom Galopp in den Trab fielen. »Euer Freund hat uns keinen Wimpernschlag zu früh gewarnt.«

Idas Puls raste. »Ja, wir sind der Gefahr sehr nah gewesen, viel zu nah.« Sie drehte sich im Sattel um und vergewisserte sich, dass sie nicht verfolgt wurden. Allmählich ließ die Anspannung nach. Aber es war klar, dass sie fort von hier mussten. Sie ritten um Ethrich herum Richtung Westen. Megina lag südlich von ihnen. Sie hatten noch kein Wort über ihre Berührung in der vergangenen Nacht verloren, doch Ida spürte, dass sich eine Vertrautheit zwischen ihnen eingestellt hatte.

»Euer Knecht ist ein Lump«, sagte Leonhard.

Ida wusste sofort, dass er Dietrich meinte. »Ja, Ihr habt recht«, erwiderte sie. »Trotz alledem glaube ich, dass in ihm ein guter Kern schlummert, der sich nur selten an die Oberfläche wagt.«

Mit hochgezogener Augenbraue sah er sie an. »Ihr möchtet selbst noch in dem schlechtesten Menschen etwas Gutes sehen, stimmt's?«

»Nein. Ich denke, dass auch noch in dem schlechtesten Menschen etwas Gutes wohnt«, hielt sie dagegen.

»Sogar in Bertolt von Rheinsporn?«

»Das kann ich nicht beurteilen, ich bin ihm nie begegnet«, erwiderte Ida. »Mein Vater ist überzeugt davon, dass es so war. Und Ulrich hat ihm doch recht nah gestanden, oder etwa nicht?«

Leonhard schmunzelte. »Ob das als Beweis dafür dient, dass in Bertolt etwas Gutes gewohnt hat, bezweifle ich. Was lässt Euch annehmen, es gäbe diesen Kern in Dietrich?«

»In Gesprächen, die wir geführt haben, gab es Momente, in denen er aufmerksam und manchmal sogar einfühlsam war.«

Leonhard zügelte sein Pferd. »Was denkt Ihr, wer Ulrich zu unserem Unterschlupf in Cuttenheim gelotst hat?«

Ida seufzte und blieb ebenfalls stehen. »Das war vermutlich Dietrich. Aber vielleicht hat er gedacht, Ihr hättet mich entführt und wollte mir mit seinem Verrat helfen.«

Leonhard neigte den Kopf. »Gut, wenn Ihr das so sehen möchtet, dann tun wir das. Wie wollen wir nun weiter vorgehen?«

»Nach Thure oder Cuttenheim können wir nicht zurück. Wahrscheinlich wird Ulrich uns auch in Greifenfels suchen.«

»Nach Megina können wir ebenso wenig fliehen«, sagte Leonhard. »Die Leiburger werden uns dorthin verfolgen. Wir müssen weit weg von hier.«

Ida sah in die Ferne und schirmte ihre Augen mit der Hand vom Sonnenlicht ab. »Lasst uns an die Mosel ziehen.

Die Mutter meines Vaters stammte von dort und ich habe in Beyelstein wohl noch Verwandte. Vielleicht können wir es riskieren, sie aufzusuchen und um Zuflucht zu bitten. Allerdings habe ich hinter Megina keine Orientierung mehr und kann uns nicht den Weg weisen.«

»Dann müssen wir uns nach dem Stand der Sonne Richtung Südwesten richten, bis wir auf den Elzbach stoßen. Wenn wir diesem immer weiter südlich folgen, müssten wir irgendwann an die Mosel kommen, sofern ich nicht irre.«

»Von dort aus können wir uns sicher zur Burg Beyelstein durchfragen.«

Leonhard nickte mit einer Miene, die Zweifel verriet.

»Bis hierher waren mir die Wege bekannt«, sagte sie leise und trieb ihr Pferd wieder an. »Von nun an wird mir alles fremd sein.«

Leonhard folgte ihr mit einem ernsten Blick. »Ihr seid eine mutige Frau.«

Kapitel Neunzehn

Auf der Lichtung bei Farolds Hütte starrte Gero wenig später auf den Leichnam Rubens. Der Anblick der abscheulichen Bluttat grauste ihn so, dass er sich abwenden musste, obwohl er in den Schlachten für den Kaiser schon Derartiges gesehen hatte. Doch diesmal ging es um den Sohn eines Freundes, Idas Spielkameraden, kaum dem Jugendalter entwachsen. Jäh aus dem Leben gerissen, vermutlich für ein Vergehen, das keines war. Er schluckte und kämpfte mit seiner Übelkeit und aufkommenden Tränen.

Als Adebar und seine Greifenfelser auf der Waldschneise eintrafen, raschelte es im Wald vor Gero. Seine Männer zückten ihre Schwerter und nahmen Kampfhaltung ein. Auf sein Kopfnicken hin gingen zwei von ihnen hinein und zerrten drei Jungen in zerlumpten Kleidern aus dem Unterholz. Sie knieten vor Gero nieder und sahen scheu zu ihm herüber. Ihre verschmierten Gesichter wirkten starr vor Schreck.

»Wer seid ihr«, fragte er.

»Artur, Bartholomäus und Wolfram aus Ethrich, Herr«, antwortete der Größte und Kräftigste.

Gero studierte ihre Gesichtszüge. Keiner der Jungen kam ihm bekannt vor. Doch vielleicht konnten sie ihm erzählen, was vorgefallen war. Er stellte einen Fuß in Schrittstellung und beugte sich angespannt zu ihnen vor. »Habt ihr etwas von der Gräueltat beobachtet, die hier passiert ist?«

Die drei nickten mit beklommenen Mienen.

»Kommt, steht auf. Könnt ihr uns davon berichten?«

Die Jungen tauschten mit gesenkten Köpfen Blicke untereinander aus. Schließlich sagte der Große, ohne ihn anzuschauen: »Wir haben da hinten im Wald Beeren und die ersten Pfifferlinge gesammelt. Da haben wir bemerkt, dass sich ein Trupp Bewaffneter Farolds Hütte nähert. Die Männer und das Wappen haben wir noch nie gesehen. Also haben wir uns im Unterholz versteckt und abgewartet.« Er stockte.

Gero trat näher an sie heran. »Was ist danach geschehen?«

Zögerlich berichtete der Junge davon, wie die Fremden die Kate niedergebrannt hatten. »Dann haben sie Ruben entdeckt, der sich auch in den Sträuchern verborgen hatte. Sie haben in den Wald gerufen, dass wir im Land eine Warnung verbreiten sollen: Jedem, der es wagen sollte, irgendeinem Mann und irgendeiner Frau Unterschlupf zu gewähren, werde es genauso ergehen wie ihm.«

»Ich glaube, sie haben vorher noch etwas bei ihm gefunden«, flüsterte der Junge mit rötlichem Haar, das wild in alle Richtungen stand.

»Was war das?«, hakte Gero nach.

»Einer der Ritter hat einen glänzenden Gegenstand in die Höhe gehalten. Ich konnte ihn auf die Entfernung nicht gut erkennen, aber es könnte eine Fibel gewesen sein. Aus echtem Silber – so doll glänzte es. Ein bisschen wie das da, Herr.« Er wies auf die Gurtschnalle von Geros Schwertscheide.

Unwillkürlich musste Gero an die Schmuckspange seiner Mutter denken, die Ida vorgestern Abend auf Rheinsporn an ihrer Tunika getragen hatte. Er schluckte. »Und was ist daraufhin passiert?«, fragte er atemlos.

»Dann hat einer der Bewaffneten Ruben mit dem Schwert geköpft.«

Der dickliche Junge links neben dem Großen würgte.

Gero spürte ebenfalls erneut Übelkeit in sich aufsteigen. »Wie sah der Ritter aus?«

»Er hatte einen Bart, grau wie Stein, und sein Gesicht glich einer Götzenfratze.«

Gero senkte den Kopf, presste die Kiefer aneinander und sammelte sich einen Moment. »Ich danke euch«, sagte er schließlich. »Ihr könnt gehen. Gebt in Thure Bescheid, dass Männer die sterblichen Überreste Rubens bergen und für ein würdiges Begräbnis sorgen sollen. Frieden seiner Seele.« Er bekreuzigte sich und die anderen taten es ihm nach.

An Adebar gewandt fuhr er fort: »Der Mordbrenner wird wahr machen, was er angedroht hat. Er hat den Landfrieden gebrochen und ist zu weit gegangen. Es ist damit zu rechnen, dass es noch mehr Tote geben, und er auch Ida nicht von seiner Rache verschonen wird. Wir müssen ihm zuvorkommen. Dieser grausige Mord darf auf keinen Fall ungesühnt bleiben.«

»Nein, das darf er nicht«, bestätigte Adebar mit grimmiger Miene. »Wir haben aber keine Ahnung, in welche Richtung Ulrich geritten ist. Es wird schwierig sein, ihn zu finden. Ich denke, du solltest den Kaiser auffordern, ihm Einhalt zu gebieten.«

Gero dachte nach. »Ja, du hast recht. Das ist wahrscheinlich das Klügste. Drei von meinen Rittern sollen mich zu Heinrich begleiten. Führst du den Rest an und bleibst den Leiburgern auf den Fersen?«

Adebar nickte entschlossen. In dem Funkeln seiner Augen glaubte Gero mehr zu erkennen als nur den Wunsch, sein Patenkind zu beschützen. Sein Ziehbruder sann auf Rache für Theoderich, erkannte er, und das bereitete ihm Sorge. Hoffentlich ließ er sich nicht von seinem Bedürfnis nach Vergeltung leiten, sondern behielt einen kühlen Kopf.

»Die Leiburger können noch nicht weit sein. Haltet Augen und Ohren offen und folgt ihnen unauffällig. Aber greift ein, wenn wieder ein solches Unrecht zu geschehen droht«, sagte er an seine Männer gewandt.

Albrecht nickte ernst. »Wir werden Fräulein Ida mit unserem Leben verteidigen, Herr. Ihr könnt Euch auf uns verlassen.«

»Tut bitte nichts Unüberlegtes«, sagte Gero und sah nun wieder Adebar an, der seinen Blick offen erwiderte.

»Es wäre das erste Mal in meinem Leben, wenn ich das täte«, entgegnete sein Schwager.

»Es könnte auch ganz schnell dein letztes Mal gewesen sein. Wenn es da etwas zu erledigen gibt, so tun wir das gemeinsam, in Ordnung?«

»Du hast uns angewiesen, einzugreifen, sollte es nötig sein.«

Diese Antwort mehrte Geros Sorge eher, als sie zu zerstreuen.

Fassungslos starrte Sigrun Gero am Abend auf Rheinsporn an, als er ihr berichtete, was sich in Cuttenheim zugetragen hatte. Sie wankte und hielt sich am Tisch fest, ehe sie sich langsam auf einen Stuhl sinken ließ. Zu hören, dass Ruben auf grausame Weise sein Leben verloren hatte, erschütterte sie. Das würde Luitgard, die schon so vieles ertragen musste, einen weiteren Schlag versetzen.

»Das darf nicht wahr sein«, flüsterte sie.

»Ulrich hat uns Fehde erklärt«, erwiderte Gero. »Ich fürchte, wir müssen der Tatsache ins Auge blicken.« Sie konnte ihm ansehen, wie besorgt er war. Die Bürde des Grafentitels und der Zwietracht mit den Leiburgern spiegelte sich in seinem Gesicht.

Sigruns Herz begann zu hämmern, während sich ihre Glieder taub anfühlten. Als sie verarbeitet hatte, was mit Ruben geschehen war, formte ihr Geist Bilder davon, was Ulrich mit Ida tun würde. Ein Ruck ging durch ihren Körper. Er durfte sie nicht zu fassen bekommen. Sie beugte sich vor und fasste Gero am Arm.

»Du musst verhindern, dass er Ida findet und ihr etwas antut.« Durch den Hemdsärmel spürte sie, wie angespannt er war.

Er setzte sich neben sie. »Ja, ich weiß. Aus diesem Grund haben wir uns aufgeteilt. Adebar reitet mit etlichen Männern hinter ihm her und versucht, ihm zuvorzukommen. Ich werde mit drei von unseren Rittern den Kaiser aufsuchen und ihn darum bitten, Ulrich aufzufordern, von der Verfolgung der beiden abzulassen.« Sein Blick wurde noch ernster. »Das bedeutet, dass Rheinsporn nur spärlich bewacht ist, und ich weiß nicht, für wie lange. Du wirst die Burg alleine führen und auf die Bediensteten achtgeben müssen. Besonders auf jene, die uns nicht wohlgesinnt sind. Ich habe ein paar der Thurer gebeten, hierherzukommen und dich zu unterstützen.« Er griff nach ihren Händen. »Wirst du das schaffen?«

Ein Schauder durchfuhr sie. Aber sie nahm all ihre Willenskraft zusammen, richtete sich auf und sah ihm fest in die Augen. Sie wusste, was ihre Aufgabe als Burgherrin war. Solche Umstände konnten immer wieder auf sie zukommen. Darauf hatte ihre Mutter sie in jungen Jahren vorbereitet. »Ja, Liebster. Ich habe weitaus Schlimmeres überstanden und Schwierigeres geschafft.«

»Das weiß ich«, erwiderte er und streichelte ihre Wange. »Du bist meine starke Frau.« Er küsste ihre Stirn.

»Du solltest nicht noch mehr Zeit verlieren«, sagte sie mit belegter Stimme, obwohl die Aussicht, ihn erneut für eine Reihe von Mondwechseln entbehren zu müssen, ihr die Luft nahm. Ihr blieb keine andere Wahl.

»Ja, ich weiß. Ich bin nur hergekommen, um das Wichtigste mit dir zu besprechen und in die Wege zu leiten. Der Truchsess braucht Anweisungen. Er soll dir in allen Angelegenheiten beratend zur Seite stehen. Du kannst ihm vertrauen. Ich glaube, das weißt du. Er ist uns treu ergeben.« Gero erhob sich. »Ich rufe unsere Ritter zusammen und bereite sie auf das Kommende vor. Es wäre gut, wenn Ulrich nicht erführe, dass Rheinsporn nahezu unbewacht ist.«

Mit feuchten Augen sah Sigrun ihm nach. Sie hätte Ida vor Ulrich schützen sollen. Hätte das Mädchen nicht in die Pflege des halsstarrigen Greises einbinden dürfen. Und sie hätte einschreiten müssen, als Gero die Eheschließung mit Ulrich verkünden wollte. Nicht in der Halle, nicht vor der versammelten Burggemeinschaft, sondern unter vier Augen gegenüber Gero und ebenso gegenüber Ida. Sie hätte zu ihr gehen und ihr sagen sollen, dass sie weiterhin frei war in ihrer Wahl, und sie nicht noch damit belasten, welche Tragweite ihr Entschluss für so viele Menschen hatte. Schlimmer als es gekommen war, wäre es auch anders kaum möglich gewesen. Ida wäre nicht geflohen, wenn sie hätte gewiss sein können, dass ihre Eltern ihr den Rücken stärkten und ihre Entscheidung mittrugen. Stattdessen hatten Gero und sie das Mädchen allein gelassen. Das konnte sie sich nicht verzeihen.

Und nun musste Gero sie nahezu schutzlos hier auf Rheinsporn zurücklassen. Sigrun mochte sich nicht ausmalen, was ihm und ihrer ganzen Familie in den kommenden Wochen bevorstand.

Im harten Ritt ließen Ida und Leonhard Megina hinter sich. Dann hielten sie sich nach Süden, durchquerten die Schlucht, die der Eiterbach wie ein Pflug in die Landschaft gefurcht hatte, und trabten anschließend hügelan und hügelab, bis sie auf den Elzbach stießen. Diesem folgten sie in südlicher Richtung, begleitet vom unablässigen Rauschen des Wassers. Der Weg führte sie durch kaum begehbares Gelände. An einigen Stellen hatte sich der von schwarzen Erlen gesäumte Wasserlauf tief in das Land gegraben und bildete manche Biegung und Schlinge. Immer wieder waren sie gezwungen, abzusteigen und ihre Pferde an den Zügeln zu führen, und stolperten dabei über größere Steine, Wurzeln und umgefallene Baumstämme. An den offenen Hängen zogen sich Moosflechten an schroffen Felskanten entlang und das Wasser der Elz toste über Stromschnellen. Der Weg war so glitschig, dass sie mehrmals ausrutschten.

Der Abend dämmerte, als sich die Schlucht in eine breite Aue öffnete. Inmitten einer bewaldeten Anhöhe trafen sie auf einen eiförmigen Felskopf, um den der Elzbach eine Kehre beschrieb. Auf dem Gestein ragte eine kleine Burganlage empor, die neu errichtet zu sein schien. An der höchsten Stelle erhoben sich ein Wohngebäude sowie ein quadratischer Bergfried. Über den Bach zogen Enten ihre Bahnen. Er umfloss fast den gesamten Felsblock und bildete dabei einen natürlichen Wassergraben. Dennoch waren die Gebäude von dicken, mit Schießscharten versehenen Mauern am Fuß des Felsens geschützt, flankiert von runden Türmen.

Sehnsüchtig sah Ida zu der Burganlage hinauf. Aus dem Schornstein am Wohnturm stieg eine Rauchsäule auf. Es wäre schön, die Nacht in Sicherheit und auf einem richtigen Lager verbringen zu können anstatt ungeschützt im Wald. Der Hunger plagte sie, und sie vermochte sich vor Erschöpfung kaum noch auf dem Pferd zu halten. Gleichwohl drohte ihnen Gefahr, wenn der Burgherr Ulrich Treue schuldete. Nachdenklich betrachtete sie den Himmel, über den Stare mit heiseren Rufen ihre Bahnen zogen. Sie studierte den Flug der Vögel und bemühte sich herauszufinden, was die Natur ihr zu sagen versuchte. Hätte Meda doch mehr Zeit gehabt, sie in das Deuten dieser Zeichen zu unterweisen!

»Ich denke, wir können es riskieren, um Hilfe zu bitten«, sagte Leonhard mit gedämpfter Stimme. »Es ist unwahrscheinlich, dass sich die Nachricht von unserem Verschwinden schon bis hierher verbreitet hat. Aber ich fürchte, lange werden wir nicht bleiben können.«

Ida nagte an ihrer Unterlippe. »Und was antworten wir, wenn wir gefragt werden, wer wir sind?«

»Wir könnten den Namen Eures Onkels Adebar benutzen, da wird hoffentlich niemand Verdacht schöpfen. Fragt später jemand nach uns, werden Euer Vater und Euer Onkel wissen, dass wir hier gewesen sind.«

»Wollen wir denn, dass die beiden das wissen? Vielleicht jagen sie uns ebenfalls.«

Stirnrunzelnd sah Leonhard sie von der Seite an. »Wollt Ihr Euch denn für den Rest Eures Lebens von ihnen fernhalten? Denkt Ihr nicht, dass sie in Sorge um Euch sind und das Beste für Euch wollen?«

»Das habe ich einmal geglaubt«, erwiderte Ida leise.

Leonhard drehte sich im Sattel zu ihr um. »Euer Vater hat wie ein Löwe um Euch gekämpft und versucht, dieses Schicksal von Euch abzuwenden.«

»Es wäre mir lieber gewesen, er hätte sich wie ein sturer Esel geweigert, dieser Vermählung zuzustimmen.«

»Diese Entscheidungen sind nicht so einfach, wie Ihr denkt. Er trägt nicht nur die Verantwortung für Euch, sondern für die ganze Familie, für die Burg …«

»Das ist mir bewusst«, unterbrach sie ihn. »Ihr müsst mich nicht belehren.«

»… für seine Bediensteten und seine Lehen«, fuhr er unbeirrt fort. »Und wer weiß es schon, vielleicht hätte er

Euch ja letztendlich gar nicht in diese Verbindung gezwungen.«

»Und stattdessen was gemacht?«

»Möglicherweise hätte er es sich noch anders überlegt und Euch freigestellt zu wählen, was Ihr tun wollt. Und Ihr hättet diesen Antrag genauso ablehnen können, wie Ihr es mit allen Vorigen getan habt.« Ein Grinsen stahl sich auf seine Lippen.

»Er hat die Verbindung mit einem Handschlag besiegelt und öffentlich verkündet. Er wäre wortbrüchig geworden und hätte damit eine Fehde heraufbeschworen. Außerdem wäre ich diesmal nicht frei gewesen. Von meiner Entscheidung hing doch so viel ab. Auch ich habe Verantwortung getragen für meine Familie, die Burg, die Bediensteten und die Lehen.«

»Und Eure Flucht hat Euch von dieser Verantwortung entbunden?«

»Natürlich. Niemand kann von meinem Vater mehr erwarten, als mich zu suchen. Er darf mich nur nicht finden.«

»Da bin ich mir nicht so sicher.«

Unschlüssig sahen sie zu der Befestigung hinüber.

»Also, riskieren wir es?«, fragte Leonhard. »Geben wir uns als Greifenfelser aus?«

»Es ist riskant, aber wir könnten vorgeben, Willibald und Sieglinde zu sein. Allerdings seht Ihr mit Euren strohblonden Haaren nicht wie ein Lothringer aus und Euer Akzent wird Euch verraten. Wenn es nicht funktioniert, haben wir das nächste Problem am Hals.«

»Dann lasst uns behutsam vorgehen. Ich werde versuchen, meine Aussprache noch mehr der Euren anzupassen.«

Langsam lenkten sie die Pferde den steilen Felsen hinauf auf den Weg, der zum Eingang führte, wo der Wächter bereits damit beschäftigt war, die Torflügel zur Nacht zu schließen. Erstaunt hielt er inne, als er sie in der Abenddämmerung auf sich zukommen sah.

»Seid gegrüßt«, sagte Leonhard. »Wir sind auf dem Weg zur Burg unserer Verwandten. Könnt ihr uns Obdach gewähren – und sei es nur für eine Nacht?«

»Wer seid Ihr?«, fragte der bärtige Wächter mit misstrauischem Unterton.

»Willibald und Sieglinde von Greifenfels.«

»Noch nie gehört«, brummte der Mann.

»Unsere Heimatburg liegt weit westlich von hier an der Prüm. Vielleicht habt Ihr von unserem Vater beziehungsweise Onkel Theoderich von Greifenfels gehört.«

»Ist der nicht in der Schlacht bei Andernach tödlich verwundet worden?«

»Das ist richtig«, bestätigte Leonhard und Ida senkte den Kopf. Seine fremdländische Aussprache kam ihr überdeutlich vor. Merkte der Elzer das nicht? »Aus diesem Grund sind wir unterwegs zu unseren Verwandten«, fuhr Leonhard fort. »Wir müssen Erbangelegenheiten mit ihnen besprechen.«

Der Wächter runzelte die Stirn.

»Es sind dringende Geschäfte. Der Erzbischof von Colonia ist immer noch damit beschäftigt, die Lehen neu zu verteilen«, ergänzte Leonhard und sah ihm fest in die Augen.

»Wartet hier«, sagte der Wächter und ließ sie in der heranbrechenden Dunkelheit stehen, allerdings ohne das Tor zu schließen. Stattdessen stellte er zwei junge Burschen als Wachposten ab. Es dauerte eine geraume Zeit, bis er zurückkehrte.

»Ihr dürft hereinkommen.«

Erleichtert folgten sie ihm in den Burghof, während hinter ihnen das schwere Tor geräuschvoll geschlossen wurde.

Vor dem vierstöckigen Steinhaus mit bemaltem Schornstein und ebensolchen doppelbogigen Fenstern empfing sie ein sorgsam gekleideter Mann mit Kugelbauch und listigem Blick. »Seid gegrüßt, Fremde, und seid Gäste auf meiner Burg. Ich bin Rudolfus von Elze. Leider verfügen wir über keine Gästezimmer, sodass Ihr mit unseren Stallungen vorliebnehmen müsst.«

Ida hatte auf der Zunge liegen, dass sie an eine solche Schlafstatt gewöhnt war. Aber sie verkniff sich die Bemerkung, um keinen Verdacht zu erregen.

»Ich bin Willibald von Greifenfels und das ist meine Base Sieglinde. Wir sind auf dem Weg an die Mosel zur Burg Beyelstein.«

Der Graf wies zur offenen Tür. »Tretet ein. Die Diener bereiten ein Nachtmahl für Euch.«

Dankbar übergaben sie dem Stallknecht die Pferde und Leonhard zudem sein Schwert. Dann folgten sie dem Elzer in einen von Kerzenlicht erhellten Raum mit kleinen Fensteröffnungen und einer Schießscharte. An der Decke reihten sich schwere, dunkle Balken, gestützt von einem Querenden. Neben der Tür stand eine schlichte Truhe aus Massivholz mit groben schmiedeeisernen Bändern und einem hölzernen Schloss. Rudolfus von Elze schien wohlhabend zu sein. Auf dem Boden lagen zwei braune Bärenfelle vor dem Esstisch mit den gepolsterten Sitzmöbeln. An der rückwärtigen Wand befand sich ein Kamin und es brannten echte Kerzen. So war es hell und nicht so dämmrig wie beim Licht einfacher Talglampen. Außer der Magd, die das Essen auftrug, hielt sich niemand in der Kemenate auf.

Rudolfus ließ sich bei ihnen am Tisch nieder.

»Das ist eine wunderliche Lage für eine Burg«, bemerkte Leonhard. »Warum habt Ihr Euch hier niedergelassen?«

»Durch das Elztal führt ein von vielen genutzter Weg«, erwiderte der Graf. »Er verbindet den Handelsweg auf der Mosel mit dem fruchtbaren Maifeld und der Eifel. Von der Burg aus können wir diese Strecke leicht kontrollieren und sichern. Ihr seid also Nachkommen des Theoderich von Greifenfels?«

Leonhard nickte und Ida senkte abermals den Kopf. Sie war sich ihrer Rolle als Frau bewusst, die erst das Wort ergreifen durfte, wenn sie angesprochen wurde. Stattdessen schielte sie zu den Speisen. Der Hunger nagte an ihr. Dennoch zwang sie sich, gesittet zu essen.

»Ich habe Euch im Lothringer Truppenteil bei Deutz und Andernach gesehen. Gehörtet Ihr nicht zur Leibgarde des Kaisers?«, fragte der Graf ihren Begleiter. Ida konnte spüren, wie angespannt die Stimmung am Tisch mit einem Mal war. Wusste der Graf, dass Leonhard zu den Leiburgern gehörte?

»Das ist richtig, ich durfte meinen bescheidenen Dienst in den vorderen Reihen verrichten«, erwiderte Leonhard betont nüchtern.

»Hat der Erzbischof auch Eure Lehen eingezogen?«

»Nein, davon sind wir bislang verschont geblieben. Doch wir rechnen mit dem Schlimmsten. Deshalb ist es wichtig, dass wir die Erbangelegenheiten und den letzten Willen meines Vaters mit den Verwandten besprechen.«

»Mir ist zu Ohren gekommen, dass Theoderich auf grausame Weise sein Leben lassen musste«, warf Rudolfus ein.

Ida senkte den Kopf noch tiefer und ihre Augen füllten sich mit Tränen. Nun, da sie sich in dieser verzweifelten Lage befand, wurde ihr der Verlust des Großvaters schmerzlich bewusst. So fremd er ihr geblieben war, wäre er womöglich für sie eingetreten und ihre Zuflucht gewesen.

Der Graf warf ihr rasch einen Blick zu. »Verzeiht meine Neugier, Fräulein Sieglinde, es scheint wenig einfühlsam zu sein. Aber weil ich an dieser Schlacht beteiligt war und im Anschluss bedenkliche Gerüchte zu mir durchgedrungen sind, habe ich ein Interesse daran, von Euch zu erfahren, was passiert ist.«

Ida hielt die Lider gesenkt und nickte.

»Der Pfeil einer Armbrust hat ihm das Lebenslicht genommen«, erklärte Leonhard ihm.

Rudolfus lehnte sich vor. »Ich habe gehört, zwei feindliche Ritter hätten ihn festgehalten, und ein Dritter, der Hakon heißen soll, habe den Pfeil auf ihn geschossen. Die Kämpfer, die das mit angesehen haben, sprachen davon, dass es eine Hinrichtung gewesen sei. Das wirft die Frage auf, wer das Bedürfnis nach einer solchen Tat hat und wer den gegnerischen Rittern den Wink gab, wo sich Theoderich in Heinrichs Heer aufhielt.«

Leonhard verengte die Augen. »Habt Ihr einen Verdacht?«

»Nun ja, es könnte ein jeder aus Heinrichs Streitmacht gewesen sein, der über die Truppenaufstellung im Bilde war. Doch wenn die Gerüchte stimmen, hatte einer ein Motiv, Theoderich für etwas büßen zu lassen.«

»Für welche Tat?«

»Dafür, dass dank seiner Fürsprache dem Bauern Gero Burg Rheinsporn und ihre Güter als Lehen anerkannt wurden.«

»Und wer hätte ein Interesse daran gehabt, Theoderich zu bestrafen?«, fragte Leonhard, und Ida konnte hören, wie aufgewühlt er war.

Der Graf hob beide Hände. »Es sind nur Gerüchte. Ihr könnt nicht auf mein Wort zählen, wenn es zu einer Auseinandersetzung darüber kommt. Ich gebe lediglich wieder, was mir zu Ohren gekommen ist. Weil ich davon ausgehe, dass Ihr als Sohn Theoderichs erfahren wollt, wer hinter diesem Meuchelmord steckt.« Er legte eine Pause ein. »Es heißt, Ulrich von Leiburg habe einen Boten mit dieser Nachricht ins feindliche Lager geschickt.«

Idas Blick huschte zu Leonhard und sie sah, dass er erbleichte.

»Warum sollte er das getan haben?«, fragte er tonlos.

»Das wisst Ihr nicht?« Rudolfus wirkte erstaunt. »Er war ein Weggefährte Bertolt von Rheinsporns und Friedwart von Höhtgens. Der Verbleib des Letzteren wirft unter den Adligen ebenfalls viele Fragen auf. Er verschwand spurlos, nachdem er ausgezogen war, um Gero über seine Anerkennung durch den Kaiser in Kenntnis zu setzen.«

»Denkt Ihr, Gero hat auch Friedwart von Höhtgen getötet? Warum hätte er das tun sollen?«

Abermals hob der Graf beide Arme. »Ich weiß es nicht. Ich gebe Euch lediglich wieder, was Gerüchte unter den Adligen und manch Spielmann in den Hallen verbreiten. Je nachdem, wo sie singen, preisen sie Geros Wagemut und Schlagkraft oder sie verteufeln ihn als Meuchelmörder. Friedwart soll das Schwert Siegfried von Ballenstedts bei sich getragen haben, und das befindet sich nun angeblich in Geros Besitz.«

Jetzt spürte Ida, wie ihr ebenfalls die Farbe aus dem Gesicht wich. Es war zu riskant, weiter an adligen Höfen um Zuflucht zu bitten, erkannte sie.

»Habt Dank für Eure Offenheit«, sagte Leonhard und schob seinen Teller von sich weg.

Der Graf nickte. »Ein Diener wird Euch in den Stall führen und Euch die Schlafplätze zeigen. Auch ich möchte mich jetzt zur Nachtruhe begeben.«

»Womit können wir Euch Eure Gastfreundschaft vergelten?«

»Was ich tue, ist meine Christenpflicht.« Rudolfus wies mit dem Zeigefinger nach oben. »Der Herr wird es mir entlohnen.«

Zum ersten Mal sah Ida ihn offen an und glaubte, trotz der freundlichen Worte Misstrauen in seiner Miene zu erkennen.

Als sie alleine nebeneinander im Stall auf zusammengeschobenen Strohhaufen lagen, flüsterte sie: »Denkt Ihr, die Geschichte ist wahr?«

»Welche?«, flüsterte Leonhard zurück.

»Dass Ulrich meinen Großvater verraten hat.«

»Ich kann es zumindest nicht ausschließen. An solchen Gerüchten ist meistens etwas dran.«

»Glaubt Ihr dann ebenfalls, dass mein Vater diesen vermissten Ritter erschlagen hat?«

Leonhard drehte sich zu ihr um, wobei das Stroh unter ihm raschelte. »Keine Ahnung. Sagt Ihr es mir, was mit Friedwart von Höhtgen passiert ist.«

»Ich weiß nichts von einem Ritter mit diesem Namen. Mir ist nur bekannt, dass die Bauern meinem Vater Siegfrieds Schwert gebracht haben, nachdem ein fremder Ritter tot auf den Feldern aufgefunden worden war. Mein Vater war aber die ganze Zeit bei meiner todkranken Mutter. Er kann diesen Mann nicht auf dem Gewissen haben.«

»Also muss jemand anderes ihn erschlagen haben. Die Frage ist, wer und warum?«

»Ich habe keine Ahnung. Ich weiß ja noch nicht einmal, wer das war.«

»Der engste Vertraute Bertolts.«

»In diesem Fall hätte mein Vater vermutlich einen Grund gehabt, ihn zu ermorden. Trotzdem kann ich mir beim besten Willen nicht vorstellen, dass er so etwas tun würde.«

»Bertolt hat er doch auch erschlagen.«

»In Notwehr.«

Leonhard drehte sich wieder zurück auf den Rücken. »Dann glaube ich eher den Spielleuten, die seinen Wagemut und seine Schlagkraft preisen.«

Ida seufzte und drehte sich ebenfalls auf den Rücken. »Wir sollten in Zukunft Burgen meiden. Es ist zu riskant. Ich traue Rudolfus nicht. Er schien mir sehr misstrauisch zu sein.«

»Ja, aber dazu hatte er leider allen Grund.«

Im Morgengrauen schreckte Ida aus dem Schlaf auf, als sie Hufschläge auf dem Pflaster des Burghofs hörte. Benommen erhob sie sich und spähte durch die Öffnung in der Stallwand. Der Reiter, der in den Hof preschte und vom Pferd sprang, sah nach einem Boten aus. Ida ahnte, welche Nachricht er zu verbreiten hatte. Hastig weckte sie Leonhard.

»Wacht auf! Ich fürchte, wir müssen Burg Elze sofort verlassen. Eben ist ein Bote eingetroffen, der es eilig zu haben scheint. Wir sollten nicht mehr hier sein, wenn er Rudolfus über unsere wahre Herkunft ins Bild setzt.«

Augenblicklich richtete sich Leonhard von seinem Strohlager auf, und Ida griff nach ihrer Provianttasche. Zusammen schlichen sie zu ihren Pferden. Mit zittrigen Fingern legte Ida ihrem Fuchshengst Zügel und Sattel an und befestigte die Satteltaschen daran. Zum Glück hatte sie nur einen der Lederriemen verloren. Als sie die Tiere aus dem Stall herausführen wollten, stellte sich ihnen ein Mann der Burgwache, bewaffnet mit einem Spieß, in den Weg.

»Rudolfus hat angeordnet, dass Ihr die Burg nicht verlassen dürft.«

Erschrocken sah Ida zu Leonhard.

»Er hat kein Recht, uns hier festzuhalten«, sagte er.

»Ich habe Anweisung, Euch nicht gehen zu lassen«, erwiderte der Wachmann ungerührt.

Fieberhaft sann Ida über Möglichkeiten nach, wie sie den Mann überlisten konnten. Doch auf der gestern so ausgestorbenen Burg wimmelte es von Menschen und Tieren, sodass eine Flucht nicht gelingen konnte.

»Wir müssen weiterziehen, wenn wir rechtzeitig auf Beyelstein sein wollen«, hob Leonhard erneut an.

Die Miene des Wachhabenden zeigte keine Regung. »Das müsst Ihr mit Graf Rudolfus klären.«

Entmutigt ließ sich Ida ins Stroh sinken und barg ihr Gesicht in den Händen. Schon am fünften Tag ihrer Flucht saßen sie in der Falle. Hier würden sie nicht wegkommen. Bei dem Gedanken, dass Ulrich sie nun finden würde, brach ihr der Schweiß aus.

Langsam setzte sich Leonhard neben sie und legte ihr tröstend eine Hand auf die Schulter.

Unvermittelt war von draußen die Stimme des Grafen zu hören. Der Bewaffnete trat beiseite, und Rudolfus kam in den schummrigen Stall.

»Lass uns alleine«, sagte er zu dem Mann, der sich augenblicklich zurückzog. Dann beugte sich Rudolfus zu Ida und Leonhard hinunter. »Ihr müsst von hier verschwinden und weit weg. Gerade eben ist ein Bote Ulrichs erschienen, der jeden, der Euch Unterschlupf gewährt, mit dem Tode bedroht.«

Leonhard hob zu sprechen an, doch der Graf gebot ihm mit der Hand zu schweigen. »Mir war gestern schon klar, dass Ihr kein Sohn Theoderichs seid, dafür ist Euer Haar zu blond. Ihr seht eher aus wie ein Nordmann und sprecht auch so. Ich habe nur nicht durchschaut, mit wem ich es zu tun hatte.« Nun sah er Ida direkt an. »Ihr seid nicht die Nichte Theoderichs, sondern seine Enkelin, richtig?«

Ergeben nickte Ida.

»Ich habe Euren Großvater geschätzt. Sagt niemandem, dass Ihr hier wart. Außer ein paar der Bediensteten hat Euch keiner gesehen. Eine Magd wird Euch gleich mit einer Wegzehrung versorgen und das Schwert zurückbringen. Orientiert Euch weiterhin südlich, wenn Ihr an die Mosel wollt und dort wirklich Verwandte habt, bei denen Ihr Zuflucht finden könnt. Aber wenn Ihr meinen gut gemeinten Rat hören möchtet: Haltet Euch von den Burgen der Adligen fern. Man weiß nie, wer Freund und wer Feind ist.«

Ungläubig und erleichtert zugleich sah Ida den Grafen an. »Noch einmal gebührt Euch unser Dank«, sagte sie.

Wie schon am Abend zuvor wies Rudolfus nach oben. »Der Herr wird es einst in die Waagschale werfen, wenn er über mich zu Gericht sitzt. Ich hoffe, dass Euer Großvater ein gutes Wort für mich einlegen wird, weil ich seiner Enkeltochter geholfen und vielleicht einen Teil dazu beigetragen habe, dass sein Tod gerächt wird. Mischt Euch getrennt voneinander unter die Menschen im Hof und verlasst die Burg so unauffällig wie möglich. Trefft Euch am besten erst wieder, wenn Ihr außer Sichtweite im Wald seid, und achtet darauf, dass Euch der Bote nicht sieht, wenn er heute weiterreitet. Vermutlich wird er mit der gleichen Botschaft, mit der er an mich herangetreten ist, die Burgen an der Mosel aufsuchen.«

Beklommen nickte Ida, und Leonhard ließ sie vorausgehen. Trotz der Wärme des anbrechenden Tages zog sie sich die Gugel über den Kopf, jedoch nicht so tief ins Gesicht, dass es Aufmerksamkeit erregt hätte. Gemächlich bewegte sie sich in Richtung des Burgtors und schlüpfte schließlich hindurch. Sobald sie Burg Elze hinter sich gelassen hatte, beschleunigte sie ihre Schritte. Mehrmals drehte sie sich um und schaute, ob sie verfolgt wurde. Der Einzige, den sie irgendwann sah, war Leonhard, der ihr mit beiden Pferden am Zügel folgte, den Blick fest auf sie gerichtet. Ein wohliges Gefühl durchströmte sie. Sie konnte ihm vertrauen, egal, in welch misslicher Lage sie sich befanden. Dessen war sie sich nun sicher. Sie beschloss Beyelstein, die Heimatburg ihrer Großmutter, nicht aufzusuchen und sich stattdessen Richtung Greifenfels durchzuschlagen. Doch als sie den steilen Weg entlang des Elzbaches hinunter zur Mosel einschlugen, befürchtete sie, dass ihnen das Schwerste noch bevorstand.

Kapitel Zwanzig

Gero musste mit seinen Männern zwei Tage lang nach Süden reiten, ehe er den Kaiser ausfindig machen konnte, der sich auf seinen Sitz Burg Böckelheim zurückgezogen hatte. Auf einem weit auslaufenden Bergkegel oberhalb des Tals der Nahe erstreckten sich die Steingebäude, zu denen ein runder Turm gehörte, innerhalb einer Ringmauer. Von der Südwestspitze eröffnete sich ihnen eine herrliche Aussicht über das Land. Am Tor gaben sie ihre Waffen ab und baten den Truchsess, dass man Heinrich über ihre Ankunft und ihre Bitte um eine Unterredung informiere.

Während sie warteten, trat überraschend der Graf von Hamm, Adebars Schwiegervater, an Gero heran. »Wo wart Ihr bei der Versammlung in Mainz, Gero? Ihr wurdet vermisst.«

Fahrig strich sich Gero über die Schläfe. »Welche Versammlung?« Dann fiel ihm ein, dass sich Adebar auf dem Weg dorthin befunden hatte, als er auf Rheinsporn eintraf. Nach seiner Rückkehr aus Mainz war so viel Furchtbares geschehen, dass Gero das Ergebnis dieser Zusammenkunft völlig vergessen hatte.

»Was ist besprochen worden?«

Der aus Hamm senkte die Stimme. »Der Kaiser wurde von den Boten der Bischöfe und der Großen des ganzen Reiches bedrängt, eine Fürstenversammlung einzuberufen. Er musste versprechen, für alles, was ihm durch Beschluss der Fürsten auferlegt wird, Genugtuung zu leisten.«

Alarmiert sah Gero ihn an und erinnerte sich daran, dass Adebar ihm davon berichtet hatte. »Er hat sich den Urteilen der Fürsten unterworfen?« Wenn dem so war, würde er nicht milde gestimmt sein.

Adebars Schwiegervater nickte. »Er hat sogar zugesichert, dass jedem im Reich, der seiner Habe beraubt worden sei, sein Eigentum zurückerstattet werde. Außerdem musste er sich dem Diktat unterwerfen, an dem von Papst Calixt für den Oktober in Reims zusammengerufenen Konzil teilzunehmen. Dort soll über eine Lösung vom Bann und einen Ausgleich mit dem Papst verhandelt werden.«

»Das bedeutet, dass er stärker als je zuvor vom Einvernehmen mit den Fürsten abhängig ist.« Sorgenvoll strich sich Gero über das Kinn. Nun erschien er noch mit seinem Anliegen, für das der Kaiser wohl kaum ein offenes Ohr haben würde.

Da kam ihn der Truchsess holen. Gero nahm Albrecht, seinen ersten Ritter, mit in die Kammer, in der Heinrich der Fünfte auf ihn wartete. Der Kaiser war außergewöhnlich prunkvoll gekleidet. Er trug einen mit gestickten Medaillons verzierten Mantel über einer Tunika, die aus Byzanz zu stammen schien. Ein langer gewebter Gürtel mit Gold- und Silberbroschierung, Strümpfe mit Goldbändern sowie Zierelemente aus Gold- und Silberdraht an den Schuhen rundeten sein prachtvolles Gesamtbild ab. Gero wunderte sich über diese Aufmachung. War dem Kaiser daran gelegen, seinen unverminderten Machtanspruch zu demonstrieren, damit niemand auf die Idee kam, dass er sich nach all den Niederlagen geschlagen gab?

»Ihr seid also Gero von Rheinsporn«, begrüßte Heinrich ihn und wies einen der Diener an, ihm und seinem Begleiter Zinnbecher mit Wein zu reichen.

Nach der üblichen Ehrbekundung gegenüber dem Kaiser ergriff Gero dankbar den Becher und nahm einen tiefen Zug. »Es sind einige Jahre vergangen, Herr, seitdem wir uns bei der Stiftungserneuerung des Klosters in Laach begegnet sind«, erinnerte er den Kaiser. »Doch in den Schlachten bei Deutz und Andernach habe ich für Euch gekämpft.«

Sofort blitzte Erkennen in Heinrichs Augen auf. »In Laach habt Ihr mich gebeten, Euch Rheinsporn zu überlassen.«

»Mein rechtmäßiges Erbe«, ergänzte Gero höflich, aber mit Nachdruck.

»Gewiss«, sagte Heinrich und trommelte mit den Fingern auf die Stuhllehne. »Ich habe Eurem Wunsch ja auch auf Fürsprache Theoderichs hin entsprochen.« Er nahm ebenfalls einen Schluck aus seinem Zinnbecher und studierte Geros Miene.

»Das ist richtig, Herr. Dafür bin ich Euch zutiefst dankbar. Die Fürsprache meines Schwiegervaters scheint ihn allerdings das Leben gekostet zu haben.«

Fragend zog der Kaiser die Augenbrauen zusammen. »Wie das? Berichtet!«

Gero schilderte ihm, wie sie Theoderich auf dem Schlachtfeld vorgefunden hatten und welchen Verdacht er hegte.

»Wenn, wie Ihr sagt, die Getreuen Bertolts zu Friedrich von Schwarzenburg übergelaufen sind, so ist das bedauerlich. Aber ich kann in dem Tod Theoderichs keinen Racheakt erkennen. Die Männer haben sich in feindlichen Lagern gegenübergestanden. Da bleibt es nicht aus, dass einer von ihnen den Tod findet.« Er legte eine Pause ein, ehe er wieder anhob. »Ich habe Euch eine Vermählung mit dem Hause Leiburg ermöglicht, die Euer Ansehen und Eure Machtposition stärkt.«

»Wusstet Ihr, dass es sich bei dem Bräutigam um Ulrich handeln würde?«, versetzte Gero.

»Ja, er deutete das an. Was spielt das für eine Rolle?«

»Meine Tochter ist sechzehn.«

Mit einem verständnislosen Gesichtsausdruck fixierte Heinrich ihn. »Die Königin war dreizehn, als sie mir ins Bett gelegt wurde.«

»Aber Ihr seid nicht im Greisenalter. Als Ulrich zur Brautwerbung kam, hat er verschwiegen, dass er für sich selbst wirbt. Alle dachten, es geht um seinen Sohn Valentin, für den er zwei Jahre zuvor geworben hatte.«

»Und was wünscht Ihr von mir?«, fragte der Kaiser, und Gero merkte ihm an, dass er ungeduldig wurde.

»Meine Tochter ist von Rheinsporn verschwunden und mit ihr einer von Ulrichs Rittern.«

Nun verstand der Kaiser anscheinend. Er beugte sich in seinem Stuhl vor. »Welcher?«

»Leonhard von Brauneck.«

»Wieso habt Ihr nicht besser auf Eure Tochter aufgepasst?«

»Wir wissen nicht, was passiert ist, Herr. Ob Leonhard sie entführt hat, ob sie freiwillig mitgegangen ist oder ob etwas ganz anderes geschehen ist. Sicher ist, dass beide seitdem verschwunden sind, und Ulrich begonnen hat, mit seinen Männern Jagd auf sie zu machen. Er hat in meinen Lehen die Hütte eines harmlosen Alten in Brand gesetzt und einem jungen Bauern aus Thure, das dem Pfalzgrafen bei Rhein gehört, den Kopf abgeschlagen. Anscheinend dachte er, dass dieser Landmann meiner Tochter geholfen hat, sich in der Kate verborgen zu halten.« Gero legte eine Pause ein und wartete ab, ob der Kaiser etwas sagen würde. Als dieser beharrlich schwieg, fügte er hinzu: »Außerdem hat er angedroht, jeden, der den beiden hilft, auf die gleiche Weise zu ermorden. Das ist Landfriedensbruch.«

»Wieso kommt Ihr damit zu mir?«, fragte der Kaiser und wand sich unbehaglich. Gero ahnte, weshalb Heinrich sich derart reserviert verhielt. Schließlich war Ulrich der Kommandant seiner Leibgarde gewesen und hatte ihm viele Jahre lang treu gedient. Ihn jetzt zur Ordnung rufen zu müssen, war keine erfreuliche Angelegenheit.

»Eure Ländereien liegen nun im Einflussbereich der Aufständischen«, fuhr Heinrich fort. »Ihr müsst Euch mit Eurem Anliegen an den Erzbischof von Colonia wenden. Hat er Euer Lehen inzwischen bestätigt?«

»Bisher hat er nichts dergleichen getan. Meine Burg liegt südlich seines Machtbereiches«, erwiderte Gero. »Die weiter nördlich gelegenen Lehen hat er mir bislang weder bestätigt noch entzogen. Somit seid Ihr nach wie vor mein Lehnsherr, und Ulrich ist einer von Euren Vasallen. Wenn Ihr eine Allianz zwischen uns wolltet, um Eure und unsere Machtposition im Rheinland zu stärken, könnt Ihr nicht tatenlos zusehen, wie er dort sein Unwesen treibt. Ihr müsst ihn zur Vernunft bringen. Sonst wird Friedrich von Schwarzenburg das tun und Ulrich damit womöglich den nächsten Krieg heraufbeschwören.«

Gedankenverloren drehte Heinrich seinen verzierten Zinnbecher in der Hand und betrachtete eingehend die Motive darauf.

»Erlasst eine Verfügung, Herr, und fordert Euren Ritter auf, von der Verfolgung meiner Tochter abzusehen. Und am besten auch von der Leonhards, denn ich fürchte, dass ihm ebenfalls keine Gnade widerfahren wird, sollten die Leiburger seiner habhaft werden.«

Heinrich sprang auf und wanderte vor seinem Stuhl auf und ab, wobei er sich immer wieder mit grüblerischer Miene über den Bart strich. Es dauerte eine geraume Zeit, die Gero wie eine Ewigkeit vorkam, ehe der Kaiser einem Diener befahl: »Holt mir einen Schreiber her. Eure Tochter soll verschont werden. Doch was Ulrich mit seinem Ritter macht, soll seine Sache bleiben.«

Mit dem eingerollten, versiegelten Pergament in der Satteltasche und den besten Wünschen Heinrichs im Gepäck machte sich Gero noch am gleichen Tag auf den Weg zurück Richtung Megina.

Der Hunger plagte Ida und Leonhard. Seit ihre Vorräte erschöpft waren, hatten sie nichts Brauchbares mehr zum Essen gefunden. Vom Knurren ihres Magens angetrieben, näherte sich Ida hinter Cochem vorsichtig einem abgelegenen Köhlergehöft auf einer Waldlichtung. Sie war allein, denn wenn sie zu zweit auftraten, riskierten sie, erkannt zu werden. Bestimmt hatte sich längst herumgesprochen, dass Ulrich mit seinen Leiburgern Jagd auf eine dunkelhaarige Adlige mit einem strohblonden Begleiter machte. Auf der Lichtung stand ein kegelförmiger Kohlemeiler, abgedichtet mit Erde, Grassoden und Moos. Er schien erst vor Kurzem aufgeschichtet worden zu sein, denn aus dem Quandel, dem Kaminschacht, entwich kein Schwelqualm. Vor der Behausung fütterte eine Frau eine Handvoll Hühner und sah Ida mit zusammengekniffenen Augen entgegen. Offenbar war sie es als Angehörige eines wenig geachteten Berufsstands nicht gewöhnt, Besuch von Fremden zu bekommen.

»Verzeih meine Ungebührlichkeit«, sagte Ida. »Könntet ihr vielleicht ein Stück Brot und etwas Milch entbehren? Ich bin auf dem Weg nach Trier und habe meinen Proviant aufgebraucht.«

Die Frau, die im gleichen Alter wie Idas Mutter sein musste, legte die Stirn in Falten. »Bist du ganz allein unterwegs?«

Ida bemühte sich, vertrauenswürdig zu wirken. »Eigentlich nicht. Mein Vater und meine Geschwister sind vorausgegangen. Ich sollte sie heute einholen, doch ich habe sie wohl noch nicht erreicht.«

Die Frau warf einen verwunderten Blick auf Idas kostbare, aber inzwischen schadhafte Kleidung. »Woher hast du diese Tunika? Sie ist sehr schön.«

Mit dieser Frage hatte Ida gerechnet. »Meine Herrin hat sie mir geschenkt, als wir sie verlassen mussten, um nach Trier zu ziehen«, antwortete sie. »Leider hat sie in den vergangenen Tagen arg gelitten. Ich hoffe, ich kann sie wieder herrichten, sobald wir bei meiner Base angekommen sind.«

Der angespannte Gesichtsausdruck der Köhlerin löste sich und ihre Augen bekamen einen milden Ausdruck. »Komm herein und ruh dich aus. Ich schaue, was ich dir zu essen geben kann.«

Erleichtert folgte Ida ihr in das schlichte Holzhaus, in dem unter einem verbeulten Kupferkessel an der Kochstelle munter ein Feuer prasselte. An der Wand befand sich als einziges Möbelstück außer dem groben Esstisch eine mit Malereien verzierte Truhe. Daneben standen die Werkzeuge des Köhlers: Spitzhacke, Kohlschaufel, Kohlbesen sowie ein Rechen mit langen Zinken und einer mit kurzen. Im Inneren angekommen verfiel die Ältere gleich in einen Plauderton. »Wie lange bist du schon unterwegs?«

»Ich habe sechsmal die Sonne untergehen sehen.«

»So lange schon? Wie hast du dich durchgeschlagen?«

»In den ersten Tagen war ich noch geschützt in der Gruppe meines Vaters, und wir haben Gasthäuser auf dem Weg aufgesucht. Dann bekam ich Bauchkrämpfe und konnte nicht mit ihnen weiterziehen.« Ida knetete ihre Hände. »Da aber die Zeit drängt, ist mein Vater mit meinen Geschwistern vorausgegangen. Ich bin die Älteste, und wir waren uns sicher, dass ich sie innerhalb von ein bis zwei Tagen einholen würde.«

Die Köhlerin schüttelte kaum merklich den Kopf, als würde sie denken, was für ein verantwortungsloser Vater das war, der seine Tochter allein zurückließ. Mit geübten Handgriffen räumte sie zwei Teller sowie zwei Becher auf den Tisch und stellte Brot, Käse und ein wenig Hühnerfleisch dazu.

»Du hast Glück, ich musste gestern meine alte Frieda schlachten. Greif zu, es wird für uns beide reichen. Mein Mann kommt erst heute Abend zurück, und für ihn habe ich schon etwas beiseitegelegt.« Sie stützte sich auf ihre Unterarme und sah Ida dabei zu, wie sie gierig aß. Der Hunger plagte Ida derart, dass sie sich nicht mehr an Sitte und Anstand halten konnte.

»Seit sechs Tagen bist du also unterwegs«, griff die Köhlerin den Gesprächsfaden wieder auf. »Wo kommst du her?«

»Aus Megina.«

»Dann hast du bestimmt davon gehört, was sich auf Rheinsporn ereignet hat?«

Ida zuckte innerlich zusammen. »Nein«, behauptete sie. »Was ist denn dort geschehen?«,

Die Köhlerin stutzte. »Megina ist nicht weit entfernt von Rheinsporn. Wie kommt es, dass du von der Geschichte nichts gehört hast?«

»Vermutlich waren wir schon fort, bevor die Kunde Megina erreichte«, warf Ida ein, die sich zunehmend in der vorgetäuschten Rolle zurechtfand.

»Ja, das kann sein. Der alte Graf von Leiburg wollte die junge Tochter eines Adligen heiraten, der seine Burg am Rhein hat. Man sagt, sie sei schön und klug dazu. Angeblich hat sie bisher jeden Bewerber abgelehnt, der um ihre Hand angehalten hat.« Noch einmal schüttelte die Köhlerin den Kopf. »Was für eine merkwürdige Übereinkunft zwischen Vater und Tochter. Das ist in Adelskreisen nicht üblich, dachte ich. Die Väter bestimmen doch, wer miteinander verheiratet wird, wie bei uns einfachen Leuten. Und bei den Adligen ordnet manchmal der Kaiser an, wer wen heiraten muss. Das ist die göttliche Ordnung der Dinge. Ich weiß nicht, wie man auf die Idee kommt, sich ihr zu widersetzen und damit so viel Unglück heraufzubeschwören.«

Ida stockte. »Welches Unglück?«

»Gestern war ein berittener Bote hier und hat uns davor gewarnt, der Grafentochter und ihrem Liebhaber Unterschlupf zu gewähren. Er sagte, es mussten schon Bauern ihr Leben lassen, weil Ulrich von Leiburg die beiden durch ganz Oberlothringen jagt. Andere hat er gedemütigt oder ihren Besitz zerstört, erzählt man sich.«

»Warum erschlägt er denn irgendwelche Bauern und zerstört ihren Besitz?«

»Das ist seine Rache, wenn man den Flüchtigen hilft.«

Ida wurde flau im Magen. »Das ist ja furchtbar. Weißt du, wer bereits sein Leben lassen musste? Vielleicht ist es jemand, den ich kenne.«

»Die Ersten, die unter Ulrich zu leiden hatten, waren angeblich die Bauern in den an Megina angrenzenden Dörfern. Einer von ihnen soll ihnen Unterschlupf gewährt haben und musste dafür mit seinem Leben bezahlen.«

Fassungslos starrte Ida die Frau an. Die Frage nach dem Namen des Erschlagenen brannte ihr auf der Zunge. Aus Angst sich zu verraten, hielt sie sie zurück.

»Du bist ja ganz blass«, sagte die Köhlerin. »Setzt diese Geschichte dir zu, oder bekommt dir das Hühnchenfleisch nicht?«

»Doch, doch. Ich bin nur erschrocken darüber, wie grausam Menschen sein können und dass sie anderen das Leben nehmen, obwohl diese helfen wollten.«

Die Köhlerin tätschelte ihre Hand. »Daran wirst du dich gewöhnen müssen. Es gibt gute und schlechte Menschen. Und es gibt solche, die sich über jedes Recht und jedes Gesetz hinwegsetzen und tun, wonach ihnen ist. Am schlimmsten sind die Ritter. Sie scheinen zu glauben, nur weil sie ein Schwert besitzen und geharnischt sind, könnten sie tun und lassen, was sie wollen. Ich hoffe, die Landesherren greifen bald ein, denn das darf so nicht weitergehen.«

»Ja, hoffentlich tun sie das«, pflichtete Ida ihr bei und schob ihren Teller von sich weg. Der Appetit war ihr vergangen. »Ich muss weiterziehen. Sonst hole ich meinen Vater nie ein. Hab Dank für deine Freundlichkeit.«

»Soll ich dir eine Wegzehr mitgeben?«

»Ja, gerne.«

Während die Köhlerin ihr das Bündel packte, brach Ida unauffällig eine Perle vom Armreif ihrer Großmutter ab und hoffte, dass die Ahnin ihr das verzieh. Sie gab sie der Frau in die Hand und schloss deren Finger darüber.

»Versteck sie gut und sag niemandem, dass ich hier war – zu deinem und zu meinem Schutz.«

Die Köhlerin öffnete die Faust und musterte die Perle darin. Dann schlug sie sich die Hand vor den Mund. »Verzeiht, Herrin, wenn ich etwas Ungebührliches über Euch gesagt habe.«

»Hast du nicht. Du hast mir einen großen Dienst erwiesen. Und einen noch größeren Dienst erweist du mir, wenn du über unser Zusammentreffen hier Stillschweigen bewahrst.«

Die Köhlerin steckte die Perle in ihre Schürze und nickte eifrig. »Natürlich. Ich müsste ja verrückt sein, wenn ich meinen Mann und mich selbst in Gefahr brächte.« Sie nahm Ida bei den Händen. »Lebt wohl. Ich wünsche Euch alles Gute. Möge der Herr Eure Wege behüten.«

»Danke, deine auch.«

Die Köhlerin senkte die Stimme. »Ist der Mann, mit dem Ihr unterwegs seid, es wert?«

»Ja, das ist er«, erwiderte Ida aus tiefster Überzeugung, stürmte aus der Hütte und floh, das Bündel fest an sich gedrückt, in den Wald, wo Leonhard mit den grasenden Pferden wartete.

Sie gab ihm die Wegzehr, sprang auf ihren Rotfuchs und rief: »Schnell, wir müssen fort von hier. Ich habe mich der Frau zu erkennen gegeben.«

Sie sah seinen hungrigen Blick, die Ringe unter seinen Augen und bereute, das getan zu haben. Aber sie hatte der Frau Dank erweisen wollen. Während sie davonstoben, rief Ida ihm zu: »Die Köhlerin hat mir erzählt, Ulrich habe in Dörfern bei Megina Bauern erschlagen und ihr Hab und Gut zerstört, weil er sie verdächtigte, uns Unterschlupf gewährt zu haben. Mein Herz sagt mir, dass es Ruben war, der für mich sein Leben lassen musste.«

Leonhard wurde noch eine Spur blasser. Ida wunderte sich, dass ihr keine Tränen kamen. Gleichzeitig spürte sie, wie erschüttert sie war. Nachdem sie Abstand zwischen sich und den Köhlerhof gebracht hatten, zügelten sie ihre Pferde.

»Wenn es Ruben war, dann ist er nicht nur für dich gestorben«, sagte Leonhard, »sondern ebenso für mich. Ich hätte dich zurückbringen können und müssen, und wer weiß, warum ich es nicht getan habe. Vielleicht wollte ich insgeheim, dass du Ulrich nicht heiratest und stattdessen mit mir zusammen bist. Vielleicht hat sich dieser Teil in mir gewünscht, dass du standhaft bleibst, und dich nicht von mir zurückbringen lässt. Ich trage also genauso die Verantwortung für das, was passiert ist. Gräme dich nicht so sehr.«

Ida presste die Lippen zusammen und nickte zögerlich.

»Es tut mir leid, aber ich muss dringend etwas essen, sonst falle ich ohnmächtig aus dem Sattel«, sagte Leonhard und rutschte vom Pferderücken.

Auch Ida stieg ab und stand bald darauf unschlüssig mit hängenden Schultern neben ihm. Da nahm er sie sanft in seine Arme und hielt sie fest. Jetzt endlich konnte Ida um ihren besten Freund trauern.

Als ihre Tränen versiegten, sagte sie: »Lass mich bitte nie wieder los.«

Er drückte sie noch fester an sich. »Nein, nie mehr. Ich wäre ein Esel, wenn ich es täte.«

Nach zwei weiteren Tagesritten erreichte Gero mit seinen Männern Megina. Dort reagierten die Menschen irritiert, verständnislos oder verärgert, als sie nach Ida und Leonhard gefragt wurden.

»Ihr seid jetzt schon die Dritten innerhalb weniger Tage, die nach den beiden suchen. Wir kennen sie nicht, und wir haben sie nicht gesehen«, sagte einer der Töpfer.

»Haltet ihr es für möglich, dass man sich hier verstecken kann?«, beharrte Gero.

Der Töpfer breitete die Arme aus. »Möglich ist alles. Aber wenn sie sich verbergen, sieht sie niemand.«

»Was könnte ein solches Schlupfloch sein?«, bohrte Gero weiter.

»In der Armensiedlung Richtung Westen. Da geht kaum jemand hin. Vielleicht haben sie dort eine verlassene Hütte gefunden. Diese Leute scheren sich nicht darum, wer einer ist und was er getan hat.«

»Wisst ihr, ob die beiden anderen ebenfalls an diesem Ort nach ihnen gesucht haben?«

»Nein, weiß ich nicht. Wenn Ihr sie unbedingt finden wollt, dann fragt besser selbst nach.«

In der Armensiedlung hausten die Menschen in windschiefen, notdürftig mit eingefallenen Strohdächern bedeckten Lehmhütten oder Bretterverschlägen. Die Wege zwischen den Behausungen waren von den gestrigen Regenfällen aufgeweicht und schlammig. Überall roch es nach Exkrementen und verrotteten Lebensmitteln. Inständig hoffte Gero, dass er seine Tochter hier nicht fand. Sie bekamen ohnehin nur mürrische Antworten, denen sie entnehmen konnten, dass auch schon andere nach Ida und Leonhard gefragt hatten. Der Gestank ekelte sie an, und sie beschlossen, ihre Suche zügig woanders fortzusetzen.

»Wohin würdest du dich wenden«, fragte Gero schließlich ratlos einen seiner jungen Ritter, »wenn du in der gleichen Lage wärst wie Ida?«

Der Angesprochene strahlte ihn an, als hätte er auf eine solche Frage gewartet und sei nun froh, seine Überlegungen mitteilen zu können. »Ich glaube, ich würde als Erstes zu Eurem Schwager nach Greifenfels reiten.«

»Aber dort wird Ulrich sie unweigerlich suchen, und Ida muss befürchten, dass Adebar sie zurück nach Rheinsporn bringt«, gab Gero zu bedenken.

»Das ist richtig. Doch es ist besser als im Wald von der Hand in den Mund zu leben.« Er unterbrach sich kurz. Dann flackerte eine Eingebung in seinen Augen auf. »Oder habt Ihr noch andere Verwandte?«

Langsam nickte Gero und spürte, wie sich seine Miene aufhellte. Dieser Gedanke war ihm noch nicht gekommen. »Die Familie meiner Mutter stammt von der Mosel. Möglicherweise wird Ida versuchen, sie zu finden, da sie nicht so nah am Geschehen sind. Lasst uns an der Mosel entlang Richtung Cochem ziehen. Hoffentlich hat Ulrich nicht die gleiche Idee und kommt uns womöglich zuvor.«

Nachdem sie ein weiteres Mal die Gegend um Megina, Thure, Cuttenheim und die angrenzenden Dörfer nach Leonhard und Ida abgesucht hatten, sammelte Ulrich sein Gefolge an der Gerichtsstätte zwischen Thure und Menedich. Auch Valentin ritt mit den Männern seines Suchtrupps dorthin. Sein Vater erwartete ihn mit zorniger Miene unter dem Drachenflügelhelm.

Verwundert sah sich Valentin in der Runde der Leiburger um. »Wo ist Rainald?«

»Ich habe ihn losgeschickt, um unsere Verbündeten zum Kampf aufzurufen«, sagte sein Vater mit wutverzerrtem Gesicht. »Der Emporkömmling Gero und seine Hexen-Tochter führen uns an der Nase herum. Das lassen wir uns nicht länger bieten. Wir reiten nach Rheinsporn und machen seine Burg dem Erdboden gleich.«

Valentin erschrak. »Du willst eine Belagerung durchführen? Das Gelände rund um Rheinsporn ist unwegsam, wie du weißt. Wir müssten in Rüstung und Panzerung den Schieferfelsen auf allen vieren emporklettern.«

Sein Vater kniff die Augen zusammen. »Du Narr! Natürlich klettern wir nicht den Felsen hoch. Wir greifen nur vom Burgweg an. Ein so großes Heer werden wir zusammenrufen, dass die Befestigungsanlagen unserem Ansturm nicht standhalten können. Gero muss für die Schmach büßen, die er dir und mir zugefügt hat. Und wenn ich Rheinsporn zerstört habe, werde ich Reiter aussenden, die überall verkünden sollen, dass dies mit jeder Burg und mit jeder einzelnen Hütte geschehen wird, in denen den beiden Flüchtigen Unterschlupf gewährt wird.«

»Warum richtet sich dein Zorn jetzt gegen Rheinsporn? Die Bewohner haben dir doch gar nichts angetan«, wandte Valentin ein und fragte sich, ob sein Vater den Verstand verloren hatte. »Gero hat öffentlich verkündet, dass er dir seine Tochter zur Frau geben wird. Er hat sich selbst auf den Weg gemacht und auch seine Männer losgeschickt. Vermutlich suchen sie noch nach ihr. Seine Burg anzugreifen, ohne ihm zuvor aus triftigem Grund Fehde zu erklären, kommt einem Landfriedensbruch gleich.«

»Wann verstehst du endlich, worum es hier geht?«, herrschte sein Vater ihn an. »Und jetzt schweig still.«

Valentin verschloss seine Miene und hörte stumm zu, als Ulrich seinen Gefolgsleuten ankündigte, dass sie nun auf direktem Weg nach Rheinsporn reiten und die Burg angreifen würden. Erstaunt wechselten die Ritter Blicke, aber niemand wagte zu widersprechen.

Am See in Laach schloss Valentin, der sich im hinteren Teil ihrer Truppe aufgehalten hatte, zu seinem Vater auf.

»Ich möchte mit dieser Schandtat nichts zu tun haben«, sagte er.

»Hatte ich dir nicht gesagt, dass du das Maul halten sollst? Tu gefälligst, was ich dir sage! Wenn du es noch einmal wagst, meine Entscheidungen vor allen Männern anzuzweifeln oder gar die Truppe verlässt, wird die Leiburg nicht länger dein Erbe sein. Ich werde dir Land und Titel aberkennen. Hast du das jetzt endlich begriffen?«

Valentin sah ihn entgeistert an. Sein Vater hatte wahrlich den Verstand verloren, und das machte ihn umso gefährlicher. Er zügelte sein Pferd und ließ sich wieder nach hinten abfallen. Die Männer der Nachhut öffneten ihre Reihen und nahmen ihn in ihrer Mitte auf. Schweigend ritten sie weiter.

Auf dem Weg nach Rheinsporn sann Ulrich über sein Leben nach, das ihm verpfuscht vorkam. In jungen Jahren hatte er große Pläne gehegt. Gerne hätte er Heinrich von Laach als Reichsverweser beerbt, und er hatte gute Aussichten gehabt, dies zu verwirklichen. Alles verlief planmäßig. Bis zu dem Zeitpunkt, als die Hochzeit platzte, die der Kaiser für Ulrichs Schwester vorgesehen hatte und die seine Machtposition im Reich erweitert hätte. Von dem Moment an gab es nur noch Stillstand. Seine Ziele rückten in unerreichbare Ferne. Kommandant der Leibgarde zu sein, war zwar eine Auszeichnung, sollte für ihn jedoch nur eine Übergangsstation darstellen.

Das Eheweib, das der Kaiser für ihn ausgesucht hatte, war ihm zwar ergeben gewesen und hatte ihm zahlreiche Kinder geboren, aber sie waren eins nach dem anderen gestorben. Bis auf den jüngsten, Valentin, und Ulrich hegte erheblichen Zweifel an seiner Vaterschaft bei diesem Kind. Seine Frau und die Wehmutter hatten behauptet, es sei zu früh auf die Welt gekommen. Ging man hingegen davon aus, dass dem nicht so war – denn der Junge war bei seiner Geburt groß und kräftig gewesen – fiel seine Zeugung in eine Zeit, in der sich Ulrich gemeinsam mit dem Kaiser in Rom aufgehalten hatte.

Zudem passte Valentins weibisches Getue, was die Verfolgung Idas und Leonhards sowie die Erstürmung Rheinsporns betraf, nicht zu Leiburger Blut. Oft hatte Ulrich gegrübelt, wer sein Vater sein könnte, war jedoch zu keiner Erkenntnis gelangt. Die Vertrauten, die er heimlich danach gefragt hatte, wussten ebenso wenig zu berichten. Ganz zu schweigen von Hildegard, seinem Eheweib, die selbst unter Prügel Stein und Bein schwor, ihm treu gewesen zu sein. Aber Ulrich wusste aus den Sonntagspredigten des Priesters, was von Weibern und ihrer verderbten Wollust zu halten war.

Auch sprach die Tatsache, dass der Junge als einziges der Kinder überlebt hatte und sich bester Gesundheit erfreute, dafür, dass er nicht dem gleichen Samen entsprungen war wie seine Geschwister. Sie waren allesamt nacheinander an merkwürdigen Krankheiten gestorben. Bis auf Elfrida, die tot im Brunnen aufgefunden wurde. Doch was nützte es, seine Herkunft in Zweifel zu ziehen? Ulrich konnte ja nichts beweisen und Valentin war der Einzige, der ihm geblieben war. Dennoch nagte die Ungewissheit an ihm.

Eine Zeitlang hatte er gehofft, Leonhard, den er aus ganz anderen Gründen an den Hof geholt hatte, könnte trotz aller widrigen Umstände ein Mitglied seiner Familie werden. Nun zeigte sich mit brutaler Deutlichkeit, dass es ein Fehler gewesen war, ihn am Leben zu lassen und aus Dänemark mitzunehmen. Diese Entscheidung gehörte, wie so manche andere, zu den Dingen, die Ulrich nicht rückgängig machen konnte. Jetzt ging es nur noch darum, den Schaden zu begrenzen.

Er musste die ihm zugefügte Schmach rächen. Und wenn es das Letzte war, was er in seinem Erdenleben tat. Es gab nichts anderes mehr, an das er sich klammern konnte. Dass der Emporkömmling und sein Weib darauf beharrt hatten, ihn gesund zu pflegen, tat ein Übriges dazu, ihn verdrießlich zu stimmen. Hätte man ihn sterben lassen, wäre er einen heldenhaften Tod für seinen Kaiser gestorben. Doch selbst das war ihm verwehrt worden. Jetzt war er der nutzlose Alte, für den niemand mehr Verwendung hatte. Was war ihm geblieben in seinem Leben? Die meisten seiner Mitstreiter waren längst ins Grab gesunken, sein Eheweib an einer heimtückischen Krankheit verstorben und der einzig überlebende Sohn wahrscheinlich ein Kuckuckskind. Er malte sich aus, wie er Rheinsporn in Schutt und Asche legen würde. Das wäre eine angemessene Genugtuung für alles Unrecht, das ihm widerfahren war.

Während er düster seinen Gedanken nachhing, kam sein Späher zurückgeritten, zügelte sein Pferd scharf und meldete:

»Die Burg wird nur von einer Handvoll Rittern bewacht und ist leicht einzunehmen.«

Ulrich stutzte. Was hatte Gero bewogen, seinen Besitz derart schutzlos zurückzulassen? Er schaute zum mächtigen Burgfried empor, der in der Ferne auf dem Felssporn zwischen saftig grünen Sträuchern und Bäumen aufragte. Das Rheinsporner Banner flatterte in der steifen Brise, die über die Ebene fegte. Die naheliegende Antwort war: Er wollte seine Tochter retten und war ausgezogen, um sie selbst zu finden.

»Dieser Tölpel«, grummelte Ulrich und spürte, wie sein Bedürfnis nach Genugtuung wich. Er beobachtete, wie der Wind bedrohlich aufgetürmte Haufenwolken mit unsichtbarer Hand vor sich herschob, als wollte er ihm zeigen, dass allein der Wille Berge versetzen könne. Nüchtern betrachtet ergab es keinen Sinn, die Burg dem Erdboden gleichzumachen. Er würde sie in Besitz nehmen und mit ihr die Ländereien Geros, die ihm ohnehin zustanden. Mit der Vermählung wären sie auf ihn und seine Erben übergegangen, zumindest die Teile, die Gero ihm als Mitgift hätte überlassen müssen.

»Legt eure Waffenröcke ab«, befahl er fünf von seinen Gefolgsleuten.

Diese sahen ihn erstaunt an, gehorchten aber.

»Zieht auch eure Kettenhemden aus und schleicht euch als einfache Bauern auf Rheinsporn ein.«

»Das Burgtor ist Tag und Nacht geschlossen«, warf der Späher ein. »Nur die Seitentür wird für diejenigen geöffnet, die vertrauenswürdig erscheinen.«

»Dann sollen sie das eben tun. Lasst euch eine Geschichte einfallen, weswegen ihr unbedingt in den Hof müsst. Wenn ihr drin seid, erstecht ihr die Wachen und öffnet uns das Tor.«

»Das wird nicht nötig sein«, versicherte der Späher ihm, noch immer auf dem Pferd sitzend, das schnaubte und den Kopf hin- und herwarf. »Ich habe einmal unter Bertolt als Söldner gedient. Daher weiß ich, dass zwei der verbliebenen Ritter seiner Burgwache ihrem alten Herrn insgeheim treu geblieben sind. Sie würden Eurem Anliegen gewiss folgen und freiwillig das Tor öffnen.«

»Umso besser«, brummte Ulrich. Da sah er in der Ferne seine Verbündeten mit ihren Truppen herannahen und spürte augenblicklich, wie sich seine Stimmung hob.

Kapitel Einundzwanzig

Als Gero mit seinen Begleitern in der sommerlichen Abendstimmung auf Burg Elze eintraf, kam Graf Rudolfus ihm mit einem ernstem Gesichtsausdruck entgegen.

»Seid gegrüßt, Graf«, sagte Gero. »Ich bin Gero von Rheinsporn. Wir haben gemeinsam in der Schlacht bei Andernach gekämpft.«

Der Elzer nickte. »Ich erinnere mich an Euch. Was führt Euch hierher?«

»Ich bin auf der Suche nach meiner Tochter. Hat sie bei Euch Zuflucht gesucht?«

Rudolfus kniff die Augen zusammen. »Nein, bei uns ist sie nicht gewesen. Kommt herein und erfrischt Euch von der Reise.« Bedeutungsvoll nickte er ihm zu. Gero lehnte das Angebot ab, aber Rudolfus bestand mit vielsagendem Blick auf seiner Einladung.

Geros Widerstand bröckelte. Der lange Ritt hatte ihn und seine Männer ermüdet und hungrig gemacht. Außerdem brauchten die Pferde eine Rast. Also nahm er das Angebot an, auch wenn sein Gefühl ihm riet, die Suche nach Ida fortzusetzen. Sie folgten Rudolfus in die große Halle. Zu seiner Überraschung bat der Elzer ihn um ein vertrauliches Gespräch, führte ihn in eine kleinere Kammer und schloss die Tür hinter sich.

»Eure Tochter war vor vier Tagen mit einem blonden Ritter hier, der sich als Willibald von Greifenfels ausgegeben hat«, eröffnete Rudolfus ihm.

Gero frohlockte. Endlich hatte er eine Spur! »Ist sie unversehrt hier angekommen?«

Der Elzer nickte. »Ja, und sie hat die Burg wohlbehalten wieder verlassen.«

»Alleine?«

»Nein, zusammen mit dem blonden Edelmann. Sie schienen einander zugetan zu sein.«

Das machte die Lage keineswegs einfacher. Immerhin beruhigte es Gero, dass Ida offenbar nicht das Opfer einer

Verschleppung geworden war, sondern sich in Begleitung eines kampferprobten Ritters befand.

»Wisst Ihr, wohin sie geritten sind?«, fragte er.

»Sie wollten an der Mosel entlang und Beyelstein aufsuchen.«

Bedächtig nickte Gero. Also war er auf der richtigen Fährte.

»Aber das muss unter uns bleiben«, fuhr Rudolfus fort. »Ulrich lässt durch Boten verkünden, dass er jeden zur Rechenschaft ziehen wird, der den beiden hilft.«

Gero runzelte die Stirn. »Das ist Landfriedensbruch, was der Leiburger da treibt. Ich habe eine schriftliche Anordnung des Kaisers bei mir, die ihn anweist, von seinem Tun abzulassen. Doch wer weiß, was er noch alles anstellt, bevor ich ihn endlich finde!«

»Ihr wisst, welche Gerüchte über den Tod Eures Schwiegervaters im Umlauf sind?«, warf der Elzer ein.

Gero horchte auf. »Nein, welche denn?«

Rudolfus vertraut ihm an, was er darüber wusste.

Kälte breitete sich in Geros Magen aus. Diesem Mann hätte er beinahe seine Tochter in die Hände gegeben! Wäre er bloß auf dem Schlachtfeld krepiert. Stattdessen hatten sie ihn gepflegt. Sigrun selbst hatte den Auftraggeber der Mörder ihres Vaters unwissentlich ins Leben zurückgeholt. Er war schockiert und wütend. Das Angebot des Elzers, die Scheune abzusuchen, in der Ida und Leonhard übernachtet hatten, nahm er dankbar an. Sie entdeckten dort keinerlei Spuren von ihnen.

Am nächsten Tag ritt Gero mit seinen Männern im Morgengrauen weiter in Richtung der Burg seiner Großeltern. Er hatte sie zuletzt als Kleinkind zu Gesicht bekommen und nur noch wenige Erinnerungen. Während sie den steilen Abstieg hinunter zur Mosel bewältigten, verflüchtigten sich allmählich die vom Boden aufsteigenden Nebelschwaden. Im Licht des anbrechenden Tages schimmerten die dicht bewachsenen

Erhöhungen entlang der Mosel in vielfältigen Schattierungen von Grün. Nur da, wo Weinstöcke standen, leuchtete ockergelbe Erde.

Nachmittags erreichte Gero mit seinen Getreuen Beyelstein, eine Spornburg auf einem hohen, nach drei Seiten hin steil abfallenden Bergsporn. Auf der Südseite erhob sich als Kern der Anlage ein mächtiger viereckiger Bergfried, dessen Ecken sich gegen die angriffsgefährdeten Flanken richteten, nun aber noch im Nebeldunst verborgen lagen. Auf der Spitze des Bergfrieds wehte, kaum auszumachen, ein grün-gelber Wimpel.

Sie stiegen von ihren Pferden ab und begannen langsam den steilen Aufstieg zur Burg. Mystisch glitten Nebelfäden an ihren Körpern entlang. Die Stille der beeindruckend schönen Landschaft ließ Gero und auch seine Ritter immer wieder innehalten und staunende Blicke auf den Fluss werfen. Wie ein dunkelblaues Schmuckband zog er sich durch das Gefilde und verschwand Richtung Norden hinter einer Biegung. Vereinzelt zogen Kähne sanft über das Wasser, und auf dem blauen Himmel standen Wolken wie Schafswollhäufchen und schienen sich nicht von der Stelle zu rühren. Am gegenüberliegenden Ufer der Mosel erhob sich das Gelände erst sachte, während die Felsen auf dieser Seite gleich steil heraufragten. Der Fluss war rechts und links gesäumt von Fußwegen und kleinen Ansiedlungen. Die Lage von Beyelstein, das hoch über ihnen das Tal bewachte, und der Ausblick erinnerten ihn schmerzlich an seine eigene Burg, die er nahezu schutzlos zurückgelassen hatte.

Außer Atem erreichten sie endlich das Außentor mit dem Fallgitter und kurz darauf durch ein weiteres Rundbogentor den Hauptweg ins Innere der Anlage. Gero rief sich ins Gedächtnis, dass der Burghof auf allen Seiten von Gebäuden und Mauern gesäumt war. An der schmalsten Stelle des Innenhofes, auf der Nordseite, lag der Haupttorbau mit seinen Nebengebäuden. Auch an die Stallungen und die Burgkapelle erinnerte er sich nun wieder, und er war sich sicher, hier als Kind zusammen mit seiner Mutter gespielt zu haben.

Sie wurden in die große Halle geführt. Dort empfing sie Johann von Beyelstein. Gero hatte ihn als großzügigen Onkel in Erinnerung, doch wider Erwarten begrüßte sie der Burgherr kühl und abweisend.

»Das Letzte, was ich gehört habe«, sagte er, »war, dass meine Schwester Agnes vor vielen, vielen Jahren dem Antoniusfeuer erlegen und ihr Sohn seitdem verschollen ist. Ich habe zwar Kenntnis davon, dass sich ein Bauer als Gero von Rheinsporn ausgibt und die Burg anerkannt bekommen hat, aber es halten sich hartnäckig Gerüchte, dass er ein Hochstapler sei. Nun ist Euch also Eure Tochter weggelaufen?«, fragte er mit unverhohlenem Argwohn.

Gero entschied, sich der Konfrontation zu stellen. »Das ist noch nicht erwiesen. Wir wissen nur, dass beide nicht aufzufinden sind. Ob Leonhard von Brauneck sie entführt hat, können wir erst mit Gewissheit sagen, wenn sie gefunden werden. Habt Ihr Agnes' Sohn gekannt?«

»Ja, sie hat einen Sommer zusammen mit ihm bei uns verweilt, weil sie sich vor Bertolt fürchtete.«

Verärgert ging Gero in den Gegenangriff über. »Warum habt Ihr sie nicht hierbehalten, wenn Ihr das wusstet?«

»Was geht Euch das an?«

»Ich bin dieser Sohn!«, rief Gero. »Gemeinsam mit meiner Mutter war ich in diesem Sommer hier. An viel kann ich mich nicht mehr erinnern, denn ich war sehr klein. An einiges indes schon. In ihrem Schlafgemach hing ein Wandteppich, der einen Blick auf die Weinberge am Fluss zeigte.«

»Das können Euch andere erzählt haben.«

»Wer sollte das gewesen sein, Onkel? Wen habt Ihr alles in dieser Kammer schlafen lassen außer uns?«

Johann von Beyelstein geriet zunehmend in die Verteidigung. »Nicht sehr viele. Doch die Bediensteten wissen ebenfalls, welcher Teppich dort an der Wand hängt.«

»Nun, ich kann mich zudem an Euch erinnern. Ihr habt mir das Familienwappen gezeigt und mir erklärt, was die Symbole darauf bedeuten. Erinnert Ihr Euch?«

Der Graf fuhr sich mit der Zungenspitze über die Oberlippe als täte er genau das, wollte es aber nicht zugeben. »Auch das«, sagte er schließlich, »können Euch andere erzählt haben.«

»Wisst Ihr von dem besonderen Hautmal, das Egbert an seinem Rücken trug?«

Langsam öffneten sich die Augen seines Onkels weit.

»Ja, das kann man mir ebenfalls hinterbracht haben«, kam Gero ihm zuvor, hob sein Hemd an und wandte ihm die Kehrseite zu. »Aber das nicht.«

Sein Onkel starrte auf das Hautmal und sagte lange Zeit nichts.

»Also, hat Eure Großnichte bei Euch Zuflucht gesucht in dem irrigen Glauben, hier auf hilfsbereite Verwandte zu stoßen?«, beharrte Gero und drehte sich wieder zu ihm um.

Johann von Beyelstein schürzte die Lippen. »Bei uns hat Eure Tochter nicht an die Pforte geklopft. Ihr müsst sie woanders suchen.«

Unter den anwesenden Rheinspornern kam Unruhc auf. Vermutlich erkannten sie, dass es für ihren Herrn hier weder Sympathie noch Unterstützung zu gewinnen gab.

»Was sind das für Zeiten, in denen man nicht einmal von der engsten Sippe Hilfe erwarten kann?«, fragte Gero, wandte sich ab und ging zur Tür. Bevor er hinaustrat, drehte er sich ein weiteres Mal um. »Ihr habt schon Eurer Schwester nicht zur Seite gestanden, als sie in höchster Not war. Möge Gott Euch das verzeihen, denn ich kann es nicht.«

Im Spiegel einer polierten Metallscheibe an der Wand sah er, dass sein Onkel ihm mit versteinerter Miene hinterherschaute.

Mit Entsetzen sah Sigrun auf Rheinsporn von ihrer Kemenate im Frauenturm aus, was unten im Burghof vor einem blutrot eingefärbten Himmel vor aller Augen geschah. Fremde Ritter drangen durch das Burgtor und droschen auf jeden ein, der sich ihnen in den Weg stellte. Auf dem Wehrgang lagen zwei Männer der Burgwache mit verrenkten Gliedern, während die Angreifer mit gezückten Schwertern umherliefen und Stallknechte sowie Mägde anbrüllten. In ihrem Kopf überschlugen sich schreckliche Bilder, in denen Schmerzensschreie gellten und Blut spritzte. Vor ihrem inneren Auge sah sie die Gesichter ihrer Kinder, gezeichnet von Entsetzen. Zum Glück hielten sich die beiden in der Kammer nebenan auf. Sie erwog, sich den Eindringlingen entgegenzustellen. Doch da erkannte sie das Leiburger Wappen. Für einen Moment erstarrte sie vor Schreck, dann begannen ihre Hände zu zittern und ein Schwindelgefühl erfasste sie.

»Ich muss mit den Kindern weg von hier«, flüsterte sie. Hilfesuchend sah sie zu Helene, die seit ihrer Kindheit auf Rheinsporn lebte. »Wir müssen uns verstecken.«

»Irgendwann wird man Euch entdecken. Ihr könnt Euch nicht ewig verborgen halten. Und überhaupt: Wo wollt Ihr Euch hier verbergen?«

Mit einem gehetzten Blick schaute Sigrun auf den Burghof hinunter, wo Burckhard, Wolff und zwei weitere Bauern aus Thure einen mit Fässern beladenen Karren vor den Eingang zum Frauenturm schoben. Das würde ihr allenfalls einen Aufschub gewähren, aber keine Sicherheit.

»Also verkleiden wir uns und schleichen aus dem Burgtor, wenn niemand hinsieht.«

Helene riss die Augen auf. »Wollt Ihr ebenfalls ganz alleine von hier fliehen? Wo wollt Ihr denn hin?«

»Das spielt für den Moment keine Rolle. Wir müssen erst einmal weg von hier. Ulrich wird uns als seine Geiseln nehmen und seine Rachegelüste auch an mir und den Kindern stillen wollen.«

»Aber Ihr habt ihn doch gesund gepflegt!«

Sigrun wies mit der Hand nach draußen. »Sieht so Dankbarkeit aus?« Ihre Stimme überschlug sich. »Hilf mir und den Kindern aus der Burg heraus, bitte!«

Helene zögerte einen Augenblick, dann nickte sie entschlossen. »Es gibt einen Fluchtweg, den außer Dietrich und mir hier vermutlich niemand kennt. Wir haben ihn beim

Spielen entdeckt, als wir klein waren. Ich werde Euch dorthin führen. Was möchtet Ihr mitnehmen?«

»Das nackte Leben«, erwiderte Sigrun gehetzt. Sie musste rasch handeln, damit diese albtraumhaften Visionen nicht Wirklichkeit wurden. »Schnell! Wir müssen hier weg. Sofort.«

Hastig griff Helene nach Sigruns mit Eichhörnchenfellen gefütterten Umhang sowie Kleidungsstücken der Kinder. Eine Dienerin vergewisserte sich hektisch, dass der Treppenaufgang im Frauenturm frei von feindlichen Rittern war. Vom Burghof drangen Schreie und harsche Befehle zu ihnen herauf. Mit hämmerndem Herzen eilte Sigrun zusammen mit Mechthild und Gregor an der Hand hinter Helene die inzwischen wohlvertraute Steintreppe hinunter. Die Kammerfrau strebte nicht in Richtung der großen Halle, sondern weiter die Treppe hinab. Dorthin, wo Sigrun noch nie gewesen war. Das Kellergewölbe war feucht und dunkel. Sie hörte Mäuse und Ratten aufgeschreckt unters Stroh huschen.

»Ich habe Angst, Mutter«, flüsterte Mechthild, und Gregor begann zu weinen.

»Scht«, wisperte Sigrun, nahm beide in ihre Arme und zog sie enger an sich. Sie trug eine schlichte Leinentunika und die Schlüssel zu den Wirtschaftsräumen hingen an ihrem Gürtel. Wenn sie sie mitnahm, würde das den Leiburger erschweren, in die Räume einzudringen. Abhalten würde sie das aber nicht.

Plötzlich trampelten über ihnen harte Schritte die Treppenstufen hinauf und Waffen klirrten. Entsetzt zog Sigrun die Kinder schneller durch die dunklen Gänge, ihrer Dienerin hinterher, die unbeirrt weiterging, als fände sie den Weg im Schlaf.

Sigrun wollte aufbegehren, doch ihr war bewusst, dass ihr nichts anderes übrig blieb, als der Tochter Bertolts zu vertrauen. Etwas Schlimmeres, als Ulrich in die Finger zu geraten, konnte ihr momentan wohl kaum passieren. Da sah sie einen Lichtschimmer am Ende des Ganges, der zunehmend heller wurde, je weiter sie sich auf ihn zubewegten. Schließlich erkannte sie eine von Strauchwerk zugewachsene Öffnung im Mauerwerk, die ins Freie führte, so niedrig, dass Sigrun sich bücken musste. Helene schob die Äste und das Blattwerk beiseite und half ihr und den Kindern, hindurchzusteigen.

»Ich habe kein gutes Gefühl dabei, Euch alleine in die Nacht hinauslaufen zu lassen«, flüsterte Helene. Als sie anscheinend merkte, dass Sigruns Entschluss feststand, fügte sie hinzu: »Haltet Euch immer dicht am Laub, damit man Euch von oben nicht sieht. Ich werde Euch meinen Bruder hinterherschicken. Er soll Euch Pferde und Proviant bringen.«

»Deinen Bruder? Meinst du Dietrich?«

»Ja.«

»Du denkst, wir können ihm vertrauen?«

»Ja, das denke ich. Er hat seine Lektion gelernt, glaube ich. Er soll beim Schmied unten im Dorf warten und Euch dort das Nötigste übergeben.«

Sigrun nickte dankbar und wollte sich abwenden, da fiel ihr etwas Wichtiges ein. »Bitte nimm Medas Heilkundebuch an dich. Ich kann es nicht mitnehmen.«

»Ich? Was soll ich mit dem Buch?«, wisperte Helene. »Wie soll ich es mit meinen bloßen Händen beschützen?«

»Nimm Ruth zu Hilfe. Ich werde womöglich geraume Zeit auf der Flucht sein. Versprich mir bitte, dass du alles dafür tun wirst, es gut zu erhalten und mir zurückzugeben, sobald ich wieder in der Lage sein werde, auf es zu achten. Sei du so lange die neue Hüterin für das Heilkundebuch.«

Helene rang die Hände. »Wo soll ich Euch suchen, wenn Ihr wie Ida kreuz und quer durch das Reich gejagt werdet?«

Sigrun umfasste sie. »Wir werden uns finden. Da bin ich mir ganz sicher. Der Herr wird unsere Wege bald zusammenführen. Du musst nur fest daran glauben.«

»Als ob allein der Glaube daran schon reicht!«

»Ja, das tut er. Vertrau mir. Geschieht mir etwas, bewahre das Buch auf, bis du jemanden triffst, der es zu schätzen und damit umzugehen weiß. Wenn ich nicht mehr sein werde, gib es bitte an Ida weiter.«

Helenes Augen füllten sich erneut mit Tränen. »Ich wusste es.«

Sigrun fasste ihre Arme. »Das wird nicht geschehen, und irgendwann wirst du hören, wo du Ida oder mich finden kannst.«

Dann nahm sie ihre verängstigten Kinder an die Hand und lief mit ihnen in der Abenddämmerung den steilen Hang hinab. Immer wieder gerieten sie ins Schlittern und traten dabei Geröll los.

»Schaut nicht zurück«, mahnte sie. »Nur nach vorn, damit ihr nicht stürzt.«

Endlich erreichten sie das Dorf am Fuß des Felssporns. Im Schutz der Dunkelheit wartete Sigrun mit Mechthild und Gregor an die Hütte des Schmieds gelehnt darauf, dass jemand kam und ihnen half. Helene hatte recht mit ihrer Befürchtung, dass sie es ohne Hilfe kaum schaffen konnten. Aber die Visionen in ihrem Kopf ließen nach, und das nährte ihre Hoffnung, den Leiburgern entkommen zu sein. Erschöpft sank sie, ihre Kinder im Arm haltend, in einen Dämmerschlaf. Der Anblick der erstochenen Ritter auf dem Wehrgang suchte sie in ihren Träumen heim.

Gleich nachdem sie ihrer Herrin und den Kindern bei der Flucht geholfen hatte, eilte Helene in die Krankenkammer, in der die Gräfin und Ida Ulrich und viele andere Verletzte gesund gepflegt hatten. Dort stellte sie frische Leinentücher und abgekochtes Wasser bereit. Dann nahm sie das Heilkundebuch der Meda von Trier an sich, um es in Sicherheit zu bringen. Wobei ›in Sicherheit bringen‹ bei einer Besetzung der Burg durch feindliche Ritter schwierig war. Fieberhaft überlegte sie, wo sie den Ledereinband versteckt halten konnte. Am wenigsten würden sich die Leiburger für die Kleidertruhe der Gräfin interessieren, dachte sie.

Also lief sie zurück in die Kemenate der Gräfin, wo zwei Becher auf dem Tisch umgestoßen worden waren. Ihr Inhalt hatte sich auf die Tischplatte und über den Boden ergossen.

An der Bettstatt hing der Baldachin halb herab. Bestimmt hatten die wütenden Leiburger ihn so grob aufgerissen, dass er sich aus der Halterung gelöst hatte. Liegestatt und Kleidertruhe waren jedoch augenscheinlich unangetastet geblieben. Die Tür zum Nebenraum stand offen. Hier waren ebenfalls Becher umgekippt und zudem das Bett durchwühlt worden. Einen Moment lang fuhr Helene der Schreck durch Mark und Glieder. Sie mochte sich nicht vorstellen, was hier drin geschehen wäre, hätte ihre Herrin nicht sofort die Flucht ergriffen. Hastig riss sie alle Tuniken, Überwürfe und Unterkleider aus der Truhe, legte die Handschrift in das Geheimfach im Boden und verteilte die Kleidungsstücke wieder darüber.

Das Schlimmste stand ihr noch bevor, das war ihr bewusst. Ulrich würde sie zur Rede stellen und wissen wollen, wo sich die Gräfin aufhielt. Helene hatte sich in den vergangenen Jahren nie dadurch hervorgetan, dass sie überzeugend lügen konnte. Diesmal blieb ihr gleichwohl nichts anderes übrig. Daran hatte sie keinen Zweifel. Andernfalls wäre ihr Leben verwirkt und das ihrer Herrin und Dietrichs ebenso. Alles hing davon ab, wie glaubhaft sie vorbringen konnte, dass die Gräfin in das Krankenzimmer geeilt sei, um den verletzten Rittern der Burgwache zu helfen.

Hastig huschte sie aus der Kemenate, als sie harte Schritte und erboste Stimmen auf der Treppe hörte. Ulrich von Leiburg stand mit blutunterlaufenem Auge vor der Tür.

»Wo steckt das Weibsstück?«, brüllte er sie an.

Ängstlichkeit zu zeigen fiel ihr nun nicht schwer, daher gab sie sich zusätzlich alle Mühe, auch noch verwirrt auszusehen.

Sie machte einen Knicks. »Graf von Leiburg. Wen sucht Ihr?«

Doch Ulrich war offensichtlich nicht zum Plaudern aufgelegt. Harsch packte er sie am Kragen und zog sie hoch. »Lass das Getue. Wo ist Geros Eheweib?«

Helene gab sich Mühe, ihrem Gesicht den Ausdruck großen Erstaunens zu verleihen. »Sie hat mir aufgetragen, frische

Leinentücher und abgekochtes Wasser in die Krankenkammer zu bringen, weil ihr gemeldet wurde, dass einer unserer Ritter verletzt sei. Sie wollte anschließend nachkommen. Da sie im Krankenzimmer nicht erschienen ist, wollte ich hier nach ihr sehen.« Sie riss die Augen auf, als verdächtigte sie Ulrich, ihrer Herrin etwas angetan zu haben. »Habt Ihr …«, brachte sie so tonlos hervor, wie sie konnte, und verstummte dann.

Brüsk stieß der Leiburger sie von sich weg. Im letzten Moment konnte sie ihr Gleichgewicht fangen, sonst wäre sie rücklings die Treppe des Frauenturms hinabgestürzt.

»Sehe ich so aus, als würde ich harmlosen Weibern etwas antun?«, blaffte er sie an und stürmte an ihr vorbei. Helene war froh, ihm die Antwort schuldig bleiben zu können. Sie hörte die harten Schritte der Männer die Treppe hinab Richtung Krankenkammer verhallen. Als sie sich für den Augenblick in Sicherheit wähnte, fasste sie sich an die Brust und atmete stoßweise. Danach rannte sie in die Kammer und schloss die Tür hinter sich zu.

Es dauerte nicht lange, da stürmten erneut zwei Ritter Ulrichs die Treppe hinauf. Im Handumdrehen brachen sie die Tür zur Kemenate der Gräfin auf und drangen in den Raum ein. Ohne Vorwarnung drehten sie ihr die Arme auf den Rücken, und einer von ihnen schlug ihr ins Gesicht. Ihr Hals knackte und im Ohr stellte sich ein Pfeifton ein.

»Wo ist die Gräfin?«, schrie der Eindringling sie an.

»Ich weiß es nicht«, hauchte sie und versuchte vergeblich, ihre Arme zu befreien. Tränen des Schmerzes schossen ihr in die Augen.

Der Peiniger ohrfeigte sie ein weiteres Mal. »Gibt es einen geheimen Weg aus der Burg hinaus?«

»Nein, Herr«, antwortete sie und senkte den Kopf, um ihn zu schützen. Ihre Wange glühte. »Wenn das Burgtor verschlossen ist, ist Rheinsporn uneinnehmbar.« Das hatte ihr Vater gerne verkünden lassen. Sie hoffte, dass sich diese Behauptung in Oberlothringen verbreitet hatte und auch bis zu den Leiburgern durchgedrungen war.

Der Mann schlug sie nun auf die andere Wange. Ihr Kopf flog zur Seite. Seine Frage: »Wo könnte sie sich hier versteckt halten?«, nahm sie kaum noch wahr. Dann sank sie in eine erlösende Ohnmacht.

Als Helene wieder zu sich kam, lag sie auf dem harten Holzboden in Idas und Mechthilds Kemenate. Benommen drehte sie ihren schmerzenden Kopf und betastete ihr Gesicht. Die rechte Wange fühlte sich geschwollen an und ihr Nacken war steif. Sie stöhnte. Als der Schmerz nachließ, nahm sie wahr, dass die Kammer in Dunkelheit lag. Sie sah zur Fensteröffnung hoch. Die Dämmerung war bereits hereingebrochen. Erschrocken erinnerte sie sich an ihr Versprechen, der Gräfin ihren Halbbruder Dietrich hinterherzuschicken. Sie ignorierte Schwindelgefühl und Übelkeit, rappelte sich auf und sammelte das Geschmeide ihrer Herrin in einer Schatulle. Mit stechenden Kopfschmerzen schlich sie sich in die Vorratskammer und stopfte unauffällig so viel Proviant, wie sie greifen konnte, in einen Leinenbeutel. Als sie die Küche verlassen wollte, sah sie, dass der Koch sie beobachtete. Ihre Blicke trafen sich. Demonstrativ schloss er die Augen, wandte sich ab und rührte stoisch in der Suppe. Aus der Halle drang dröhnendes Gelächter. Vermutlich hatten die Leiburger den Weinkeller des Grafen geplündert.

Mit klopfendem Herzen taumelte sie Richtung Stall, so gut es ihr geschundener Körper zuließ. Da trat ihr der Ritter, der sie im Frauenturm geschlagen hatte, breitbeinig in den Weg. Ihr Herzschlag setzte aus. Der Mann schwankte und versuchte, sie mit glasigem Blick zu fixieren. Er schien so betrunken zu sein, dass er sie nicht erkannte. Das hinderte ihn jedoch nicht daran, nach ihr zu grabschen. Sie wich ihm aus und rannte zu den Stallungen. Er folgte ihr.

»Verdammtes Luder, bleib gefälligst stehen!«, lallte er und ballte die Fäuste.

Der Schweiß brach ihr aus. Wenn der Kerl sie einholte, wäre das ihr Ende. Panisch rief sie nach Dietrich. Mit einer

Heugabel in der Hand kam er aus dem Stall und seine Miene spiegelte Überraschung.

»Schwesterchen«, sagte er. »Was ist mit deinem Gesicht passiert?«

Dann sah er den torkelnden Ritter und erfasste sofort die Lage. Er holte aus und versetzte dem Leiburger mit dem Schaft der Forke einen Schlag gegen die Schläfe. Taumelnd ging der Mann zu Boden. Dietrich zog ihn mit unbewegter Miene in den Stall.

Atemlos setzte Helene ihren Halbbruder darüber in Kenntnis, was im Wohnturm geschehen war. »Ich bitte dich, reite zum Schmied im Dorf. Nimm ein paar Pferde mit und am besten zusätzlich einen der Knechte, damit ihr Sigrun und die Kinder beschützen könnt.«

»Wie soll ich denn so viele Tiere unbemerkt aus der Burg schaffen? Das Tor ist verschlossen.«

»Die Leiburger zechen in der Halle. Wir müssen warten, bis selbst die Wachen so betrunken sind, dass sie nichts mehr mitbekommen. Ich helfe dir dabei.«

»Wir müssen erst den Kerl hier wegschaffen«, entgegnete er. »Warum setzt du dich so für deine Herrin ein?«

»Weil sie mich immer gut behandelt hat. Nie hat sie mich spüren lassen, wer mein Vater ist«, sagte sie.

Als ihr Bruder die Lider senkte, ahnte sie, dass es ihm ähnlich ergangen war, er das nur nicht so ohne Weiteres zugeben würde.

»Ulrich hat mich ohnehin aufgefordert, die Burg zu verlassen, um Gero die Nachricht von der Besetzung Rheinsporns zu überbringen«, erwiderte er stattdessen leise.

Helene half ihm und dem Stallknecht Gottfried dabei, die drei verbliebenen Pferde Geros aus dem Stall zu holen. Sie musste ebenfalls fort von hier. Aber es standen nicht genügend Reittiere zur Verfügung, und sie wollte nicht eins der Leiburger stehlen. Ohne ein eigenes Pferd wäre sie den anderen bei ihrer Flucht eine Last. Also half sie ihnen schweigend, die Burg zu verlassen, indem sie die Wächter am Tor ablenkte. Das bedurfte keiner besonderen Künste, denn diese Männer waren gleichermaßen betrunken. Es genügte, sie in ein Gespräch über ein angeblich entlaufenes Schwein zu verwickeln.

Anschließend rannte sie zu den Unterkünften der Dienstmägde und huschte dort unter ihre Decke. Doch sie fand nicht in den Schlaf. Ihr Schädel dröhnte noch immer, und die Schmerzen im Nacken hatten kaum nachgelassen. Einer der Leiburger hatte sie gesehen, ging ihr durch den Kopf. Trotz seiner Trunkenheit war er womöglich in der Lage, sie wiederzuerkennen. Sie dachte an die grobe Misshandlung durch den Ritter in Idas Kammer. Wenn der Gefolgsmann Ulrichs auch nur den leisesten Verdacht hegte, dass Helene etwas mit der Flucht Sigruns zu tun hatte, würde er sie totprügeln.

Vorsichtig schälte sie sich aus ihrer Decke und schlich aus dem Schlafsaal der Bediensteten. Kaum hatte sie den Raum verlassen, hörte sie, wie volltrunkene Leiburger dort eindrangen. Der Schreck fuhr ihr durch alle Glieder. Ein weiteres Mal war sie ihnen knapp entkommen.

An die Hütte des Dorfschmieds gelehnt erwachte Sigrun davon, dass jemand sie sanft an der Schulter fasste.

»Herrin, wacht auf.«

Sie schreckte hoch. Zu ihrer Überraschung beugte sich Helenes Halbbruder Dietrich zu ihr herunter. An der Hand führte er zwei Pferde. Hinter ihm stand einer der Stallknechte mit einem weiteren von Geros Reittieren.

»Wie habt ihr es aus der Burg herausgeschafft?«, entfuhr es ihr.

»Graf Ulrich möchte, dass ich Euren Gemahl suche und ihn darüber informiere, dass Rheinsporn für ihn verloren ist.«

»Warum sollte er das wollen?«, fragte sie argwöhnisch.

Dietrich zuckte mit den Schultern und flüsterte: »Vermutlich spekuliert er darauf, dass der Graf mit nur einer Handvoll Männer versucht, die Burg zurückzuerobern. Er hätte kaum eine Aussicht auf Erfolg und Ulrich einen willkommenen Anlass, ihn zu erschlagen.«

Sigrun erschrak. »Wie habt ihr die vielen Pferde erklärt?«

»Ich habe behauptet, dass wir die Tiere zum Wechseln brauchen. Die Leiburger waren zu sehr mit sich selbst und ihrer Eroberung beschäftigt, um sich mit mir auseinanderzusetzen. Oder auf die Waagschale zu legen, was ich gesagt habe. Also haben sie mich ziehen lassen. Die Satteltaschen sind voller Proviant. Helene hat mir zudem die Schatulle mit Eurem Geschmeide mitgegeben. Das ist zwar riskant für den Fall, dass wir Wegelagerern oder Raubrittern in die Finger geraten, aber auf Rheinsporn sind das Gold und das Silber auch nicht mehr sicher. Vielleicht könnt Ihr Schmuck und Münzen brauchen, wenn Ihr etwas eintauschen müsst.«

Dankbar sah sie zu ihm auf und erhob sich langsam. Behielt Helene recht und Sigrun konnte ihrem Halbbruder trauen? Erneut musste sie sich eingestehen, dass sie keine andere Wahl hatte als das zu tun. Leise weckte sie ihre Kinder, die ebenfalls erschöpft eingeschlafen waren. Dietrich half wortlos der wimmernden Mechthild und Sigrun auf eines der Pferde und bestieg selbst zusammen mit Gregor Geros zweitbesten Hengst. Der Junge sah starr geradeaus und sagte kein Wort, als wollte er demonstrieren, dass er schon ein Mann sei, der mit derartigen Situationen wie ein Ritter umgehen konnte.

Helenes Halbbruder schien Sigruns kritischen Blick auf das Reittier zu bemerken, denn er erklärte ruhig: »Nun, eines der besten Rheinsporner Pferde wollte ich Ulrich nicht im Stall lassen. Ich hoffe, Euer Gemahl wird es mir danken, dass ich es genommen und für ihn gerettet habe. Wohin soll ich Euch begleiten?«

Sollte sie ihm ihr Ziel verraten? So ganz konnte sich Sigrun nicht auf diesen ungewohnt fürsorglichen Umgang einlassen, deshalb sagte sie nur: »Nach Westen.«

Dietrich nickte und verzog keine Miene. Doch an der Art, wie er sie ansah, erkannte Sigrun, dass er ahnte, wohin sie wollte.

»Wo reiten wir hin?«, fragte Mechthild im weinerlichen Ton.

»Nach Greifenfels«, flüsterte Sigrun ihr zu, damit Helenes Bruder und der Stallbursche sie nicht hören konnten. »Dort werden wir in Sicherheit sein. Aber sprich nicht mit den anderen darüber.«

Mechthild schniefte und strich sich mit dem Handrücken über Augen und Nase.

Schweigend ritten sie in die Nacht und Sigrun war froh, dass sie zumindest die wenigen Stunden Schlaf an der Hütte des Schmieds gehabt hatte. Ihre Sorge kehrte zu ihrem wichtigsten Erbstück, dem Heilkundebuch, zurück. Jetzt, da sie und die Kinder sicher auf Pferden saßen und sich in Begleitung zweier kräftiger Knechte auf dem Weg nach Greifenfels befanden, machte sie sich Vorwürfe, es nicht mitgenommen zu haben. Medas Lebenswerk war nun einem ungewissen Schicksal preisgegeben. Dabei hatte die Heilerin es Sigrun anvertraut in der Hoffnung, dass es bei ihr in guter Obhut sei. Aber kaum war sie in Schwierigkeiten, hatte sie es aus der Hand gegeben. Wenn Ulrich es in die Finger bekam, dessen war sie sich sicher, würde er es in Stücke reißen. Um sich an Gero zu rächen und an Ida. Vielleicht auch an ihr, weil sie ihn gerettet und zu einem seiner Meinung nach unwürdigen Dasein verdammt hatte. Wie gut Ida daran getan hatte, sich von seiner Pflege entbinden zu lassen! Ihre kluge Tochter hatte damals schon erkannt, mit was für einem Menschen sie es zu tun gehabt hatten.

›Ach, Ida! Wüsste ich doch nur, wo du bist und ob du unsere Hilfe brauchst! Lass es mich wissen, ob es dir gutgeht‹, rief sie ihr in Gedanken zu. Anschließend bat sie Meda innerlich um Verzeihung dafür, dass sie ihr Vermächtnis einer Dienerin überlassen und damit einem ungewissen Schicksal preisgegeben hatte.

Kapitel Zweiundzwanzig

Den Auftrag, den Ida und die Gräfin ihr erteilt hatten, wie eine mahnende Stimme im Ohr, schlich Helene durch die nahezu in Dunkelheit liegende Burganlage in den Frauenturm. Nur hier und da erhellte milchiges Licht von Talglampen die finsteren Gänge. Was, wenn sich Ulrich bezecht in das Bett des Grafen gelegt hatte? Es wäre klüger gewesen, das Heilkundebuch in einen Sack mit Hühnerfedern zu stopfen und diesen hinter den Eichenschrank im Keller zu schieben. In der Kleidertruhe war es nicht sicher.

Ihr schlug das Herz bis zum Hals, während sie sich ihren Weg durch die dunkle Burg tastete und schließlich Daumenbreit um Daumenbreit die Klinke der Tür zu Sigruns Kemenate herunterdrückte. Angestrengt lauschte sie auf Atemzüge und versuchte dabei, den stechenden Schmerz in ihrem Kopf zu ignorieren. Für einen Moment glaubte sie, ein Schnarchen zu hören und erstarrte. Doch als es anschließend still blieb, wagte sie einen Blick in die Kammer. Sie war menschenleer.

Mit hämmerndem Herzen schlich sie sich hinein und erkannte sofort, dass Sigruns Kleidertruhe durchwühlt worden war. Entsetzt zerrte sie alle Kleidungsstücke heraus und fand zu ihrer Erleichterung das Heilkundebuch unverändert im Geheimfach am Boden der Truhe liegend. Sorgfältig schlug sie es in ein großes Leinentuch ein und warf einen letzten prüfenden Blick in die von der Morgendämmerung nur schwach erleuchtete Kemenate. Dann eilte sie hinaus ins Treppenhaus und die Stufen hinunter.

Unvermittelt löste sich aus dem Schatten an der Wand eine Kontur und eine Stimme wisperte: »Wo willst du hin?«

Helene unterdrückte einen Schrei. »Nirgendwohin«, erwiderte sie gepresst.

Die tief in einen Umhang gehüllte Gestalt zog die Kapuze von ihrem Kopf und Helene erahnte schemenhaft eine Frau mit geschwollenem Gesicht. Es dauerte einen Moment, bis sie die frühere Gespielin Dietrichs erkannte.

»Du meine Güte, Ruth! Was ist mit dir geschehen?«, flüsterte sie.

»Frag nicht. Ich will nur weg aus diesem Schweinestall.«

Helene zögerte. Da trat Ruth aus dem Schatten heraus und zeigte ihr zerschundenes Gesicht.

»Jesus, Maria und Josef«, murmelte Helene und schlug sich die Hand vor den Mund. »Du solltest gestern die Getränke und das Mahl auf den Tisch bringen, richtig?«

Ruth nickte und Tränen rannen aus ihren halb zugeschwollenen Augen.

»Komm mit«, sagte Helene kurzentschlossen. »Wir müssen sehr leise sein.«

Ruth zog sich die Kapuze wieder über das Gesicht. Gemeinsam huschten sie die Treppe in das Kellergewölbe hinab, wo Helene ein zweites Mal den Weg sicher durch die Dunkelheit zur Öffnung in der Mauer fand. Sie halfen sich gegenseitig durch das dichte Blattwerk. Bald standen sie im Freien und atmeten erleichtert auf. Im Schutz der Bäume und Sträucher kletterten sie den steilen Schieferfelsen hinunter. Ruth geriet mehrmals ins Schlittern und wäre beinahe gestürzt, doch Helene fing sie rechtzeitig auf. Endlich erreichten sie die Talsohle.

»Wohin gehen wir?«, fragte Ruth.

»Lass uns die Hütte des Schmieds aufsuchen. Vielleicht treffen wir dort die Herrin und Dietrich noch an.«

»Sind auch sie geflohen?«

Helene nickte knapp und rieb sich über ihren schmerzenden Nacken.

»Wohin wollen sie ziehen? Und was machen wir, wenn wir sie dort nicht mehr antreffen?«

»Stell nicht so viele Fragen, Ruth. Ich habe meine Flucht nicht geplant. Dann müssen wir uns eben alleine und zu Fuß durchschlagen. Alles ist besser, als auf Rheinsporn dem Tod in seine brutalen Schlächterarme zu laufen.«

Schweigend gingen sie in Richtung des Dorfes, doch bei der Hütte des Schmieds trafen sie niemanden mehr an. Leise murmelnd betete Helene darum, dass Dietrich Sigrun und die Kinder gefunden hatte und sie behütet an einen sicheren Ort brachte. Hoffentlich konnte man sich wirklich auf ihn verlassen, wie sie es ihrer Herrin gegenüber behauptet hatte.

Auf dem Weg nach Westen schlug Dietrich den Pfad Richtung Menedich ein. Da sie lange schweigend ritten, gingen seine Gedanken auf Wanderschaft und schweiften immer wieder zu dem ab, was im Cuttenheimer Wald geschehen war. Mit Grauen erinnerte er sich an die Ermordung von Idas Freund Ruben.

»Seht, Herr, was ich in seiner Jackentasche gefunden habe!«, hatte der Leiburger Gefolgsmann gerufen und Idas Fibel in die Höhe gehalten.

Dietrich konnte sehen, wie der Adamsapfel des jungen Bauern auf und nieder hüpfte. Ulrich war von seinem Pferd gestiegen und hatte ihn angebrüllt: »Wo hast du die beiden versteckt?«

»Wen?«, fragte der Thurer mit flatternden Augenlidern.

Der Leiburger schlug ihm mit voller Wucht ins Gesicht. »Reiz mich nicht! Wo sind Iduberga von Rheinsporn und Leonhard von Brauneck?«

»Ich weiß es nicht.« Erneut hüpfte der Adamsapfel des jungen Mannes auf und ab. »Ich halte niemanden verborgen.«

Der Graf versetzte ihm eine weitere Maulschelle. »Du lügst, sobald du den Mund aufmachst!« Er zog das Schwert aus der Scheide. »Das ist deine letzte Gelegenheit: Wo sind die beiden?«

Rubens Blick huschte zu Ulrichs Waffe, ehe er ihm in die Augen sah. »Ich habe keine Ahnung.«

Der Leiburger knurrte, erhob seine Stimme und rief in Richtung der Bäume: »Seht her, die ihr euch vermutlich noch im Dunkeln des Waldes verborgen haltet! Das geschieht mit jedem, der Leonhard von Brauneck und Ida von Rheinsporn Unterschlupf gewährt. Verbreitet diese Warnung im ganzen Land, denn ich werde die beiden unbarmherzig jagen und alle erschlagen, die ihnen helfen.«

Dann holte er aus und enthauptete Ruben mit einem Hieb, wie es nur jemand zu tun vermochte, der Erfahrung damit hatte.

Der Schreck fuhr Dietrich durch Mark und Bein. Mit etwas Derartigem hatte er nicht gerechnet. Er wollte nur, dass Ida schnell wieder gefunden wurde, und dieser Leonhard von Brauneck. Den konnte er seit ihrem Aufeinandertreffen im Burghof auf Rheinsporn nicht ausstehen. Aber er wollte nicht derjenige sein, der den Tod eines Unschuldigen zu verantworten hatte. Ida hatte doch so an diesem Ruben gehangen. Erschüttert vom Anblick des Getöteten hatte er sein Gesicht abgewendet und die Augen auf die Flammen gerichtet. Auf seine Hilfe würde Graf Ulrich in Zukunft verzichten müssen. Mit solch abscheulichen Mordtaten wollte er nichts zu tun haben.

Also hatte Dietrich beschlossen, von Cuttenheim aus die Heimreise nach Rheinsporn anzutreten. Das Gewissen plagte ihn. Gero würde ihn zur Rede stellen und wissen wollen, was passiert war. Dietrich war sich nicht sicher, ob er es riskieren konnte, ihm die Wahrheit zu sagen: Dass er selbst derjenige gewesen war, der die Leiburger zu Farolds Hütte geführt hatte. Sein Vetter würde ihm kaum glauben, dass es ihm darum gegangen war, Ida aus den Fängen ihres Entführers zu befreien. Es war ja immer noch nicht klar, was mit ihr geschehen war. Die Fibel konnte Leonhard Ruben gegeben haben, um sich sein Schweigen zu erkaufen. Doch um ehrlich zu sein: Die Dinge erzählten eine andere Geschichte. Nach alldem, was er nun miterlebt hatte, konnte er Ida nur beglückwünschen zu ihrer Entscheidung, mit diesem alten Barbaren kein Ehebündnis einzugehen. Er bewunderte sie für den Mut, diesen Entschluss in die Tat umzusetzen. Nie wieder wollte Dietrich derjenige sein, der ihr dabei Steine in den Weg legte.

»Was tust du?«, fragte die Gräfin ihn. »Warum führst du mich nach Thure? Die Menschen dort werden mich erkennen. Es ist nicht gut für sie, wenn sie wissen, wo ich bin. Wir bringen sie damit in Gefahr.«

»Wartet in sicherer Entfernung. Ich teile dem Dorfsprecher mit, was in Rheinsporn geschehen ist. Trifft einer von den Landleuten auf Euren Gemahl, soll er ihm davon berichten. Dann kann er entscheiden, was er für das Richtige hält.«

»Warum tust du das? Ich dachte, du grollst uns.«

Schuldbewusst sah er die trotz ihrer vier Kinder noch immer zierliche Gräfin an. Obwohl sich Falten rund um ihre Augen, auf der Stirn und an den Mundwinkeln gebildet hatten, war sie auf eine unaufdringliche Weise schön. Eine Schönheit, die von innen kam und keiner äußeren Hilfsmittel bedurfte. Er mochte sie.

»Euer Gemahl ist mein Vetter und Eure Tochter damit meine Großnichte. Ich habe die Leiburger nach Thure geführt, weil ich Eurer Tochter helfen wollte. Das will ich wiedergutmachen, indem ich Euch sicher nach Westen geleite«, antwortete er.

Geros Weib schwieg mit betroffenem Gesichtsausdruck.

Bei Menedich ließen sich Sigrun und die Kinder auf einer Wiese nieder. Gottfried, der Stallknecht, führte die Pferde zum Segbach. Danach setzte er sich in gebührendem Abstand zu ihnen ins Gras. Vor ihm hatte Sigrun eigentlich keine Angst, aber sie wusste nicht, wem sie überhaupt noch trauen konnte. Ihr schwante, dass die fremden Ritter sich nicht gewaltsam Zutritt nach Rheinsporn verschafft hatten. Einen derart kriegerischen Akt hätte sie durch das offene Fenster im Frauenturm gehört. Doch sie hatte nichts dergleichen vernommen oder Zerstörungen gesehen, die darauf hinwiesen. Die Burgbesatzung musste die feindlichen Krieger hereingelassen haben. Auf Sigruns Rücken bildete sich eine Gänsehaut. Hätte Gero geahnt, dass ihr Rückhalt in den eigenen Reihen derart brüchig war, hätte er sie nicht allein gelassen. Gut, dass er Burckhart, Veit, Wolff und die anderen Bauern aus Thure dafür gewinnen konnte, während seiner Abwesenheit zur Burg zu kommen. Sie mochte sich nicht ausmalen, wie der Überfall geendet wäre, hätten die Männer den

Zugang zum Frauenturm nicht versperrt. Inständig hoffte sie, dass sie alle unversehrt geblieben waren.

Nun saß sie ein weiteres Mal hilflos mit zwei ihrer Kinder unter freiem Himmel und war jeder Unbill nahezu schutzlos ausgeliefert. Sollte der Stallknecht, der ebenfalls zu Bertolts ursprünglicher Burggemeinschaft gehörte, sie angreifen oder Dietrich sie an die Leiburger verraten, hätte sie dem wenig entgegenzusetzen. Sie schloss die Augen und fühlte in sich hinein. War Dietrich entgegen seiner Behauptung, nach Thure reiten zu wollen, doch in umgekehrter Richtung auf dem Weg nach Rheinsporn, um ein Kopfgeld zu erbeuten? Aber sie spürte nichts, wenn sie an ihn dachte. Sie drückte die Lider fester zu und sank noch tiefer in ihre innere Wahrnehmung. So konzentriert sie dort auch forschte – es blieb still in ihr.

Seufzend kam sie mit ihrer Aufmerksamkeit auf die Wiese zurück, wo der Stallknecht sie mit hochgezogenen Augenbrauen anstarrte, als fürchtete er, dass sie in Gedanken Hexenformeln aufsagte. Die Situation behagte ihm genauso wenig wie ihr, erkannte sie und entspannte sich. »Warum bleibt Dietrich so lange weg?«, fragte sie ihn.

Er zuckte mit den Schultern und sah zu den grasenden Pferden. »Ich habe keine Ahnung. Ich weiß ja nicht einmal, wie weit Thure entfernt ist.«

»Es liegt gleich hinter dieser Anhöhe.« Sigrun wies zur Gerichtsstätte.

Vermutlich hätte Dietrich sie deutlich früher zum Anhalten bewegt, wenn er zurück nach Rheinsporn hätte reiten wollen, dachte sie. Die Entfernung dorthin war nun ungleich größer. Das beruhigte sie für den Moment.

»Ich habe Hunger«, sagte Mechthild.

»Ich auch!«, rief Gregor.

Sofort erhob sich der Knecht, löste die Vorratstaschen von Sigruns Sattel und reichte sie ihr. Wollte er sie in Sicherheit wiegen, um sie dann doch hinterrücks zu überfallen? Sigrun zwang sich, diese Verdächtigungen zu unterlassen, denn sie schürten nur ihre Verunsicherung. Endlich sah sie eine

Gestalt auf der Anhöhe Richtung Thure erscheinen und erkannte Dietrichs Silhouette. Angestrengt sah sie ihm entgegen. Aber er kam allein und führte sein Pferd dabei am Zügel. Sigrun schalt sich eine Närrin und beschloss, ihm fortan zu vertrauen.

Zur gleichen Zeit erreichten Helene und Ruth nach ihrer Flucht aus Rheinsporn die Siedlung am Fuß des Schieferfelsens.

»Wohin müssen wir uns wenden, wenn wir zum Kloster der Heiligen Maria am See wollen?«, fragte Helene den erstbesten Bewohner, der sich in der Morgendämmerung vor seiner Hütte zeigte.

Mit ausgestrecktem Arm deutete er nach Südwesten. »Immer da entlang. Haltet euch abseits des Weges. Hier treibt sich im Moment ziemlich viel Gesindel herum.« Er musterte ihre geschwollenen Gesichter. »Ihr seht allerdings aus, als ob ihr bereits auf dieses Lumpenpack getroffen seid.«

Beklommen nickte Helene, nahm Ruth bei der Hand und zog sie mit sich in die gewiesene Richtung. Die Magd mitgenommen zu haben, erwies sich bald als Segen. Denn Ruth hatte – anders als Helene – für Verpflegung gesorgt. Sie marschierten, bis die Sonne ihren höchsten Stand überschritten hatte. Dann ließen sie sich erschöpft im dicht bewachsenen Dickicht des Waldes nieder, aßen von dem Brot und dem Käse und tranken von dem Brunnenwasser aus dem mitgebrachten Beutel. Dabei zitterte Helene vor Anspannung und Erschöpfung.

Ruth beobachtete sie durch ihre halb zugeschwollenen Augenlider. »Was schleppst du eigentlich die ganze Zeit mit dir herum?«

»Ich habe das Heilkundebuch unserer Herrin. Es soll den Leiburgern nicht in die Finger fallen.«

Zustimmend brummte Ruth. »Das wäre sicher besser.«

»Kannst du ein oder zwei Stunden Wache halten?«, fragte Helene. »Ich habe diese Nacht kein Auge zugetan und nun überfällt mich die Müdigkeit.«

»Ja, schlaf nur. Ich werde aufpassen«, sagte Ruth.

Als Helene wieder zu sich kam, lag ihre Gefährtin schlafend neben ihr und die Sonne neigte sich bedenklich Richtung Horizont. Aber wenigstens hatten die Kopfschmerzen nachgelassen. Eilig weckte sie ihre Begleiterin.

»Du hast doch gesagt, du wachst! Sieh nur: Bald wird die Dunkelheit hereinbrechen und wir sind immer noch im Wald. Los schnell! Wir müssen schauen, wo wir ein Versteck für die Nacht finden.«

Hastig brachen sie auf und erreichten in der Abenddämmerung den kleinen Ort Kruft. Dort bot ein Fuhrmann ihnen ein Nachtlager in seiner Scheune an. Erleichtert nahmen sie das Angebot an und sanken in einen bleiernen Schlaf.

»Wohin seid ihr unterwegs?«, fragte der Fuhrknecht sie am nächsten Morgen, als sie sich zum Aufbruch rüsteten.

Sie wechselten einen Blick. »Nach Thure«, erklärte Helene ihm und schnürte das Bündel mit dem Proviant fest zu.

»Sucht ihr dort jemanden?«

»Ich habe mit dem Dorfsprecher zu reden«, erwiderte Helene, bevor Ruth mit ihrem schwarzen Humor sagen konnte, dass sie selbst nicht wussten, auf wen sie zu treffen hofften.

»Wenn ihr wollt, kann ich euch ein Stück mitnehmen. Ich muss ohnehin mit meinem Karren zum Steinbruch nach Menedich. Von dort aus seid ihr flugs in Thure.«

Noch einmal wechselten Helene und Ruth einen Blick, ehe Helene antwortete: »Das ist sehr freundlich von dir. Das Angebot nehmen wir gerne an.«

Nacheinander kletterten sie auf die Ladefläche des Fuhrwerks. Vorsichtig drehte Helene ihren Kopf hin und her. Er ließ sich freier bewegen als am Abend zuvor, die Muskeln in ihrem Nacken fühlten sich hingegen noch immer an wie Eichenbohlen.

»Erzählst du mir nun, was mit dir passiert ist?«, flüsterte sie Ruth nach einer Weile zu.

»Kannst du es dir nicht denken? Du hast doch gehört, wie die Leiburger in der Halle gezecht haben.«

Helene nahm sie in den Arm. »Es tut mir so leid.«

Ruth schossen Tränen in die Augen. Helene streichelte ihre Wange, bis der Tränenstrom versiegt war.

Kurze Zeit später rief von vorne der Fuhrmann: »Dort liegt Thure. Ich bringe euch bis an den Ortsrand. Von da aus braucht ihr nur noch ins Dorf zu laufen.«

Als er sie aus dem Karren steigen ließ, wollte Helene ihm zum Dank einen Kanten Brot geben, aber er lehnte ab. »Ich hab euch gern geholfen und ihr seht aus, als könntet ihr es selbst noch gut gebrauchen. Behaltet es für euch. Der Herr wird's mir irgendwann vergelten.«

»Hab besten Dank!«, rief Helene ihm zu und winkte zum Abschied. Rasch liefen sie ins Dorf, Helene das Heilkundebuch der Meda fest unter ihren Arm geklemmt.

»Wir suchen euren Dorfsprecher«, sagte sie zu einem Landmann, der mit geschulterter Sense vom Feld kam.

»Das ist Jost. Ihr findet ihn auf dem Dorfplatz. Er hält gerade eine Versammlung ab.« Der untersetzte Bauer mit dem wettergegerbten Gesicht wies ihnen mit dem freien Arm den Weg.

Am Dorfplatz angekommen hielten sich Helene und Ruth abseits, denn dort saßen und standen nur Männer. Es war ihnen als Fremde und Frauen zumal gewiss nicht gestattet, an der Kundgebung teilzunehmen. Doch konnte Helene auch auf diese Entfernung einige laut gesprochene Sätze aufschnappen. Der Dorfsprecher informierte die Landleute offenbar, dass Ulrich von Leiburg Rheinsporn besetzt hatte und Sigrun von dort geflohen war. Wieso hatte diese Nachricht so schnell ihren Weg bis hierhin gefunden? Hatte Dietrich diesen Jost in Kenntnis gesetzt? Als sich die Zusammenkunft auflöste und die Männer sich kopfschüttelnd in kleinen Gruppen mit sorgenvollen Mienen zerstreuten, trat Helene an ihn heran.

»Bist du der Dorfsprecher?«

»Der bin ich. Und wer bist du?«

»Ich bin Helene, Kammerfrau Sigrun von Rheinsporns, und das ist ihre Dienerin Ruth. Wir sind von Rheinsporn geflohen, weil die Zustände auf der Burg unerträglich geworden sind.«

Helene bemerkte, wie Jost verstohlen ihre zerschundenen Gesichter musterte.

»Wir mussten um unser Leben fürchten«, fügte sie mit fester Stimme hinzu.

»Ein Sohn Bertolts war gestern hier und hat uns über die Situation auf Rheinsporn ins Bild gesetzt.«

Helenes Puls beschleunigte sich. »Hat er auch etwas über die Herrin gesagt?«

»Nur, dass sie die Burg zusammen mit ihren Kindern verlassen hat. Hält sich dort überhaupt noch jemand außer den Leiburgern auf?«

»Ein paar Bedienstete, und wie es denen ergehen mag, möchte ich lieber nicht wissen«, erwiderte Helene. »Wir sind auf der Suche nach Sigrun und Ida.«

Jost runzelte die Stirn. »Warum?«

»Ich habe ihnen ein Buch zu übergeben. Es ist wichtig.« Kaum, dass ihr diese Bemerkung über die Lippen rutschte, bereute Helene, darüber gesprochen zu haben. Es konnte gefährlich sein, die Handschrift zu erwähnen. Besser, niemand wusste, wo sie sich befand und wer sie bei sich trug. Der Blick des Dorfsprechers fiel auf das Bündel unter ihrem Arm.

»Geht es um das Heilkundebuch? Existiert es tatsächlich?«, fragte er. »Ich habe davon gehört. Würdet ihr meiner alten Mutter die Freude bereiten, sie einmal hineinschauen zu lassen? Sie war ihr Leben lang die Heil- und Kräuterkundige in unserem Dorf und hat mit Sigrun zusammengearbeitet, als diese noch in Thure lebte. Sogar die Verfasserin, Meda von Trier, hat sie kennengelernt, als diese im Ort war und Sigrun vor dem Tod gerettet hat. Ich glaube, es wäre ihr eine große Freude, wenn sie jetzt kurz vor dem Ende ihres Lebens einen Blick in dieses Buch werfen dürfte.«

Helene zögerte. Das fing ja gut an, dass sie sich gleich bei der erstbesten Gelegenheit verplapperte und Fremde darüber informierte, wo der Ledereinband zu finden war! Doch hier auf dem Dorfplatz versickerte die Spur, die sie zu Ida und Sigrun zu haben glaubte, und sie war auf die Hilfe der Dorfbewohner angewiesen. Vielleicht wusste die alte Frau mehr. Also nickte sie.

»Ich führe euch zu ihrer Hütte«, sagte Jost. »Sie wird euch bestimmt ein Lager für die Nacht anbieten.«

Kurz bevor der Dorfsprecher die Kate Godelinds verließ, raunte er seiner Mutter etwas zu, das Helene nicht verstand. Sie wurde skeptisch. Vermutlich hatte er sie angewiesen, alles aus ihnen herauszulocken, was möglich war. So war sie der Alten gegenüber zunächst zurückhaltend, merkte indessen bald, wie gutmütig die greise, nahezu zahnlose Frau war. Sie erzählte Helene und Ruth davon, wie sie gemeinsam mit Sigrun Kranke im Dorf und in den Nachbarsiedlungen gesund gepflegt hatte. Dabei rühmte sie die Gutherzigkeit und Weisheit der Herrin und das Talent ihrer Tochter. Es tat Helene gut zu hören, dass die beiden adligen Frauen hier in der Siedlung so viel Achtung erfuhren. Das würde ihre Chancen auf Hilfe ungleich steigern.

»Hast du eine Ahnung, wo wir sie finden können?«

Betrübt legte die Alte eine faltige Hand an die Wange und wiegte ihren Kopf. »Von Sigrun weiß ich leider nichts außer dem, was mein Sohn mir gesagt hat: dass sie von Rheinsporn geflohen ist. Vermutlich wird sie nicht zu uns kommen, weil sie befürchten muss, dass die Ritter hier als Erstes suchen.«

»Und Ida?«

»Auch darüber weiß ich nichts Genaues. Aber es geht das Gerücht um, dass sie in Thure war und Ruben sie in der Hütte meines Vetters in Cuttenheim versteckt gehalten hat. Diese Hütte wurde von den Männern Ulrich von Leiburgs in Brand gesetzt und mein Enkel erschlagen.« Die alte Frau wandte ihr Gesicht von ihnen ab und Helene ahnte, wie tief ihr Schmerz über den Tod ihres Enkelsohnes saß.

Entsetzt blickte sie Ruth an, die mit aufgerissen Augen zurückstarrte. Es zeigte sich einmal mehr, wie gefährlich die

Leiburger waren. Wie gut, dass sie alle Rheinsporn verlassen hatten. Weil die Dorfälteste mit ihrer Wertschätzung der Herrin und Idas ihr Vertrauen gewonnen hatte, zog Helene das Heilkundebuch unter ihrem Arm hervor und schlug die Leinentücher auf.

»Dein Sohn hat mich gebeten, dir das zu zeigen, da du Meda von Trier gekannt hast.«

Godelinds Augen wurden rund und glitzerten in einer nahezu kindlichen Begeisterung, als sie die Handschrift sah.

»Ihr habt das Buch dabei!«, rief sie. »Sigrun hat mir davon erzählt. Ich hätte nie für möglich gehalten, dass ich es einmal zu sehen bekomme. Welche Freude ihr mir damit macht! So hat denn dieser schreckliche Anlass etwas Gutes für mich. Darf ich es anfassen?«

Vorsichtig reichte Helene der alten Frau den Ledereinband und diese bestaunte die verschlungenen Initialen, strich mit ihrem gichtigen Zeigefinger über die Rußtinteneintragungen und die Abbildungen.

»Diese Zeichnungen hat die Herrin angefertigt«, sagte Helene.

Die alte Frau nickte anerkennend. »Ja, ich weiß, und ich kann es kaum fassen, dass ich sie mit eigenen Augen anschauen kann. Möge Gott verhüten, dass dieses Werk je Schaden nimmt.«

Kopfschüttelnd durchwanderte Valentin am Tag nach ihrer Eroberung Burg Rheinsporn, wo es aussah, als hätte eine Belagerungsschlacht stattgefunden. Die Erschlagenen lagen in ihrem Blut auf dem Burghof. Die Leiburger und ihre Verbündeten waren achtlos durch die Lachen getreten und hatten blutige Fußspuren im Hof und im Eingangsbereich hinterlassen, die sich im Inneren der Burg verloren. Warum hatten sich die Männer derart respektlos benommen, obwohl sie hier noch vor zwei Wochen so gastfreundlich empfangen worden waren? Fielen alle Schranken von Sitte und Anstand, sobald eine Grenze überschritten war, und wurden Menschen dann zu Tieren?

Zum ersten Mal in seinem Leben schämte er sich für seinen Vater und hatte noch deutlicher als sonst das Gefühl, dass dieser nicht mehr der Mann war, den er in seiner Jugend gekannt hatte. Und es schien nicht nur der Verlust des Auges zu sein, der seinen Vater derart verhärtet hatte. Als seien in seinem Kopf und Wesen schleichend Veränderungen vonstattengegangen, zunächst von ihnen unbemerkt, bis es zu den ersten Aussetzern gekommen war. Wie sollte er damit umgehen?

Unter den Getreuen seines Vaters erfuhr er zu wenig Rückhalt, um sie zu einer Verschwörung zu bewegen. Hätte er Leonhard an seiner Seite, sähe das anders aus. Trotz seiner ungeklärten Abstammung genoss der Blondschopf mehr Ansehen als er selbst, was vermutlich nicht zuletzt daran lag, dass Ulrich größere Stücke auf ihn hielt als auf seinen eigenen Sohn. Das dürfte sich nun grundlegend geändert haben. Was hatte dieser Esel bloß angestellt? Valentin konnte sich auf die Geschichte keinen Reim machen. Aber eines war klar: Sie mussten Leonhard so schnell wie möglich finden.

Nachdenklich betrat er den Pferdestall. Er traute seinen Augen nicht, als er sich suchend umschaute und feststellte, dass von den Rheinsporner Rössern nur noch ein alter, klappriger Gaul in seiner Box stand, die Ohren gespitzt und den Kopf in die Höhe gereckt. Hatten Ulrichs Gefolgsleute Geros Pferde absichtlich von der Burg getrieben? Das wäre der blanke Wahnsinn. Schließlich waren das gute Reittiere, wie er gesehen hatte, als er mit Leonhard den Stall inspizierte. Wer käme auf die närrische Idee, diese Tiere laufen zu lassen? Hatte sein Vater etwa den Befehl dazu erteilt? Zuzutrauen wäre es ihm.

Hastig drehte er sich zum Stallmeister um, der soeben mit einer Bürste bewaffnet den Stall betrat. »Wo sind die Rheinsporner Pferde?«

Der Mann zuckte mit den Achseln. »Weg. Seit Ihr die Burg erobert habt.«

»Was heißt weg? Die verschwinden doch nicht einfach so. Haben die Knechte nichts gesehen?«

»Die Knechte liegen erschlagen auf dem Burghof.« Der Stallmeister wies mit der Hand nach draußen zu den Leichen im Hof. »Wir können ja mal bei denen nachfragen, wenn einer von ihnen noch ein Lebenszeichen zeigt.« Er spie auf den Boden.

Valentin drehte sich auf dem Absatz um, verließ den Stall und strebte zu seinem Vater. Ulrich hing schräg auf Geros Sessel auf der Empore.

»Die Rheinsporner Pferde sind bis auf einen alten Gaul alle verschwunden. Weißt du etwas darüber?«, fragte Valentin.

Ulrich fuhr auf. »Nein. Was soll das heißen: Sie sind verschwunden? Die lösen sich doch nicht in Luft auf.«

»Das weiß ich auch«, zischte Valentin zurück. Er hatte sich nie gegen seinen Vater aufgelehnt, aber er störte sich zunehmend an dessen Hass auf die Welt.

»Was ist mit den Stallknechten?« Sein Vater zog die Brauen zusammen. »Lass sie holen und auspeitschen, wenn sie nicht reden wollen.«

»Der Stallmeister sagt, sie liegen alle erschlagen im Burghof. Hast du jemanden mit den Pferden fortgeschickt?«

Nachdenklich zog Ulrich die Stirn in Falten, als müsste er in den hintersten Winkeln seines Gedächtnisses kramen. Schließlich hellte sich seine Miene für einen kurzen Moment auf. »Ja, ich habe den Bastard Bertolts losgeschickt, die angrenzenden Siedlungen darüber zu informieren, dass Gero nicht länger der Herr dieser Burg ist.« Sein Gesichtsausdruck verfinsterte sich wieder. »Gleichwohl habe ich nicht gesagt, er solle alle Rheinsporner Pferde mitnehmen. Dieser Hurenknecht!« Ulrich sammelte seine Kräfte und richtete sich auf. »Sobald wir den zu fassen bekommen, wird es ihm ergehen wie diesem Grünschnabel im Wald bei Cuttenheim, wenn er nicht eine verdammt gute Erklärung dafür hat.«

Am darauffolgenden Tag bat Jost Wolff, einen großen, stämmigen Bauern aus dem Dorf, Helene und Ruth zu Farolds Hütte im Cuttenheimer Wald zu bringen. Wolff war am Morgen erst aus Rheinsporn zurückgekehrt und hatte Dietrichs Schilderung bestätigt. Sein Gesicht war von Narben gezeichnet, die er sich vermutlich bei einer Pockenerkrankung zugezogen hatte. Seiner kräftigen Gestalt konnte man ansehen, dass er körperliche Arbeit gewohnt war.

Godelind hatte Helene noch am Abend zuvor eine lindernde Salbe auf den Nacken gerieben und die Muskeln fühlten sich nun fast weich an. Auch Ruth hatte sie mit einer Tinktur versorgt, die die Schwellungen in ihrem Gesicht langsam zum Abklingen brachten.

Als sie am Unglücksort ankamen, kroch Helene der Geruch von verkohlten Überresten in die Nase. Sie war erleichtert, dass sich kein Anflug von versengtem Fleisch daruntermischte. Allenfalls einen Hauch davon konnte sie erahnen, als seien ein oder zwei Kleintiere in den Flammen elendig verendet. Sie nickte Ruth zu. Gemeinsam stiegen sie über schwarze Bretter ins Innere der Brandstätte. Wo sollten sie anfangen, nach Spuren zu suchen? Wenn Ida denn überhaupt hier gewesen war. Helene konnte sich kaum vorstellen, dass das Feuer etwas übriggelassen hatte, was sie jemandem zuordnen konnte.

Glücklicherweise war die Grundfläche der ehemaligen Hütte klein, sodass sie nicht viel absuchen mussten. Sie sah Wolff mit bedrücktem Gesicht neben den Resten der Hütte stehen. Er schaute ihnen dabei zu, wie sie zwischen den versengten Stümpfen herumsuchten. Mehrmals schielte er zu der Stelle hinüber, die er ihnen zuvor gezeigt hatte. Dort hatten die Thurer die sterblichen Überreste von Godelinds Enkel im Gras vorgefunden.

Helene wandte den Blick ab und trat an die Bretter der hinteren Hüttenwand heran, die den Flammen zum Opfer gefallen war. In den verkohlten Rückständen entdeckte sie ein Loch, das wie ein Durchschlupf wirkte. Vielleicht war Ida da gewesen, als sich Ulrichs Gefolgsleute der Kate genähert hatten. Unvermittelt glaubte Helene, ihre Anwesenheit zu spüren. Auf ihren Unterarmen bildete sich eine Gänsehaut.

Noch einmal sah sie sich sorgfältig im Inneren der Hütte um, die ihr Geheimnis beharrlich bewahrte. Also begab sich Helene auf die Knie, um durch das Loch in das Dickicht dahinter zu kriechen. Da glitzerte etwas auf dem Boden, als würfe pures Silber das Sonnenlicht zurück. Vorsichtig griff sie nach dem blinkenden Lichtreflex und ertastete ein halbrundes Metallgebilde. Augenblicklich frohlockte sie, denn sie hielt Idas Haarreif in Händen. Den Reif fest in ihrer Faust haltend kämpfte sie sich entschlossen durch das Dickicht, bis sie nach wenigen Metern ein dicht bewachsenes Waldstück erreichte.

Dort verrieten breit getretene, aber noch relativ frische Pferdeäpfel und abgefressenes Gras, dass hier vor nicht allzu langer Zeit Reittiere gestanden hatten. Eingehend betrachtete Helene den Metallreif im Sonnenlicht und war sich sicher, ihn Ida viele Male ins Haar gesteckt zu haben. Zwar zeigte er tiefe Kratzer und Rillen, als sei Ida beim Kriechen durchs Dickicht mehrmals mit dem Kopf an Äste gestoßen, und es fehlten einige der Verzierungen. Doch vermutlich würde sie diese finden, wenn sie das Unterholz gezielt danach absuchte. Nun war sich Helene gewiss, auf der richtigen Spur zu sein. Diese mussten sie jetzt beharrlich weiter verfolgen. Sie war fest entschlossen, Ida ausfindig zu machen. Beherzt bahnte sie sich den Weg zurück zur Hütte und verbarg dabei den Haarreif in ihrem Beutel.

»Ich habe nichts gefunden«, behauptete sie Ruth und Wolff gegenüber. »Dennoch könnte sie hier gewesen sein. Durch die hintere Hüttenwand hätte man dieses Waldstück vor den Blicken von Verfolgern geschützt erreichen können.« Sie wies in die Richtung, aus der sie gekommen war. »Wohin könnte sie von dieser Stelle aus geflohen sein?«

»Das Nächstliegende wäre sicher Megina. Allerdings müsste sie auch dort befürchten, von den Leiburgern aufgespürt zu werden«, sagte Wolff und strich sich durch das dunkelblonde Haar. »Wenn ihr wollt, kann ich euch dahin bringen. Danach muss ich aber zurück nach Thure und mich um meine Angelegenheiten kümmern.«

»Eine andere Möglichkeit als Megina gibt es nicht?«, fragte Helene.

»Vielleicht ist sie an die Mosel weitergezogen. Soweit ich weiß, hat Gero dort entfernte Verwandte«, erwiderte Wolff.

Unschlüssig sah Helene zu Ruth hinüber, die aus ihrer Erstarrung zu erwachen schien und wirkte, als sei ihr erst jetzt bewusst geworden, zu was die Leiburger fähig waren. Mit einem entschiedenen Ausdruck in den Augen sah Ruth sie an. »Lass uns erst in Megina nachsehen. Vielleicht hat dort jemand eine Spur für uns. Wenn wir sie da nicht finden, gehen wir weiter Richtung Mosel.«

»In Ordnung.« Helene straffte ihre Schultern und wandte sich an Wolff. »Wir nehmen dein Angebot gerne an. Zumindest scheint Fräulein Ida hier nichts zugestoßen zu sein. Das macht mir Hoffnung, dass ich sie finden werde.«

Ein Blick auf Wolffs betrübten Gesichtsausdruck verriet seinen Zweifel. Aber er nickte, drehte sich um und führte sie auf direktem Weg nach Megina, als habe der Herr es ihm höchstpersönlich befohlen.

Kapitel Dreiundzwanzig

Auf verschlungenen Pfaden irrten Ida und Leonhard neun Tage moselaufwärts umher. Wenn Ida richtig mitgezählt hatte, befanden sie sich bereits ganze zwei Wochen auf der Flucht vor Ulrich. Immer wieder mussten sie absteigen und die Pferde an den Zügeln führen, weil das Gelände unwegsam war. Ida hatte sich zum Schutz die Kapuze ihres Mantels eng über Hals und Kopf gezogen, denn seit dem Morgen trommelte ihnen unablässig Regen, von Westen kommend, ins Gesicht. Ganze Teile der Landschaft verschwanden hinter einem trüben Schleier. Nebelschwaden stiegen aus den Feldern und zwischen den Bäumen empor, formten schemenhafte Säulen bis in den Himmel, wo sie sich zu einer flauschigen Decke zusammenschlossen. Graue Schlieren zogen sich aus der dichten Wolkendecke. Ab und zu durchbrachen vereinzelte Lichtstrahlen das Grau und tauchten die feuchte Landschaft in eine diffuse Helligkeit.

»Wir müssen aus der Pfalz deines Vaters und auch aus der Ulrichs fort«, sagte Leonhard mit gesenktem Kopf. Seine Haare klebten ihm am Haupt und Wasser rann über sein Gesicht. »Genau genommen müssen wir uns aus dem Herrschaftsbereich des Kaisers fernhalten. Es kommt uns sehr gelegen, dass er nördlich der Mosel so gut wie keinen Einfluss mehr hat. Daher wird es vermutlich nur Ulrich sein, der uns verfolgt.«

Der Druck auf Idas Brust wuchs. »Wohin werden wir uns wenden?«

»Wohin du willst. Sicher werden wir nirgends sein. Aber jetzt sind wir der schlimmsten Gefahr entronnen, denke ich.« Leonhards Tonfall klang demonstrativ zuversichtlich.

Dankbar lächelte Ida ihn an und zeichnete heimlich Schutzzeichen in die Luft.

An einer flachen Stelle überquerten sie einen Nebenfluss der Mosel, den ein Einheimischer »Alfbach« genannt hatte. Ida wurde nass bis zu den Achseln, und die Kälte des Wassers kroch ihr von unten bis ins Mark. Endlich fiel wieder wärmendes Sonnenlicht schräg durch eine größer werdende

Öffnung in der Wolkendecke wie ein göttlicher Fingerzeig und der Regen versiegte.

»Wir müssen die Kleider trocknen lassen, sonst holen wir uns den Tod«, sagte Leonhard, als sie das gegenüberliegende Ufer sicher erreicht hatten und die Sonne vollends durchbrach.

Ida nickte mit klappernden Zähnen. Wortlos reichte er ihr Rubens Decke und drehte sich um, als sie begann, sich auszuziehen. Geschickt entfachte Leonhard aus totem Astholz, das er von den unteren Stämmen der Nadelbäume brach, ein Feuer, an dem sie sich wärmten und ihre Kleider trockneten. Nach der Rast ritten sie den ganzen Tag weiter, bis der Abend dämmerte. Immer wieder hielt Leonhard Ida wach, wenn sie erschöpft auf dem Pferd zusammensank. »Nicht mehr lange, und du kannst dich beruhigt zum Schlafen hinlegen. Bald bist du in Sicherheit«, raunte er ihr zu.

Als der Abend bereits dämmerte, entdeckte er hinter einem beeindruckend großen Ameisenhaufen eine verwitterte Jagdhütte im Wald, halb verfallen, windschief und mit Moos bewachsen. Neben der Eingangstür klebten in mehreren Spinnweben eingesponnene Insekten.

»Hier können wir bleiben«, sagte er. »Nie und nimmer wird Ulrich uns an diesem Ort suchen.«

»Ja, in dem Schuppen wird uns keiner vermuten«, bestätigte Ida. Der Bretterverschlag sah alles andere als heimelig aus.

Zu Tode erschöpft trug sie ihre Habseligkeiten ins Innere der Hütte, bevor sie diese ebenfalls mit Schutzzeichen versah. Dann richtete sie mit Heidekraut und Moosflechten eine Liegestatt her, bis die Dunkelheit hereinbrach und sie kaum noch die Hand vor ihren Augen erkennen konnte. Entkräftet aßen sie die letzten Vorräte aus den Satteltaschen, deckten sich mit ihren Umhängen zu und fielen in einen tiefen, traumlosen Schlaf.

Am nächsten Tag stützte Leonhard die dünnen Wände mit abgebrochenen Ästen und stopfte die Löcher im Dach mit langarmigen Flechten zu. Anschließend jagte er einen Hasen und richtete ein Lagerfeuer her. Voller Zuneigung schmiegte sich Ida in der Abenddämmerung an seine Schulter, während sie am Feuer saßen und er das gehäutete Tier an einem Stock für sie briet. In den wenigen Augenblicken wie diesen bereute sie nichts von dem, was sie getan hatte. Alles schien auf den Platz zurückzufallen, der ihm in der Welt zukam. Deshalb wollte sie diese Momente, so rar sie waren, lange für sich bewahren. Aus der Erinnerung daran konnte sie einen gedanklichen Zufluchtsort machen, wenn die Entbehrungen sie allzu sehr plagten.

Leonhard warf ihr einen innigen Blick zu, und sie hätte gerne gewusst, ob er das genauso empfand wie sie. Doch sie wagte nicht, ihn zu fragen, aus Angst, den Zauber dieses Augenblicks zu zerstören. Da nahm er den Stock mit dem gebratenen Hasen in die linke Hand und legte den freien rechten Arm um ihre Schultern.

Als er sagte: »Solche Momente wie diesen möchte ich um nichts in der Welt missen«, drohte ihr Herz vor Glück zu zerspringen, und sie schmiegte sich noch fester an ihn.

Ja, allein diese Augenblicke waren es wert, all das auf sich zu nehmen. Ob es ihren Eltern damals auch so ergangen war, als sie gemeinsam von Greifenfels geflohen waren? Der Gedanke an ihre Eltern schnürte ihr blitzartig die Brust wieder zu. Wie mochte es ihnen gehen? Hatte ihr Vater Schwierigkeiten mit dem Kaiser bekommen? Sie wünschte sich, dass dieser Albtraum bald ein Ende nahm.

Da begann Leonhard, ihr leise von seiner Zeit bei den Dänen zu erzählen. Er sprach von der nordischen Sagenwelt und von der Schönheit der Landschaft. Von den Steilküsten, der rauen See, von den weiten Feldern auf den Ebenen, über die der Wind fegte. Ida lauschte fasziniert, schaute dabei in das lodernde Feuer und ab und zu in sein Gesicht, auf dem der Widerschein der Flammen schimmerte. Niemals in ihrem Leben hatte sie einen schöneren Mann gesehen.

Er beschrieb ihr das unablässige Rauschen der Wellen an der Küste, das sich überschlagende Züngeln und Lecken des

Wassers am Sand. Das schrille Kreischen der Möwen, die schroff abfallenden und von Zeit zu Zeit abbrechenden Felskanten.

»Eine Weile haben meine Zieheltern mich in den Norden gebracht, um mich frei von den Einflüssen der Kirche ihre Weisheiten lehren zu können, und damit ich in Sicherheit war. Dort standen nur vereinzelte Gehöfte, gesprenkelt in der Landschaft. Man hatte von fast überall freie Sicht auf die endlose, graue Weite des Meeres, auf dem nur selten Schiffe zu sehen waren. Die Wellen stürmten mit Macht gegen die steinernen Bollwerke, die die Menschen errichtet hatten, um sie zu brechen, und Seevögel sind rufend darüber gezogen. Wie lange Löwenzungen haben die Befestigungen ins Wasser geragt, als wollte das Land den Ozean mit riesigen Mäulern ausschlürfen.«

Gebannt richtete sich Ida auf. »Das klingt traumhaft. Ich möchte gerne einmal dorthin.« Sie beugte sich zu ihm vor. »Hast du schon mal einen Löwen gesehen?«

»Nein, das ist mir bisher erspart geblieben. Sie sollen unberechenbar und gefährlich sein.« Er strich ihr eine Haarsträhne aus der Stirn und fuhr dann fort: »Es war solch ein faszinierendes Schauspiel, wie sich die Wassermassen den Steinbauten entgegengeworfen haben und tosend an ihnen in Abertausend Tropfen zerborsten sind. Du kannst dir nicht vorstellen, wie atemberaubend es ist, wenn sich das Sonnenlicht darin bricht. Auch die Abende sind schön gewesen, sobald sich Dunst über das Land gesenkt hat wie ein wollener Umhang oder ein graues Federkleid. Tagsüber hat der Wind durch die Kornfelder gepfiffen, sie zum Singen gebracht, und es hat geklungen, als erzählten sie uralte Weisen.«

»Vermisst du das?«

Sein Blick wurde leer. »Manchmal.«

»Wie hast du es in der Gesellschaft der Leiburger ausgehalten?«

»Man kann vieles, wenn man muss«, erwiderte er und schürte energisch die Flammen.

»Warum haben sich deine Zieheltern so viel Mühe mit deiner Ausbildung gegeben?«

»Weil sie davon überzeugt waren, dass mir eine wichtige Aufgabe in meinem Leben zufalle.«

Ida richtete sich auf. Was er sagte, klang dem ähnlich, was Meda ihr beigebracht hatte. War das die Gemeinsamkeit, die sie verband? »Welche Aufgabe denn?«, fragte sie.

Er grinste. »Angeblich werde ich die Kinder irgendeines Elfenkönigs erlösen, weil ich beide Reiche in mir vereine. Ich weiß, dass das Unsinn ist. Genauso wie ihre Warnung, ich solle mich vor wilden Ebern in Acht nehmen, da sie mein Ende bedeuten könnten.«

»Meda sagte, das Entscheidende sei, wie viel Gewicht man diesen Geschichten beimesse. Wenn du an sie glaubst oder denkst, sie enthielten einen wahren Kern, können sie sich erfüllen. Welche Sprache spricht man im Norden?«

»Dänisch.«

»Kannst du bitte etwas auf Dänisch sagen?«

Er zögerte. Dann sagte er einen Satz, der fremd und melodisch zugleich klang, und sah sie dabei mit warmem Blick an.

Ida lächelte zurück. »Was bedeutet das?«

Er errötete. »Du bist eine schöne Frau.«

Ida schoss das Blut in die Wangen. Verlegen schmiegte sie sich wieder an ihn. Eine Weile saßen sie schweigend, und die Spannung zwischen ihnen war greifbar. Doch Leonhard rührte sich nicht, als wollte er keine Grenze überschreiten.

Schließlich schob Ida ihre Hand in seine und sagte: »Denkst du, ich könnte deine Sprache lernen? Vielleicht wäre es gut, nach Dänemark zu fliehen.«

Er umschloss ihre Finger und zog die Augenbrauen zusammen. »Man würde mich als Eindringling ansehen. Ich bin zu lange weg von dort und beherrsche die Sprache nicht fehlerfrei. Meine Zieheltern leben auch nicht mehr.« Er zögerte.

»Was ist mit ihnen passiert?«

»Wir sind damals nach dem Mittsommerfest zurück in den Süden gekommen.« Seine Stimme bekam einen fernen

Ausdruck, als sei er tief in seine Erinnerungen versunken. »Dann wurden wir von Ulrich und seinen Leuten überfallen. Fast alle Männer wurden erschlagen und ich hierher verschleppt.« Er griff in seinen Kragen und zog eine Kette mit goldenem Amulett heraus. »Ulrich wollte es mir abnehmen, aber ich habe es vor ihm versteckt und heimlich aufbewahrt. Ich trage es erst wieder seit meiner Schwertleite.«

»Was ist das? Es sieht aus wie die Nachbildung einer dieser römischen Münzen, die wir auf Rheinsporn aufbewahren.«

Leonhard zog den gebratenen Hasen aus dem Feuer. »Ich glaube, es zeigt die Raben Odins, umrahmt von Symbolen und Runen.«

»Welche Bedeutung haben sie?«

»Ich habe keine Ahnung.« Er seufzte. »Ich weiß nicht, wohin ich gehöre, ob die Dänen mich zu Recht mitgenommen haben oder Ulrich. Dass ich zu dir gehöre, erscheint mir noch am überzeugendsten.« Liebevoll sah er sie an. »Kurz vor dem Überfall hat meine Ziehmutter mir ein Lederarmband geflochten, das ich seitdem immer getragen habe. Ich habe es bei unserem Besuch auf Greifenfels fallen lassen in der Hoffnung, dass du es findest und an dich nimmst. Doch nun vermisse ich es.«

Erneut richtete sich Ida auf und sah ihn lange an. Dann zog sie das Armband aus der Innentasche ihrer Tunika und legte es um sein Handgelenk. Er stieß einen überraschten Laut aus.

»Ich habe es seit Adebars Hochzeit jeden Tag am Körper getragen«, sagte sie, »im Glauben, dass es dein Versprechen an mich ist.«

»Das ist es«, bestätigte er leise und wieder strahlten seine blauen Augen Ida an.

»Wirst du mich wirklich niemals allein lassen?«, flüsterte sie gerührt.

Sein Gesichtsausdruck wurde ernst. »Nie, solange ich lebe.«

In der Nacht fand Leonhard nicht in den Schlaf. Das Gespräch mit Ida über seine Zeit in Dänemark ging ihm durch den Kopf. Noch einmal rief er sich ins Gedächtnis, woran er sich erinnern konnte. Jede einzelne Begebenheit betrachtete er wie durch ein Brennglas. War er als Kleinkind wirklich von den Dänen bei ihren Raubzügen aus Ostholstein entführt worden? Daran hatte er keinerlei Erinnerung. Wohl aber daran, dass er kein Wort von dem verstanden hatte, was Ulrich und seine Männer zu ihm sagten, als sie ihn später aus Dänemark nach Oberlothringen verschleppten. Kein einziges ihrer Worte war ihm bekannt vorgekommen. Und hätte das nicht so sein müssen, hätte er seine ersten Lebensjahre im deutsch-römischen Reich verbracht?

Deutlich sah er in seiner Erinnerung den jungen Ulrich vor sich, der nach dem Amulett an seinem Hals fasste und es eingehend begutachtete. Schon damals trug er den Helm des dänischen Anführers, den er erschlagen hatte, so wie bis zuletzt in jeder Schlacht. Er betrachtete den Anhänger und rief seinen Männern etwas zu, das Leonhard nicht verstand. Daraufhin packten ihn die Ritter, schleiften ihn zu ihren Pferden und nahmen ihn mit.

Mit klopfendem Herzen und einem pochenden Schmerz in der Narbe an seinem Unterarm starrte er in die Dunkelheit, als ihm plötzlich klar wurde, was damals geschehen war.

Auf dem Kirchplatz in Megina verabschiedete sich Wolff von Helene und Ruth. »In zwei Tagen komme ich zur Mittagsstunde hierher«, sagte er. »Habt ihr bis dahin nichts in Erfahrung gebracht, werdet ihr Ida an diesem Ort wahrscheinlich nicht antreffen. Wenn ihr wollt, bringe ich euch dann zur Mosel.«

»Wo finden wir jetzt ein Lager für die Nacht?«, fragte Ruth, als er gegangen war, und schlang ihren wollenden Umhang eng um sich. Dunkelheit senkte sich über den Ort und die Luft kühlte spürbar ab. »Ich vermute, auf ein Federbett mit Baldachin brauche ich nicht zu hoffen, oder?«

Helene runzelte die Stirn und sah sich mit schmalen Augen auf dem Platz vor der Kirche um, die Wolff Sankt Clemens genannt hatte, und versuchte ebenfalls, sich gegen die Abendkühle zu schützen. Sämtliche Fensterläden waren geschlossen und zum Teil zusätzlich mit Bolzen verriegelt. In dieser Siedlung schien man keine guten Erfahrungen mit nächtlichen Besuchern gemacht zu haben. Einzig im Gasthof *Zum irdenen Krug* schimmerte Licht. Verhaltenes Gelächter und dumpfes Stimmengewirr drangen zu ihnen herüber.

Ruth folgte ihrem Blick und zog die Augenbrauen zusammen. »Wenn wir da reingehen, sind wir verloren. Wie einfältige Ratten, die fröhlich fiepend in eine Falle tappen.«

»Wenn wir das nicht tun, auch.«

Ruth schluckte, wie immer, wenn Helene eine unangenehme Wahrheit schonungslos aussprach, und seufzte. »Bist du dir sicher, dass du dort gastlich einkehren möchtest? In der Schenke wimmelt es bestimmt nur so von Halunken, die nichts anderes im Sinn haben werden, als uns die wenigen Habseligkeiten, die wir dabei haben, wegzunehmen, damit wir nicht so schwer schleppen müssen.«

Helene mochte ihren Sarkasmus. Sie nickte grimmig. »Davon müssen wir ausgehen. Und sie wissen noch nicht einmal, wie kostbar das ist, was wir bei uns tragen.« Unwillkürlich tastete sie nach dem Ledereinband, den sie eingeschlagen in Tüchern auf dem Rücken trug, als hätte sie einen Buckel.

Ruth warf ihr einen zweifelnden Blick zu.

»Wir müssen eine Bleibe für die Nacht finden«, erklärte Helene ihr. »Und ich werde nicht die braven Bewohner dieser Siedlung aus ihrer wohlverdienten Nachtruhe aufstören.«

Ruth murmelte zustimmend. »Lass die besorgten Bürger lieber treuherzig schnarchen. Sie würden ohnehin gleich die Wachen alarmieren.«

Helene atmete lange aus und straffte die Schultern. »Also los, begeben wir uns direkt in die Wolfsgrube.«

Soeben hatte sie den Eingang zur Schenke erreicht, als sie eine Bewegung auf dem in Dunkelheit liegenden Kirchplatz bemerkte. Ein Schatten in der Finsternis, kaum auszumachen, eine Ahnung nur. Wie angewurzelt blieb sie stehen. Sie fühlte die Anwesenheit einer weiteren Person mehr, als dass sie sie mit ihren Sinnesorganen wahrnahm.

»Warte!«, wisperte sie alarmiert.

Ruth, die nach dem Türknauf des Wirtshauses greifen wollte, hielt in der Bewegung inne. »Warum?«

»Da ist jemand«, flüsterte Helene. »Wir werden beobachtet.«

Im Lichtschimmer, den das Gasthaus auf den unbefestigten Boden warf, mussten sie für jedermann gut zu erkennen sein. Für ein Entkommen war es zu spät. Ihnen blieb ohnehin nur die Flucht in die Schenke, die als Schutzort vermutlich wenig taugte. Helene kniff die Augen zusammen und starrte in die Düsternis über dem Kirchplatz. In der Nähe konnte sie die schemenhaften Konturen eines Brunnens ausmachen, an denen fahles Mondlicht schimmerte.

»Was sucht ihr hier so spät am Abend?«, fragte unvermittelt eine schnarrende Frauenstimme, und die Dunkelheit offenbarte einen sich zunehmend aufhellenden Umriss, der sich zu einem alten Weib ausformte. Ähnlich wie Helene und Ruth in eine abgetragene Wolltunika gekleidet und mit einem von verästelten Furchen durchzogenen Gesicht, das immer deutlicher wurde, je näher sie dem Lichtkegel der Schenke kam.

Helene gab keineswegs ihre Habacht-Stellung auf, nur weil es sich bei dem Schatten um eine Greisin handelte. Die Erfahrung hatte sie gelehrt, dass von nahezu jedem Menschen in der Welt eine Gefahr ausgehen konnte, wenn sie nicht wachsam war.

»Wir suchen ein Lager für die Nacht«, erwiderte sie und reckte das Kinn.

»Und ihr denkt ernsthaft, dass ihr in dieser Spelunke auch nur ein Auge ungestört werdet schließen können?« Die Alte stieß einen kehligen Laut aus.

»Wenn du uns einen besseren Ort nennen kannst, so wären wir dir dafür sehr dankbar.«

»Wo kommt ihr her?«

»Von Burg Rheinsporn.«

Ein Lächeln huschte über das Gesicht der Alten. »Hab ich's mir doch gedacht«, sagte sie. »Eine Nachfahrin Isolde von Rheinsporns erkennt man immer an ihrem guten Benehmen und an ihrer sanften Stimme.«

Helene zuckte zusammen. »Wie kommst du denn darauf?«, stammelte sie.

»Du brauchst mir nichts vorzumachen. Ich erkenne meine Leute nach Jahrzehnten noch.«

»Deine Leute?«, mischte sich Ruth ein.

Die Alte schniefte. »Ja, ich bin auf Rheinsporn aufgewachsen, bin ein unehelich geborenes Kind gewesen, wie man so schön sagt«, stieß sie verächtlich aus, verstummte und studierte Helenes Gesicht. Nach einer schier endlosen Pause, in der Helene ihr bereits eine gute Nacht wünschen wollte, fügte sie schließlich sanfter hinzu: »Egbert und sein Weib Agnes haben mich gütig aufgenommen und auf der Burg als Dienstmagd beschäftigt. Das werde ich ihnen nie vergessen, solange ich auf dieser Erde wandle. Und selbstverständlich werde ich auch dich, eine Nachfahrin der früheren Herrin von Rheinsporn, großmütig behandeln, so wie es mir selbst durch sie widerfahren ist. Ihr könnt mit zu mir kommen.«

Noch während Helene versuchte, das Gehörte zu verarbeiten, vernahm sie Ruth an ihrer Seite. »Wie heißt du?«

»Im Ort hier nennt mich jeder Jula.« Erneut musterte sie erst Helene, dann Ruth eingehend von oben bis unten, ehe sie sich abwandte. »Kommt, bevor euch jemand sieht.«

Helene und Ruth wechselten einen Blick. Helene zuckte mit den Schultern, aber Ruth deutete mit dem Kopf an, dass sie die Alte begleiten sollten. Sie sprachen kein Wort, während sie durch die gespenstisch stillen Wege des nächtlichen Megina strichen, in denen nur hier und da eine Lampe brannte. Endlich erreichten sie am Ortsrand unmittelbar am Palisadenzaun, der die Siedlung vor Räubern und Gesindel schützen sollte, eine ärmliche Hütte, in die sie Jula folgten. Neben dem Geruch faulenden Kohls duftete es dort nach frischen Kräutern. Die Alte entzündete eine schlichte Talglampe, und Helene erkannte im schummrigen Licht, dass sie inmitten von Bastkörben voll Hasel- und Walnüssen sowie Pilzen, grünen Gewürzpflanzen und Wurzeln standen.

Ruth fand als Erste ihre Sprache wieder. »Sammelst du Nüsse und Kräuter, um sie zu verkaufen? Häufst du damit deine Reichtümer an?«

Jula verschränkte ihre dünnen Arme. »Ja, ich verkaufe sie. Und wenn ich dafür keine Pfennige bekomme, dann esse ich sie selbst. Was ist nun, wollt ihr hier schlafen oder nicht?«

»Wir haben nicht wirklich eine Wahl, oder?«, brummte Ruth.

»Das ist allein eure Entscheidung«, brummte die Alte zurück.

»Wir nehmen dein Angebot gerne an«, sagte Helene. »Vielen Dank für deine Großzügigkeit und dafür, dass du uns vor dem Wirtshaus bewahrt hast.«

»Ja ja, schon gut.« Mit den Füßen schob Jula drei übereinanderliegende Strohmatten auf dem blanken Lehmboden auseinander. »Bequemer kann ich es euch nicht machen. Denn wie ihr seht, hause ich in einer armseligen Hütte. Nachdem mich Bertolt von Rheinsporn vergrault hat, habe ich mein Zuhause verloren und musste mich als Dienstmagd auf Gutshöfen verdingen. Doch so wie meine Geburt schon unter keinem guten Stern stand, so war auch mein ganzes Leben von unheilvollen Wechselfällen geprägt. Nun friste ich einen kümmerlichen Lebensabend. Legt euch hin und schlaft, euch wird hier kein Leid geschehen.«

»Wir danken dir von Herzen«, sagte Helene und beschloss, ihr zu verschweigen, dass sie ebenfalls ein unehelich geborenes Kind war, und zwar das Bertolts. »Wir werden es dir vergelten, sobald wir in der Lage sind.«

»Ja ja, schon gut«, erwiderte Jula und warf einen verstohlenen Blick auf Helenes merkwürdig gewölbten Buckel. »Wer weiß, ob ihr dazu jemals in der Lage sein werdet. Aber das macht nichts. Mir genügt es, dass ich etwas von dem zurückgeben kann, was an mir Gutes getan wurde.« Ächzend setzte sie sich auf ihre Strohmatte. »Worauf wartet ihr? Legt euch hin. Ich möchte das Licht löschen. In der Lampe ist nicht mehr viel Talg.«

Zögernd ließen sich Ruth und Helene nieder und streckten sich auf den unbequemen Matten aus. Im Dunkeln löste Helene den Knoten des Leinentuchs, zog vorsichtig das Heilkundebuch aus ihrer Tunika und legte es zwischen sich und ihre Gefährtin. Ruth griff nach ihrer Hand. Kurze Zeit später war das Schnarchen der Alten zu hören. Bald darauf ging Ruths Atem ebenfalls tief und gleichmäßig. Der Griff ihrer Hand lockerte sich. Helene starrte in die Dunkelheit und versuchte, die verschiedenen Gerüche und Geräusche in dieser ihr unbekannten Schlafstatt zuzuordnen. Von draußen hörte sie einen Uhu rufen. Dann wurden auch ihre Augen schwer. Kurz bevor sie einschlief, murmelte sie in Gedanken ein Gebet.

Während Leonhard im Hinterland der Mosel bei Wittlich in den frühen Morgenstunden Baumaterial schlug, um die Hütte zu stabilisieren, dachte er daran, wie merkwürdig es war, Ulrich und seine Männer nun zum Feind zu haben. Mindestens ebenso sonderbar war, dass er es nicht bereute. In der Nacht hatte er davon geträumt, wie eine schrille Frauenstimme immer wieder »Ragnar!« rief. An Einzelheiten konnte er sich nicht erinnern, wohl aber an diesen Namen und die Stimme. Er grübelte. Und langsam tauchten in seinem Kopf Rinnsale neuer Erinnerungen an das auf, was die Dänen ihn gelehrt hatten über die Natur und wie man sich Dinge nutzbar machen konnte. Und während er mechanisch das Holz zerlegte, formten sich aus den Gedankenströmen die Prinzipien seiner Zieheltern aus. Herangehensweisen, die er für sich verwenden musste, wenn Ida und er überleben wollten: das Schöpferische seiner Ersatzmutter und die Ordnungsliebe seines »Vaters«. Beide wusste er jetzt wertzuschätzen. Und was er zunehmend an Ida bewunderte – sie schien beiderlei in sich zu vereinen. Zwar verstand er nicht, was sie von gemeinsamen früheren Leben und anderen geheimnisvollen Vorgängen faselte, die sie und alle Menschen angeblich verbanden. Doch er erinnerte sich undeutlich, dass auch die Dänen von solchen Dingen gesprochen hatten. Bei dem Gedanken wurde ihm warm ums Herz. Es fühlte sich an wie Heimat, wie ein nach Hause kommen zu den Eltern, seit er mit Ida unterwegs war. Mit leichtem Herzen brachte er die Äste und Stämme zur Hütte, wo sie auf ihn wartete.

In den folgenden Tagen half Ida Leonhard beim Instandsetzen ihres Unterschlupfs und ging zusammen mit ihm auf die Jagd. Ihre Tagesabläufe entwickelten sich zur willkommenen Gewohnheit. Sie hätte ewig so weiter leben und sich mit den Gegebenheiten einrichten können. Das Moseltal war hier dunkelgrün und dicht bewaldet, aufgelockert von vereinzelten Weinbergen. Durch die Lücken zwischen den Baumstämmen und herabhängenden Ästen schimmerte ab und an die Mosel, die im Sonnenlicht glitzernd träge dahinzog. Alles schien friedlich zu sein und es gab immer wieder Momente, in denen sie ihre Angst vergaß.

»Wohin fließt das Wasser?«, fragte sie Leonhard. »Weißt du das?«

»Ich bin mir nicht sicher. In dieser Gegend kenne ich mich nicht aus. Aber ich glaube, dass es bei Cobolentz am Ehrenbreitstein in den Rhein mündet.«

Versonnen schaute Ida in die Ferne. »Meda hat gesagt, die Mosel sei ein magischer Fluss. Viele Menschen seien überzeugt, dass Wassergeister und Riesenfische in ihm lebten. Sogar ein römischer Dichter soll über sie geschrieben haben. Und an den Ufern gibt es angeblich Zwerge und Drachen.«

Leonhard schmunzelte. »Ich habe noch keinen gesehen.« Sanft berührte er sie an der Schulter. »Komm, Ida, lass uns weiteres Baumaterial schlagen und nach Hasen und Beeren Ausschau halten.«

Sie legte ihre Hand kurz auf seine. »Ja, Ritter von Brauneck. Ich tue, was Ihr mir befehlt.«

»Ich verlange nur, was wir zum Überleben brauchen.«

»Das weiß ich doch«, beruhigte sie ihn lächelnd und froh über die Ablenkung. Die Vorstellung von Kreaturen, die sie nicht sehen konnte, hatte etwas Unheimliches.

Da vernahm sie unvermittelt Hufschläge vom Moselufer zu ihnen hoch dringen und hielt den Atem an. Auch Leonhards Blick wurde sofort ernst. Er legte einen Finger an seinen Mund und zog sie sanft tiefer in das Dickicht hinein. Angestrengt spähte Ida durch die Lücken im Blattwerk der Sträucher und stieß leise einen überraschten Laut aus, als sie Männer in Rheinsporn-Farben sah und schließlich ihren Vater erkannte, der inmitten seiner Eskorte ritt.

In Megina erwachte Helene von einem aufgeregten Rascheln neben sich. Schlagartig war sie hellwach und sah zu Ruth hinüber, die hektisch ihre Strohmatte absuchte.

»Wo ist das Buch?«, zischte ihre Gefährtin, deren Schwellungen im Gesicht sichtbar abgeklungen waren. »Die Alte hat es gestohlen!«

Mit einem Satz war Helene auf den Beinen und tastete ihren Rücken ab. »Nein, das darf nicht wahr sein!«, stöhnte sie.

Fieberhaft durchwühlte sie ihre Schlafstatt, doch der Ledereinband blieb verschwunden.

Ruth stieß Flüche und Verwünschungen aus und beendete ihre Tirade auf dem Boden hockend mit der lakonischen Feststellung: »Da hätten wir genauso gut in die Schenke gehen und mit dem Buch herumwedeln können.«

In diesem Moment wurde die Tür zur Hütte von außen aufgestoßen und Jula trat ein. Ihre kleinen Augen leuchteten listig. »Nein, hättet ihr nicht. In der Spelunke hätte man euch eurer Jungfräulichkeit beraubt – sofern diese noch existiert. Außerdem habe ich euch nicht bestohlen, ich wollte mir das Buch nur anschauen.«

»Wieso wusstest du davon?«

Jula tippte mit ihrem spitzen Zeigefinger auf Helenes Brust. »Ich habe dir doch gesagt, dass ich auf Rheinsporn gelebt habe. Die Heilerin Meda von Trier hat dort angefangen, es zu verfassen. Sie hat großartige Dinge vollbracht, Menschen von Krankheiten geheilt und sie vor dem Tod bewahrt.« Sie tippte erneut auf Helenes Brust »Deshalb wusste ich davon.« Dann schaute sie zur Decke. »Die Götter, an die sie geglaubt hat, haben sich ihrer wunderbaren Seele hoffentlich angenommen.«

»Hast du Meda gekannt?«

»Ja, natürlich. Als sie zusammen mit dem Sohn des rechtmäßigen Grafen nach Agnes' Tod verschwand, wurden die Verhältnisse auf Rheinsporn noch unerträglicher. Dieses Buch ist eine Kostbarkeit. Ihr müsst besser darauf aufpassen!«, zischte sie vorwurfsvoll.

»Ach ja, und wie sollen wir das machen?«, zischte Helene verärgert zurück. »Wenn selbst du uns so leicht bestehlen kannst.«

»Ich habe euch das Buch nicht gestohlen«, beharrte die Alte. »Ich habe es mir nur geborgt.«

Sie stieg über Ruth hinweg zu einem winzigen groben Holztisch, auf dem das Kräuterbuch unter einem Bündel Leinentücher lag. Erleichtert atmete Helene aus. Dort hatten sie es in ihrer Bestürzung nicht gesucht.

»Was willst du damit?«, fragte sie. »Bist du etwa des Lesens kundig?«

»Nein, das ist mir versagt geblieben. Ich wollte es einmal in Händen halten und die Zeichnungen sehen, die so gerühmt werden.« Bedächtig strich Jula über die aufgeschlagene Seite.

»Meine Herrin Sigrun hat sie angefertigt. Auch sie hat in dieses Buch geschrieben, wusstest du das? Die Eintragungen hier zum Beispiel«, Helene wies auf die letzten Pergamentseiten, »stammen nicht von Meda, sondern von der Gräfin.«

»Nein, das wusste ich nicht.«

»Gibst du es uns jetzt zurück?« Ruth trat an Jula heran.

Besorgt beobachtete Helene die Situation. Ihre hochgewachsene Gefährtin würde die alte Frau mühelos überwältigen können, sollte diese sich weigern, den Ledereinband herauszugeben. Doch es sah nicht so aus, als ob Jula eine handgreifliche Rangelei um Medas Erbe überhaupt in Betracht zog.

»Schon gut«, sagte sie leise und strich mit ihren knochigen Fingern erneut über die Buchseiten, als wollte sie sich von ihnen verabschieden. »Ich habe nur eine Bitte.« Langsam hob sie den Blick, und das Licht, das durch die Ritzen des Bretterverschlags ins Innere der Hütte drang, spiegelte sich in ihren milchigen Augen. »Ich möchte diesem Buch eine Erkenntnis hinzufügen, die ich all die Jahre über gehütet habe.«

»Wie sollte das gehen?«, fragte Helene. »Die Seiten sind bis zum Rand gefüllt mit Schriftwerk und Zeichnungen.«

»Ja, das habe ich gesehen. Trotzdem bitte ich euch darum, einen Bogen Pergament zu besorgen, einen Schreiber aufzusuchen und ihn aufsetzen zu lassen, was ich euch sagen werde.«

Ratlos sah Helene zu Ruth hinüber.

»Meine Mutter litt an einer Krankheit, bei der bösartige Wucherungen um sich greifen«, erklärte Jula. »Geschwüre, die man nicht stoppen kann und die den Körper von innen verzehren. Ein Gelehrter namens Hippolrakes oder so ähnlich soll sie ›Kackinos‹ genannt haben. Meda hat versucht, ihr zu helfen, verschiedene Säfte zubereitet und Dinge mit der Mistel ausprobiert. Dabei hat sie gemurmelt, sie sei sich sicher, eine Anleitung zur Behandlung solcher Geschwulste in frühen Schriften gelesen zu haben.« Sie verschränkte ihre Finger ineinander. »Leider war ihr wohl die Erinnerung an wichtige Details verlorengegangen. Es ist ihr nur gelungen, Mutters Beschwerden zu lindern, retten konnte sie sie nicht. Wisst ihr, ob Meda etwas zur Heilung von Geschwüren aufgeschrieben hat?«

»Meine Herrin sprach davon, dass Wucherungen mit Veilchen behandelt werden können. Mehr weiß ich darüber nicht«, erwiderte Helene unsicher.

»Ich habe mir gut gemerkt, was Meda unternommen und meiner Mutter Erleichterung verschafft hat.« Jula richtete den Blick auf den Boden, als müsste sie sich konzentrieren. »Als Erstes hat sie ein Pflaster aus den Blättern von Urtíca, der Nessel, mit Salz zubereitet, danach geriebenen Kerbel mit Honig gemischt. Als das nicht half, hat sie es mit rohem, gestampften Kohl versucht und mit zerstoßenem Samen von der Pastinake mit Honig. Auch der Saft der Natterwurz gemischt mit Öl hat lediglich für Linderung der Beschwerden gesorgt. Desgleichen mit Honig zerstampfte Natterwurz, durchmengt mit Zaunrübe oder Stickwurz. Zuletzt hat sie Schwindelhafer, zerkleinert mit Rettich und ein wenig Salz aufgelegt.«

»Hat sie dazu mit ein paar Binsen durch die Luft gewedelt?«, fragte Ruth mit spöttischem Unterton.

»Nein, sie war kein Scharlatan.« Jula wiegte ihren Kopf. »Vielleicht vermögen diese Rezepturen die Geschwüre zu vertreiben, wenn man sie anwendet, bevor die Wucherungen allzu groß geworden sind. Also frühzeitig, sobald man merkt, dass jemand daran leidet.« Ruckartig sah sie auf. »Es war kein Zufall, dass ich gestern Abend in der Dunkelheit zum Kirchplatz gekommen bin. Das tue ich sonst nie. Aber eine innere Stimme hat mir gesagt, ich solle dorthin gehen. Unruhe hat mich erfasst, und so bin ich dieser Aufforderung gefolgt, nur um euch dort anzutreffen. Mein Herz hat einen Sprung getan, als ich euch gesehen habe.« Sie richtete ihren Blick auf Helene. »Ihr seht eurer Ahnin sehr ähnlich. Sie war eine gute Frau und ich habe sie als Kind geliebt. Das hier«, sie klappte das Buch zu und schob es in Ruths Richtung, »ist von größter Bedeutung. Ihr müsst es hüten wie ein kostbares Kleinod. Dann wird es die Jahrhunderte überdauern und dieses immens wichtige Wissen für die Menschheit bewahren, bis sie eines Tages in der Lage sein wird, alle Geheimnisse zu entschlüsseln.«

»Hast du eine Idee, wo wir das Buch in Sicherheit bringen können?«

»Nein. Ich fürchte, das müsst ihr alleine schaffen. Bitte versprecht mir die Seite zu ergänzen, sobald es euch möglich ist, und vergesst nicht, was ich euch eben beschrieben habe.«

Kapitel Vierundzwanzig

Als Ida bei Wittlich die Stimmen hörte und ihren Vater erkannte, versteckten sie und Leonhard sich hastig im Wald. Aus dem Blätterkleid eines üppigen Strauches heraus sahen sie Gero mit seinen Gefolgsmännern vorüberreiten. Fragend sah Leonhard Ida an, doch sie schüttelte den Kopf.

»Wir wissen nicht, in welcher Absicht sie hier unterwegs sind«, wisperte sie. »Vielleicht wollen sie mich zurückholen und in die Ehe mit Ulrich zwingen. Ich kann selbst meinem Vater nicht mehr trauen.«

Er legte einen Arm um ihre Schultern und zog sie an sich.

Da preschte ein einzelner Reiter dem Trupp ihres Vaters hinterher und rief: »Graf von Rheinsporn, auf ein Wort!«

Der Angesprochene zügelte sein Pferd. Der Bote sprach mit ihm, die Distanz war allerdings zu groß, als dass Ida hätte verstehen können, welche Nachricht er überbrachte. Sie glaubte aber zu erkennen, wie das Gesicht ihres Vaters die Farbe verlor. Er beriet sich mit seinen Gefolgsleuten. Nach einer Zeit, die Ida viel zu lang vorkam, wendeten alle ihre Pferde und ritten zurück in die Richtung, aus der sie gekommen waren.

»Welche Meldung mag der Bote meinem Vater weitergegeben haben?«, flüsterte Ida, obwohl sich die Reiter längst entfernt hatten. »Es muss bedeutsam gewesen sein, wenn er dafür die Suche nach uns aufgibt und zurückreitet.«

»Vielleicht hat er etwas vergessen oder es hat mit Ulrich zu tun.«

»Oder irgendjemand hat uns gesehen«, gab Ida zu bedenken.

Ein weiteres Mal verließen sie überhastet einen Ort, an dem sie sich in Sicherheit gewähnt hatten, und gaben dabei Dinge auf, die wichtig für ihr Überleben waren. Was hatten sie bloß auf sich genommen? All das hatte Ida nicht bedacht, als sie von Rheinsporn geflohen war, um sich der Verheiratung mit Ulrich zu entziehen. Dass sie dieses Schicksal ereilt hatte, grämte sie. Sie mussten mehr Leid und Unrecht ertragen als ihre Eltern damals. Diese hatten rasch ein neues Zuhause gefunden, in dem sie sich niederlassen und eine Familie gründen konnten, und gute Freunde dazu.

Nichts dergleichen war Leonhard und ihr vergönnt. Sie wurden quer durch Oberlothringen gejagt, und die Menschen, die ihnen halfen, mussten um ihr Leben fürchten. So hatte sie sich das nicht vorgestellt. Natürlich wollte sie das Zusammensein mit Leonhard nicht missen. Doch nicht auf diese Weise. Schluchzend raffte sie rasch alles in die Satteltaschen, was hineinpasste und ließ nur zurück, was sie halbwegs entbehren oder an ihrem nächsten Zufluchtsort ersetzen konnten. Vorausgesetzt sie fanden einen, der ihnen sicher genug erschien.

Mit besorgter Miene sah Leonhard sie an und strich ihr über das Gesicht. »Es tut mir leid, dass du all dies durchmachen musst.«

»Es ist nicht deine Schuld«, erwiderte sie. »Ich bin dankbar und glücklich, dich an meiner Seite zu haben. Mehr kann ich mir nicht wünschen.«

Er hob an, als wollte er widersprechen. Dann schien er sich zu besinnen, dass es Eiligeres gab als mit ihr zu debattieren, ob sich Ida mehr erhoffen sollte als ein Leben auf der Flucht. Ohne sich abgesprochen zu haben, ritten beide in die gleiche Richtung los. Weg von da, wo sie hergekommen waren, einer ungewissen Zukunft entgegen. Ida begleitete zudem das bedrückende Gefühl, überall verbrannte Erde zu hinterlassen.

Traurig dachte sie an ihre Mutter und Mechthild. Wie mochte es ihnen ergehen, wie ihren Brüdern? Sigmund hatte sie noch länger nicht gesehen als Mutter und die anderen Geschwister. Einen kurzen Moment erlaubte sie sich einen wehmütigen Gedanken an ihren Vater und ihren Onkel Adebar. Schließlich rief sie sich zur Ordnung. Keiner von beiden hatte verhindert, dass diese Eheschließung vollzogen werden sollte. Niemand hielt Ulrich davon ab, sie gnadenlos durch das Rheinland zu jagen, ihr nach dem Leben zu trachten und ihre Helfer zu ermorden. Wie sehr hatte sie sich in ihrem Vater getäuscht. Noch einmal fühlte sie sich mit Meda verbunden, die sie – neben Mutter und Godelind – als ihre wichtigste Lehrerin erachtete, obwohl ihr nur für wenige Wochen das Glück vergönnt gewesen war, an ihrem Wissen teilzuhaben. Eines hatte sie ganz besonders in Erinnerung behalten: Dass Meda nicht viel von Männern und ihren Wertvorstellungen hielt.

»Sie taugen nur für die Jagd und für den Krieg«, hatte sie gesagt. Wie gut sie die Heilerin einmal mehr verstand. Während sie noch mit ihrem Unglück haderte, fiel ihr Blick auf Leonhard. Nein, gestand sie sich ein: ›Ich muss mich korrigieren. Es gibt Ausnahmen wie diesen hier.‹

In der Nacht hielt Leonhard Wache für den Fall, dass sie bei ihrer übereilten Flucht beobachtet worden waren und die Rheinsporner zurückkamen oder andere sie aufspürten. Im Morgengrauen übernahm Ida die Wacht, damit er für ein paar Stunden Schlaf finden konnte. Heute würden sie hungern müssen, weil sie keine Gelegenheit gehabt hatten, für Essen zu sorgen. In der Morgendämmerung sah sie der Sonne dabei zu, wie sie sich mühsam, aber stetig ihren Platz am Himmel erstritt. Da hörte sie unerwartet die Stimme ihrer Mutter im Kopf, als wisperten die Blätter an den Bäumen Ida ihre Frage zu, ob es ihr gut ging.

›Ja, Mama, es geht mir gut‹, hätte Ida am liebsten in Gedanken zurückgerufen. ›Mach dir keine Sorgen um mich.‹

Doch das wäre eine Lüge gewesen. Zwar ging es ihr besser, als wenn sie das Lager mit diesem grausigen Mann hätte teilen müssen, gut ging es ihr dessen ungeachtet nicht. Sie sehnte sich nach ihren Eltern und ihren Geschwistern, nach Thure und der Unbeschwertheit ihrer früheren Jahre, von der sie nun weit entfernt war. Als hätte sie sich wie eine Schlange innerhalb weniger Tage gehäutet, mit einem Mal ihre Kindheit und Jugend abgestreift und wäre erwachsen geworden. Weil sie erkannt hatte, mit welchen Menschen man es im Leben zu tun bekam, und wie diese willkürlich die Existenz anderer ruinieren konnten. Das war die Welt der Erwachsenen, mit einem Mal gehörte sie dazu.

Einen Moment lang saß Ida still und sah dem Schauspiel der aufgehenden Sonne zu, die sich in ein immer neues Farbenkleid hüllte. Sie spürte in sich hinein und fragte sich, wie sich dieses Erwachsenwerden für sie anfühlte. Dann entschied sie, dass es nicht so schön war wie von ihrem Vater oder ihrer Mutter in den Arm genommen und liebkost zu werden. Sie schaute zu dem schlafenden Leonhard hinüber, der noch kein einziges Mal versucht hatte, sich ihr körperlich zu nähern. Die Liebe, die sie bei seinem Anblick empfand, hatte nichts Kindliches mehr, sondern entsprach der erwachsenen Frau, die sie nun war. Sie warf ihm einen sehnsüchtigen Blick zu und wünschte sich, dass er seine Zurückhaltung bald aufgab.

»Wohin wird uns der Lebensweg diesmal führen?«, flüsterte sie ihm zu.

Zur Mittagsstunde holte Wolff Helene und Ruth, die am Tag zuvor vergeblich nach Ida gesucht und anschließend eine weitere Nacht auf Julas Strohmatten verbracht hatten, wie versprochen an der St. Clemenskirche in Megina ab. Er trug feste Kleidung, Lederschuhe und hatte einen Wanderstab bei sich, als rechnete er damit, lange unterwegs zu sein. Mit sicherer Hand begleitete er sie in zwei Tagen bis ins Moseltal. Er sprach nicht viel, strahlte aber Selbstvertrauen und Wohlwollen aus.

An der Mosel angekommen sagte er: »Von hier aus ist der Weg leicht zu finden. Ihr müsst euch immer am Flussufer orientieren. Ich kann euch allerdings nicht sagen, in welche Richtung Ida gezogen sein mag. Greifenfels liegt ein paar Tagesritte westlich von hier in der Nähe von Trier, wohin die Mosel euch flussaufwärts führt. Vielleicht wird sie dort Zuflucht suchen, wenn sie es so weit schafft. Und ich bete zu Gott darum, dass sie das tut. Wenn ich darf, begleite ich euch gerne ein Stück. Ich denke, in diesen schlimmen Zeiten könnt ihr Schutz gebrauchen.«

Ruth runzelte die Stirn. »Warum tust du das?«

»Ich habe Ruben und Ida seit ihrer Geburt gekannt. Gero und Sigrun sind mir in den Jahren, die sie in Thure verbracht haben, ans Herz gewachsen. Es ist nicht rechtens, dass ich euch alleine nach ihnen suchen lasse. Vielleicht kann ich an Ruben etwas wiedergutmachen, wenn ich euch dabei helfe, Ida, Sigrun oder am besten gleich beide ausfindig zu machen. Und an seiner Mutter, die an diesem neuerlichen Verlust in ihrem Leben zu zerbrechen droht. Außerdem war ich mehrere Male in Trier, finde also den Weg dahin und kenne mich dort aus.«

»Wird man dich in Thure nicht vermissen?«, fragte Helene.

»Ich habe angekündigt, dass es länger dauern kann, bis ich zurückkomme. Weil ich schon vermutet habe, dass es mir schwerfallen wird, euch alleine ziehen zu lassen. Mein Bruder kümmert sich um meine Angelegenheiten.«

Ruth bekundete mit einem Kopfnicken ihr Einverständnis.

Helene strahlte erleichtert. »Das Angebot nehmen wir gerne an.«

Und so setzten sie ihre Suche nach Ida und Sigrun zusammen mit Wolff fort, der sie hoffentlich vor Schlimmerem bewahren würde.

Helene, die Rheinsporn nie zuvor verlassen hatte, gewöhnte sich daran, unterwegs zu sein. Gewöhnte sich daran, auf das Heilkundebuch aufzupassen und es zu hüten wie ihren Augapfel. Die Begleitung durch Wolff war angenehm und hilfreich. Sie begann, den stillen, abgeklärten Bauern aus Thure zu mögen, auch wenn er von sich selbst nur wenig preisgab. Nachdem sie ein paar Tage lang überwiegend schweigend marschiert waren, vertraute sie ihm an, wer ihr Vater war.

»Weißt du, was er zu seinen Lebzeiten in seinen Gemarkungen angerichtet hat?«, fragte er sie.

»Nicht wirklich«, antwortete sie beklommen. »Dergleichen ist zu uns nur gerüchteweise durchgedrungen, wenn er und seine Gefolgsleute von ihren Ausritten zurückkamen.

Dann haben sie in der Halle gezecht, was ihnen die Zungen gelockert hat.«

»Du wirst uns sicher gleich Genaueres offenbaren«, bemerkte Ruth lakonisch.

Wolff spannte die Kiefermuskeln an und nickte. »Ich habe zusammen mit Gero eine unserer Bäuerinnen halb erschlagen aufgefunden, nachdem sich Bertolt und seine Ritter an ihr vergangen hatten. Ich dachte, sie sei tot. Er ist nicht davor zurückgeschreckt, dass sie zu diesem Zeitpunkt deutlich sichtbar ein Kind trug. Sie hat es anschließend verloren.«

Helene wurde flau im Magen. »Machst du mich denn verantwortlich für das, was mein Vater getan hat?« Sie blieb stehen.

»Nein, tue ich nicht. Aber ich möchte wissen, wie du dazu stehst«, erwiderte Wolff und sah ihr offen ins Gesicht. Seine Mimik blieb ausdruckslos, doch seine Augen ließen Wohlwollen erkennen.

»Wenn es stimmt, was du berichtest, verurteile ich das Verhalten als widerwärtig und unmenschlich«, sagte sie.

Wolff nickte, offensichtlich zufrieden mit ihrer Antwort. Dennoch fügte er hinzu: »Habt ihr Kenntnis davon, dass Sigrun fast gestorben ist, weil sie von einem Pfeil getroffen wurde, den einer seiner Männer abgeschossen hatte?«

»Nein, wussten wir nicht«, erwiderte Helene gepresst.

»Und auch das verurteilen wir«, ergänzte Ruth.

Nun gingen sie wieder eine Weile schweigend, bis Wolff erneut das Wort ergriff. »Es ist nicht in Ordnung, euch alleine nach Ida suchen zu lassen.«

»Was macht dich so sicher, dass wir die Einzigen sind?« Helene schob das Buch von ihrer rechten Achsel unter die linke. »Soweit ich weiß, spüren die Leiburger ihr ebenso nach wie Graf Gero mit seinen Männern.«

»Wenn ich an das denke, was Ruben widerfahren ist, vermute ich, dass die Motive der Leiburger unredlich sind. Welchen Zweck Gero dabei verfolgt, weiß ich nicht.« Er kniff die Augen zusammen und sah in die Ferne. »Doch ich schätze, er ist um einiges ehrbarer als der Ulrich von Leiburgs.« Er spie neben den Fußweg, dem sie folgten.

»Das sehen wir genauso«, sagte Helene. »Ich glaube, wir können getrost unsere Suche gemeinsam fortsetzen, denn wir denken und fühlen sehr ähnlich.«

Wolff nickte und warf ihr einen wohlwollenden Blick zu.

»Was sagt denn deine Frau dazu?«, fragte Ruth.

»Sie ist im letzten Winter einem schweren Fieber erlegen.«

Bestürzt sah Helene ihn an. »Vermochte Godelind ihr nicht zu helfen?«

»Godelind ist alt und ihre Kräfte schwinden. Ihre Gelenke sind von Gicht befallen. Sie kann ihr Handwerk nicht mehr so gut ausüben wie zuvor. Eigentlich sollte Sigrun ihre Nachfolge antreten. Aber …«, er unterbrach sich. Als Helene und Ruth ihn ansahen, winkte er ab. »Hat sich erledigt.«

»Du denkst, die Gräfin hätte deine Frau vermutlich retten können?«

Wolff zuckte mit den Schultern. »Wer weiß das schon. Godelind hat getan, was sie konnte. Es nützt nichts, mit der Vergangenheit zu hadern. Ich bin mir sicher, dass der Herr sie zu sich an einen schöneren Ort geholt hat. Dort werde ich sie hoffentlich einst wiedersehen.«

Helene spürte, wie Zuneigung für diesen Mann sie überflutete. Ohne nachzudenken, streckte sie ihre Hand aus und strich ihm über den kräftigen Oberarm.

Er richtete seinen Blick von ihnen weg nach Westen. »Wir müssen weitergehen, es wird gleich dunkel.«

Mit wütender Entschlossenheit preschte Gero in Begleitung seiner Männer von der Mosel zurück an den Rhein. Ihm war bewusst, dass er mit seinem kleinen Reitertrupp nichts gegen die Besetzung Rheinsporns ausrichten konnte und ihm abermals die Burg seines Vaters entrissen worden war. Dennoch wollte er sich zur Wehr setzen. Das Recht war auf seiner Seite – es hatte keine Vermählung stattgefunden und es waren keine Abreden getroffen worden.

Da Ulrich auf Rheinsporn weilte, konnte er Ida und Leonhard nicht mehr verfolgen. Wahrscheinlich hatte er Söldner angeheuert, die das für ihn übernahmen, oder gar ein Kopfgeld auf die Flüchtigen ausgesetzt. Ihm wurde übel bei dem Gedanken, dass Hakon unter den Häschern sein könnte. Was war nun wichtiger – die Burg zurückzuerobern oder Ida zu finden? Gero rang mit sich. Am liebsten hätte er zuerst Ida gesucht und sich anschließend um Rheinsporn gekümmert. Der Bote hatte angedeutet, dass sich Sigrun und die Kinder nicht mehr auf der Burganlage aufhielten. Was sollte das heißen? Waren sie ebenfalls auf der Flucht? Musste er jetzt seiner ganzen Familie nachspüren? Oder würde Sigrun von selbst mit den Kindern zurückkommen, sobald sie erfuhr, dass sich Rheinsporn wieder in Geros Hand befand? Die Ungewissheit war zum Verrücktwerden. Er musste sich sammeln, das Gefühlschaos in seinem Inneren ignorieren und nüchtern betrachten, was das Gebot der Stunde war.

Lange beriet er sich mit Albrecht, der ins Feld führte: »Wir haben keine Ahnung, wo sich Eure Familienmitglieder aufhalten, und können unmöglich ganz Oberlothringen absuchen. Immer dann, wenn wir glauben, einen Landstrich durchforstet zu haben, können Eure Tochter oder die Gräfin nach uns dort auftauchen. Nüchtern betrachtet ist das einzig Sinnvolle, Rheinsporn zurückzuerobern. Dafür sind wir allerdings zu wenige Männer.«

Gewaltsam konnten sie die Burg nicht einnehmen. Gero beschloss, es zunächst im Guten zu versuchen. Im harten Ritt, sich selbst und den Pferden nur die nötigsten Pausen gönnend, jagten sie zurück nach Rheinsporn, wo sie sich vor einem verschlossenen Burgtor wiederfanden. Nachdem sie mehrmals gegen das Tor gepocht und Einlass gefordert hatten, erschien Ulrich mit verschränkten Armen auf dem Wehrgang. Gero konnte die untere Hälfte seines Körpers nicht sehen, doch er ahnte, dass der Leiburger breitbeinig dastand, als gehörte die Burg ihm. Kalte Wut breitete sich in ihm aus.

»Was wünscht Ihr?«, fragte Ulrich in jovialem Ton.

»Dies ist mein Besitz. Er wurde mir vom Kaiser zugesprochen, und ich verlange, dass Ihr ihn mir zurückgebt und mein Eheweib freilasst.«

»Nun, wie Ihr seht, habt Ihr zurzeit keine Gewalt über Rheinsporn, und ich habe nicht vor, Euch diese zu überlassen. Wo sich Euer Weib herumtreibt, entzieht sich meiner Kenntnis. Hier ist sie jedenfalls nicht. Offenbar habt Ihr keinerlei Verfügungsmacht über Eure Familienmitglieder. Mir scheint, sie tun und lassen, was sie wollen. Zudem habt Ihr die Absprache gebrochen, die Ihr mir per Handschlag zugesichert hattet. Also beschlagnahme ich das, was rechtmäßig meins ist.«

»Wenn Ihr Sigrun auch nur ein Haar gekrümmt habt, werdet Ihr das bitter bereuen. Es ist nie zu Verhandlungen über Gebietsabtretungen gekommen, und es wurden keine Vereinbarungen darüber getroffen, welche Mitgift meine Tochter mit in die Ehe gebracht hätte. Ihr besetzt Rheinsporn unrechtmäßig. Genauso wie die Jagd auf Ida unstatthaft war, und das Erschlagen eines fremden Bauern Landfriedensbruch.« Gero hielt die Pergamentrolle, die er von Heinrich dem Fünften erhalten hatte, in die Höhe. »Ich überbringe Euch eine Verfügung des Kaisers, die Euch auffordert, von der Verfolgung Idas abzulassen.«

Ulrich breitete die Arme aus. »Sehe ich aus, als würde ich Eurer Tochter nachstellen?«

»Man kann davon ausgehen, dass der Kaiser damit ebenfalls das Anheuern von Söldnern und das Aussetzen eines Kopfgelds meint.«

Ulrich stützte sich auf einer der Burgzinnen ab und beugte sich vor. »Steht das so in der Verfügung?«

»Es steht da so, wie ich es Euch wiedergegeben habe. Also lasst von Eurem Tun ab und öffnet endlich das Tor.«

»Ist in der Verfügung des Kaisers ebenfalls die Rede von dem Wortbruch, den Ihr begangen habt, und von der Entschädigung, die damit für mich einhergeht?«, höhnte Ulrich.

»Ich habe Euch lediglich zugesichert, dass Ida einwilligt, Euren Sohn zu heiraten. Mehr ist zwischen uns nicht verhandelt worden.«

»Von Valentin war bei der zweiten Brautwerbung keine Rede.«

»Eure arglistige Täuschung ist mir noch lebhaft in Erinnerung«, konterte Gero.

»Welche Täuschung? Ich habe nie etwas anderes behauptet.« Ulrich lehnte sich wieder zurück. »Dieses Gespräch fängt an, mich zu langweilen. Ich habe wichtige Dinge auf der Burg zu erledigen. Hier gibt es allerhand zu tun, wie Ihr sicher wisst. Wenn Ihr hereinkommen wollt, müsst Ihr Euch gewaltsam Zutritt verschaffen.« Mit diesen Worten wandte er sich ab und verschwand aus Geros Blickfeld.

In rasendem Zorn drehte sich Gero zu seinen Rittern um.

»Wir sind zu wenige, um eine Belagerung durchführen zu können«, sagte Albrecht. »Vermutlich wartet Ulrich nur darauf, dass wir das tun, damit er uns erschlagen kann.«

»Diesen Gefallen werden wir ihm nicht tun«, knurrte Gero. »Wir müssen ein weiteres Mal zum Kaiser.«

Die Mosel plätscherte sanft, als Ida unbekleidet vom Ufer aus vorsichtig hineinstieg. Seit ein paar Tagen hatte sich die Sonne wieder mit Macht durchgesetzt, als wollte sie im beginnenden Herbst noch einmal zeigen, über welche Kräfte sie verfügte. Leonhard war zum Jagen in den Wald gegangen, und Ida hatte das dringende Bedürfnis, sich zu waschen. Zu lange hatte sie in der Kleidung geschlafen, gewacht und geschwitzt. Bestimmt verströmte sie mittlerweile einen unangenehmen Geruch, den sie selbst nicht wahrnehmen konnte. Sogar die mögliche Anwesenheit von Flussgeistern und Riesenfischen war nicht mehr abschreckend genug, um sie vom Baden abzuhalten.

Das Wasser kräuselte sich in sanften Wellen und umspielte ihre blanken Fußknöchel. Rasch bildete sich eine Gänsehaut an ihren Unterschenkeln. Die kühle Frische war herrlich und so stieg sie behutsam tiefer hinein. Sie hielt nach fremdartigen Wesenheiten Ausschau und war erleichtert, als sie keine entdeckte. Trotzdem malte sie sicherheitshalber Schutzzeichen ins Wasser. Schließlich tauchte sie einen Moment lang ganz unter. Prustend drehte sie sich hin und her. Dann sprang sie wieder auf und schüttelte sich.

Ein Rascheln hinter ihr ließ sie herumfahren. Sie befürchtete, ein Waldzwerg oder Drache träte aus dem Dickicht des Unterholzes heraus. Stattdessen kam Leonhard, den sie beim Jagen im Wald gewähnt hatte, an die Böschung und sah mit ernstem Ausdruck zu ihr herüber. Unvermittelt wurde sie sich ihrer Nacktheit bewusst. Schweigend sahen sie einander an. Ida machte keine Anstalten, die Blöße ihres Körpers zu bedecken. Das Herz schlug ihr bis zum Hals. Warum sagte er nichts? In der Stille war nur das Plätschern des Flusses zu hören, der ihr bis zu den Oberschenkeln hochschwappte.

Schließlich rief sie ihm zu: »Das Wasser ist mutiger als du!«

Da ging ein Ruck durch seinen Körper und sein Gesichtsausdruck veränderte sich. Er löste sich aus seiner starren Haltung und kam entschlossen auf sie zu. Im Reflex wollte Ida vor ihm zurückweichen, doch ihre Beine gehorchten nicht. Wie mit dem Flussufer verwachsen blieb sie stehen. Wortlos hob er sie hoch und trug sie zu ihrem Versteck. Ida schlang ihre Arme um seinen Nacken und barg ihr Gesicht in seiner Halsbeuge.

»Leonhard«, flüsterte sie. Und dann ein weiteres Mal, als er sie aufs Lager legte, sich über sie beugte und küsste. Nie zuvor hatten ihre Lippen die eines Mannes berührt. Das ungewohnte Gefühl verströmte eine wohlige Wärme in ihrem Unterleib. Er sagte noch immer nichts. Schweigend nahm er ihre Hand in seine, während die andere begann, ihren Körper zu erkunden. Die Berührung verschlug ihr den Atem und sie rang um Luft. Behutsam kam er zu ihr. Nachdem sie den Schmerz überwunden hatte, stöhnte sie lustvoll auf und wisperte: »Ich liebe dich« in sein Ohr.

Als Ida am nächsten Morgen erwachte, saß Leonhard neben ihrem Lager. Er betrachtete ihr Gesicht und ihren nackten Körper. »Nun ist es besiegelt. Es gibt kein Zurück mehr.«

»Das hat es von Anfang an nicht gegeben«, entgegnete sie ruhig. »Und ich möchte auch keins.«

Er neigte sich über sie und küsste ihre Stirn. »Ich gehöre dir und werde dich bis zu meinem letzten Atemzug verteidigen.«

»So wie du es von Anbeginn der Zeit getan hast«, wollte sie sagen, doch stattdessen erwiderte sie lächelnd: »Bleib lieber bei mir bis zu *meinem* letzten Atemzug.«

Er schmunzelte. »Das kann ich dir nicht versprechen.«

»Ich fände es trotzdem schön, wenn du es tätest. Entbindet dich der Tod deines Schwurs, so kannst du nichts dafür.«

»Möchtest du, dass wir als Mann und Frau getraut werden?«

Unwillkürlich dachte Ida an die Dinge, die Meda ihr über die Ehe gesagt hatte. »Daran liegt mir nicht viel«, antwortete sie, obwohl sie sich kaum vorstellen konnte, dass er sie nach der Heirat wie sein Eigentum behandeln würde.

»Ich hätte gerne, dass unsere Kinder meinen Namen tragen und ein rechtmäßiges Ansehen haben vor Gott und vor der Welt«, sagte Leonhard.

Sie wölbte sich ihm entgegen und schlang ihre Arme um seinen muskulösen Oberkörper. »Das ist mindestens genauso gut wie der Schwur, den ich gerne von dir hören wollte.« Sie drückte ihre Stirn an seine und spürte einen tiefen inneren Frieden. Es fühlte sich an, als hätten sich zwei Teile eines Ganzen, das einst getrennt wurde, wieder zusammengefunden und seien erneut zu einer Einheit verschmolzen.

Der Kaiser weilte noch immer auf Burg Böckelheim, was Gero verriet, dass er unverändert wenig Rückhalt unter den Fürsten hatte, die ihm zum Gastrecht verpflichtet waren. Während des langen Ritts haderte Gero mit seinem Leben als Ritter. Seit Wochen zog er kreuz und quer durchs Land, um

Angelegenheiten von höchster Wichtigkeit zu regeln. Das Reiten brachte ihn zwar zügig von Ort zu Ort, war auf die Dauer allerdings eine Tortur. Seinen Begleitern erging es ähnlich, die Stimmung zwischen den Männern wurde zunehmend gereizt. Auf Rheinsporn hatte er sich am Ritterleben ebenso wenig erfreuen können. Jederzeit hatte er damit rechnen müssen, zu den Waffen gerufen zu werden.

Allmählich begann er, an der Sinnhaftigkeit seines Daseins als Graf zu zweifeln. Die Existenz als Bauer und Bergmann war hart und entbehrungsreich gewesen. Doch solange man keinem Schlächter wie seinem Onkel Bertolt ausgeliefert war, konnte man in Ruhe und Beschaulichkeit leben. Vor allen Dingen konnte sich Gero damals stets in der Nähe seiner Familie aufhalten. Nun waren sie in alle Winde zerstreut, und er wusste weder, wo sich seine Frau noch seine Kinder aufhielten, ob es ihnen gut ging und ob sie in Sicherheit waren. Selten hatte er sich hilfloser gefühlt als in diesem Moment, da er auf einem edlen Pferd in Kettenhemd und Waffenrock mit Siegfrieds Schwert am Gürtel durch die Wälder trabte. Und dass sich sein zerrüttetes Verhältnis zu Ida jemals wieder richten lassen würde, bezweifelte er.

Bei ihrer Geburt hatte er sich geschworen, immer für seine Tochter da zu sein, solange sie lebte. Dem Gelöbnis war er nicht gerecht geworden. Er hatte nicht alles dafür getan, dass es Ida gutging. Gero fluchte. Warum hatte er sich dieses Leben ausgewählt? Schon im nächsten Moment wurde ihm bewusst, dass es nicht um einen Wunsch gegangen war, sondern um eine Pflicht. Die Verpflichtung, seinen Vater zu rächen, seine Familie und die Lehen dem Erbrecht folgend zu führen. Dazu gehörte es seinerzeit, die Verantwortung für die Befreiung des Landstrichs von Bertolts Willkürherrschaft zu übernehmen. Er schalt sich innerlich einen Esel. Es nutzte nichts, mit den einmal getroffenen Entscheidungen zu hadern. Die Verhältnisse waren, wie sie waren, und sie alle mussten versuchen, das Beste daraus zu machen.

»Graf von Rheinsporn«, begrüßte Heinrich der Fünfte ihn mit verdrossener Miene. Offenbar rechnete er damit, dass Gero erneut eine Anschuldigung gegen Ulrich vorbringen würde, die den Kaiser als ihren Herrn in Bedrängnis brächte.

Doch Gero hatte keine Zeit für diplomatisches Geplänkel. Ohne Umschweife kam er auf sein Anliegen zu sprechen: »Ulrich von Leiburg hält widerrechtlich meine Burg besetzt.«

Der Kaiser behielt seine Gesichtszüge unter Kontrolle. Dennoch glaubte Gero zu erkennen, dass diese Nachricht ihn verärgerte. »Warum hat er das getan?«

Gero verschränkte die Arme. »Er behauptet, aufgrund der vereitelten Eheschließung mit meiner Tochter ein Anrecht auf meine Burg und Ländereien zu haben. Eure Anweisung hat er ignoriert und darauf beharrt, ich hätte meinen Teil der Abmachung nicht eingehalten.«

Heinrich ließ sich in seinen Stuhl zurücksinken und umfasste die Lehnen so fest, dass die Fingerknöchel weiß hervortraten.

»Das Recht ist auf meiner Seite, Herr«, beharrte Gero und hob seine Stimme. »Ihr müsst dem ein für alle Mal Einhalt gebieten. Gebt mir Truppenteile zur Verstärkung mit, oder begleitet mich selbst nach Rheinsporn.«

»Ich kann nicht einfach mit meinen Truppen im Rheinland einmarschieren. Das würde einen neuen Krieg mit Friedrich von Schwarzenburg nach sich ziehen.«

»Darauf scheint Ulrich zu spekulieren, oder er ist bereit, es drauf ankommen zu lassen. Der Erzbischof von Colonia wird nicht lange tatenlos zusehen, wie der Leiburger für Unruhe in seinem Herrschaftsgebiet sorgt. Auch das kann zu neuerlichen Kriegshandlungen führen.« Gero reckte das Kinn. »Wollt Ihr den ehemaligen Kommandanten Eurer Leibgarde gewähren lassen?«

Heinrich seufzte. »Ich stelle Euch ein anderes Schreiben aus, das Ulrich auffordert, Rheinsporn zu verlassen und endlich Ruhe zu geben. Das verschafft mir Zeit, über weitere

Schritte nachzudenken. Sollte der Alte nicht einsichtig sein, werde ich kommen und mit meinen Truppen eingreifen.«

»Die Schriftstücke werden meine Probleme nicht lösen«, wandte Gero ein.

Der Kaiser lehnte sich zurück. »Mehr kann ich im Moment nicht für Euch tun. Glaubt mir, ich muss mich mit Ärgernissen herumschlagen, die wichtiger sind als das Gezänk meiner Gefolgsleute.« Sein Tonfall ließ keinen weiteren Widerspruch zu.

Mit nunmehr zwei kaiserlich versiegelten Pergamentrollen im Gepäck ritt Gero noch am gleichen Tag Richtung Greifenfels. Er musste Adebar um Verstärkung bitten.

Der Himmel hing so tief über der Erde, als wollte er sich auf ihr ablegen, um sich auszuruhen, während Sigrun zusammen mit ihren Kindern, Dietrich und dem Stallknecht Gottfried Richtung Westen über das offene Feld ritt. Mechthild saß vor ihr und Gregor vor Dietrich auf dessen Pferd. Seit neun Tagen waren sie unterwegs und Greifenfels noch immer nicht in Sicht. Vermutlich ahnte Bertolts Sohn längst, dass sie auf ihre Heimatburg wollte, konnte sich aber nicht an den direkten Weg erinnern, und sie hatte die Orientierung verloren.

»Es wird gleich anfangen zu regnen«, sagte Dietrich und wies auf die tiefhängende, dunkle Wolkendecke, während sie sich auf einen großen Mischwald zubewegten. »Wir sollten durch den Wald reiten, dort sind wir besser geschützt.«

›Er behandelt mich, als hätte ich von diesen Dingen keine Ahnung‹, dachte Sigrun. ›Ich lege diese Strecke nicht zum ersten Mal auf einem Pferd zurück.‹

Aber das konnte er ja nicht wissen, und sie beschloss, es dabei zu belassen. Außerdem war sie damals fast zwanzig Jahre jünger gewesen und konnte beide Arme ohne Einschränkung benutzen. Nun fühlte sie ihr fortschreitendes Alter und ihr linker Arm war taub. Also nickte sie.

Die Stille im Wald war äußerst trügerisch, das spürte sie sofort, als sie den Weg verließen und unter den Schirm des

Blätterdachs ritten. Gottfried, der Stallknecht, führte ihren kleinen Reisetrupp auf dem schmalen Pfad an, Sigrun folgte ihm mit Mechthild. Mit bangem Blick drehte sie sich zu Gregor um, der vertrauensselig vor Dietrich im Sattel saß. Da griff Bertolts Sohn in die Tasche an seinem Gürtel und zog ein langes Messer heraus. Sigrun erschrak. Eine solche Waffe mit sich zu führen, war ihm untersagt. Woher hatte er sie und was plante er? Wollte er sie und die Kinder hier in diesem von Gott verlassenen finsteren Wald hinterrücks erdolchen? Es wäre ein Leichtes für ihn, Gregor von hinten die Kehle durchzuschneiden.

»Was tust du?«, rief sie ihm zu.

»Mich wappnen«, antwortete er mit schmalen Augen.

Sie schluckte und horchte verzweifelt in sich hinein. Konnten sie dem Knecht vertrauen, oder ritten sie geradewegs in ihr Verderben? Sie hätte heulen können angesichts ihrer eigenen Hilflosigkeit. Frauen war es untersagt, Waffen zu tragen. Man mutete ihnen zu, leicht niederzuringende Opfer zu sein.

Unvermittelt sprangen vier verlumpte Gestalten schreiend mit gezückten Messern und Knüppeln aus dem Gebüsch seitlich des Weges. Sofort bildeten sie eine Kette quer über den Pfad und trennten damit Gottfried von ihrem Trupp ab. Erschrocken riss Sigrun an den Zügeln und ihr Pferd bäumte sich auf. Mit seinen Vorderhufen traf es einen der Wegelagerer am Kopf, der mit einem Knacken brach wie eine Nussschale. Der Mann taumelte zu Boden und ließ seine Waffe fallen.

»Reitet fort!«, hörte sie Dietrichs Stimme in ihrem Ohr.

Wie von Sinnen stieß sie ihrem Pferd die Fersen in die Seiten und trieb es mit dem Zügel an. Augenblicklich preschte das Tier los und überrannte dabei einen weiteren Angreifer, der schmerzverzerrt zu Boden ging. Sie jagte an Gottfried vorbei, der sein eigenes Reittier gewendet hatte und ebenfalls eine Waffe aus der Satteltasche zog. Sie erhaschte einen Blick darauf und wunderte sich, woher der Mann den Knüppel hatte.

Doch nun war sie froh, dass die beiden überhaupt bewaffnet waren. Hoffentlich konnten sie im Kampf Mann gegen Mann die Wegelagerer überwältigen. Panisch trieb sie ihr Pferd an, um so weit wie möglich fort von den Strauchdieben zu gelangen und wenigstens Mechthild in Sicherheit zu bringen. Gregor, das war ihr bewusst, war auf Dietrichs Rappen noch immer in Lebensgefahr.

Blut rauschte in ihren Ohren, der Wind pfiff an ihr vorüber und Zweige schlugen ihr ins Gesicht. Mechthild wimmerte, und Sigrun trieb der Schmerz Tränen in die Augen, die ihr die Sicht nahmen. Dann ging alles sehr schnell. Was auch immer ihre Stute zum Straucheln brachte – ein umgefallener Baumstamm, eine Wurzel oder ein weiterer Hinterhalt – es kam unvorhergesehen. Als das Pferd wiehernd in die Knie ging, wurden sie aus dem Sattel geschleudert. Sigrun hörte ihren eigenen Schrei und den ihrer Tochter. Das Letzte, was sie wahrnahm, war ein Knacken, als zerbrächen Knochen. Im nächsten Moment sank sie in eine undurchdringliche Finsternis.

Helene zog mit Wolff und Ruth immer weiter Richtung Westen an der Mosel entlang. Dabei schien ihr allein die Tatsache, dass sie dieses Heilkundebuch unter ihrem Arm trug, Kräfte zu verleihen. Mehr und mehr wuchs diese Vermutung zur Gewissheit, besonders als Ruth mit einer Erschöpfung zu kämpfen hatte, die Helene nicht plagte. Sie erwog, Ruth ab und zu das Buch zu überlassen, damit diese ebenfalls von der rätselhaften Kraft profitieren konnte. Eine innere Stimme sagte ihr wiederum, dass es wichtig war, das Werk nicht aus der Hand zu geben. Also schwieg sie.

Wenn sie allein und ungestört waren, blätterte Helene in dem Buch und versuchte zu entziffern, was dort stand. Es gelang ihr nicht. Eines Tages erkannte sie in einer Zeichnung das Kraut Beinwell, das an Füße gebunden war. Fortan hielt sie Ausschau nach der Pflanze und band sie sich und Ruth um die Fußknöchel. Wolff ließ es ebenfalls an sich geschehen, ohne eine Miene zu verziehen, als sei er Derartiges von Godelind gewöhnt. Tatsächlich ermüdeten nun auch sie deutlich langsamer. Anerkennend nickte Wolff Helene zu. Sie spürte, wie ihr das Blut ins Gesicht schoss und wandte den Blick ab.

Als sie sich neun Tage nach ihrem Aufbruch in Megina Trier von Osten her näherten, konnte Helene schon von Weitem erkennen, dass dort zahlreiche Kirchenbauten standen, unter denen einer herausragte. Mächtig stießen seine Türme in den Himmel – das musste der Dom sein. Während sie bewundernd zu ihm hinüberschaute, spürte Helene zum ersten Mal die Last des langen Weges und des Buches auf ihren Schultern. Ausgerechnet heute mussten sie einen Umweg laufen, entlang der stadtfernen Seite des Flussufers fast bis an deren Ende, ehe sie endlich die Römerbrücke erreichten und die Mosel überqueren konnten. Von dort führte eine Straße auf direktem Weg zum Hauptmarkt.

Vereinzelt standen hier und da einfache Wohngebäude zwischen Ackerflächen und burgenähnlichen Wohntürmen. Helene war sich bewusst, dass sie auf den Spuren der Frau wandelte, deren Buch sie schon seit Wochen durch Oberlothringen schleppte. Dies war ihre Geburtsstadt, die sie ihr Leben lang im Namen getragen hatte. Helene fragte sich, wie es der Heilerin als Anhängerin der alten Religion in dieser christlichen Stadt mit den vielen Kirchen wohl ergangen sein mochte.

»Warum stehen hier so viele Ruinen?«, fragte sie und sah sich staunend um.

»Das sind ehemalige römische Tempel und Thermen«, sagte Wolff und wischte sich mit dem Ärmel den Schweiß von der Stirn.

Gespielt zog Ruth eine Augenbraue hoch. »Hattest du unterwegs nicht behauptet, dass dies einmal die schönste und größte Stadt nördlich der Alpen gewesen sei?« Sie zwinkerte Helene zu. »Und jetzt liegen hier nur kaputte Bembel und Därme rum?«

»Thermen«, korrigierte Wolff und rollte die Augen. »Das waren so etwas wie die Badehäuser der Römer.«

»Und was darf ich mir unter Bembeln vorstellen?«, bohrte Ruth weiter und verkniff sich das Lachen.

Wolff überhörte offenbar ihren Spott und antwortete ernst: »So etwas wie Heiligtümer.«

»Und nachher kam der liebe Gott, sah, dass es nicht gut war, und hat sie ihnen mit einem Hämmerchen zertrümmert?«, fragte Ruth amüsiert.

Helene freute sich, dass ihre Gefährtin wieder zu Scherzen aufgelegt war.

Wolff blieb stehen, bekreuzigte sich und musterte Ruth mit missbilligendem Blick. »Das waren wohl eher Erdbeben. Kein Anlass für Gotteslästerung.«

»Schade.« Ruth prustete und kniff ihn in die Seite. »Ich fand die Vorstellung von einem Gott, der mit einem Holzhämmerchen Römerbauten zerkloppt, bei Weitem lustiger.«

Wolff schüttelte erst den Kopf, dann stahl sich ein gutmütiges Lächeln in sein Gesicht. Schmunzelnd setzten sie ihren Fußweg fort und erreichten den Hauptmarkt. Helene erkannte, dass die Straßen der Siedlung sternförmig auf ihn zuliefen. Erschöpft ließen sie sich auf den Stufen des Sandsteinsockels einer Granitsäule auf der Mitte des Platzes nieder. Den Kopf der Säule zierte ein Tatzenkreuz aus einem sandfarbenen Kalkstein, das die Bewohner wohl unter den besonderen Schutz des Erlösers stellen sollte. Zumindest vermutete Helene das – die Inschrift auf der Deckplatte des bunt eingefassten Säulenknaufs konnte sie nicht entziffern. Aber das abgebildete »Lamm Gottes« mit Kreuzstab und Kreuzbanner sprach für sich.

Gedankenverloren sah Helene zu einem riesigen Steinturm an der westlichen Ausfallstraße hinüber. Er erinnerte sie an die römischen Ruinen, an denen sie auf dem Weg hierher vorbei gekommen waren. Der Wohnturm sah ihnen nicht nur ähnlich, er schien sogar aus ihrem Material errichtet worden zu sein, allerdings mit rundbogigen Schlitzfenstern und gekuppelten Zwillingsfenstern. Der Hocheingang war offenbar nur über eine außenliegende Holztreppe erreichbar, die im Verteidigungsfall bestimmt hochgezogen werden konnte. Offensichtlich fühlten die Bewohner sich ohne befestigte Stadtmauer nicht besonders sicher.

Als ein bunt gekleideter Spielmann die Tribüne am Südende des Hauptmarkts bestieg, seine Laute hob und zu singen begann, blieben immer mehr Menschen auf dem Platz stehen und lauschten ihm. Einige seiner Worte drangen auch zu Helene herüber, und sie reimte sich zusammen, dass er von dem Streit zwischen dem Kaiser und dem Papst erzählte. Sie hatte weder den einen noch den anderen je zu sehen bekommen. Deshalb gab sie sich keine Mühe, mehr von dem zu verstehen, was er zu berichten hatte. Das Lied endete und die Menge applaudierte dem Spielmann. Er verneigte sich wie ein eitler Pfau und lüftete dabei die dunkelrote Mütze. Dann setzte er sie wieder auf seinen schwarzgelockten Schopf, hob seine Laute an und begann erneut zu singen.

Gelangweilt wandte Helene ihr Gesicht ab. Da schallte es »Rheinsporn« zu ihr herüber und sie fuhr auf. Besang der Lautenspieler jetzt etwa die Erstürmung ihrer Heimatburg? Durch die Menge schwappte ein Raunen, sodass sie nichts mehr verstand. Entschlossen sammelte sie ihre letzten Kräfte und bahnte sich einen Weg durch die Zuhörer zu dem Podest, auf dem der Spielmann stand. Tatsächlich erzählte er von einem heldenhaften und siegreichen Ulrich, der den Bauern und Hochstapler Gero auf seinen ihm zustehenden Platz verwiesen habe.

»Sein Weib aber, die heilkundige Sigrun genannt, welche von Greifenfels stammt, starb auf ihrer Flucht von Rheinsporn einen kläglichen Tod.«

Wieder ging ein Raunen durch die Menge, in dem diesmal Bedauern und Mitleid bekundet wurde. Fassungslos starrte Helene den Barden an. Dass er von der Flucht der Gräfin wusste, machte seine Geschichte glaubwürdig.

»Was ist ihr widerfahren?«, rief sie.

Der Spielmann unterbrach seinen Gesang und sah sie aus seinen eisgrauen Augen an. »Man munkelt, sie sei zusammen mit einem der Stallknechte im scharfen Ritt unterwegs gewesen. Ihr Pferd ist gestrauchelt, sie ist gestürzt und hat sich das Genick gebrochen«, sagte er mit verschwörerischem Blick.

Helene wich das Blut aus den Wangen. Die Gräfin sollte mit den Kindern im scharfen Ritt unterwegs gewesen sein? Das konnte sie sich kaum vorstellen, es sei denn, sie waren in höchster Not.

»Was ist mit ihren Kindern?«, fragte sie bange.

»Das weiß niemand«, sagte der Spielmann und setzte sein Lied fort, indem er nun in munteren Reimen ausmalte, wie Ulrich in heiligem Zorn Rache an denjenigen nahm, die dem flüchtigen Paar Leonhard und Iduberga bei ihrem schändlichen Tun beisprangen.

Mit tränenverhangenem Blick drängte sich Helene wieder aus der gebannt lauschenden Menge heraus. Wolff sah ihr mit bestürztem Gesichtsausdruck entgegen. Ruth schloss sie in ihre Arme und Helene begann, sich vor und zurück zu wiegen. Konnte nicht fassen, dass das passiert sein sollte.

»Hat Dietrich nicht gut auf unsere Herrin aufgepasst?«, schluchzte sie. »War er doch nicht der zuverlässige Begleiter, der er ihnen hätte sein sollen?«

»Wir wissen nicht, was geschehen ist und ob dein Bruder seine Pflichten vernachlässigt hat. Es ist zu früh, ihm Vorwürfe zu machen«, erwiderte Ruth, selbst um Fassung ringend.

»Trage ich eine Mitschuld an dieser Tragödie? Ich hätte ihn nicht bitten sollen, Sigrun beizustehen.«

Ruth zog sie noch fester an sich. »Nein, dich trifft keine Schuld. Du hast getan, was du für richtig gehalten hast, um der Gräfin zu helfen. Der Rest lag in Gottes Hand.«

»Was soll ich denn jetzt mit dem Buch machen?« Helene befreite sich aus der Umklammerung ihrer Gefährtin. »Nun muss ich auf jeden Fall Ida finden, obwohl sie vermutlich alles daran setzt, unentdeckt zu bleiben.«

»Das müssen wir wohl.« Ruth nickte ernst. »In unserer Obhut ist es nutzlos, da wir weder lesen noch schreiben können.«

Wolff wischte sich eine Träne aus dem Augenwinkel. »Lasst uns Ausschau nach einer Herberge für die Nacht halten. Morgen beginnen wir mit der Suche nach Ida.«

»Wenn es uns nicht gelingt sie aufzuspüren, muss ich jemanden finden, der damit etwas anfangen kann und es zu würdigen weiß. Das bin ich meiner Herrin schuldig.« Helene schlug das Kreuzzeichen vor ihrer Brust und murmelte ein Ave Maria für die tote Gräfin. Vor ihrem inneren Auge spielte sich die Szene des Unfalls ab, wie er sich nach der Schilderung des Spielmanns zugetragen haben sollte. Sie suchten die Herberge auf, die Wolff von früheren Aufenthalten in Trier kannte, doch die Bilder begleiteten Helene bis in den Schlaf.

»Wer weiß, ob Ida überhaupt nach Greifenfels flieht«, gab Wolff Helene am nächsten Morgen zu bedenken, als sie die Serpentinen nordwestlich von Trier erklommen. In steilen Wegkehren führte der Weg bergauf Richtung Norden. Bis Bitburg sei es ein Zwei- oder Dreitagesmarsch, hatte ein Händler gesagt, und Greifenfels befinde sich gleich dahinter. Als sich Helene auf halber Strecke noch einmal umdrehte, sah sie, dass die Herbstsonne durch die Wolkendecke brach und die Stadt in ein milchiges Licht tauchte. Ein letztes Mal schaute sie auf Trier mit seinen zahlreichen Kirchen, Wohntürmen und römischen Ruinen hinab, die sich in die Biegung der Mosel schmiegten.

»Ihr muss klar sein, dass der Graf von Leiburg sie dort suchen wird«, fuhr Wolff fort. »Und wenn Sigrun wirklich tot ist, gibt es keinen Grund mehr, in die anbrechende kalte Jahreszeit hinein diese Burg zu suchen. Was wollt ihr tun, wenn ihr sie nicht rechtzeitig findet? Die Winter in der Eifel sind streng und schneereich. Ihr werdet verhungern oder erfrieren. Lasst mich euch zurück nach Megina begleiten oder kommt mit nach Thure. Dort können wir euch die Wintermonate über beherbergen.«

»Man wird im Dorf nicht glücklich über zwei weitere und zudem unnütze Esser sein.«

»Die Ernte wird gut ausfallen in diesem Jahr. Ich bin mir sicher, dass jeder bereit ist, euch aufzunehmen. Allein schon aus Respekt gegenüber Gero, der euer Herr ist. Ich weiß, es ist eure Entscheidung, aber ich möchte euch geradezu anflehen, mir nach Thure zu folgen, um eurer eigenen Sicherheit willen.« Als er das Zögern in Helenes Gesicht wahrnahm, fügte er hinzu: »Und zum Schutz des Buches, zu dem dich sowohl Ida als auch Sigrun aufgefordert haben. Wenn ihr dieser Anweisung nachkommen wollt, so müsst ihr alles tun, um die Handschrift gut zu bewahren. Zieht ihr ins Ungewisse, könnt ihr das nicht gewährleisten, oder?«

Wolff konnte förmlich sehen, wie ihr Widerstand bei der Erwähnung des Heilkundebuchs bröckelte. Offensichtlich glaubte sie an den Wert des Buches, oder sie nahm den Wunsch ihrer verstorbenen Herrin sehr ernst.

Einige Zeit lang flohen Ida und Leonhard weiter Richtung Westen an der Mosel entlang. In den Fischen aus dem Fluss fanden sie immer wieder Nahrung. Leonhard war geschickt darin, sie mit bloßen Händen zu fangen. Wenn sie im Freien schliefen, entzündeten sie kein Feuer, und wo sie schliefen, aßen sie nicht. Allmählich begannen ihnen das einseitige Essen, der Hunger und die nächtliche Kälte zuzusetzen. Ida begleitete fortwährend die Angst, entdeckt zu werden oder Wegelagerern in die Finger zu geraten. Zweimal mussten sie sich bereits vor umherziehenden Strauchdieben verstecken. Je länger ihre Flucht und die Entbehrungen andauerten, desto größer wurde ihre Verbitterung. Schuld an ihrer misslichen Lage waren Ulrich, der Wüterich, und ihr treuloser Vater, dachte sie verdrossen.

In ruhigen Momenten erinnerte sie sich an Helenes Warnung: »Ihr wisst nicht, was es bedeutet, in Armut zu leben und immer wieder fliehen zu müssen. Nicht zu wissen, was morgen sein wird. Da draußen lauern so viele Gefahren, von denen Ihr noch nichts ahnt.«

›Ach, Helene, wie recht du doch hattest!‹

Einzig ihre Innigkeit mit Leonhard richtete Ida auf. Aber er war nur ein Mann mit einem Schwert. Sie wusste, wie gut er damit umgehen konnte, gegen mehrere Angreifer hätte er trotzdem kaum eine Chance. Also mussten sie weiterhin vorsichtig bleiben und sich versteckt halten. Wann würde dieser Zustand ein Ende finden, und wie?

In Beronis castellum, von den Bewohnern einfach nur Berrincastel genannt, beschrieb die Mosel eine enge Kurve. In der Werkstatt hallten die Schläge des Schmieds auf den Amboss wider und die Hitze im Raum trieb Leonhard Schweißperlen auf die Stirn. Mit Idas Schmuck wollte er einen kleinen Kochkessel erstehen. Das würde ihr Überleben im Winter erleichtern. Da der Schmied ihn immer noch nicht beachtete, sondern unbeirrt mit schweißglänzendem Oberkörper das glühende Eisen beschlug, sah sich Leonhard in der Werkstatt um. Er wog mehrere Jagdspeere, die an der Wand lehnten, in der Hand und entschied, auch einen von mittlerer Größe zu erwerben. Dieser würde ihn beim Reiten nicht behindern und genügend Schlagkraft entwickeln, um größeres Wild erlegen zu können.

Endlich ließ der Schmied von seinem Tun ab und sah ihn an. »Was wünscht Ihr?«

Leonhard wunderte sich, dass der Mann in ihm noch immer einen Adligen erkannte, den er mit »Ihr« anzusprechen hatte. Dabei war seine Kleidung mittlerweile reichlich ramponiert und verdreckt. Und sein Spiegelbild in der Mosel hatte ihm heute Morgen offenbart, dass sein Haar wirr in strähnigen Büscheln abstand und sein Bart ungepflegt aussah.

»Diesen Speer und einen kleinen Kochkessel«, antwortete er mit fester Stimme und gab sich alle Mühe, seinen dänischen Akzent zu unterdrücken.

Der Schmied musterte ihn mit zusammengekniffenen Augen. Dann griff er in das grob gezimmerte Holzregal, das eine Wandlänge seiner Werkstatt einnahm und unter den zahlreichen Metallgerätschaften zusammenzubrechen drohte. Er nahm einen Kupferkessel, reichte ihn Leonhard und sagte schroff: »Geht weg von hier. Wegen euch mussten schon Menschen ihr Leben lassen. Das ganze Land lebt in Angst vor der Rache Ulrichs.«

Erschrocken gab Leonhard ihm Idas silbernen Armreif.

»Wenn das jemand bei mir findet, bin ich ein toter Mann«, blaffte der Schmied ihn an.

»Du könntest ihn einschmelzen.«

»Und wie soll ich das Silber erklären?«, wetterte der Schmiedemeister. »Geht und lasst Euch hier erst wieder blicken, sobald mannshoch Torf über der Angelegenheit liegt. Erinnert Ihr Euch dann noch, dürft Ihr mich entlohnen.«

Betroffen nahm Leonhard Kochkessel und Speer an sich und verließ hastig die Werkstatt. Im Wald traf er sich mit Ida und berichtete ihr von seiner Begegnung mit dem Schmied. Behutsam strich er ihr die Tränen von der Wange. Auch an ihr hatten die letzten vier Wochen Spuren hinterlassen. Ihr Haar hing wie sein eigenes in strähnigen Büscheln herab, die zu verfilzen drohten. Unter ihren Augen zeigten sich Ringe und ihre ehemals weiche Haut wirkte trocken und spröde. Doch sah er hinter dem äußeren Schein noch immer die schöne Grafentochter, in die er sich verliebt hatte.

»Wenigstens kann ich jetzt größere Tiere jagen«, tröstete er sie.

»Aber das darfst du gar nicht. Wenn du dabei erwischt wirst, wird man dich an Ulrich ausliefern.«

»Dann darf ich mich eben nicht erwischen lassen«, erwiderte er zuversichtlicher als ihm zumute war.

Anfang Oktober traf Gero auf seinem Ritt Richtung Greifenfels unvermutet in der Eifel auf einen Trupp von Burg Hamm. Adebars Schwiegervater stand die Verwunderung ins Gesicht geschrieben, als er die Rheinsporner erkannte.

»Wohin seid Ihr denn unterwegs?«, fragte er zur Begrüßung.

»Nach Greifenfels. Ulrich von Leiburg hält meine Burg besetzt.«

Der Herr von Hamm nickte ernst. »Ich habe davon gehört. Wie es scheint, leben wir in einer üblen Zeit an einem von Gott verlassenen Ort, einem Landstrich ohne Recht und Gesetz. Meine Männer streifen regelmäßig durch die Lehen, um Strauchdiebe aufzuspüren und zu verjagen. Vereinzelt streunen ehemalige Söldner der Kreuzritterheere heimatlos umher. Einige der Bauern wagen sich nicht auf die Felder. Friedrich von Schwarzenburg ist noch nicht sattelfest in der Region, und der Kaiser hat so gut wie keinen Einfluss mehr. Weiß er von der Besetzung Rheinsporns?«

»Ja, er hat mir ein Schreiben mitgegeben, das Ulrich auffordert, mir die Burg wieder zu überlassen. Aber ich traue dem Leiburger nicht mehr. Er ist verblendet von seinem gekränkten Stolz und wird Heinrichs Anordnung womöglich nicht anerkennen oder ignorieren. Wir brauchen Verstärkung. Außerdem naht der Winter und wir benötigen eine sichere Unterkunft.«

Der von Hamm winkte ab. »Wir können euch nicht begleiten, weil wir auf dem Weg nach Mouzon an der Maas sind. Dort will der Kaiser mit dem Papst über einen Ausgleich im Investiturstreit verhandeln. Ich bedauere sehr, was mit Rheinsporn und Eurem Eheweib passiert ist.«

Gero erschrak. »Was ist mit meinem Weib?«

Der Graf zögerte. »Ihr wisst es noch nicht?«

»Ich weiß nur, dass sie die Burg verlassen hat.«

Er sah, wie der Anführer aus Hamm nach Worten suchte. »Es heißt, sie habe auf der Flucht von Rheinsporn den Tod gefunden«, brachte er mühsam hervor und vermied dabei den Blickkontakt.

Gero spürte, wie sich unter ihm die Erde öffnete und er in bodenloser Schwärze versank.

Nur noch einen Tagesritt von Greifenfels entfernt, war Geros Herz voll von Sorge und Schuldgefühlen. Er musste Gewissheit haben. Wenn Sigrun geflohen war, dann hierhin. War die Nachricht von ihrem Tod nur eine weitere von Ulrichs Bosheiten, musste er diese Tücke entlarven, bevor sie ihn zu einem unbedachten Tun verleitete. Zudem zwang der heranbrechende Herbst ihn zunehmend, eine sichere Unterkunft zu finden. Er hoffte außerdem, dort auf Adebar zu treffen und ihn davon zu überzeugen, gemeinsam mit ihm Rheinsporn zurückzuerobern.

So lange schon hatte er seine Familie nicht gesehen, hatte er keine Kunde erhalten, wie es den Kindern ging. Ob Ida in die Fänge von Kopfgeldjägern oder anderweitig in Not geraten war. Unzählige Male hatte er sich vorgestellt, wie es sein würde, seine Lieben wieder in die Arme zu schließen, und wie Ida ihn mit einem vertrauensvollen und verzeihenden Lächeln bedachte. Und doch befürchtete er, dass nichts dergleichen geschehen würde. Zu lange währte ihre Trennung, zu schwer wog der Vertrauensverlust. Der Anblick von Greifenfels, der sich ihm in der Abenddämmerung darbot, war erhebend. Die vage Hoffnung, dort all seine Lieben versammelt vorzufinden wurde überschattet von der Angst, Sigrun könnte tatsächlich tödlich verunglückt sein. Seine Hände krampften sich um die Zügel. Noch wagte er nicht, beim Anblick der Burg echte Hoffnung zu schöpfen.

»Allmächtiger im Himmel, bitte lass sie wohlbehalten sein«, murmelte er. »Und wenn du schon dabei bist, Herr, schick auch Ida hierher.«

Kapitel Fünfundzwanzig

Sieben Tage zuvor

Als Sigrun nach dem Sturz im Wald wieder zu sich kam, lag sie der Länge nach im Gras. Schmerzen durchflammten ihren Körper, besonders schlimm im linken Arm. Sie spürte, wie der Unterarm unwillkürlich zuckte. Stöhnend wollte sie sich aufrichten. Dietrich hielt sie behutsam, jedoch mit Bestimmtheit zurück. »Ganz langsam, Frau Sigrun. Ich bin mir nicht sicher, ob Ihr nicht erneut in Ohnmacht fallt, wenn Ihr Euch zu schnell aufsetzt.«

Verwundert sah sie erst ihn an, dann ihre Kinder. »Gott sei Dank – ihr lebt! Seid ihr verletzt?«

Mechthild beugte sich zu ihr herunter. »Nein, Mutter. Uns geht es gut. Aber was ist mit dir?«

Sigrun ließ sich von Dietrich aufhelfen. Der Oberarm schmerzte höllisch und als sie vorsichtig daran entlang tastete, stellte sie fest, dass er gebrochen war. Sie erinnerte sich an das knackende Geräusch, das sie kurz vor ihrer Umnachtung gehört hatte.

»Wenigstens ist es der linke Arm, der schon lädiert ist. Ich kann ihn ohnehin kaum noch benutzen«, murmelte sie.

Ein Lächeln umspielte Dietrichs Mundwinkel. »Wer hätte gedacht, dass Ihr so nüchtern den Tatsachen ins Auge blickt, in eurem Zustand. Der Knochen scheint mir gebrochen zu sein.«

Sigrun nickte. »Das scheint mir auch so.«

»Könnt Ihr weiterreiten?«

»Das werde ich wohl müssen«, erwiderte sie gepresst, »aber dauert die Reise länger, laufe ich Gefahr, dass die Knochen schief anwachsen. Außerdem sind die Schmerzen nur schwer erträglich. Ich habe keine Heilkräuter bei mir und müsste erst Bilsenkraut suchen, um mir einen Sud zu brauen, der die Beschwerden abmildert. Es ist besser, wenn wir den Bruch richten, bevor wir unsere Reise fortsetzen.«

Dietrich und Gottfried wechselten einen Blick.

»Wir haben keine Ahnung, wie man so etwas macht«, wandte Dietrich ein.

»Ich werde euch erklären, was ihr tun müsst. Mechthild und Gregor können euch unterstützen.« Sigrun wies Gottfried an, zwei Stücke Holz aus dem Wald zu holen und mit dem Messer, das Dietrich glücklicherweise mit sich führte, flach zu schnitzen. Dann bat sie Dietrich, die Knochen zu richten und schob sich einen Lederriemen zwischen die Zähne. Stöhnend biss sie auf den Riemen, als er ungeschickt an ihrem Arm hantierte. Anschließend legte Gottfried die Holzstücke als Schienen an ihren Oberarm, und Mechthild umwickelte sie mit den Leinenstreifen, die sie aus einer der Gürteltaschen gerissen hatten. Tränen liefen Sigrun über das Gesicht.

»Ich glaube, es wäre dennoch eine Erleichterung für mich, wenn wir Bilsenkraut finden«, wimmerte sie kläglich.

Dietrich erhob sich und klopfte sich die Hände an seinen Beinlingen ab. »Wir werden gemeinsam mit Euch Ausschau danach halten.«

Sigrun sah zu ihm auf, noch unfähig, sich ebenfalls zu erheben. »Was ist aus den Wegelagerern geworden?«

»Zwei von ihnen habt Ihr mit Eurem Pferd ausgeschaltet«, antwortete er grinsend. »Um die beiden anderen haben wir uns gekümmert, so gut wir vermochten. Einen von ihnen haben wir in die Flucht geschlagen und den letzten verletzt. Vermutlich verblutet er gerade am Wegesrand. Ich kann mir kaum vorstellen, dass sich sein Kumpan um ihn kümmern wird.« Er hielt ihr die rechte Hand hin. »Dennoch, Gräfin, ich glaube, es wäre klüger, sofort aufzubrechen und weiter Richtung Westen zu reiten.«

Sigrun griff nach der Hand und ließ sich von ihm hochziehen. Noch einmal durchzuckte ein stechender Schmerz ihren Arm. »Nach Westen?« Sie lächelte ihn gequält an. »Du weißt doch längst, dass ich nach Greifenfels möchte, nicht wahr?«

Er erwiderte ihren Blick schmunzelnd und zum ersten Mal erkannte Sigrun darin offene Sympathie für sie.

Unbeirrbar führte er den kleinen Trupp im Schritt nach Greifenfels. Wenigstens ihre beiden Kinder waren ihr geblieben, und wenn sie Glück hatte, konnte sie bald noch ein drittes in die Arme schließen. Auch Sigmund hatte sie nun schon seit Adebars Hochzeit nicht mehr gesehen. Sigrun war ihrem Bruder dankbar dafür, dass er ihren Sohn aus den Schlachten und den Auseinandersetzungen mit den Leiburgern herausgehalten hatte.

Tränen rannen ihr über das Gesicht, als sie zwei Wochen nach ihrer Flucht von Rheinsporn endlich Greifenfels erreichte, und ihr Herz bebte, als sie das Burgtor passierten. Der Kopfschmerz hatte nachgelassen, nur der Heilungsprozess im Oberarm machte sich schmerzhaft bemerkbar. Gleich würde sie ihren jüngeren Bruder, ihre Mutter und – so Gott wollte – ihren Sohn Sigmund wiedersehen. Wie schön wäre es gewesen, diesen Moment gemeinsam mit Gero und all ihren Kindern zu erleben! Aber das war ihr leider nicht vergönnt. Den Gedanken an Gero und Ida und an das, was ihnen in der Zwischenzeit widerfahren sein mochte, musste sie verdrängen, sonst würde sie von einer Woge aus Angst und Sorge überschwemmt. Verzweifelt versuchte sie, den Ratschlag Medas zu befolgen, nur auf das Hier und Jetzt zu schauen und darauf zu vertrauen, dass alles sich zum Guten wendete. Immerhin hatte sie es auf diese Art und Weise bis hierher geschafft und auch zwei ihrer Kinder sicher hergebracht.

Die Sorge war ihrem jüngeren Bruder Willibald ins Gesicht geschrieben, als er sie an Adebars Stelle vor dem Eingang auf Greifenfels begrüßte. Seine Haare glichen den ihren – dunkelblond und lockig. Seine Augen waren dagegen dunkelbraun wie die Adebars, das Gesicht schmal und die vollen Lippen schimmerten feucht. Obwohl er groß gewachsen war, hielt er den Kopf gesenkt und sah sein Gegenüber von unten an, als mangelte es ihm an Selbstbewusstsein. Vielleicht hatte ihr Vater ihn deshalb nie mit in die Schlachten genommen und ihm stattdessen die Oberaufsicht über die Burg anvertraut. Sigrun erinnerte sich daran, wie scheu und sensibel er schon als Kind gewesen war.

»Schwester! Was tut ihr hier? Seid ihr nur in Begleitung zweier Männer gekommen?«, fragte er. »Weißt du nicht, wie gefährlich das ist? Sie sind noch nicht einmal bewaffnet.«

Augenblicklich füllten sich Sigruns Augen erneut mit Tränen. »Das ist weder von meiner noch von ihrer Seite aus freiwillig geschehen. Aber sie haben uns treu hierher begleitet und tapfer verteidigt, als wir in Gefahr geraten sind. Ich schulde ihnen Dank.«

»So sprich doch endlich! Warum seid ihr alleine aus Rheinsporn fort?«

Sigrun schluckte und kämpfte mit den Tränen. Schließlich brachte sie mühsam »Ulrich« hervor.

Hilfesuchend richtete Willibald seinen Blick zu Dietrich. Da trat auch Walburga mit schlohweißen Haaren in den Burghof. Überschwänglich nahm ihre Mutter sie in den Arm. »Kind, wie schön, dich zu sehen! Schade, dass es offenbar unter unglücklichen Umständen geschieht. Was ist passiert?«

Sigrun unterdrückte einen Schmerzenslaut und rang um Worte.

»Ulrich von Leiburg hat Rheinsporn gewaltsam eingenommen«, erklärte Dietrich an ihrer Stelle sachlich. »Graf Gero ist mit einigen seiner Männer losgeritten, um beim Kaiser zu erwirken, dass Ulrich von seiner Verfolgung Idas ablässt. Es waren nur noch wenige Bewaffnete zur Verteidigung auf Rheinsporn übrig, und so traf Ulrich auf keine nennenswerte Gegenwehr. Die Gräfin hat daraufhin klugerweise sofort die Flucht ergriffen, damit er sie nicht als Geisel nehmen konnte. Auf dem Weg hierher gerieten wir an Wegelagerer, die Herrin stürzte vom Pferd und brach sich den Arm.«

Sigrun war dankbar, dass Dietrich den beiden die Vorkommnisse schilderte. Dazu wäre sie selbst im Moment kaum in der Lage gewesen. Ihr Arm schmerzte höllisch und in der Sicherheit von Greifenfels schwanden ihre letzten Kräfte. Sie sehnte sich nach Ruhe und einer Liegestatt.

Willibald wurde blass. »Ulrich hat Rheinsporn in seine Gewalt gebracht?«, wiederholte er. »Warum hat er das getan? Und wieso verfolgt er Ida? Ich verstehe das alles nicht. Wo ist Adebar?«

»Kommt erst einmal herein«, fiel Walburga ihm ins Wort. »Ihr könnt später erzählen, was geschehen ist.« Mit liebevollem Ausdruck wandte sie sich an Sigrun. »Du solltest dich ausruhen und kannst in deiner früheren Kammer schlafen, wenn du möchtest. Sigmund wird sich freuen, dich zu sehen. Ich glaube, er vermisst dich, obwohl er das nicht zugibt.«

»Was ist mit Gero?«, beharrte Willibald dennoch an Dietrich gewandt.

»Wir wissen es nicht«, antwortete der Knecht. »Das Letzte, was wir von ihm gehört haben, war, dass er zum Kaiser reiten wollte. Ich habe dem Dorfsprecher in Thure eine Nachricht hinterlassen, sodass er spätestens dann erfahren wird, was mit Rheinsporn geschehen ist, wenn er nach Thure, Cuttenheim oder Menedich kommt.«

Nachdem Dietrich ihn über die Vorfälle der letzten Wochen in Kenntnis gesetzt hatte, fragte Willibald: »Denkt Ihr, es wäre klug, wenn ich mit einigen unserer Männer nach Rheinsporn reite, um Gero gegebenenfalls zu unterstützen?«

Sigrun konnte Dietrich ansehen, dass er sich geschmeichelt fühlte, wie ein Ebenbürtiger zu Rate gezogen zu werden. »In dem Fall wäre Greifenfels in gleicher Weise ungeschützt. Der Graf ist nur mit einer Handvoll Begleitern unterwegs. Eine Belagerung ist selbst mit Euch und Euren Männern wenig aussichtsreich, denke ich. Und wer weiß, wann er die Nachricht erhält. Ich vermute, er versucht Ulrich aufzuhalten, von dem er denkt, dass er noch immer hinter Ida her ist.«

»Habt ihr keine Spur von ihr gefunden?«

»Nein.«

Entschlossen schob Walburga Sigrun Richtung Wohnturm. »Jetzt ist Schluss mit den Schauergeschichten. Komm' herein, Liebes. Wir haben uns ja ewig nicht gesehen. Und ihr natürlich auch, Kinder. Wir hatten so wenig Gelegenheit, einander kennenzulernen.«

Benommen folgte Sigrun ihre Mutter. »Dient Willibalds Zwilling noch immer als Ritter auf Burg Are?«

»Ja.«

»Und wo ist Sigmund?«

»Ach herrje, der Junge!«, rief Walburga und schlug sich auf die Stirn. »Den hätte ich beinah vergessen.« Rasch wies sie einen Diener an, den Knappen Adebars zu holen.

Die Überraschung in Sigmunds Gesicht und die Freude, als er seine Mutter und seine Geschwister erkannte, überdeckte in Sigrun für den Moment die Schmerzen und nahezu alle Erinnerungen an die Strapazen und Entbehrungen ihrer Reise hierher.

»Mutter!«, rief er und wollte in einem ersten Impuls auf sie zustürmen. Dann erinnerte er sich wohl seines Standes und verbeugte sich sittsam.

Sigrun war hingegen nicht danach, sich an Standesregeln zu halten. Sie lief auf ihn zu und schloss ihn überschwänglich in den unverletzten Arm. »Mein Junge, mein Junge«, sagte sie immer wieder. »Du kannst dir nicht vorstellen, wie ich mich freue, dich wohlbehalten zu sehen.«

Mechthild und Gregor umfassten ihn ebenfalls.

Langsam löste er sich aus ihrer Umklammerung. »Ich freue mich auch sehr, Euch zu sehen. Nur wundere ich mich, wieso Ihr hier seid. Wo sind Vater und Ida?«

»Ach Sigmund, mein Großer.« Sigrun wischte sich die Tränen aus den Augenwinkeln. »Das ist eine längere Geschichte, und sie ist alles andere als erfreulich.« In groben Zügen schilderte sie ihm das Geschehene und sah betrübt, wie das hübsche Gesicht ihres Sohnes mehr und mehr einen erschrockenen Ausdruck annahm. Einen Moment lang sorgte sie sich, dass sie ihm zu viel zumutete. Er mochte zwar ein Knappe sein und inzwischen fünfzehn Sommer zählen, doch war er nur dem Namen nach erwachsen. In seinem Inneren, das sah sie ihm an, obwohl er sie mittlerweile um Hauptеslänge überragte, hatte er sich sein kindliches Gemüt bewahrt.

Aber dann entschied sie, dass es richtig war, ihn darüber ins Bild zu setzen, was sich auf Rheinsporn zugetragen hatte. Immerhin war die Burg sein Erbe. Seine jüngeren Geschwister würden es ihm ohnehin erzählen, vermutlich deutlich schonungsloser, als sie das getan hatte. So war er nun wenigstens vorbereitet, wenn sie ihm ihre Version der Geschichte brühwarm beibrachten und dabei maßlos übertrieben.

»Lasst uns gleich zur Kapelle gehen und für euren Vater und eure Schwester beten«, sagte sie.

Beklommen nickten die drei und klammerten sich hilfesuchend an sie, egal wie alt oder jung sie noch waren. Das spielte angesichts der Bedrohung, die wie ein Damoklesschwert über ihnen allen schwebte, keine Rolle mehr.

Als Gero fünf Tage später auf Greifenfels eintraf, gab es so viele Dinge, die ihm unter den Nägeln brannten. Doch als er sein Eheweib sah, gab es für ihn kein Halten mehr.

»Sigrun!«, rief er, sprang aus dem Sattel und stürmte auf sie zu, um sie minutenlang zu umarmen. Gar nicht mehr loslassen wollte er sie. Er drückte sein Gesicht in ihr Haar, teilweise auch, um zu verbergen, dass ihm die Tränen kamen.

»Im Land geht die Mär um, du seist an den Folgen eines Sturzes gestorben. Aber ich wollte das nicht glauben und habe gehofft, dass es nicht stimmt. Ich bin so glücklich!«

»Wer verbreitet diese Lüge?«, fuhr Sigrun auf.

»Vermutlich hat Ulrich sie in die Welt gesetzt, um mich zu einer unbedachten Handlung zu verleiten.«

»Was für ein heimtückischer Mensch!« Sie besann sich. »Hast du Ida gefunden?«, fragte sie rau.

»Nein, es tut mir leid, habe ich nicht.« Er konnte die Verzweiflung nicht aus seiner Stimme fernhalten.

»Es ist gut, Liebster«, wisperte Sigrun, hielt ihn so fest umschlungen, wie es mit dem schmerzenden Arm möglich war, und rieb ihr Gesicht an seinem Hals. »Ich weiß, dass du dein Bestes gegeben hast.«

Gero wurde sich mit Schaudern seines verfilzten Haares und Bartes bewusst.

Willibald kam aus der großen Halle auf sie zu, gefolgt von Aleidis mit einer jungen Frau, vermutlich ihre Amme, die einen Säugling auf dem Arm trug.

»Sei gegrüßt, Schwager«, sagte Gero und sie umarmten einander. Danach begrüßte er Aleidis und strahlte, als er das Kind in den Armen der Amme sah.

»Wie schön, ihr habt einen Erben.«

»Ja, er ist unser Sonnenschein, und wir genießen seine Anwesenheit sehr. Außer nachts, wenn er nicht aufhört zu schreien.« Aleidis' Mund verzog sich zu einem schiefen Grinsen.

»Ist überhaupt noch jemand von unseren Männern auf der Suche nach Ida?«, fragte Sigrun, als Gero sich ihr wieder zuwandte.

»Ja, Adebar.«

»Dann ruhen unsere Hoffnungen auf ihm. Möge er sie wohlbehalten finden und hierher bringen, bevor der Winter mit seiner bitteren Kälte über das Land kommt.«

»Ich muss mich bei dir bedanken«, sagte Gero zu Dietrich, der mit verschränkten Armen breitbeinig an der Burgmauer stand und auf die Prüm hinunterschaute. Neben ihm lehnte eine Mistgabel an der Mauer, was Gero verriet, dass sich Bertolts Sohn auf Greifenfels nützlich gemacht hatte. Sein Blick schweifte suchend durch den Burghof und tatsächlich entdeckte er einen zusammengeschobenen Misthaufen neben den Stallungen.

Dietrich zuckte zusammen. »Gero!«, rief er überrascht, besann sich dann aber rasch, deutete eine Verbeugung an und fügte hinzu: »Verzeiht, Herr, ich habe Euch nicht kommen gehört.«

Gero sah ihn mehrere Atemzüge lang nachdenklich an. Dann fasste er ihn mit beiden Händen an den Schultern, so dass sie sich Auge in Auge gegenüber standen. »Ich weiß, dass wir Vettern sind. Auch wenn du deutlich jünger bist als ich, so wäre unsere Beziehung doch eine ganz andere, wärst du ein legitimer Nachkomme Bertolts. Nun hast du mir zudem das Leben meines Eheweibes gerettet. Dafür kann ich dir gar nicht genug danken. Aber ich würde gerne damit anfangen, dass wir einander wie Ebenbürtige behandeln. Das soll meine erste Dankbekundung an dich sein.«

Dietrich starrte ihn an, senkte den Kopf und sagte: »Wie Ihr meint, Graf Gero.«

»Nein, Dietrich, nicht mehr Graf, nur Gero. Wir sind Vettern und sollten gemeinsam dafür sorgen, dass Rheinsporn uns gut erhalten bleibt.«

Dietrichs ungläubiger Blick wich einem freundlichen Augenausdruck. »Ja, Vetter, du hast recht: Das sollten wir. Ich habe gesehen, wie Ulrich und seine Männer auf der Suche nach Ida und anschließend bei der Eroberung der Burg gewütet haben. Mir schwant nichts Gutes, was den Zustand unserer Heimatburg angeht.«

Gero verschränkte die Arme, stellte sich breitbeinig neben ihn und blickte ebenfalls auf die grünen Wiesen hinunter. »Das befürchte ich auch. Deshalb möchte ich dich um einen Gefallen bitten. Der Auftrag ist durchaus heikel.«

Dietrich sah ihn von der Seite an. »Du willst, dass ich nach Rheinsporn reite, nach dem Rechten sehe und Schlimmeres verhindere«, stellte er fest.

Gero warf ihm einen kurzen Blick zu und schaute dann wieder geradeaus. »Ja, genau darum möchte ich dich bitten.«

»Warum ist der Auftrag heikel?«

»Weil Ulrich sich wundern wird, wo du so lange abgeblieben bist, und wo Sigrun und die Kinder stecken.«

»Ich lasse mir etwas einfallen. Im Morgengrauen breche ich auf und nehme unseren Stallknecht mit. Wie du weißt, sind wir auf dem Hinweg Strauchdieben in die Hände gefallen. Der Grenzbereich zwischen Ober- und Niederlothringen ist zurzeit unsicher. Mir wäre wohler, wenn ich wüsste, dass jemand dabei ist, der mich unterstützen könnte.«

Gero nickte und wandte sich ihm zu. »Ja, nimm ihn mit. Ich würde euch einen meiner Ritter zum Geleitschutz mitgeben. Aber leider kann ich momentan keinen von ihnen entbehren.«

»Zusammen mit Gottfried kriege ich das hin. Und was Ulrich betrifft«, Dietrich grinste, »lügen kann ich gut.«

Gero erwiderte sein Grinsen und hoffte, dass er sich mit diesem Vertrauensbeweis in Dietrich einen Getreuen gewonnen hatte. Er konnte jeden an seiner Seite gebrauchen. Und nun, da er Sigrun und drei seiner Kinder in Sicherheit wusste, wäre er am liebsten sofort losgeritten, um Rheinsporn zu befreien. Doch Sigrun und Willibald überzeugten ihn davon, die Herbst- und Wintermonate auf Greifenfels zu verbringen und auf Adebar zu warten.

Als Dietrich drei Tage nach seinem Aufbruch von Greifenfels mit Gottfried auf Rheinsporn eintraf, erschreckte ihn der Anblick, der sich ihm bot. Im ganzen Hof lagen Strohklumpen voll Kot neben zerbrochenen Krügen, zerhackten Weinfässern und geschlachtetem Kleinvieh. Als hätte man die Tiere ausgeweidet und die Reste achtlos auf den Burghof geworfen. Die Leiburger Pferde allerdings waren gut versorgt. Sie standen in sauberem Stroh, hatten frisches Wasser und Hafer in den Trögen.

»Ihre eigenen Tiere lassen sie gut versorgen und unseren Besitz zerstören sie mutwillig«, dachte er verärgert.

Der Stallmeister sah sie mit runden Augen an. »Wo wart ihr so lange?«

»Ich hatte den Auftrag, die umliegenden Siedlungen davon zu unterrichten, dass Rheinsporn Graf Gero nicht mehr gehört«, sagte Dietrich.

»Das wäre eine Sache von zwei Tagen gewesen. Ihr wart drei Wochen lang weg. Ulrich ist nicht gut auf dich zu sprechen. Wieso seid ihr überhaupt zurückgekommen, und wo ist das dritte Pferd?«

»Das musste zum Abdecker«, behauptete Dietrich.

Der Stallmeister grummelte Unverständliches. »Melde dich am besten direkt bei den Besatzern.«

Dietrich übergab ihm den Rappen, drehte sich auf dem Absatz um und strebte zur großen Halle. Dort sah es nicht besser aus als im Burghof. Die Binsen auf dem Boden starrten vor Unrat, auf den Tischen klebten Met- und Soßenreste.

Überall lagen umgekippte und zerbrochene Tongefäße, als hätte hier vor Kurzem noch ein Gelage stattgefunden. Kaum merklich schüttelte er den Kopf und schalt sich für seine Dummheit, diesen Rüpeln geholfen zu haben, die seine Heimatburg so respektlos behandelten.

»Wo ist Graf Ulrich?«, fragte er eine der Mägde, die mit geröteten Augen und zerschundenem Gesicht an ihm vorbeihuschte.

»Ich glaube, im Zimmer der Gräfin«, sagte das Mädchen.

Dietrich begab sich geradewegs dorthin. Als er die Hand heben wollte, um an die Tür zur gräflichen Kemenate zu klopfen, hörte er von drinnen laut gesprochene Worte. Er erkannte die Stimme von Ulrichs Sohn Valentin.

»Was wir hier tun, ist Landfriedensbruch«, sagte dieser im scharfen Ton.

»Was kümmert mich der Landfrieden?«, spie ihm Graf Ulrich entgegen. »Der Emporkömmling hat sein Wort gebrochen und seine Tochter hält uns zum Narren. Das muss man sich mal vorstellen: ein gerade mal sechzehnjähriges Weibsstück. Willst du das hinnehmen und dich damit der Lächerlichkeit preisgeben? Was bist du nur für ein Schwächling.«

»Du machst dich lächerlich, wenn du eine Verfügung des Kaisers ignorierst. Du hast dir das Pergament nicht einmal vorlesen lassen. Wer weiß, was Heinrich darin angeordnet hat. Außerdem hat Geros Eheweib dich hier vor dem sicheren Tod bewahrt. Dankst du ihr das so?«

Die Antwort des Grafen verstand Dietrich nicht mehr. Von drinnen war nur noch Gemurmel zu hören. Entschlossen klopfte er an der Tür.

»Wer ist da?« Das war unverkennbar Ulrichs Stimme.

»Dietrich, Bertolt von Rheinsporns Sohn.«

Es dauerte einen Moment, bis die Tür aufgerissen wurde und Ulrich erschien. »Wo hast du so lange gesteckt, Bastard? Hast du die Gelegenheit genutzt, um mich schändlich zu hintergehen?« Sein verbliebenes Auge fixierte Dietrich mit stechendem Blick.

»Ich habe getan, was Ihr mir aufgetragen habt, Herr. Die Bewohner von Thure und den angrenzenden Siedlungen habe ich darüber in Kenntnis gesetzt, dass Rheinsporn sich nicht länger in Geros Besitz befindet, sondern in Eurem.«

Ulrich kam einen Schritt näher. »Warum hat das so lange gedauert?«

»Ich habe zur Sicherheit einen Knecht und zwei weitere Pferde mitgenommen, doch eins ist gestrauchelt und musste zum Abdecker. Das andere entwickelte eine schwere Kolik und musste versorgt werden. Danach erst konnten wir zurückkehren.« Verstohlen warf Dietrich einen Blick in die Kammer, in der es ebenfalls aussah, als hätten hier Berserker gewütet.

Ulrich kam so nah an ihn heran, dass er seine Hautausdünstung wahrnahm. Der Geruch eines alten Mannes, dessen Tage gezählt waren.

»Geh zurück an deine Arbeit«, zischte der Alte mit drohendem Unterton. »Gnade dir Gott, wenn du mich belogen hast.«

Dietrich erwiderte seinen Blick, ohne mit der Wimper zu zucken. Er fragte sich, wie lange Ulrich weiter sein Unwesen treiben konnte. Hoffentlich gelang es Ida dauerhaft, sich seinem Zugriff zu entziehen. Nie wieder wollte er einer derjenigen sein, die ihr dabei Steine in den Weg legten, schwor er sich.

Regen tropfte vom goldgelb gefärbten Blätterkleid der Bäume hinab, als Wolff, Helene und Ruth nach einem zehntägigen Fußmarsch Thure erreichten. Jost quartierte die beiden Frauen bei Luitgard ein, die seit Wochen allein lebte und in Trauer versank. Außerdem war es Geros Hütte, die sie bewohnte. Rubens Mutter erhob keinen Widerspruch und bot ihnen an, ihre Habseligkeiten in einer leeren Holztruhe aufzubewahren, die verloren an der rückwärtigen Wand stand.

»Sie gehört deiner Herrin«, sagte sie und strich gedankenverloren mit den Fingerspitzen über das Möbelstück. »Hier drin hat sie einst ihre zerrissene, aber immer noch kostbare Tunika gelagert, die sie trug, als sie in Thure ankam. Zu ihrer Hochzeit haben wir ihr geholfen, sie auszubessern, damit sie sie tragen konnte. Das hat sie dann auch getan und sah wunderschön darin aus.« Sie verstummte und versank tief in ihre Gedanken oder in Erinnerungen an längst vergangene Zeiten.

Sanft führte Helene sie zu einem Schemel am Esstisch und füllte ihr einen Becher mit verdünntem Wein. Es dauerte Stunden, bis sie aus der Schwermut zurückkam. Während Luitgard mit starrem Blick eine Zimmerecke fixierte, verstaute Helene das Heilkundebuch der Meda von Trier eingeschlagen in Leinentücher in der Kleidertruhe. Das war zwar kein gutes Versteck, aber das beste, das sie hier vorfand.

Schon bald übernahmen Helene und Ruth das Zepter in der Kate, brachten alles, was in Unordnung geraten war, ins Reine, versorgten Luitgard und munterten sie auf. Nach einigen Wochen zeigte sich, wie gut der Leidgeprüften die Anwesenheit der beiden jüngeren Frauen tat. Helenc freute sich, ab und zu ein Lächeln auf ihrem verhärmten Gesicht zu sehen.

Als den hartgefrorenen Boden auf den Wegen draußen schon eine knöchelhohe Schneeschicht bedeckte, klopfte es an der Tür und Wolff trat ein.

»Grüß' euch«, sagte er. »Ruth hilft noch beim Melken der Kühe, soll ich ausrichten.«

Als Luitgard nicht reagierte, sah Wolff fragend zu Helene herüber.

»Es geht ihr heute nicht gut. Solche Phasen hat sie immer wieder.«

Nachdenklich nickte Wolff und bedeutete ihr mit einem Kopfnicken, ihn nach draußen zu begleiten.

»Hat Rubens Tod das bei ihr ausgelöst?«, fragte Helene vor der Hütte und schlang ihren Wollumhang eng um sich. Schneeflocken schwebten vom Himmel herab, bedeckten die Dächer und den hartgefrorenen Weg mit einer weißen Schicht.

Wolff neigte den Kopf. In seinem Haar schimmerten Eiskristalle. »Der hat's schlimmer gemacht.«

»Was ist ihr noch widerfahren?«

Wolff nahm tief Luft. »Ich habe dir doch erzählt, dass Gero und ich eine schwangere Frau gefunden haben, die von deinem Vater und seinen Schergen missbraucht worden war.«

Helene riss die Augen auf. »Das war Luitgard? War sie diejenige, die anschließend ihr Ungeborenes verloren hat?«

Mit betrübtem Gesicht nickte Wolff. Betroffen hielt sie sich die Hand vor den Mund, unschlüssig, was sie mit diesem Wissen nun anfangen sollte.

Nachdem der Thurer sich verabschiedet hatte, rang sie lange mit sich. Schließlich beschloss sie, die Flucht nach vorn zu ergreifen, ging zurück zu Luitgard in die Kate und sagte: »Ich bin eine uneheliche Tochter Bertolts. Ich bedauere zutiefst, was dir geschehen ist, und ich will im Rahmen des Möglichen wiedergutzumachen, was mein Vater dir angetan hat.«

Für einen Moment glitt Luitgard aus ihrer Apathie heraus. Aus weit geöffneten Augen sah sie Helene an. »Wie nah hast du deinem Vater gestanden?«, fragte sie mit zitternder Unterlippe.

»Gar nicht. Er hat sich nie um mich gekümmert, nie das Wort an mich gerichtet, mich nie mit einem Lächeln bedacht. Stattdessen hat er mich genauso herumkommandiert wie die anderen Bediensteten auf Rheinsporn. Und wenn er mich allein gesehen hat, ignorierte er mich, als würde ich gar nicht existieren.«

Luitgards Blick wurde klarer. »Dann hast du selbst Wiedergutmachung verdient.«

»Das mag sein«, erwiderte Helene, »aber gewiss nicht von dir. Meine Mutter hat vieles ausgeglichen und mich mit der doppelten Portion Liebe bedacht, sodass es für zwei Elternteile ausreichte.«

Mit einem traurigen Ausdruck nickte Luitgard ihr zu und glitt wieder in ihre Teilnahmslosigkeit zurück. Doch nicht vollständig, ein Stück weit blieb sie im Hier, als sei ein neuer Funke Lebenswille in ihr erwacht.

Als der Abend dunkelte, stand sie von ihrem Schemel auf und sagte: »Du wärst ein gutes Weib für meinen Sohn Ruben gewesen.«

Im Zickzack strebte Adebar mit seinen Männern den Rückweg von Mouzon zur Burg Greifenfels an. Nachdem sie von Cuttenheim aus Richtung Westen losgeritten waren, hatten sie sowohl den Leiburgern als auch Ida lange vergeblich nachgespürt. Dann musste er die Suche unterbrechen, weil ein Bote des Kaisers ihn nach Mouzon an der Maas beordert hatte, wo Heinrich und der Papst Ende Oktober ergebnislos über einen Ausgleich im Investiturstreit verhandelten. Dort hatte er erfahren, dass Ulrich Geros Burg besetzt hatte und von Heinrich schriftlich zur Ordnung gerufen worden war. Auf die Idee, der Leiburger könnte zurück nach Rheinsporn gezogen sein, war er bei seiner Suche nicht gekommen. Da weder Ulrich noch Gero in Mouzon anwesend waren, wusste Adebar nicht, wie sich die Lage auf der Burg am Rhein entwickelt hatte.

Während er viele Wochen westlich von Megina durch die Eifel geritten war, hatte er darüber nachgesonnen, wie er die Mörder seines Vaters ausfindig machen konnte. Den Armbrustschützen würde er wiedererkennen, dessen war er sich sicher. Er erinnerte sich noch bestens daran, wie Hakon ihm an der Tafel Bertolts bei der Schwertleite auf Rheinsporn gegenübergesessen und Gero mit seinen tückischen Fragen in die Enge getrieben hatte. Blieb zu hoffen, dass sich irgendwann eine passende Gelegenheit bot, ihn für das büßen zu lassen, was er Theoderich angetan hatte. Adebar war sich bewusst, dass dies ein schwieriges Unterfangen war, zumal Hakon auf die Seite des Erzbischofs von Colonia gewechselt war. Doch manchmal fügten sich die Dinge unerwartet, und vielleicht traf er bei der Suche nach Ida auf den Bluthund. Und wenn sich eine solche zufällige Begegnung ergab, durfte es kein Zaudern und kein Zögern geben.

Vorsorglich grübelte er über Möglichkeiten, wie er die Meuchelmörder zur Strecke bringen konnte, ohne Geros Hilfe in Anspruch nehmen zu müssen. Sein Schwager hatte in seinem Leben genug Unbill ertragen, fand er. Von dem Vergeltungsakt für Theoderich wollte er ihn entbinden. Gleichwohl war Hakon ein gefährlicher Gegner. Sein Vater hatte ihm eindrucksvoll davon berichtet, wie treffsicher der ehemalige Rheinsporner seine Armbrust beherrschte. Es würde nicht leicht werden, ihn zu überwältigen.

Nun hoffte er, dass Ida früher oder später Zuflucht auf Greifenfels suchen würde. Spätestens seit den ersten kalten Nächten musste ihr bewusst geworden sein, dass sie kaum eine Überlebenschance hatte. Der Winter brach unaufhaltsam über das Land herein, und bald würde ihre Unternehmung ein jähes Ende finden. Noch bedeckte den Boden nur eine knöchelhohe Schneeschicht. Doch dies würde sich in den kommenden Wochen ganz sicher ändern.

Er hatte beschlossen, sich nach Bitburg zu wenden, als er von einem Bauern erfuhr, dass sich Fremde in der Nähe aufhielten. Rasch machten sie sich in die gewiesene Richtung auf und entdeckten fast verwehte Fußspuren im Schnee. Sie folgten dieser Spur, bis Adebar auf einer Waldlichtung nördlich von Trier schemenhaft eine Gestalt in verschlissener Kleidung und mit verfilzten Haaren wahrnahm. Vorsichtig näherten sie sich der Erscheinung, denn es konnte sich um einen Hinterhalt von Wegelagerern handeln.

Dann erkannte Adebar seine Nichte. Sie sah ausgezehrt aus, und ihre Lippen schimmerten bläulich.

»Ida!«, rief er, stieg vom Pferd und eilte ihr entgegen. »Endlich habe ich dich gefunden!« Er nahm seinen Mantel ab und legte ihn ihr um den knochigen Körper. »Geht es dir gut? Bist du alleine unterwegs oder ist Leonhard bei dir?«

Da trat dieser aus dem Schatten des Waldrandes hervor, bekleidet mit einem zerrissenen, groben Leinenhemd und einem abgetragenen Wams, ein Bündel erlegter Eichhörnchen über seiner Schulter. Sofort strafften beide Männer ihre Rücken.

»Hat er dir ein Leid angetan?«, fragte Adebar Ida, ohne den Blick von Leonhard zu lösen, der sich seinerseits nicht von der Stelle rührte.

»Nein, hat er nicht, Onkel.« Ida legte Adebar beruhigend die Hand auf den Arm. »Er wollte mich aufhalten, als ich von Rheinsporn geflohen bin. Ich habe ihm einen Schlaftrunk verabreicht. Danach gab es auch für ihn kein Zurück mehr, denn Ulrich hätte ihm kein Wort geglaubt.« Sie trat einen Schritt beiseite. »Wirst du mich jetzt auf die Leiburg bringen?«

»Nein, Ida. Wir reiten nach Greifenfels. Du musst den alten Sturkopf nicht heiraten.« Es tat ihm in der Seele weh, als er sah, wie sie vor Erleichterung bebte.

Adebar wusste nicht recht, wie er mit Leonhard umgehen sollte. Zunächst blieb er misstrauisch und ließ ihn von seinen Gefolgsleuten beobachten. Doch als Ida ihm auf ihrer gemeinsamen Weiterreise erzählte, wie sich ihre Flucht gestaltet hatte und ihm schwor, dass jedes Wort wahr sei, öffnete er sich für den jungen Mann, den sein Patenkind liebte. Bei einem Nachtlager ergab sich die Gelegenheit, lange und vertraulich mit ihm zu sprechen.

»Wir kommen von Mouzon an der Maas, wo der Kaiser erneut über einen Ausgleich im Investiturstreit verhandelt hat«, begann Adebar das Gespräch und beschloss, den beiden zu verschweigen, dass Ulrich von Leiburg mit seinen Mannen Rheinsporn eingenommen hatte. Das würden sie noch früh genug erfahren.

»Was haben die Beratungen ergeben?«, fragte Leonhard offensichtlich nur mäßig interessiert.

Das verstand Adebar gut. Auch er hatte momentan wahrlich andere Sorgen als Heinrichs ewigen Disput mit dem Papst. »Der Kaiser wollte weitgehende Zusagen nur mit der Zustimmung der Fürsten machen. Deshalb sind die Gespräche gescheitert«, sagte er.

»Mich wundert es, dass sie überhaupt beraten haben. Ich dachte, Heinrich steht unter dem Bann.«

»Darüber sollte ebenfalls verhandelt werden. Aber er hat sich wohl geweigert, mit nackten Füßen vor dem Papst zu erscheinen. Seitdem sein Vater vor Canossa barfuß zu Kreuze gekrochen ist, denkt jeder, dass der Kaiser sich damit dem Papst unterwirft.«

»Und daran ist die Versammlung gescheitert?«, fragte Leonhard. »Weil sich ein Kaiser weigert, ohne Stiefel zu kommen? Haben wir in diesem Land nicht wichtigere Dinge zu erledigen, als uns über die Bekleidung der Füße zu streiten?«

Adebar zuckte die Achseln. »Es ist mir nicht zu Ohren gekommen, ob die Verhandlungen an dieser Forderung gescheitert sind oder wegen anderer Nichtigkeiten.« Danach machte er dem Gefährten seiner Nichte unmissverständlich klar, dass er Ida zu heiraten hatte, sobald sie auf Greifenfels waren, damit sie nicht in Schande lebte.

»Selbstverständlich werde ich das tun«, erwiderte Leonhard. »Ich habe ihr das schon längst angeboten, doch sie sagte, es sei ihr nicht wichtig.«

Adebar runzelte die Stirn. Ida war genauso eigensinnig wie ihre Eltern.

Als die Rede auf den Tod Theoderichs kam, vertraute Leonhard ihm an, was Graf Rudolfus von Elze über die Verschwörung gegen den Greifenfelser erzählt hatte.

»Also steckt auch Ulrich hinter dieser Schandtat«, murmelte Adebar mit starrem Blick und erwog, seinen Racheakt auf den Leiburger auszudehnen. Dann kamen ihm Zweifel. Er musste wachsam bleiben, um nicht zum Spielball anderer Interessen zu werden. Möglicherweise tischte der Däne diese Geschichte auf, damit Adebar ihm Ulrich vom Hals hielt.

Mit klappernden Zähnen saß Ida auf ihrem abgezehrten Pferd, unendlich froh und dankbar, dass ihr Patenonkel ihr keine Vorwürfe machte, Leonhard akzeptierte und sie beide mit nach Greifenfels nahm. Sie wusste nicht, wie sie diesen Winter mit kärglicher Nahrung, ohne festes Dach über dem Kopf oder ein wärmendes Feuer hätten überleben können.

Adebar erschien ihr wie der Retter in höchster Not. Sie schlang den Wollumhang enger um sich und warf Leonhard einen liebevollen Blick zu.

Er hatte sich in den vergangenen Monaten als der Mann erwiesen, den sie von Anfang an in ihm gesehen hatte, und sie empfand tiefe Liebe zu ihm. Auch seine Wangen waren hohl und seine Gesichtsfarbe hatte einen Grauton angenommen. Natürlich hatte ihm als vermeintlichem Entführer Idas niemand seinen Mantel angeboten. Er fror bestimmt erbärmlich. Doch er ertrug das mit der stoischen Beherrschtheit eines Kriegers, der Entbehrungen gewöhnt war. Wenigstens mussten sie nun nicht mehr hungern. Adebar versicherte ihnen, dass sie Greifenfels bald erreichten. Unablässig fiel Schnee, als kippte Perchta, die Herrin der Raunächte, einen riesigen Sack flauschiger Schafswolle über der Ebene aus. Die Hufe der Pferde versanken immer tiefer im weißen Schleier, und die Äste und Zweige der laublosen Bäume krümmten sich unter der Last des Schnees. Man konnte kaum hundert Meter weit schauen. Ida neigte ihren Kopf, damit ihr die tanzenden Schneeflocken nicht in die Augen fielen. Sie hatte Leonhard vorgeschlagen, den Mantel ihres Onkels abwechselnd zu nutzen, doch er hatte das abgelehnt. Und auch Adebar schlug ihr Angebot aus, den Umhang im Wechsel zu tragen. Beschämt und dankbar zugleich verbarg sie sich noch tiefer in den wärmenden Wollstoff und betete darum, dass sie alle Greifenfels rechtzeitig unversehrt erreichten.

Als der Schneefall nachließt, verkündete ihr Onkel: »Da drüben am Horizont kannst du die Burg sehen«.

Ida wäre ihm vor Erleichterung am liebsten um den Hals gefallen. Trotz des Mantels fühlten sich ihre Glieder steif gefroren an, und sie mochte nicht daran denken, wie es ihm und Leonhard erging. Zweimal hatte sie den Tross angehalten und um Hilfe gebeten, weil Letzterer vom Pferd zu stürzen drohte. Jetzt schien er bei der Aussicht auf die nahe Rettung all seine Kräfte zu sammeln, während sich die Reittiere inzwischen durch knietiefen Schnee kämpften.

»In der Halle dort brennt ein wärmendes Feuer«, raunte Ida ihm mit zitterndem Unterkiefer zu. »Ich kann das Knacken der Flammen hören, das eine wohltuende Wärme verbreitet. Bienenwachskerzen erfüllen den Raum mit Licht und Honigduft. An den Balken finden sich Schnitzereien und um die abgedichteten Fenster hängen Girlanden aus Tannengrün. Wir werden heißen Met aus schön verzierten, irdenen Bechern und Krügen trinken.«

Er nickte kaum merklich mit stumpfem Glanz in den Augen, während in seinem Bart Eiskristalle glitzerten. Aber er schien zu verstehen, dass sie ihm mit den Bildern und Gedanken Mut machen wollte. Als er erneut vom Pferd zu fallen drohte, stieg Adebar von seinem ab und schwang sich hinter ihn in den Sattel, sodass er ihn stützen und wärmen konnte. Sie erreichten Greifenfels in der Abenddämmerung. Ida war sich sicher, eine weitere Stunde in dieser bitteren Kälte wäre ihr Tod gewesen. Hätte ihr Onkel sie nicht rechtzeitig aufgespürt, lägen sie jetzt vermutlich erfroren in ihrem Ast- und Rindenversteck.

Kapitel Sechs-undzwanzig

Als sie auf Greifenfels eintrafen, stürmten ihnen Großmutter, Mutter, die Geschwister und Aleidis in Wollumhängen über den schneeverwehten Burghof entgegen. Überglücklich drückte Sigrun Ida an sich, kaum dass sie erschöpft vom Pferderücken gerutscht war, und wollte sie gar nicht mehr loslassen.

»Du kannst dir nicht vorstellen, wie froh ich bin, dich lebend und unversehrt in den Armen zu halten«, flüsterte sie ihr weinend ins Ohr. »Wir haben uns solche Sorgen gemacht.«

Tränen der Freude und Entkräftung zugleich rannen auch Ida über das Gesicht. »Ich freue mich ebenfalls, euch zu sehen. Wieso seid ihr hier, Mutter?«, hauchte sie mit dünner Stimme.

»Ruh dich erst einmal aus. Dann erzählen wir uns gegenseitig, was in den letzten Monaten geschehen ist.«

Ida wollte widersprechen, weil sie ahnte, dass noch mehr Schlimmes passiert war. Da schob sich ihre Großmutter dazwischen und schloss sie herzlich in die Arme. »Willkommen. Seid unsere Gäste, solange ihr wollt. Kommt herein und wärmt euch auf, ihr seht ganz durchgefroren aus.«

Benommen nickte Ida und ließ sich Richtung Burgeingang schieben. Leonhard musste dringend ins Warme gebracht werden. Er war so schwach, dass Adebar ihn stützte und direkt in die Kammer der Knappen bringen ließ.

Als Ida protestieren und durchsetzen wollte, dass sie bei ihm bleiben konnte, fiel ihre Großmutter ihr mit ernstem Gesicht ins Wort: »Eine gemeinsame Kemenate, meine liebe Enkeltochter, dürft ihr in diesen Mauern erst bewohnen, wenn ihr euch vermählt habt.«

»Das möchte Leonhard ohnehin.«

»Dann tut es bald. Ihr könnt in der Burgkapelle heiraten.«

»Ich vertrete deinen Vater und übernehme die Verhandlungen«, bot Adebar Ida mit klappernden Zähnen grinsend an. »Obwohl ich vermute, dass es da nicht viele Güter gibt, über die zu verhandeln wäre. Ehelichen musst du ihn dessen ungeachtet, damit deine Ehre wiederhergestellt wird.«

»Dein Vater wäre überglücklich, wenn er nun hier wäre. Aber ein Bote ist gekommen und hat verkündet, dass der Kaiser sich nach Aachen begebe, wo die Fürsten an Allerheiligen zusammenkommen sollten. Also ist er dorthin geritten, in der Hoffnung, auf Ulrich zu treffen und eine Klärung des Handels direkt am Hof herbeizuführen.«

Ida nahm nur noch schemenhaft wahr, was ihre Mutter sagte. Mechthild und Sigrun brachten sie in ihre Kammer im Frauenturm, wo sie nach wenigen Augenblicken auf das Bett sank und das Bewusstsein verlor.

Am nächsten Morgen zeigte sich, wie sehr die Flucht Ida zugesetzt hatte. Geschwächt lag sie mit schmerzendem Kopf unter der Decke und konnte ihre Augen kaum öffnen. In den folgenden Tagen erfassten schwere Fieberschübe und Atemnot ihren Körper und wollten nicht wieder weichen. Von Hustenanfällen geschüttelt warf sie sich auf ihrem Lager hin und her. Schreckensvisionen waberten durch ihren Geist, als würde sie von Dämonen heimgesucht. Ulrichs Gesicht, entstellt wie eine Maske des Asengotts Odin, erschien riesengroß vor ihr und lachte hämisch, während er mit krallenartigen Fingern nach ihr grabschte. Sie sah Ruben vor Schmerzen zuckend in seinem Blut im Schnee liegen, obwohl er im Frühherbst ermordet worden war.

»Was habe ich dir angetan?«, wimmerte sie und ihre Augenlider flatterten. »Um meinetwillen musstest du sterben. Nur weil ich selbstsüchtig war und mich meinem Schicksal nicht beugen wollte. Es tut mir leid, mein Freund. Verzeih mir, bitte verzeih mir.«

»Sch, sch, mein Kind, alles wird gut«, flüsterte ihre Mutter, tupfte ihr die Stirn trocken und fasste ihre schweißnasse Hand. »Du musst stark sein, mein Mädchen. Leonhard ist ebenfalls krank geworden, er hat Unterkühlungen erlitten.«

Ida bäumte sich auf. »Das ist alles meine Schuld«, rief sie panisch. »Ich will zu ihm.«

Ihre Mutter drückte sie zurück aufs Lager. »Das geht nicht. Ihr seid beide zu schwach. Außerdem könntest du ihn anstecken.«

Tränen und Schweiß liefen über Idas Gesicht. »Wenn Leonhard stirbt, habe ich auch ihn auf dem Gewissen.«

»Alles wird gut«, versuchte ihre Mutter sie zu beruhigen. »Mach dir keine Vorwürfe. Es ist gekommen, wie es kommen sollte, glaub mir. Du hast nichts verschuldet.«

»Ich will zu ihm«, wimmerte Ida, ehe sie erneut in einen Dämmerzustand sank. Unter ihr öffnete sich ein schwarzes Loch. Sie fiel und fiel und kein Ende war in Sicht.

Als sie wieder zu sich kam, klebte kalter Schweiß auf ihrer Haut. Eine dralle Frau mit rosigen Wangen stand an ihrem Bett und betrachtete sie mit gerunzelter Stirn. Irritiert richtete sich Ida halb auf. Hatte Odin eine seiner Walküren geschickt, um sie für ihr Fehlverhalten zu bestrafen? Oder gar, um Leonhard als gefallenen Krieger nach Walhalla zu holen?

»Ist er tot?«, flüsterte sie angsterfüllt und schnellte hoch. Wenn er gestorben war, wollte sie auch nicht mehr leben. ›Ich werde mich nie wieder deinem Willen widersetzen, Allvater‹, dachte sie. ›Bitte nimm ihn mir nicht weg.‹

Sofort war ihre Mutter bei ihr. »Niemand ist tot, Schätzchen. Leonhard geht es besser. Er freut sich auf dich.«

›Das ist alles Lug und Trug‹, dachte Ida. ›Man denkt, jemand ist auf dem Weg der Besserung, und dann ist er plötzlich tot. Wiege dich nie in falscher Sicherheit.‹

»Warum steht eine Walküre an meinem Bett?«, fragte sie.

»Das ist Mechthild, eine Magd aus dem Dorf. Großmutter hat sie rufen lassen, damit sie uns hilft, deine Beschwerden zu lindern. Schlaf, Liebes, wir kümmern uns um dich.«

Die Sanftheit in der Stimme ihrer Mutter ließ Ida erneut in die Finsternis gleiten.

Argwöhnisch beobachtete Ida zwei Tage später die fremde Magd dabei, wie sie einen Sud zubereitete. Das Fieber hatte nachgelassen und sie atmete wieder freier. Leonhard war bei ihr gewesen, damit sie sich vergewissern konnte, dass er lebte. Abgemagert und grau im Gesicht sah er aus, aber unverkennbar lebendig. Idas Schreckensvisionen hatten sich verflüchtigt. Was blieb, war das ungute Gefühl, Schuld an Rubens Tod und den anderen schrecklichen Ereignissen der letzten Monate zu sein. Sie runzelte die Stirn, als sie merkte, dass Mechthild die Kräuter nicht nur zerkleinerte, sondern dazu Sprüche murmelte und Zeichen in die Luft malte.

»Woher hast du dieses Wissen?«, fragte sie, im Bett liegend.

»Hier hat lange eine weise Heilkundige gelebt und gearbeitet«, erwiderte die Magd bereitwillig. Sie gab weitere Kräuter in den Mörser und begann erneut, sie zu zermahlen. Die Heilpflanzen verströmten einen ätherischen Duft im Raum. Sie musste Idas Blicke in ihrem Rücken spüren, denn sie setzte fort: »Sie hat mich gebeten, ihr beim Verfassen eines Buches zu helfen.«

»Du kannst lesen und schreiben?«

»Nein, das nicht. Ich sollte Zeichnungen anfertigen.«

Ida legte der Magd ihre Hand auf den Unterarm, damit diese ihre Arbeit unterbrach. »Hast du etwa bei Meda von Trier dieses Geheimwissen erfahren?«

Überrascht sah Mechthild auf. »Ihr kennt sie?«

»Sie hat ein paar Wochen bei uns zu Hause verbracht, und ich war beeindruckt, über welches Wissen sie verfügte.«

Die dralle Magd strahlte. »Ja, das tat sie.«

Ida suchte ihren Blick. »Kannst du dich an die Kenntnisse erinnern, die Meda dich gelehrt hat?«

Eifrig nickte Mechthild und ihre Augen leuchteten. »O ja, sehr gut sogar, und vieles davon wende ich an. Sie hat nicht alles in ihrem Heilkundebuch festgehalten, das seit ihrem Tod verschollen ist. Sondern nur das, was sie für wichtig hielt und von dem sie glaubte, dass die Menschen bereit dafür seien.«

»Und die anderen Geheimnisse hat sie dir nur mündlich mitgeteilt?«

Wieder nickte die Magd. »Und ich kann noch vieles davon Wort für Wort wiedergeben.«

»Würdest du mir diese Rezepturen diktieren, damit ich sie niederschreiben kann? Ich glaube, dass alles, was sie wusste, von Belang ist und für die Nachwelt erhalten werden sollte.«

»Könnt Ihr denn lesen und schreiben?«

Ida hörte die Irritation in Mechthilds Stimme. »Ja, ich weiß, das ist Frauen untersagt, also behalte das bitte für dich.«

»Das werde ich, Herrin. Wann möchtet Ihr anfangen?«

»Sobald ich das Bett verlassen kann.«

Ihre Mutter brachte ihr eine Schale mit dampfender Suppe ans Bett und setzte sich zu ihr, während sie vorsichtig davon aß. »Magst du mir erzählen, wie es dir ergangen ist, nachdem du Rheinsporn den Rücken gekehrt hast?«, fragte sie ruhig.

Stockend erzählte Ida ihr, was sich in den vergangenen Mondwechseln zugetragen hatte. Ihre Mutter hörte ihr zu, ohne sie zu unterbrechen, doch ihre Mimik verriet ungläubiges Erstaunen und sorgenvolles Entsetzen.

Als Ida geendet hatte, sagte sie: »Ich mache mir bittere Vorwürfe, dass wir dich nicht besser vor diesen Widrigkeiten geschützt haben. Dein Vater reitet seit Monaten durchs Land, um dich zu finden und vor der Rache Ulrichs zu bewahren. Er hat sein Verhalten am gleichen Abend bereut und wollte dir eigentlich sagen, dass du dich weiterhin frei entscheiden kannst. Allerdings haben sich die Gespräche mit den Leiburgern bis in die Nacht hingezogen. Am nächsten Morgen warst du bereits fort.«

Ida hörte den unausgesprochenen Vorwurf und starrte ins Leere. »Er hätte die Vermählung mit Ulrich nicht vor der versammelten Burggemeinschaft verkünden dürfen.«

»Doch, das durfte er, Ida. Er hat das Recht, seine Tochter mit wem er will zu verheiraten. Es gab diese Anordnung des Kaisers, von der er glaubte, dass er sich ihr fügen müsse. Ulrich hat seine Unerfahrenheit in diesen Dingen ausgenutzt und ihn überrumpelt. Sei nicht so streng mit ihm. Er liebt dich von ganzem Herzen und leidet unter eurem Zerwürfnis.«

»Er hatte etwas anderes versprochen«, beharrte Ida leise. »Du hast mir noch nicht erzählt, warum ihr hier seid.«

Ihre Mutter seufzte, strich den Stoff ihrer Tunika über den Beinen glatt und berichtete ihrerseits, was vorgefallen war. Idas Entsetzen wuchs, je länger ihre Mutter sprach.

»Das ist furchtbar«, sagte sie tonlos und verbarg ihr Gesicht hinter den Fingern. »Also habe ich zudem noch Rheinsporn auf dem Gewissen.«

Ihre Mutter nahm ihre Hände, öffnete sie sanft und blickte ihr liebevoll in die Augen. »Nicht du, Ida. Es ist Ulrich, der all diese Grausamkeiten zu verantworten hat.«

Drei Wochen nach ihrer Ankunft auf Greifenfels standen Ida und Leonhard in der kalten Wintersonne vor der Kapelle, nahmen einander bei der Hand und ihre Blicke ruhten liebevoll ineinander. Beide sahen noch immer ausgemergelt und mitgenommen aus. Das erinnerte Sigrun an ihre eigene Hochzeit mit Gero und an das tiefe Glücksgefühl, das sie empfunden hatte. Ida wirkte genauso verliebt, wie sie es damals gewesen war, und sie gönnte ihrer Tochter dieses Glück von Herzen. Für einen Augenblick wollte sie vergessen, welche Unbill mit dem Umstand verbunden war, dass ihre Älteste darauf bestanden hatte, den Mann zu heiraten, den sie begehrte. Wie könnte ausgerechnet sie ihr einen Vorwurf daraus machen? Sie wollte nur diesen Moment und diesen Anblick genießen und in ihrem Herzen bewahren. Die Schmerzen in ihrem Oberarm waren verschwunden, der Knochenbruch schien gut verheilt zu sein.

Ihr neuer Schwiegersohn wäre nach Medas Geschmack gewesen. Ihn umrankte die Aura des Heidnischen und Rätselhaften. Das Geheimnis einer Urkultur, die er offenbar nie gänzlich abgelegt hatte, so sehr Ulrich auch versucht haben mochte, ihm diese auszutreiben. Sein Erbe hatte tief in ihm Wurzeln geschlagen. Mit einem Mal erkannte Sigrun, dass all dies, die ganzen Irrungen und Wirrungen, einen Sinn ergaben. Dass Leonhard eine besondere Bedeutung in der Welt und in Idas Leben zukam. Sie konnte nicht sagen, was das war. Das hätte vermutlich nur Meda vermocht. Aber Sigrun bezweifelte nicht, dass es so war und er das insgeheim wusste. Ob er daran glaubte oder nicht. Er trug diese Bestimmung in sich wie eine Schatulle mit kostbarem Geschmeide.

Verstohlen murmelte sie ein Gebet und sandte dem Brautpaar in Gedanken Schutzzeichen zu. Denn sie befürchtete, dass ihre Tochter diejenige war, die die Last, die mit jeder Aufgabe einherging, zu tragen haben würde. Dieses Schicksal war keineswegs mit ihrer Vermählung erfüllt, selbst wenn Ulrich sie hoffentlich in Ruhe lassen würde, sobald er wusste, dass er mit seinem Ansinnen gescheitert war. Das Hochgefühl, das sie beim Anblick der Liebenden empfunden hatte, verflog geschwind. Ihr Herz zog sich angesichts der Hilflosigkeit, die sie bei Idas Schicksalsweg empfand, schmerzhaft zusammen.

›Ich hoffe, ich lebe lange genug, um meiner Großen zur Seite zu stehen, wenn sie meine Hilfe braucht‹, dachte sie.

Beim Ritual vor jedermann, das sie glücklicherweise nur vor ihren engsten Verwandten vollziehen mussten, bannte Leonhard Ida mit seinen Augen. Er war frisiert worden, sein Bart gestutzt und zumindest seine Gesichtsfarbe hatte sich erholt. Wären die Wangen nicht eingefallen gewesen, hätte sie ihm die Strapazen der letzten Monate nicht angesehen. Wortlos versprach er ihr, diese Peinlichkeit durch seine Zärtlichkeit vergessen zu machen. Nur auf ihn sollte sie schauen und die anderen Menschen im Raum ausblenden. Kaum hatte ihr Onkel in Vertretung Geros die Segenswünsche gesprochen, scheuchte ihre Mutter die Zuschauer hinaus.

Bevor sie selbst die Kammer verließ, drückte sie Ida einen Kuss auf die Stirn und murmelte: »Mögen der Herr und alle Götter euch segnen.«

Dann endlich waren sie allein.

»Meine Schöne«, sagte Leonhard mit nordischem Tonfall und legte seine Hände an ihr Gesicht.

Ein Schauder durchfuhr sie. Anders als die meisten Bräute wusste sie, was er gleich mit ihr tun würde, und konnte es kaum erwarten. Es war ihr egal, ob diese Sinnesfreuden als sündig angesehen wurden. Sie liebte diesen Mann über alles und wollte mit ihm so eng verbunden sein, wie es nur in der körperlichen Vereinigung möglich war. Als er auf sie zukam und sie in den Arm nahm, spürte sie, dass auch er in Vorfreude war. Sie strahlte ihn an und erwiderte seine Umarmung innig.

»Lass uns die Nacht an der Mosel wiederholen und so tun, als wäre dies unser erstes Mal«, bat sie ihn.

»Was immer du dir wünschst«, sagte er, hob sie hoch und trug sie zum Bett. Wortlos nahm er ihre Hand in seine, während die andere ihren Körper erkundete, wie er es damals getan hatte. Ida erbebte unter seinen Berührungen und stöhnte auf, als er zu ihr kam. Und diesmal war es noch schöner als ihr Beieinanderliegen an der Mosel, weil es keinen Schmerz gab, sondern nur pure Wonne. Leonhard flüsterte ihr Liebesschwüre ins Ohr, bis seine Worte sich im Keuchen verloren. In dem Moment wünschte sich Ida von Herzen, dass sie in dieser Nacht sein Kind empfangen würde.

Mechthild, die Magd aus dem Dorf, kam über mehrere Wochen zu Ida auf die Burg, sooft die Schneeverhältnisse es zuließen. Wie am Krankenbett versprochen, diktierte sie ihr die Rezepturen Medas in die Feder. Manchmal brachte sie getrocknete Exemplare der Kräuter mit, die die Heilerin genannt hatte. Gemeinsam mit Idas Mutter machte sie sich ein weiteres Mal daran, diese zu zeichnen und damit die Niederschriften zu vervollständigen. Wenn Ida alleine war, ergänzte sie diese um die Dinge, die Meda ihr erzählt hatte. Bald hatten sie so viele Pergamentseiten gefüllt, dass es für ein eigenes Buch gereicht hätte. Doch Ida wollte sie mit der Originalhandschrift zusammenführen, sobald diese den Weg zu ihr fand. Bange hoffte sie, dass Helene diesen kostbaren Schatz gewissenhaft hütete.

Die Beschäftigung mit Mechthild und dem Heilkundebuch lenkte sie von ihrem Kummer und ihren Sorgen ab. Zu ihrer großen Enttäuschung hatte sich keine Schwangerschaft bei ihr eingestellt und sie erahnte den Grund dafür: Ihr Körper war zu geschwächt und die Flucht vor Ulrich noch nicht zu Ende.

Ein Bote ihres Vaters hatte berichtet, dass Gero sein Weihnachtsfest am Hof des Kaisers in Münster verbracht hatte. Im Januar seien sie nach Goslar weitergezogen, wo Heinrich der Fünfte die sächsischen Opponenten der vorhergehenden Jahre um sich versammelte. Zur Untätigkeit verdammt bleibe er am Hof des Kaisers, da er in den Wintermonaten ohnehin nichts ausrichten könne.

Als die Schneeschmelze einsetzte, suchte Ida gemeinsam mit ihrer Mutter und der Magd Medas frühere Hütte im Wald unterhalb von Greifenfels auf. Obwohl durch das eingestürzte Dach der inzwischen verfallenen Kate geschmolzener Schnee tropfte und die Natur sich durch die Risse im Lehmboden Bahn brach, hatte Ida das Gefühl, der Heilerin hier ganz nah zu sein. Als hielte sich ihr Geist noch an diesem Ort auf, um ihn zu bewachen. Das Wenige, was sie einmal besessen hatte, war verwittert oder zerfallen. An einer der Lehmwände entdeckte Ida jedoch ein unbeschadetes Gebilde aus Kordelschnur und gehärtetem Ton. Behutsam löste sie es ab.

»Was ist das?«, fragte sie ihre Mutter, die wehmütig auf den morschen Tisch schaute, an dem sie viele Stunden gemeinsam mit Meda gesessen und tiefgründige Gespräche geführt hatte. Eines der vier Beine war verfault. Die Tischplatte stand schief und vor ihr auf dem Boden lagen die Scherben der Gefäße, die Meda zuletzt in der Hand gehabt haben musste.

»Das ist ein keltischer Knoten. Er steht für den Lebensweg eines Menschen.« Sigrun fuhr mit dem Finger an den Linien entlang. »Wie in einem Labyrinth geht er zum Mittelpunkt, dem Göttlichen. Es gibt keinen Anfang und kein Ende, dafür ewige Liebe und die Verflechtung zweier Seelen.«

»Darf ich ihn behalten?«

Ihre Mutter lächelte. »Ich bin mir sicher, dass Meda darüber glücklich wäre.«

Ida strahlte. Es war, als hätte die Heilerin ihr ein letztes Geschenk gemacht.

Im Frühjahr bestätigten sich Idas Befürchtungen, ihre Flucht habe kein Ende gefunden: Späher verkündeten, dass sich die Leiburger mit einer Streitmacht von siebzig Bewaffneten Greifenfels näherten. Offenbar hatte Ulrich eine Menge Verbündeter um sich geschart, und vom Aufenthaltsort ihres Vaters fehlte seit Wochen Nachricht. Adebar vermutete, dass er mit seinen Männern noch nicht von seinem Besuch beim Kaiser aufgebrochen war.

»Ihr müsst euch ab sofort in euren Kemenaten verborgen halten«, sagte er. »Wir wissen nicht, was Ulrich vorhat, aber er darf euch auf keinen Fall hier sehen. Das gilt auch für dich und den Kleinen«, fügte er an Aleidis gewandt hinzu.

Leonhard verschränkte die Arme. »Ich möchte mich nicht mehr vor ihm verstecken. Es ist an der Zeit, mich ihm im Kampf zu stellen.«

»Dabei wird es Ulrich nicht bewenden lassen«, versetzte Adebar mit sorgenvoll in Falten gelegter Stirn. »Wenn er erfährt, dass wir euch hier beherbergt haben, wird er Greifenfels trotzdem angreifen. Unsere Burgbesatzung kann sich seiner Streitmacht nicht lange entgegenstemmen.«

Ida fühlte sich, als höhlte ein grobes Werkzeug ihren Bauch und damit alle Zuversicht aus. »Also müssen wir ein weiteres Mal fliehen«, sagte sie tonlos. »Aber wo können wir denn noch hin?«

»Wir müssen nach Norden Richtung Niederlothringen ins Herrschaftsgebiet des Erzbischofs von Colonia.« Leonhard wies auf Adebar. »Dein Onkel sagt, er habe zur Sicherung seiner Südgrenze die Wolkenburg und Burg Rolandseck errichten und ausbauen lassen. Nördlich davon müssten wir in Sicherheit sein«, erwiderte er ruhig. »Friedrich von Schwarzenburg wird es nicht dulden, dass der ehemalige Anführer der Leibgarde des Kaisers mit mehreren Dutzend Söldnern in seinem Land mordend und brandschatzend umherzieht.«

Schweren Herzens nahm Ida Abschied von ihren Lieben. Walburga steckte ihr mit trauriger Miene einen Almosenbeutel voller Münzen zu. Ihre Mutter und Geschwister drückten sie lange innig, als wollten sie sie nicht ziehen lassen. Heimlich verließ sie mit ihrem Ehegemahl im Morgengrauen die Burg. Sie hielten sich in nördlicher Richtung, weil der Bote verkündet hatte, dass sich Ulrich von Südosten her näherte. Zwei Tage ritten sie, ohne länger zu rasten oder zu ruhen.

Schon seit Wochen strich Hakon mit zwei weiteren ehemaligen Rittern Bertolt von Rheinsporns auf der Suche nach Ida und Leonhard durch Oberlothringen, um das von Ulrich heimlich ausgesetzte Kopfgeld zu erbeuten. Bis zum Tod seines früheren Herrn hatte er stets das ausgeführt, was dieser oder Friedwart von Höhtgen ihm befohlen hatten. Seit dem Verschwinden des Letzteren musste er selbst sehen, wie er ein Auskommen fand. Da kam ihm die versprochene Fangprämie gerade recht. Um wen es dabei ging, war ihm gleichgültig. Ulrich war ein Vertrauter Bertolts und Friedwarts gewesen, also waren ihre Feinde auch seine.

Bislang waren Hakon und seine Begleiter erfolglos geblieben. Als er erfuhr, dass Ulrich mit Verbündeten Richtung Westen ritt, heftete er sich ihm an die Fersen und hoffte, ihm zuvorkommen zu können. Nun gesellten sie sich an der Mühle bei Greifenfels zum Müller. Hakon begann, wie er es durch Beobachtung bei Friedwart von Höhtgen gelernt hatte, ein unverfängliches Gespräch mit dem Mann. Stellte er sich geschickt genug an, würde er ihm entlocken, ob er etwas über die Flüchtigen wusste.

»Deine Mühle scheint in einer langen Tradition zu stehen«, wandte er sich im Plauderton an den Müller und wies auf das ramponierte Mühlrad, das sich munter in der aufgestauten Prüm drehte.

»Sie befindet sich schon seit Generationen in der Hand meiner Familie«, bestätigte der Müller mit erkennbarem Stolz. »Mein Vater hat hier sein Leben lang Getreide gemahlen. Jetzt ist er alt, halb blind und fristet seine Tage im Dämmerlicht in einer der Kammern im Obergeschoss.«

›Als ob es mich kümmern sollte, was mit deinem Alten ist‹, dachte Hakon unwirsch und kam ohne weitere Umschweife auf sein Anliegen zu sprechen: »Ist in den vergangenen Wochen hier zufällig eine junge Frau mit braunen Locken zusammen mit einem strohblonden Ritter eingekehrt?«

Der Müller stutzte. »Auf der Burg hat bis vor Kurzem ein solches Paar gelebt. Aber man erzählt sich, die beiden hätten Greifenfels vorgestern im Morgengrauen in Richtung Nordosten verlassen.«

Hakon frohlockte. »Weißt du, wohin sie wollen?«

»Nein, sie haben mit niemandem gesprochen.«

Der Müller schickte sich an, mit gesenktem Haupt zurück ins Innere der Mühle zu gehen, als befürchtete er, vielleicht zu viel geplaudert zu haben. Hakon warf seinen Begleitern einen bedeutungsvollen Blick zu. »Einen Moment noch, Mann«, rief er dem Müller hinterher, als dieser soeben dic Schwelle seiner Mühle übertreten wollte. »Vorgestern sagst du. Waren sie zu Fuß unterwegs?«

»Ich weiß nichts«, behauptete der Müller und verschloss hinter sich den Eingang.

»Wir sollten Ulrich davon berichten,«, zischelte einer der Ritter Hakon zu, als die Tür geräuschvoll von innen verriegelt wurde. »Es heißt, er sei auf dem Weg hierher.«

Hakon nahm einen tiefen Zug aus dem irdenen Krug, den er aus dem Wirtshaus mitgenommen hatte, und wischte sich mit dem Handrücken den Schaum aus dem Bart. »Nein. Um das Kopfgeld zu erbeuten, müssen wir ihm zuvorkommen.«

Er wandte sich noch einmal der Mühle zu, zwinkerte seinen Gefährten zu und rief. »Gut, Müller, und jetzt kümmere dich um deinen Alten.«

Lachend machten sie sich auf den Weg.

Adebar stützte sich auf der Wehrmauer von Greifenfels ab und kniff die Augen zusammen. Ulrich näherte sich mit einem beachtlichen Aufgebot. Das Feld in Sichtweite der Burg war bunt gefleckt und die Wimpel und Banner wogten hin und her wie eine Blumenwiese im Sommerwind. Der Anblick hatte für sich genommen nichts Bedrohliches. Und doch war ihm bewusst, dass die Stimmung abrupt umschlagen und ein falsches Wort zu einer kriegerischen Auseinandersetzung führen konnte.

War dies die Gelegenheit, Ulrich für den Tod Theoderichs zur Rechenschaft zu ziehen? Adebar schirmte seine Augen ab, um besser zu erkennen, ob auch Hakon die Leiburger begleitete. Er richtete sich auf. Ein Angriff auf Ulrich würde unweigerlich einen Gegenangriff auf Greifenfels nach sich ziehen. Oder womöglich eine Belagerung, der sie nicht lange standhalten konnten. Außerdem war es noch nicht erwiesen, dass es der Leiburger gewesen war, der die Position seines Vaters in der Schlachtanordnung verraten hatte. Es war klüger, ihn nicht darauf anzusprechen, um ihn nicht vorzuwarnen.

Er konnte Hakon nicht ausfindig machen. Ruckartig wandte sich Adebar ab, um der Streitmacht mit einer Eskorte entgegenzureiten und Ulrich nach seinem Anliegen zu fragen. Notfalls musste er ihm versichern, dass sich weder Ida noch Leonhard auf Greifenfels aufhielten. Inständig hoffte er, dass die Dorfbewohner ihm so wohlgesinnt waren, dass niemand den fremden Rittern von dem Paar erzählte, das bis vor wenigen Tagen auf der Burg gewohnt hatte. Er hatte Boten mit diesem Auftrag ins Dorf gesandt.

Gemeinsam mit Valentin und zwei Gefolgsleuten kam Ulrich ihm auf dem offenen Feld entgegen.

»Seid gegrüßt, Graf«, sagte Adebar und wies auf die Kämpfer, die der Leiburger mitgebracht hatte. »Wohin reitet Ihr mit so vielen Bewaffneten?«

Ulrich kniff die Augen zusammen und spuckte aus. Dann nahm er seinen Drachenflügelhelm ab und erklärte: »Ich bin auf der Suche nach einem abtrünnigen Gefolgsmann, wie Ihr wisst.«

»Auf Greifenfels werdet Ihr ihn nicht finden«, entgegnete Adebar gesetzt und erwiderte seinen Blick fest. »Und auch sonst niemanden, der nicht dorthin gehört. Hier in und um Greifenfels herum leben ehrliche und einfache Menschen. Sie empfinden euer Heer als Bedrohung.«

Ulrich sagte lange nichts, schaute ihn stattdessen fortwährend prüfend an und kaute dabei auf etwas Braunem herum. Schließlich richtete er sich auf. »Also gut, ich nehme Euch beim Wort, Adebar von Greifenfels. Aus Respekt gegenüber Eurem toten Vater, der bei Andernach heldenhaft sein Leben für den Kaiser gelassen hat.« Noch einmal spuckte er aus. »Aber wehe Euch, wenn Ihr mich belügt.«

Er wendete sein Pferd und wies seine Truppen an, Richtung Norden weiterzuziehen.

Sobald sie außer Sichtweite waren, setzte Adebar kurzentschlossen mit seiner Eskorte Ida und Leonhard nach, um sie zu schützen, falls Ulrich sie aufspürte. Da er Hakon nicht im Tross des Leiburgers angetroffen hatte, hoffte er inständig, ihm auf den Wegen durch Oberlothringen zu begegnen. Bei der Vorstellung, Theoderich endlich rächen zu können, kribbelt es in seinem Magen.

Er hatte sich eingeprägt, welchen Weg seine Nichte und ihr Begleiter von Greifenfels aus genommen hatten. Mit Bedacht wählte er Strecken, bei denen er davon ausging, dass sie diese benutzt hatten, um nicht entdeckt zu werden. Gleichzeitig versuchte er, Abstand zu den Leiburgern zu bewahren, die sich weiter östlich hielten. Adebar vermutete, dass Leonhard erst ein ganzes Stück weit Richtung Norden zog, um dann den Weg nach Colonia einzuschlagen, während Ulrich die alte Römerstraße nahm. Dennoch sagte sein Instinkt ihm, dass es gut war, den beiden Flüchtigen Geleitschutz zu geben. Und er sagte ihm auch, dass der Grund dafür Hakon und seine landlosen Raubritter waren.

Er hatte Ida schon einmal in einem Moment aufgespürt, in dem selbst er nicht mehr daran geglaubt hatte, dass jemand sie finden würde. Nun standen die Chancen ungleich besser. Da sah er Rotmilane über einem Waldstück kreisen. Er zügelte sein Pferd und beobachtete den Flug der Tiere in der Erwartung, dass sie in die Tiefe stießen, um eine Feldmaus oder was immer sie entdeckt hatten zu erwischen. Doch die Raubvögel kreisten wieder und wieder über derselben Stelle, als warteten sie darauf, dass gleich fette Beute für sie zu finden sein würde.

Er wies auf die majestätischen Greife, nickte seinen Begleitern zu und sie steuerten den Wald an. Schon auf dem Weg dorthin hörten sie Kampfschreie und das Klirren sich kreuzender Schwertklingen.

Eine Stimme rief: »Verletzt ihn, aber nicht zu schwer. Ulrich will ihn lebend haben.«

Hakon!

Entschlossen preschte Adebar auf die Lichtung, wo sich Leonhard leidenschaftlich gegen zwei Angreifer zur Wehr setzte. Hakon hielt dreißig Schritte von ihnen entfernt mühsam Ida umklammert. Sie wehrte sich ebenfalls, schlug mit den Fäusten um sich, trat nach Hakons Kniegelenken und schrie aus Leibeskräften. Als er die Reiter hörte, schnellte er herum und stieß Ida von sich. Den kurzen Moment, den er benötigte, um zu entscheiden, ob er die Armbrust oder besser sein Schwert zum Kampf verwenden sollte, nutzte Adebar, um im gestreckten Galopp auf ihn zuzureiten. Er spürte das Recht auf seiner Seite. Es handelte sich um einen feindlichen Angriff, den sie abwenden mussten. Deshalb brauchten sie keine Rücksicht auf den Landfrieden zu nehmen. Da fuhr Ida, die sich vornübergebeugt hatte, hoch und schlug Hakon einen faustgroßen Stein gegen die Schläfe. Der Ritter taumelte, die Waffe rutschte ihm aus der Hand. Im nächsten Moment sank er seitlich weg und fiel ins Gras.

»Lauf weg!«, rief Adebar Ida zu, die gehetzt erst ihn ansah, ehe sie zu Leonhard hinüberschaute, der mit den anderen ehemaligen Schergen Bertolts rang.

»Wir übernehmen das«, rief Adebar. »Lauf weg!«

Unentschlossen blickte Ida auf den am Boden liegenden Hakon. Dann ließ sie den Stein fallen und rannte in den Wald. Adebar und seine Männer stürmten an ihr vorbei auf die beiden anderen Angreifer zu und überwältigten sie im Nu. Einer von ihnen versuchte zu fliehen, aber ein Greifenfelser sprang ihm in den Weg. Adebar nickte seinem Ritter zu und dieser stieß dem Raubritter das Schwert in die Brust. Mit einem Röcheln sank er zu Boden. Den zweiten streckte Leonhard nieder. Adebar erinnerte sich unvermittelt an seine Rachegelüste und schnellte herum, um nun seinerseits Hakon den Garaus zu machen.

Doch er fand nur Idas Stein und daneben zerdrücktes Gras. Von dem Meuchelmörder fehlte jede Spur. Wütend hieb er sein Schwert in den Boden und brüllte Enttäuschung und Zorn heraus.

Außer Atem und schweißüberströmt trat Leonhard neben ihn. »Ist er entwischt?«

»Ja!«, rief Adebar und stieß noch einmal einen brüllenden Laut aus. »Verfolgt ihn«, befahl er seinen Männern.

Dann sammelte er sich und richtete seinen Blick auf Leonhard. »Bist du verletzt?«

Dieser sah an sich hinunter. An seinem Oberschenkel lief ein rotes Rinnsal hinab. »Das ist nicht der Rede wert. Wo ist Ida?«

Nun erst erfasste Adebar, dass sich seine Nichte womöglich erneut in der Gewalt Hakons befand, und wandte sich um. »Sie ist dort drüben in den Wald gelaufen.«

Rasch setzten sie ihr nach, Leonhard humpelnd. »Ida!«, rief er panisch. Und noch einmal: »Ida!«

Spätestens jetzt musste Adebar erkennen, wie viel dem jungen Dänen an ihr lag. Es dauerte eine ganze Weile, in der beide und schließlich auch die anderen Männer ihren Namen riefen und gezielt den Wald absuchten, ehe sie sich aus ihrem Versteck traute.

»Ida!« Leonhard schloss sie in seine Arme. »Es ist vorbei.«

»Habt ihr die Männer erschlagen?«, fragte sie mit vor Angst geweiteten Augen und zerzaustem Haar, in dem sich Zweige aus dem Unterholz verfangen hatten.

»Nur Hakon ist entkommen«, erwiderte Adebar grimmig. »Ich befürchte, dass er sich von Ulrich als Kopfgeldjäger hat anheuern lassen und ihm euren Aufenthaltsort verraten wird. Ihr müsst weiter auf der Hut sein.«

Ida schluchzte auf und Adebar ahnte, was sie dachte: Sie mussten weiter fliehen und um ihr Leben fürchten.

Enttäuscht und mit bösen Vorahnungen ritt er zurück nach Greifenfels.

Grimmig stieß Hakon seinem Pferd die Fersen in die Flanken und trieb es mit den Zügeln an. Mühsam hielt er sich aufrecht, weil sein Gleichgewichtssinn durch den Schlag gegen die Schläfe gestört war. Nun war er ganz auf sich allein gestellt und damit verwundbar. Er musste Ulrich finden, der sich vermutlich noch in der Nähe von Greifenfels aufhielt. Also ritt er zurück nach Süden. Auf halbem Weg vernahm er von der alten Römerstraße die Geräusche unzähliger Hufe und Karren. Seine Erfahrung verriet ihm: Dort war eine große Gruppe Berittener unterwegs. Abermals wendete Hakon sein Pferd, um zu Ulrichs Streitmacht zu gelangen. Als er sie endlich erreichte, hatten die Männer bereits das Lager für die Nacht aufgeschlagen. Schnurstracks begab er sich zu Ulrichs Zelt, bat darum, vorgelassen zu werden und berichtete ihm rundheraus, was vorgefallen war.

Mit zornesroter Miene sprang Ulrich auf, riss sich die Augenklappe vom Kopf und brüllte: »Adebar, dieser elende Verräter! Das wird er mir büßen! Sobald der Morgen dämmert, rüsten wir zum Aufbruch.«

»Was hast du vor?«, fragte sein Sohn und starrte auf die Entstellungen in Ulrichs Gesicht.

»Wenn sie erst vor ein paar Stunden losgeritten sind, haben wir gute Aussichten, sie einzuholen.«

»Und was ist mit der Anordnung des Kaisers, von der Verfolgung Idas abzusehen?«, beharrte sein Sohn. Doch Ulrich ignorierte ihn. Er lief aus dem Zelt, teilte seine Männer auf und wies Hakon einem dieser Spähertrupps zu.

Zielsicher führte Hakon sie am nächsten Morgen zu der Stelle, wo er Leonhard aufgespürt hatte, und bald hatten sie die Fährte der Flüchtigen aufgenommen. Zufrieden ritt er in der Gruppe der Leiburger mit. Fanden sie die beiden rechtzeitig, stand ihm ein stattliches Kopfgeld zu und er musste es mit niemandem mehr teilen.

Kapitel Siebenundzwanzig

Als Gero mit seinen Rittern auf Greifenfels eintraf, vermutete Adebar, dass sein Schwager ihn bitten würde, ihm bei der Rückeroberung Rheinsporns zu helfen. Insgeheim hoffte er, dass sich bei einem solchen Feldzug endlich eine Gelegenheit ergab, um an Hakon und Ulrich Rache zu nehmen.

»Denk nur: Ida war hier!«, begrüßte er ihn.

Gero erstarrte. »Wie geht es ihr?«

»Sie ist wohlauf.«

»Das sind wahrlich erfreuliche Nachrichten!«

Adebar sah ihn mitfühlend an. »Sie und Leonhard haben hier geheiratet.«

Gero stockte der Atem. Adebar ahnte, was in ihm vorging: Sein Mädchen, seine geliebte Erstgeborene hatte sich ohne sein Einverständnis mit einem Mann vermählt, und er war noch nicht einmal dabei gewesen.

Sein Schwager schluckte hart. »Wo ist sie jetzt?«

»Als sich Ulrich Greifenfels näherte, sind sie Richtung Colonia geflohen.«

Mit leerem Blick starrte Gero vor sich hin.

Adebar legte ihm eine Hand auf die Schulter. »Willst du dich erfrischen?«

»Nein, lass uns erst sprechen«, erwiderte Gero und sammelte sich. »Danach würde ich mich gerne alleine mit Sigrun zurückziehen.«

»Gut, dann machen wir es so, Schwager. Komm mit, wir gehen ins Jagdzimmer. Da können wir uns ungestört beraten.«

Dort angekommen sagte Gero: »Ich habe Ulrich nicht auf dem Hoffest des Kaisers angetroffen. Deshalb konnte ich nichts gegen seine Besetzung Rheinsporns erwirken. Mir ist aber zu Ohren gekommen, dass er mit einem Heer auf dem Weg hierhin war. So haben wir vielleicht die Chance, ihn auf offenem Feld zu stellen, und müssen Rheinsporn nicht mit Gewalt zurückerobern, was unweigerlich zu Zerstörungen führen würde.«

Adebar nickte. »Natürlich unterstütze ich dich und werde auch meinen Schwiegervater bitten, uns zu begleiten, damit wir nicht zahlenmäßig unterlegen sind.«

»Ja, tu das. Wir können jede Hilfe brauchen. Wie groß war das Heer, mit dem Ulrich unterwegs ist?«

»Er hat an die siebzig Verbündete um sich geschart und Söldner angeheuert. Selbst wenn wir uns zusammenschließen, werden wir ihnen nicht überlegen sein. Allenfalls ebenbürtig.«

Gero nahm einen kräftigen Schluck aus dem Zinnbecher, den Adebar ihm reichte. »Lass uns ihm nachreiten und ihn stellen, damit ein für alle Mal Ruhe einkehrt in diesem Land.«

Nach dem Gespräch kümmerte sich Sigrun persönlich darum, dass Gero gewaschen und frisch eingekleidet wurde. Danach schlossen sie einander in die Arme und sanken auf ihr Lager. Zärtlich streichelte er ihr Gesicht und genoss ihre Liebkosungen. Er dachte daran, wie er hier in diesem Raum am Krankenbett seiner kleinen Ziehschwester gesessen und um ihr Leben gebangt hatte. Wie viele Jahre waren seitdem vergangen, wie lange hatte der Herr sie ihm noch erhalten. Dafür war er zutiefst dankbar. Und doch ahnte er, dass dieses Glück, wie alles andere auf dieser Welt, nicht von Dauer war.

»Ach, Sigrun«, sagte er nach ihrem erfüllten Liebesspiel. »Wer hätte in unserer Kindheit gedacht, was uns einmal widerfahren würde?«

Früh am Morgen hörte er, dass Adebar zum Aufbruch rüsten ließ. Entschlossen schwang er sich aus dem Bett. Viel zu kurz war die gemeinsame Zeit mit Sigrun gewesen. Nun musste er sie wieder verlassen und sich dem nächsten Kampf stellen. Aber hier auf Greifenfels war sie sicher, selbst wenn Adebar einen Großteil seiner Verteidiger mit auf die Verfolgung von Ulrich nehmen würde. Die Gebäude waren gut gesichert und durch die Höhenlage nur schwer einzunehmen. Sollte der Leiburger oder einer seiner Vasallen es wagen, die

Burg anzugreifen, konnten sie den Belagerern in den Rücken fallen.

Ihm war bewusst, dass sich Ulrich gezielt ihn vornehmen würde und Adebar andererseits vor allem auf Rache für Theoderich sann. Hoffentlich ließ sich sein Schwager zu keiner unbedachten Tat hinreißen. Er konnte nicht auch noch auf ihn achtgeben.

Gero erschrak, als ein Ritter der Nachhut zu ihnen an die Spitze des Zuges geprescht kam und meldete: »Ein fremder Reitertrupp von zwei Dutzend Mann schickt sich an, mit uns aufzuschließen.«

»Konntet ihr erkennen, wer das ist? Sind es Leiburger oder deren Verbündete?«

»Nein, ein Leiburger Wappen tragen sie nicht. Ob es Verbündete sind, vermag ich nicht zu sagen. Ihre Standarte und auch die Wimpel sind mir unbekannt.«

Gero beriet sich mit Adebar und sie beschlossen, achtsam und gut gerüstet auf das Eintreffen des Reitertrupps zu warten, damit sie sich in einer guten Verteidigungsposition befanden. Zu seiner Überraschung erkannte er das Wappenbild seines Onkels. Gemeinsam mit Adebar ritt er auf die Beyelsteiner zu, sein Onkel näherte sich ihnen langsam zusammen mit einem einzelnen Ritter.

»Oheim, was führt Euch in diese Gegend hier? Hat der Kaiser Euch zu den Waffen gerufen?«

»Nein, Neffe. Aber mir ist zu Ohren gekommen, dass der Leiburger die Anordnung, von der Verfolgung deiner Tochter abzusehen, missachtet. Ich habe mir von Heinrich die Erlaubnis eingeholt, dich zu unterstützen.« Er hielt eine Pergamentrolle mit kaiserlichem Siegel in die Höhe. »Und hier bin ich. Lass uns diesem Treiben endgültig ein Ende setzen, Ruhe und Ordnung sind in Oberlothringen schon zu lange außer Kraft gesetzt. Wir haben genug Scherereien, mit denen wir uns herumschlagen müssen. Diese kleinmütigen Rachefehden sind unnütz wie ein Kropf.« Johann von Beyelstein spie neben seinen Rappen.

»Ihr könnt Euch nicht vorstellen, wie froh mich das stimmt«, sagte Gero. Doch wagte er es trotz der freundlichen Miene seines Onkels nicht, sich ungetrübt zu freuen. Ein Rest Misstrauen, dieser könne ihm in der entscheidenden Auseinandersetzung in den Rücken fallen, blieb. Er erinnerte sich nur zu gut daran, wie abweisend sein Verwandter ihn vor einem halben Jahr auf Beyelstein behandelt und als Hochstapler bezeichnet hatte. Kurz wägte er die Risiken ab. Ihm blieb keine andere Wahl, als ihn mitzunehmen und abzuwarten, ob er sich als loyal oder verräterisch erwies.

»Um Ulrich werdet ihr euch allerdings selbst kümmern müssen, denn ich habe nicht vor, die Leiburger anzugreifen. Wir werden uns den Söldnern widmen, die er offenbar angeheuert hat.«

Gero nickte. »Das wird eine Erleichterung für uns sein und uns den Rücken freihalten.«

Den Rest ihres gemeinsamen Ritts zeigte sich sein Onkel wortkarg und wenig aufgeschlossen, als sei er sich noch immer nicht sicher, ob Gero sein leiblicher Neffe oder ein Hochstapler war.

Leonhard hielt den Atem an und zielte mit der Steinschleuder. Es war fast windstill. Aus der Ferne war das Klopfen eines Buntspechts zu hören, der auf einen Baumstamm einhämmerte. Der Hase saß geduckt mit aufgerichteten Ohren und verhielt sich ganz ruhig. Nur das Zucken seiner Nase ließ Leonhard erahnen, dass das Tier die drohende Gefahr witterte. Er wagte nicht zu atmen. Jeder Luftzug musste in dieser Stille für das geübte Gehör des Tieres laut vernehmbar sein, als würde er mit einem Blasebalg Wind in seine Richtung pusten. In Gedanken richtete er an den Hasen entschuldigende Worte dafür, dass er ihm das Leben nehmen würde.

Da erhob sich in der Ferne ein Rauschen nicht natürlichen Ursprungs. Leonhard war sich sicher, dass er ähnliche Geräusche schon gehört hatte, konnte aber nicht auf Anhieb zuordnen, was es verursachte. Ein Blick auf seine Unterarme verriet ihm, dass sich seine Härchen aufgerichtet hatten. Innerlich fluchend ließ er die Steinschleuder sinken und drehte seinen Kopf in die Richtung, aus der die Laute kamen. Auf einer bewaldeten Anhöhe stehend konnte er durch die Bäume hindurch die Ebene überblicken. Der Schreck fuhr ihm in die Glieder. Ein bewaffnetes Heer näherte sich von Südwesten her, und er erkannte das ihm vertraute schwarze Wappen.

Wie angewurzelt blieb er stehen. Auf welche Weise hatten die Männer ihre Spur gefunden? Wahrscheinlich hatte Hakon nach seiner Flucht nichts Eiligeres zu tun als Ulrich zu berichten, wo er sie aufgespürt hatte, um ein üppiges Kopfgeld einzustreichen. Leonhard stieß einen wütenden Laut aus. Dann rannte er zu dem Versteck, wo sich Ida aufhielt. Aufgescheucht machte der Hase einen Satz und verschwand im Dickicht.

Es war nur ein Bretterverschlag im Wald, der ihnen diesmal als Unterschlupf diente. Sie hatten ihn mit Moos bedeckt, sodass Vorbeireitende sie nicht entdecken würden. Nur wer gezielt suchte, konnte sie in diesem Schlupfwinkel aufstöbern. Ida saß in ihrer ausgebesserten Tunika vor dem Eingang und schnitzte Pfeile aus gerade gewachsenen Ästen. Wie ein Waldmädchen sah sie aus mit ihren zerzausten Haaren und dem dreckverschmierten Gesicht. Ihr Anblick rührte ihn sogar in diesem Moment, obwohl er in Panik war.

Erstaunt sah sie auf und strahlte ihn mit ihrem herzerwärmenden Lächeln an. »So schnell hatte ich dich nicht zurückerwartet.«

»Ulrich hat uns aufgespürt«, rief er ihr entgegen. »Rasch, verbirg dich im Verschlag und nimm alles mit hinein, was deine Anwesenheit verraten könnte.«

Idas Lächeln erstarb und ihre Augen öffneten sich weit. »Was soll das heißen? Was ist mit dir?«

»Ich werde nicht mehr vor ihm fliehen. Das ist nicht mannhaft. Ich werde mich Ulrich im Zweikampf stellen.«

Ida sprang auf. »Ist er denn ohne Begleitung gekommen?«

»Nein. Er führt mehrere Dutzend Männer an.«

Ida schnappte nach Luft. »Und denen willst du dich ganz allein entgegenstellen? Das ist Selbstmord. Komm mit in den Verschlag. Sie werden vorüberreiten.«

»Mit seinen Gefolgsleuten und Verbündeten habe ich keinen Handel. Viele von ihnen kenne ich als Kampfgefährten. Sie werden sich nicht einmischen, so wie es die Ritterehre gebietet.«

Ida klammerte sich an ihn. »Bitte geh nicht. Mir bricht das Herz, wenn du diesen Kampf verlierst.«

Er umfasste sie. »Das werde ich nicht. Ich verspreche es dir. Und jetzt rasch: Verbirg dich!« Energisch schob er sie in Richtung des Bretterverschlags. »Und lass dich bitte nicht blicken. Das würde Ulrich noch mehr reizen.«

Ida schluchzte und ließ sich widerwillig in den Unterschlupf bugsieren. Sorgsam verschloss Leonhard die Öffnung und bedeckte auch diese Latten mit Moos. Dann atmete er tief durch, straffte den Rücken und gürtete sich sein Schwert um. Es war nun an der Zeit, diesen unwürdigen Zustand zu beenden. Ihm war seit Monaten klar, dass dieses Aufeinandertreffen stattfinden musste. Er wollte nicht länger wie ein verängstigtes Reh fliehen oder sich verstecken. Damit er seinem Feind besser in die Augen schauen konnte, fuhr er sich durch die struppigen Haare und strich sie nach hinten. Anschließend stapfte er den Hügel hinunter und trat auf das freie Feld, auf dem sich Ulrich mit seinen Leuten und einigen Verbündeten unaufhaltsam näherte. Der Himmel über ihnen war wolkenlos und strahlte in einem leuchtenden Blau.

Leonhard spürte, wie sein Gang mit jedem Schritt sicherer wurde. Dies war die einzig richtige Entscheidung. In angemessenem Abstand blieb er breitbeinig auf dem vertrockneten Gras stehen, verschränkte die Arme und sah dem Unvermeidlichen entgegen. Er konnte nicht glauben, dass der alte, verbohrte Recke es wagte, mit einem Trupp Bewaffneter im Hoheitsgebiet des Erzbischofs von Colonia aufzukreuzen. Triumphierend konnte er kurz darauf selbst auf die Entfernung erkennen, dass Ulrich seinem Auge nicht traute, als er seinen Zögling entdeckte. Sein Ziehvater hob die Hand und seine Begleiter zügelten ihre Pferde. Langsam kam er, eskortiert von seinen engsten Leiburger Rittern, unter ihnen auch Valentin, auf Leonhard zugeritten.

»Wie konntest du es wagen?«, spie er ihm mit einer Stimme entgegen, in der schneidende Verachtung und tiefsitzender Groll lagen.

Leonhard bezähmte seine eigene Wut und erwiderte mit erzwungener Ruhe: »Wovon sprecht Ihr?«

»Du weißt genau, was ich meine, undankbarer Tellerlecker. Wie konntest du es wagen, meine Braut zu entführen?«

Leonhard öffnete die Arme. »Ich schwöre bei meiner Ehre, ich habe sie nicht entführt.«

»Verräter!«, rief Ulrich und führte sein Pferd hin und her. »Die Schurkentat spricht für sich.«

Leonhard verschränkte die Arme. »Die Dinge sind weitaus komplizierter als Ihr denkt.«

»Nein, sind sie nicht. Du hast meine Ehre beschmutzt und ich werde sie wiederherstellen. Das wirst du mit deinem Leben bezahlen! Zieh dein Schwert und kämpfe, Taugenichts.«

»Meint Ihr: Kämpfe wie ein dänischer Prinz?«

»Was faselst du da?«, erwiderte Ulrich. Leonhard konnte sehen, dass er irritiert erbleichte.

»Ihr fordert Dankbarkeit ein, dabei habt Ihr meinen Vater erschlagen und mich entführt, als Ihr gesehen habt, dass das Amulett an meinem Hals mich als seinen Sohn und Erben auswies.«

»So hast du während der letzten Mondwechsel also einen Sprung gemacht – vom Ritter ohne Land zu einem dänischen Prinzen und Thronfolger«, höhnte Ulrich, und zwei seiner Ritter stimmten in sein Lachen ein.

»Es war umgekehrt: Ihr habt mich vom Prinzen und Thronfolger zum Ritter ohne Land gemacht, indem Ihr meinen Vater erschlagen und mich geraubt habt, um ihn über den Tod hinaus zu demütigen. Ihr habt mir eingeredet, er hätte mich aus einem deutschen Dorf entführt, doch das ist nie passiert. Ich kannte Eure Sprache nicht, als Ihr zu uns kamt, um alles zu zerstören.«

»Schweig, Verräter! Niemand will deine Lügengeschichten hören.«

»Lass ihn ausreden, Vater«, warf Valentin ein. »Ich will erfahren, was er zu sagen hat. Woher wusstest du, dass er zu uns gehört?«

»Weil jeder seine Geschichte kannte und der Junge zu uns gelaufen kam, als wir sein Dorf befreit hatten.« Ulrich blickte sich um, aber seine Ritter sahen ihn mit ausdruckslosen Mienen an.

Leonhard beugte sich vor und wies mit dem Finger auf seinen früheren Herrn. »Ihr habt mich aus den Armen meiner Mutter gerissen, mich meiner Erinnerung an meine Heimat und Herkunft beraubt und zu Eurem Mitstreiter gemacht. Indem Ihr dafür gesorgt habt, dass mir kein Land als Lehen zugewiesen wurde, verhindert Ihr, dass ich rechtmäßige Nachkommen von Ansehen in die Welt setzen kann.«

Mit zorniger Miene hievte sich der Leiburger ungelenk vom Pferd. »Denkst du ernsthaft, ich lasse mich hier vor all meinen Männern von einem Rechtlosen irgendwelcher Untaten bezichtigen?«

Er hob sein Schwert über den Kopf und ging mit wutverzerrtem Gesicht auf Leonhard los. Dieser zog seine Waffe aus der Scheide und sprang beiseite, um Ulrichs erstem Hieb auszuweichen. Doch dieser holte bereits zu einem neuen Schlag aus. Entschlossen kreuzte er Ulrichs Klinge.

»Du hast Angst, Gero könnte unsere Verbindung legitimieren und ich damit rechtmäßige Nachkommen haben«, zischte er. »Das würde Geros Position so stärken, dass er dir gefährlich werden könnte, stimmt's? Es geht dir nicht um Ida und deine Ehre. Es geht um viel, viel mehr. Wissen das all die Männer, die für dich kämpfen und dabei ihr Leben riskieren? Wussten es diejenigen, die ihr Leben bereits verloren haben?«

»Wehr dich, du Feigling!«, brüllte Ulrich. »Es soll das Letzte sein, was du in deinem Leben tust.«

»Nimm endlich Vernunft an!«, rief Leonhard. »Du hast keine Chance gegen mich, das muss dir doch bewusst sein.«

»Der Zorn führt mein Schwert und das macht mich unbesiegbar.« Ulrichs nächster Hieb war derart unkontrolliert, dass die Wucht des Schlages ihn aus dem Gleichgewicht brachte und er taumelnd auf ein Knie sank, um nicht endgültig zu stürzen.

Da trieb Valentin sie mit seinem Pferd auseinander. »Dies ist kein gerechter Zweikampf. Hier tritt ein alter Mann gegen einen jungen Krieger an.«

Schnaufend kam Ulrich wieder auf die Beine. »Nimm du meine Stelle ein und trage diese Auseinandersetzung für die Ehre unseres Hauses aus«, befahl sein Vater. »So ist es ebenbürtig.«

Schockiert starrte Leonhard ihn an. Damit hatte er nicht gerechnet. Ausgerechnet seinen besten Freund und langjährigen Kampfgefährten sollte er besiegen oder gar töten? Sie hatten gemeinsam das Kriegshandwerk gelernt. Leonhard kannte jede von Valentins Finten. Wie oft waren sie Seite an Seite ins Feld gezogen! Nun hier gegeneinander anzutreten, das war wider die Natur und wider alles Menschliche.

»Ich werde mich nicht mit Valentin schlagen«, sagte er.

»Dann wirst du hier sterben«, erwiderte Ulrich kalt, und Leonhard sah die Entschlossenheit in seinem Blick. Er war tatsächlich bereit, seinen Sohn diesen Kampf bis zum Letzten ausfechten zu lassen, und es schien unvermeidbar, dass einer von ihnen heute hier den Tod finden würde. Ulrich ging zu seinem Pferd zurück und seine Männer schlossen den Kreis um Leonhard, sodass ihm kein Fluchtweg mehr blieb. Jeden Einzelnen von ihnen kannte er nur allzu gut. Sie alle hatten sich in Schlachten beigestanden, manchmal hatten sie ihm die Haut gerettet und der ein oder andere verdankte auch ihm sein Leben. Wie in Teufels Namen konnte es passieren, dass sie sich hier feindlich gegenüberstanden? Valentin löste sich widerstrebend aus dem Ring, rutschte vom Pferderücken herunter und kam auf ihn zu.

»Mein Freund«, begann Leonhard. »Es tut mir unendlich leid, was passiert ist. Doch es lässt sich nicht mehr rückgängig machen. Soll unsere lebenslange Freundschaft nun tatsächlich so enden, dass ich durch dich den Tod finde? Und wofür? Für die Liebe einer Frau, die nur allzu verständlich einem jüngeren Mann gilt? Dein Vater hatte seinen Teil, hatte sein Weib, das ihm lieb und teuer und treu gewesen ist all die Jahre. Gönnt mir Ida. Denn auch wenn mein Zusammensein mit ihr zuerst nicht mit Absicht geschah, so ist es dennoch geschehen, dass ich sie liebe und mit meinem Leben verteidigen werde. Sie ist inzwischen mein rechtmäßiges Eheweib.«

Valentin sah ihn mit einem bestürzten Gesichtsausdruck an. »Für mich gibt es in dieser Situation ebenfalls kein Zurück. Ich habe keine Wahl«, raunte er Leonhard zu.

Ida hielt es nicht lange in ihrem Versteck aus. Vorsichtig kroch sie heraus und an die Böschung heran. Auf allen vieren konnte sie von hier aus die Ebene überblicken, die sich unter ihr erstreckte. Erschrocken beobachtete sie das Geschehen und erkannte, in welch auswegloser Situation sich Leonhard, umringt von Geharnischten, unversehens befand. Sie erinnerte sich an das gnadenlose Training, das er und Valentin in Rheinsporn auf dem Kampfplatz vor der Burg absolviert hatten. Mit einer tiefen Schnittwunde hatte man ihn nach einem solchen zu ihr gebracht. Er würde ihr Leben abermals zu früh verlassen, sie würde alleine zurückbleiben und ein weiteres Mal jahrzehntelang ungeschützt und ohne seinen Beistand auf dieser Erde wandeln müssen. Das durfte nicht passieren. Mit dem Mut der Verzweiflung nahm sie ihren Trinkbeutel sowie eine Handvoll gestampfter Kräuter und stürmte den Hang hinab. Als Leonhard und Valentin ihre Schwerter erhoben, erreichte sie das offene Feld.

»Haltet ein«, rief sie. Energisch drängte sie sich zwischen den Rittern hindurch, die ihr zuerst erstaunt Platz machten, dann aber versuchten, ihrer habhaft zu werden. Doch Leonhard schirmte sie von ihnen ab.

»Was tust du, Weib? Du solltest im Versteck bleiben!«, zischte er. Ida ahnte, dass er in Panik geriet, aus Angst vor dem, was ihr als einziger Frau in dieser Horde wilder Männer widerfahren würde. Und dazu dieser unberechenbare Ulrich, dessen Gedanken nur noch um sein Bedürfnis nach Rache zu kreisen schienen.

»Denkst du, ich sehe tatenlos zu, wie ihr einander abschlachtet wegen meines Verhaltens?« Sie richtete ihren Blick auf Ulrich. Sein harter Gesichtsausdruck bestätigte sie einmal mehr darin, dass es die richtige Entscheidung gewesen war, ihn nicht zu heiraten. »Nicht er hat mich entführt, sondern ich ihn. Ihn trifft keine Schuld. Also lasst ihn in Frieden.«

»Verschwinde von hier, ehrloses Weib, und komme nie wieder unter meine Augen«, herrschte Ulrich sie an.

»Lasst mich Leonhard einen letzten Trank verabreichen.«

»Was für ein Trank sollte das sein?«

»Er wird ihm besondere Kräfte verleihen. Immerhin seid ihr in der Überzahl.« Sie reichte Leonhard den Lederbeutel und warf ihm einen warnenden Blick zu. Erleichtert sah sie, dass er ihn richtig deutete. Seine Augen blitzten, während er so tat, als tränke er. Anschließend küsste er sie auf den Mund, um für jedermann sichtbar zu machen, dass sie ihm gehörte. Ulrich schnaubte.

Ida hielt nun Valentin den Beutel hin. »Nimm ebenfalls einen Schluck, damit es ein fairer Kampf wird.«

Ulrichs kam einen Schritt näher. »Nein, das ist Hexenwerk«, rief er. »Er will dein Teufelszeug nicht.«

Valentin drehte sich zu ihm um. »Leonhard hat davon genommen. Also trinke ich es auch.«

»Ist das dein Ernst? Du willst etwas zu dir nehmen, was diese Frau gebraut hat? Bestimmt steht sie mit dem Satan im Bunde.«

Valentin griff nach dem Beutel. »Lasst mich an dem Inhalt riechen.« Vorsichtig trank er einen Schluck.

»Ich will, dass ihr sie gehen lasst«, forderte Leonhard an Ulrich gewandt. »Ich möchte, dass Ida nicht hier ist, wenn wir kämpfen.«

»Ich habe das Hexenweib nicht herbestellt, und ich habe kein Interesse an ihr«, höhnte Ulrich. »Sie kann hingehen, wo immer sie will.«

Noch während er sprach, entstand unvermittelt Unruhe zwischen den Leiburgern und ihren Verbündeten. Überrascht erkannte Ida, dass sie von einem Ring von Greifenfelser und Rheinsporner Rittern sowie weiteren, ihr fremden Kriegern wie aus dem Nichts umstellt wurden.

»Ida!« Die Stimme ihres Vaters bebte und seine Unterlippe zitterte, als er sie mit einem Blick ansah, der sie bis tief ins Mark traf.

Erschaudert sah sie ihn an und verstand augenblicklich, was ihre Mutter damit gemeint hatte, als sie auf Greifenfels davon sprach, wie sehr ihr Vater unter dem Zerwürfnis leide. Er wirkte wie ein gebrochener Mann. Mit wild klopfendem Herzen bahnte sie sich einen Weg aus dem Ring heraus. Gleich würde es zu einer Schlacht kommen, dann musste sie fort sein. Hastig drängte sie sich am Pferd des letzten Leiburgers vorbei, durchbrach auch den Kreis der Verbündeten und lief kopflos zurück in ihr Versteck. Nur Leonhard wusste, wo sie zu finden sein würde. Schon im nächsten Moment hörte sie, wie Klingen sich kreuzten, während sich die Männer auf Leben und Tod bekämpften. Jetzt mussten noch mehr Menschen ihr Leben lassen für das, was sie getan hatte. Schluchzend lief sie schneller und betete in Gedanken darum, dass dieses unsägliche Gefecht ein rasches Ende fand.

Aus der Ferne lauschte sie den Kampfgeräuschen und wartete darauf, dass sich ein Tumult erhob, wenn Valentin benommen strauchelte. Doch Metall schlug endlos auf Metall und der erlösende Aufruhr wollte sich nicht einstellen.

Kaum hatte Ida den Kampfplatz verlassen, breitete sich eine spannungsgeladene Stille unter den Männern aus. Mit schmalen Augen maßen sie einander, schätzten ab, wie das Kräfteverhältnis war, und lauerten darauf, wer den ersten Streich führen würde. Da trieb Ulrich, der offenbar fürchtete, um seine Rache betrogen zu werden, sein Pferd an, hob sein Schwert und ließ es auf Leonhard niederfahren. Sofort brandeten unzählige Kämpfe auf. Der Damm war gebrochen. Leonhard strauchelte, konnte dem Hieb des Leiburgers mehr schlecht als recht ausweichen. Die flache Klinge traf ihn an der Schulter, und er glitt seitlich zu Boden.

»Gib ihm deinen Schild«, wies Gero einen seiner Knappen an.

Der Knappe warf Leonhard seinen Schild zu und zog sich schleunigst hinter die Reihen der Rheinsporner zurück. Leonhard fing den Schild gerade noch rechtzeitig auf, bevor Ulrich begann, blindwütig auf ihn einzuhacken. Mehr als die Streiche abzuwehren blieb ihm in diesem Moment nicht übrig, denn der Alte glich seine eingeschränkte Beweglichkeit und Schnelle durch die brutale Heftigkeit seiner Hiebe aus. Erst als das Stakkato der Schläge nachließ, richtete er sich auf und schlug seinerseits nach Ulrich. Aus den Augenwinkeln nahm er wahr, dass sämtliche Leiburger und ihre Verbündeten in Zweikämpfe mit Rheinsporner, Greifenfelsern oder den anderen Männern verwickelt waren. Das Kräfteverhältnis schien ausgewogen und der Ausgang dieser Auseinandersetzung ungewiss.

›Wir müssen uns durchsetzen‹, dachte er verzweifelt. Sie konnten Ida nicht allein und hilflos zurücklassen. Er mochte gar nicht daran denken, was Ulrich ihr antun würde, wenn er sie zu fassen bekam.

Mit unbändiger Kraft drosch Ulrich sein Schwert mit beiden Händen auf den Schild nieder und schwang es erneut empor. Augenblicklich wich Leonhard seitlich aus. Die Schwertspitze streifte seine Seite und riss ihm durch das Wams die Haut auf. Mühsam unterdrückte er einen Schmerzenslaut. Er durfte sich keine Unachtsamkeit erlauben. Im unübersichtlichen Gerangel gelang es ihm, etwas Abstand zwischen sich und Ulrich zu gewinnen. Als er einen kurzen Blick auf die Kämpfe in seiner Nähe erhaschte, erkannte er, dass Adebar und Valentin nur halbherzig miteinander rangen. Was er sah, glich eher einem Schaukampf. Also hatte er trotz allem seinen engsten Vertrauten auf seiner Seite. Schnell wandte er sich wieder seinem Widersacher zu.

Ulrichs Gesicht war von Zorn und Anstrengung zu einer Grimasse verzerrt, die Leonhard an Odin, den Einäugigen, erinnerte. Langsam ließen seine Kräfte nach. Offensichtlich wusste er mittlerweile nicht mehr, wie er dem Jüngeren noch beikommen konnte. Es mutete Leonhard grotesk an, dass er mit dem Alten rang, dem er mehrmals das Leben gerettet hatte, und der zudem aussah wie der nordische Allvater, von dem er ihn doch hatte entfremden wollen.

Während er mit Ulrich kämpfte, fielen die ersten Leiburger unter den Schwertstreichen ihrer Gegner, stolperten andere übereinander, ohne rückwärts ausweichen zu können. Alarmiert rief Valentin seine Ritter zum Rückzug. Seinen engsten Getreuen gelang es, eine Bresche in den Ring der Belagernden in Richtung offenes Feld zu schlagen. Durch das entstandene Nadelöhr wichen sie Mann um Mann zurück. Im Durcheinander fielen weitere den Attacken der Rheinsporner zum Opfer. Valentin drängte seinen Vater, der immer noch blindwütig um sich schlug, von Leonhard weg, bevor dessen Schwert ihn schwer verwunden konnte. Als Ulrich wütend versuchte, sich seinem Widersacher erneut zu stellen, bedeutete er einem seiner Ritter, ihm zu helfen. Gemeinsam zerrten sie den Alten weg und drei weitere schlossen die Reihe zwischen ihnen und Leonhard. Der Graf von Leiburg brauchte einen Moment, um sich darauf zu besinnen, dass er sich nicht mehr im Kampf befand. Wie im Rausch hackte er auf einen unsichtbaren Gegner ein. Schließlich ließ er entkräftet das Schwert sinken.

Ein paar der engsten Vertrauten sicherten den Rückzug ihrer Herren. Die restlichen Leiburger zogen sich Hals über Kopf aus ihren Zweikämpfen zurück, halfen den Verletzten im entstandenen Chaos mehr schlecht als recht, sprangen auf ihre Pferde und ritten davon. Wie stumme Zeugen der Niederlage standen ihre Proviantkarren versprengt in der Ebene. Die Sterbenden erlösten die Beyelsteiner von ihren Qualen.

»Geh zu Ida«, rief Adebar Leonhard zu, der sich auf seinen Schild gestützt in der Ebene umschaute und schließlich seinen Blick auf die Flüchtenden richtete, deren Zug sich rasch entfernte und bereits dem Waldrand näherte. »Wir setzen ihnen nach und sorgen dafür, dass sie euch nicht länger verfolgen.«

Unschlüssig blieb Leonhard stehen und ließ erschöpft den Schild zu Boden gleiten. Dann steckte er das Schwert zurück in die Scheide und eilte mit der Kraft, die er noch aufzubringen vermochte, auf das Versteck zu, in dem sich Ida seit Ausbruch der Schlacht verborgen hielt.

Das Gefecht dauerte eine Ewigkeit an. In ihrer Verzweiflung befürchtete Ida, dass die Kräutermischung nicht wirkte. Tränen rannen ihr übers Gesicht und sie raufte sich die Haare. Schließlich bat sie nur noch stumm darum, dass der Herr einen Blitz herabfahren ließ, der sie erschlug, wenn Leonhard diesen Kampf verlor. Nicht einen Tag wollte sie dieses Mal ohne ihn weiterleben. Was würde sie erwarten, wenn er nicht mehr da war? Flucht, Einsamkeit und Angst, bevor eines Tages einer von Ulrichs Männern sie aufspüren würde, dessen war sie sich sicher. Sie rutschte auf die Knie und beugte sich so weit vor, dass ihre Stirn den feuchten, kalten Boden berührte.

Während sie mit ihrem Schicksal haderte, änderten sich plötzlich die Geräusche, die vom Kampfplatz zu ihr herübergetragen wurden. Sie erstarrte. War das der Tumult, auf den sie so sehnsüchtig gewartet hatte? Taumelte Valentin, und ging Ulrich unter Leonhards Schlägen in die Knie? Würde ihr Geliebter die Situation ausnutzen und sich seines Feindes endgültig entledigen? Einen Moment lang hoffte sie das, auch wenn sie wusste, dass es nicht rechtens war. Doch sie würden niemals in Frieden gelassen, solange der Leiburger lebte und auf Rache sann. Sie müssten weiterhin ständig um ihr Leben fürchten, und mit ihnen noch viele andere Menschen.

Erneut dauerte es schier eine Ewigkeit, bis sich etwas tat. Dann wurde der Bretterverschlag zu ihrem Versteck aufgerissen. Jählings fuhr sie hoch und blinzelte geblendet in die plötzliche Helligkeit.

»Komm, Liebste«, sagte Leonhard ruhig, trat auf sie zu, umfasste ihre Taille und zog sie mit sich fort. In verzweifelter Freude klammerte sie sich an ihn und drückte ihr tränennasses Gesicht in sein blondes Haar.

»Es war ein sinnloses Blutvergießen«, fuhr er fort, »und für unsere Liebe mussten ein weiteres Mal viele Männer ihr Leben lassen.«

Betroffen sah sie ihn an. »Ist auch Ulrich tot?«

»Als ich das Schlachtfeld verlassen habe, hat er noch gelebt. Ich wollte zu ihm vordringen, aber dein Onkel hat mich zurückgehalten und gesagt, ich solle mich um dich kümmern und ihm Ulrich überlassen. Mir scheint, er hat eine eigene Rechnung mit ihm offen, und ich kann mir denken, welche das ist.«

»Und Vater?«

»Er ist bei ihnen. Er hat uns zusammen mit deinem Onkel einen Vorsprung verschafft, den wir nutzen sollten. Ihre Männer halten uns den Rücken frei.«

»Wo werden wir sie wiedertreffen?«

Leonhard vermied den Blickkontakt. »Ich hoffe, nicht erst im Jenseits.«

Die Landschaft wurde zunehmend flacher, je näher Ida und Leonhard Colonia auf der rheinischen Tiefebene kamen. Immer wieder warf Ida Blicke zurück in der Sorge, Ulrich könnte ihrem Vater entkommen sein und die Jagd erneut aufgenommen haben. Eine Zeitlang folgten sie dem Duffesbach, bis dieser einen Schlenker in westlicher Richtung machte. Sie blieben auf der Straße und hielten auf geradem Weg auf das Weyertor zu, den südwestlich gelegenen Durchgang in der Stadtbefestigung. Hinter den Erdwällen, Gräben und Palisaden öffneten sich Ackerflächen mit vereinzelten Gehöften und Kirchenbauten. Idas Puls beschleunigte sich beim Anblick des regen Treibens von Händlern, Bauern und Herumtreibern auf dem Weg, der zur Stadt führte. Als Ida über die Schulter zurückblickte, sah sie, dass die Tore der Verteidigungsanlage, in denen Teilstücke einer alten Mauer und Mauerreste aus Tuffstein steckten, mit hölzernen Wehrgängen ausgestattet waren. Sie atmete auf. Hier waren sie hoffentlich endlich in Sicherheit.

Leonhard folgte ihrem Blick. »Hierher wird sich Ulrich nicht wagen, erst recht nicht mit einer ganzen Truppe von feindlichen Rittern.« Er wies auf einen Pferdehändler. »Lass uns die Pferde verkaufen. In der Stadt sind sie uns eher hinderlich.«

Ida schluckte. Der Gedanke, die Tiere, die ihnen auf der Flucht so treu geholfen hatten, einfach abzugeben, widerstrebte ihr. Aber natürlich hatte Leonhard recht. Allein die Unterbringung und Versorgung würden sie mehr kosten, als sie zur Verfügung hatten.

Und so gingen sie kurz darauf mit einem zweiten, gut gefüllten Geldbeutel durch das Tor in das Innere der Stadt. Leonhard hatte ihre Habseligkeiten geschultert und sah aus wie ein Händler, der seine Waren in Colonia feilbieten würde. Erleichtert strahlte Ida ihn an, schob ihre Hand in seine und folgte ihm in Richtung des Häusermeers, aus dem die Türme des Doms herausragten. Die Sonne erreichte ihren höchsten Stand, als sie endlich dem Kirchenbau näher kamen. Überall drängten sich Schaulustige an den zahlreichen Werkstätten vorbei durch die Gassen. Verunsichert hielt sich Ida dicht an Leonhard und ließ seine Hand nicht mehr los.

»Dieser Ort platzt aus allen Nähten«, sagte sie und versuchte, die Menge an Eindrücken mit dem in Einklang zu bringen, was ihr Vater über Colonia erzählt hatte. Die Stadt kam ihr unübersichtlicher, schmutziger und gefährlicher vor als sie es sich in ihrer Kindheit vorgestellt hatte.

Leonhard nickte. »Kein Wunder. Hier leben so viele Menschen wie in keinem anderen Ort im Reich.« Als er ihren fragenden Blick sah, fügte er hinzu: »Das hat Heinrich vor der Schlacht gesagt. Deshalb war es ihm so wichtig, seinen Einfluss in diesem Gebiet nicht zu verlieren.«

Kurz bevor sie den Dom erreichten, drängten sich vor ihnen die Fußgänger, Berittene und Fuhrwagen in eine schmale Gasse in Richtung des Flusses.

»Lass uns ihnen folgen und schauen, was es da zu sehen gibt.« Leonhard zog Ida mit sich. »Vielleicht finden wir eine Unterkunft.«

Schon nach wenigen Metern öffnete sich eine große Fläche zwischen den Häuserzeilen. Schien auf den Wegen hierher das Blut der Stadt zu pulsieren, pochte hier das Herz: Aufwendige Marktstände, vor denen offensichtlich gut betuchte Kunden mit gestikulierenden Händlern feilschten, standen neben einfachen Holzkisten und Bänken, auf denen Bauern schreiend ihre Waren feilboten. Auf einem Holzgestell wurden Schwerter, Ritterrüstungen, Lederwaren, Stoffe, Seide und Goldfäden angeboten. Gegenüber sprudelten Wein und Bier aus Fässern. Ein solch reges Treiben hatte Ida noch nie gesehen.

Ein Verkäufer, der auf einer Kiste saß und Teigwaren auf einer groben Leinendecke am Boden feilbot, beobachtete sie ungeniert und sagte dann grinsend: »Da staunst du, was, Mädchen?«

Unwillkürlich musste Ida lachen. »Ja, ich habe noch nie so viele Handeltreibende an einem Ort gesehen.«

Der Händler nickte zufrieden. »Hier auf dem Alter Markt gibt's die besten Waren in ganz Colonia. Und glaubt mir, das will was heißen. Nördlich der Alpen findet sich kein Ort, der mehr Waren anzubieten hat. Wir haben sogar eigene Einheiten für die Elle und das Gewicht einer Mark.«

Beim Anblick seines Backwerks lief Ida das Wasser im Mund zusammen. Sie gab ihm einen Pfennig und erhielt dafür zwei gefüllte Teigtaschen sowie einen Heller zurück.

»Besten Dank, Fräulein«, sagte er.

Sein Nachbar schaltete sich ein, als witterte auch er ein Geschäft. »Von wegen Alter Markt! Lasst euch keinen Bären aufbinden, Teuerste.« Er schob sich hinter seinen Kisten hervor und platzierte sich breitbeinig vor ihnen auf dem Weg. »So wird der Platz nur genannt, weil im Süden der Stadt nun noch ein neuer entstanden ist. Hier ist aber gar nichts alt.«

»Warum riecht es so nach Fisch?«, fragte eine fein gekleidete Frau mit gerümpfter Nase. Der Händler wies mit dem Daumen über seine Schulter. »Das zieht vom Fischmarkt beim Groß Sankt Martin herüber.« Er schnitt eine Grimasse, als die Frau mit angeekeltem Gesichtsausdruck in entgegengesetzte Richtung weitereilte, und richtete sich anschließend wieder an Ida. »Wo kommt ihr her?«

»Aus Oberlothringen. Kannst du uns eine bezahlbare Herberge empfehlen?«

»Bei Maria im Capitol gibt's ein Gasthaus, wo man nicht über den Tisch gezogen wird. Für zehn Pfennige führe ich euch hin«, beteuerte er mit einem Blick auf den Geldbeutel. Leonhard nahm Ida den Beutel aus der Hand und verstaute ihn unter seiner Tunika.

»Und wenn ich dir stattdessen meine Teigtasche anbiete?«, fragte er herausfordernd.

Der Angesprochene wiegte bedächtig seinen Kopf. Schließlich nickte er bereitwillig und beschrieb ihnen den Weg dorthin so genau, dass sie die Unterkunft auf Anhieb fanden. Der Erlös für die Pferde und die Kupfermünzen, die Walburga Ida zugesteckt hatte, reichten für den ganzen Sommer aus. Doch irgendwann würde auch ihr letzter Heller ausgegeben sein. Wo sollten sie dann hin, und wovon konnten sie auf Dauer leben?

Kapitel Achtundzwanzig

Worms, im Jahr des Herrn 1120

Mürrisch folgte Ulrich der Aufforderung des Kaisers, ihn während des Hoftages in seiner Audienzkammer aufzusuchen. Vermutlich befand sich Heinrichs Stimmung auf einem Tiefpunkt, denn der Hoftag drohte aufgelöst zu werden, weil zu wenig sächsische Fürsten gekommen waren. In Goslar war also keine langfristige Einigung erzielt worden.

»Tretet vor, Ulrich«, forderte Heinrich ihn auf und betrachtete mit kaum verhohlener Abscheu sein versehrtes Gesicht. »Ihr seid mir stets ein treu ergebener Leibschützer gewesen, dessen Verdienste ich sehr zu schätzen weiß, bis hin zu dem Opfer, das Ihr in der Schlacht bei Andernach bringen musstet«, sagte er und wies vage auf Ulrichs wulstige Narbe. »Doch nun stiftet Ihr Unfrieden in Oberlothringen und spielt gefährlich mit dem Feuer. Ihr könnt nicht umherstreichen und wahllos Hütten niederbrennen, Bauern erschlagen und die Burgen meiner Vasallen besetzen. Ihr seid ein Edelmann und kein landloser Raubritter. Mir scheint es fast, als müsste ich Euch daran erinnern. Zum Glück hat Friedrich von Schwarzenburg bislang stillgehalten. Sei es, weil er nichts davon mitbekommen hat, oder weil er denkt, es sei meine Angelegenheit, Euch zur Ordnung zu rufen.« Er legte eine Pause ein und sah ihn ernst an. »Vielleicht aber ist es ihm daran gelegen, dass unter meinen Getreuen Unfrieden herrscht. Dass meine Vasallen untereinander Zwist säen, damit meine eigene Position geschwächt und seine gestärkt wird.« Seine Stimme nahm an Schärfe zu und er blickte Ulrich streng an. Wieder legte er eine bedeutungsvolle Pause ein.

»Bei der Verantwortung für Ordnung und Sittsamkeit muss ich ihm recht geben«, fuhr er dann fort. »Deshalb habe ich Verfügungen erlassen, an die Ihr Euch zu halten hattet. Ihr habt sie einfach ignoriert. Darum sehe ich mich gezwungen, weitere Maßnahmen zu ergreifen.« Er atmete tief durch, als fiele ihm schwer auszusprechen, was er zu sagen hatte. »Ihr werdet Gero Rheinsporn zurückgeben und zur Buße eine Pilgerreise nach Jerusalem antreten. Und ich erwarte, dass Ihr Euch dabei wie ein Mann der Krone verhaltet.«

Ulrich erschrak. »Ihr schickt mich in meinem Alter und in diesem Zustand ins Heilige Land?« Er wies auf seine entstellte Gesichtshälfte.

»Ihr lasst mir keine Wahl. Ihr beschwört einen Krieg mit dem Erzbischof von Colonia herauf, ignoriert meine Anweisungen und schwächt damit meine Autorität.«

Ulrich hob beide Arme. »Ich werde fortan alles tun, was Ihr verlangt.«

»Es ist zu spät, Ulrich. Ich muss demonstrieren, dass ich in der Lage bin, unter meinen Lehnsmännern für Ordnung zu sorgen. Mit der Verbindung von Greifenfels und Hamm habe ich eine andere, verlässliche Achse geschaffen. Zeigt mir, dass ich Euch wieder vertrauen kann, indem Ihr diesen Befehl ausführt, ohne zu murren.«

Ulrich erstarrte. Er hatte dem Kaiser viele Jahre lang treu gedient. Mit dieser Härte hatte er nicht gerechnet. Doch die letzte Formulierung hatte ihm unmissverständlich klargemacht, dass Heinrich nicht mit sich verhandeln lassen würde. Er war zu weit gegangen, das erkannte er und bereute gleichzeitig, dass er es nicht erfolgreich bis zum Ziel gebracht hatte. Wenn er schon nach Jerusalem verbannt wurde, hätte er das lieber in dem Wissen in Kauf genommen, Ida und insbesondere Leonhard ihrer gerechten Strafe zugeführt zu haben. Nun musste er Gero die Burg zurückgeben und hinnehmen, dass sich sein gewissenloser Zögling die kleine Rheinsporn zum Eheweib genommen hatte.

In Gedanken ballte er die Fäuste. Iduberga hätte ihm gesunde Söhne geboren. Dann hätte er endlich Valentin als Bastard enterben können. Stattdessen würde der Spross, den ein anderer Kerl in den Leib seiner Frau gepflanzt hatte, die Leiburg erben, wenn er auf dem Weg nach Jerusalem oder in der Heiligen Stadt sein Leben aushauchte. Und dass es so kommen würde, daran hegte er keinen Zweifel. Er war alt und gebrechlich geworden, selbst das verbliebene Auge zeigte bereits beginnende

Altersschwäche. Er war ein leichtes Opfer für noch den erbärmlichsten der Sarazenen oder Seldschuken, sollten sie auf die Idee kommen, das Königreich Jerusalem zurückzuerobern.

Ob der Kaiser das bezweckte – ihn auf elegante Art und Weise loszuwerden? Das wäre mehr als niederträchtig. Aber diese Heimtücke war ihm zuzutrauen, hatte Ulrich doch miterlebt, wie schändlich Heinrich seinen eigenen Vater behandelt und entmachtet hatte.

Zähneknirschend neigte er sein Haupt. »Selbstverständlich könnt Ihr mir vertrauen, mein Kaiser. Ich werde wie befohlen ins Heilige Land ziehen und dort Buße tun.«

»Nun denn, Graf«, sagte Heinrich und seine Miene verriet Ulrich, dass er ihm die Ehrerbietung nicht abnahm. »Dann dürft Ihr Euch entfernen. Eines noch: Euer Sohn Valentin wird auf der Leiburg bleiben, um als Bündnispartner zur Verfügung zu stehen. Ich wünsche Euch Gottes Segen für die Pilgerfahrt in die Heimat Unseres Herrn.«

Ulrich deutete eine Verbeugung an und wandte sich ab. Doch als er den Raum verließ, dachte er: ›Wir werden uns noch einmal wiedersehen, verlass dich drauf, du Verräter am eigenen Vater!‹

Als sich Adebar an diesem Morgen anschickte, von Greifenfels aus Richtung Burg Are zu reiten, ahnte er: Dieser Tag hielt etwas Besonderes für ihn bereit. Ein inneres Kribbeln, eine Unruhe und das Gespür, dass irgendetwas in der Luft lag, begleiteten ihn, während er Kettenhemd und Waffenrock anlegte. Er gürtete sich sorgsam und legte alle Waffen an, die er am Körper tragen konnte. Das Gefühl leistete ihm noch immer Gesellschaft, als er zum Stall ging, sein Pferd satteln ließ und mit Hilfe eines Edelknechts aufstieg. Im letzten Moment entschied er sich dagegen, ein halbes Dutzend seiner Ritter, seinen Bruder oder einen Knappen mitzunehmen. Was dieser Tag für ihn bereithielt, musste er alleine durchstehen, sagte ihm seine innere Stimme. Er konnte sich selbst nicht erklären, was das zu bedeuten hatte. Der Gefahr, der er sich dabei aussetzte, war er sich bewusst.

Während er Richtung Burg Are losritt, verstärkten sich die Unruhe und das Kribbeln, als führte ihn ein himmlischer Bote. Er war gespannt, was ihn erwartete, und ließ sich von seinem Instinkt leiten. Auf halber Strecke sah er unvermittelt Bertolts Armbrustschützen an einem leerstehenden Gehöft auf einer Wiese stehen. Ihm stockte der Atem. Dass die Leiburger ihnen mitsamt Hakon nach der Auseinandersetzung auf dem offenen Feld entkommen waren, ärgerte ihn noch immer. Das durfte kein weiteres Mal passieren.

Alles war genauso, wie er es sich vorgestellt hatte: Hakons grau durchzogenes Haar, sein zerknautschtes Gesicht, das Zwitschern der Vögel in den Bäumen, das Rascheln des Windes im welken Laub. Selbst die Färbung des Himmels glich der, die er in seiner Vorstellung gesehen hatte. Eine tiefe Ruhe erfasste ihn. Er stieg ab, band sein Pferd an einem Stamm fest und beobachtete den alternden Kämpfer eine Weile lang, bis er sich sicher sein konnte, dass dieser alleine war. Genauso alleine wie Adebar. Es würde einen Zweikampf Mann gegen Mann geben, so wie es die Ritterehre vorsah.

Er frohlockte. Dieses Mal gab es kein Entkommen für den Mörder seines Vaters. Als sein Herz zu hämmern begann, wurde ihm bewusst, dass sich Angst in sein Triumphgefühl mischte. Hakon war ein äußerst gefährlicher Gegner. Zu gerne wäre Adebar sofort mit Kampfgeschrei und gezücktem Schwert vorgeprescht, damit die Furcht ihn nicht lähmen konnte. Doch seine innere Stimme warnte ihn. Der ehemalige Rheinsporner hielt seine Armbrust mit eingelegtem Pfeil in der Hand und konnte ihn mühelos erschießen. Also riss er sich zusammen und verbarg sich, bis Hakon den Bolzen auf einen Kohlkopf abgeschossen hatte, der in vierzig Schritt Entfernung auf einem Baumstumpf platziert war. Das Geschoss durchschlug den Kohl exakt in der Mitte. Der Meuchelmörder hatte offensichtlich nichts von seinem Können eingebüßt. Adebar hielt den Atem an. Der Scherge Bertolts nickte befriedigt, legte die Waffe ins Gras und entfernte sich von ihr in Richtung des Stumpfes.

Adebar kniff die Augen zusammen, um besser sehen zu können, und wunderte sich, dass Hakon kein Schwert bei sich trug. Der in die Jahre gekommene Krieger war nachlässig geworden. Adebar konnte sich nicht vorstellen, dass ihm in früheren Zeiten ein solch verhängnisvoller Fehler unterlaufen wäre. Dies war die Gelegenheit, auf die er schon so lange gewartet hatte. Heute war der Tag, an dem der Mörder mit seinem Leben für all das bezahlen würde, was er der Familie Adebars angetan hatte. Angefangen bei dem Attentat auf Gero in dessen Kindheit bis zur Hinrichtung Theoderichs auf dem Schlachtfeld und dem Überfall auf Ida. Die Waagschale der Gerechten schlug eindeutig zu seinen Ungunsten aus, schloss Adebar seine Überlegungen und prüfte den Sitz seines Schwertes.

Leise trat er aus seiner Deckung heraus. Im Näherkommen erkannte er, wie sehr der Recke gealtert war – sein Haar von grauen Strähnen durchzogen, das Gesicht hager und spitz. Offenbar war es ihm seit Bertolts Tod nicht besonders gut ergangen. Für einen kurzen Moment konnte er Hakons Zorn nachempfinden. Theoderich hatte mit dafür gesorgt, dass der Lebensabend des Alten nicht erfreulich verlaufen war. Eilends verscheuchte Adebar das Mitgefühl. Schließlich stand ein kaltblütiger Mörder vor ihm.

Als sich ihre Blicke trafen, glaubte er zu erkennen, dass Hakon zusammenzuckte. Aber er blieb regungslos, während Adebar auf ihn zuging. Nur seine Augen bewegten sich und verfolgten die Bewegungen seines Gegenübers. Die Armbrust lag außer Reichweite auf der Wiese. Unvermittelt schnellte er vor, riss ein Schwert und einen Schild aus dem knöchelhohen Gras auf und hielt beides schützend vor seinen Körper.

»Welch launige Ironie der Fortuna«, sagte er, wobei ein zynisches Lächeln seine Lippen umspielte, »dass ich durch einen Liebhaber von Jünglingen auf einer Blumenwiese gestellt werde.«

Adebar zuckte einen Moment zurück, hatte er doch geglaubt, niemand außer Gero wüsste von seiner Neigung.

Rasch konzentrierte er sich wieder. Vermutlich hatte Hakon mit seiner Äußerung genau das bezweckt. Blitzschnell hob er seinen Schild mit der linken Hand und rammte ihn gegen den Hakons. Mit einem dumpfen Klang prallten die Schutzplatten gegeneinander. Gleichzeitig zog Adebar sein Schwert mit der Rechten nach hinten und stieß es mit Schwung Richtung Hakons Oberkörper. Doch der alte Recke hatte diesen Zug vorausgesehen und fälschte den Schlag mit seinem Schild ab. Er duckte sich und stach seinerseits aus der Deckung unterhalb des Schildes nach Adebar. Dieser stieß einen wütenden Laut aus und riss seinen Schild erst nach unten, um den Stich abzuwehren, dann nach oben. Damit legte er Hakons Deckung frei und konnte erneut mit dem Schwert nach ihm zielen. Abermals wich der Alte geschickt seitlich aus, und der Hieb ging ins Leere.

Geistesgegenwärtig rammte Adebar ihm seinen erhobenen Schild gegen den Kopf. Hakon stöhnte auf und taumelte zurück. Adebar atmete durch. Der wichtigste Schritt war ihm gelungen, sein Gegner war angeschlagen. Das war allerdings kein Grund, ihn nun zu unterschätzen. Und tatsächlich schnellte Hakon hoch und schwang seine Waffe mit einem wütenden Kampfschrei auf Adebars Kopfhöhe durch die Luft. Erschrocken riss dieser seinen Oberkörper zur Seite und tauchte unter dem Schwertstreich hindurch, um seinerseits Hakon einen platzierten Schlag auf die Schulter zu verpassen, als dieser ihm in der heftigen Schwungbewegung die ungeschützte Flanke anbot.

Hakon ächzte, verlor seinen Schild und taumelte gegen den Stamm einer Eiche. Adebar ließ ebenfalls seine Schutzplatte zu Boden gleiten und rammte ihm die Faust in die Seite. Hakon gab einen dumpfen Laut von sich und stieß Adebar seinen Ellbogen auf die Brust. Adebar rang nach Luft. Diesen Augenblick nutzte Bertolts Scherge, um ihn mit beiden Händen zu packen, über sein gestrecktes Bein zu drehen und mehrmals mit dem Kopf gegen den Baumstamm zu schlagen. Ein stechender Schmerz breitete sich in Adebars Hinterkopf aus. Er geriet in Panik, weil er seinen Vorteil an Kraft und Schnelligkeit nicht genutzt hatte.

Verzweifelt riss er sein Schwert hoch und traf Hakons Oberarm. Der Alte wich zurück, sodass Adebar ihn von sich stoßen konnte. Um sein Gleichgewicht zu halten, streckte Hakon die Arme auseinander und präsentierte damit unfreiwillig seinen schutzlosen Oberkörper. Adebar erinnerte sich seiner früheren Einsicht, dass es im Zweikampf mit dem Schergen Bertolts kein Zögern geben dürfe. Ohne zu zaudern trieb er dem Mörder seines Vaters brüllend das Schwert in den Bauch. Hakons Schultern fielen nach vorne, und er gab einen gurgelnden Laut von sich. Rasch zog Adebar die Waffe aus seinem Körper heraus und stieß erneut zu. Der Alte sank röchelnd zu Boden. Endlich lag er wehrlos und tödlich verwundet vor ihm im Gras.

»Woher wusstet ihr von unserer Schlachtanordnung?«, schrie Adebar ihn an.

In einem letzten Aufbegehren grinste Hakon hämisch. »Das weißt du doch längst, du Narr.«

»Ich will es von dir hören.«

Hakon entglitten die Gesichtszüge. Er lächelte schief. »Drachenflügel haben uns den Weg gewiesen«, röchelte er. Dann rollten seine Augäpfel nach hinten und sein Körper rührte sich nicht mehr.

Anstatt seinen Ritt Richtung Burg Are fortzusetzen, kehrte Adebar sofort zurück nach Greifenfels und ließ Willibald zu sich rufen. Unter vier Augen berichtete er seinem Bruder von dem Geschehen und davon, was er durch Hakon vor dessen Tod bestätigt bekommen hatte: Ulrich hatte ihren Vater verraten.

Sein jüngerer Bruder folgte seinen Ausführungen mit unbewegter Miene. »Wir müssen auch an ihm Rache nehmen«, sagte er, als Adebar geendet hatte.

»Das wird schwierig. Der Kaiser hat ihn ins Heilige Land geschickt«, wandte Adebar ein.

»Ich könnte ihm dorthin folgen«, bot Willibald an und richtete sich auf. »Er kennt mich nicht. Vielleicht werde ich sogar dortbleiben. Als Spätgeborener habe ich hier ohnehin nur wenige Möglichkeiten.«

Zweifelnd musterte Adebar ihn. »Und was dann? Willst du ihn im Zweikampf stellen? Ich glaube nicht, dass er diese Pilgerreise alleine antritt. Du würdest der Übermacht der Leiburger nicht gewachsen sein. Außerdem dürfen Pilger nicht bewaffnet reisen.«

Nachdenklich wiegte Willibald den Kopf. »Ich müsste mich an ihn heranschleichen und ihm heimlich Gift verabreichen. Nur – wie komme ich an dieses Gift?«

Adebars Miene hellte sich auf. Diese Idee klang umsetzbar. »Wir müssten Sigrun um Hilfe bitten.«

»Sie wird es mir nicht aushändigen, wenn sie weiß, dass es einen Menschen töten soll.«

»Sie selbst hat Gero darum gebeten, unseren Vater zu rächen«, gab Adebar zu bedenken.

»Das war in dem Moment größter Trauer. Inzwischen sind einige Jahre verstrichen, und ich glaube nicht, dass sie an der Ermordung Ulrichs beteiligt sein möchte. Schließlich hat sie nicht gesagt, dass sie eigenhändig für Vergeltung sorgen will. Sie hat euch aufgefordert, das zu tun, weil das eine Sache zwischen Männern ist und sie sich der Heilkunde verschrieben hat und nicht der Hexerei. Lass sie mich unter einem Vorwand nach dem Gift fragen. Und wenn sie Verdacht schöpft, kann sie sich ja ihren Teil denken und entscheiden, ob sie ihr Scherflein dazu beitragen möchte.«

Noch am gleichen Tag suchte Willibald seine Schwester auf und traf sie zusammen mit einer Kammerfrau beim Packen an.

»Willst du uns wieder verlassen?«, fragte er überrascht.

»Ja, ich werde schon morgen gemeinsam mit Mechthild, Gregor und einer Eskorte Richtung Rheinsporn aufbrechen. Ulrich musste dem Kaiser versprechen, von der Verfolgung

Idas und Leonhards abzusehen, und auch alle, die er dafür angeheuert hatte, zurückzubeordern. Außerdem hat der Kaiser Gero seine Lehen zurückgegeben. Es gibt keinen Grund mehr, länger hierzubleiben.«

»Freust du dich auf deine Heimkehr?«

Seine Schwester nickte der Kammerfrau zu, die sich daraufhin aus der Kemenate entfernte und die Tür hinter sich schloss. »Um ehrlich zu sein, fällt es mir unerwartet schwer, mich von meiner Heimatburg und euch zu verabschieden«, gestand Sigrun. »Ich habe viel mehr heimatliche Gefühle und schöne Erinnerungen an Greifenfels. Rheinsporn ist für mich immer noch ein Stück weit Bertolts Burg. Aber es ist jetzt mein neues Zuhause und Geros Erbe. Hier können wir ohnehin nicht auf Dauer bleiben.« Sie lächelte, als ahnte sie, dass er mit einem Anliegen gekommen war. »Was führt dich zu mir?«

»Ich brauche einen Giftköder.«

Sie stutzte. »Wofür?«

»Auf unseren Feldern treibt ein Wolfsrudel sein Unwesen«, behauptete Willibald und spürte, dass er rot wurde.

Sigrun runzelte die Stirn. »Könnt ihr die Wölfe nicht erlegen?«

»Das haben wir versucht, und dabei musste einer unserer Männer sein Leben lassen. Ich möchte nicht noch mehr Menschenleben riskieren.«

»Ein ganzes Rudel, sagst du? Wenn ihr alle töten wollt, reicht nicht nur ein bisschen Gift.«

Erleichtert, dass Sigrun nicht weiter nachbohrte, atmete Willibald auf. »Ja, vielleicht. Gib mir bitte genug mit, um alle auszuschalten.«

»Das Pulver des Schierlings ist sehr giftig. Man muss die Frucht enthülsen und zerstampfen. Anschließend streut man eine dünne Schicht davon auf Wasser. Ihr müsst eine Schale mit dieser Flüssigkeit in ihre Nähe stellen, damit sie es trinken.«

»Was passiert dann mit den Wölfen?«

»Beim Menschen bewirkt das Pulver eine Lähmung, die von den Füßen her aufsteigt. Vergiftete sterben schließlich bei vollem Bewusstsein an einer Atemlähmung. Ich vermute, dass sich das bei Tieren ähnlich verhält.«

»Werden sie nicht misstrauisch, wenn sie das Gift riechen?«

Sigrun sah ihn ernst an als fragte sie sich, was er tatsächlich im Schilde führte. »Sie werden es nicht riechen, denn das Pulver verbreitet weder einen verräterischen Geruch noch Geschmack. Allerdings ist der Sterbevorgang von Krämpfen begleitet. Will man den Tieren einen schmerzlosen Tod bereiten, sollte man betäubenden Mohnextrakt beimischen.«

»Tu das bitte«, sagte Willibald und wandte sich zum Gehen.

»Im Anfangsstadium kann man ungemischten Wein als Gegenmittel verabreichen, aber den wird ein Wolf kaum zu sich nehmen«, rief sie ihm hinterher.

Er spürte ihren argwöhnischen Blick im Rücken, als er den Raum verließ.

Das Leben in Colonia war teurer, als Ida und Leonhard vermutet hatten, zumal ihnen Waren zum Tauschhandel fehlten, wie es auf dem Land sonst üblich war. Als ihr Vorrat an Münzen zur Neige ging, machte sich Ida auf die Suche nach einem Bader, dem sie ihre Dienste als Kräuterkundige anbot. Nach anfänglichem Misstrauen nahm er ihr Angebot an und wusste ihre Hilfe bald zu schätzen. Von ihm lernte sie das Richten von Knochenbrüchen, das Schröpfen und den Aderlass. Die Städter und Reisenden, die zu ihnen kamen, bezahlten ihre Heilkünste und Arzneien oft in Naturalien. Manche davon behielt Ida für sich und Leonhard, andere gab sie an den Gastwirt ihrer Herberge weiter und verlängerte so ihren Aufenthalt Tag um Tag. Leonhard verdingte sich bei einem Schmied, dem er half, die groben Arbeiten zu verrichten und die Schwerter zu beschlagen, indem er ihm Hinweise gab, wie er das Blatt besser austarieren konnte. Testweise wog er die fertigen Waffen in der Hand und führte Streiche in der Luft aus.

Sie fanden sich immer besser in dieser rastlosen Stadt zurecht. Trotzdem konnte dies kein Dauerzustand für sie sein, denn sie lebten von der Hand in den Mund. Es wäre besser, eine Hütte auf dem Land zu bewohnen und einen Acker zu bestellen. Ida dachte an die zahlreichen Ländereien ihres Vaters und fragte sich, ob er ihnen wohl jemals eine Hufe zur Verfügung stellen würde, damit sie diese bewirtschaften und davon leben konnten. Zumindest hatte er sich gegen Ulrich und sein unwürdiges Tun gestellt. Das nährte ihre Hoffnung, die Dinge könnten sich zum Guten wenden. Doch vermochte sie noch immer nicht, ihm zu verzeihen, dass er sie durch sein Vermählungsversprechen in diese Lage gebracht hatte.

Es bekümmerte Ida, dass sich bei ihr keine Schwangerschaft einstellte, obwohl sie und Leonhard Nacht um Nacht beieinanderlagen. Einerseits war das gewiss eine Erleichterung, denn es wäre schwierig, mit einem Säugling auf der Flucht zu sein und ihn unter diesen Umständen großzuziehen. Andererseits wünschte sie sich ein Kind und hoffte, dass sich Nachwuchs einstellen würde, sobald sie in Frieden und Sicherheit leben konnten.

Als Ida an diesem Abend das Gasthaus betrat, ein Huhn und zwei Säckchen Korn unter die Arme geklemmt, fiel ihr Blick auf einen bunt gekleideten Mann. Er saß alleine an einem Tisch, eine Laute lehnte an der Wand hinter ihm. Wie lange hatte sie keine Neuigkeiten mehr aus Rheinsporn gehört! Ob dieser Spielmann ihr die neuesten Nachrichten verriet, wenn sie ihm eine Handvoll Mandeln dafür gab? Kurzentschlossen reckte sie ihr Kinn und trat zu ihm an den Tisch. Mit schräg gelegtem Kopf sah er zu ihr auf und rührte weiter in seiner Suppenschüssel.

»Darf ich mich zu dir setzen?«, fragte Ida.

Kauend wies er mit der freien Hand auf den leeren Schemel ihm gegenüber.

Ida benetzte ihre Lippen und ließ sich hastig nieder, bevor sie es sich anders überlegen konnte. »Ich habe nicht viel, womit ich dich entlohnen kann, denn ich schlage mich selbst

Tag für Tag durch. Würdest du mir trotzdem ein paar Fragen beantworten, wenn ich dir eine Handvoll Mandeln gebe?«

»Frische?«

Sie nickte. »Ich habe sie als Lohn für meine Heilkünste erhalten.«

»Soso, eine Heilerin bist du also«, murmelte er und schielte auf ihre Hände, die sich trotz aller Entbehrungen dank Mechthilds Pflege auf Greifenfels erholt hatten und offenbar zu fein waren für eine Arbeiterin. Sie verschränkte die Finger einander.

»Was willst du wissen?«, fragte er und tunkte das Brot in die Holzschale, um die Reste der Suppe aufzusaugen.

»Gibt es Neuigkeiten aus Oberlothringen?«

»Tut mir leid. Ich war in den letzten Mondwechseln ausschließlich in Niederlothringen unterwegs. Aber ich bin auf dem Weg nach Cobolentz. Das liegt meines Wissens bereits in Oberlothringen.«

Aufgeregt richtete sich Ida auf. »Wirst du am Rhein entlang reisen?«

Genüsslich schob er sich die Brotreste zwischen die gelblich verfärbten Zähne und erwiderte mit vollem Mund: »Das wäre am klügsten, denn auf diese Weise werde ich Cobolentz ganz sicher nicht verfehlen.«

»Wenn du von Colonia aus am Rhein entlang reist, wirst du an einer Burg vorbeikommen, die Rheinsporn heißt und etwa auf halbem Weg zwischen hier und Cobolentz liegt, glaube ich.«

Er kniff die Augen zusammen. »Aha. Und was ist mit dieser Burg?«

»Dort habe ich einmal gedient«, behauptete sie. »Würdest du bitte der Burgherrin, und nur ihr, eine Nachricht von mir überbringen?«

»Was macht dich so sicher, dass man mich zu ihr vorlässt?«

»Das wird man ganz gewiss tun, wenn du sagst, dass du eine Botschaft der Meda von Trier auszuhändigen hast.«

»Bist du das?«

»Nein, das war die Heilerin, von der ich meine Kenntnisse erworben habe. Sie hat auf Rheinsporn gelebt und gewirkt. Ihr Name öffnet dort nahezu alle Türen.«

»Nun denn, welche Nachricht soll ich ihr überbringen?«

»Ich lasse sie dir aufschreiben. Wann ziehst du weiter?«

»Morgen früh breche ich auf.«

Ida sprang auf. »Dann muss ich mich beeilen. Bitte warte hier. Ich kenne jemanden, der die Worte für mich niederschreiben kann.«

Er lehnte sich zurück. »Und was ist mit meinen Mandeln?«

»Die bekommst du, wenn du gleich noch da bist, den Brief an dich nimmst und mir hoch und heilig versprichst, ihn ausschließlich an Sigrun von Rheinsporn zu übergeben und an keinen anderen.« Sie drückte das Huhn und beide Körnersäcke fest an sich, lief die Stiege zu den Kammern hinauf und klopfte energisch an die Tür.

»Wer ist da?«, fragte Leonhard von innen.

»Ich. Mach schnell auf.« Hastig erklärte sie ihm, was sie vorhatte, raffte das alte Pergament, das sie vom Medikus bekommen hatte, um darin zerstoßene Kräuter aufzubewahren, sowie Tinte und einen Federkiel zusammen, den er ausgemustert hatte.

»*Liebste Mutter*«, schrieb sie,

»*Leonhard und ich haben in einer Herberge nahe der Basilika St. Maria im Capitol in Colonia Zuflucht gefunden.*

Mach dir keine Sorgen um mich.

In Liebe, Ida.«

Sie war sich bewusst, dass es nicht redlich war, die Zeilen so zu formulieren. Natürlich würde ihre Mutter sich sofort Sorgen machen. Insgeheim hoffte Ida, dass sie Leonhard und ihr aus der Not heraushalf.

Drei Wochen später klopfte ein Bote an ihre Zimmertür in der Herberge. »Seid Ihr die Tochter Gero von Rheinsporns?«

Ida nickte zögerlich. Es war gefährlich, ihre Herkunft preiszugeben.

Der Bote deutete eine Verbeugung an. »Ich habe Euch eine Nachricht von Eurem Vater zu überbringen: Der Graf von Rheinsporn lässt im Land verkünden, dass Ihr unter seinem persönlichen Schutz steht, und bittet Euch, zurück nach Rheinsporn zu kommen. Wollt Ihr nicht auf der Burg bleiben, so lässt er Euch am Fuß des Schieferfelsens ein Heim errichten, das Ihr bewohnen könnt.«

Ida frohlockte und Tränen traten in ihre Augen. Ihre Flucht konnte bald ein Ende finden und dort aufhören, wo sie begonnen hatte. Doch wollte sie so nah an Rheinsporn leben?

»Ihr müsst Euch nicht sofort entscheiden«, sagte der Bote. »Der Graf hat mir aufgetragen, Euch ein oder zwei Tage Bedenkzeit zu lassen und erst dann mit Eurer Antwort zurückzukehren.«

Ida und Leonhard beratschlagten die halbe Nacht, was zu tun sei.

»Ich hatte den Spielmann ausdrücklich darum gebeten, den Brief nur an meine Mutter weiterzugeben. Wieso antwortet jetzt mein Vater?«

»Vermutlich hat sie ihm das Pergament gezeigt, weil sie weiß, dass er sich Sorgen um dich macht. Vielleicht auch, um ihn zu diesem Angebot zu überreden, das er uns unterbreitet hat. Das kann schließlich nicht sie tun, denn sie hat keine Verfügungsmacht über die Besitzungen.«

Ida sah starr vor sich auf die Tischplatte. »Es würde mit einem Schlag unsere Probleme lösen. Zumindest hätten wir ein Dach über dem Kopf. Aber wir wären sehr nah an Rheinsporn. Zu nah für meinen Geschmack. Außerdem enthält das Angebot keine Aussage darüber, wie wir ein Auskommen haben sollen. Denkt mein Vater, wir wollen abhängig von ihm sein und darauf warten, dass er uns Lebensmittel und alles Notwendige herunterschickt?«

In ihrem Kopf ging sie noch einmal durch, was der Bote zu ihr gesagt hatte. Und nein, darin war keine Rede davon, dass sie eine Hufe bekämen, die sie selbst bewirtschaften könnten.

»Ich denke, das Angebot ist großzügig gemeint«, entgegnete Leonhard. »Vermutlich will dein Vater dir nicht zumuten, dass du wie ein gewöhnliches Weib arbeiten musst.«

»Das möchte ich aber«, widersprach sie heftig. »Ich bin als einfaches Weib geboren worden und habe zwölf Jahre lang unter Landleuten gelebt. Es ist mir nicht schlecht bekommen. Meine Schwierigkeiten begannen erst, als mein Vater Rheinsporn zuerkannt bekam. Hier leben wir nun auch schon mehrere Mondwechsel. Und siehe da: Es schadet mir nicht, zu arbeiten. Genauso wenig wie es Meda und den vielen anderen geschadet hat, die dieses Handwerk verrichten.«

Zweifelnd legte Leonhard den Kopf schräg. »Du weißt, wie unsicher unsere Lage ist. Uns kann jeden Tag das Geld ausgehen. Der Gastwirt wird uns vor die Tür setzen, sobald er zahlungskräftigere Kundschaft hat. Und was dann, Ida?« Er sah sie flehend an und fügte hinzu: »Du weißt, dass ich nicht für mich selbst Gründe anführe. Ich käme mit nahezu jedem Zustand zurecht. Ich bitte dich nur, darauf zu achten, was das Beste für dich ist.«

»Lass uns eine Nacht darüber schlafen«, erwiderte Ida. »Ich kann das, was an diesem unsäglichen Abend auf Rheinsporn passiert ist, nicht vergessen. Die Entbehrungen der letzten Monate, Rubens Tod, die gewaltsame Erstürmung der Burg, die vielen Getöteten – all das wäre nicht geschehen, hätte mein Vater zu seinem Wort gestanden.«

»In Ordnung«, sagte Leonhard, legte einen Arm um ihre Schultern und zog sie an sich. »Das ist eine gute Idee.«

An Schlaf war für Ida indessen nicht zu denken. Unruhig warf sie sich auf dem Lager hin und her. Im Halbdämmer träumte sie davon, wie der Gastwirt sie vor die Tür setzte und Leonhard und sie sich hungernd vor den Toren der Stadt herumtrieben. Jedem Gesindel und jedem Unwetter waren sie preisgegeben, egal ob Hagelschauer, Eisregen, Hitze oder Gewitter. Die Monate, die sie zusammen mit Leonhard auf der Flucht verbracht hatte, steckten ihr in den Knochen. Das wollte sie auf keinen Fall noch einmal durchmachen müssen.

Und Leonhard stellte sich bestimmt etwas anderes für sein Leben vor, als der Gehilfe eines Schmiedes zu sein.

Die andere Vision, eine Kate am Fuße des Rheinsporns zu bewohnen und auf Almosen von ihrem Vater zu warten, behagte ihr allerdings ebenso wenig. Und Leonhard würde ganz ohne Arbeit oder als Feldarbeiter vermutlich auch nicht erfüllter sein denn als Schmiedegehilfe. Im Morgengrauen wurde ihr bewusst, dass sie zwar nach und nach in der Lage war, ihrem Vater zu verzeihen, was geschehen war. Sie glaubte zu verstehen, in welcher Zwangslage er sich befunden hatte. Aber das Vertrauen zu ihm war noch immer tief erschüttert. Er hätte anders damit umgehen und mit ihr reden müssen, sie nicht vor vollendete Tatsachen stellen dürfen. Schließlich wusste der ganze Saal, welche Vereinbarung zwischen ihnen beiden bestand und vielen von ihnen war bekannt, dass sie andere Bewerber abgelehnt hatte.

Alles in ihr sträubte sich dagegen, wieder in seine Nähe zu ziehen, ihm buchstäblich zu Füßen zu sitzen. Noch war kein Vertrauen wiederhergestellt, war das Verzeihen nicht tiefgreifend genug. Als Leonhard am Morgen die Augen aufschlug, schien er augenblicklich hellwach zu sein. Er drehte sich zu ihr um und streichelte ihre Wange. »Konntest du schlafen?«

Ida schüttelte den Kopf. »Nicht wirklich.«

»Bist du zu einer Entscheidung gekommen?«

Sie hob zu sprechen an, doch er legte einen Finger an ihren Mund. »Eines noch: Bevor du sprichst, sollst du wissen, dass ich deinen Entschluss, egal wie er auch ausfallen mag, aus vollem Herzen mittragen werde.«

Idas Blick wurde weich. Sie küsste ihn. »Ich werde das Angebot nicht annehmen, zumindest nicht in dieser Form«, sagte sie. »Ich möchte aus der Reichweite meines Vaters sein, und ich will nicht, dass Ulrich weiß, wo er uns finden kann, falls er wieder nach uns sucht.«

»Dann sollten wir den Boten nicht länger warten lassen.« Mit einem Ruck erhob sich Leonhard. »Wir schaffen das, Ida.«

Es dauerte noch einmal mehrere Wochen, in denen ihre Vorräte und der Vorschuss, den sie dem Gastwirt ausgehändigt hatten, endgültig zur Neige gingen. Bald würden sie ausziehen und eine der Armenhütten vor den Toren der Stadt bewohnen müssen und sich mit dem Wenigen, was sie sich erarbeiten konnten, über Wasser halten. Doch alles war besser, als sich erneut in die Abhängigkeit von ihrem Vater zu begeben, fand Ida. Vermutlich schimpfte er, dass sie Medas Sturheit und Uneinsichtigkeit übernommen habe. Aber das war ihr egal. Die Heilerin war ihr in so vielen Dingen ein Vorbild, warum sollte sie nicht ein paar ihrer Wesenszüge übernehmen?

Kurz vor ihrem Auszug aus der Herberge tauchte unvermittelt Geros Ritter Albrecht vor ihrer Tür auf und verbeugte sich vor Ida. »Darf ich eintreten?«

Erstaunt sah Ida ihn an und schaute sich dann suchend um. Er war allein gekommen. Die letzten Monate schienen ihm ebenfalls zugesetzt zu haben – sein Gesicht wirkte eingefallen. Mit sorgenvoller Miene trat er in das Zimmer ein und warf Leonhard einen finsteren Blick zu. Auch wenn dieser nun der Schwiegersohn seines Herrn war, so hatte er doch durch sein Verhalten diesen ganzen Tumult und das Morden verursacht, das im letzten Jahr über halb Oberlothringen hereingebrochen war.

Leonhard postierte sich breitbeinig neben Ida, als wollte er klarstellen, dass Albrecht sie ihm nicht wegnehmen konnte.

»Euer Vater unterbreitet Euch ein weiteres Angebot«, sagte Albrecht und schmunzelte über Leonhards Verhalten. »Er bietet Euch an, ein leerstehendes Haus etwa auf halbem Weg zwischen Rheinsporn und Colonia zu bewohnen, das zu seinen Lehensgütern gehört, und die dazugehörigen Felder zu bewirtschaften.«

Ida und Leonhard sahen sich an und Ida erkannte an seinem Gesichtsausdruck, dass sie diesmal nicht lange beratschlagen mussten. Ihnen stand das Wasser bis zum Hals und dieses Angebot war zu großzügig, um es ablehnen zu können. Mit einem Schlag waren sie all ihre Sorgen los.

Idas Blick fiel auf Medas keltischen Knoten, den sie an die Wand gehängt hatte. »Ich erwarte, dass Stillschweigen über unseren Aufenthalt dort gewahrt wird«, antwortete sie Albrecht. »Ich möchte nicht von Leiburger Schergen in der Nacht überrascht werden, denn ich traue dem Frieden nicht. Vermutlich sinnt Ulrich noch immer auf Rache.«

»Daran hat der Graf auch schon gedacht und rät Euch, vorübergehend andere Namen zu wählen.«

Als Ida eine Woche später zusammen mit Leonhard an ihrem neuen Wohnhaus inmitten einer grünen Feld- und Wiesenlandschaft eintraf, wartete ihr Vater mit einigen seiner Ritter dort auf sie. Mit freudiger und bedrückter Miene zugleich stand er neben dem Steinhaus, das ein Giebeldach aus Schindeln trug. Das Mauerwerk bestand aus unbehauenen Gesteinsstücken in verschiedenen Braunschattierungen. Nur die Fenster waren aus rechteckig bearbeiteten, grauen Steinen geformt. Ein Weg zum Eingang, ein Brunnen und ein Gemüsegarten waren bereits angelegt. Sogar an einen Kräutergarten hatte jemand, vermutlich ihre Mutter, gedacht. Ein separater Schuppen, der als kleine Stallung dienen konnte, lehnte sich an die Rückseite. In der Umgebung erkannte Ida weitere Gebäude aus Holz und Lehm, in denen ihre zukünftigen Nachbarn lebten. In der Entfernung schimmerte der Rhein als blau-grauer Streifen.

Höflich neigte sie ihr Haupt. »Vater.«

Sie sah, wie sehr ihn diese nüchterne Begrüßung traf. »Ida, wie schön, dich wohlbehalten zu sehen. Ich freue mich, dass du mein Angebot angenommen hast.« Er kam auf sie zu.

Sein Anblick schnitt ihr ins Herz und sie spürte den Drang, ihn zu umarmen. Vorsichtig rutschte sie vom Pferderücken. Ihr Monatsblut war ausgeblieben. Sie hoffte, dass sich endlich eine Schwangerschaft eingestellt hatte, und wollte kein Risiko durch eine unbedachte Bewegung eingehen. Innig nahm ihr Vater sie in den Arm.

»Es tut mir unendlich leid, was passiert ist«, sagte er.

Verhalten erwiderte sie die Umarmung. »Es ist leider noch nicht zu Ende«, flüsterte sie. »Leonhard und ich müssen womöglich weiterhin um unser Leben fürchten. Und vielleicht sogar erneut die Flucht ergreifen.«

Ihr Vater sah sie mit einem flehentlichen Blick an. »Ich weiß, Ida. Wenn ich wüsste, wie ich all dies ungeschehen machen und weiteres Unheil verhindern könnte, glaub mir, ich würde alles daransetzen, es zu tun.«

Dann trat er auf Leonhard zu, reichte ihm den Unterarm zum Gruß und sagte: »Herzlich willkommen in der Familie.«

Kapitel Neun-undzwanzig

Venedig, im Jahr des Herrn 1121

In Venedig angekommen, fand Willibald am Hafen bald ein Ruderschiff, das an der dalmatinischen Küste entlang und weiter über Kreta, Rhodos und Zypern nach Jaffa übersetzen würde. Bei den Verhandlungen mit dem Patron, der zugleich der Kapitän war, musste er allerdings feststellen, dass die Seereise ein Vermögen kostete.

»Für die Silberlinge, die du für die Überfahrt verlangst, müsste ein Bauhandwerker das Einkommen von zwei Jahren aufbringen«, beschwerte er sich.

Der Schiffseigner zuckte mit den Schultern. »Ich zwinge dich nicht, mitzukommen. Das Schiff ist fast voll. Ich nehme bereits eine Pilgergruppe mit. Wenn du ins Heilige Land willst, rate ich dir, dich dieser Gruppe anzuschließen. Allein ist die Reise zu gefährlich.«

Das leuchtete Willibald ein. Er hatte ohnehin vorgehabt, in einer Pilgergruppe weiterzureisen.

Da trat ein kostbar gekleideter Kaufmann an den Patron heran und verkündete laut, dass er die Kosten der Seereise für einen mittellosen Pilger übernahm. Es schien ihm wichtig zu sein, seinen Reichtum zur Schau zu stellen. Willibald widerstand der Versuchung, sich ihm als Diener anzubieten, um die Überfahrt ebenfalls kostenfrei unternehmen zu können. Adebar hatte ihm so viele Münzen mitgegeben, dass er es bis Jerusalem schaffen würde. Hatte er Glück, blieb genug für die Rückreise übrig. Falls nicht, konnte er immer noch den Landweg von Kleinasien über Konstantinopel und Griechenland nehmen, auch wenn das länger dauerte und beschwerlicher war. Doch nun musste er zügig vorankommen, um Ulrich von Leiburg einzuholen. Zähneknirschend bezahlte er dem Patron die geforderte Summe und betrat das Schiff.

Während der mehrtägigen Überfahrt nach Jaffa kämpfte er mit einer Übelkeit, wie er sie noch nicht erlebt hatte. Mehrmals erbrach er sich über die Reling. Als er sich stöhnend und den Bauch haltend wieder an die Bordwand lehnte, gesellte sich Johann, der mittellose Pilger, dem der Kaufmann die Fahrt bezahlt hatte, zu ihm. Er musste etwa in Willibalds

Alter sein und hielt offenkundig nicht viel von Körperpflege. Sein Geruch verschlimmerte Willibalds Brechreiz. In seinem Magen befand sich allerdings nichts mehr, was noch über die Bordwand wollte.

»Ich habe gehört, du bist ebenfalls auf dem Weg ins Heilige Land«, sagte Johann, wohl in der besten Absicht, ihn von seiner Seekrankheit abzulenken. Ihm selbst schien das Geschaukel nicht das Geringste auszumachen. »Sag, warum reist du nach Jerusalem?«

»Mir ist als Nachgeborener die Aufgabe zugefallen, die Familientradition einer Pilgerfahrt ins Heilige Land aufrechtzuerhalten«, presste Willibald gequält hervor.

»Und woher kommst du?«, bohrte Johann weiter.

»Von Burg Hamm in der Eifel«, log er. Es war zu befürchten, dass er irgendwann auf einen Adligen traf, der den Grafen von Hamm und seine Familie kannte. Für diesen Fall wollte er dann behaupten, er sei ein uneheliches Kind des Grafen. Er hoffte, dass Adebars Schwiegervater ihm das verzieh und ebenfalls der Meinung war, der Zweck heilige in diesem Fall die Mittel. Noch war ihm niemand begegnet, der aus Oberlothringen stammte. Die meisten Pilger kamen aus dem Elsass oder dem Frankenland.

»Und du? Woher kommst du?«, fragte er schnell, um Johanns Aufmerksamkeit von sich abzulenken.

»Aus Augsburg.« Johann wies auf die Mitreisenden, die allesamt kreidebleich oder grau im Gesicht waren. »Das ist unsere Pilgergruppe. Die beiden Kirchenmänner träumen davon, einmal in ihrem Leben eine Messe in der Grabeskirche zu lesen. Ob das Herrn Arnold gelingen wird, ist allerdings fraglich. Er ist an der Ruhr erkrankt. Die reichen Kaufleute hier an Bord geben vor, ihre Pilgerreise aus religiösen Gründen zu unternehmen. Einer von ihnen will angeblich dem Herrn für die Erfüllung eines bedeutsamen Anliegens danken, ein anderer behauptet, er löse ein Gelübde ein. Doch das ist alles nur vorgeschoben. In Wirklichkeit hoffen sie, sich neue Handelspartner zu erschließen oder Waren mit nach Hause bringen zu können. Und zuletzt sind da noch die Adligen, Nachgeborene wie du, auf der Suche nach Abenteuern. Aber sie behaupten, testamentarisch zur Pilgerfahrt verpflichtet, auf der Flucht vor dem Klosterleben oder einer Verheiratung zu sein.«

»Woher weißt du …?«, Willibald sah ihn aufmerksam an, als er erneut Übelkeit in sich aufsteigen spürte.

»Ich hatte einige Tage und Abende in den Hafentavernen Zeit, um mich auf meine Reisegruppe vorzubereiten.« Johann lachte.

»Und du, warum reist du denn nach Jerusalem?«, hakte Willibald nach.

»Weil ich Schuld auf mich geladen habe. So kann ich mich noch zu Lebzeiten meines Vergehens entledigen und muss nach meinem Tod nicht mehr im Fegefeuer oder gar der Hölle schmoren.«

»Welche Untat hast du begangen?«

Johann hob den Blick in den trüben Himmel und zuckte selbst dann nicht mit der Wimper, als ihm Meerwasser ins Gesicht spritzte. »Ich habe einen Knecht erschlagen.«

Willibald hielt den Atem an und war froh, dass sie als Pilger keine Waffe tragen durften. Sie genossen eine bevorzugte Stellung und wurden als Unbewaffnete einem Sonderfrieden unterstellt. Niemand wusste, dass er giftiges Schierlingspulver mit sich führte. Es war ein riskantes Unterfangen, auf das er sich da eingelassen hatte, das war ihm bewusst. Doch selbst wenn es ihn das Leben kostete, wäre dieser Einsatz es wert gewesen, um seinen Vater zu rächen. Dass Ulrich und seine Begleiter ebenfalls keine Waffen tragen durften, verringerte die Gefahr.

»Als Beweis für meine Pilgerreise werde ich einen Stein von einer heiligen Stätte mit nach Hause bringen«, fuhr Johann ungerührt fort. »Wirst du dich auch, wie es üblich ist, ein halbes Jahr in Jerusalem aufhalten?«

Willibald war froh, endlich wahrheitsgemäß antworten zu können. »Ich weiß es noch nicht.«

»Nimm dir ebenfalls Steine mit«, sagte Johann. »Damit kannst du dich auf dem Rückweg wehren. Mein Onkel hat mir erzählt, dass die Heiden mit ihren Kindern zusammenlaufen, wenn Fremde durch ihre Ortschaften reiten, und sie mit Gesteinsbrocken bewerfen. Mancher Pilger wurde schon tödlich getroffen. Auf dem Hinweg werden wir deshalb sicherlich einen bewaffneten Geleitschutz haben. Für den da wird das aber wohl keine Rolle mehr spielen.« Er wies mit einem Gesichtsausdruck, den Willibald nicht zu deuten vermochte, auf Herrn Arnold, den Geistlichen, der an der Ruhr erkrankt war.

Willibald sah mitleidig zu dem Kaplan hinüber. Dann richtete er seinen Blick zum Himmel und hoffte inständig, dass diese Überfahrt bald ein Ende fand. Wenn es ihm gelänge, Ulrich vor Jerusalem zu vergiften, könnte er genauso wie Johann dort seine Buße tun und sich von dem Verbrechen reinwaschen.

Nach über einem Monat auf See erreichte das Schiff drei Stunden vor Tagesanbruch Jaffa und ging vor Anker. Der Kapitän schickte eine Barke mit dem gesunden Priester, einem Diener und einem Matrosen, der die Landessprache beherrschte, an Land. Der Priester und der Matrose sollten in Ramla um Geleit bitten. Währenddessen verhandelte der Patron mit den Einheimischen über die Einreisebedingungen, was anscheinend weitaus schwieriger war, als Willibald angenommen hatte. Vier Tage mussten sie auf den Geleitschutz für ihre Weiterreise warten. Da starb Herr Arnold an seiner Erkrankung. Nach weiteren zähen Verhandlungen und einem Entgelt von fünf Dukaten erlaubte es der Befehlshaber von Jaffa, dass sie den Leichnam des Priesters an Land bringen und dort begraben duften.

Am fünften Tag erschien endlich der Geleittrupp, und die Gruppe konnte zu Willibalds großer Erleichterung unter ihrem Schutz Richtung Ramla reisen. Schon bei ihrer ersten Rast trafen sie auf eine weitere Pilgergruppe und Willibald schlug das Herz bis zum Hals, als er hörte, dass sich auch Lothringer unter ihnen befanden. Nach kurzen Erkundigungen erfuhr er, dass es tatsächlich die Leiburger waren. Trotz ihres Aufmarsches vor Greifenfels waren sie einander nie begegnet, also würden sie ihn nicht erkennen. Er beobachtete, dass einige von ihnen offensichtlich Probleme damit hatten, ohne Bedienstete die robusten Zelte aufzuschlagen. Wie beiläufig schlenderte er zu ihrem Lagerplatz und bot seine Hilfe an.

Zum Dank luden die Männer ihn nach getaner Arbeit an ihr Lagerfeuer ein und versorgten ihn mit Met und Pökelfleisch. Zu fortgeschrittener Stunde erschien auch ihr Herr. Das erkannte Willibald ohne Schwierigkeit. Die Stoffklappe über dem linken Auge und die verdrossene Miene entsprachen Adebars Beschreibung. Ulrich ließ sich ihm gegenüber an der Feuerstelle nieder, trank wortlos Met und aß Fleisch, bis er schließlich den Fremden in ihrer Runde bemerkte. Unwirsch fragte er einen seiner Ritter mit einer knappen Geste in Willibalds Richtung: »Wer ist das?«

»Ein Pilger aus der Eifel.«

»Warum sitzt er hier?«, hörte er Ulrich fragen und befürchtete, dass man ihn nun aufforderte, das Lager der Leiburger zu verlassen.

Doch der Ritter schilderte seinem Herrn, wie Willibald ihnen geholfen hatte. Ulrich nickte kaum merklich und sah wieder starr ins Feuer. So saß er auch weiterhin unbewegt, als seine Ritter sich einer nach dem anderen erhoben und ihre Zelte aufsuchten. Als sich Willibald ebenfalls zurückziehen wollte, befahl Ulrich ihm mit rauer Stimme: »Bleib sitzen, Pilger. Erzähl mir, wer du bist und was dich nach Jerusalem treibt.«

Bei dem Gedanken, dass dieser Mann den Tod seines Vaters mitzuverantworten hatte, lief es Willibald kalt den Rücken hinunter. Besonders, als er daran dachte, was er selbst plante. Sich räuspernd lockerte er seine Kehle, nahm hastig einen Schluck aus dem Becher und tischte dem Alten die Geschichte seiner Herkunft aus Hamm auf. Dieser hörte ihm schweigend zu und nickte immer wieder, als wollte er die Mär bestätigen und ihr damit Wahrheitscharakter verleihen. Als ahnte er, dass sie eine Lügengeschichte war.

Erst in Ramla ergab sich für Willibald erneut die Gelegenheit, nah genug an Ulrich heranzukommen. In den vergangenen Tagen hatte er sich immer wieder einmal an seiner Seite aufgehalten und mit ihm über dies und das gesprochen. Der Alte hatte durchaus Interesse an seiner Begleitung gezeigt. So glaubte er allmählich das Vertrauen des grimmigen Leiburgers gewonnen zu haben. In der Kühle des Abends kippte er das Schierlingspulver in einen Becher und füllte diesen sowie einen weiteren mit Met auf. Mit weichen Knien begab er sich in Ulrichs Zelt, in dem er ihn zu seiner Erleichterung alleine antraf.

»Ich bewundere Eure Stärke, Graf«, sagte er. »Dass Ihr die Strapazen dieser Reise noch so leichthin bewältigt.«

Der Alte hob den Kopf und in dem Mienenspiel des entstellten Gesichts erkannte Willibald offene Zuneigung. »Wenn du dich weiter so wacker schlägst, wirst auch du eines Tages das Herz eines Kriegers haben, Pilgersmann. In dir wohnen Anstand und Edelmut.«

Mit mulmigem Gefühl reichte Willibald ihm den Becher, in dem neben dem Met genug Gift schwamm, um ein Rudel Wölfe zur Strecke zu bringen. Es war das erste Mal, dass der Leiburger ihm gegenüber so offen Sympathie bekundete. Unversehens fiel es Willibald schwer, ihn zu vergiften. Andererseits war das, was er seinem Vater angetan hatte, unverzeihlich und er hatte seinem älteren Bruder versprochen, diese Vergeltung zu üben. Also streckte er ihm bedächtig seinen eigenen Becher entgegen, um mit ihm anzustoßen. Ulrich schlug seinen scheppernd dagegen und beide tranken einen Schluck. Willibald spürte, wie sich langsam Schweißtropfen auf seiner Stirn bildeten. Wie lange würde es dauern, bis die Wirkung des Gifts einsetzte? Würde er dann noch genug Zeit haben, sich aus dem Zelt zu entfernen, wenn der Alte über ein Brennen in Mund und Rachen oder Brechreiz klagte?

Unauffällig warf er einen Blick in Ulrichs Trinkgefäß und sah, dass dieser nur wenige Schlucke zu sich genommen hatte. Nachdenklich drehte der Graf den Becher in seiner Hand und sagte mit rauer Stimme: »Ich habe in meinem langen Leben viele Fehler begangen. Ich hoffe, der Herr erweist sich meiner als gnädig, wenn er mich auf dieser Reise zu sich ruft.«

Willibald erstarrte. Ahnte der Leiburger, dass er ihn vergiften wollte? Sein Herzschlag beschleunigte sich und er schielte zum Zelteingang.

Ulrich richtete seinen Blick auf ihn. »Einer wie du hätte mein Erbe sein sollen. Du bist ein aufrichtiger Mann.«

Willibald starrte ihn an. Er konnte das nicht zu Ende bringen, musste es abbrechen. Noch hatte der Ältere so gut wie nichts von dem Giftgemisch getrunken. Als sich draußen ein Tumult erhob, sprang Willibald auf und stieß dabei wie versehentlich gegen Ulrichs Becher. Hastig fing er ihn auf und drückte ihm seinen eigenen Trinkbecher in die Hand. Dann stürmte er hinaus und kippte den giftigen Inhalt vor das Zelt. Schwer atmend blieb er stehen und ging erst wieder hinein, als er sich beruhigt hatte.

»Was war da draußen los?«

»Ein paar Pilger sind miteinander in Streit geraten. Sie haben wohl zu viel Met getrunken, genau wie ich. Ich werde mich schlafen legen.«

»Ja, tu das«, sagte Ulrich und leerte den Becher in seiner Hand in einem Zug. »Hab Dank für den Met. Es gibt keinen besseren Schlummertrunk.«

Besorgt erkannte Willibald, wie bleich Ulrichs Gesicht geworden war.

»Ich fühle mich auch nicht wohl und werde mich ebenfalls auf mein Lager begeben«, erklärte der Alte und erhob sich schwankend.

›Herr im Himmel, was habe ich getan‹, dachte Willibald. ›Hoffentlich war die Dosis so gering, dass sein Körper sie über Nacht abbaut.‹

Am nächsten Morgen trat er unruhig vor sein Zelt und sah sofort, dass sich um das des Leiburgers ein Menschenauflauf gebildet hatte. Er eilte dorthin. »Was ist passiert?«

»Der Graf ist erkrankt. Sein Leib schmerzt ihn derart, dass er sich krümmt und stöhnt, als hätte er sich den Magen verdorben«, erklärte ihm einer von Ulrichs Begleitern, denen er ein paar Tage zuvor beim Zeltaufbau geholfen hatte. »Er klagt zudem über Sehstörungen und Muskelkrämpfe. So kann er nicht weiterreisen. Wir müssen warten, bis es ihm besser geht und dann versuchen, wieder mit dem Pilgerzug aufzuschließen.«

Willibald überlegte, ob er darum bitten sollte, zu dem Alten vorgelassen zu werden. Doch was wollte er ihm sagen? Er hatte auch nicht den Eindruck, dass die Leiburger ihn zu Ulrich lassen würden.

»Gebt ihm einen Becher ungemischten Wein. Das hilft manchmal gegen solche Beschwerden«, sagte er, drehte sich um und half seinen Begleitern, die Zelte abzubauen, um die Weiterreise nach Jerusalem anzutreten.

Jeden Tag erwartete er, dass die Leiburger wieder zum Pilgerzug aufschlossen, aber nichts geschah. Eines Tages stießen Neuankömmlinge zu ihnen, die zu berichten wussten, der Graf von Leiburg habe mit seinen Gefolgsleuten die Heimreise angetreten, weil eine heimtückische Krankheit ihn befallen habe, die nicht weichen wolle.

›Er lebt‹, dachte Willibald erleichtert. ›Ich habe ihn nicht umgebracht. Die Schmerzen, die er erleiden muss, sollen Strafe für den Verrat an Theoderich und die anderen Untaten sein.‹

Er beschloss, seine Pilgerfahrt nach Jerusalem fortzusetzen, um dort Buße für die Schuld zu tun, die er auf sich geladen hatte. Danach würde er zurück nach Hause reisen. Er hatte in diesem Land aus Stein und Sand nichts verloren.

Kapitel Dreissig

Im Jahr des Herrn 1122

Ida und Leonhard saßen im Wohnraum ihres kleinen Steinhauses auf halbem Weg zwischen Colonia und Rheinsporn, das sie gemeinsam mit ihren Zwillingen und einem Hund bewohnten. Lediglich ein hüfthohes Holzgitter trennte sie von dem Vieh, für das im Stall kein Platz mehr war. Noch bevor sie hierhergezogen waren, hatte sich bei Ida endlich die ersehnte Schwangerschaft eingestellt. Sie hatte nicht damit gerechnet, dass es gleich zwei Kinder auf einmal sein würden. Vielleicht war das ein Ausgleich für das lange Warten. Ihre Mutter meinte, das liege in der Familie, schließlich habe sie selbst Zwillingsgeschwister.

Manchmal brachte Sigrun bei ihren Besuchen auch Helene mit, die nach Rheinsporn zurückgekehrt war und zu Idas großer Freude Medas Heilkundebuch unversehrt mitgebracht hatte. Erleichtert waren sie sich in die Arme gefallen. Ihre ehemalige Kammerfrau hatte sich verändert, wirkte reifer und selbstbewusster. Ida gefiel diese Veränderung, und sie fragte sich, ob ein Mann der Grund dafür war.

Bei einem ihrer Besuche erzählte Helene: »Spielleute besingen in den Hallen der Burgen landauf, landab eure Geschichte und preisen eure Liebe zueinander.«

Wenn die Zuhörer, die diese Liedverse eifrig beklatschten, ahnen würden, wie es wirklich gewesen war, dachte Ida nun. Energisch fachte sie das Feuer mit dem Schürhaken an, einen ihrer einjährigen Söhne auf dem Arm, während Leonhard den anderen am Tisch fütterte, der dabei begeistert das Amulett am Hals seines Vaters betatschte.

Keiner konnte erfassen, was es bedeutet hatte, jahrelang auf der Flucht zu sein mit dem Wissen, dass ein jeder, der ihnen half, anschließend mit dem Tod bedroht wurde. Und dass enge Vertraute und Wegbegleiter durch Ulrichs Hand den Tod gefunden hatten. Niemand konnte ermessen, wie es sich anfühlte, mit diesem Schuldgefühl zu leben. Keiner wusste, wie zerrüttet das Verhältnis zu ihrem Vater war. Niemand ahnte, wie es in ihrer Seele aussah nach all dem, was sie durchgemacht hatten: Hunger, Entbehrung, blutige

Auseinandersetzungen, Flucht und Verfolgung. Das Einzige, was an den Liedern stimmte, war ihre ungebrochene Liebe zueinander, die Ida selbst nach all den Schrecken davon überzeugte, dass es sich gelohnt hatte, diesen Weg zu gehen. Nun war sie erneut guter Hoffnung, und Medas keltischer Knoten schützte auch diese Bleibe.

Ihr Vater hatte mehrere Versuche unternommen, sich ihr wieder anzunähern. Doch sie hatte Schwierigkeiten damit, neues Vertrauen zu ihm aufzubauen. In der ganzen Zeit hatte er Ulrich nie wirklich Einhalt geboten. Obwohl sie wusste, dass er für sein Versagen bei Letzterem keine Schuld trug, fiel es ihr schwer, darüber hinwegzusehen. Ihre Schwester war inzwischen in kleinem Kreis mit einem Vasallen des Kaisers verheiratet worden, und Ida ahnte, dass diese Eheschließung ebenfalls ein Zugeständnis ihres Vaters war. Die Einzigen, über deren Besuche sie sich also vorbehaltlos freute, waren ihrer Mutter und Helene. Die beiden kamen, so oft sie konnten, und die Kinder jauchzten jedes Mal. Ida hätte gerne ihre Abschrift des Kräuterbuchs wieder in Besitz genommen. Leider war sie seit der Besetzung Rheinsporns durch die Leiburger verschollen.

Im Sommer verkündete ihre Mutter bei einem ihrer Besuche: »Dein Vater möchte Leonhard mit zum Hoftag nach Worms nehmen, wo eine Zusammenkunft der Fürsten stattfinden soll. Es sei eine gute Gelegenheit, Leonhard zurück in den Kreis der Adligen zu holen, zu dem er gehöre, sagt er. Zugleich biete sich die Möglichkeit einer Aussöhnung mit Ulrich.«

»Ulrich verzeihen?«, stieß Ida bitter aus, »dass er uns monatelang durchs Land gejagt, Rheinsporn besetzt gehalten und Ruben erschlagen hat? Dazu bedarf es mehr als der Tatsache, dass er nun krank ist.«

»Ich weiß, Ida«, erwiderte ihre Mutter sanft und nahm sie in den Arm. »Doch der Hass und die Unversöhnlichkeit schaden dir mehr als ihm. Verzeih ihm, damit du in deinem Herzen wieder Frieden finden kannst.«

Gemeinsam mit Leonhard und den Zwillingen ritt Ida zwei Wochen später nach Rheinsporn. Er hatte sich trotz Idas Skepsis entschlossen, das Angebot seines Schwiegervaters anzunehmen. Ida wollte die beiden keinesfalls nach Worms begleiten, entschied sich aber, während dieser Zeit mit den Kindern auf der Burg zu bleiben.

Zurückhaltend erwiderte sie die Umarmung ihres Vaters. Er kleidete Leonhard mit kostbaren Gewändern ein und ließ ihm eigens für die Reise ein Wams und einen Wappenrock mit den Rheinsporn-Farben schneidern. Als er seinen Schwiegersohn erstmals in dieser Aufmachung sah, nickte er mit einem zufriedenen Gesichtsausdruck.

»So ist es richtig. Du gehörst nun zu uns.« Er warf Ida einen flehentlichen Blick zu, die aber ihr Gesicht von ihm abwandte.

»Dein Vater grämt sich«, sagte ihre Mutter, als der Reitertrupp mit einer stattlichen Eskorte zum Hoftag nach Worms aufgebrochen war.

»Ich weiß«, erwiderte Ida. »Aber wie soll ich ihm je wieder rückhaltlos vertrauen? Er kann die letzten Jahre nicht dadurch ungeschehen machen, dass er Leonhard in ein Wams steckt und ihm einen Rheinsporner Wappenrock überstülpt.«

»Ich glaube auch nicht, dass er denkt, es sei damit erledigt. Doch was könnte er noch tun, um dein Vertrauen zurückzugewinnen? Er hat euch ein Haus am Fuß des Schieferfelsens errichten lassen, und ihr weigert euch, dorthin zu ziehen. Er hat schon mehrmals versucht, mit dir ins Gespräch zu kommen, und du wendest dich jedes Mal von ihm ab.«

»Ich brauche Zeit, Mutter. Es sind viele Wunden, die vernarben und irgendwann hoffentlich heilen werden«, erwiderte Ida und fügte versöhnlich hinzu: »Nun sind sie ja erst einmal eine Weile lang fort.« Dann wechselte sie das Thema: »Hast du etwas von dem Verbleib meiner Abschrift des Heilkundebuchs gehört?«

»Nein, leider nicht. Ich bin froh, dass ich Medas Originalhandschrift zurückhabe.«

»Ist meine Abschrift verloren?«

»Das glaube ich nicht. Ich bin mir sicher, dass dein Werk seinen Weg zurück zu dir findet. Und wenn das nicht geschehen sollte, dann nur aus einem Grund: Du selbst bist das größere Vermächtnis Medas.« Liebevoll strich ihre Mutter ihr über die Wange und nahm sie fest in den Arm.

Im Spätsommer traf Gero zusammen mit Leonhard, Adebar und Eskorte in Worms ein. Dort wollten die Großen des Reiches die Vereinbarungen zur Beendigung des Investiturstreits beschließen. Die bei der Fürstenversammlung in Würzburg einberufenen zwölf Anhänger und zwölf Gegner hatten Heinrich zum Friedensschluss mit dem Papst gezwungen. Sie wollten den Frieden im Reich wiederherstellen, nachdem sich der Kaiser und der Erzbischof von Mainz bereits mit großen Heeren gegenübergestanden hatten. Gero hoffte, dass er über Leonhard wieder Zugang zu Ida fand. Die einvernehmliche Teilnahme an dieser Zusammenkunft war ein guter Schritt in diese Richtung. Er mochte den jungen Mann und gönnte den beiden ihre Liebe.

Adebar klärte ihn darüber auf, welche Ämter die Erschienenen innehatten. So erfuhr Gero, dass die Erzbischöfe von Mainz und Colonia und ebenso die Bischöfe von Regensburg, Bamberg, Speyer, Augsburg, Utrecht und Konstanz angereist waren. Sogar der Abt von Waldis sowie Herzöge und Pfalzgrafen in prunkvollen Gewändern nahmen an den Verhandlungen teil. Gero, Adebar, sein Schwiegervater und Leonhard durften ebenfalls den Beratungen beiwohnen. Als sie gemeinsam den Versammlungsort betraten, entdeckte Gero sofort, dass Ulrich anwesend war. Er sah zu seinem Schwiegersohn hinüber, doch dieser zeigte keine Regung.

»Es ist wichtig, dass endlich Frieden und Rechtssicherheit im Reich herrschen. Alle haben unter den zahlreichen kriegerischen Auseinandersetzungen zu leiden«, sagte Adebars Schwiegervater, der Graf von Hamm, in der Versammlung. »Die Krise des Reiches betrifft nicht nur uns, sondern erst recht die ärmere Landbevölkerung, die zudem unter Missernten, streunenden Räuberbanden und den gewaltsamen Scharmützeln in den Grenzregionen leidet.«

Zustimmendes Gemurmel signalisierte Gero, dass sich sowohl die geistlichen als auch die weltlichen Fürsten wünschten, dass der Streit zwischen Kaiser und Papst endlich beigelegt wurde. Der Graf setzte sich wieder.

Daraufhin erhob sich einer der kirchlichen Vertreter. »Mein Vorredner hat recht. Aber wir müssen einen Kompromiss aushandeln, bei dem beide Seiten ihr Gesicht wahren können. Sonst wird der Friede nicht von Dauer sein.«

Wieder murmelten die Anwesenden zustimmend. Gero wunderte sich, dass der Kaiser so passiv blieb. Vermutlich hatten die immer gravierender werdenden Konflikte mit den Fürsten in den letzten Jahren seine Position geschwächt. Allein die Tatsache, dass er diesen Verhandlungen zugestimmt hatte, sprach für diese Annahme. Ursprünglich sollten die Beratungen in Mainz stattfinden, hatte Adebar Gero erzählt, aber der Streit des Kaisers mit dem dortigen Erzbischof vereitelte den Plan. Deshalb saßen sie nun in Worms.

In der Verhandlungspause beobachteten er und Leonhard das Eintreffen der päpstlichen Unterhändler. Kurz darauf erschienen drei von ihnen, ihren Ornaten nach im Kardinalsrang eines Bischofs, Priesters und Diakons, auf der Versammlung und verkündeten, sie seien eigenverantwortlich agierende Stellvertreter Calixt des Zweiten. »Wir sind mediatores und haben den Auftrag, Frieden und Einvernehmen herzustellen,« erklärte der Ranghöchste.

»Die drei sind mit dem Investiturthema und den Reformplänen des Papstes bestens vertraut«, raunte der Graf von Hamm Gero zu. »Jetzt kommt Schwung in die Verhandlungen, nehme ich an.«

Er behielt recht. Die drei Kardinäle nahmen offensichtlich maßgeblich Einfluss auf den Friedensvertrag, der schließlich zwischen den Parteien ausgehandelt wurde. Endlich konnte die Auseinandersetzung zwischen Papst und Kaiser, die das

Reich ein halbes Jahrhundert lang in Atem gehalten hatte, beigelegt werden.

Wenige Tage später versammelten sich unzählige Schaulustige am Wormser Dom. Die meisten wollten die seltene Ansammlung hoher Würdenträger mit eigenen Augen sehen und das Ereignis des Jahres miterleben. Damit möglichst viele Menschen dem Schauspiel beiwohnen konnten, wurde die offizielle Aussöhnung auf der Lobwiese vor den Toren der Stadt vollzogen. Vor allen Anwesenden gab der Ranghöchste der drei päpstlichen Stellvertreter dem Kaiser den Friedenskuss. So wurde er ohne Buß- oder Unterwerfungsakt wieder in die Kirche aufgenommen, und mit ihm alle, die auf seiner Seite standen. Anschließend tauschten die beiden feierlich die Urkunden aus, in denen Heinrich auf die Amtseinsetzung der Bischöfe mit Stab und Ring verzichtete und deren Wahl gemäß den kirchlichen Bestimmungen akzeptierte.

»Damit ist er als Oberhaupt der Reichskirche vom Thron gestoßen«, flüsterte Gero Leonhard zu. »Und ausgerechnet der Mann, gegen den wir in Deutz und bei Andernach ins Feld gezogen sind, hat den Vertrag unterschrieben.«

»Wer?«, flüsterte Leonhard zurück. »Friedrich von Schwarzenburg, der Erzbischof von Colonia?«

Gero nickte. »Jetzt kann Heinrich nicht länger eine Berufung durch Gott für sich beanspruchen. Hoffentlich geht das gut.«

Nach der anschließenden Messfeier im Dom traf Leonhard unvermittelt auf Ulrich, den Mann, der ihn seines Titels, seiner Würde und seiner Ländereien beraubt hatte. Und dem seinerseits nichts weniger Kostbares, nämlich Ida, genommen worden war. Er hatte seinen Widersacher schon die letzten Tage über immer wieder gesehen und im Blick behalten, ohne sich etwas anmerken zu lassen. Nun konnte er ihm nicht ausweichen, denn sie verließen den Dom gleichzeitig durch den Haupteingang.

Ulrich musterte ihn aufmerksam mit dem Auge, das ihm geblieben war, die wulstige Narbe unter einer Stoffklappe verborgen. Sein Gesicht war grau und von tiefen Falten gezeichnet. Er wirkte hager und gebrechlich. Leonhard sah ihm an, dass die Krankheit, die er sich auf der Pilgerfahrt zugezogen hatte, an ihm zehrte. Schweigend taxierten sie einander und Leonhard wägte ab, ob sie quitt waren. Eines hätte er noch zu gern von Ulrich verlangt. Doch er hielt sich zurück, um keinen neuen Zwist zwischen ihnen zu verursachen.

»Ragnar«, sagte der Leiburger unerwartet mit heiserer Stimme.

Fragend hob Leonhard eine Augenbraue.

»So haben dich die Dänen genannt«, erklärte Ulrich.

Ein Schauder durchfuhr Leonhard. Dieses Wort hatte die schrille Frauenstimme in seinem Traum immerzu gerufen. Zum ersten Mal seit vielen Jahren hatte er das Gefühl, mit dem richtigen Namen angesprochen zu werden. Er schluckte. »Was hat mein Vater Euch angetan, dass Ihr Euch so grausam an ihm rächen musstet?«

»Der Fürst, bei dem ich dich aufgegriffen habe, war nicht dein Vater. Du bist ein Neffe Erik Ejegods. Sein Bruder hat kurz vor seinem Tod als König noch für illegitimen Nachwuchs gesorgt. Du stehst in der Blutlinie von Sven Estridsen, deinem Großvater, aber kaum jemand weiß von deiner Existenz.« Ulrich kniff das gesunde Auge zusammen. »Was dein habgieriger Vater getan hat, willst du wissen? Der Elende hat einen Aufstand gegen seinen älteren Halbbruder, den rechtmäßigen König, angeführt, der darin gipfelte, dass er in einer Kirche ermordet wurde.«

»Deswegen hast du unser ganzes Dorf und die Burg niedergebrannt, meine Zieheltern erschlagen und mich entführt?«

»Nein«, spie Ulrich ihm entgegen, sodass Speicheltropfen durch die Luft flogen. »Der Kaiser musste Eriks Raubzüge in Ostholstein unterbinden, also habe ich getan, was getan werden musste.«

»Aber warum hast du mich mitgenommen?«

»Du warst mein Pfand gegen Erik Ejegod und danach gegen seinen Bruder Niels und ihre ehrgeizigen Pläne.« Er streckte sich. »Alles, was ich dir gerade anvertraut habe, werde ich widerrufen, solltest du das jemals in der Öffentlichkeit vorbringen.«

Leonhard schluckte. »Danke, dass du dich dazu durchgerungen hast, mir das Geheimnis meiner Herkunft zu enthüllen. Sind wir quitt?«

Ulrich grunzte. Sein eisgraues Auge war noch stechender als früher. Und obwohl von diesem Mann rein körperlich keinerlei Gefahr mehr ausging, ließ sein Blick Leonhard innerlich gefrieren, als Ulrich verächtlich erwiderte: »Wie könnten wir das jemals sein? Ich habe deine Familie zerstört, und du hast mir meinen Lebensabend ruiniert. Gibt es so etwas wie einen Ausgleich im Bösen überhaupt?«

Als sich Gero und einige der Fürsten zu ihnen gesellten, lockerte sich Ulrichs Haltung und sein Blick wurde milder. Er beglückwünschte die Anwesenden zu ihrer erfolgreichen Verhandlung und dem unterzeichneten Vertrag. Als er sich mit den Worten abwandte: »Nun kann endlich der Frieden im Reich einziehen«, nickte Gero Leonhard aufmunternd zu. Dieser erwiderte das Lächeln, um seinem Schwiegervater die Freude über die vermeintlich gelungene Einigung nicht zu vergällen. Er verließ Worms im Bewusstsein, dass Ulrich ihm nach wie vor Böses wünschte. Aber er hoffte, dass der Alte nicht mehr in der Lage sein würde, ihm oder seiner Familie Schaden zuzufügen.

Das Wissen, wer er eigentlich war, bewahrte Leonhard tief in seinem Herzen. Ida war die Einzige, der er sich anvertraute, als sie gemeinsam in ihr Landhaus zurückgekehrt waren.

»Bitte bewahre mein Amulett sorgfältig auf«, sagte er. »Meine Söhne könnten vielleicht einen Anspruch auf Dänemark geltend machen.«

»Trag du es, Liebster. Es beschützt dich schon dein ganzes Leben lang, und ich möchte, dass es diese Aufgabe weiterhin erfüllen kann.« Als Ida Anstalten machte, es ihm wieder um den Hals zu legen, hielt er ihre Hand fest.

»Bitte tu mir den Gefallen. Ich befürchte, dass Ulrich versuchen wird, es an sich zu nehmen. Bewahre es gut für unsere Nachkommen auf«, bat Leonhard. »Sie sind etwas Besonderes.«

Daran hatte sie keinen Zweifel. Sie konnte nicht in Worte fassen, was ihre Kinder außergewöhnlich machte, doch sie spürte deutlich, dass sie nicht wie die anderen waren. Als wären sie selbst aus den Urzeiten der Menschheitsentwicklung emporgestiegen. Aber vielleicht bildete sie sich das nur ein, weil Leonhards Zieheltern von solchen Dingen gesprochen hatten und Meda davon überzeugt gewesen war, dass auch Ida eine besondere Rolle in ihrem Leben zufiel. Leonhard schloss ihre Finger fest um das Amulett und sah ihr dabei so tief in die Augen, dass sie ihm nicht mehr widersprechen mochte.

KAPITEL EINUNDDREISSIG

IM JAHR DES HERRN 1125

Schon den ganzen Abend heulte der Wind um das kleine Steinhaus und kündigte ein Unwetter an. Unruhig sah Ida aus der Fensteröffnung in die Finsternis und versuchte zu ergründen, was die unguten Vorahnungen zu bedeuten hatten, die sie seit Anbruch der Dunkelheit heimsuchten.

Unvermittelt pochte es heftig an die Tür. »Leonhard, du musst sofort kommen.« Ida erkannte die Stimme ihres Nachbarn. »Der Sturm hat ein ganzes Rudel Wildschweine auf unsere Felder getrieben. Wir müssen sie verjagen, sonst wird die Ernte vernichtet.«

»Geh nicht raus«, flüsterte sie eindringlich. »Bitte bleib hier. Ich beschwöre dich, Liebster, bleib hier. Die Schäden, die die Wildschweine anrichten, lassen sich beheben. Erinnerst du dich nicht an das, was deine Zieheltern über den wilden Eber gesagt haben?«

»Das war bestimmt Unsinn.«

»Entscheidend ist, ob du diese Warnung verinnerlicht hast. Dann entfaltet sie trotzdem Wirkung. Bitte hör auf mich. In mir erwachen finstere Wahnbilder.«

»Wenn unsere ganze Ernte vernichtet wird, werden wir diesen Winter hungern oder deinen Vater anbetteln müssen und die Menschen um uns herum ebenfalls.« Mit gehetztem Blick sah Leonhard zur Tür. Schließlich nahm er Idas Hände in seine. »Du weißt, dass ich deine Eingebungen schätze, doch ich kann die Männer da draußen jetzt nicht im Stich lassen. Ich muss mich mit der Saufeder auf den Weg machen. Mir wird nichts passieren, du wirst sehen. In meinem Leben habe ich schon viele Eber erlegt, ohne mich dabei zu verletzen. Ich werde auf mich achtgeben.«

Entschlossen griff er nach seiner Lanze, riss die Tür auf und trat ins Freie. Starr blickte Ida ihm hinterher und versuchte, sich den Anblick ihres Geliebten einzuprägen, denn sie befürchtete, dass dies das letzte Mal sein konnte, dass sie ihn so lebendig sah. Dann sank sie wie betäubt in die Knie und legte ihr Gesicht in beide Hände. Sie spürte, dass nicht nur irdische Kräfte am Werk waren. Hier wurde ein Plan gesponnen, der weit tiefer in das Gewebe der Welt hineinreichte, als sie wahrnehmen konnte. Doch warum sollte es Leonhards Schicksal sein, zu sterben und sie mit ihren gemeinsamen Kindern zurückzulassen? Verzweifelt versuchte sie, sich ins Gedächtnis zu rufen, was Leonhard ihr über die Weissagung erzählt hatte. Aber sie konnte sich lediglich daran erinnern, dass er sich vor dem Bann des wilden Ebers in Acht nehmen sollte.

Da wurde ihr schlagartig bewusst, dass er das Amulett nicht mehr am Hals trug. Von Angst ergriffen sprang sie auf.

Die Nacht war gespenstisch. Regen peitschte über das Land und schwarze Wolken verschluckten nahezu jedes Licht. Leonhard vermochte lediglich zu erkennen, ob ein Schatten dunkler war als ein anderer und ob er sich bewegte. Endlich kamen seine Nachbarn mit Fackeln, deren Widerschein nicht minder geisterhaft auf ihren Gesichtern tanzte. Von den Feldern her war ein Grollen zu hören, aber weder Donner noch Blitze kündigten ein Gewitter an. Das Geräusch war durchsetzt von Grunzlauten. Das mussten die Wildschweine sein.

»Wenn alles gut läuft, Männer, werden wir morgen ein Festmahl haben«, sagte er, um sich selbst und den anderen Mut zu machen. Idas Warnung verunsicherte ihn ebenso wie das Schmerzen der Narbe an seinem Unterarm, die er schon lange nicht mehr gespürt hatte. Die Bauern ließen sich von seiner vermeintlichen Zuversicht anstecken und schwangen johlend ihre Keulen.

Das Gelände war zu groß, um es mit den Fackeln auszuleuchten. Leonhard erahnte die Schemen nur und vernahm die Grunzlaute. In dem ausbrechenden Durcheinander scheute sein Pferd, und er fiel aus dem Sattel. Sofort rappelte er sich auf, griff nach seiner Lanze und sah sich mit wildem Blick um. Unvermittelt löste sich ein riesenhafter, schwarzer Umriss aus der Dunkelheit, und er hörte das Stampfen sich schnell nähernder Schritte. Brüllend stieß er dem Schatten den Speer entgegen, und im nächsten Augenblick ertönte ein grollender waidwunder Laut. Doch der Eber war nicht tödlich getroffen. Das Tier bäumte sich auf und rammte ihm in Agonie seine Hauer in den Unterleib.

Leonhards Schrei war derart markerschütternd, dass die Männer einen Moment innehielten und selbst die Wildschweine reglos verharrten. Ein letzter Hall davon war bis zur Hütte zu hören, wo Ida hektisch nach dem Amulett suchte. Sie erkannte die Stimme ihres Geliebten, und Schauder jagten durch ihren Körper. Lautlos hielt sie inne und ließ sich zu Boden sinken. Es war geschehen, was vorhergesagt worden war.

Ulrich und seine Schar traten mit Fackeln an Leonhard heran, der schwer verletzt am Boden lag, während das Blut aus seiner Wunde quoll und in der feuchten Erde versickerte. Hager und vornübergebeugt stützte sich der Leiburger auf einen Stock und starrte mit kaltem Auge auf seinen ehemaligen Gefolgsmann und Rivalen, aus dessen Körper nach und nach das Leben wich. Sein Schicksal war so eng mit dem seinen verbunden. War das Zufall? Oder hatte er selbst das heraufbeschworen, als er ihn im Kindesalter als Kriegsbeute aus Dänemark mitgebracht hatte? Bedächtig legte er mit seinem Gehstock Leonhards Hals frei, um zu sehen, ob er das Amulett trug. Er nickte zufrieden, als er feststellte, dass es fehlte.

»Hilf ihm, Vater!«, sagte Valentin und trat an die Gruppe heran. Mit schreckgeweiteten Augen schaute er auf seinen ehemaligen Gefährten, der ihm wie ein Bruder gewesen war und sich nun am Boden in einer Lache aus Blut vor Schmerzen krümmte. »Wenn diese Weissagung stimmt, kannst du ihn retten, indem du ihm Quellwasser aus deinen Händen zu trinken gibst.«

»Albernes Ammenmärchen«, spie Ulrich aus, den Blick unverwandt auf den Sterbenden gerichtet. Keinen Moment wollte er sich von dessen Todeskampf entgehen lassen. »Er ist ein treuloser Verräter, und wie ein ebensolcher haucht er sein Leben aus.«

Valentin starrte ihn an. »Wenn du jetzt nichts unternimmst, werde ich überall von deiner Niedertracht berichten!«

Ulrich rührte sich nicht.

»Ich gehe dir das Wasser holen«, sagte Valentin und eilte in Richtung einer nahe gelegenen Quelle. »Aber einflößen musst du es ihm!«, rief er über seine Schulter.

›Du Narr‹, dachte Ulrich und sah dabei zu, wie alles Leben aus Leonhards Körper wich, noch ehe Valentin mit dem Quellwasser zurückkam.

Endlich hatte er seine Rache bekommen.

Als man Ida den Toten brachte, sank ihr Inneres in eine tiefe Stille, in der alles eins und dieses Eine ohne Bedeutung war, in der es nur ihren Wesenskern gab. Sie hob ihren Blick über die Totenbahre hinweg und schaute auf ihre Kinder. In der unergründlichen Ruhe, die sich in ihr ausbreitete und sich anfühlte wie das Nichts, stellte sich plötzlich das Wissen ein, dass ihrer beider Schicksal in den tiefsten Weiten der Menschheitsgeschichte verwurzelt war. Mit ihrer Liebe hatten sie ihren Kindern das Leben ermöglicht. War an den alten Mythen und Sagen doch etwas dran? Mussten sie all die Entbehrungen und die Unbill durchleben, um diesen drei besonderen Wesen ins Dasein zu verhelfen?

Alles wäre gut gewesen, hätte Leonhard die Warnung seiner Zieheltern ernst genommen und sich der Gefahr des Ebers entzogen. Langsam beugte sie sich über den reglosen Körper und nahm sein schönes Gesicht in ihre Hände. Wie viele Male hatte sie es liebkost, mit ihren Augen abgesucht, jedes Härchen, jede Pore erkundet, hatte sie seine Hingabe genossen. Nun konnte sie fühlen, wie die Wärme aus seiner Hülle wich, wie sie erkaltete und ihren Weg zurück zu ihrem Element, der Erde, antrat. Die Seele ihres Gefährten hatte ihr wundervolles Gefäß verlassen. Doch sie war bei ihr. Ida spürte eine Kraft, die tröstend eine Hand auf ihre Schulter legte.

»Du bist zu früh gegangen«, beklagte sie sich in ihren Gedanken bei ihm. »Ich bin zu jung, um Witwe zu sein, und unser Kleinstes kann kaum laufen!«

»Du hast noch viel vor dir. Die Kinder brauchen dich«, antwortete seine Stimme in ihr. »Und die Menschen ebenso. Wie lange es auch dauert, ich werde hier drüben auf dich warten. Es geht mir gut, solange ich dich sehen kann. Und ich freue mich auf den Tag, an dem du wieder zu mir kommen wirst, damit wir für immer vereint sind. Bitte verzeih mir.«

Da sprang das Behältnis in ihrem Inneren, das alle Gefühle eingekesselt hatte, entzwei. Ein Schwall von Trauer, Wut, Verzweiflung, Liebe und Hoffnungslosigkeit überschwemmte sie. Sie schluchzte auf und stimmte eine laute Wehklage an, während ihr Tränen aus den Augen strömten. Sie nahm kaum wahr, wie die Anwesenden erschrocken zusammenzuckten, sie anstarrten, und dann, angesteckt von ihrem Leid, in die Klage mit einfielen.

Die Kinder lösten sich aus ihrer Erstarrung und beugten sich über sie. Halb, um sie zu trösten und halb, um selbst Trost zu erfahren. In diesem tiefen Schmerz konnte sich Ida nicht vorstellen, wie sie ihre verbleibenden Lebensjahre ohne ihren Geliebten überstehen sollte.

Als Adebar und der zwischenzeitlich aus Jerusalem zurückgekehrte Willibald von der Verwaltung entfernter Ländereien auf Rheinsporn einkehrten, wurden sie von Dietrich in Empfang genommen.

»Wo ist der Graf?«, fragte Adebar irritiert.

»Er ist noch nicht vom Frankreichfeldzug des Kaisers zurückgekehrt. Der englische König hat Heinrich um militärische Hilfe beim Kampf um die Vorherrschaft in der Normandie gebeten. Ich dachte, Ihr seid ebenfalls dort.«

Adebar übergab ihm die Zügel seines Pferdes. »Der Kaiser hat bei den Fürsten im Reich nur wenig Unterstützung für diesen Feldzug gefunden, und auch ich habe mich entschlossen, nicht daran teilzunehmen. Vermutlich hat Heinrich Druck auf Gero ausgeübt, um ihn zur Gefolgschaft zu zwingen.«

Dietrich reichte die Zügel an einen Stallknecht weiter. »Das entzieht sich meiner Kenntnis.«

Adebar musterte ihn eingehend. »Wo ist meine Schwester?«

Dietrich erwiderte seinen Blick offen. »Die Gräfin ist unpässlich.«

Adebar stutzte. »Was heißt das?«

»Sie leidet an Fieber und Schwäche. Helene kümmert sich um sie«, erklärte Dietrich. Dann wanderte sein Blick zu einem Boten, der eben durch das Burgtor ritt.

Adebar folgte seinem Blick und wunderte sich über das versteinerte Gesicht des Reiters. »Was ist mit ihm?«

»Das werden wir gleich erfahren«, sagte Dietrich langsam. »Die Gräfin hat mich gebeten, ihn zu Ida und dem Dänen zu schicken, um dort nach dem Rechten zu sehen.« Er winkte den Mann zu sich. »Was gibt es?«

Der Ritter rutschte aus dem Sattel, verneigte sich vor Adebar und Willibald und schilderte ihnen, was mit Leonhard geschehen war. Schockiert verfolgten sie seinen Bericht. Adebar konnte Willibald die Betroffenheit ansehen und dass ihn ein schlechtes Gewissen plagte.

»Es wäre besser gewesen, Ulrich das ganze Schierlingspulver trinken zu lassen«, raunte sein Bruder ihm zu, als sie anschießend Richtung Sigruns Kemenate eilten, um auch sie über die Tragödie in Kenntnis zu setzen. »Dann wäre er schnell gestorben und nicht diesem langen Siechtum anheimgefallen, und Leonhard wäre vermutlich noch am Leben.«

»Das wissen wir nicht«, widersprach Adebar. »Ich traue ihm zu, dass er einen seiner Männer angewiesen hätte, einen Eber auf Leonhards Land zu jagen. Und sein langsames Leiden erspart ihm bestimmt einen Teil des Fegefeuers. Also hast du ihn vor Schlimmerem bewahrt.«

Sie kamen nicht weit, denn Dietrich rief ihnen hinterher: »Eben ist noch ein Bote mit einer Todesnachricht eingetroffen.«

Erstaunt eilten sie zurück.

Ida saß apathisch an ihrem Esstisch und fühlte sich, als wäre ein Teil der Seele aus ihrem Körper gerissen worden, der nun nur noch wie eine leere Hülle existierte. Träge hob sie den Kopf, als sie Hufschläge auf dem Weg vor ihrem Haus hörte. Jedes Mal, wenn sich vor der Tür etwas tat, hoffte der unvernünftige Anteil in ihr, dass es Leonhard war, der zurückkam. So wie er es stets getan hatte. Er war nur weggeritten, um ihr Überleben zu sichern, und dann zu ihr zurückgekehrt. Aber diesmal blieb er fort, kam nicht zurück zu ihr, ließ sie allein in ihrem Schmerz und ihrer Trauer. Dennoch ertappte sie sich dabei, dass sie aus dem Fenster schaute und hoffte, dass er es war.

Ihre beiden Onkel näherten sich der Hütte, nicht Leonhard. Langsam erhob sie sich. Ihr Besuch war ein Lichtschimmer in ihren Tagen, die seit seinem Tod trübselig geworden waren. Adebar schloss sie fest in seine Arme. Seine braunen Augen mit den dichten Wimpern verliehen ihm wie immer etwas Warmherziges. Willibald dagegen bewegte sich leicht vornübergebeugt und wirkte bedrückt. Sein Gesicht war hohlwangig und zeigte tiefe Augenringe.

Auch er herzte sie. »Ach, Mädchen. Es tut mir unendlich leid, was passiert ist.«

Sie nahmen auf den Holzschemeln Platz, die seit Tagen nicht mehr benutzt worden waren. Als Ida ihnen nichts anbot, erhob sich Adebar, stellte Becher und verdünnten Wein auf den Tisch.

»Hast du Brot und Käse?«, fragte er.

Mit trübem Blick sah Ida ihn an. »Ich weiß es nicht. Schau mal dort drüben.« Sie wies auf das Holzregal, das Leonhard erst im vergangenen Herbst gezimmert hatte.

Betroffen wechselten Adebar und Willibald einen Blick. »Was essen denn die Kinder?«

»Sie nehmen sich, was sie brauchen.«

Erneut tauschten die beiden Männer stumm einen Blick.

»Wo sind sie überhaupt?«

»Ich habe sie zum Spielen rausgeschickt, weil ich Ruhe nötig hatte.«

Adebar setzte sich zu ihnen und schaute Ida lange an. »Ulrich ist tot«, sagte er. Als sie nicht reagierte, fügte er hinzu: »Er ist kurz nach Leonhard gestorben.«

»Es muss qualvoll vonstattengegangen sein«, ergänzte Willibald, und Ida nahm teilnahmslos seine bedrückte Miene wahr. Tief im Inneren jedoch irritierte sie seine Mimik.

Schweigen breitete sich am Tisch aus. Ida blieb stumm. Die Nachricht berührte sie kaum, sie brachte ihr Leonhard nicht zurück.

»Woran ist er gestorben?«, fragte sie schließlich.

»Der zu Rate gezogene Medikus vermutet, dass ihn etwas von innen heraus vergiftet hat«, antwortete Adebar, während Willibald starr geradeaus sah. »Und dass dieses Gift sich langsam und schleichend nicht nur durch seine Organe gefressen, sondern auch sein Gemüt und seine Gedanken angegriffen hat.«

Das erklärte allenfalls, weshalb er nach all den Jahren und trotz der Verfügung des Kaisers auf Rache gesonnen hatte, vermochte Ida aber nicht zu versöhnen. »Warum sind meine Eltern nicht mitgekommen?«

»Dein Vater befindet sich auf einem Feldzug des Kaisers, und deine Mutter liegt krank im Bett.«

Aus der Ferne rief ihr eine Stimme zu, dass sie sich auf den Weg machen sollte, um ihre Mutter zu unterstützen und ihr zu helfen, wieder gesund zu werden. Doch diese Stimme fand keinen Halt in ihr, strich suchend umher und verlor sich in der Leere, bis ein Sog sie ganz in den Hintergrund zog, wo sie mit der Dunkelheit verschmolz.

Gleichgültig nahm Ida zwei Tage später zur Kenntnis, dass sich Dietrich auf einem Pferd ihres Vaters der Hütte näherte. Seit ihrer Flucht war sie ihm kein einziges Mal begegnet. Während ihres Aufenthalts auf Rheinsporn hatte sie sich nicht die Mühe gemacht, ihn aufzusuchen. Inzwischen wusste sie, dass er den Leiburgern geholfen hatte, sie bis Cuttenheim zu verfolgen. Anschließend aber hatte er ihre Mutter und

Geschwister zusammen mit einem Stallknecht sicher nach Greifenfels geführt. Was wollte er hier? Sie hatte ihm nicht verziehen, dass Ruben sterben musste. Also blieb sie sitzen, als er an die Türe klopfte, und reagierte nicht.

»Mutter«, sagte Arnold, der ältere ihrer Zwillingssöhne, »dort ist jemand an der Tür. Sollten wir nicht nachschauen?«

Doch Ida sah nur starr geradeaus.

Es widerstrebte Dietrich, ungebeten die Hütte zu betreten. Sein Gewissen plagte ihn, deshalb war er hergeritten. Nun war er sich unsicher, ob das eine gute Idee gewesen war. Die Gerüchte über Idas Zustand, die nach Rheinsporn durchgedrungen waren, ließen Arges vermuten. Er glaubte, sich vorstellen zu können, was sie durchlebte. Sie brauchte Hilfe, und er hatte etwas wiedergutzumachen. Hoffentlich richtete er nicht noch mehr Schaden an. Er rang mit sich, dann öffnete er entschlossen den Riegel und betrat die dunkle Kate. Es roch muffig. Obwohl er einiges gewöhnt war, rümpfte er die Nase. Das Erste, was er sah, waren drei Kinder mit schmutzigen Gesichtern in verdreckten Kleidern, die eng aneinandergedrängt mit schreckgeweiteten Augen auf einer Holzbank saßen. Gleichzeitig wandten alle drei den Blick von ihm ab und starrten stattdessen zu ihrer Mutter hinüber, die völlig entrückt schien. Der Anblick ging ihm ans Herz.

»Ida, ich bin's, Dietrich«, sagte er leise. »Erkennst du mich?«

Mit einem müden Gesichtsausdruck hob sie die Augen und musterte ihn, ehe sie antwortete: »Du bist derjenige, der Rubens Tod zu verantworten hat.«

Dietrich krümmte sich innerlich, dann ließ er sich auf den freien Schemel sinken, den wohl sonst der von Brauneck benutzt hatte. »Vermutlich habe ich das, und ich bedauere das sehr.« Er suchte nach den richtigen Worten. »Selbst die Tatsache, dass ich es getan habe, um dich zu schützen, macht es nicht besser. Das ist mir bewusst. Ich habe damals gedacht, der Däne hätte dich entführt und wollte den Leiburgern helfen, ihren eigenen Mann aufzuspüren und zur Ordnung zu rufen.«

»Du hast Leonhard gehasst.«

Dietrich benetzte seine Lippen mit der Zunge. »Hass ist ein zu hartes Wort. Ich mochte ihn nicht, das stimmt. Und wenn ich mir so anschaue, was er hinterlassen hat, sehe ich mich in meiner Einschätzung bestätigt.«

Er erwartete, dass Ida erbost auffuhr. Doch selbst dazu schien ihr die Kraft zu fehlen. Sie erwiderte nur müde: »Er konnte nichts dafür. Ulrich hat ihn in eine Falle gelockt.«

Am liebsten hätte Dietrich über den Tisch nach Idas Hand gegriffen, wagte es aber nicht.

»Ja, ich weiß. Trotzdem dauert mich, was ich hier sehe. Die Kinder, Ida! Was ist mit deinen Kindern? Sie verwahrlosen.«

Als Ida nicht reagierte, fügte er hinzu: »Lass sie mich nach Rheinsporn bringen, damit deine Eltern und Helene sich um sie kümmern können.«

Idas trübe Augen begannen, feucht zu schimmern. »Nun willst du mir auch noch meine Kinder nehmen?«

»Nein. Ich will sie für dich retten.«

Ida antwortete ihm nicht mehr. Lautlos rannen unzählige Tränen über ihr Gesicht. Dietrich war schockiert. Er hatte Schlimmes erwartet, allerdings nicht damit gerechnet, ausschließlich Selbstaufgabe vorzufinden. Er musste den Kindern helfen.

Sich erhebend sagte er leise zu ihnen: »Ich bin ein Vetter eures Großvaters und bringe euch jetzt auf seine Burg. Packt alles ein, was ihr mitnehmen möchtet, und kommt mit mir.«

Unschlüssig musterten die Kleinen ihn. Dann wechselten sie untereinander Blicke und sahen schließlich zu Ida herüber, die jedoch zu keiner Reaktion mehr fähig schien. Also standen sie mit hängenden Schultern auf und rafften die wenigen Sachen zusammen, die sie besaßen. Einer der beiden Größeren eilte zum Bett im hinteren Bereich der Kate und kam kurz darauf mit Spielzeug zurück. Eine Puppe, ein Pferd und ein Ritter aus Holz, den vermutlich ihr Vater ihnen geschnitzt hatte. Dietrich ging nach draußen und suchte den Schuppen ab. Wie erwartet fand er einen Karren mit Scherbaum, den er benutzen konnte. Er ließ die Kinder auf der Ladefläche Platz nehmen, und ein jedes drückte sein Bündelchen an sich.

›Wie vertrauensselig sie sind‹, dachte er, bevor er abermals in die Hütte trat. »Ich komme zurück, Ida. Ich lasse dich nicht allein. Ich bin entschlossen wiedergutzumachen, was ich angerichtet habe. Du hingegen musst dich zusammenreißen. Wasche dich in der Zeit, in der ich weg bin, zieh dir frische Kleider an und lüfte die Kate. Bitte«, fügte er eindringlich hinzu.

Doch sie saß unbewegt auf ihrem Schemel und zeigte nicht einmal mit dem Zucken eines Lides, ob sie ihn verstanden hatte. Dietrich fluchte, drehte sich um und verließ die Hütte. Konnte er sie in diesem Zustand überhaupt alleinlassen? Er musste sich beeilen. Voller Sorge brachte er die Kinder des Dänen sicher nach Rheinsporn, damit sie sich dort von ihrem Schrecken und ihrem immensen Verlust erholen konnten.

Der Abend färbte den Himmel bereits in zarten Pastelltönen und blau-graue Wolkenfetzen zogen rasch vorüber, als Dietrich zurück zu Idas Hütte kam. Seine Befürchtungen bestätigten sich nicht, denn Ida saß genauso reglos am Esstisch wie zuvor. Auf dem Weg hierher hatte er auch darüber nachgedacht, wie er sie aus ihrer Lethargie herausholen konnte, und war zu dem Schluss gekommen, dass das vielleicht nicht auf sanftem Weg gelang.

Also herrschte er sie an: »Reiß dich zusammen, Ida! Du hast drei Kinder, die dich brauchen. Sieh dich an, wie verlottert du aussiehst!« Dann fügte er, sich der Worte seiner Schwester erinnernd, hinzu: »Was würde Meda sagen, wenn sie sähe, wie du hier im Selbstmitleid versinkst?«

Die Worte verfehlten ihre Wirkung nicht, denn immerhin hob sie die Augen und sah ihn trübe an. »Meda? Wo ist Meda?«

Er fasste sich an die Brust. »Hier drin, Ida. Hier drin bei dir, und in dem Buch, das sie deiner Mutter hinterlassen hat.«

Idas Blick flackerte. »Medas Buch. Wo ist es?«

»Das weiß ich nicht. Hattest du nicht eine Abschrift davon?«

»Eine Abschrift. Ja, ich habe eine Abschrift. Wo ist sie?«

»Jetzt iss erst einmal etwas.« Dietrich breitete die Vorräte aus, die Helene ihm für Ida mitgegeben hatte.

Während sie zögerlich ein paar Bissen nahm, öffnete er alle Verschläge vor den Fenstern und riss die Tür auf, damit endlich frische Luft hereinkam.

In der Nacht schlief er auf dem Boden, was ihm nichts ausmachte. Doch sann er die ganze Zeit darüber nach, wie er Ida aus ihrer Schwermut befreien konnte. Als der Morgen graute, wusste er, was zu tun war.

Zu seiner Überraschung stand Ida früh auf und legte sich saubere Kleidung an, während er vor der Tür das Pferd vor den Karren spannte. Aber der Ausdruck ihrer Augen war unvermindert trüb und milchig.

»Bitte iss ordentlich, wir werden heute eine Reise unternehmen. Und nimm alles von hier mit, was du noch brauchst und behalten möchtest.«

»Wohin bringst du mich?«, fragte sie mit einem schrillen Unterton. »Ich will nicht nach Rheinsporn!«

»Nicht nach Rheinsporn, Ida. Ich bringe dich nach Hause.«

Die Bemerkung drang nur oberflächlich zu Ida durch. Sie verstand, dass nicht Rheinsporn gemeint war. Dietrich wollte sie also nach Greifenfels bringen. Dieser Aussicht konnte sie dumpf und schemenhaft etwas abgewinnen. Der Ort hier war ohne Leonhard wie eine Steinwüste, in der sie einsam umherwanderte und sich mehr und mehr verlor.

Gleichgültig folgte sie ihm auf den Karren und drehte sich kein einziges Mal um, als sie wegfuhren. Mit leerem Blick starrte sie vor sich hin. Bis Greifenfels war es ein langer Weg. Sie würden mindestens drei Tage unterwegs sein. Als sie am

Kloster in Laach ankamen, löste sie sich aus ihrer inneren Erstarrung. Wehmütig sah sie zur Ruine von Burg Laach und erinnerte sich daran, wie sie sich dort zusammen mit Leonhard vor Albrecht versteckt hatte. Das alles schien so lange her, wie aus einem anderen Leben, der Zeit entrückt. Unwirklich, da nichts mehr war wie damals. Der gleiche Ort, aber eine andere Zeit und eine andere Ida, die nun dorthin schaute. Unvermittelt drängte sich etwas in ihr Bewusstsein. Eine ferne Erinnerung, ein Wortfetzen bloß, vor Ewigkeiten ausgesprochen. Sie verflüchtigte sich erneut, nur um mit Macht zurückzukehren.

»Abschrift«, sagte sie. »Vielleicht existiert meine Abschrift noch.«

Fest umschloss sie den Griff ihres Reisebeutels, als wollte sie ihn nie wieder loslassen. Ohne hineinzuschauen und sich zu vergewissern, wusste sie, dass sie die zusätzlichen Pergamentseiten eingepackt hatte.

»Dann könntest du beides zusammenführen«, ertönte blechern eine Stimme in ihrem Kopf und verhallte in der endlosen, dunklen Leere, die sich langsam wieder über Idas Gemüt senkte.

Als sie realisierte, dass Dietrich Thure ansteuerte, sah sie ihn mit größerer Aufmerksamkeit als zuvor an und spürte im hintersten Winkel ihrer Seele einen Funken Wärme aufsprühen. Hatte er gar nicht Greifenfels im Sinn gehabt, als er von »nach Hause« sprach? Aber war das Dorf ohne ihre Familie und Ruben überhaupt noch ein Zuhause für sie?

In Thure angekommen, fuhr Dietrich geradewegs vor die Hütte Luitgards, sprang vom Wagen ab und klopfte an die Tür. Als von drinnen eine Stimme rief: »Komm rein«, half er Ida vom Karren und begleitete sie bis zum Eingang. Widerstrebend folgte sie ihm. Ausgerechnet zu ihr, die selbst so viel Leid erfahren hatte, brachte er sie?

Luitgard, deren volles Haar grau geworden war, stieß einen überraschten Laut aus, als sie sah, wer sie besuchen kam.

»Ida!«, rief sie und ein Lächeln legte sich auf ihr verhärmtes Gesicht.

Ihr Anblick erhellte einen Teil der Finsternis, in die Idas Bewusstsein hinabgesunken war, sodass sie ihre Umwelt mit einem Mal klarer wahrnahm.

»Luitgard, wie schön, dich zu sehen!«, hörte sie sich selbst sagen.

»Wie geht es dir? Es hieß, du seist entführt worden.«

»Ach.« Ida sah zu Boden. »Das ist lange her. Mir geht es nicht gut, aber das soll dich nicht betrüben.«

Luitgard sah sie mit traurigem Blick an. »Möchtest du mir erzählen, was es ist?«

Idas Augen füllten sich mit Tränen. Sie schüttelte den Kopf und ließ sich auf einen Schemel am Tisch sinken. Über das, was ihr widerfahren war, konnte sie jetzt nicht sprechen.

Hilflos blieb Luitgard eine Weile mitten im Raum stehen, dann legte sie sich einen Wollumhang um. »Warte hier. Ich bin gleich wieder da.«

Stille breitete sich in der Kate aus, als sie gegangen war. Hier an diesem Tisch hatte Ida gesessen und Ruben gebeten, ihr zu helfen, während Leonhard draußen gewartet hatte. Hätte sie das nicht getan, wären beide noch am Leben. Die Schwermut von Rubens Mutter war im Raum greifbar und zog Ida in die Dunkelheit zurück. Teilnahmslos sah sie auf, als die Tür zur Hütte geöffnet wurde. Godelind trat ein und sah ihr mit milchigen Augen entgegen.

»Kind«, sagte sie. »Wie habe ich dich vermisst!«

Der Anblick der alten Frau riss Ida aus der Finsternis. Unbeholfen fasste sie die gichtgekrümmten Finger, die Godelind ihr entgegenstreckte, mit beiden Händen. »Wie schön, dich zu sehen«, flüsterte sie. »Wie geht es dir?«

Die Dorfälteste wiegte lächelnd den Kopf. »Mal so, mal so. Meine Kräfte schwinden unaufhörlich. Das ist nicht abzuwenden, und ich hadere nicht damit. Was mich eher betrübt, ist der Gedanke, dass bald niemand mehr im Dorf ist, der Kranke und Verwundete pflegen und heilen kann. Ich hatte gehofft, deine Mutter übernähme das. Aber sie ist ja nun die Gräfin von Rheinsporn und verrichtet dort ihre Heilkunst, wie ich gehört habe.« Luitgard trat hinter ihr in die Hütte und blieb an der Wand stehen.

»Ja, das ist wahr, und sie tut es sehr gut«, hauchte Ida.

Godelind nickte nachdrücklich. »Nichts anderes habe ich erwartet. Habe ich doch gesehen, wie bewandert sie in diesen Dingen ist.« Dann neigte sie den Kopf zur Seite. »Wie geht es dir, mein Mädchen? Was führt dich zu uns? Bedrückt dich etwas?«

»Ach, Godelind.« Ida strich gedankenverloren über die runzlige Haut auf dem Handrücken der Älteren. »Mir ging es schon besser.«

Mit der freien Hand tastete die Dorfälteste nach Idas Gesicht und liebkoste ihre Wange. »Ich sehe und höre, mein Kind, dass ein großes Herzeleid dich bekümmert. Erzähl mir davon.«

Stockend begann Ida zu berichten, was in den vergangenen Jahren passiert war. Als sie geendet hatte, streichelte Godelind ihr Gesicht. »Ach Mädchen, du bist zu jung und zu gut für solchen Kummer.«

Luitgard trat an Ida heran. Schweigend sahen sie einander an, schließlich erhob sich Ida und sie nahmen sich in die Arme. Zwei Frauen voller Tränen – in einem tiefen, universellen Schmerz vereint.

»Vielleicht findest du irgendwann Trost in dem Gedanken, dass es diesen Mann und diese Liebe überhaupt gegeben hat in deinem Leben«, sagte Godelind, als sich Ida und Luitgard voneinander lösten. »So etwas ist nicht vielen Menschen vergönnt. Und dass er dir drei prächtige Kinder hinterlassen hat, in denen ihr beide weiterlebt.«

Ida sah zu Boden. »Im Moment bin ich kaum in der Lage, mich um sie zu kümmern. Deshalb hat Dietrich sie zu meinen Eltern nach Rheinsporn gebracht.«

Die Alte nickte. »Da sind sie gut aufgehoben, dessen bin ich mir sicher. Du brauchst dir keine Sorgen zu machen und auch kein schlechtes Gewissen zu haben. Aber sobald es dir besser geht, solltest du sie zu dir holen.«

»Ja, das werde ich.«

Sie schwiegen eine Weile.

»Wirst du bei uns bleiben?«, fragte Godelind dann. »Ich stehe dir gerne zur Seite, so gut ich nur kann, bis du den Kummer überwunden und deinen Platz im Dorf wieder gefunden hast.«

Langsam nickte Ida. »Ja. Ich hoffe, ich kann hier meinen Frieden finden.«

»Das wirst du, mein Mädchen, das wirst du. Alles im Leben hat einen Sinn, nur manchmal erschließt er sich uns erst später.«

Als Ida Godelind aus der Kate begleitete, sah Dietrich ihr erwartungsvoll entgegen. Sie zuckte zurück, denn sie hatte ihn vergessen.

»Danke, dass du mich hierher gebracht hast«, murmelte sie.

Er deutete eine Verbeugung an. »Es war das Mindeste, was ich tun konnte, nach alldem, was ich dir und deinen Liebsten zugefügt habe.«

In den folgenden Wochen begriff Ida zunehmend, dass sie zurück in Thure war. Und in gleichem Maße ließ ihre Freudlosigkeit nach. Godelind gab ihr immer wieder zu verstehen, dass es ein Segen für Ida und für die Bauern gleichermaßen wäre, wenn sie im Dorf bliebe und die Stelle der Heilkundigen einnähme. Aber Ida fühlte sich nicht in der Lage, eine Entscheidung zu treffen, bis eines Tages Helene vor Luitgards Hütte stand. Wortlos reichte sie Ida ihre Abschrift von Medas Heilkundebuch. Idas Herz tat einen Sprung.

»Wo hast du sie gefunden?«, fragte sie atemlos.

Helene lächelte. »Nicht ich. Eine Kammerfrau deiner Mutter hat sie in einem unbenutzten Schrank der Krankenkammer entdeckt. Gut, dass die Leiburger sie nicht in die Finger bekommen haben.«

Ida spürte, wie ihre Lebensgeister zurückkehrten. Nun konnte sie die Aufzeichnungen um das ergänzen, was die Magd auf Greifenfels ihr in die Feder diktiert hatte. Wenn sie dann irgendwann einmal in den Besitz der Originalausgabe gelangte, würde sie über ein umfassendes Nachschlagewerk verfügen, um das sie mancher Medikus beneiden würde. Was für ein unfassbarer Schatz!

Dankbar umarmte sie die Dienerin, die ihr längst mehr eine Freundin geworden war. »Sobald ich dazu in der Lage bin, nehme ich meine Kinder zu mir«, versprach sie ihr.

»Was macht dich so sicher, dass sie nicht lieber auf Rheinsporn bleiben und feine Burgfräulein und -herren werden wollen?«, fragte Helene grinsend.

»Wenn dem so ist, will ich ihnen das natürlich gewähren. Aber ich möchte dennoch, dass sie mich regelmäßig besuchen kommen, und werde meinerseits ebenfalls so oft wie möglich nach Rheinsporn reiten.«

Als sie am Abend im Schein des Kienspanlichts in ihrer Abschrift blätterte und die Widmung auf der ersten Seite sah, erinnerte sie sich an Medas Worte. Ihr Geliebter habe früh gehen müssen, damit Meda ihr Werk vollenden konnte. War es bei Ida genauso? Musste Leonhard für ihre eigene Lebensaufgabe Platz machen? Und war am Ende gar nicht ihr Heilkundebuch Medas großes Vermächtnis, sondern Ida selbst, wie ihre Mutter behauptet hatte?

Godelind lag auf der ärmlichen Strohmatte im Dämmerlicht ihrer Hütte, als Ida sie am nächsten Morgen aufsuchte, und hob den Kopf. Ida wusste inzwischen, dass die Ältere kaum noch etwas sehen konnte und sich stattdessen auf ihre Ohren verließ. Deshalb sagte sie laut mit klarer Stimme, denn auch das Gehör der Heilkundigen hatte im Laufe der Jahre Schaden genommen: »Ich habe mich entschieden – ich werde hierbleiben.«

Ein friedlicher Ausdruck trat in das Gesicht der Dorfältesten. »Dann kann ich nun beruhigt Abschied nehmen. Ruf bitte alle her, die mir eine gute Reise wünschen wollen.«

Damit hatte Ida nicht gerechnet. Ihr wurde das Herz schwer und sie hatte das Gefühl, einen weiteren Verlust nicht verkraften zu können. »Ach, Godelind! Ich bin gerade erst hier angekommen und möchte bleiben, um von dir zu lernen. Du wirst mich doch nicht jetzt schon verlassen?«

Die Alte tätschelte ihre Hand. »Du brauchst meine Hilfe nicht mehr, und für mich wird es Zeit zu gehen. Ich sehe fast nichts, höre schlecht und meine Finger sind unbeweglich geworden. Der nächste Sud, den ich bereite, könnte mehr Unheil anrichten als Gutes tun. Ich bin sehr froh, dass du meine Aufgabe übernehmen wirst.«

Mit Tränen in den Augen wandte sich Ida ab und ging nach draußen. »Hilfst du mir, die Dorfbewohner zusammenzurufen, damit sie sich von Godelind verabschieden können?«, bat sie Dietrich, der Helene hierher begleitet und gemeinsam mit ihr in Luitgards Hütte übernachtet hatte.

Er wand sich unbehaglich. »Ich kann's versuchen. Vermutlich schicken sie mich zum Teufel, sobald sie meiner ansichtig werden.«

Dennoch tat er, wie ihm geheißen, und nur wenige spuckten auf den Boden, als sie ihn sahen. Die meisten wussten gar nicht, wer er war, und wunderten sich, warum ein Fremder sie zu Godelinds Hütte rief.

»Bitte sag auch meinen Eltern Bescheid«, bat Ida. »Ich bin mir sicher, dass sie gerne Abschied nehmen möchten.«

Idas Augen wurden feucht, als sie ihre Eltern am gleichen Abend mit ihrem Gefolge auf Godelinds Hütte zureiten sah. Keinen von beiden hatte sie seit dem Tod Leonhards gesehen. Ihre Mutter wirkte bleich und noch schmaler als sonst. Die Krankheit schien an ihr gezehrt zu haben. Doch sie hielt sich aufrecht im Sattel, lächelte Ida liebevoll und voller Mitleid zu. Auch der Ausdruck ihres Vaters war durchdrungen von Wärme. Bei diesem Anblick löste sich ein Teil des Eises in ihr auf, das schon durch Luitgards und Godelinds Zuwendung angetaut war. Der letzte Widerstand schmolz dahin. Weinend erwiderte sie die Umarmung ihres Vaters. Es tat ihr gut, von ihm gehalten und getröstet zu werden.

Beruhigend streichelte er ihren Rücken. Wie hatte sie das vermisst!

»Geht es dir besser?«, fragte sie schniefend ihre Mutter, nachdem sie sich beruhigt hatte. »Adebar und Willibald haben erzählt, du seist sehr krank gewesen.«

Ein Schatten legte sich auf das Gesicht ihrer Mutter, doch sie lächelte tapfer und antwortete: »Ja, ich genese, Liebes. Mach dir keine Sorgen um mich. Es tut mir so leid, dass ich dir nicht früher zur Seite stehen konnte in deiner schwierigen Zeit. Aber jetzt bin ich hier. Wir werden so lange wie möglich bei dir bleiben und dich unterstützen.«

Als ihre Eltern zu Godelind gingen, wartete Ida zusammen mit Helene vor der Hütte. Ihre frühere Dienerin schien ebenfalls um die alte Frau zu trauern, die sie während ihres Aufenthalts in Thure schätzen gelernt hatte. Ida bemerkte, wie Helenes Blick den Wolffs traf, der sie lange ernst ansah und schließlich lächelte. Helene errötete und senkte die Lider. Ida stutzte, bevor sie begriff. Anscheinend war ihre Freundin nicht nur hierhergekommen, um sie zu begleiten und ihr Beistand zu leisten.

Sie drückte die Abschrift von Medas Buch an ihre Brust. Je mehr Menschen herbeiströmten, um sich von der alten Frau zu verabschieden, desto häufiger trafen auch Ida fragende Blicke. Sie spürte, wie ihr warm ums Herz wurde, als sie aus tiefster Überzeugung den kleinen versprengten Gruppen der Landfrauen und Bauern Thures sagen konnte: »Ich bleibe hier. Ich bleibe bei euch.«

Mit einem Lächeln, das sich zunehmend befreiter und glücklicher anfühlte, bekräftigte sie ihnen und sich selbst: »Ich lasse euch nicht alleine.«

Und in Gedanken fügte sie hinzu: ›Denn hier ist mein Zuhause.‹

ANHANG

Die **Liebesgeschichte** von Ida und Leonhard basiert auf der keltischen Sage von Grainne und Diarmuid, die bereits im Mittelalter in verschiedenen Versionen weitergegeben wurde und mich seit meiner frühen Jugend beschäftigt. So sind Ähnlichkeiten (bis hin zu wörtlichen Zitaten) mit dieser Erzählung nicht zufällig, sondern beabsichtigt. Mit dem Vorwurf »Das Wasser ist mutiger als du« provoziert schon Grainne Diarmuid in der Überlieferung.

Den mythischen Hintergrund der keltischen Sage, in der der Elfengott Aengus eine wichtige Rolle spielt, habe ich im Roman nur angedeutet. Statt eines Liebestranks verabreicht Ida Leonhard den Mohnsaft, was letztlich dazu führt, dass sie gemeinsam fliehen. Und damit nimmt die Geschichte, so wie in der frühen Erzählung, ihren Lauf. Der Sage nach erliegt Diarmuid am Ende dem Bann des wilden Ebers, und so musste leider auch Leonhard dieses Schicksal erleiden, obwohl ich ihn sehr mochte.

Das **Frauenbild des Hochmittelalters** habe ich gemäß dem französischen Historiker George Duby dargestellt. Duby bezieht sich auf Quellen aus dem Nordfrankreich des 12. Jahrhunderts, ich habe sie analog für das angrenzende Oberlothringen übernommen. Der kirchliche Diskurs war demzufolge von der Frage geprägt, welche Stellung und Rolle der Frau in der Ständegesellschaft zukam: Sie gehörte zum niedrigsten Stand und besaß keine Rechte. Die Parallelen zu den Auslegungen zeitgenössischer Religionsgruppierungen sind stellenweise frappierend, was mich bei der Recherche sehr nachdenklich gemacht hat.

Wer **Burg Eltz** bei Wierschem in Rheinland-Pfalz kennt (und sei es nur von dem früheren 500 DM-Schein), wird sich vielleicht wundern, warum sie im Roman als »kleine Burganlage« beschrieben wird. Das ist sie natürlich schon lange nicht mehr. Heute ragen einige Türme bis 42 Meter hoch in den Himmel. Doch die erste Bebauung glich gemäß den Quellen der Beschreibung in der Geschichte. Rudolfus de Elze taucht erstmalig 1157 in einer Schenkungsurkunde von Friedrich I. (Barbarossa) auf. Demnach wäre er recht alt geworden, wenn er 1119 Ida und Leonhard auf Burg Eltz begrüßt hätte. Unmöglich ist das nicht. Vielleicht hieß aber schon sein Vater Rudolfus, schließlich war es damals durchaus üblich, den Erstgeborenen die Namen ihrer Väter zu geben. Falls nicht, mögen die Leser/innen mir bitte diese historische Ungenauigkeit verzeihen.

Über die Entstehung von **Burg Beilstein** ist kaum etwas bekannt, da die wenigen schriftlichen Quellen eher jüngeren Datums sind. Um 1150 taucht ein Dietrich von Beilstein in den Dokumenten auf, 1231 ein Graf Berthold von Beilstein. Ausgrabungen haben ergeben, dass vermutlich um 1070 bis 1080 eine erste, romanische Befestigungsanlage erbaut wurde, welche dann in staufischer Zeit durch Bergfried und Ringmauer verstärkt wurde. (siehe dazu: www.beilstein.de: Die Geschichte Beilsteins)

Die Figur des Johann von Beyelstein ist frei erfunden, die Ruine von Burg Metternich (so der spätere Name) kann heute noch besichtigt werden. Von dort hat man einen fantastischen Ausblick auf die Mosel, und der malerische Ort Beilstein, ein beliebtes Ausflugsziel, ist auf jeden Fall einen Besuch wert.

Es gibt kaum Hinweise auf den Aufenthaltsort von Kaiser Heinrich dem Fünften um 1119. In dieser Zeit stellte er nur wenige Urkunden aus und trat außer bei den Versammlungen nicht nachvollziehbar in Erscheinung. Ich habe ihn daher auf seinen Sitz Burg Böckelheim geschickt, da er in der Nähe des Versammlungsortes Mainz liegt und damit Gero nicht so weit reiten musste ;).

Seit der ersten Gründung im 10. Jahrhundert wird der ehemalige »mercatus coloniae« (Kölner Markt) nach Errichtung des Neumarkts im 11. Jahrhundert erstmals in den Quellen als »**Alter Markt**« bezeichnet. Der Südteil dieser Marktfläche taucht ab etwa 1300 unter eigenständigem Namen »Heumarkt« auf. Zusammen mit dem Alter Markt bildete der Heumarkt einen der wichtigsten Umschlagplätze des mittelalterlichen Köln, auf dem mit regionalen und überregionalen Waren gehandelt wurde. Die historischen Quellen lassen erkennen, wie sehr die Kölner Kaufleute den Handel nördlich der Alpen dominierten.

Der dänische König Olaf Hunger hatte keinen (verbürgten) Sohn. Ich habe ihm Leonhard angedichtet, um dessen Herkunft etwas Geheimnisvolles zu verleihen.

Seinen Beinamen erhielt Olaf, weil Dänemark während seiner Regentschaft unter Hungersnöten zu leiden hatte. Sein Vater, Sven II. Estridsen, regierte während des Übergangs von der Wikinger- zur Feudalgesellschaft. Fünf seiner Söhne folgten einander auf dem Thron: Harald Hén (regierte 1074 - 80), Knud IV (der Heilige; 1080 - 86), Olaf Hunger (1086 - 95), Erik Ejegod (1095 - 1103) und Niels (1104 - 34). Ihre Regierungszeiten waren geprägt von Konflikten über den Umfang der königlichen Macht, und sowohl Knud als auch Niels wurden ermordet. Während dieser Zeit schritt die Christianisierung des Landes immer weiter voran.

Der römische Dichter, der über magische Wesen in der Mosel schrieb, war Decimus Maximus Ausonius (310 - 394). Er lebte fast zwanzig Jahre lang in Trier und verfasste in dieser Zeit sein Lehrgedicht »Mosella«, in dem er Nixen, Nymphen, Satyrn und Flussungeheuer beschreibt.

Die Schilderung der Jerusalemfahrt Willibalds orientiert sich an dem Bericht eines Pilgers aus dem 14. Jahrhundert. Von 1099 bis 1187 bestand das Königreich Jerusalem, sodass die Route Jaffa-Jerusalem den Pilgern zu dieser Zeit ebenfalls offenstand. Später verschoben sich die Machtverhältnisse immer wieder durch ständige Kämpfe, was die Pilgerreise erheblich erschwerte. Um 1124 könnte aber die im Roman beschriebene Pilgerfahrt annähernd wie geschildert stattgefunden haben.

GLOSSAR

Asen Bezeichnung des jüngeren, kriegerischen Göttergeschlechts in der altnordischen Mythologie; zu ihnen gehören Odin und Thor

Beronis castellum/ Berrincastel mittelalterliche Namen des heutigen Bernkastel-Kues, die auf ein römisches Kastell aus dem 4. Jahrhundert in der Nähe der Burgruine Landshut zurückgehen

Chirurgus seit dem 10. Jahrhundert wurde der chirurgisch tätige *chirurgicus* bzw. *chirurgus* vom *medicus* unterschieden. Der Begriff Wundarzt kam erst im 13. Jahrhundert auf, »Feldscher« im 14. Jahrhundert.

Cobolentz mittelalterlicher Name des heutigen Koblenz, wo Rhein und Mosel wirklich zusammenfließen, wie von Leonhard richtig vermutet

Cuttenheim mittelalterlicher Name des heutigen Kottenheim (bei Mayen)

Damokles-schwert eine erkennbare Gefahr, bei der jeden Augenblick die Vernichtung droht; (Nach der bei Cicero überlieferten Legende bewirtete der Tyrann Dionysos I. von Syrakus den Höfling Damokles üppig. Über seinem Kopf ließ er aber ein Schwert an einem Pferdehaar aufhängen, damit er sich ständig der Bedrohung des Glücks bewusst war.)

Disput ein kontrovers geführtes Streitgespräch

Ethrich	mittelalterlicher Name des heutigen Ettringen bei Mayen, das 1189 erstmals urkundlich erwähnt wird (»Heinrich von Ethrich«)
Fahrende Frauen	In frühstädtischer Zeit wurde die Prostitution von »fahrenden Frauen« ausgeübt, die von Dorf zu Dorf beziehungsweise von Stadt zu Stadt zogen. Erst im 13. Jahrhundert wurde die sesshafte Prostitution zum Regelfall.
Fehde	(im Mittelalter) gewalttätige Anfeindung oder Privatkrieg zwischen Einzelnen oder ganzen Familien zur Durchsetzung von Ansprüchen
Gugel	kapuzenartige Kopfbedeckung, die die Schultern bedeckte und aus verschiedenen Stoffen, vor allem aus Wolle, angefertigt wurde
»Hippolrakes«	Gemeint ist Hippokrates, der berühmteste Arzt des Altertums und »Vater der (modernen) Medizin.« Er nannte Krebs natürlich nicht »kackinos«, sondern »karkinos«.
Hufe	an hörige Bauern ausgegebenes Land; die Hufe entsprach etwa der Grundgröße, die nötig ist, einer Bauernfamilie ein Auskommen zu ermöglichen
Investiturstreit	In der Auseinandersetzung zwischen Kaiser und Papst ging es darum, wer von beiden die Macht haben sollte, Bischöfe und andere Kirchenmänner einzusetzen.
Konkordat	völkerrechtlich verbindlicher Vertrag zwischen dem Heiligen Stuhl und einem Staat
Legat	ein mit weitreichenden Vollmachten ausgestatteter Befehlshaber und Vertreter, ursprünglich im römischen Reich
Maulschelle	umgangssprachlich für eine Ohrfeige
Meconium	Bezeichnung für den Saft aus Blättern und Kapseln von Mohnarten
Memorial	ehrendes Totengedenken

Menedich mittelalterlicher Name des heutigen Mendig (in der Nähe des Laacher Sees)

Ministeriale persönliche unfreie Dienstleute der Fürsten; sie wurden als Ratgeber, Gutsverwalter, Kriegsführer und Gerichtsvorsitzende eingesetzt

Patron Schiffseigner

Perchta Herrin der Raunächte, Wintergöttin und Anführerin der Wilden Jagd. Sie ist eine Art Totengöttin, aber auch eine Göttin der Fruchtbarkeit, denn sie soll Getreide wachsen lassen. Sie beschützt zudem Haus und Hof

Saufeder ein kurzer Spieß für die Jagd auf Wildschweine. Sie entspricht im Aufbau in etwa der Flügellanze, einem im frühen Mittelalter in Schlachten eingesetzten Lanzentyp

Scherbaum die beiden Stangen der Schere beim Einspänner, mit deren Hilfe ein Zugtier vor den Karren gestellt und die Stränge mit dem Wagen verbunden werden können

Schnurre das Wort wurde früher für eine kurze unterhaltsame Erzählung von einer spaßigen oder wunderlichen Begebenheit benutzt

Truchsess Hofamt in der mittelalterlichen Gesellschaft für den obersten Aufseher über die fürstliche Tafel

Walhalla in der nordischen Mythologie der Ruheort für tapfere gefallene Krieger, die dort mit Odin, dem Göttervater, trinken und speisen

Walküren weibliche Geistwesen aus dem Gefolge des Göttervaters Odin aus der nordischen Mythologie; auf dem Schlachtfeld wählen sie »ehrenvoll« Gefallene aus, um sie nach Walhalla zu bringen; manchmal werden sie auch als Töchter Odins bezeichnet

Zeittafel der historischen Ereignisse

1114 Im Sommer zieht Heinrich V. gegen Erzbischof Friedrich von Schwarzenburg in Deutz bei Köln (Colonia) ins Feld, muss sich jedoch geschlagen geben. Im Herbst kommt es bei Andernach erneut zur Schlacht, die Heinrich V. ebenfalls verliert.

1116 Heinrich V. zieht im Februar nach Italien, um Ober- und Mittelitalien als sein Erbe der verstorbenen Mathilde von Tuszien zu sichern; die Staufer Friedrich II. und Konrad verwalten stellvertretend das Reich.

1118 Papst Paschalis stirbt am 21. Januar. Sein Nachfolger, Gelasius II., bannt Heinrich. Im Herbst bricht Heinrich seinen Italienzug ab, um seiner Absetzung durch die deutschen Fürsten zuvorzukommen.

1119 Calixt II. wird Papst und nimmt Verhandlungen zur Beendigung des Investiturstreits mit Heinrich auf, die jedoch scheitern.

1121 Bei der Fürstenversammlung im September in Würzburg drängen die Fürsten Heinrich zum Friedensschluss mit dem Papst.

1122 Am 23. September kommt es zum »Wormser Konkordat«, das den jahrzehntelang währenden Investiturstreit beendet. Heinrich V. verzichtet auf sein Recht, Bischöfe mit Stab und Ring einzusetzen, behielt sich aber ein Mitspracherecht und die Verleihung des weltlichen Investitursymbols (Zepter) vor.

1124 Heinrich V. unterstützt seinen englischen Schwiegervater erfolglos bei dessen Frankreich-Feldzug.

1125 Heinrich V. stirbt, vermutlich an einer Krebserkrankung.

Literaturhinweise

Arens, Peter: Wege aus der Finsternis. Europa im Mittelalter. Ullstein Verlag, 2004.

Duby, George: Die Frau ohne Stimme: Liebe und Ehe im Mittelalter. Wagenbach Verlag, 2000.

Gemeinde Thür (Hrsg.): 900 Jahre Thür. Geschichte und Gegenwart eines Dorfes 1112 - 2012. Druckerei Krämer, 2012.

Gerstenbergs visuelle Enzyklopädie: Die visuelle Weltgeschichte des Mittelalters.

Krämer, Claus: Die Heilkunst der Kelten. Schirner Verlag, 2004.

Mayer, Johannes Gottfried und Goehl, Konrad: Kräuterbuch der Klostermedizin. Der »Macer Floridus«. Nikol Verlag, 2021.

Müller, Walter: Das Laacher-See-Gebiet im Rundumblick vom Lydiaturm. Vulkanologie & Geologie, Flora & Fauna, Kloster & Basilika. Ars liturgica Buch- und Kunstverlag, 2014.

Phillips, Charles: Die faszinierende Welt der Ritter. Tosa Verlag, 2010.

Readers Digest: Lebensalltag im Mittelalter. Verlag das Beste, 1995.

Schneider, Rolf: Alltag im Mittelalter: Das Leben in Deutschland vor 1000 Jahren, Weltbild Verlag, 2007.

Landkarte – Beginn des 12. Jahrhunderts

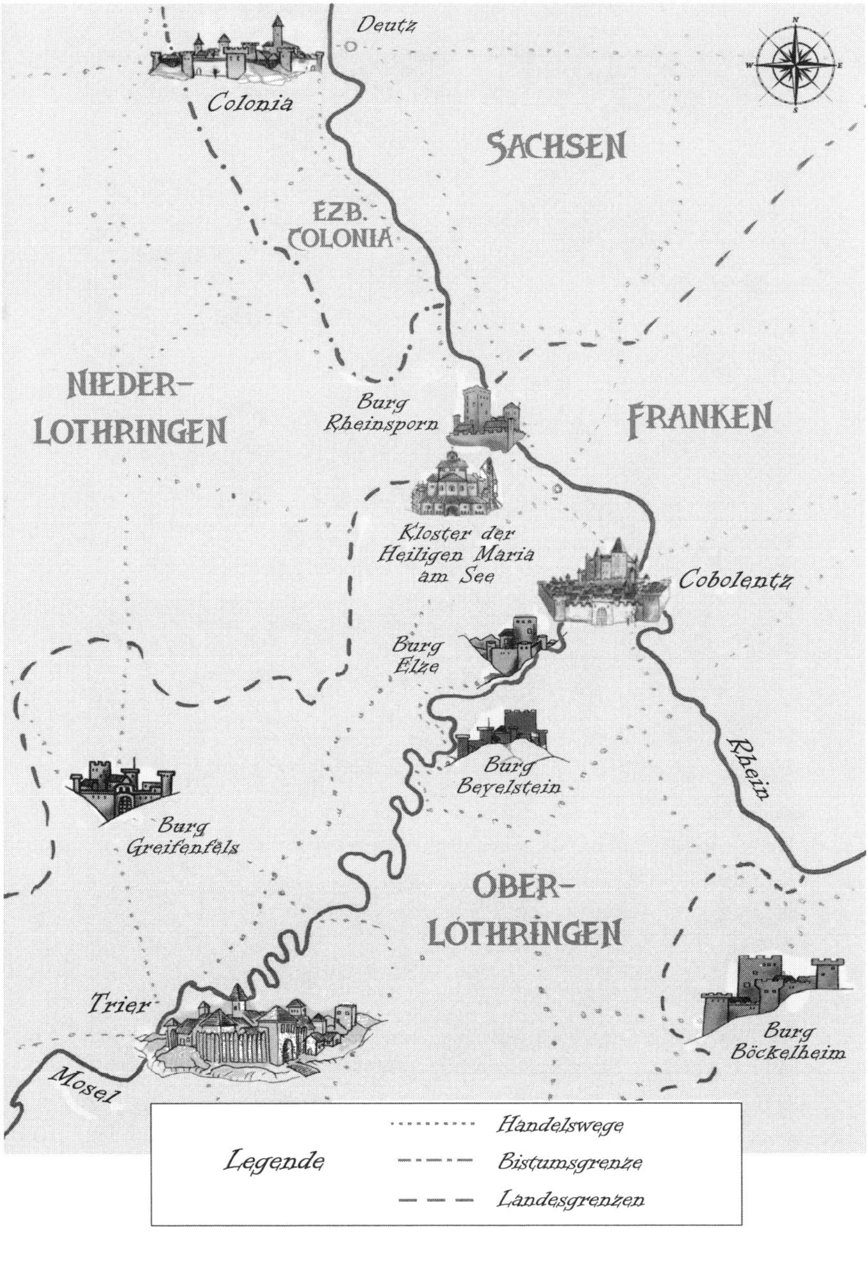

DANKESCHÖN

Auch diesmal möchte ich mich ganz herzlich bedanken bei

- den vielen Leserinnen und Lesern, die mich mit ihren wertschätzenden Kommentaren zum Weiterschreiben motivieren,
- den unermüdlich Helfenden und Unterstützenden im Hintergrund (Test- und Korrekturleser/innen, Buchhandlungen, Social Media Freunde, und und und),
- dem ganzen Team des pinguletta Verlags, der auch dieses Projekt wieder engagiert und voller Elan begleitet hat.

Es macht mich glücklich, dass ich meinen Kindheits- und Jugendtraum leben kann.

CHRISTINE RHÖMER

Mehr Lesestoff von pinguletta.

Das Mündel der Meda von Trier

Lothringen im Hochmittelalter: Das Reich wird erschüttert von erbitterten Kämpfen um Geltung und Macht. Es ist die Zeit der Kreuzzüge, des weltberühmten Gangs Heinrichs IV. nach Canossa und der Stiftung des Klosters Maria Laach. Im Jahre 1084 flieht die Heilerin Meda von Trier mit dem jungen Gero nach dem Tod seiner Eltern Richtung Greifenfels. Dort hofft sie, ihn vor einem Anschlag auf sein Leben schützen zu können. Doch die allgegenwärtige Gefahr und die verbotene Liebe zu Sigrun von Greifenfels begleiten Gero, bis er sich seiner Verantwortung und seinem größten Feind im alles entscheidenden Kampf stellen muss!

Ein fesselnder Roman über Vergeltung und Liebe an einer Zeitenwende. Band 1 der Meda von Trier Saga.

Christine Rhömer. Historienroman

Taschenbuch
468 Seiten

E-Book

pinguletta.de

Der Pinguin.
Sympathischer Bewohner
der Südhalbkugel.
Unser Maskottchen.

[ˈpɪŋgu]
pinguletta
[lɛˈta]

La Lettera.
Italienisch für Buchstabe
oder Schreiben.
Unsere Leidenschaft.

**BUCHstaben
zum Anhören.
Der pinguletta Podcast.**

QR-Code einscannen -
und ab geht's zum
pingu-Podcast.

pinguletta Verlag
Durlacher Str. 32
75210 Keltern
Deutschland
Tel. 07236 932471
verlag@pinguletta.de
www.pinguletta.de

A01 F01_2024 V2024-07-01